DANGEROUS WOMEN

PARTIE 1

Du même auteur
aux Éditions J'ai lu

Le Trône de fer

1 – Le Trône de fer, *J'ai lu 5591*
2 – Le donjon rouge, *J'ai lu 6037*
3 – La bataille des rois, *J'ai lu 6090*
4 – L'ombre maléfique, *J'ai lu 6263*
5 – L'invincible forteresse, *J'ai lu 6335*
6 – Intrigues à Port-Réal, *J'ai lu 6513*
7 – L'épée de feu, *J'ai lu 6709*
8 – Les noces pourpres, *J'ai lu 6894*
9 – La loi du régicide, *J'ai lu 7339*
10 – Le chaos, *J'ai lu 8398*
11 – Les sables de Dorne, *J'ai lu 8495*
12 – Un festin pour les corbeaux, *J'ai lu 8813*
13 – Le bûcher d'un roi, *J'ai lu 10498*
14 - Les dragons de Meereen, *J'ai lu 10866*
15. Une danse avec les dragons, *J'ai lu 11015*
Le chevalier errant *suivi de* L'épée lige, *J'ai lu 8885*
L'œuf de dragon, *J'ai lu 11446*
Le Trône de fer, intégrales 1 à 5

Riverdream, *J'ai lu 8664*
Le voyage de Haviland Tuf, *J'ai lu 9043*
Windhaven (en coll. avec Lisa Tuttle), *J'ai lu 8226*
Les rois des sables, *J'ai lu 8494*
Une chanson pour Lya, *J'ai lu 10446*
Des astres et des ombres, *J'ai lu 10637*
L'agonie de la lumière, *J'ai lu 10638*
Skin Trade, *J'ai lu 10904*

En Nouveaux Millénaires :

Wild Cards

1 – Wild Cards
2 – Aces High
3 – Jokers Wild
4 – Aces Abroad
5 – Down and Dirty

GEORGE R.R.
MARTIN
&
GARDNER
DOZOIS

PRÉSENTENT

DANGEROUS WOMEN

PARTIE 1

Traduit de l'anglais (États-Unis)
par Benjamin Kuntzer

J'AI LU

Retrouvez-nous sur Facebook :
www.facebook.com/jailu.collection.imaginaire

Titre original :
DANGEROUS WOMEN

Éditeur original :
Tom Doherty Associates, LLC

Pour Jo Playford, ma dangereuse acolyte.

George R.R. Martin

NOTE DE L'ÉDITEUR

Nous informons nos aimables lecteurs que l'ouvrage *Dangerous Women* présenté par George R.R. Martin fera l'objet d'une publication en deux volumes. La première partie ici présente réunit tous les auteurs masculins, la seconde, à paraître prochainement, sera dédiée aux plumes féminines.

INTRODUCTION DE GARDNER DOZOIS

La littérature de genre a toujours été partagée sur la question de la dangerosité des femmes.

Bien évidemment, dans le monde réel, ce problème est tranché depuis longtemps. Même si les Amazones sont des êtres mythologiques (elles ne se seraient très probablement pas coupé le sein droit pour tirer à l'arc plus facilement dans le cas contraire), leur légende a été inspirée par le souvenir des guerrières féroces du peuple scythe qui, elles, étaient on ne peut plus réelles. Les gladiatrices affrontaient d'autres femmes – et parfois des hommes – lors de combats à mort dans les arènes de la Rome antique. Il y a également eu des femmes pirates, comme Anne Bonny ou Mary Read, et même des femmes samouraïs. Des femmes, redoutées pour leur férocité, ont été envoyées au front par l'armée russe lors de la Seconde Guerre mondiale, et elles sont aujourd'hui nombreuses à servir pour Israël. Jusqu'en 2013, les militaires américaines étaient techniquement cantonnées à des rôles « non-combattants », mais de nombreuses femmes courageuses ont toutefois donné leur vie en Irak ou en Afghanistan, les balles ou les mines se fichant éperdument de savoir si vous faites partie du personnel combattant ou non. Celles qui appartenaient au Service de pilotes féminines de l'Armée de l'Air des États-Unis durant la Seconde Guerre mondiale étaient elles aussi assignées à des rôles non-combattants (ce qui n'a pas empêché nombre d'entre elles de se faire tuer en mission), mais des Russes décollaient aux commandes de chasseurs, certaines devenant même des cracks. À la même époque, une tireuse d'élite soviétique s'est rendue célèbre pour avoir abattu plus de cinquante cibles. La reine Boadicée de la tribu des Iceni a mené l'une des plus terribles révoltes contre l'autorité romaine et a failli bouter les envahisseurs hors de Bretagne, tandis qu'une jeune paysanne française touchée par la grâce a guidé ses troupes contre l'ennemi et y est si bien parvenue qu'elle est définitivement entrée dans l'histoire sous le nom de Jeanne d'Arc.

Du côté obscur, il y a eu des femmes bandits de grand chemin telles Mary Frith, lady Katherine Ferrers et Pearl Hart (la dernière personne à avoir attaqué une diligence) ; quelques empoisonneuses célèbres, telles Agrippine ou Catherine de Médicis ; des hors-la-loi telles Ma Barker ou Bonnie Parker ; et même des tueuses en série, telle Aileen Wuornos. Elizabeth Báthory se serait baignée dans le sang de vierges et, même si cela reste incertain, il n'y a en revanche aucun doute quant au fait qu'elle ait torturé et tué des dizaines, voire des centaines d'enfants au cours de sa vie. La reine Marie Ire d'Angleterre a envoyé au bûcher des centaines de protestants ; la reine Elizabeth lui a plus tard rendu la monnaie de sa pièce en faisant exécuter un grand nombre de catholiques. La reine folle Ranavanola de Madagascar a fait tuer tant de gens qu'elle a éliminé un tiers de la population de l'île au cours de son règne ; elle vous aurait même fait exécuter si vous étiez apparu dans ses rêves.

La fiction populaire, en revanche, a toujours eu une perception schizophrénique de la dangerosité des femmes. Dans les œuvres de science-fiction des années 1930, 1940 et 1950, elles étaient généralement reléguées au rôle de fille magnifique du scientifique qui se mettait à hurler durant les scènes de combat, mais n'avaient sinon rien d'autre à faire que de se pendre amoureusement au bras du héros une fois le calme revenu. Un nombre incalculable d'entre elles se pâmaient désespérément en attendant qu'un homme fort à la mâchoire saillante les arrache aux griffes de dragons ou de monstres aux yeux globuleux qui les capturaient toujours dans des buts improbables, qu'ils soient alimentaires ou romantiques, sur les couvertures des pulps de SF. Des femmes se débattant vainement sur des rails de train, n'ayant rien de mieux à faire que de glapir de protestation dans l'espoir que le Gentil arriverait à temps pour les sauver.

Pourtant, dans le même temps, les guerrières d'Edgar Rice Burroughs comme Dejah Thoris ou Thuvia, vierge de Mars, étaient tout aussi efficaces avec une épée et tout aussi meurtrières au combat que John Carter et ses camarades masculins ; des aventurières fières-à-bras comme Jirel de Joiry de Catherine Lucille Moore se frayaient un chemin dans les pages du magazine *Weird Tales* (ouvrant la voie à d'autres fières-à-bras comme l'Alyx de Joanna Russ) ; James H. Schmitz envoyait ses Agents de Vega, comme Granny Wannatel, ou des adolescentes audacieuses, comme Telzey Amberdon et Trigger Argee, affronter les monstres sinistres qui menaçaient les routes spatiales ; et les femmes dangereuses de Robert A. Heinlein étaient capables de commander des vaisseaux spatiaux ou de tuer leurs ennemis à mains nues. Irene Adler fut l'un des rares personnages de sir Arthur Conan Doyle à se révéler suffisamment brillants pour tenir Sherlock Holmes en échec, et a probablement contribué à donner naissance aux multiples « femmes fatales » retorses, dangereuses, séductrices et fourbes présentes dans l'œuvre de Dashiell Hammett ou James M. Cain, ainsi que, dans un second temps, dans des dizaines de films noirs, et qui apparaissent encore aujourd'hui à l'écran. Plus tard, des héroïnes de télévision comme Buffy la tueuse de vampires ou Xena la guerrière ont clairement établi que les femmes étaient suffisamment redoutables et implacables pour vaincre des hordes de créatures surnaturelles et ont contribué à inspirer le genre de la romance paranormale, le genre des « héroïnes qui tabassent ».

Dangerous Women

À l'instar de notre anthologie *Warriors*, *Dangerous Women* fut élaboré comme un recueil hybride, mélangeant toutes sortes de fictions. Nous avons donc demandé à des auteurs de tous les genres – science-fiction, fantasy, polar, historique, horreur, romance paranormale – de traiter le sujet des « femmes dangereuses ». Certaines des meilleures plumes ont répondu positivement à notre requête, de jeunes écrivains comme des poids lourds dans leur domaine tels Diana Gabaldon[1], Jim Butcher, Sharon Kay Penman, Joe Abercrombie, Carrie Vaughn, Joe R. Lansdale, Lawrence Block, Cecelia Hollan, Brandon Sanderson, Sherilynn Kenyon, S. M. Stirling, Nancy Kress et George R.R. Martin.

Ne vous attendez pas à trouver ci-après des victimes expiatoires attendant en gémissant de terreur que des héros gonflés à la testostérone viennent pourfendre le monstre ou croiser le fer avec le méchant de l'histoire ; et s'il vous venait l'idée d'attacher ces femmes-là sur des rails, vous vous retrouveriez avec un sacré problème sur les bras. En revanche, vous allez rencontrer des bretteuses hors pair, des pilotes de chasseur ou de vaisseaux spatiaux intrépides, des tueuses en série redoutables, des super-héroïnes formidables, des femmes fatales retorses et séductrices, des magiciennes, des dures à cuire, des criminelles et des rebelles, des survivantes aguerries d'univers post-apocalyptiques, des détectives privées, des juges sévères adeptes de la potence, des reines hautaines dirigeant des nations et dont la jalousie et les ambitions ont provoqué des milliers de morts sinistres, des dragonnières impavides et bien d'autres.

Régalez-vous !

---

1. Les auteurs féminins seront à retrouver dans l'ouvrage *Dangerous Women-Partie 2* (*N.d.É.*)

JOE ABERCROMBIE

Comme le prouve le rythme effréné de l'histoire qui s'ensuit, poursuivre un fugitif peut s'avérer aussi dangereux pour le chasseur que pour le gibier – surtout quand celui-ci n'a plus nulle part où aller…

Joe Abercrombie est l'une des étoiles montant le plus rapidement au firmament de la fantasy actuelle, acclamé par les lecteurs et les critiques pour son approche du genre à la fois sobre, brutale et directe. Il est sans doute surtout connu pour sa trilogie de *La Première Loi*, dont le premier tome, *Premier sang*, a été publié en 2006. Il a été suivi de *Déraison et sentiments* et *Dernière querelle*. Il est également l'auteur de romans de fantasy autonomes comme *Servir froid*, *Les Héros* ou *Pays rouge*. Outre son métier d'écrivain, Abercrombie est également monteur de films indépendant. Il vit et travaille à Londres.

DESPERADA

Farouche éperonna sa monture. Les jambes du cheval ployèrent et, avant qu'elle comprenne ce qui lui arrivait, elle et sa selle se firent des adieux misérables.

Elle disposa d'une fraction de seconde de voltige pour considérer la situation. Rien de bien réjouissant, à vue de nez, et l'impact imminent avec le sol l'empêcha d'y réfléchir plus longuement. Elle s'efforça d'accompagner sa chute d'un roulé-boulé – comme lors de la plupart de ses nombreux malheurs –, mais la terre s'empressa de l'étaler, de l'ébouriffer copieusement et de la projeter, telle une poupée de chiffon, sur un massif de broussailles ratatiné par le soleil.

La poussière retomba.

Elle s'octroya un instant de répit pour reprendre son souffle. Puis un second pour gémir, le temps que le monde cesse de tournoyer. Et un troisième pour remuer légèrement un bras et une jambe, redoutant cette pointe de douleur aiguë qui indiquerait qu'un de ses membres était brisé et que l'ombre misérable de sa vie allait bientôt disparaître dans le crépuscule. Elle l'aurait volontiers accepté, cela lui aurait permis de s'allonger et de ne plus avoir à fuir. Mais la douleur ne survint pas. Pas au-delà des limites actuelles, en tout cas. Quant à l'ombre misérable de sa vie, elle allait devoir la traîner encore un peu.

Farouche se releva avec peine, égratignée et éraflée, couverte de poussière, du sable plein la bouche. Elle en avait déjà avalé une quantité considérable au cours des derniers mois, mais elle avait l'intime conviction qu'il y en aurait davantage. Son cheval gisait à quelques pas de là. Son flanc saturé d'écume se soulevait encore et ses antérieurs étaient baignés d'un sang sombre. La flèche de Neary s'était fichée dans son épaule, pas assez profondément pour l'abattre ni même le ralentir sur-le-champ, mais suffisamment pour lui provoquer une grosse hémorragie. Avec le galop effréné auquel la bête s'était adonnée, la pointe avait été aussi efficace qu'un trait en plein cœur.

À une époque, Farouche avait été attachée aux chevaux. À une époque – même si elle admettait volontiers être dure avec les humains, le plus souvent à raison –, elle avait été d'une douceur rare à l'égard des animaux. Mais cette époque était révolue depuis longtemps. Il n'y avait plus guère de douceur en Farouche, désormais. Elle laissa donc sa monture suffoquer dans ses souffles mousseux et écarlates, sans tenter de lui apporter le moindre réconfort en la flattant du plat de la main, et s'élança vers la ville, d'abord clopin-clopant, puis d'une foulée plus sûre. En matière de course à pied, elle ne manquait pas d'expérience.

« Ville » était sans doute un bien grand mot. Il y avait en tout six bâtiments, dont deux ou trois ne méritaient pas pareille dénomination. Plutôt des baraques de bois brut, étrangères à la notion d'angle droit, cuites par le soleil, fouettées par les pluies, noircies par la crasse, tapies autour d'une place en terre battue où trônait un puits écroulé.

La plus grosse bâtisse ressemblait à une taverne, à un bordel ou à un comptoir commercial. Il s'agissait probablement d'un mélange des trois. Une enseigne bancale restait suspendue aux planches au-dessus de la porte, mais il ne subsistait du nom érodé par le vent que quelques rayures pâles. *Rien, nulle part* était tout ce qu'elle annonçait désormais. En gravissant les marches deux à deux, faisant gémir les vieilles lattes sous ses pieds nus, elle se demanda quelle attitude adopter à l'intérieur, quelles vérités assaisonnées de quels mensonges feraient la meilleure recette.

Des hommes sont à mes trousses ! Haleter dans l'embrasure en s'efforçant de paraître plus que désespérée – cela ne nécessiterait d'ailleurs pas beaucoup d'efforts, pas plus que ces douze derniers mois.

Trois belles ordures ! Puis, à condition que personne ne reconnaisse son portrait sur un mandat d'arrêt : *Ils ont essayé de me détrousser !* C'était un fait. Inutile cependant de préciser qu'elle s'était elle-même servie dans la nouvelle banque de Hommenaw en compagnie de ces trois vauriens et d'un quatrième, capturé depuis et pendu par les autorités.

Ils ont tué mon frère ! Ils sont ivres de son sang ! Son frère était bien en sécurité chez eux, et si ses poursuivants étaient effectivement saouls, c'était sans doute dû à une mauvaise eau-de-vie, comme d'habitude. Néanmoins, elle entendait bien hurler cela d'une voix légèrement chevrotante. Farouche savait chevroter si nécessaire, elle s'y était abondamment entraînée. Elle s'imaginait les clients bondir sur leurs pieds, désireux de secourir une pauvre femme en détresse. *Ils ont descendu mon cheval !* Elle devait bien admettre qu'une personne assez endurcie pour vivre là ferait probablement assez peu montre d'esprit chevaleresque, mais elle ne désespérait pas de voir le sort lui servir pour une fois les meilleures cartes.

La chance finissait toujours par tourner, paraissait-il.

Elle franchit d'un pas maladroit le seuil de la taverne, ouvrit la bouche pour débiter son histoire, mais s'interrompit aussitôt.

L'endroit était désert.

Il n'y avait personne, mais pas non plus le moindre meuble, certainement pas une main gagnante. La salle commune était nue, dépouillée de toute trace d'occupation. Un escalier étroit permettait de rejoindre la galerie longeant le mur de gauche, où des portes entrebâillées donnaient sur des pièces vides. Des rais de lumière filtraient par les multiples fissures dans la charpenterie. En dehors d'un éventuel lézard serpentant dans les ombres – qui étaient nombreuses –, seule une poussière grise recouvrait le sol et s'amoncelait dans les coins. Farouche se contenta de ciller, incrédule, puis ressortit en trombe pour aller visiter la construction voisine. Quand elle en poussa la porte, celle-ci dégringola de ses gonds rouillés.

Cette bicoque n'avait même pas de toit. Ni de plancher. Juste quelques chevrons dévoilant le ciel rosé du jour naissant et des solives apparentes surplombant une étendue de terre aussi désolée qu'à l'extérieur.

Elle s'en rendit compte en retournant dans la rue, à présent qu'elle n'était plus aveuglée par l'espoir : les fenêtres ne comportaient pas de carreaux ni, à défaut, de papier huilé. Aucune corde ne plongeait dans le puits. Aucun animal n'était en vue – en dehors de son cheval mort, ce qui ne faisait qu'alourdir un peu plus l'ambiance.

C'était un cadavre de ville, une dépouille asséchée depuis longtemps.

Farouche se tenait au milieu de cet endroit maudit, sur la pointe de ses pieds nus, comme si elle s'apprêtait à s'élancer sans savoir où. Elle s'étreignait d'un bras tout en agitant nerveusement les doigts de sa main libre, se mordillait la lèvre tout en prenant de brusques inspirations sifflantes par l'interstice entre ses incisives.

La situation était encore plus fâcheuse qu'à l'habitude. Mais elle avait appris au cours des mois écoulés que cela pouvait toujours empirer. En scrutant l'horizon du côté où elle était arrivée, elle avisa des nuages de poussière. Trois petites traînées grises dans le scintillement de la terre grise.

— Manquait plus que ça, murmura-t-elle en se mordant la lèvre de plus belle.

Elle tira le couteau de table passé à sa ceinture et en essuya la lame ébréchée sur sa chemise crasseuse, comme si elle comptait ainsi équilibrer les chances. On lui avait maintes fois répété qu'elle avait l'imagination fertile, pourtant elle peinait à se figurer une arme moins fatale. Elle aurait ri, si elle ne s'était trouvée au bord des larmes. D'ailleurs, depuis quelques mois, elle était bien trop souvent au bord des larmes à son goût.

Comment en était-elle arrivée là ?

Une question mieux adaptée à une fillette abandonnée qu'à une hors-la-loi dont la tête était mise à prix à hauteur de quatre mille marks, mais une question qu'elle se posait régulièrement. Tu parles d'une desperada ! Elle maîtrisait à la perfection le côté désespéré, mais le reste demeurait un mystère. La triste vérité était qu'elle savait pertinemment comment elle en était arrivée là : comme chaque fois. Les désastres s'enchaînaient si vite qu'elle bondissait de l'un à l'autre, tel un papillon de nuit coincé dans une lanterne. Une deuxième question suivait généralement la première de très près.

Putain de merde, et maintenant, quoi ?

Elle se passa la main sur le ventre – même s'il n'y avait plus grand-chose à palper – et sortit sa bourse en la tirant par les cordons. Les pièces à l'intérieur tintèrent comme seules les pièces savent le faire. Deux mille marks en argent, à peu de chose près. On pouvait supposer que les banques renfermaient beaucoup plus que ça – elles affirmaient aux déposants qu'elles en avaient toujours cinquante mille à disposition –, mais à l'évidence les banquiers n'étaient pas plus fiables que les bandits.

Elle plongea la main dedans, ramassa une poignée de pièces qu'elle balança à travers la rue, laissant une piste scintillante au milieu de la poussière. Elle avait fait cela comme elle faisait la plupart des choses ces derniers temps : sans trop savoir pourquoi. Peut-être qu'elle estimait que sa vie valait bien plus que deux mille marks, même si elle était la seule à le penser. Peut-être qu'elle espérait qu'ils récupéreraient l'argent et l'oublieraient, même si elle n'avait pas encore réfléchi à la suite des événements, pour peu qu'on la laissât en paix dans cette ville fantôme, sans cheval, sans nourriture et sans arme. Manifestement, elle n'avait pas vraiment élaboré de plan, du moins pas un qui tienne la route. Elle avait toujours été la reine des idées foireuses.

Elle sema l'argent de la même manière qu'elle jetait des graines sur les terres de sa mère, à bien des kilomètres de là, une éternité auparavant, une grosse dizaine de morts violentes avant ce jour. Qui aurait cru que cet endroit lui manquerait ? Ainsi que leur masure décrépite, la grange effondrée et la clôture à réparer en permanence ? Ou que cette vache qui s'obstinait à ne pas donner de lait, que ce puits toujours à sec, que cette terre où ne poussaient que des mauvaises herbes ? Que sa petite sœur bornée et que son petit frère qui l'était tout autant ? Et même que ce grand bêta tout balafré de Placide ? Que n'aurait-elle pas donné pour entendre la voix stridente de sa mère la critiquer de nouveau. Elle renifla longuement ; son nez lui faisait mal, et elle essuya d'un revers de sa manche élimée ces yeux qui lui piquaient. L'heure n'était pas aux souvenirs malheureux. À présent, elle distinguait les trois taches noires qu'étaient les cavaliers galopant devant ces inévitables nuages de poussière. Elle se débarrassa de sa bourse vide, courut jusqu'à la taverne et…

— Aïe !

En sautant par-dessus le palier, elle s'enfonça une tête de clou dans l'orteil. Pas de doute, le monde n'est rien qu'un tyran. Même lorsque de gros problèmes risquent de vous tomber sur le crâne, les petits tracas n'oublient pas de s'attaquer à vos pieds. Comme elle regrettait de n'avoir pu récupérer ses bottes… Afin de préserver un soupçon de dignité. Mais elle n'avait plus ni bottes ni dignité, et cent vœux ne valaient pas un fait, ainsi que le lui serinait Placide chaque fois qu'elle pestait contre lui, sa mère et son triste sort, en jurant qu'elle aurait plié bagage le lendemain matin.

Farouche se rappelait celle qu'elle avait été à l'époque et se serait volontiers giflée. Elle aurait tout loisir de le faire dès qu'elle se serait tirée de ce mauvais pas.

En attendant, elle avait une bordée d'autres coups à esquiver.

Elle gravit l'escalier à toute vitesse, boitant un peu et pestant beaucoup. Quand elle atteignit la dernière marche, elle se rendit compte qu'elle avait laissé dans son sillage des gouttes de sang un pas sur deux. Le moral en berne à cause de cette piste luisante remontant jusqu'au bout de sa jambe, elle reprit courage lorsqu'une idée vint lui chatouiller l'esprit à travers la panique.

Elle traversa la galerie à grands pas, s'assurant d'appliquer soigneusement son pied blessé sur le plancher, et entra dans la dernière chambre abandonnée. Puis elle leva la jambe, pressa fermement son orteil pour stopper le saignement et regagna à cloche-pied la première pièce, dans la pénombre de laquelle elle se tapit.

Une tentative pitoyable, à n'en pas douter. Aussi pitoyable que ses pieds nus, son couteau de table, son butin de deux mille marks et ses rêves de retourner se réfugier chez elle, dans ce trou à rats qu'elle avait toujours rêvé de fuir. Il y avait peu de chance que ces trois salopards, si stupides soient-ils, se laissent abuser par un stratagème aussi grossier. Mais quel choix avait-elle ?

Quand on en est réduit à de petites mises, il faut savoir prendre des risques.

Seul son souffle venait rompre le silence, résonnant dans la vacuité des lieux, lourd sur l'expiration, saccadé sur l'inspiration, presque douloureux au niveau de la gorge. La respiration d'une personne à court d'idées et paniquée au point de se faire dessus ou presque. Elle ne percevait pas d'issue heureuse. Si toutefois elle arrivait un jour à regagner cette ferme misérable, elle bondirait du lit tous les matins et effectuerait une petite danse pour célébrer le fait d'être encore en vie, elle embrasserait sa mère à chaque reproche et ne s'énerverait plus jamais après sa sœur, ni ne se moquerait du côté froussard de Placide. Elle se le promit, puis se rappela qu'elle n'était pas toujours du genre à tenir ses promesses.

Elle entendit des chevaux à l'extérieur, s'approcha à croupetons de la fenêtre offrant une vue partielle sur la rue et observa dehors avec autant de précautions que si elle s'était penchée par-dessus un seau plein de scorpions.

Ils étaient là.

Neary portait cette vieille couverture sale qu'il se sanglait à la taille à l'aide d'une ficelle. Ses cheveux gras formaient de nombreux épis. Il manipulait ses rênes d'une main et l'arc avec lequel il avait tiré sur le cheval de Farouche de l'autre. La lame de sa lourde hache pendait à sa ceinture ; son aspect rutilant contrastait avec le reste de sa personne, si négligé que c'en était répugnant. Le chapeau défoncé de Dodd était rabattu sur son front. Il se tenait en selle, la tête rentrée dans les épaules comme chaque fois qu'il se trouvait près de son frère, tel un chiot s'attendant à prendre une rouste. Farouche aurait adoré décocher une baffe à cet imbécile. Pour commencer. Et puis il y avait Jeg, droit comme un seigneur dans son long manteau écarlate, dont les basques crasseuses retombaient sur la croupe de sa monture. Il arborait un rictus carnassier tout en scrutant les bâtiments ; le haut chapeau qui, selon lui, lui conférait tant d'allure était légèrement courbé, comme la cheminée se dressant au-dessus d'une ferme incendiée.

Dodd désigna les pièces répandues par terre autour du puits et qui semblaient leur faire de l'œil à la lumière du soleil.

— Elle a laissé l'argent.

— On dirait bien, confirma Jeg d'une voix aussi sèche que celle de son frère était douce.

Elle les regarda descendre de selle et attacher leurs chevaux. Sans précipitation. Comme s'ils s'époussetaient après une petite promenade avant de savourer une agréable soirée en compagnie de gens cultivés. Aucune raison de se dépêcher. Ils savaient qu'elle était là, ils savaient qu'elle n'irait nulle part et ils savaient qu'elle ne trouverait aucun secours. Et elle le savait aussi bien qu'eux.

— Enfoirés, pesta-t-elle à mi-voix, maudissant le jour où elle s'était acoquinée avec eux.

Mais il fallait bien se lier avec quelqu'un, non ? Et elle n'avait pas eu beaucoup de choix en la matière.

Jeg s'étira le dos, renifla longuement avant d'expulser un énorme crachat et de tirer son épée, ce sabre incurvé de cavalerie dont il était si fier, avec sa poignée en cuivre tressé si confortable, cette arme qu'il affirmait avoir remportée lors d'un duel avec un officier de l'Union mais que Farouche savait volée, à l'instar de toutes ses possessions ou presque. Comme elle avait pu se moquer de lui à cause de cette stupide rapière. Elle aurait cependant bien aimé la tenir en main et que son ennemi soit simplement équipé de son malheureux couteau de table.

— La Fumée ! beugla Jeg.

Farouche fit la grimace. Elle ignorait qui lui avait le premier attribué ce surnom. Un petit plaisantin l'avait inscrit sur ses mandats d'arrêt et, depuis, tout le monde l'employait. Peut-être à cause de sa faculté à se volatiliser. Ou peut-être parce que, à l'instar de la fumée, elle avait tendance à rester en travers de la gorge des gens avant d'être emportée par le vent.

— Sors de là, La Fumée ! (La voix de Jeg résonna entre les façades mortes, et Farouche se tapit un peu plus profondément dans la pénombre.) Sors de là et on ne te fera pas trop de mal !

Au temps pour ses espoirs de les voir prendre l'argent et déguerpir. Ils voulaient également récolter la prime pour sa capture. Elle glissa sa langue dans l'interstice entre ses dents et souffla :

— Enculés.

Certains hommes n'en ont jamais assez.

— On va devoir entrer la chercher, entendit-elle Neary déclarer dans le silence.

— Ouaip.

— Je t'avais dit qu'on devrait aller la chercher.

— Dans ce cas, tu dois te faire dessus de plaisir, hein ?

— Je l'avais dit, c'est tout.

— Eh bien, arrête de la ramener et finissons-en.

La voix enjôleuse de Dodd.

— Regardez-moi tout ce pognon, on pourrait se contenter de le ramasser et…

— Tu es sûr qu'on sort d'entre les deux mêmes cuisses ? ricana Jeg en se moquant de son frère. T'es vraiment trop con.

— Trop con, confirma Neary.

— Tu crois que je vais laisser quatre mille marks aux corbacs ? reprit Jeg. Ramasse donc ça, Dodd, pendant qu'on mate cette jument.

— Où qu'elle est, à ton avis ? s'enquit Neary.

— Je croyais que c'était toi, le meilleur pisteur ?

— Dans la nature. Mais là, on n'est pas dans la nature.

Jeg arqua un sourcil en considérant les baraques vides.

— Parce que, pour toi, on est en pleine civilisation ?

Ils se dévisagèrent un instant. Des volutes de poussière s'enroulaient autour de leurs jambes avant de se redéposer.

— Elle est là, quelque part, affirma Neary.

— Tu crois ? Heureusement que je me trouve avec la soi-disant meilleure paire d'yeux à l'ouest des montagnes, sans quoi je n'aurais peut-être pas remarqué son canasson mort à dix mètres d'ici. Évidemment qu'elle est là, quelque part.

— Où ça, à ton avis ? demanda Neary.

— Qu'est-ce que tu en penses ?

Neary examina les bâtiments et Farouche s'écarta rapidement de la fenêtre quand son regard se posa sur l'entrée de la taverne.

— Là-bas dedans, à mon avis, mais je suis pas dans ses bottes.

— Bien sûr que t'es pas dans ses bottes, bordel. Tu sais ce que je pense ? T'as plus de nichons et moins de raison qu'elle. Si t'étais dans ses bottes, je serais pas en train de la chercher, si ?

Un autre silence, une autre bourrasque poussiéreuse.

— Sans doute pas, admit Neary.

Jeg retira son haut chapeau, gratta des ongles son cuir chevelu en sueur, puis remit son couvre-chef de guingois.

— Va voir là-dedans, je vais jeter un œil à côté. Mais ne bute pas cette chienne, d'accord ? Ça diviserait la prime par deux.

Farouche se recroquevilla dans un coin, sentant la transpiration perler sous sa chemise. Se faire prendre par ce vaurien incompétent. Par ces tocards de salopards. Pieds nus. Elle ne méritait pas un sort pareil. Tout ce qu'elle voulait, c'était devenir quelqu'un. Pas une moins que rien oubliée dès le jour de sa mort. À présent, elle se rendait compte qu'il y avait un équilibre à respecter entre trop peu de sensations fortes et une surdose considérable. Mais, comme la plupart de ses révélations, celle-ci survenait un an trop tard.

Elle inspira entre ses dents du bonheur en entendant Neary faire craquer les planches de la salle commune ; il lui sembla percevoir également le raclement métallique de sa grande hache. Elle tremblait des pieds à la tête. Se sentait soudain si faible qu'elle avait du mal à brandir son couteau et à s'imaginer s'en servir. Il était sans doute temps de baisser les bras. De lancer son arme par la porte et de déclarer : « Je vais sortir ! Je ne vous causerai plus de problèmes ! Vous avez gagné ! » De sourire en opinant du chef, de les remercier de leur trahison, de la considération qu'ils auraient en la tabassant, en la cravachant, en lui brisant les jambes ou en s'amusant avec elle comme ils l'entendaient en attendant de la pendre.

Elle avait trop souvent été témoin de ce genre d'exactions, même si ce spectacle ne lui avait jamais plu. Être debout devant eux, ligotée, pendant qu'ils énonçaient son nom et la nature de son crime, à espérer un dernier répit qui ne viendrait pas avant que le nœud soit fermement resserré autour de son cou, à implorer pitié ou à multiplier les insultes sans faire la moindre différence. Balancer des coups de pied dans le vide, la langue pendue, se conchier pour le plus grand plaisir d'ordures ne valant pas mieux qu'elle. Elle s'imagina Peg et Neary, au premier rang d'une foule en délire, l'observer faire la danse du voleur au bout d'une corde. Probablement affublée de vêtements encore plus ridicules acquis grâce à l'argent de la récompense.

— Qu'ils aillent se faire foutre, marmonna-t-elle dans le noir en retroussant les lèvres en un rictus.

Elle entendit Neary poser le pied sur la première marche.

Elle était horriblement partagée. Depuis toute petite, dès qu'une personne lui annonçait ce qui allait se passer, elle cherchait spontanément le moyen de contrarier ses plans. Sa mère lui avait toujours reproché d'être têtue comme une mule, mettant ça sur le compte de son sang Fantôme. « C'est ton foutu sang fantôme », comme si Farouche avait décidé d'avoir un quart de sang sauvage, comme si sa mère n'avait pas choisi pour partenaire un vagabond à moitié fantôme qui, ô surprise, s'était révélé être un ivrogne propre à rien.

Farouche allait se battre. Elle était assurée de perdre, mais elle se battrait. Elle forcerait ces enfoirés à la tuer pour au moins les priver de la moitié de la récompense. Bizarrement, cette pensée lui raffermit la main. Le petit couteau tremblait encore, mais désormais seulement parce qu'elle le serrait trop fort.

Pour un homme se targuant d'être le meilleur pisteur, Neary avait bien du mal à rester silencieux. Elle l'entendit respirer par le nez quand il s'immobilisa au sommet de l'escalier, seulement séparé d'elle par l'épaisseur d'une planche.

Une latte gémit quand il bascula son poids d'un pied sur l'autre. Le corps de Farouche se raidit tout entier, ses poils se hérissèrent. Puis elle l'aperçut : il ne se rua pas sur elle, la hache à la main et le regard meurtrier, mais poursuivit son chemin sur la galerie, abusé par les empreintes de pas sanglantes, l'arc bandé dans la mauvaise direction.

Quand on lui offrait un cadeau, Farouche avait toujours préféré s'en saisir à deux mains plutôt que de réfléchir à une façon de dire merci. Elle s'élança dans le dos de Neary, les crocs sortis et un grondement sourd dans la gorge. Il pivota la tête, dévoilant le blanc de ses yeux, son arc suivant peu après. La pointe de sa flèche étincela dans le peu de lumière que laissait filtrer cet endroit abandonné.

Elle se baissa pour le plaquer au niveau des jambes, enfonçant puissamment son épaule dans sa cuisse, lui arrachant un grognement. Elle trouva une prise sous les fesses de son adversaire, les narines soudain emplies de la puanteur chevaline de sa transpiration. La corde claqua, mais Farouche se relevait déjà, grondant, hurlant, bondissant. Si grand qu'il fût, elle parvint ainsi à le précipiter par-dessus la rambarde, de la même manière qu'elle faisait descendre les sacs de grains dans la ferme de sa mère.

Il flotta dans l'air un instant, la bouche et les yeux arrondis par la stupeur, puis il dégringola dans un souffle d'air et traversa le plancher du rez-de-chaussée.

Elle cilla, peinant à y croire. Son crâne la brûlait et elle y porta un doigt, s'attendant à moitié à sentir une flèche fichée dans sa cervelle, mais elle la découvrit plantée dans le mur derrière elle, une fin infiniment plus heureuse selon son point de vue. Un sang poisseux lui ruisselait néanmoins sur le front. La branche de l'arc avait dû l'érafler. Si elle arrivait à s'emparer de cette arme, elle aurait une petite chance. Elle courut vers l'escalier, puis s'immobilisa. Jeg se tenait dans l'embrasure de la porte, son épée dessinant une longue courbe noire contre la rue désormais baignée de soleil.

— La Fumée ! gronda-t-il.

Elle détala sur la galerie tel un lapin, suivant ses propres traces de pas ne menant nulle part en entendant les lourdes bottes de Jeg se diriger pesamment vers l'escalier. Elle heurta la porte du fond d'un coup d'épaule à pleine vitesse et émergea à la lumière, sur une terrasse à l'arrière du bâtiment. Elle posa son pied nu sur la rambarde – mieux valait se fier à son premier instinct en attendant de voir où il la mènerait que de s'arrêter pour réfléchir – et sauta. Elle battit des bras pour essayer de se saisir du balcon bringuebalant de l'autre côté de la ruelle, comme si s'agiter en tous sens pouvait lui permettre de voler plus loin.

Elle agrippa la balustrade, dont le bois s'enfonça douloureusement dans ses côtes, glissa en gémissant, chercha à se cramponner, lutta de toutes ses forces pour se hisser par-dessus, sentit quelque chose céder…

Et dans un craquement déchirant, toute la structure fatiguée par le climat s'arracha à la façade.

De nouveau, Farouche disposa d'une fraction de seconde de voltige pour considérer la situation. Et de nouveau, elle n'envisagea rien de bien réjouissant. Elle commençait tout juste à crier quand son vieil ennemi le sol la rattrapa – comme toujours –, lui plia la jambe gauche en deux, l'enroula sur elle-même et lui coupa le souffle en la frappant au flanc.

Elle toussa, puis geignit avant de recracher de la terre. Le fait qu'elle ait vu juste en se disant qu'elle aurait de nouvelles occasions d'avoir du sable plein la bouche lui fut d'un piètre réconfort. Elle vit Jeg, debout sur le balcon dont elle venait de sauter. Il repoussa son chapeau en arrière et pouffa avant de retourner à l'intérieur.

Elle tenait encore un morceau de rambarde dans la main. Vermoulu, un peu comme ses espoirs. Elle le balança en roulant sur le dos, attendant une fois de plus cette douleur sourde qui indiquerait sa perte. Elle ne survint pas non plus cette fois. Elle arrivait à bouger. En agitant ses pieds, elle se dit qu'elle devait pouvoir tenir debout. Mais elle préféra remettre ça à plus tard. La prochaine fois qu'elle se relèverait serait aussi certainement la dernière.

Elle se débarrassa péniblement des chutes de bois qui l'avaient accompagnée au bas du mur. Son ombre s'étendait vers la porte. Elle laissa échapper une complainte en entendant le pas lourd de Jeg dans la taverne. Elle se tortilla pour reculer sur les fesses et les coudes, traînant ses jambes dans la poussière, sa petite lame dissimulée derrière son poignet tandis que l'autre main lui servait d'appui sur le sol.

— Où comptes-tu aller ?

Jeg se pencha pour passer sous le linteau et ressortir. Il était grand, mais ressemblait à un géant en contre-plongée devant cette petite porte. Il dominait Farouche d'une bonne demi-tête et devait faire pas loin du double de son poids, même quand elle avait mangé. Il se pavana face à elle, la langue plaquée derrière la lèvre inférieure pour la faire saillir, la main légèrement refermée autour de la poignée de son sabre, savourant sa victoire.

— T'as joué un sacré tour à Neary, hein ? (Il remonta encore un peu plus le rebord de son chapeau, dévoilant la marque de bronzage sur son front.) Tu es plus forte que tu n'en as l'air. Mais ce garçon est tellement con qu'il aurait très bien pu basculer tout seul. Tu ne m'auras pas si facilement.

C'était ce qu'ils verraient, mais elle laisserait son couteau parler pour elle. Même une lame minuscule peut se révéler extrêmement expressive quand on l'enfonce au bon endroit. Elle recula un peu plus, soulevant de petits nuages de poussière, faisant mine de vouloir se lever avant de retomber avec un gémissement. Elle n'avait nul besoin d'être une grande comédienne pour jouer la souffrance. Elle sentait du sang lui dégouliner sur la figure. Jeg sortit de l'ombre, et le soleil encore bas illumina son visage, le forçant à plisser les yeux. Exactement ce qu'elle avait espéré.

— Je me souviens du premier jour où je t'ai vue, reprit-il, se délectant de son propre bêlement. Dodd est venu me trouver, tout excité, en me disant qu'il avait rencontré La Fumée, dont la trogne de meurtrière était placardée sur tous les murs près de Rostod ; quatre mille marks offerts pour sa capture. Toutes ces légendes qu'ils racontent sur toi ! (Il poussa un cri et elle recula un peu plus, s'assurant que sa jambe gauche serait fonctionnelle quand elle en aurait besoin.) À les entendre, tu es une sorte de démon brandissant deux épées dans chaque main. Imagine l'ampleur de ma déception quand je me suis rendu compte que tu n'étais qu'une gamine terrifiée affublée de dents écartées et d'une puissante odeur de pisse.

Comme si Jeg fleurait la rose ! Il fit un nouveau pas, tendant vers elle son immense battoir.

— Ne griffe pas. Tu me rapporteras plus vivante que morte. Je ne veux pas te…

Elle lui balança dans les yeux la poussière qu'elle tenait dans la main gauche et prit appui sur l'autre pour se relever d'un bond. Il se détourna avec une moue furieuse. Il frappa à l'aveugle quand elle lui fonça dessus, mais la lame fendit l'air au-dessus de son crâne. Emporté par son élan, il pivota dans l'autre sens. Elle agrippa l'une de ses basques de la main gauche et plongea son couteau de table sous son épaule droite.

Il laissa échapper un grognement étranglé lorsqu'elle libéra son arme et l'enfonça de nouveau, dans le biceps cette fois, manquant se couper la jambe au passage. Elle s'apprêtait à porter un troisième assaut quand il lui décocha un coup de poing en pleine bouche qui l'envoya valser, ses pieds nus peinant à rester ancrés au sol. Elle se raccrocha un instant au coin du bâtiment, le temps de dissiper les étoiles qui dansaient devant elle. Jeg se tenait deux pas plus loin, écumant de fureur, tentant de saisir de sa main gauche le sabre pendant au bout de son bras estropié, les doigts empêtrés dans la garde en cuivre tressé.

Quand les choses allaient vite, Farouche avait le don d'agir sans pitié, sans réfléchir aux conséquences, sans réfléchir tout court. Cela lui avait permis de survivre jusqu'à présent. C'était également ce qui l'avait précipitée dans ce merdier. La plupart des bénédictions sont accompagnées d'une malédiction, mais il faut apprendre à vivre avec. Elle avait donc le chic pour trop réfléchir après avoir agi, mais c'était une autre histoire. Si Jeg parvenait à trouver une bonne prise sur son sabre, elle était morte, c'était aussi simple que cela. Ainsi, avant d'avoir pleinement recouvré ses esprits, elle chargea de nouveau. Il essaya de libérer un bras mais elle s'en saisit de sa main gauche, le plaqua contre son corps et étreignit son manteau le temps de multiplier les coups de couteau à l'aveuglette – dans le ventre, les côtes, les côtes encore. Elle lui grognait dessus à chaque assaut, et lui grondait à chaque impact. Elle commençait à perdre prise sur le manche rendu glissant de son couteau.

Il réussit à agripper sa chemise, déchira les coutures du bras en essayant de la repousser pendant qu'elle continuait de le poignarder, mais il n'avait plus de forces et ne put que l'écarter d'un pas. Elle y voyait un peu plus clair désormais, et elle garda l'équilibre. Jeg, en revanche, tituba et mit un genou à terre. Elle brandit le couteau des deux mains et l'enfonça au milieu de ce chapeau ridicule, l'écrasant complètement. Seul le manche sortait encore du crâne de Jeg.

Elle recula en chancelant, s'attendant à le voir s'effondrer face contre terre. Au lieu de quoi, il se redressa soudain, comme un chameau qu'elle avait vu un jour sur un marché. Le rebord de son chapeau faisait disparaître jusqu'à l'arête de son nez, et le manche du couteau lui formait une antenne.

— Où es-tu passée ? (Les mots se mélangeaient, comme s'il avait la bouche pleine de gravier.) La Fumée ? (Il bascula d'un côté, puis de l'autre.) La Fumée ?

Il se traîna vers elle, soulevant un peu de sable, l'épée pendant mollement dans sa main droite ensanglantée, la pointe traçant des sillons dans le sol autour de son pied. Il leva la main gauche, les doigts tendus mais le poignet mou, et se mit à tirer sur son chapeau comme s'il avait une poussière dans l'œil qu'il cherchait à nettoyer.

— Foumée ?

Un côté de son visage tressaillait, tremblait, palpitait d'une façon anormale. Ou peut-être était-ce normal pour qui avait un couteau planté dans le cerveau.

— Fmée ?

— Ferme ta gueule !

Puis elle fonça sur lui et le fit tomber en arrière. Son épée lui échappa, mais son chapeau demeura épinglé sur sa tête. Il roula lentement sur le ventre, le bras droit inerte. Il remonta l'autre main sous son épaule, se croyant sans doute capable de se relever.

— Oh, marmonna-t-il dans la poussière.

Puis il ne bougea plus.

Farouche tourna le menton au ralenti et cracha du sang. Comme bien trop souvent ces derniers mois. Elle essuya ses yeux humides d'un revers de main tremblant. Elle n'arrivait pas à croire ce qui venait de se passer. Elle n'avait pas l'impression d'y être mêlée. Un cauchemar dont elle allait se réveiller. Elle serra les paupières puis les rouvrit, mais il gisait encore devant elle.

Elle inspira profondément puis souffla bruyamment, épongea la bave qu'elle avait aux lèvres et le sang qui coulait sur son front, puis recommença. Elle se pencha alors pour ramasser l'épée de Jeg, serra les dents pour réprimer l'envie de vomir qui l'assaillait par vagues, en rythme avec la douleur croissante qui lui cuisait la face. Putain, elle avait tellement besoin de s'asseoir ! De tout laisser tomber. Mais elle se força à tourner les talons et à regagner la porte de derrière de la taverne. Celle que Jeg avait empruntée, vivant, quelques instants plus tôt. Il faut une existence de dur labeur pour construire un homme, seulement une poignée de secondes pour le détruire.

Neary s'était hissé hors de son trou. Il tenait des deux mains sa jambe ensanglantée, l'air désarçonné.

— Tu as attrapé cette salope ? demanda-t-il en louchant vers l'entrée.

— Oh, sans doute possible.

Il écarquilla les prunelles et tenta de se traîner jusqu'à son arc, presque à la portée de sa main, sans cesser de gémir. Farouche leva la grosse épée de Jeg en se rapprochant de lui et Neary se retourna, les pupilles dilatées par la terreur, un bras protecteur tendu devant lui. Elle abattit le plat de sa lame de toutes ses forces et il pleurnicha en plaquant son membre meurtri contre son torse. Puis elle le cogna à la tempe et il roula en chougnant sur le plancher. Elle passa alors devant lui, glissa son sabre à sa ceinture, ramassa l'arc et sortit plusieurs flèches du carquois. Elle se dirigea vers la porte, en encocha une et jeta un coup d'œil dans la rue.

Dodd grattait encore le sol pour récupérer les pièces et les ranger dans le sac, se rapprochant progressivement du puits. Inconscient du sort de ses compagnons. Rien de très étonnant : si un adjectif seyait particulièrement à Dodd, c'était justement « inconscient ».

Elle descendit à pas feutrés les marches de la taverne, près du bord pour ne pas les faire grincer, banda à moitié son arc et visa. Dodd lui tournait le dos, accroupi dans la poussière. Une traînée de sueur assombrissait le milieu de sa chemise. Elle hésita longuement à faire du centre de cette tache la cible à atteindre, mais il n'était jamais aisé de tuer un homme, surtout d'une action réfléchie. Elle le regarda empocher la dernière pièce, puis tirer sur les cordons de la bourse. Il se retourna, tout sourire.

— J'ai tout…

Ils se dévisagèrent un moment. Il était baissé au milieu de la rue, son sac d'argent dans une main, un sourire incertain aux lèvres. Ses yeux, plongés dans l'ombre de son chapeau bon marché, trahissaient en revanche sa grande inquiétude. Elle restait debout, ses pieds nus maculés de sang, à l'instar de sa bouche coupée et des cheveux plaqués à son front écarlate. Néanmoins, l'arc était parfaitement stable.

Il s'humecta les lèvres, déglutit, puis se passa de nouveau la langue sur ses gerçures.

— Où est Neary ?

— Dans une mauvaise passe.

Elle fut surprise par la dureté de sa voix. Elle ne la reconnaissait pas. Il s'agissait peut-être de celle de La Fumée.

— Où est mon frère ?

— Encore plus mal en point.

Dodd avala sa salive, remua son cou luisant de sueur, et entreprit de reculer discrètement.

— Tu l'as tué ?

— Oublie-les et ne bouge plus.

— Attends, Farouche, tu ne vas pas me tirer dessus, quand même ? Après tout ce qu'on a traversé ? Pas sur moi. Si ? (Sa voix montait dans les aigus à chaque pas qui le rapprochait du puits.) Je n'ai jamais voulu ça. Ce n'est pas moi qui ai eu l'idée !

— Bien sûr que non. Il faut réfléchir, pour avoir des idées, et tu n'en as pas les moyens. Tu les as juste suivis bêtement. Quitte à me voir la corde au cou.

— Non, attends, Farouche…

— Ne bouge plus, je t'ai dit. (Elle acheva de bander son arc, s'écorchant un peu plus les doigts sur la corde.) Putain, t'es sourd, ou quoi ?

— Écoute, Farouche, si on en discutait ? Tu veux bien ?

Il tendit devant lui une paume tremblante, comme pour intercepter la flèche. Ses prunelles bleu pâle étaient rivées sur Farouche, qui se souvint soudain de la première fois où elle l'avait vu, adossé à l'écurie, un franc sourire aux lèvres, pas très malin mais très amusant. Elle avait cruellement manqué de divertissements dans l'existence depuis qu'elle avait quitté la maison. Difficile de croire qu'elle était partie pour ça.

— Je sais que je me suis mal comporté, mais… je ne suis qu'un imbécile.

Il se fendit d'un sourire aussi tremblant que sa main. Il l'avait bien égayée, au moins au début, et même s'il n'était pas très bon amant, il avait tenu sa couche chaude, ce qui n'était pas rien. Et puis, chose appréciable, il lui avait donné l'impression qu'elle n'était pas seule contre le reste du monde.

— Ne bouge plus, redit-elle, légèrement radoucie.

— Tu ne vas pas me tirer dessus. (Il continuait à se rapprocher du puits.) C'est moi. Moi. Dodd. Ne tire pas, d'accord ? (Pas après pas.) Je vais juste…

Elle tira.

C'est l'une des particularités de l'arc. Le corder, le bander, encocher la flèche, viser… tout cela nécessite un effort, de l'habileté, une prise de décision. Lâcher la corde n'est rien. Il suffit de cesser de la tenir. En réalité, une fois la cible en joue, il est plus facile de tirer que de ne pas le faire.

Dodd se trouvait à une dizaine de pas, et le trait longea sa main pour venir se ficher silencieusement dans sa poitrine. L'absence de bruit la surprit. D'un autre côté, la chair est tendre. Beaucoup plus qu'une tête de flèche. Dodd recula en chancelant, comme s'il n'avait pas encore vraiment pris conscience d'avoir été touché. Puis ses yeux s'arrondirent. Il cilla alors en contemplant la penne.

— Tu as tiré, murmura-t-il avant de s'écrouler à genoux.

Un ovale sombre et écarlate maculait déjà sa chemise.

— Putain, je t'avais prévenu !

Elle jeta son arc à terre, soudain furieuse après Dodd et après l'arme.

Il la dévisagea.

— Mais je ne pensais pas que tu le ferais.

Elle soutint son regard.

— Moi non plus. (Le vent profita d'un instant de silence pour agiter la poussière qui les cernait.) Pardon.

— Pardon ? croassa-t-il.

C'était sans doute la chose la plus stupide qu'elle eût jamais dite, et pourtant la compétition était rude, mais qu'aurait-elle pu déclarer ? Aucun mot n'aurait suffi à retirer la flèche. Elle haussa les épaules sans conviction.

— Oui.

Dodd grimaça, soupesant sa bourse d'une main, puis se tourna vers le puits. Farouche ouvrit la bouche et s'élança quand elle le vit basculer de côté et jeter la sacoche. Celle-ci tourna sur elle-même en prenant de la hauteur, puis entama sa descente, les cordons battant dans l'air. Farouche courut, la main tendue, sauta, tomba…

Elle grogna quand ses côtes endolories heurtèrent le muret autour du puits. Son bras droit était plongé dans le trou. Pendant un instant, elle craignit de suivre la bourse au fond – ce qui aurait probablement été une conclusion appropriée –, mais ses genoux atterrirent sur le sol.

Elle tenait l'un des coins inférieurs du pochon, bout de toile détendue agrafée par des clous brisés. Les cordons pendaient dans le vide tandis que de la poussière et de petits cailloux tombaient tout autour.

Elle sourit. Pour la première fois de la journée. Peut-être même du mois.

Puis la bourse s'ouvrit.

Les pièces dégringolèrent dans le conduit en une averse scintillante, tintant et cliquetant contre la paroi terreuse, disparaissant dans un néant d'encre, plongeant dans le silence.

Elle se releva, sous le choc.

Elle s'écarta lentement du puits, se tenant l'épaule d'une main pendant que le sac vide pendait dans l'autre.

Elle observa Dodd, allongé sur le dos, une flèche dans la poitrine, ses yeux humides rivés sur elle, son torse se soulevant rapidement. Elle entendit son souffle court ralentir, puis s'éteindre.

Farouche resta là un moment, puis se plia en deux pour dégueuler. Elle n'avait pas grand-chose dans le ventre, n'ayant rien avalé de la journée, mais ses tripes étaient nouées si fort qu'elle s'assura d'en vider le maigre contenu. Elle chancelait tant qu'elle craignit de tomber. Les mains sur les genoux, elle renifla la bile dégoulinant de son nez et cracha.

Bon sang, que ses côtes lui faisaient mal. Et son bras. Et sa jambe. Son visage. Elle avait tant d'éraflures, de foulures ou d'hématomes qu'elle peinait à les différencier les uns des autres. Son corps entier n'était qu'une putain de plaie palpitante.

Elle parcourut des yeux le corps de Dodd, sentit une nouvelle vague de nausée l'assaillir, mais la repoussa en scrutant l'horizon, cette ligne de rien tremblotante.

Pas de rien.

De la poussière s'élevait au loin. Elle essuya une fois de plus la figure sur sa manche déchirée et désormais si crasseuse qu'elle la salissait plus qu'elle ne la nettoyait. Elle se redressa, plissa les paupières, n'arrivant pas à y croire. Des cavaliers. Aucun doute possible. Encore à bonne distance, mais peut-être une douzaine.

— Oh, bordel, pesta-t-elle en se mordant la lèvre. (Si les choses continuaient sur cette lancée, elle la mangerait bientôt tout entière.) Oh, bordel !

Farouche se plaqua alors les mains sur les yeux pour se plonger dans les ténèbres avec l'espoir vain de s'être trompée. Ça ne serait pas la première fois, pas vrai ?

Mais lorsqu'elle retira ses paumes et rouvrit les paupières, la poussière volait encore. Le monde est un sale tyran, en effet, et plus vous êtes faible, plus il prend plaisir à vous faire souffrir. Elle posa les poings sur ses hanches, arqua le dos et hurla de toute la puissance de ses poumons :

— Putain !

L'écho résonna entre les bâtiments et se tarit rapidement. Elle n'obtint aucune réponse. Sauf peut-être le vrombissement sourd d'une mouche s'intéressant déjà à la dépouille de Dodd. Le cheval de Neary lui adressa une brève œillade avant de se détourner, nullement impressionné. Farouche avait à présent mal à la gorge, pour ne rien arranger. Elle était contrainte de se poser les questions habituelles.

Et maintenant, quoi ?

Elle serra les dents et tira sur les bottes de Dodd pour les lui ôter, puis elle s'assit près de lui afin de les enfiler. Ce n'était pas la première fois qu'ils se retrouvaient l'un contre l'autre dans la poussière. Mais la première depuis qu'il était mort. Les bottes étaient largement trop grandes, mais elle était toujours infiniment mieux que pieds nus. Ainsi équipée, elle clopina jusqu'à la taverne.

Neary poussait quelques gémissements lamentables en s'efforçant de se mettre debout. Farouche lui décocha un coup de pied au visage avant de lui écraser le dos, puis elle retira les dernières flèches de son carquois et le dépouilla de son gros couteau. De retour dehors, elle récupéra l'arc et s'enfonça le chapeau de Dodd sur le crâne. Lui aussi était un peu large, mais il lui permettait au moins de s'abriter du soleil. Elle rassembla alors les trois montures et les attela en ligne – une opération délicate, l'étalon imposant de Jeg étant un fieffé salopard qui semblait bien résolu à lui décocher une ruade mortelle.

Quand elle eut terminé, elle fronça les sourcils en se retournant vers les nuages de poussière. Les cavaliers se dirigeaient bien vers la ville, et à bonne allure. En plissant les paupières, elle parvint à mieux les distinguer et en compta neuf ou dix. C'était toujours deux ou trois de moins que douze, mais cela restait une force considérable.

Des agents bancaires lancés après le magot. Des chasseurs de primes intéressés par la somme promise pour sa capture. D'autres hors-la-loi ayant eu vent du butin. Un butin qui, en l'occurrence, reposait au fond du puits. Ce pouvait être n'importe qui. Farouche avait un don peu commun pour se faire des ennemis. Elle s'en rendit compte en observant le corps de Dodd gisant dans la poussière, ses pieds nus traînant mollement au bout de ses jambes. Elle avait encore moins de chance avec ses amis.

Comment en était-elle arrivée là ?

Elle secoua la tête et cracha par l'interstice entre ses incisives. Puis elle se hissa sur la selle de Dodd et tourna le dos aux nuages de poussière sans savoir dans quelle direction elle allait.

Farouche éperonna sa monture.

JIM BUTCHER

Figurant régulièrement dans la liste des best-sellers du *New York Times*, Jim Butcher est surtout connu pour *Les Dossiers Dresden*, dans lesquels un magicien détective privé arpente des rues souvent très sombres pour livrer bataille contre les créatures surnaturelles qui peuplent notre monde. C'est l'un des personnages de fiction les plus célèbres du XXIe siècle ; ses aventures ont même été adaptées en série télévisée. On compte, parmi *Les Dossiers Dresden* : *Avis de tempête*, *Lune fauve*, *Tombeau ouvert*, *Fée d'hiver*, *Suaire froid*, *Blood Rites**[1], *Dead Beat**, *Proven Guilty**, *White Night**, *Small Favor**, *Turn Coat** ou *Changes**. Butcher est aussi l'auteur de la truculente série de cape, d'épée et de sorcellerie *Codex Alera*, constituée de : *Les Furies de Calderon*, *La Furie de l'Academ*, *La Furie du Curseur*, *La Furie du Capitaine* et *Princeps' Fury**. Ses ouvrages les plus récents sont *First Lord's Fury**, le nouvel opus de *Codex Alera*, et *Ghost Story**, des *Dossiers Dresden*. Il existe également un recueil de nouvelles tournant autour d'Harry Dresden : *Side Jobs: Stories from the Dresden Files**. *Cold Days**, nouveau volume de la série, est prévu bientôt. Butcher vit dans le Missouri avec sa femme, son fils et son féroce chien de garde.

Butcher a surpris tout son monde en tuant Harry Dresden à la fin de *Changes*. (Le roman suivant, *Ghost Story*, étant

1. Les titres anglais suivis d'un astérisque n'ont pas encore fait l'objet d'une publication en France. (*N.d.É.*)

raconté du point de vue de son fantôme !) Dans la nouvelle à suivre, la jeune protégée d'Harry essaie de poursuivre la lutte contre les forces des ténèbres *sans* Harry et découvre l'ampleur de sa tâche – une tâche qu'elle a intérêt à accomplir vite… si elle tient à sa vie.

COCKTAIL EXPLOSIF

Mon boss me manque.

Voilà presque un an que je l'ai aidé à mourir et que je me retrouve la seule magicienne professionnelle de Chicago.

Bon, d'accord, je ne suis pas pour ainsi dire officiellement magicienne. Disons que je suis encore plus ou moins apprentie. Et que personne ne me paie, à moins que l'on tienne compte des portefeuilles et autres biens de valeur que je récupère parfois sur les corps. Considérons donc que je suis plus amateur que professionnelle. D'autant que je n'ai pas de licence de détective, contrairement à feu mon chef, ni de pub à mon nom dans le bottin.

Mais je suis la seule. Je suis moins forte qu'il ne l'était, moins douée aussi. Espérons que cela suffira.

Bref, j'étais en train de faire partir le sang dans la douche de Waldo Butters.

Je vivais essentiellement dehors, depuis quelque temps, ce qui m'avait paru moins horrible durant l'été ou le début de l'automne qu'au cours des froids glaciaires de l'hiver ultra-rigoureux de l'année précédente. En comparaison, c'était presque comme dormir sur une plage tropicale. Toutefois, certaines choses me manquaient, comme l'accès régulier à l'eau courante, et Waldo me laissait me laver chaque fois que j'en avais besoin. J'avais réglé le mitigeur au plus chaud, et c'était un vrai délice. Un délice fait de douloureux coups de fouet, mais un délice quand même.

Le fond de la douche vira quelques secondes à l'écarlate, puis rosit le temps que le sang s'écoule par la bonde. Ce n'était pas le mien. Une bande de Fomors portait un garçon de quinze ans dans une allée en direction du lac Michigan. S'ils arrivaient à destination, le malheureux risquait un sort pire que la mort. J'étais intervenue, mais ce salopard de Listen avait préféré lui trancher la gorge plutôt que de le laisser filer. J'avais essayé de le secourir pendant que Listen et ses potes prenaient la fuite. En vain. Et j'avais été là avec lui, à ressentir tout ce qu'il ressentait, à éprouver son trouble, sa douleur et sa terreur alors qu'il rendait l'âme.

Harry n'aurait pas eu à subir ça. Harry aurait sauvé le coup. Il aurait envoyé valser ces imbéciles de Fomors comme des quilles de bowling, aurait pris le gamin dans ses bras tel un héros de cinéma et l'aurait mis à l'abri.

Mon boss me manquait.

J'utilisai beaucoup de savon. Je pleurai sans doute. J'avais cessé de me soucier des larmes plusieurs mois auparavant, et il m'arrivait parfois de ne pas savoir si elles coulaient ou non. Une fois propre – au moins physiquement –, je restai plantée là à profiter de la chaleur de l'eau qui me ruisselait dessus. La cicatrice que j'avais à la jambe depuis que j'avais reçu cette balle était encore fripée, mais elle était passée de mauve et rouge à un rose furieux. D'après Butters, elle aurait totalement disparu d'ici à deux ans. Je pouvais de nouveau marcher normalement, à condition de ne pas trop me fatiguer. Mais mince, mes pattes et d'autres endroits de mon anatomie avaient grand besoin d'un coup de frais, malgré ma blondeur.

J'envisageai de m'en occuper plus tard, mais… prendre soin de soi aide à garder le moral. Un esprit sain dans un corps sain, tout ça, tout ça. Je n'étais pas idiote. Je savais que je n'étais pas au mieux ces temps-ci. La moindre petite satisfaction était toujours bonne à prendre. Je sortis la main de la douche pour m'emparer du rasoir en plastique rose d'Andi. Je rembourserais la copine loup-garou de Waldo une autre fois.

Je terminai alors que l'eau tiédissait et m'essuyai. Mes affaires étaient amassées près de la porte – des Birkenstock d'occasion, un vieux sac de randonnée en nylon et mes fringues ensanglantées. Encore une tenue foutue. Et mes sandales ayant laissé des traces partielles sur la scène de crime, il me faudrait leur dire adieu également. À ce rythme, j'allais bientôt devoir faire une nouvelle virée dans une friperie. En temps normal, cela m'aurait réjouie, mais le shopping ne m'éclatait plus autant qu'avant.

Je scrutais précautionneusement la baignoire et le sol en quête de poils ou cheveux ayant échappé à ma vigilance quand on frappa à la porte. Je ne m'arrêtai pas d'observer pour autant. Dans mon métier, les gens sont prêts à vous faire subir des atrocités innommables s'ils mettent la main sur la moindre particule de votre corps. Ne pas nettoyer derrière vous revient à laisser à n'importe qui une chance de porter votre sang à ébullition à vingt pâtés de maisons à la ronde. Non merci.

— Oui ? demandai-je.

— Hé, Molly, dit Waldo. Il y a, euh… quelqu'un qui voudrait te voir.

Nous avions établi un certain nombre de codes. S'il avait utilisé le mot « sentiment » dans sa phrase, j'aurais compris qu'il y avait danger. Le fait qu'il ne l'ait pas employé signifiait qu'il n'y en avait aucun – ou qu'il n'en était pas conscient. Je remis mes bracelets et ma bague, et posai mes deux baguettes là où je pourrais les ramasser instantanément. Alors seulement, j'entrepris de me rhabiller.

— Qui ça ? m'enquis-je.

Il faisait de gros efforts pour ne pas paraître nerveux. Je lui en savais gré. C'était mignon de sa part.

— Elle dit qu'elle s'appelle Justine et que tu la connais.

Je la connaissais effectivement. C'était une esclave des vampires de la Cour Blanche. Ou au moins l'assistante personnelle de l'un d'eux, et la petite amie d'un autre. Harry avait toujours eu une bonne opinion d'elle, même s'il se comportait comme un gros benêt quand il était question de femmes susceptibles d'endosser le rôle de demoiselles en détresse.

— S'il était là, marmonnai-je par-devers moi, il l'aiderait.

Je n'essuyai pas la buée sur la glace avant de quitter la salle de bains. Je ne voulais surtout pas y croiser mon reflet.

Justine avait à peine quelques années de plus que moi, mais ses cheveux étaient déjà d'un blanc immaculé. C'était une vraie bombe, une de ces filles que les garçons trouvent trop jolies pour oser les aborder. Elle portait un jean et une chemise d'homme trop grande de plusieurs tailles. Elle appartenait à Thomas, j'en étais convaincue. Son langage corporel était posé, très neutre. Justine était éminemment douée pour cacher ses émotions, ce qui ne m'empêchait pas de percevoir une certaine tension et une peur réprimée derrière son calme de façade.

En tant que magicienne, ou presque, je travaille avec l'esprit. Il est très difficile de me dissimuler quelque chose.

Justine était soucieuse, car elle se faisait du mouron pour Thomas. Si elle était venue solliciter mon aide, c'était qu'elle n'avait pas pu en obtenir de la part de la Cour Blanche. Nous aurions pu nous lancer dans une conversation polie qui aurait fini par nous mener à cette révélation, mais j'avais de moins en moins de patience pour ces politesses depuis quelque temps, j'en vins donc droit au but.

— Bonjour, Justine. Pourquoi vous aiderais-je avec Thomas si sa propre famille s'y refuse ?

Ses yeux faillirent sortir de leurs orbites. Ceux de Waldo aussi. J'étais désormais habituée à ce genre de réaction.

— Comment avez-vous su ? me demanda-t-elle doucement.

Quand on fait dans la magie, les gens ont tendance à supposer que chacun de nos actes en relève. Harry avait toujours trouvé cette propension amusante. Pour lui, la magie n'était que l'un des nombreux outils dont dispose le cerveau pour résoudre un problème. L'esprit est en réalité bien plus puissant qu'on ne le croit.

— Quelle importance ?

Elle fronça les sourcils et se détourna un instant. Elle secoua la tête.

— Il a disparu. Je sais que Lara l'a envoyé faire une course, mais elle nie farouchement. Elle ment.

— C'est une vampire. Et vous n'avez toujours pas répondu à ma question initiale.

Mes mots sortirent de façon plus brutale et cassante que prévu. J'essayai de me détendre un peu, croisai les bras et m'adossai à un mur.

— Pourquoi devrais-je vous aider ?

Ce n'était pas comme si je n'avais pas l'intention de le faire. Mais je détenais un secret sur Harry et Thomas que la plupart des gens ignoraient. Je devais découvrir si Justine était affranchie également ou s'il valait mieux me montrer prudente avec elle.

Elle soutint mon regard pendant quelques secondes. Le sien était pénétrant.

— Si on ne peut pas se tourner vers la famille, répliqua-t-elle, alors vers qui ?

Je détournai les yeux pour éviter qu'elle puisse sonder mon âme, mais ses paroles et l'impression dégagée par sa posture, sa présence, son *être* m'apportèrent une réponse suffisante.

Elle savait.

Thomas et Harry étaient demi-frères. Elle serait venue trouver Harry, s'il était encore de ce monde. J'étais ce qui s'approchait le plus de son héritière, et Justine espérait que j'accepterais d'endosser son costume pour l'occasion. Son costume excessivement grand et terrifiant.

— Vers les amis, répondis-je simplement. J'aurais besoin de quelque chose appartenant à Thomas. Un cheveu ou un ongle seraient…

Elle tira de sa poche de poitrine un sac en plastique avec une fermeture à glissière et me le tendit sans un mot. Je me penchai dessus et découvris qu'il renfermait un nombre considérable de cheveux bruns.

— Vous êtes sûre que ce sont les siens ?

Elle me désigna sa propre crinière neigeuse.

— Je ne risque pas de me tromper.

En relevant la tête, je vis que Butters m'observait silencieusement depuis l'autre bout de la pièce. C'était un petit homme au nez crochu et au physique vif et nerveux. Il donnait l'impression de se coiffer en mettant les doigts dans une prise de courant. Ses prunelles étaient fixes et inquiètes. Son gagne-pain consistait à découper des cadavres pour le compte du gouvernement, mais il était l'une des personnes les plus calées en ville dès qu'il était question de surnaturel.

— Quoi ? lui demandai-je.

Il tourna sept fois sa langue dans sa bouche avant de me répondre – moins parce qu'il avait peur de moi que pour éviter de me blesser. Contrairement à la plupart des gens, désormais.

— Tu penses réellement devoir t'impliquer là-dedans, Molly ?

Il voulait surtout s'assurer que je savais ce que je faisais. Que j'allais effectivement aider et non causer plus de dégâts.

— Je l'ignore, admis-je le plus honnêtement du monde. (Puis je me tournai vers Justine et ajoutai :) Attendez-moi ici.

J'allai alors chercher mes affaires, récupérai le sachet de cheveux et partis.

La première chose qu'Harry Dresden m'avait enseignée en matière de magie était un sort de pistage.

— C'est un principe tout bête, petite, m'avait-il dit. Il s'agit de créer un lien entre deux objets similaires en se servant d'énergie. Puis on demande à cette énergie de nous donner un indicateur quelconque, de manière à déterminer la direction qu'elle emprunte.

— Et qu'est-ce qu'on va trouver ? l'avais-je interrogé.

Il avait brandi un poil gris assez épais et avait adressé un signe de tête à son clebs, Souris. Il aurait dû l'appeler Poney, tant son chien du temple hirsute était immense.

— Souris, avait alors lancé Harry, va te cacher. On verra si on arrive à te retrouver.

Le gros toutou avait bâillé et s'était dirigé vers la porte d'un pas obéissant. Harry la lui avait ouverte avant de revenir s'asseoir près de moi. Nous étions dans son séjour. Deux nuits plus tôt, je m'étais jetée sur lui. Nue. Et il m'avait renversé un broc d'eau glacée sur la tête. Je ne m'en étais toujours pas remise – mais il avait sans doute eu raison. Il avait fait ce qu'il fallait. Il faisait toujours ce qu'il fallait, même si cela allait à l'encontre de ses intérêts immédiats. Je mourais pourtant d'envie d'être avec lui, mais le moment n'était peut-être pas encore venu.

Ça n'était pas grave. Je saurais me montrer patiente. Et cela ne m'empêchait pas de le fréquenter d'une tout autre manière, presque quotidiennement.

— D'accord, avais-je dit quand il s'était assis. Qu'est-ce que je dois faire ?

Au fil des années, ce sort était devenu une simple opération de routine. Je m'en servais pour retrouver des gens disparus, pour dénicher des cachettes, des chaussettes manquantes, et plus généralement pour fourrer mon nez dans des affaires qui ne me concernaient pas. Harry aurait dit que cela allait de pair avec le statut de magicien. Harry avait raison.

Je m'arrêtai dans une allée devant l'appartement de Butters et traçai sur le bitume un cercle à la craie rose. Je le refermai avec un léger effort de volonté, tirai l'un des cheveux du sachet en plastique et le levai. Je concentrai mon énergie sur le cercle, rassemblant mentalement les divers éléments. À mes débuts, Harry m'avait laissée utiliser quatre objets différents, m'avait appris à leur associer des idées afin de représenter les multiples facettes du sort, mais ça n'était pas nécessaire. La magie se passe entièrement dans la tête du praticien. Les accessoires servent uniquement à rendre « *presque* impossibles » à réaliser les sorts voués à un échec certain. Désormais, dans ce cas, je n'avais plus besoin d'artifices.

Je réunis les différents morceaux de sort dans ma tête, les liai les uns aux autres, les fis infuser dans un soupçon d'effort de volonté, puis libérai avec un murmure l'énergie dans le cheveu. Je me le fourrai ensuite dans la bouche et rompis le cercle de craie en l'effaçant du pied.

Harry se servait toujours de son amulette, d'une boussole ou d'un pendule en guise d'indicateur dans les sorts de pistage. Je ne voulais pas lui faire de peine, mais ça n'était pas nécessaire non plus. Je sentais la magie couler dans le cheveu, me picoter les lèvres. Je sortis une boussole en plastique bon marché et un cordeau à tracer de trois mètres. J'orientai celui-ci de façon à indiquer le nord magnétique et le fis claquer sur le sol.

Je me saisis alors du bout du fil et me mis à tourner lentement sur moi-même, jusqu'à ce que le picotement soit centré sur mes lèvres. Je m'étais rendu compte qu'il s'agissait de l'une des parties les plus sensibles du corps et qu'elles offraient les meilleures informations tactiles dans ce genre de situation. Dès que je sus dans quelle direction chercher Thomas, je fis de nouveau claquer mon cordeau, traçant une forme en V extrêmement allongée, comme la pointe d'une aiguille géante. Je mesurai la base du triangle.

Je pivotai alors de quatre-vingt-dix degrés, fis cinq cents pas dans cette direction et répétai le processus.

Promettez-moi de n'en jamais parler à mon prof de maths du lycée, mais je m'assis ensuite par terre et appliquai mon cours de trigonométrie à la vraie vie.

Le calcul n'était pas compliqué à réaliser. Je disposais de deux angles tracés par rapport au nord magnétique, et d'une longueur en unités de pas de Molly. Les pas de Molly n'ont certes rien de scientifique, mais dans ce genre d'exercice ils me suffisaient à évaluer la distance me séparant de Thomas.

Avec des outils aussi rudimentaires, je manquais de précision pour identifier quelle porte exactement je devrais enfoncer, mais je savais au moins que le disparu était relativement proche, à environ sept ou huit kilomètres – c'était toujours mieux que le pôle Nord ou je ne sais quel autre point du globe. J'ai l'habitude d'arpenter la ville, car une cible en mouvement est plus difficile à localiser. Je devais bien parcourir trois ou quatre fois cet intervalle lors d'une journée normale.

J'allais néanmoins devoir me rapprocher afin de déterminer sa position plus justement. Je braquai donc mes lèvres dans la direction du picotement et commençai à avancer.

Thomas se trouvait dans un petit immeuble de bureaux, sur une vaste parcelle.

Le bâtiment de trois niveaux se dressait entre d'autres structures considérablement plus imposantes. Le terrain sur lequel il était situé aurait pu accueillir un édifice bien plus important, mais les propriétaires avaient privilégié une pelouse et un jardin parfaitement entretenus, égayés de quelques points d'eau et cernés d'une clôture en fer forgé aussi basse que modeste. La construction était en pierre et en marbre, et avait plus de classe dans ses corniches que les tours voisines dans leur ensemble. L'immeuble était à la fois somptueux et discret ; au cœur de ce pâté de maisons, il faisait l'effet d'un diamant parfaitement taillé exposé au milieu de gros blocs de zircon.

Il n'y avait aucune plaque à l'extérieur, ni aucune entrée apparente en dehors d'un portail gardé par des hommes d'allure tout à fait compétente en costume noir. Des costumes onéreux. Si les vigiles pouvaient se permettre de les porter au travail, cela signifiait que les propriétaires des lieux avaient de l'argent. Beaucoup d'argent.

Je fis le tour du bâtiment pour m'assurer de ne pas m'être trompée, et le picotement du sort de pistage me confirma la présence de Thomas en ces murs. Cependant, même si j'avais veillé à rester sur le trottoir d'en face, quelqu'un à l'intérieur m'avait repérée. Je sentais le regard d'un garde rivé sur moi, malgré ses lunettes de soleil. J'aurais peut-être dû effectuer mon approche initiale sous un voile, mais Harry avait toujours été contre l'usage de la magie quand il n'était pas réellement nécessaire, car on avait bien trop vite fait d'y recourir au moindre besoin si on prenait l'habitude de céder à la facilité.

Par certains côtés, je comprends mieux qu'Harry les « comment » de la magie. Néanmoins, j'ai fini par découvrir que je ne serais sans doute jamais aussi douée que lui concernant les « pourquoi ».

Je me rendis au *Starbucks* du coin et me commandai un gobelet de vie liquide afin de réfléchir au meilleur moyen d'entrer. Mon palais me félicitait de mes bonnes décisions quand je sentis la présence d'un pouvoir surnaturel s'approchant rapidement.

Je ne paniquai pas. La panique est souvent fatale. Au lieu de quoi, je tournai lentement les talons et me glissai dans l'étroit couloir menant aux toilettes. Je m'enfermai dans la cabine et sortis mes baguettes de mes poches. Je vérifiai le niveau d'énergie de mes bracelets. Tous deux étaient chargés à bloc. Mes bagues également. Les conditions étaient donc optimales.

J'organisai alors mes pensées, produisis un léger effort de volonté, chuchotai une parole et disparus.

Les voiles relèvent de la magie complexe, mais j'avais un don pour ça. Devenir réellement et parfaitement invisible était une vraie gageure : la lumière qui vous traversait était froide comme la pierre et vous laissait gelée et aussi aveugle qu'une chauve-souris. Mais passer inaperçu était tout autre chose. Un bon voile ne laissait paraître que quelques tremblotements de l'air, voire des ombres indistinctes qui n'auraient pas dû se trouver là, mais guère plus. Cela conférait un sentiment de banalité autour de vous, une aura de lassitude anodine qu'on n'éprouve habituellement que vers 15 h 30, quand on fait un boulot qui ne nous intéresse pas. Cette illusion combinée à un profil visible considérablement réduit était si facile à obtenir que passer inaperçu se révélait être simple comme bonjour.

Tout en m'abritant sous mon voile, je fis naître une autre image, mélange d'illusion et de suggestion. Celle-ci était toute simple : moi, telle que je m'étais vue dans le miroir un instant plus tôt, propre, apparemment guillerette et tenant à la main un délice crémeux et rafraîchissant. La sensation qui l'accompagnait était une bonne dose de moi-même : le mouvement et le bruit de mes pas, l'odeur du shampooing de Butters, l'arôme du café. Je liai l'image à l'une de mes bagues et l'abandonnai là, puisant dans l'énergie que j'avais stockée dans une pierre de lune. Puis je me retournai, mon double recouvrant mon corps tel un costume de lumière, et je sortis de l'établissement.

Une fois dehors, l'évasion fut un vrai jeu d'enfant, comme toutes les bonnes évasions. Mon image bifurqua à gauche pendant que je prenais à droite.

Aux yeux de n'importe quel badaud, une jeune femme venait de quitter la boutique et remontait tranquillement la rue avec un café. Elle passait manifestement une bonne journée. J'avais ajouté un peu de légèreté et de balancement dans les mouvements de l'image pour la rendre plus visible (et donc pour créer une meilleure diversion). Elle continuerait sur cette rue pendant un ou deux kilomètres avant de disparaître, tout simplement.

Pendant ce temps, la vraie moi se dirigea silencieusement vers une allée pour observer.

Mon clone n'avait pas fait cent mètres qu'un homme en col roulé noir sortit d'une ruelle et entreprit de le filer

– un serviteur du Fomor. Ces abrutis étaient partout, ces temps-ci ; comme des cafards, mais en plus répugnants et difficiles à tuer.

Sauf que… ça paraissait trop facile. Un serviteur lambda n'aurait pas ainsi fait résonner mon signal d'alarme intérieur. Ils étaient certes forts, rapides et robustes, mais pas plus que bien d'autres créatures. Ils ne disposaient pas d'une quantité phénoménale de pouvoir magique ; dans le cas contraire, le Fomor ne les aurait jamais laissés partir.

Il y avait autre chose. Quelque chose qui voulait me distraire en m'encourageant à surveiller l'apparent serviteur suivre l'apparente Molly. Et si cette chose me connaissait suffisamment bien pour créer cette illusion dans le but de détourner mon attention, elle me connaissait assez bien également pour me retrouver malgré mon voile. Rares étaient ceux capables d'une telle prouesse.

Je glissai la main dans mon sac à dos en nylon noir et en sortis mon couteau, la baïonnette M9 que mon frère avait rapportée d'Afghanistan. Je fermai alors les paupières et me retournai promptement, mon arme dans une main, mon café dans l'autre. Je soulevai du pouce le couvercle de mon gobelet et balançai le liquide brûlant dans un vaste arc de cercle à hauteur de poitrine.

Je perçus un cri étouffé et me dirigeai vers lui en rouvrant les yeux, fendant l'air de mon poignard un peu plus haut que mon propre cœur.

L'acier de la lame s'illumina d'un vif éclat en tranchant un autre voile suspendu à quelques centimètres de moi. Je fis un pas en avant pour le franchir en hâte, pointant mon arme loin devant moi, vers la forme soudain révélée. Il s'agissait d'une femme, plus grande que moi, vêtue de haillons (souillés de café), aux longs cheveux fauves détachés et agités par le vent. Elle pivota de côté, en perte d'équilibre, jusqu'à ce que ses épaules viennent toucher le mur en brique de l'allée.

Je ne me laissai pas fléchir et donnai un coup d'estoc vers sa gorge – jusqu'à ce qu'une longue main, pâle et fine, aussi vive qu'un serpent, mais plus forte et plus froide, intercepte mon poignet à la dernière seconde. Mon visage n'était qu'à quelques centimètres du sien quand j'appuyai de la paume de ma main libre sur le manche de mon couteau pour lui piquer la peau – assez fort pour avoir le dessus sur elle, mais pas suffisamment pour être désarçonnée en cas de riposte rapide de sa part. Elle était svelte et très belle, malgré ses hardes, et possédait de grands yeux verts obliques et des traits parfaits dont seule une demi-douzaine de top-modèles peut se targuer – ainsi que chacun des Sidhes.

— Bonjour, tatie, dis-je d'une voix égale. Ce n'est pas gentil de me prendre par surprise. Surtout en ce moment.

Elle me retenait d'un bras avec toutes les peines du monde. Son timbre mélodieux trahit une certaine tension quand elle me lança :

— Mon enfant, souffla-t-elle. Tu escomptais ma venue. Si je ne t'avais arrêtée, tu m'aurais enfoui du fer gelé dans le corps, m'infligeant une agonie insoutenable. Tu aurais versé sur le sol le sang de ma vie. (Ses prunelles se dilatèrent.) Tu m'aurais occise.

— En effet, répondis-je obligeamment.

Elle se fendit d'un large sourire, révélant ses dents délicatement pointues.

— Je t'ai bien formée.

Puis elle s'enroula avec grâce et souplesse, s'écarta de la lame et se campa sur ses talons à un bon mètre de moi. Je l'examinai et abaissai mon couteau – sans toutefois le ranger.

— Je n'ai pas le temps pour tes leçons, tante Lea.

— Je ne suis pas ici pour t'en donner, mon enfant.

— Je n'ai pas non plus le temps de jouer.

— Et je ne suis pas venue pour m'amuser avec toi mais pour t'alerter, répliqua la Leanansidhe. Tu n'es pas en sécurité, ici.

J'arquai un sourcil narquois à son attention.

— Waouh. Mince alors.

Elle inclina la tête d'un air de reproche et pinça les lèvres. Ses yeux scrutèrent l'allée par-dessus mon épaule, puis elle jeta un rapide coup d'œil derrière elle. Son expression se modifia. Sans perdre tout à fait la suffisance qui l'habitait en permanence, elle reprit à voix basse :

— Tu peux badiner autant que tu veux, mon enfant, mais tu te trouves en grand péril – et moi également. Ne nous attardons pas. (Elle planta son regard dans le mien.) Si tu ne souhaites pas renforcer cet ennemi, si tu espères retrouver le frère de mon filleul, il y a certaines choses dont je dois t'aviser.

Je plissai les paupières. La marraine féerique d'Harry était devenue mon mentor à la mort de celui-ci, mais elle n'était pas vraiment dans le camp des gentils. En réalité, elle était le bras droit de Mab, la Reine de l'Air et des Ténèbres, ce qui faisait d'elle un être dangereux et assoiffé de sang qui divisait ses adversaires en deux catégories : ceux qui avaient trépassé, et ceux dont elle ne s'était pas encore occupée. J'ignorais jusqu'alors qu'elle était au courant pour Harry et Thomas – mais cela ne me surprit pas.

Lea était cruelle et assassine, mais – pour autant que je le sache – elle ne m'avait jamais menti. En théorie.

— Viens, me dit la Leanansidhe.

Elle fit volte-face et se dirigea d'un pas décidé vers l'autre bout de l'allée, rassemblant en chemin une illusion et un voile autour d'elle pour disparaître aux yeux de tous.

Je regardai une dernière fois le bâtiment où Thomas était détenu, serrai les dents et lui emboîtai le pas, mêlant mon voile au sien tandis que nous nous éloignions.

Nous arpentâmes les rues de Chicago, sans être remarquées par des milliers de paires d'yeux. Les gens que nous croisions faisaient inconsciemment quelques pas de plus pour nous éviter. Il est capital de créer une suggestion d'évitement quand on se promène dans une foule. Le fait d'être invisible devient relativement inutile si des dizaines de personnes vous rentrent dedans.

— Dis-moi, petite, me lança Lea, laissant subitement tomber son langage vieillot. (Cela lui arrivait parfois, quand nous étions seules.) Que sais-tu des Svartalves ?

— Pas grand-chose, répondis-je. Ils sont originaires du nord de l'Europe. Ils sont petits, et ils vivent sous terre. Ce sont les meilleurs artisans magiques du monde. Harry leur achetait des choses dès qu'il en avait les moyens, mais ce n'est pas donné.

— Comme c'est aride, répliqua la sorcière fée. Tu parles comme un livre, ma petite. Et les livres ont souvent peu en commun avec la réalité.

Ses prunelles d'un vert intense s'illuminèrent quand elle se tourna pour observer une jeune femme et son bébé nous passer devant.

— Que *connais-tu* sur eux ?

— Ils sont dangereux, affirmai-je doucement. Très dangereux. Les anciens dieux nordiques faisaient appel à eux pour obtenir armes et armures quand ils n'essayaient pas de les écraser. Harry disait toujours qu'il était heureux de n'avoir jamais eu à en affronter un. Ils ont aussi un grand sens de l'honneur. Ils ont ratifié le traité de la Cour d'Hiver et ils le font respecter. Ils sont réputés pour défendre les leurs avec férocité. Ils ne sont pas humains, ils ne sont pas gentils, et seul un imbécile irait les contrarier.

— C'est déjà mieux, répliqua la Leanansidhe. (Puis elle ajouta, d'un ton désinvolte :) Imbécile.

Je me retournai vers l'immeuble que j'avais identifié.

— C'est leur propriété ?

— Leur forteresse, me corrigea Lea. Le centre de leurs affaires mortelles, à la croisée des chemins. De quoi te souviens-tu d'autre ?

Je secouai la tête.

— Euh. L'une des déesses nordiques s'est fait piquer ses bijoux…

— Freyja, indiqua Lea.

— Et le voleur…

— Loki.

— Oui, voilà. Il l'a mis en gage chez les Svartalves, ou un truc dans le genre, et ça a été tout un pataquès pour le reprendre.

— Je me demande comment tu peux être à la fois si vague et si précise, commenta Lea.

J'eus un sourire affecté.

Elle fronça les sourcils.

— Tu connais l'histoire sur le bout des doigts. Tu te… payais ma tête, comme on dit.

— J'ai eu un excellent professeur dans ce domaine, rétorquai-je. Freyja est allée récupérer son collier, et les Svartalves étaient prêts à le lui rendre – seulement si elle consentait à embrasser chacun d'eux.

Lea partit d'un grand rire.

— Ma petite, dit-elle avec une pointe de méchanceté dans la voix, souviens-toi que la plupart des vieilles légendes ont été traduites et retranscrites par des érudits plutôt prudes.

— Et alors ?

— Alors les Svartalves n'ont certainement pas accepté de céder l'un des bijoux les plus précieux de l'univers en échange d'un simple baiser courtois.

Je cillai à deux ou trois reprises et sentis mes joues me brûler.

— Tu veux dire qu'elle a dû…

— Exactement.

— Avec chacun d'entre eux ?

— En effet.

— Waouh, dis-je. J'aime m'accessoiriser autant que n'importe quelle fille, mais ça dépasse les bornes. Carrément. De très, très loin.

— Peut-être, admit Lea. J'imagine que tout dépend du besoin que l'on a de récupérer ce que les Svartalves détiennent.

— Euh… Tu veux dire que je devrai donner de ma personne pour faire sortir Thomas de là ? Aucune chance.

Lea dévoila de nouveau ses dents en un sourire.

— La morale est une chose amusante.

— Tu le ferais ?

Lea sembla offensée.

— Pour quelqu'un d'autre ? Certainement pas. As-tu la moindre idée de ce que cela implique ?

— Euh, pas exactement.

— La décision ne m'appartient pas. Tu dois te poser la question suivante : avoir la conscience tranquille t'importe-t-il plus que la vie du vampire ?

— Non. Mais il doit forcément exister un autre moyen.

Lea parut y réfléchir un instant.

— Les Svartalves adorent tout ce qui est beau. Ils convoitent la beauté autant qu'un dragon convoite l'or. Tu es jeune, ravissante et… je crois que l'expression consacrée est « canon ». Si le vampire est encore en vie, tu es presque sûre d'obtenir gain de cause en échangeant tes faveurs contre sa liberté.

— Eh bien, disons que ce sera le plan B, répliquai-je. Ou le plan X. Voire XXX. Et si je trouvais le moyen d'entrer là-dedans et de le faire évader ?

— Ma petite, me réprimanda la Leanansidhe. Les Svartalves sont plutôt doués dans l'Art, et ceci est l'une de leurs forteresses. Moi-même, je n'entreprendrais pas une chose pareille sans craindre d'y laisser la peau. (Lea inclina la tête de côté et m'adressa un regard étrange qui me donna la chair de poule.) Tu veux récupérer Thomas, oui ou non ?

— J'aimerais envisager toutes les possibilités, répondis-je.

La sorcière fée haussa les épaules.

— Dans ce cas, je te conseille de le faire vite. Si Thomas Raith est encore en vie, il n'en a peut-être plus que pour quelques heures.

J'ouvris la porte de l'appartement de Waldo, la refermai derrière moi et la verrouillai.

— Je l'ai trouvé, annonçai-je.

Quand je me retournai vers la pièce, quelqu'un me gifla violemment.

Ce n'était pas une claque signifiant « Hé, réveille-toi ». C'était un coup du plat de la main, qui, assené le poing fermé, aurait été réellement douloureux. Je chancelai, légèrement sonnée.

La petite amie de Waldo, Andi, croisa les bras et me dévisagea à travers ses paupières plissées. De taille moyenne, elle était un loup-garou bâti comme une pin-up envisageant une carrière de lutteuse professionnelle.

— Salut, Molly, dit-elle.

— Salut. Et… ouille.

Elle brandit un rasoir en plastique rose.

— Il va falloir qu'on discute des limites à ne pas franchir.

Au fond de moi, une chose hideuse sortit les crocs et se crispa. C'était cette part de ma personnalité qui voulait mettre la main sur Listen et le dérouiller à l'aide de traverses de chemin de fer et de bouches d'égout. Tout le monde renferme ça quelque part. Il faut parfois être témoin d'événements particulièrement horribles pour réveiller cette sauvagerie, mais elle existe en chacun de nous. C'est cet aspect de l'humanité qui provoque des atrocités insensées, qui change les guerres en boucheries.

Nul ne souhaite en parler ou même y réfléchir, mais je ne pouvais pas me permettre de me laisser aller à une telle ignorance volontaire. Ça n'avait pas toujours été le cas, mais une année consacrée à lutter contre le Fomor et les dessous les plus sombres de la communauté surnaturelle de Chicago m'avait transformée. À présent, cette part de moi était éveillée et active, poussant sans arrêt mes émotions à entrer en conflit avec ma rationalité.

J'ordonnai à cette part de moi de la fermer et de poser son cul.

— D'accord, mais plus tard. Je suis plutôt occupée pour le moment.

Je voulus lui passer devant pour traverser la pièce, mais elle m'en empêcha en m'apposant une main sur le sternum pour me plaquer contre la porte. Même si elle n'y mit pas beaucoup de force, je percutai le bois douloureusement.

— Je préfère le faire maintenant.

Je m'imaginai serrer les poings et compter jusqu'à cinq en poussant un hurlement enragé. J'étais sûre qu'Harry ne s'était jamais heurté à ce genre de stupidités. Je n'avais pas de temps à perdre, mais je ne voulais pas non plus en venir aux mains avec Andi. Il y aurait des tas de conséquences néfastes si je me laissais aller. Je m'autorisai simplement à grincer des dents, pris une longue inspiration et opinai.

— Très bien. Dis-moi ce que tu as sur le cœur, Andi ?

Je n'ajoutai pas les mots « espèce de connasse », mais je les pensai très fort. Je devais avoir mauvais fond.

— Tu n'es pas chez toi, répliqua-t-elle. Tu n'as pas le droit de débarquer ici pour faire ce qui te chante, quelles que soient l'heure ou les circonstances. Tu t'es déjà demandé ce que ça faisait à Butters ?

— Je ne lui fais rien du tout, rétorquai-je. Je me contente d'emprunter la douche.

Andi durcit le ton.

— Tu es venue tout à l'heure, couverte de sang. J'ignore ce qui s'est passé et tu sais quoi ? Je m'en fous. Tout ce qui m'importe, c'est le genre d'emmerdes que tu risques de causer aux autres.

— Il n'y aura pas d'emmerdes, lui assurai-je. Écoute, je t'achèterai un nouveau rasoir.

— Mais bon sang, ce n'est pas une question d'argent. C'est une question de respect. Butters est là pour toi chaque fois que tu as besoin d'aide, et c'est à peine si tu le remercies. Et si quelqu'un t'avait suivie ici ? Tu sais les ennuis qu'il pourrait avoir si on apprenait qu'il te file des coups de main ?

— Personne ne m'a suivie, affirmai-je.

— Aujourd'hui, répondit Andi. Mais la prochaine fois ? Tu as du pouvoir. Tu sais te battre. Je n'ai pas ton don, mais je sais me battre également. Butters en est incapable. Chez qui iras-tu te doucher quand tu seras couverte de son sang ?

Je croisai les bras et me détournai prudemment d'Andi. En mon for intérieur, je savais qu'elle n'avait pas complètement tort, mais mon besoin pressant de la baffer semblait plus puissant.

— Écoute, Molly, reprit-elle, radoucie. Je sais que ce n'est pas facile pour toi, en ce moment. Depuis la mort d'Harry. Avec l'apparition de son fantôme. Je sais que ça n'est pas marrant.

Je la dévisageai sans piper mot. Ni facile ni marrant. C'était une façon de voir les choses.

— Je crois que tu as besoin d'entendre quelque chose.

— Et quoi donc ?

Andi se pencha légèrement vers moi et lança d'un ton sec :

— Tourne la page.

L'appartement resta quelques instants plongé dans un parfait silence ; en moi, le tonnerre grondait. Cette vilaine facette de ma personnalité se faisait de plus en plus présente. Je fermai les yeux.

— Les gens meurent, Molly, insista-t-elle. Ils nous quittent. Mais la vie continue. Harry est peut-être le premier être cher que tu perds, mais il ne sera pas le dernier. Je comprends que tu aies mal. Je comprends que la relève ne soit pas facile à assurer. Mais ça ne te donne pas le droit de profiter des autres. Des tas de gens souffrent, ces temps-ci, au cas où tu ne l'aurais pas remarqué.

Au cas où je ne l'aurais pas remarqué. Dieu seul savait que j'aurais été prête à tuer pour ne pas remarquer la souffrance des autres. Pour ne pas la vivre avec eux. Pour ne pas en ressentir les résonances des heures voire des jours plus tard. Cette vilaine part de moi, le côté sombre de mon cœur, voulait ouvrir un canal psychique jusqu'à Andi et lui *montrer* le genre de trucs que j'éprouvais régulièrement. Qu'elle se rende compte de ce que je subissais. Elle arrêterait peut-être de me faire la morale. Ce ne serait pas bien, mais…

J'inspirai lentement par le nez. Non. Harry m'avait un jour appris qu'il était toujours possible de déterminer quand on s'apprêtait à rationaliser une mauvaise décision. Généralement, cela commençait par « Ce ne serait pas bien, mais… » Il m'avait conseillé d'oublier la conjonction de coordination. « Ce ne serait pas bien », point.

Je ne fis donc rien d'irréfléchi. Je ne laissai pas éclater le tumulte qui croissait en moi. Je répondis d'une voix douce.

— Qu'est-ce que tu attends de moi, au juste ?

Andi poussa un soupir et fit un geste vague de la main.

— Eh bien… sors-toi les doigts du cul. Je ne pense pas que ce soit trop demander, étant donné que mon petit copain t'a filé la clé de son putain d'appartement.

Je clignai les paupières. Waouh. Je n'avais même pas envisagé ça sous cet angle. Les relations et les querelles sentimentales ne figuraient plus parmi mes priorités depuis un moment. Andi n'avait aucune inquiétude à avoir à ce propos… mais sans doute n'était-elle pas assez consciente des émotions de ses congénères pour en être certaine. En tout cas, je comprenais un peu mieux ce qui la tracassait. Elle n'était pas pour ainsi dire jalouse, mais elle se rendait compte que j'étais une jeune femme qui plaisait, et Waldo n'était qu'un homme.

Et elle l'aimait, je le ressentais.

— Songes-y, reprit-elle doucement. S'il te plaît. Essaie… de prendre soin de lui aussi bien qu'il prend soin de toi. Appelle d'abord. Si tu rentrais ici couverte de sang samedi soir prochain, il aurait une situation très gênante à expliquer à ses parents.

J'aurais probablement senti ces présences étrangères avant d'ouvrir la porte, mais il était inutile de le préciser à Andi. Ce n'était pas sa faute si elle ne comprenait pas mon mode de vie. En tout cas, elle ne méritait pas de mourir à cause de ça, quoi qu'en pense ma Sith intérieure.

Je devais réfléchir avec ma tête. Mon cœur était trop fragile pour que je puisse m'y fier.

— Je vais essayer, promis-je.

— D'accord.

Pendant une seconde, les doigts de ma main droite frémirent, et je craignis que mon côté obscur ne balance son pouvoir sur cette femme, ne l'aveugle, ne l'assourdisse, ne la noie dans le vertige. Lea m'avait montré comment procéder. Mais je réprimai ce besoin d'attaquer.

— Andi, dis-je alors.

— Oui ?

— Ne me frappe plus jamais, ou débrouille-toi pour me tuer sur le coup.

Je ne l'entendais pas comme une menace, pas vraiment. Simplement, mon instinct avait tendance à prendre le dessus dès que les choses devenaient violentes. Les turbulences psychiques nées de ce genre d'altercation ne me faisaient plus hurler ni me tordre de douleur, mais elles m'empêchaient de garder la tête froide et ma partie furieuse était de plus en plus difficile à canaliser. Si Andi me cognait de nouveau… je n'étais pas certaine de savoir comment je réagirais.

Je ne suis pas folle comme le Chapelier toqué. J'en suis à peu près sûre. Mais étudier la survie avec un professeur tel que ma tante Lea vous prépare à vous défendre par tous les moyens possibles.

Menace ou non, Andi avait eu sa dose de conflit et ne recula pas.

— Si je n'estime pas que tu mérites une bonne claque, je ne t'en donnerai pas.

Waldo et Justine étaient sortis chercher à manger et revenus dix minutes plus tard environ. Nous étions tous assis autour de notre dîner quand je fis le point sur la situation.

— Le royaume svartalf, souffla Justine. C'est… mauvais signe.

— C'est les Nordiques, c'est ça ? s'enquit Butters.

Je leur racontai toute l'affaire entre deux bouchées de poulet à l'orange, répétant ce que j'avais appris de la Leanansidhe. Il y eut un court silence à la fin de mon récit.

— Et donc… commença Andi après quelques instants. Ton plan est de… coucher pour le libérer ?

Je lui décochai un regard noir.

— C'était juste pour savoir, reprit-elle d'une voix légère.

— Ils n'accepteront jamais, déclara Justine, la mine grave. Pas ce soir.

Je lorgnai dans sa direction.

— Pourquoi pas ?

— Ils ont conclu une alliance, aujourd'hui, nous expliqua-t-elle. Ils organisent une grande fête. Lara est invitée.

— Quelle alliance ? m'étonnai-je.

— Plutôt un pacte de non-agression, précisa Justine. Avec le Fomor.

Je sentis mes yeux s'écarquiller.

Le problème fomor ne faisait qu'empirer. Chicago était loin d'être la ville la plus atteinte, pourtant ils avaient fait des rues un véritable cauchemar pour quiconque possédait le moindre talent magique. Je n'avais plus accès aux informations dont je disposais quand je travaillais avec Harry et le Conseil Blanc, mais j'apprenais des choses via le Paranet et d'autres sources.

Le Fomor était une sorte de sélection nationale de sales types, de survivants et de parias d'une dizaine de panthéons disparus depuis un bail. Ils s'étaient tous réunis sous la bannière d'un groupe nommé le Fomor, et ils avaient fait profil bas pendant longtemps – des milliers d'années, en réalité.

À présent, ils semblaient avoir la bougeotte – et même de puissantes institutions comme le royaume svartalf se retrouvaient impliquées.

Waouh, je n'avais vraiment pas souhaité devenir magicienne pour m'occuper de ça.

— Lara a dû dépêcher Thomas là-bas pour une raison précise, supposa Justine. Pour obtenir des renseignements, perturber la formation de l'alliance d'une manière ou d'une autre. Entrer sans autorisation est déjà un délit assez grave. S'il s'est fait pincer en train de les espionner…

— Ils voudront en faire un exemple, complétai-je.

— La Cour Blanche ne pourrait-elle pas le faire sortir ? suggéra Waldo.

— Si la Cour réclamait le retour d'un des siens, cela reviendrait à admettre qu'elle a envoyé un agent chez les Svartalves, répondis-je. Lara ne peut pas se le permettre sans s'exposer à de sérieuses répercussions. Plutôt nier avoir la moindre implication dans l'intrusion de Thomas.

Justine se leva et se mit à faire les cent pas.

— Il faut qu'on y aille. On doit faire quelque chose. Je suis prête à payer le prix qu'il faut ; à le payer dix fois. Mais on ne peut pas rester les bras croisés. Il faut intervenir !

J'avalai plusieurs autres bouchées de poulet à l'orange, les sourcils froncés, plongée dans mes pensées.

— Molly ! s'exclama Justine.

Je considérai mon plat. J'aimais beaucoup le contraste entre la sauce orangée, le vert profond des brocolis et les contours blancs délicats du riz. Les trois couleurs étaient parfaitement complémentaires. C'était… magnifique.

— Ils convoitent la beauté autant qu'un dragon convoite l'or, murmurai-je.

Butters sembla comprendre que j'étais sur une piste. Il se rencogna dans sa chaise et dévora goulûment le contenu de sa boîte de nouilles, maniant ses baguettes avec expertise. Il n'avait même pas besoin de regarder ce qu'il faisait.

Andi pigea à son tour un instant plus tard, et inclina la tête de côté.

— Molly ?

— Ils organisent une fête ce soir, déclarai-je. C'est bien ça, Justine ?

— Oui.

Andi opina impatiemment.

— Qu'est-ce qu'on va faire ?

— On va faire du shopping, répliquai-je.

Je suis plutôt garçon manqué. Pas parce que je n'aime pas être féminine ni rien de ce genre, car dans l'ensemble je trouve ça mignon. Mais j'aime être dehors, faire du sport, apprendre des choses, lire des trucs et construire des machins. Je n'ai jamais réellement approfondi le côté fille d'être une fille. Andi était un peu meilleure que moi dans ce domaine. Le fait que nos mères nous aient élevées si différemment y était sans doute pour quelque chose. Chez moi, le maquillage était bon pour aller à l'église ou pour les femmes de petite vertu.

Je sais, je sais, ma mère était pleine de contradictions. Croyez-moi : j'avais déjà des problèmes bien avant de me mettre à la magie.

Je n'étais pas certaine que nous ayons le temps d'accomplir le nécessaire avant le début de la soirée, mais après que j'eus expliqué de quoi nous aurions besoin, je me rendis compte que quand il s'agissait de trucs de filles, Justine n'avait pas les deux pieds dans le même sabot.

En quelques minutes, un chauffeur vint nous chercher et nous conduisit jusqu'à un salon privé du Loop, où Justine sortit une carte de crédit toute blanche, sans la moindre inscription. Une vingtaine d'employés – conseillers vestimentaires, coiffeurs, maquilleurs, tailleurs, spécialistes en accessoires – s'affaira aussitôt et nous équipa pour notre mission en à peine plus d'une heure.

Cette fois, je n'eus aucune chance d'échapper au miroir. J'essayai d'observer la jeune femme à l'intérieur d'un œil objectif, comme si elle n'était pas celle qui avait contribué à tuer l'homme qu'elle aimait et qui l'avait trahi de nouveau en se révélant incapable d'empêcher la destruction de son fantôme pour en sauver d'autres. Cette connasse ne méritait rien de mieux que de se faire rouler dessus par un train.

La fille dans la glace était grande et avait des cheveux blonds enroulés au-dessus de sa nuque et maintenus en place par des baguettes noires brillantes. Elle paraissait mince, peut-être un peu trop, mais était trop musclée pour être prise pour une junkie. Sa petite robe noire allait faire chavirer des cœurs. Malgré son maquillage expert, elle avait la mine fatiguée. Elle était jolie – tant qu'on ne la connaissait pas et qu'on ne regardait pas de trop près ce qui se jouait dans ses prunelles bleues.

Une longue limousine blanche vint nous récupérer, et je parvins à marcher jusqu'à elle sans m'écrouler de tout mon long.

— Oh, mon Dieu, lança Andi quand nous fûmes à l'intérieur. (Elle étendit ses jambes devant elle et agita les pieds.) J'adore ces chaussures ! Si je dois me transformer en loup pour bouffer quelqu'un, je serai trop déçue de les perdre.

Justine lui sourit puis se tourna vers la vitre, l'air distant et inquiet.

— Des pompes qui me font des gambettes et des fesses géniales ! s'extasia de nouveau Andi.

— Des pompes qui me font mal aux pieds, intervins-je.

Ma jambe blessée avait beau être guérie, elle n'était pas habituée à ces échasses de torture, et une douleur lancinante me remontait déjà jusqu'à la hanche. Il ne fallait surtout pas que je chope une crampe qui me clouerait au sol, comme pendant ma rééducation. Les chaussures avec un talon aussi haut devraient être livrées avec un filet de sécurité. Ou un parachute.

Nous avions opté pour des tenues similaires : de petites robes noires de couturier, des foulards noirs et des escarpins noirs laissant clairement entendre que nous ne comptions pas passer beaucoup de temps debout. Nous avions en outre chacune une minuscule pochette en cuir italien. J'avais rangé dans la mienne l'essentiel de mon équipement magique. Et nos coiffures élaborées différaient à peine. Toutes étaient basées sur des peintures de la Renaissance qui n'avaient pas obtenu autant d'attention que nos visages.

— Il faut juste un peu d'entraînement pour ne pas tomber, déclara Justine. Vous êtes sûre que ça va marcher ?

— Évidemment, répondis-je avec flegme. Vous êtes déjà allée en boîte, Justine. À nous trois, on serait admises n'importe où en ville. On fait un brelan ultra-sexy.

— Un peu comme les Supremes, rétorqua Andi d'un ton pince-sans-rire.

— Disons plutôt les Drôles de Dames, la corrigeai-je. Oh, à ce propos… (J'ouvris ma pochette et en tirai un cristal de quartz de la taille de mon pouce.) Bosley, tu nous reçois ?

Une seconde plus tard, le cristal me vibra dans la main et nous entendîmes la voix légère de Waldo.

— Cinq sur cinq, les filles. Tu crois que cela fonctionnera encore quand vous serez à l'intérieur ?

— Tout dépend de leur degré de paranoïa. S'ils sont simplement paranoïaques, ils auront des dispositifs de protection pour empêcher les communications magiques. S'ils sont atrocement paranoïaques, leurs dispositifs nous laisseront parler mais nous enregistreront, et ils viendront nous tuer ensuite.

— Très marrant, commenta Butters. Bon, j'ai lancé le forum de discussion du Paranet. Ça vaut ce que ça vaut, mais tout le gratin est là.

— Qu'est-ce que tu as découvert ? demanda Andi.

— Ils auront l'air humains, répondit Waldo. Leur véritable forme est… eh bien, il y a débat, mais la plupart estiment qu'ils ressemblent à des extraterrestres.

— Plutôt du genre alien ou Roswell ? m'enquis-je.

— Roswell. Plus ou moins. Mais ils peuvent changer d'aspect, un peu comme les vampires de la Cour Rouge. Alors soyez conscientes qu'ils seront déguisés.

— Pigé, dis-je. Autre chose ?

— Bof. Il y a trop de rumeurs différentes pour trouver quelque chose de certain. Ils sont peut-être allergiques au sel. Il se peut qu'ils aient des TOC et qu'ils deviennent dingues si vous portez vos vêtements à l'envers. Certains prétendent qu'ils se transforment en pierre à la lumière du soleil.

Je grommelai.

— Ça valait le coup de demander. Bon. Continue de chatter, je te recontacte dès que possible.

— D'accord, répondit-il. Marci vient d'arriver. J'emporte le portable et on vous attend sur le côté est du bâtiment pour vous ramener. De quoi tu as l'air, Andi-licieuse ?

— Canon, affirma-t-elle avec assurance. Nos robes sont deux centimètres plus longues que celles des salopes nymphomanes.

— Prenez des photos ! s'écria-t-il joyeusement. (Je perçus néanmoins l'inquiétude dans sa voix.) À tout à l'heure.

— Ne courez pas de risque, lançai-je. À tout à l'heure.

Je rangeai mon cristal en m'efforçant d'oublier les papillons dans mon ventre.

— Ça ne marchera jamais, se lamenta Justine.

— Ça va marcher, lui certifiai-je. On va entrer comme dans du beurre. Les doudounes sont avec nous.

Justine me considéra en haussant les sourcils.

— Les doudounes ?

— C'est plus que des nichons, Justine, répliquai-je sobrement. C'est un champ d'énergie créée par tous les nichons du monde. Il nous entoure, nous pénètre et soumet la galaxie tout entière.

Andi se mit à glousser.

— Tu es vraiment barge.

— Seulement fonctionnellement, rétorquai-je en rajustant ma tenue. Arrêtez de réfléchir et laissez faire votre instinct.

Justine me dévisagea un instant de plus. Puis son visage s'illumina et elle éclata de rire.

— Les doudounes sont avec nous ?

Je ne pus réprimer un sourire.

— Toujours.

La limousine se glissa dans une file de véhicules similaires déposant des convives devant la forteresse svartalf. Un chasseur vint nous ouvrir la portière et je basculai les jambes à l'extérieur, espérant parvenir à quitter la voiture sans attirer l'attention de tous. Andi et Justine m'imitèrent, et je me dirigeai d'un pas confiant vers l'entrée, flanquée de mes deux compagnes. Nos talons cliquetaient presque à l'unisson, et bientôt tous les regards furent rivés sur nous. Un nuage de pensées et d'émotions se forma en réaction à notre présence – essentiellement du plaisir, ainsi qu'un mélange de désir, de luxure, de jalousie, d'angoisse et de surprise. Tout ce tintouin à l'intérieur de mon crâne était douloureux, mais nécessaire. Je ne perçus aucune réelle hostilité ni pulsion violente, et l'avertissement que j'éprouverais peut-être entre l'intention agressive et le passage à l'acte pourrait suffire à nous sauver la vie.

Un vigile à la porte nous détailla avec intensité à notre arrivée, et je ressentis l'attirance sexuelle brute qui le remua alors. Il tâcha cependant de n'en rien laisser paraître.

— Bonsoir, mesdames, déclara-t-il. Pourrais-je voir vos invitations ?

J'arquai un sourcil et lui décochai un sourire que j'espérais séducteur en essayant de cambrer un peu plus le dos. Déployer les doudounes avait déjà fonctionné par le passé.

— Vous n'avez pas besoin de les voir.

— Euh, répondit-il. J'ai bien peur que si, mademoiselle.

Andi se posta devant lui et lui adressa une moue de chatonne sexy qui me poussa à la détester un instant.

— Mais non.

— Euh, insista-t-il. Si.

Justine s'avança elle aussi. Elle semblait plus douce que charmeuse, mais à peine.

— Je suis sûre que ce n'est qu'un oubli, monsieur. Pourriez-vous demander à votre superviseur de nous laisser entrer ?

Il nous examina longuement, manifestement hésitant. Puis il fit lentement descendre la main à sa radio et la porta à sa bouche. Presque immédiatement, un petit homme menu en costume en soie sortit du bâtiment. Il nous contempla à son tour.

L'attirance que j'avais perçue chez le garde était relativement normale. Il s'agissait d'une simple étincelle, de la réaction instinctive d'un homme apercevant une femme désirable.

Chez le nouveau venu, j'avais plus l'impression d'un… incendie de forêt. Il se consumait mille fois plus fort, sans jamais s'apaiser. J'avais remarqué le désir chez les autres, mais le sien était tellement plus vaste et plus profond que même le terme « lubricité » n'aurait pas suffi à le définir. C'était… une envie insondable, mêlée à un amour jaloux et féroce, le tout assaisonné d'attirance sexuelle. C'était comme se trouver près d'un petit soleil, et je compris soudain avec exactitude ce que ma tante Lea avait tenté de m'expliquer.

Le feu brûle. L'eau mouille. Et les Svartalves sont des ventouses à jolies filles. Ils sont aussi incapables de changer leur nature que d'influer sur la course des étoiles.

— Mesdames, déclara le nouveau avec un sourire.

Un sourire certes charmant, mais qui ne masquait pas tout à fait l'expression distante et inquiétante sur son visage.

— Laissez-moi juste un instant pour prévenir le reste de mon équipe, reprit-il. Nous serions honorés par votre présence.

Il tourna les talons et rentra dans le bâtiment.

Justine m'adressa un long regard en coin.

— Les doudounes peuvent avoir une influence incroyable sur les faibles d'esprit.

— Je me sentirais mieux si on n'était pas passées du côté obscur de la force, souffla Andi. Il avait une odeur bizarre. Est-ce que c'est un… ?

— Ouais, chuchotai-je en retour. C'en est un.

L'homme au costume en soie reparut, toujours souriant, et nous ouvrit la porte.

— Mesdames, je suis M. Etri. Veuillez me suivre, je vous prie.

Jamais de ma vie je n'avais vu lieu plus somptueux que l'intérieur de la forteresse svartalf. Ni en vrai, ni dans un film, ni dans un magazine. Pas même dans *Ma maison de star*.

Il y avait du marbre et du granit partout. Des pans de mur entiers étaient incrustés de pierres précieuses ou semi-précieuses. Les lustres semblaient en or massif, les interrupteurs avaient l'air sculptés dans l'ivoire. Des vigiles étaient postés au garde-à-vous tous les dix mètres environ. Ils ressemblaient aux gardes royaux de Buckingham Palace, sans les chapeaux. La lumière émanait de partout et de nulle part, dissipant les ombres sans toutefois être aveuglante. Un vieil air classique résonnait, tout en cordes et sans percussions.

Etri nous fit traverser deux couloirs pour gagner une salle de bal vaste comme une cathédrale. L'intérieur était démesuré – à vrai dire, j'étais certaine que cette pièce ne pouvait pas tenir dans l'édifice où nous nous trouvions – et plein de personnes opulentes vêtues richement.

Nous marquâmes une pause à l'entrée, tandis qu'Etri s'entretenait avec un nouveau membre du service d'ordre. J'en profitai pour balayer les lieux d'un regard. Malgré la foule, l'endroit n'était pas encore bondé. Je reconnus quelques célébrités dont le nom ne vous serait pas inconnu. Nombre de Sidhes peuplaient l'assistance, leur perfection physique habituellement si admirable désormais réduite à une simple beauté exotique. J'avisai Johnnie « Gentleman » Marcone, le parrain de la pègre local, accompagné de son gorille Hendricks et de son bras armé, Mlle Gard, qui flottait près de lui. Je repérai bien des convives qui n'étaient pas humains : ma perception se troublait devant eux, comme si nous étions séparés par un fin rideau d'eau.

Mais je ne vis pas Thomas.

— Molly, souffla Justine d'une voix à peine audible. Est-ce qu'il… ?

Le sort de pistage que j'avais dirigé sur mes lèvres fonctionnait encore, et un léger fourmillement m'indiquait que Thomas n'était pas loin, quelque part dans les profondeurs de la bâtisse.

— Il est vivant, répondis-je. Il est ici.

Justine frissonna et inspira profondément. Elle cligna lentement les paupières, une seule fois, la mine impassible. Néanmoins, je sentis en elle l'afflux simultané du soulagement et de la terreur, un accès soudain d'émotions l'encourageant à hurler, à ruer dans les brancards ou à fondre en larmes. Elle ne fit rien de tout ça, et je me détournai discrètement pour lui donner l'impression que je n'avais pas remarqué qu'elle était sur le point de craquer.

Au milieu de la salle de bal s'élevait une petite estrade en pierre à laquelle menaient quelques marches. Sur cette estrade se trouvait un podium du même matériau. Une épaisse liasse de papiers et une rangée de stylos à plume parfaitement alignés trônaient dessus. Il y avait quelque chose de solennel et de cérémonial dans cette disposition.

Justine avait elle aussi les yeux rivés sur les documents.

— Ça doit être ça.

— Le traité ?

Elle acquiesça.

— Les Svartalves sont très méthodiques dans les affaires. Ils le ratifieront à minuit pile. C'est ce qu'ils font toujours.

Andi se tapota pensivement la hanche.

— Et s'il arrivait quelque chose à ces papiers avant ça ? Si quelqu'un renversait son vin dessus par mégarde, par exemple ? Je parie que ça ferait une bonne diversion – et peut-être que ça nous donnerait l'occasion d'aller fouiner plus loin.

Je secouai la tête.

— Non. Nous sommes invitées ici. Tu comprends ?

— Euh. Pas vraiment.

— Les Svartalves sont de l'ancienne école, expliquai-je. Vraiment vieux jeu. Si on mettait le bazar alors qu'ils nous ont accueillies sur leur territoire, on outrepasserait nos droits de convives et manquerait de respect à nos hôtes – sous les yeux de toute la communauté surnaturelle. Ils le prendraient... très mal.

Andi fronça les sourcils et s'enquit :

— Dans ce cas, qu'est-ce qu'on fait ?

Pourquoi me pose-t-on sans arrêt cette question ? Tous les magiciens subissent-ils la même chose ? J'avais moi-même dû poser la même question à Harry des centaines de fois, sans me mesurer alors à quel point il était difficile d'avoir à y répondre. Sauf que Harry savait toujours comment agir ensuite, là où je ne pouvais qu'improviser en croisant les doigts.

— Justine, repris-je, connaissez-vous qui que ce soit dans cette pièce ?

En tant qu'assistante personnelle de Lara Raith, Justine entretenait des contacts avec des tas d'humains et de presque humains. Lara trempait dans tant d'affaires que j'osais à peine en rire, et Justine voyait, entendait et pensait beaucoup plus de choses qu'on ne pouvait le soupçonner. La fille aux cheveux blancs scruta les invités, s'attardant un instant sur chaque visage.

— Oui, plusieurs personnes.

— Très bien. Je veux que vous flâniez un peu pour essayer d'en découvrir un maximum. Ayez l'œil : si vous les surprenez à envoyer leurs brutes à nos trousses, précipitez-vous sur le cristal pour nous prévenir.

— D'accord, chuchota-t-elle. Soyez prudentes.

Etri revint nous trouver, toujours souriant, même si ses prunelles demeuraient étrangement dépourvues d'expression, ce qui était assez déstabilisant. D'un geste de la main, il convoqua un homme en smoking qui arriva vers nous, un plateau à la main. Nous prîmes chacune un verre et Etri se servit également. En portant un toast, il déclara :

— Soyez les bienvenues, mesdames. À la beauté.

Nous trinquâmes avec lui avant de boire une gorgée. Je m'autorisai tout juste à tremper les lèvres. Il s'agissait d'un champagne excellent, bien pétillant. J'en sentis à peine l'alcool. Je ne me souciais pas d'un possible empoisonnement : Etri nous avait obligeamment laissées choisir notre verre avant lui.

En réalité, j'étais surtout inquiète d'avoir cessé d'envisager un empoisonnement potentiel pour observer les gestes de notre hôte tandis qu'il nous servait. Étais-je paranoïaque de m'alarmer de ce genre de choses ? À l'époque, cela me paraissait on ne peut plus sensé.

Finalement, j'étais peut-être plus tordue que je l'imaginais.

— J'espère que vous profiterez bien de la soirée, nous dit Etri. J'ai bien peur de devoir insister pour danser avec chacune d'entre vous chaque fois que mes obligations le permettront. Qui sera la première ?

Justine lui décocha un sourire teinté du pouvoir des doudounes et leva timidement le bras. Sous la torture, je pourrais avouer qu'elle était clairement la plus belle de notre trio, et Etri accepta de bon cœur. Ses prunelles flamboyèrent un instant avant qu'il lui saisisse la main et l'emmène sur la piste. Ils disparurent au sein de la foule des danseurs.

— De toute façon, je serais nulle en danse de salon, décréta Andi. On ne remue pas assez le popotin. Étape suivante ?

— Étape suivante. Viens.

Je pivotai dans l'axe où mes lèvres picotaient le plus et nous nous dirigeâmes vers le fond de la salle, où des portes menaient plus loin dans le bâtiment. Même si aucun vigile ne surveillait ces issues, Andi ralentit le pas. Elle loucha de côté, vers la table des rafraîchissements, et bifurqua dans cette direction.

Je la rattrapai par le bras.

— Attends, où est-ce que tu vas ?

— Euh, répondit-elle en fronçant les sourcils. Là-bas ?

En tendant mes sens, je perçus le tissage subtil de la magie autour des portes, aussi ténu qu'une toile d'araignée. Une sorte de voile visant à détourner l'attention de quiconque s'en approchait. En rendant le buffet plus appétissant, par exemple. Et si Andi avait aperçu un garçon, il aurait eu l'air infiniment plus beau que dans la réalité.

Cela faisait maintenant un an qu'une puissante sorcière fée me jetait des voiles et des sorts de dissimulation pour renforcer mes défenses mentales. Quelques mois plus tôt, j'avais tenu douze rounds sur le ring de la boxe psychique contre un poids lourd nécromancien. Grâce à cet entraînement, je n'avais même pas remarqué le fin tissage magique qui s'était heurté à mes protections.

— C'est un enchantement, lui dis-je. Ne te laisse pas envoûter.

— Quoi ? s'étonna-t-elle. Je ne ressens rien. J'ai simplement faim.

— C'est justement comme ça que ça fonctionne. Prends-moi la main et ferme les yeux. Fais-moi confiance.

— Si on m'avait donné un dollar chaque fois qu'une mauvaise soirée avait commencé par une réplique pareille, maugréa-t-elle.

Elle entrelaça néanmoins ses doigts aux miens et ferma les paupières.

Je l'attirai vers la porte, la sentant se contracter un peu plus à chaque pas… mais dès que nous l'eûmes franchie, elle laissa échapper un soupir explosif et cilla à plusieurs reprises.

— Waouh. Ça m'a fait… absolument rien.

— C'est à cela qu'on reconnaît la qualité d'un enchantement, expliquai-je. Si tu ne sais pas qu'il t'a atteint, tu ne peux pas lutter pour t'en débarrasser.

Le couloir dans lequel nous nous trouvions ressemblait beaucoup à n'importe quel couloir de n'importe quel immeuble de bureaux. J'actionnai la poignée de la première porte. Verrouillée. Les deux suivantes aussi. La dernière ouvrait sur une salle de conférence déserte, à l'intérieur de laquelle je me faufilai.

Je sortis à tâtons le cristal de ma pochette et appelai :

— Bosley, tu nous reçois ?

— Cinq sur cinq, les filles, répondit la voix de Waldo.

Nous préférions éviter de nous servir de nos vrais noms. Les cristaux étaient censés être sécurisés, mais une année à subir quotidiennement les ruses mesquines de Lea m'avait appris à ne rien tenir pour acquis.

— Tu as pu dégotter les plans de l'étage ?

— Il y a environ une minute trente. Les propriétaires du bâtiment ont tout enregistré auprès de la ville en trois exemplaires, y compris les copies numériques que j'ai désormais sous les yeux grâce à mes petits amis.

— Avantage pour les geeks. Dis-leur bravo, Boz.

— Ça sera fait, répondit Waldo. Vos hôtes d'un soir font les choses à fond, les filles. Soyez prudentes.

— Quand ne le suis-je pas ? ripostai-je.

Andi s'était mise en position contre le mur près de la porte, afin de pouvoir intercepter quiconque essaierait d'entrer.

— Sérieusement ?

Je ne pus m'empêcher de sourire légèrement.

— Je crois que notre agneau est égaré dans l'aile ouest. Qu'est-ce qui s'y trouve ?

— Euh… des bureaux, apparemment. Au premier étage, d'autres bureaux. Au deuxième étage, encore des bu… Tiens, tiens.

— Qu'est-ce que tu as trouvé ?

— Une chambre forte, répliqua Waldo. En acier renforcé. Énorme.

— Ah, commentai-je. Une chambre forte en acier renforcé ? Je parie vingt dollars qu'il s'agit d'un cachot. On commence par ça.

— En tout cas, c'est au sous-sol. Il devrait y avoir un escalier au bout du couloir partant du hall d'accueil.

— Bingo ! m'exclamai-je. Reste à l'écoute, Bosley.

— Entendu. Votre carrosse est avancé.

Je rangeai le cristal et me passai les bagues aux doigts. Puis je récupérai mes baguettes et me rendis compte que je ne pourrais pas les tenir toutes les deux sans lâcher ma pochette.

— Je savais que j'aurais dû prendre une besace, marmonnai-je.

— Avec cette robe ? s'offusqua Andi. Tu plaisantes ?

— C'est pas faux.

Je ressortis le cristal, le glissai dans mon décolleté, empoignai chacune de mes baguettes et adressai un signe du menton à Andi.

— Si c'est une chambre forte ou un cachot, il risque d'y avoir des gardes. Je vais faire en sorte qu'ils aient du mal à nous voir, mais il va falloir qu'on fasse vite.

Andi observa ses chaussures et poussa un soupir chagriné. Puis elle les ôta et se dépouilla de sa petite robe noire. Elle ne portait rien en dessous. Elle ferma les paupières une fraction de seconde, puis sa silhouette sembla se brouiller et fondre. À ce qu'il paraît, les loups-garous ne subissent pas une transformation aussi douloureuse que spectaculaire, sauf les premières fois.

En l'occurrence, cela sembla aussi naturel qu'une personne tournant en rond avant de s'asseoir. En un instant, Andi se métamorphosa en un loup roux majestueux installé à sa place.

C'était une magie ultra-cool. Un de ces jours, j'allais devoir me pencher sur la question.

— Ne fais pas couler de sang sauf absolue nécessité, crus-je bon de préciser en retirant à mon tour les instruments de torture qui me faisaient office de chaussures. Je vais essayer de faire ça vite et sans douleur. Et s'il y a du grabuge, le fait de ne tuer personne nous aidera beaucoup avec les Svartalves.

Andi me répondit d'un bâillement.

— Tu es prête ? demandai-je.

Andi acquiesça d'un brusque hochement de sa tête lupine. Je nous entourai de mon voile dissimulateur haut de gamme et la lumière s'affaiblit, les couleurs semblant subitement avoir déserté le monde. Il serait pratiquement impossible de nous voir. Et quiconque se trouverait dans un périmètre de quinze à vingt mètres autour de nous ressentirait soudain un besoin urgent d'entrer en introspection, de s'interroger si profondément sur le sens de la vie qu'il n'aurait à peu près aucune chance de nous remarquer tant que nous demeurerions silencieuses.

Côte à côte, nous empruntâmes furtivement le couloir. Nous découvrîmes l'escalier dont Waldo nous avait parlé, et j'ouvris doucement la porte qui y menait. Je laissai mon amie franchir le seuil la première : il n'y a pas meilleur guide qu'un loup-garou, et j'avais suffisamment travaillé avec Andi et ses pairs au cours de l'année écoulée pour qu'une routine s'établisse.

Elle s'avança donc, les oreilles dressées, la truffe frémissante. Les loups ont un flair incroyable. Une ouïe, aussi. Andi sentirait immédiatement la moindre présence. Après quelques secondes d'une tension effroyable, elle me fit signe que la voie était libre en s'asseyant. Je la rejoignis d'un pas tranquille et tendis mes sens, en quête d'autres défenses ou enchantements magiques. Il y en avait une demi-douzaine, rien que dans la première section de l'escalier – des sorts tout simples, l'équivalent magique de collets.

Par chance, tatie Lea m'avait montré comment contourner pareils pièges. Grâce à un effort de volonté, j'altérai notre voile avant d'enjoindre à Andi de commencer sa descente. Nous traversâmes les champs magiques invisibles sans les perturber et atteignîmes le sous-sol.

La porte en bas des marches n'était pas verrouillée.

— Ça m'a l'air bien trop facile, marmonnai-je. S'il s'agissait d'une prison, ne serait-elle pas fermée à clé ?

Andi poussa un grondement sourd dans lequel j'entendis son accord et ses soupçons.

Mes lèvres fourmillaient plus fort que jamais. Thomas n'était pas loin.

— De toute façon, on n'a pas trop le choix.

Je fis pivoter le battant, aussi lentement et silencieusement que possible.

L'ouverture ne donnait pas sur quelque cachot, pas plus que sur une espèce de chambre forte. Au lieu de quoi, on déboucha dans un long couloir tout aussi somptueux que celui de l'étage et doté de grandes portes ornementées à intervalles réguliers. Chacune était parée d'un unique chiffre semblant être en argent massif. Un éclairage très tamisé en illuminait doucement toute la longueur, si bien qu'il y faisait sombre mais pas noir.

Le grognement d'Andi se mua en un petit bruit confus. Elle inclina la tête de côté.

— Ouais, commentai-je, perplexe. On dirait… un hôtel. Il y a même un panneau au mur pour indiquer les issues de secours.

Andi secoua légèrement le chef et je perçus suffisamment de ses émotions pour comprendre ce qu'elle voulait dire. *C'est quoi, ce bordel ?*

— Je sais, dis-je. Est-ce… là qu'habitent les Svartalves ? Ou leurs hôtes ?

Andi leva les yeux vers moi et agita les oreilles. *Pourquoi tu me poses la question ? Je ne peux même pas parler.*

— Je sais. Je pensais à voix haute, c'est tout.

Andi cilla, battit des oreilles dans ma direction, puis m'adressa un regard en coin. *Tu m'as entendue ?*

— Je t'ai moins entendue que... comprise.

Elle s'écarta très légèrement de moi. *Et moi qui me disais que tu ne pourrais pas être plus bizarre et inquiétante...*

Je me fendis d'un grand sourire malicieux et louchai d'une manière qui terrorisait toujours mes petits frères et sœurs.

Andi ricana puis se mit à humer l'air. Je l'observai de près. Les poils de son cou se hérissèrent et elle s'accroupit. *Il y a des choses ici. Trop de pistes différentes pour que je les identifie toutes. Ça me rappelle quelque chose, mais pas quelque chose de bien.*

— Thomas n'est pas loin. Viens.

Nous recommençâmes à avancer, et je faisais en sorte de garder le visage orienté directement vers le fourmillement provoqué par mon sort de pistage.

Mes lèvres m'attiraient peu à peu vers la droite et, quand nous arrivâmes devant la porte 6, les picotements se déplacèrent vers le bord de ma bouche, jusqu'à ce que je tourne la tête dans l'axe de la chambre.

— Ici, dans la 6.

Andi scruta les deux bouts du couloir d'un air agité, ses oreilles semblant tourner dans tous les sens. *Je n'aime pas ça.*

— C'est trop facile, chuchotai-je. Bien trop facile.

Je tendis la main vers la poignée, mais m'interrompis. Ma raison m'indiquait que quelque chose clochait. Mon instinct aussi. Si Thomas était prisonnier des Svartalves, alors où étaient les cages, les chaînes, les cadenas, les barreaux, les gardes ? Et s'il n'était pas détenu contre sa volonté... que faisait-il ici ?

Quand on se retrouve dans une situation défiant apparemment toute logique, il y a généralement une explication évidente : c'est qu'on ne dispose pas des bonnes informations.

Il y a plusieurs manières d'obtenir de mauvais renseignements. Parfois, on entend simplement de travers. Plus souvent, et plus inquiétant : on se trompe à cause d'une mauvaise déduction.

Le pire étant qu'on vous la souffle délibérément – et que, comme une idiote, vous lui fassiez confiance et la croyiez sans hésitation.

— Tatie, compris-je. Elle s'est jouée de moi.

Lea ne m'avait pas envoyée ici pour secourir Thomas – du moins pas uniquement pour ça. Ce n'était pas non plus une heureuse coïncidence si elle m'avait appris à déjouer les pièges magiques que les Svartalves employaient. Elle avait eu une idée en tête en m'encourageant à entrer ici précisément pour cette soirée.

Je me remémorai notre conversation et grognai. Elle ne m'avait jamais menti, mais avait façonné chacun de ses propos pour que j'en tire la mauvaise conclusion – que Thomas devait être secouru, et que j'étais la seule en mesure de le faire. J'ignorais pourquoi la Leanansidhe pensait que ma présence en ces lieux était nécessaire, mais elle s'était à l'évidence débrouillée pour que j'y parvienne.

— Quelle fourbe, quelle hypocrite, quelle traîtresse, quelle salope ! Quand je l'aurai devant moi, je...

Andi poussa soudain un grondement très grave qui me fit taire dans l'instant.

La porte de l'escalier s'ouvrit sur cet enfoiré de Listen et plusieurs de ses sbires, qui s'approchèrent aussitôt de nous.

Listen était un homme svelte et affûté, de taille moyenne. Ses cheveux étaient coupés ras, sa peau était pâle et son regard dur et intelligent. Les loups-garous et moi avions tenté de l'éliminer une bonne demi-douzaine de fois, mais il avait toujours réussi soit à s'échapper, soit à inverser la situation pour nous forcer à fuir.

Les sales types haineux sont dangereux. Quand ils sont en plus pleins de ressources, impitoyables, professionnels et malins, c'est mille fois pire. Listen faisait partie de cette seconde catégorie, et je détestais de toutes mes forces sa foutue personnalité de poiscaille.

Lui et ses laquais étaient vêtus de l'uniforme habituel des serviteurs du Fomor : pantalon noir, chaussures noires et pull noir à col roulé. Ce dernier servait à dissimuler les branchies de part et d'autre de leur cou, afin qu'ils puissent passer pour des mortels. Ils ne l'étaient pas ou, du moins, ils ne l'étaient plus. Le Fomor les avait transformés, les rendant plus forts, plus rapides et pratiquement insensibles à la douleur. Je n'avais jamais réussi à leur tendre une embuscade efficace, et voilà qu'on m'en offrait une sur un plateau. Je crevais littéralement d'envie de venger ce sang que j'avais lavé ce matin même.

Mais les serviteurs avaient l'esprit tordu, et j'étais incapable de lire en eux comme il aurait fallu que je le fasse. Si le premier assaut échouait dans un espace aussi exigu, ils n'auraient aucun mal à nous tailler en pièces, Andi et moi.

Je serrai les dents, étreignis doucement le cou de mon amie et m'accroupis près d'elle, me concentrant sur le voile. Je devais restreindre la suggestion d'introspection : Listen avait failli me tuer quelques mois plus tôt, quand il avait remarqué qu'un enchantement similaire altérait sa réflexion. Ça avait été particulièrement flippant, mais j'avais travaillé dessus. Je fermai les paupières et tissai la toile de suggestion la plus fine que mes dons m'autorisaient, tout en resserrant le voile autour de nous. La lumière du couloir s'éteignit presque complètement et l'air autour de moi se refroidit considérablement.

Aucun d'eux ne s'arrêta.

Ils continuèrent leur route jusqu'à la chambre 8. Listen introduisit alors une clé dans la serrure, et lui et ses larbins disparurent à l'intérieur.

C'était une occasion que je ne pouvais pas laisser filer. Malgré toutes les horreurs que le Fomor avait apportées dans ce monde depuis l'extinction de la Cour Rouge, nous ignorions toujours pourquoi ils se comportaient de la sorte. Nous ne savions pas ce qu'ils voulaient, ni comment ils estimaient que leurs actes leur permettraient d'obtenir satisfaction.

Je me déplaçai donc avec toute la discrétion que l'année écoulée m'avait inculquée à la dure et pénétrai dans la pièce à la suite de mes ennemis. Après une seconde d'étonnement, Andi m'emboîta le pas, tout aussi silencieusement. Nous eûmes à peine le temps de franchir la porte qu'elle se referma.

Nul ne se retourna sur nous quand nous traversâmes la suite palatiale, aussi somptueusement meublée que le reste du bâtiment. Outre la demi-douzaine de cols roulés qui constituaient la bande de Listen, il s'en trouvait cinq autres au garde-à-vous, le buste bien droit, les mains croisées derrière le dos.

— Où est-il ? demanda Listen au garde posté près d'une porte.

Le gorille était le plus balèze des cols roulés présents, avec son cou gros comme une bouche d'incendie.

— Dedans, répondit-il.

— Il est presque l'heure, reprit Listen. Informe-le.

— Il a exigé de ne pas être dérangé.

Listen sembla y réfléchir un instant. Puis il ajouta :

— Un manque de ponctualité invalidera le traité et rendra notre mission impossible à accomplir. Informe-le.

Le garde se rembrunit.

— Le seigneur a ordonné…

Listen se mit si vite en mouvement que je ne perçus aucun détail. Le grand garde laissa échapper un soudain sifflement accompagné d'un grognement, et du sang jaillit de sa gorge. Il chancela un instant, se tourna vers son agresseur et leva la main.

Puis il eut un soubresaut et s'écroula au sol, des gerbes d'écarlate surgissant au rythme de son cœur de la plaie béante qu'il avait au cou.

Listen lâcha le gros morceau de chair qu'il tenait entre ses doigts sanguinolents et s'accroupit pour s'essuyer sur le pull de sa victime. Le sang ne laissa aucune marque sur le noir. Il se releva et frappa à la porte.

— Seigneur, il est presque minuit.

Il fit une nouvelle tentative exactement soixante secondes plus tard.

Il réitéra son appel à trois reprises avant qu'une voix mal articulée lui réponde.

— J'avais exigé qu'on ne me dérange pas.

— Pardonnez-moi, seigneur, mais le temps presse. Si nous n'agissons pas bientôt, tous nos efforts auront été vains.

— Ce n'est pas à toi de décider à quel ordre obéir ou pas, répliqua la voix. Exécutez l'imbécile qui a autorisé que mon sommeil soit ainsi interrompu.

— C'est déjà fait, seigneur.

Un grognement lénifiant s'éleva de l'autre côté de la porte, qui s'ouvrit un instant plus tard. Je découvris alors pour la première fois l'un des seigneurs du Fomor.

Il était grand, extrêmement émacié et pourtant pas tout à fait maigre. Ses mains et ses pieds étaient disproportionnés, et son ventre rebondi aurait pu abriter un ballon de basket. Ses bajoues étaient elles aussi plus grosses que la moyenne, et ses mâchoires étaient enflées comme s'il souffrait des oreillons. Ses lèvres trop larges, trop épaisses, paraissaient trop caoutchouteuses. Ses cheveux étaient trop aplatis, trop mous, telles des fibres d'algue échouées sur la côte. Dans l'ensemble, il avait l'air d'une grenouille dégingandée et venimeuse. Il était simplement vêtu d'une couverture drapée autour de ses épaules. Beurk.

Trois femmes nues gisaient éparpillées dans la pièce derrière lui. Chacune était meurtrie d'hématomes violacés autour de la gorge et semblait contempler fixement le plafond de ses yeux vitreux.

Les cols roulés se laissèrent tous tomber au sol pour se prosterner devant le Fomor, sauf Listen, qui se contenta de mettre un genou à terre.

— Il est là ? s'enquit le Fomor.

— Oui, seigneur, répondit Listen. Avec ses deux gardes du corps.

Le Fomor émit un rire rauque et se frotta les mains.

— Arriviste humain. Il ose se prétendre baron. Il va payer pour ce qu'il a infligé à mon frère.

— Oui, seigneur.

— Nul autre que moi n'a le droit d'assassiner des membres de ma famille.

— Bien entendu, seigneur.

— Qu'on m'apporte la coquille.

Listen fit une révérence et adressa un signe de tête à trois des cols roulés. Ils se précipitèrent vers une autre porte et reparurent bientôt lestés d'une coquille d'huître devant peser une demi-tonne. Celle-ci était monstrueuse et couverte d'une croûte de corail, de bernache ou de quelque autre créature poussant sur la coque des bateaux. Elle devait mesurer plus de deux mètres. Les cols roulés la déposèrent au milieu de la pièce.

Le Fomor s'en approcha, y porta les doigts et murmura un mot. Soudain, de la lumière jaillit sur toute la surface du coquillage, traçant des courbes et des motifs, peut-être les lettres d'un alphabet que je n'avais encore jamais vu. Le Fomor resta planté là un instant, une main tendue, ses yeux globuleux plissés. Il gargouilla quelque chose dans une langue sifflante.

J'ignorais ce qu'il faisait, mais il déplaçait énormément d'énergie d'origine inconnue. Je la sentais emplir l'air de la pièce, semblant le densifier et le rendre plus difficile à respirer.

— Seigneur ? demanda brusquement Listen. Qu'est-ce que vous faites ?

— Je prépare un présent pour nos nouveaux alliés, bien sûr, répondit le Fomor. Je ne peux malheureusement annihiler les Svartalves en même temps que tous les autres. Pas encore.

— Cela ne correspond pas aux plans de l'Impératrice.

— L'Impératrice, rétorqua le Fomor, m'a demandé de ne pas blesser nos nouveaux alliés. Elle n'a rien spécifié concernant la racaille assistant à leurs festivités.

— Les Svartalves font grand cas de l'honneur, insista Listen. Vous les couvrirez de honte si leurs hôtes souffrent sous leur toit, seigneur. Cela pourrait mettre l'alliance à mal.

Le Fomor cracha. Une petite boule de mucosités jaunâtres gicla sur le marbre près des pieds de Listen, où elle se mit à grésiller.

— Une fois le traité signé, il sera trop tard pour revenir en arrière. Mon présent leur sera offert peu après : j'épargnerai leurs petites vies misérables. Et si le reste de cette racaille se retourne contre les Svartalves, ils n'auront plus d'autre choix que de s'en remettre à nous et à notre force. (Il eut un sourire narquois.) N'aie pas peur, Listen. Je ne suis pas assez stupide pour détruire l'un des petits chouchous de l'Impératrice, même par accident. Toi et tes sbires survivrez.

Je reconnus soudain la teneur de l'énergie s'accumulant encore dans la coquille géante, et mon cœur s'accéléra.

Bordel de merde.

Le seigneur Rainette s'était confectionné une petite *bombe*.

Là, juste sous mon nez.

— Ma vie appartient à mes maîtres, qui en disposent comme bon leur semble, affirma Listen. Avez-vous d'autres instructions ?

— Récupérez autant de trésors que possible sur les morts avant notre départ.

Listen inclina la tête.

— Quelle efficacité pensez-vous que votre présent aura ?

— Celui que j'ai réservé à la Cour Rouge au Congo était relativement mortel, répliqua le seigneur Rainette d'un ton suffisant.

Mon palpitant s'accéléra encore. Durant la guerre contre le Conseil Blanc, la Cour Rouge avait fait usage d'un gaz neurotoxique sur un hôpital soignant les magiciens blessés. L'arme avait tué des dizaines de milliers de gens dans une ville bien plus petite et moins peuplée que Chicago.

Mes pieds nus m'apparaissaient soudain minuscules et glacés.

Le seigneur Rainette grogna et écarta les doigts. La coquille explosive disparut alors, dissimulée sous un voile d'aussi bonne qualité que le meilleur des miens. Le Fomor abaissa brusquement le menton en souriant.

— Qu'on m'apporte ma tenue.

Les cols roulés s'empressèrent de vêtir le seigneur Rainette de la robe de cérémonie la plus vulgaire de l'histoire des robes de cérémonie. D'innombrables couleurs criardes s'y côtoyaient au hasard sans jamais se marier, telles des ondulations à la surface de l'eau. Elle était ornée de perles, parfois aussi grosses que des boules de chewing-gum de supermarché. Puis ils ceignirent son front d'un diadème, et le seigneur Rainette et sa suite quittèrent la pièce.

Je me ratatinai contre le minibar, serrant Andi au plus près de moi, maintenant mon voile fermement en place. Le seigneur Rainette me frôla, suivi de deux rangées de cols roulés marchant au pas cadencé. L'un des deux derniers s'arrêta, la main sur la porte ouverte.

C'était Listen.

Il balaya lentement la pièce du regard, puis fronça les sourcils.

— Qu'y a-t-il ? demanda l'autre col roulé.

— Tu ne sens pas comme une odeur ? s'enquit Listen.

— Quel genre d'odeur ?

— Du parfum.

Oh, merde.

Je fermai les paupières et me concentrai de toutes mes forces sur mon pouvoir de suggestion, y adjoignant des traces d'angoisse que je tâchai de rendre trop ténues pour que Listen puisse les repérer.

Un instant plus tard, l'autre col roulé déclara :

— Je n'ai jamais vraiment aimé le parfum. On ne devrait pas rester si loin du seigneur.

Listen hésita encore quelques secondes, avant d'opiner et de commencer à repartir.

— Molly ! s'exclama la voix de Justine à travers le cristal fourré dans ma robe. Mlle Gard a flippé il y a environ deux minutes et a fait dégager Marcone d'ici. La sécurité se mobilise.

Listen fit subitement volte-face, mais Andi fut plus prompte. D'un bond de trois mètres, elle se rua sur la porte et la claqua en y mettant tout son poids. En une fraction de seconde, elle se retransforma en humaine nue s'appuyant sur le battant le temps d'en tourner le verrou.

Je plongeai la main dans mon décolleté pour en tirer le cristal.

— Il y a une bombe dans le bâtiment, dans l'aile réservée aux invités. Je répète, une *bombe* dans l'aile des invités, dans les quartiers de l'ambassadeur fomor. Trouvez Etri ou un autre svartalf et dites-lui que le Fomor va tenter tout le monde.

— Oh, mon Dieu, répondit Justine.

— Bordel de merde ! renchérit Butters.

Quelque chose de lourd et puissant vint heurter la porte, la faisant tressauter sur ses charnières. Andi fut même repoussée de plusieurs centimètres, mais elle s'arc-bouta pour soutenir le panneau de toutes ses forces.

— Molly !

C'était l'une de ces situations où la panique peut vous conduire à votre perte. Ainsi, même si tout me donnait envie de courir partout en hurlant, je me contentai de fermer les paupières un instant, de libérer mon voile et de prendre une lente inspiration pour remettre de l'ordre dans mes idées.

Premièrement, si Rainette et les cols roulés revenaient dans la chambre, ils nous tueraient. Il y avait déjà au moins quatre cadavres dans la suite. Pourquoi ne pas en ajouter deux de plus ? Tout bien considéré, rien ne les priverait de ce plaisir. La priorité absolue était donc de les empêcher d'entrer, au moins le temps que les Svartalves prennent les choses en main.

Deuxièmement, la bombe. Si celle-ci explosait, et s'il s'agissait effectivement d'une sorte d'agent neurotoxique comme celui que la Cour Rouge avait employé en Afrique, le nombre des victimes s'élèverait à plusieurs centaines de milliers, et Andi, Thomas et Justine en feraient partie – sans compter Butters et Marci, qui nous attendaient dans la voiture. Il fallait soit désamorcer la bombe, soit la mettre en lieu sûr. Oh, et il serait probablement impossible de réaliser l'une ou l'autre de ces actions tant qu'elle resterait invisible.

Troisièmement, il fallait encore libérer Thomas. Je ne pouvais pas en oublier ma mission, même si les choses s'étaient compliquées de façon imprévisible.

La porte vibra de nouveau.

— Molly ! s'écria Andi d'une voix perçante et paniquée.

— Putain, grommelai-je. Que ferait Harry à ma place ?

Si Harry était là, il bloquerait cette foutue porte. Ses facultés magiques étaient dignes d'un super-héros quand il s'agissait de déployer des quantités d'énergie phénoménales. Je suis à peu près sûre qu'il aurait pu arrêter une locomotive lancée à pleine vitesse. Ou au moins un semi-remorque. Mais mes talents ne concernaient en rien la force physique.

Harry m'avait dit une fois que chaque problème avait une solution – mais que quand on avait plusieurs problèmes, il pouvait exister plusieurs solutions.

Je me levai en empoignant fermement mes deux baguettes, me postai face à l'entrée et déclarai :

— Prépare-toi.

Andi m'adressa un regard noir.

— À quoi ?

— À ouvrir la porte.

— *À quoi ?*

— Ferme les yeux, et compte jusqu'à trois, dis-je en pliant légèrement les genoux. Un !

La porte trembla encore.

— Deux !

— Tu es folle ? s'inquiéta Andi.

— Trois ! beuglai-je en sprintant vers l'entrée, les baguettes brandies.

Andi serra les paupières et ouvrit le battant en grand, tandis que je déployais la Rave d'une Femme.

Je canalisai toute la puissance de ma volonté ; un festival de son et lumière éclata à l'extrémité de mes deux baguettes. Cela ne ressemblait pas au rayon d'une lampe torche – plutôt à l'éclat d'une petite explosion nucléaire. Le bruit n'était pas celui d'un cri, d'une détonation ou du sifflement d'un train : cela donnait l'impression de se trouver sur le pont de l'un de ces vieux cuirassés de la Seconde Guerre mondiale quand ils balançaient la sauce avec leur gros canon – un vacarme suffisant pour sonner un homme adulte et le faire tomber à la renverse.

Je poursuivis ma charge derrière mon mur furieux de son et de lumière, et j'émergeai dans le couloir dans le dos des silhouettes abasourdies des cols roulés.

Puis je devins mauvaise.

Quelques secondes plus tard, mes adversaires étaient de nouveau sur leurs pieds, bien que légèrement désorientés et aveuglés. Plus loin, l'un d'eux aidait le seigneur Rainette à se relever ; les cheveux mous de celui-ci étaient tout ébouriffés, sa tenue complètement emmêlée. Son visage hideux était déformé par la colère.

— Qu'est-ce qui se passe, ici, Listen ? s'époumona-t-il.

Je doutais que son ouïe fonctionne très bien.

— Seigneur, répondit Listen, je crois que c'est une nouvelle fois l'œuvre de la Dame en Haillons.

— Quoi ? Parle plus fort, imbécile !

La joue de Listen tressauta. Puis il se répéta en hurlant.

Rainette émit un sifflement.

— Petite pétasse indiscrète, gronda-t-il. Défoncez-moi cette porte et apportez-moi son *cœur*.

— Oui, seigneur.

Et les cols roulés se regroupèrent de nouveau autour de la porte 8.

Ils ne se servirent pas d'outils. C'était inutile. Ils entreprirent juste de démolir le battant à coups de pied, parfois à trois de front, enfonçant le talon de leur chaussure dans le bois. Bientôt, des fissures se formèrent et le vantail gémit. Puis il céda et pivota mollement sur ses gonds.

— Tuez-la ! ordonna le seigneur Rainette en s'approchant du panneau défoncé. *Tuez-la.*

Seuls deux cols roulés ne pénétrèrent pas dans la pièce.

Derrière mon voile renouvelé, j'estimai qu'il était temps de mettre un terme à mon illusion, tandis que l'armée furieuse claquait la porte derrière elle. Le 8 argenté se troubla avant de se retransformer en un 6 rutilant.

Quand il comprit la supercherie, le seigneur Rainette écarquilla les yeux de stupeur.

L'un de ses sbires ressortit de la chambre 6 et vint s'écraser dans le mur d'en face. Il le percuta telle une poupée de chiffons et s'écroula de tout son long. La forme de son corps resta incrustée dans le marbre de la paroi mouchetée de sang frais.

À l'intérieur, Thomas Raith, vampire de son état, lança :

— Listen, n'est-ce pas ? Waouh. Vos bouffons se seraient-ils trompés de chambre ?

— Nous avons commis une erreur, reconnut Listen.

— Oui. Oui, en effet.

Craquements et coups lourds et sourds se multiplièrent dans la pièce.

Le seigneur Rainette siffla et fit pivoter sa tête boursouflée sur son cou allongé.

— Salope en haillons, pesta-t-il, je sais que tu es là.

Cette fois, je savais exactement ce qu'Harry aurait fait. Je tendis ma baguette sonore et fis résonner ma voix derrière lui, à l'autre bout du couloir.

— Salut, Rainette. C'est si difficile que ça en a l'air, de cumuler tous les clichés du gros méchant, ou est-ce que ça vous vient naturellement ?

— Tu oses te moquer de moi ? grogna le Fomor.

Il envoya vers la source du son une spirale vert sombre d'énergie, qui calcina tout ce qu'elle toucha, jusqu'aux portes du fond. Là, il y eut un puissant craquement, et la lumière émeraude se répandit sur toute leur surface tel un filet de pêche.

— Difficile de se retenir, face à quelqu'un d'aussi laid, ajoutai-je, cette fois juste derrière lui. Avez-vous tué ces filles, ou se sont-elles volontairement donné la mort en vous voyant torse nu ?

Le Fomor gronda de nouveau et fouetta l'air qui l'entourait. Puis il plissa les paupières et se mit à marmonner tout en dessinant des motifs élaborés de ses doigts palmés. Je perçus immédiatement l'énergie qui émanait de lui et compris exactement ce qu'il tentait de faire : effiler mon voile. Mais je pratiquais ce petit jeu avec tante Lea depuis des mois.

Pas le seigneur Rainette.

Alors que ses fils magiques inquisiteurs s'étendaient, je dispensai quelques soupirs de mon propre pouvoir pour les écarter, les éloigner un à un pour leur faire contourner la zone abritée par mon voile. Je ne pouvais pas le laisser me trouver. Pas de cette manière, en tout cas. Il ne réfléchissait pas, et si je n'arrivais pas à l'y forcer, c'était qu'il était trop stupide pour être dupé.

Je ne pouvais pas non plus le laisser baisser les bras et partir, j'attendis donc d'être certaine d'avoir compromis sa recherche pour me servir à nouveau de ma baguette sonore, cette fois juste au-dessus de sa tête.

— Ce genre de chose n'est pas pour les amateurs. Vous devriez peut-être abandonner et demander à Listen d'essayer ?

Rainette redressa le front et plissa de nouveau les paupières. Il leva une main et cracha un mot sifflant ; des flammes jaillirent de ses doigts et vinrent engloutir le plafond.

L'alarme d'incendie mit environ deux secondes à se déclencher, et le diffuseur d'extincteur automatique deux de plus. J'étais cependant de retour à la porte 8 quand l'eau commença à dissoudre mon voile. La magie est une forme d'énergie régie par ses propres règles, l'une d'entre elles stipulant que l'eau a tendance à effacer toutes les constructions magiques actives. Ainsi, mon voile se mit à fondre comme de la barbe à papa.

— Ha ! cracha le Fomor en me repérant.

Je le vis me projeter une boule de lumière viride. Je me jetai face contre terre et la sentis filer au-dessus de ma tête avant de s'écraser contre la porte. Je roulai sur le dos à temps pour dresser un champ qui me protégea de la deuxième et de la troisième boule. Mes boucliers physiques ne sont pas fantastiques, mais le sort du Fomor était constitué d'énergie pure, ce qui le rendait plus facile à contrer. Je repoussai les assauts à gauche puis à droite, et ils firent gicler du mur des éclats de marbre gros comme des briques.

Le seigneur Rainette ouvrit grand ses yeux globuleux, furieux d'avoir manqué sa cible.

— Sale grosse vache de mortelle !

Aïe. Voilà qui piquait. Enfin, c'est peut-être un peu futile, et sans doute assez ridicule, et cela prouve potentiellement un manque de caractère, mais la réflexion du seigneur Rainette concernant mon apparence physique m'irrita plus que ses tentatives de meurtre.

— *Grosse vache ?* grondai-je alors que l'eau des extincteurs s'abattait sur moi. Je suis super canon dans cette robe !

Je lâchai l'une de mes baguettes et précipitai ma paume vers lui, lui envoyant une décharge invisible de mémoire pure, affûtée et concentrée à l'aide de la magie, comme un rayon de lumière traversant une loupe. On ne se souvient pas toujours des blessures traumatisantes, et je ne me rappelai que vaguement l'instant où j'avais pris une balle dans la jambe. D'ailleurs, j'étais sur le moment trop occupée pour ressentir vraiment la douleur. J'avais surtout éprouvé de la surprise et un engourdissement – mais quand, plus tard, ils m'avaient soignée dans l'hélicoptère… *là*, j'avais dégusté. Ils avaient extrait le projectile aux forceps avant de nettoyer la plaie avec un produit sans doute issu de l'Enfer. Et quand ils avaient comprimé la gaze à l'aide d'un bandage serré au maximum, j'avais cru mourir.

Voilà ce que je venais d'offrir de toute ma puissance au seigneur Rainette.

Il dressa un bouclier pour se prémunir contre l'attaque, mais il ne devait pas avoir l'habitude de gérer une chose aussi intangible que la mémoire. Même amoindri par la pluie continue, mon sort pourfendit ses défenses et porta. Rainette laissa échapper un grand cri perçant. Il chancela et s'écroula lourdement contre le mur, étreignant sa jambe.

— Tuez-la ! dit-il deux octaves plus haut qu'un instant auparavant. Tuez-la, tuez-la, tuez-la !

Les deux cols roulés restant dans le couloir se ruèrent sur moi. La fatigue causée par mes efforts cumulés, surtout le dernier, manqua me clouer au sol – mais je parvins à me mettre debout, plongeai vers la porte 8 et y tambourinai du poing.

— Andi ! Andi, c'est Molly ! Andi, ouvre-m…

La porte pivota brusquement et je m'effondrai dans la chambre. Je remontai les jambes en position fœtale et Andi claqua le battant derrière moi avant de repousser les verrous.

— C'est quoi, ce bordel, Molly ? s'emporta-t-elle.

Andi était toute trempée, comme chaque objet de la pièce – y compris la bombe fomor.

Je me levai et me dirigeai vers l'arme d'un pas incertain.

— Je ne pouvais pas faire disparaître le voile qui la recouvrait depuis l'extérieur, haletai-je. On n'avait pas le temps d'allumer un feu, et je suis incapable de focaliser moi-même suffisamment d'énergie pour déclencher l'alarme d'incendie. Il fallait que Rainette me rende ce service.

La porte trembla sur ses gonds.

— Retiens-les, dis-je à Andi. Je vais désamorcer cette bombe.

— Tu penses y arriver ? s'étonna-t-elle.

— Les doigts dans le nez, mentis-je.

— D'accord. (Elle fit la grimace.) Je vais puer le chien mouillé toute la soirée.

Elle se posta face à la porte et se tint prête tandis que j'atteignais la coquille géante. Je m'efforçai d'oublier les coups de bélier à la porte pour me concentrer pleinement sur l'huître devant moi. Je tendis alors mes sens vers elle et commençai à sentir l'énergie qui y circulait.

Il y en avait *énormément*, un afflux de pouvoir prêt à exploser. Un léger enchantement doublait l'extérieur de la coque, l'équivalent magique d'un tableau de commande. L'eau l'érodait, mais bien trop lentement pour s'attaquer au cœur du sort et en disperser l'énergie accumulée. Cependant, si je n'agissais pas rapidement, la douche finirait par dissiper totalement l'enchantement superficiel, et plus personne ne pourrait jamais désamorcer cet engin.

Je fermai les paupières et posai une main sur la coquille, ainsi que Rainette l'avait fait. Je sentis l'énergie de la bombe me remonter dans les doigts, prête à réagir, et j'entrepris d'y déverser mon propre pouvoir pour en palper les contours. Il s'agissait d'un sort très simple, rien d'élaboré, mais je ne savais pas ce qui actionnait quoi – c'était comme tenir une télécommande sur laquelle on aurait oublié de marquer les boutons. Sauf que je ne pouvais pas me risquer à appuyer dessus au hasard.

D'un autre côté, je ne pouvais pas non plus ne pas le faire.

J'allais donc devoir procéder par suppositions éclairées.

Sur une télécommande, le bouton marche/arrêt est presque toujours positionné légèrement à l'écart des autres, ou plus ou moins centré. Voilà ce que je cherchais. Je commençai par éliminer toutes les positions du sort qui me semblaient trop complexes ou trop petites, éliminant les possibilités au fur et à mesure pour n'en retenir que deux. Si je faisais le mauvais choix…

Je laissai échapper un petit rire nerveux.

— Hé, Andi. Le fil bleu ou le fil rouge ?

Le pied d'un col roulé passa à travers le panneau, et Andi tourna brusquement la tête dans ma direction pour m'adresser un regard incrédule.

— Tu te fous de ma gueule ? brailla-t-elle. C'est le bleu, on coupe *toujours* le bleu !

La moitié de la porte s'écrasa au sol. Andi adopta sa forme de loup et se jeta en avant, lacérant de ses griffes le col roulé qui essayait d'entrer.

Je me focalisai pleinement sur la bombe et choisis la deuxième possibilité. J'y mis toute ma volonté. J'étais si terrifiée que je dus m'y reprendre à deux fois, la peur panique étant rarement bonne conseillère.

— Salut, Dieu, chuchotai-je. Je sais que je ne passe pas souvent te voir, mais si tu pouvais me filer un tout petit coup de main, ça rendrait service à des tas de gens. S'il te plaît, fais que je ne me trompe pas.

Je sectionnai le fil bleu.

Rien ne se passa.

Je sentis l'afflux soudain et presque paralysant du soulagement – puis le seigneur Rainette sauta par-dessus les deux cols roulés opposés à Andi et me percuta de tout son poids.

Je tombai lourdement sur le sol en marbre et il se mit à califourchon sur moi, m'immobilisant sous son corps trop maigre. Il enroula les doigts d'une main autour de mon cou et serra. Il était affreusement fort. Mon souffle se bloqua immédiatement et ma tête se mit à tambouriner. Ma vision s'obscurcit.

— Petite *pute*, siffla-t-il.

Il se servit de son autre main pour m'assener des coups de poing à la pommette gauche. Cela aurait dû me faire mal, mais mon cerveau semblait défaillant. J'avais conscience des impacts, mais tout le reste était avalé par les ténèbres grandissantes. Je me sentais lutter vainement. Rainette était infiniment plus baraqué qu'il n'en avait l'air. Je peinais à y voir clair, mais je me surpris à observer à travers un long tunnel sombre l'une des filles mortes sur le sol de la chambre. Je revis les hématomes violacés autour de sa gorge.

Puis le marbre se mit à onduler à quelques mètres de moi et une étrange forme grisâtre en émergea.

Le Svartalf, entièrement nu, devait mesurer moins d'un mètre quarante. Il était doté d'yeux gigantesques et complètement noirs. Sa tête était un peu plus grosse que la normale et il était parfaitement chauve. Ses sourcils étaient d'un blanc argenté. Il ressemblait effectivement à la créature de Roswell, sauf qu'au lieu d'être extrêmement maigre, il était bâti tel un boxeur professionnel, avec une musculature très sèche. Il était armé d'une petite épée, qu'il tenait à la main.

— Fomor, déclara-t-il d'un ton calme. (Je reconnus la voix de M. Etri.) On ne frappe pas une femme.

Rainette commença à répondre, mais l'épée d'Etri fendit l'air et la main qui m'étranglait se retrouva subitement séparée de son poignet. Rainette hurla et battit en retraite, crachant des paroles et essayant de rassembler son pouvoir tout en détalant sur ses trois membres restants.

— Vous avez enfreint le code des invités, reprit Etri d'un ton très calme.

Il fit un geste de la main, et le marbre sous le seigneur Rainette devint liquide. Rainette s'y enfonça d'une dizaine de centimètres, avant que le sol durcisse de nouveau. Le Fomor beugla.

— Vous avez attaqué un convive jouissant de l'hospitalité et de la protection du Svartalfheim, déclara-t-il d'une voix toujours neutre.

L'épée s'abattit de nouveau, sectionnant le nez de Rainette, projetant des gerbes de sang et lui arrachant de nouveaux vagissements. Etri vint se poster devant le Fomor déchu et l'observa d'un air dépourvu d'expression.

— Avez-vous quelque chose à dire pour votre défense ?

— Non ! s'écria Rainette. Vous ne pouvez pas faire ça ! Je n'ai fait aucun mal à votre peuple.

Un accès de rage consuma subitement Etri, si bien que je crus que l'eau qui tombait du plafond allait se muer en vapeur à son contact.

— Du mal à notre peuple ? répéta-t-il calmement. (Il jeta un coup d'œil à la coquille puis considéra Rainette avec le plus profond mépris.) Vous vous seriez servi de notre alliance pour assassiner des milliers d'innocents, faisant de nous vos complices. (Il s'accroupit à quelques centimètres de sa victime et poursuivit d'un timbre plat, mais impitoyable.) Vous avez souillé l'honneur du Svartalfheim.

— Je vous paierai ! gargouilla Rainette. Vous serez généreusement dédommagés !

— Vos actions ont un prix, Fomor. Et il n'y a pas de négociation possible.

— Non, protesta Rainette. Non. NON !

Etri lui tourna le dos et examina la pièce. Andi était toujours sous sa forme de loup. L'un des cols roulés se vidait de son sang sur le sol en marbre, que les extincteurs transformaient en une vaste mare. Le second était recroquevillé dans un coin, la tête dans les bras, couvert de plaies sanguinolentes. Andi se tenait face à lui, le souffle court ; des gouttes écarlates ruisselaient de ses crocs rougis tandis qu'un grognement sourd résonnait dans son larynx.

Etri se retourna vers moi et me tendit la main. Je le remerciai et le laissai m'aider à m'asseoir. J'avais mal à la gorge. Mal à la tête. Mal au visage. Un mal de chien.

— Je suis navré de m'être mêlé de votre combat, dit Etri. S'il vous plaît, n'allez pas croire que je l'ai fait parce que je ne vous pensais pas capable de vous débrouiller seule.

Je répliquai d'un croassement rauque.

— Vous êtes chez vous, et votre honneur était en jeu. Vous aviez tous les droits d'intervenir.

Ma réponse sembla lui plaire, et il inclina légèrement le buste.

— Je m'excuse également de n'avoir pas réglé cette affaire en personne. Il ne vous incombait pas de découvrir les intentions de cette racaille, ni d'y mettre un terme vous-même.

— C'était un peu présomptueux de ma part, avouai-je. Mais le temps pressait.

— Votre alliée nous avait alertés du danger. Vous n'avez rien fait d'inconvenant. Le Svartalfheim vous remercie pour votre aide. Nous avons une dette envers vous.

Je me retins *in extremis* de lui dire que ça n'était rien. Etri n'échangeait pas de simples civilités. Il ne s'agissait pas d'une conversation amicale. C'était un audit, un compte rendu.

— Merci, monsieur Etri, dis-je alors.

— C'est tout naturel, mademoiselle Carpenter.

Des Svartalves en uniforme et des vigiles mortels apparurent dans la chambre. Etri alla à leur rencontre et leur fit calmement part de ses instructions. Le Fomor et ses serviteurs furent saucissonnés et emmenés hors de la pièce.

— Que va-t-il leur arriver ? demandai-je à Etri.

— Nous allons faire un exemple du Fomor, répliqua-t-il.

— Et votre traité ? m'enquis-je.

— Il n'a jamais été ratifié, m'informa-t-il. En bonne partie grâce à vous, mademoiselle Carpenter. Si notre royaume n'a pas pour habitude de payer des dettes qu'il n'a pas dûment contractées, nous apprécions le rôle que vous avez joué dans cette histoire. Nous ne l'oublierons pas.

— Les Fomors ne méritent pas un allié honorable.

— Il semblerait que non, convint-il.

— Et les cols roulés ? repris-je.

— Eh bien quoi ?

— Allez-vous… vous occuper de leur cas ?

Etri me dévisagea.

— Devrions-nous le faire ?

— Ils étaient plus ou moins impliqués.

— Ce sont de simples outils, rétorqua le Svartalf. Si un homme vous frappe avec un marteau, c'est l'homme qui est puni. Inutile de détruire le marteau. Ils n'ont aucun intérêt à nos yeux.

— Et elles ? demandai-je en désignant d'un geste du menton les filles mortes dans la chambre de Rainette. Ont-elles le moindre intérêt pour vous ?

Etri les contempla en soupirant.

— Les belles choses ne devraient pas être abîmées, affirma-t-il. Mais elles n'étaient pas nos hôtes. Nous ne sommes nullement responsables de leur fin et nous n'en répondrons pas.

— Vous détenez un vampire en vos murs, n'est-ce pas ?

Etri m'examina un instant avant d'avouer.

— Oui.

— Vous avez une dette envers moi. Libérez-le, et nous serons quittes.

Il arqua un sourcil avant de se fendre d'une légère révérence.

— Venez avec moi, dit-il.

Je le suivis hors de la suite et jusqu'à la chambre 6. Même si le battant avait volé en éclats, Etri s'arrêta respectueusement devant et frappa. Un instant plus tard, une voix de femme répondit :

— Vous pouvez entrer.

Nous nous exécutâmes. La suite ressemblait beaucoup à celle du Fomor, sauf qu'il y avait bien plus d'oreillers et de meubles somptueux. Tout était saccagé. Le sol était jonché de débris, de ruines et de cols roulés démantibulés. La sécurité de la forteresse s'occupait déjà de les ligoter et de les emmener.

Listen sortit sur ses deux jambes, les mains liées derrière le dos, un œil tuméfié et à moitié fermé. Il me dévisagea sans rien dire.

Salopard.

Etri s'approcha du rideau isolant la chambre du reste de la suite et déclara :

— L'apprentie mortelle qui nous a alertés demande en récompense la libération du vampire.

— Impossible, répondit la voix féminine. Il y a déjà une affaire en règlement.

Etri se retourna vers moi et haussa les épaules à mon intention.

— Je suis désolé.

— Attendez, répliquai-je. Pourrais-je au moins lui parler ?

— Dans un instant.

Nous attendîmes. Thomas apparut bientôt, vêtu d'un peignoir en tissu éponge noir. Il sortait de la douche. Thomas mesurait près d'un mètre quatre-vingts, et pas une parcelle de son corps n'était pas à croquer. Ses yeux étaient d'un profond bleu cristallin, ses cheveux bruns lui tombaient aux épaules. Comme d'habitude en sa présence, mon corps se mit à me supplier de lui faire des enfants. Je n'en tins aucun compte. Ou presque.

— Molly, dit-il. Est-ce que tu vas bien ?

— Ça ira mieux après un seau d'aspirine. Euh, et toi ?

Il cilla.

— Eh bien, oui, pourquoi ?

— Je croyais… tu sais. Que tu avais été capturé en tant qu'espion.

— Ah oui, c'est le cas.

— Et je pensais qu'ils, euh… voudraient faire un exemple ?

Il cilla de nouveau.

— Pourquoi ils feraient ça ?

Le rideau de la chambre se rouvrit sur une Svartalf. Elle ressemblait beaucoup à Etri – petite et magnifique, même si elle avait de longs cheveux argentés au lieu d'une coupe de boule de billard. Elle portait une chemise qui lui tombait aux chevilles, peut-être celle de Thomas. Elle avait un air résolument… suffisant. J'aperçus derrière elle plusieurs autres paires de grands yeux noirs, tapis dans la chambre enténébrée.

— Oh, dis-je. *Oh.* Tu, euh… Tu as conclu un accord.

Thomas eut un sourire narquois.

— C'est un boulot difficile et salissant…

— Et tu n'es pas au bout de tes peines, intervint la Svartalf. Tu nous appartiens jusqu'à l'aube.

Thomas se tourna vers la chambre, puis reporta son regard sur moi et écarta les mains.

— Tu sais ce que c'est, Molly. L'appel du devoir.

— Euh, repris-je. Qu'est-ce que je dois dire à Justine ?

Il me considéra une fois encore avec incompréhension.

— La vérité. Quoi d'autre ?

— Oh, merci mon Dieu ! s'exclama Justine quand nous sortîmes. J'avais si peur qu'ils ne le laissent mourir de faim.

Je clignai les paupières à plusieurs reprises.

— Votre petit ami est en train de baiser dans une pièce remplie d'elfes, et cela vous *réjouit* ?

Justine inclina la tête en arrière et se mit à rire.

— Quand on est amoureuse d'un incube, notre point de vue sur certaines choses évolue quelque peu. Ce n'est pas comme si c'était nouveau. Je sais ce qu'il ressent pour moi, et il doit se nourrir pour être en bonne santé, alors où est le mal ? (Elle ricana.) En outre, il n'est *jamais* rassasié.

— Vous êtes une personne très étrange, Justine.

Andi gloussa et me décocha un coup de coude amical. Elle avait récupéré sa robe et ces chaussures qu'elle aimait tant.

— Et c'est toi qui dis ça ?

Tout le monde était rentré chez soi, sain et sauf. Je m'éloignai de l'appartement de Waldo pour rejoindre le parking le plus proche. Je trouvai un coin sombre, m'assis et attendis. Lea apparut en scintillant deux heures plus tard environ et s'installa à mon côté.

— Tu m'as piégée, dis-je. Tu m'as envoyée là-bas en aveugle.

— C'est exact. Tout comme Lara l'a fait avec son frère – sauf que mon agent a réussi, là où le sien a échoué.

— Mais pourquoi ? Pourquoi nous expédier là-bas ?

— Le traité avec le Fomor ne pouvait pas être conclu, répondit-elle. Si une nation acceptait la neutralité, une dizaine d'autres auraient suivi. Le Fomor aurait alors pu diviser le reste et les combattre une à une. La situation était délicate. La présence d'agents actifs visait à perturber l'équilibre – une sorte d'épreuve du feu afin que le Fomor révèle son vrai visage.

— Pourquoi ne m'avoir pas simplement dit ça ? m'enquis-je.

— Parce que, à l'évidence, tu ne m'aurais ni fait confiance ni cru.

Je fronçai les sourcils à son adresse.

— Tu aurais tout de même dû me prévenir.

— Ne sois pas ridicule, mon enfant. (Lea renifla.) Je n'avais pas de temps à perdre avec tes doutes, tes soupçons, tes théories et tes questions incessantes. Mieux valait te donner un unique objectif sur lequel te concentrer : Thomas.

— Comment savais-tu que je trouverais la bombe ?

Elle haussa les sourcils.

— Une bombe ? (Elle secoua la tête.) J'ignorais tout de ce qui se tramait. Mais les Fomors sont des traîtres. Ils l'ont toujours été, et ils le resteront toujours. La seule question est : quelle forme adoptera leur prochaine duperie ? Il fallait le prouver aux Svartalves.

— Mais comment savais-tu que je réussirais ?

— Je n'en savais rien, répondit-elle. Mais je connais ton mentor. Il n'a pas son pareil pour déterrer des vérités surnaturelles étranges, et il a été bon professeur. (Elle sourit.) Tu as également hérité de sa faculté à transformer une situation bien ordonnée en un chaos innommable.

— Ce qui signifie ? m'offusquai-je.

Son sourire suffisant me rendait dingue.

— Ce qui signifie que je savais que, quoi qu'il advienne, le traité ne serait pas ratifié sans vagues.

— Mais tu aurais pu réussir aussi bien que moi.

— Non, mon enfant, assura-t-elle. Les Svartalves ne m'auraient jamais conviée à leur petite sauterie. Ils adorent que tout soit bien net et précis. Ils se seraient doutés que mes intentions n'étaient pas claires.

— Mais ils l'ignoraient à mon sujet ?

— Ils ne peuvent juger les gens que par leurs actes, expliqua Lea. D'où leur traité avec le Fomor, qui n'avait pas encore croisé leur route. Mes actes ont prouvé que je devais être considérée avec prudence. Tu n'avais… pas d'historique avec eux. Et tu es belle à couper le souffle. Tout est bien qui finit bien, la ville est sauvée, et un groupe d'êtres riches, doués et influents ont une dette envers toi. (Elle marqua une courte pause avant de se pencher légèrement vers moi.) Tu pourrais peut-être me remercier.

— Moi, te remercier ? m'étonnai-je. Pour ça ?

— Ta soirée a plutôt bien tourné, non ? insista-t-elle, les sourcils haussés. Tu es décidément bien difficile à satisfaire. Je ne comprendrai jamais comment il arrive à supporter ton insolence. Tu dois sans doute penser que tu as mérité une sorte de récompense de ma part.

Elle se leva et fit volte-face.

— Attends ! la rappelai-je soudain.

Elle s'arrêta.

Je crois que mon cœur cessa de battre. Je me mis à trembler de tous mes membres.

— Chaque fois que tu évoques Harry, tu le fais au présent. Pas au passé.

— Vraiment ?

— Tatie, demandai-je dans un souffle. Tatie… est-ce qu'Harry est… vivant ?

Lea se retourna très lentement vers moi. Ses yeux verts pétillaient d'une lueur de savoir malfaisante.

— Je n'ai pas dit ça, mon enfant. Et tu ne dois pas le dire non plus. Pas encore.

Je penchai la tête et me mis à pleurer. Ou à rire. Ou les deux. Je ne faisais plus la différence. Lea n'attendit pas que je recouvre mon calme. Les accès d'émotions la mettaient mal à l'aise.

Harry. Vivant.

Je ne l'avais pas tué.

C'était la plus belle des récompenses.

— Merci, tatie, chuchotai-je. Merci.

JOE R. LANSDALE

Joe R. Lansdale, écrivain texan particulièrement prolifique, a remporté le prix Edgar Allan Poe, le prix British Fantasy, le prix American Horror, le prix American Mistery, le prix de la Crime Writer's Association et six fois le prix Bram Stoker. Même s'il est probablement plus connu pour ses romans d'horreur ou ses thrillers tels que *Les Enfants du rasoir*, *Bubba Ho-Tep**, *Les Marécages*, *Le Dieu du rasoir* ou *Le Drive-In*, il a également donné naissance à une série policière aussi célèbre que « Hap Collins et Leonard Pine » – *Les Mécanos de Vénus*, *L'Arbre à bouteilles*, *Le Mambo des deux ours*, *Bad Chili*, *Tape-cul*, *Tsunami mexicain* – ainsi qu'à des westerns comme *Texas Night Riders** et *Blood Dance**, en plus d'autres romans absolument inclassables et hybrides (*Zeppelins West**, *The Magic Wagon**, *Flaming London**). Parmi ses autres textes, on compte : *La Mort dans l'Ouest*, *The Big Blow**, *Du sang dans la sciure*, *Act of Love**, *Un froid d'enfer*, *Waltz of Shadows*, *The Drive-In 2 : Not Just One of The Sequels* et *Vierge de cuir*. Il a également rédigé des ouvrages pour des séries comme « Batman » ou « Tarzan ». Ses nombreuses nouvelles ont été rassemblées en des recueils : *Texas Trip**, *Tight Little Stiches in a Dead Man's Back**, *The Shadows**, *Kith and Kin**, *The Long Ones**, *Stories by Mama Lansdale's Youngest Boy**, *Bestsellers Guaranteed**, *On The Far Side of the Cadillac Desert with Dead Folks**, *Electric Gumbo**, *Writer of the Purple Rage**, *A Fist Full of Stories**, *Steppin' Out**, *Summer**, *'68**, *Bumper Crop**, *The Good, the Bad, and* *the Indifferent**, *For a Few Stories More**, *Mad Dog Summer and Other Stories**, *The King and Other Stories**, *Deadman's Road**, un omnibus intitulé *Flaming Zeppelins: The Adventures of Ned the Seal** et *High Cotton : Selected Stories of Joe R. Lansdale**. Il a en outre dirigé plusieurs anthologies : *The Best of the West*, *Retro Pulp Tales**, *Son of Retro Pulp Tales**, *Razored Saddles** (avec Pat LoBrutto), *Dar kat Heart: All New Tales of Dark Suspense from Today's Masters** (avec son épouse Karen Lansdale), *The Horror Hall of Fame: The Stoker Winners** et l'anthologie d'hommage à Robert E. Howard, *Cross Plains Universe** (avec Scott A. Cupp). Il existe également une anthologie en hommage à l'œuvre de Lansdale : *Lords of the Razor**. Ses ouvrages les plus récents sont deux livres de la série « Hap et Leonard » (*Diable rouge* et *Hyenas**) et les romans *Deranged By Choice** et *Edge of Dark Water**. Il a aussi signé un nouveau recueil (*Shadows West**, avec John L. Lansdale) et édité deux autres anthologies : *Crucified Dreams** et *The Urban Fantasy Anthology** (en collaboration avec Peter S. Beagle). Il vit en famille à Nacogdoches, au Texas.

Dans la nouvelle ci-après, il nous présente la meilleure mauvaise fille du monde, une femme qui a un charme fou et la faculté de mettre chaque homme qu'elle croise à ses pieds. Une femme semblable à une grosse pomme bien rouge habitée par un ver, une femme capable de pousser un prêtre à se trancher la gorge s'il la voyait déambuler dans la rue. En bref, un personnage que nul autre que Lansdale n'aurait pu créer.

CATCHER JÉSUS

Ils commencèrent par voler le déjeuner de Marvin, puis ils lui prirent son argent avant de le tabasser. En réalité, sur une échelle allant de un à dix, il estimait le passage à tabac qu'il venait de subir à quatorze. Néanmoins, il y avait eu du relâchement chez ses assaillants, l'un s'étant ménagé une pause pour allumer une cigarette et deux autres étant plus tard apparus fatigués et à court de souffle.

Gisant là, du sang plein la bouche, il se plut à penser que la pause cigarette et l'épuisement manifeste de deux de ses agresseurs faisaient perdre des points à la performance générale, dont la note ne s'élevait donc plus qu'à neuf ou dix au lieu du quatorze initial.

Cependant, cela n'amoindrit pas la douleur qu'il avait aux côtes ni ne fit disparaître les taches noires qui nageaient devant ses prunelles quelques instants avant son évanouissement. Quand il reprit connaissance, l'une des petites brutes le réveillait à force de gifles pour s'assurer qu'il n'avait pas de dents en or. Il jura que non, mais l'autre insista pour vérifier lui-même, et Marvin ouvrit la bouche pour le laisser observer sa denture.

Déçu, le tyran menaça de lui pisser dans la gorge ou de le baiser, mais soit lui et sa bande étaient trop épuisés de l'avoir roué de coups pour le violer, soit ils n'avaient pas envie d'uriner, car ils s'éloignèrent en se partageant son argent. Ils avaient chacun gagné environ trois dollars et vingt cents, en plus du délicieux sandwich au jambon et du petit pot de compote qu'il avait dans son sac à dos. En revanche, il n'y avait qu'une seule cuillère en plastique.

Marvin commençait à fusionner avec le bitume quand il entendit :

— Bande de petits merdeux, vous vous prenez pour des gros durs, pas vrai ?

Marvin cilla et découvrit que la voix appartenait à un vieil homme légèrement voûté et aux jambes arquées. Son visage semblait avoir été reconstitué dans le noir par un ivrogne avec de la mauvaise colle. Il avait assez de poils dans l'oreille – Marvin ne voyait que la droite – pour confectionner un petit pull à un chien. C'était d'ailleurs la seule touffe de son corps à être brune : ses cheveux avaient la couleur d'un ventre de poisson. Il retenait d'une main son pantalon trop large. Sa peau était marron comme une noix et sa bouche semblait remplie de trop nombreuses dents. L'une de ses poches était renflée. Marvin songea qu'il s'agissait peut-être de ses couilles : une sacrée hernie inguinale.

La bande s'arrêta net et fit volte-face. Les quatre compagnons, tout en muscles, avaient l'air mauvais et les épaules larges. L'un d'eux avait un ventre proéminent, mais des abdos en béton, et Marvin était bien placé pour savoir qu'ils avaient tous les poings solides et des chaussures à l'avenant. Le vieil homme ne ferait pas un pli.

Celui qui avait interrogé Marvin sur d'éventuelles dents en or – celui au gros ventre – dévisagea le vieillard et lui lança, en remontant sur ses épaules le sac à dos de sa victime :

— C'est à nous que tu parles, vieux schnock ?

— Je ne vois pas d'autres merdeux dans le coin, rétorqua l'intéressé. Tu penses être une vraie teigne, hein ? N'importe qui aurait pu bastonner une fiotte comme ce gamin. Même ma grand-mère handicapée, qui est pourtant morte depuis vingt ans. Le mioche doit avoir seize ans. Et vous autres, espèces de branleurs ? Vingt ? Vous êtes une bande de salopes sans un poil à la chatte.

Marvin essaya de reculer sur ses coudes jusqu'à disparaître, ne tenant pas à se rappeler à leur bon souvenir ; il espérait pouvoir s'enfuir pendant qu'ils tueraient le vieux. Mais il n'avait plus la force de bouger. Gros-Bide s'avançait déjà vers l'ancêtre en roulant des mécaniques.

Quand il ne fut plus qu'à deux mètres, le vieux déclara :

— Tu comptes m'affronter tout seul, petite merde ? Tu n'as pas besoin que tes petites copines me tiennent ?

— Je vais te déchausser tes dernières dents d'origine, vieux métèque, répliqua Gros-Bide.

— Y en a plus, alors fais-toi plaisir.

Le garçon s'avança et décocha un coup de pied au vieil homme, qui repoussa sa jambe de la main gauche sans même lâcher son pantalon de la droite. Puis il lui porta un violent direct en pleine face, qui lui éclata les lèvres et le fit chuter sur les fesses. Quand Gros-Bide essaya de se relever, l'aïeul l'en empêcha d'un puissant coup de pied dans la trachée. Gros-Bide retomba en suffoquant, les deux mains serrées sur sa gorge.

— Alors, les filles ? Vous voulez jouer aussi, les connasses ?

Lesdites connasses secouèrent la tête.

— Tant mieux, répondit le vieux en sortant une chaîne de sa poche.

La grosse masse n'était donc pas une burne éclatée. Il tenait toujours son pantalon de sa main libre.

— Je sais m'en servir, menaça-t-il. Je peux te l'enrouler autour de la tête comme une amarre autour d'une bitte. Venez donc chercher M. Trouduc pour le faire disparaître de ma vue, et fissa.

Les trois garçons restants relevèrent M. Trouduc, alias Gros-Bide. Le croulant colla alors son nez à celui de sa victime et dit :

— Et ne vous avisez pas de revenir. Je ne veux plus vous revoir ici.

— Tu le regretteras, métèque, affirma Gros-Bide tandis que des bulles de sang lui coulaient sur le menton.

Le vieil homme laissa tomber sa chaîne au sol et décocha un nouveau direct à Gros-Bide, lui brisant le nez et lui couvrant le visage d'une giclée de son propre sang.

— Putain, tu as de la merde dans les oreilles, ou quoi ? Tu ne m'as pas entendu ? Adios, trouduc.

Les trois garçons et Gros-Bide, qui chancelait, disparurent au bout de la rue.

Le vieil homme observa Marvin, toujours couché par terre.

— Ma daronne me flanquait de plus grosses raclées, et elle était manchote. Debout, maintenant.

Marvin parvint à recouvrer la position verticale, un exploit comparable à la construction par un seul esclave de l'une des grandes pyramides.

— Qu'est-ce que tu es venu foutre ici ? demanda le vieux. Y a que de la racaille, dans le coin. T'as l'air d'arriver d'un endroit mieux que ça.

Marvin secoua la tête.

— Non, affirma-t-il. J'habite dans le coin.

— Depuis quand ?

— Une semaine.

— Ah ouais ? Tu t'es installé exprès, ou tu t'es perdu ?

— Exprès.

— Eh ben, gamin, tu devrais songer à repartir.

Marvin en mourait d'envie. Mais sa mère ne voulait rien entendre. Ils n'avaient pas les moyens. Plus depuis la mort de son père. Cela avait fait empirer, de façon assez brutale, leur condition déjà précaire. Le père de Marvin se débrouillait bien à l'usine, puis il était mort ; depuis, leurs vies avaient dégringolé plus vite qu'un wagonnet de mine rempli de briques. Sa mère et lui ne pouvaient pas aller ailleurs, le débat était clos. Si leur chute se poursuivait, ils aboutiraient dans un carton avec vue. Désormais, leur seul moyen de s'élever socialement serait de mettre des talonnettes.

— On ne peut pas déménager. Maman n'a pas assez d'argent. Elle est blanchisseuse.

— Ouais, eh ben, dans ce cas, tu ferais mieux d'apprendre à subvenir à tes propres besoins, insista le vieux. Sinon, tu risques de te retrouver avec le pantalon sur les chevilles et le trou du cul gros comme une assiette.

— C'est vraiment ce qu'ils font ?

— Ils en sont capables. Tu dois apprendre à te défendre.

— Vous pourriez m'enseigner ?

— T'enseigner quoi ?

— L'art du combat.

— Non. Je dois tenir mon pantalon. Trouve-toi un bâton.

— Mais vous pourriez me montrer.

— J'en ai pas envie, gamin. Je me bats déjà tous les jours pour continuer à respirer. J'ai pas loin de quatre-vingts balais. Je devrais nourrir les vers depuis au moins cinq ans. Écoute-moi bien : tu dois partir d'ici, mais si tu ne peux pas... bonne chance à toi.

Il partit alors en traînant les pieds, tenant toujours son bénard d'une main. Marvin le regarda s'éloigner quelques secondes, puis il s'enfuit. Son objectif était de tenir une petite semaine, jusqu'aux grandes vacances. Puis il n'aurait plus qu'à se terrer dans l'appartement et n'en plus ressortir jusqu'à la rentrée, à l'automne. Il serait ensuite temps d'échafauder un nouveau plan.

Il espérait qu'alors ces brutes auraient perdu l'envie de le dérouiller, ou qu'elles auraient été tuées de quelque atroce manière, ou qu'elles auraient elles-mêmes déménagé. Ou commencé leur carrière, même s'il devinait qu'elles se dirigeaient toutes vers un même métier : celui de criminel.

Il raconta à sa mère qu'il était tombé. Elle le crut. Elle était trop préoccupée par le fait de trouver de quoi les nourrir pour se soucier du reste, et il n'avait de toute façon pas envie qu'elle apprenne la vérité. Il ne voulait pas qu'elle sache qu'il était incapable de se défendre, qu'il servait de sac de frappe ambulant. En vérité, elle n'avait guère conscience de ses problèmes. Elle avait son boulot, en plus d'un nouveau petit copain, un peintre en bâtiment, un grand bonhomme dégingandé qui venait regarder la télé et boire de la bière, avant de se coucher avec elle. Parfois, quand il dormait sur le canapé, il les entendait à l'arrière. Il ne se souvenait pas d'avoir ouï des bruits pareils à l'époque de son père, et il ne savait pas trop quoi en penser. Quand ils faisaient vraiment trop de bruit, il se plaquait l'oreiller sur les oreilles et essayait de dormir.

Durant l'été, il tomba sur des pubs en ligne expliquant comment façonner son corps, et il commanda un DVD. Il multiplia les pompes, les tractions et divers autres exercices. Il n'avait pas les moyens de s'offrir les haltères conseillés dans le DVD. Ce dernier lui avait coûté toutes ses économies, une pièce de dix cents glanée par-ci, une autre de vingt-cinq économisée par-là. De la petite monnaie que lui laissait sa mère. Néanmoins, il jugeait que si cela pouvait lui éviter de se faire botter le cul, cela les valait largement.

Marvin était assidu dans son entraînement. Il donnait tout ce qu'il avait et, bientôt, sa mère lui fit remarquer qu'il paraissait plus fort. Marvin était de cet avis. En réalité, il était même musclé. Ses bras étaient galbés, son ventre presque plat, ses cuisses et ses mollets avaient gonflé. Il savait désormais distribuer les directs longs et courts. Il avait trouvé un guide en ligne lui enseignant ces techniques. Il comptait travailler ensuite son uppercut, peut-être son crochet, mais il se contentait pour l'instant des directs.

— Très bien, annonça-t-il au miroir. Qu'ils viennent. Je les attends.

Après le premier jour d'école, à la rentrée, Marvin rentra chez lui par le même chemin que ce soir terrible où il avait pris une raclée. Il n'était pas certain de savoir quoi penser.

D'un côté, il espérait ne plus jamais croiser leur route ; de l'autre, il se sentait à présent assez fort pour se défendre.

Marvin plongea la main dans sa poche pour palper les quelques pièces qui s'y trouvaient. Pas grand-chose. Un dollar environ. Encore de l'argent que lui avait donné sa mère. Et il avait son sac sur le dos. Cela les intéresserait peut-être. Il faudrait qu'il pense à le retirer et à le poser de côté s'il devait se battre. Rien ne devait le gêner.

Quand il arriva à l'endroit où cela s'était produit, il ne rencontra personne. Il regagna donc son domicile, un peu déçu. Il aurait tant aimé les assommer les uns contre les autres.

Au troisième jour d'école, l'occasion se présenta.

Cette fois, ils n'étaient que deux : Gros-Bide et l'une des fouines qui l'avaient accompagné la première fois. Quand ils le repérèrent, Gros-Bide sourit et s'approcha rapidement de lui. Son laquais le suivait de très près, comme pour ramasser les miettes.

— Eh bien, eh bien, déclara Gros-Bide quand ils furent presque en face. Tu te souviens de moi ?

— Oui, avoua Marvin.

— Tu n'es pas bien malin, pas vrai, gamin ? Je pensais que tu avais mis les voiles. Je me disais que je n'aurais plus jamais la chance de te foutre sur la gueule. Je voulais que tu saches que ce vieillard m'avait pris par surprise. J'aurais pu le défoncer n'importe quand.

— Tu ne peux pas me battre, alors lui…

— Ah, tu te serais fait pousser des couilles pendant l'été ?

— Une grosse paire.

— Une grosse paire, hein ? Je parie que je peux te piquer ton sac et te forcer à me baiser les pieds. Ou à m'embrasser le cul.

— Je vais surtout te le botter, rétorqua Marvin.

L'expression de la petite brute se modula, et Marvin ne se rappellerait pas grand-chose de ce qui s'ensuivit.

Quand il se réveilla, Gros-Bide était penché en avant et claironnait :

— Maintenant, embrasse-le. Et appuie fort. N'hésite pas à mettre la langue. Si tu refuses, Pogo ici présent va sortir son surin pour te trancher la bite. Tu as compris ?

Marvin dévisagea Gros-Bide. Ce dernier baissa son pantalon et posa les mains sur ses genoux, exposant son anus à Marvin. La fouine fouillait dans le sac de celui-ci, le vidant de son contenu.

— Lèche ou fais-toi couper, résuma Gros-Bide.

Marvin toussa du sang et essaya de s'éloigner en rampant.

— Lèche, répéta Gros-Bide. Lèche jusqu'à ce que je te dise d'arrêter. Allez, mec. Bouffe ma merde.

Un pied vola entre les jambes de Gros-Bide et lui cogna les noix avec un bruit semblable à celui produit par une queue de castor frappant l'eau. Gros-Bide beugla et tomba sur la tête, comme s'il essayait de faire le poirier.

— Ne cède jamais à ça, gamin, dit une voix. Mieux vaut te laisser trancher la gorge.

C'était le vieil homme. Il était debout, tout près. Cette fois, il n'avait plus besoin de tenir son pantalon : il avait une ceinture.

Pogo prit son élan et lui décocha une droite puissante. Sans bouger beaucoup, l'ancêtre parvint à passer sous le poing et lui assena ce fameux uppercut pour lequel Marvin n'avait pas eu le temps de s'entraîner. Il atteignit Pogo sous le menton et il y eut un violent claquement. Pogo, la fouine, sembla sur le point de perdre littéralement la tête. Son cou s'étendit tel un élastique. De la bave jaillit de sa bouche, puis il s'effondra sur le bitume en une masse inerte.

Le vieil homme alla se planter devant Gros-Bide de son pas traînant. Le tyran était toujours à quatre pattes, peinant à se relever, le pantalon autour des chevilles. Le vieux le frappa deux fois de plus entre les jambes. Les assauts n'avaient rien d'esthétique, mais ils furent efficaces. Gros-Bide vomit une merde avant de s'écrouler à plat ventre.

— Tu devrais t'essuyer, lui conseilla l'aïeul.

Mais Gros-Bide n'écoutait pas. Il gisait sur le goudron, produisant un bruit semblable à celui d'un camion ayant un problème de démarreur.

Le vieux se tourna vers Marvin.

— Je pensais être prêt, avança celui-ci.

— Tu es encore loin du compte, gamin. Viens avec moi, si tu peux encore marcher.

Il y parvenait, mais avec peine.

— Tu ne manques pas de confiance en toi, reprit le vieil homme. Je l'ai remarqué immédiatement. Mais elle ne repose sur rien.

— Je me suis entraîné, protesta Marvin.

— Ouais, eh bien, ce n'est pas la même chose de nager sur la terre ferme que d'être largué au milieu de l'océan. Il y a certains machins qu'on peut faire dans le vide ou avec un sparring-partner, d'autres qu'il faut vivre et ressentir. Si je n'étais pas intervenu, tu serais en train de bouffer de la merde comme s'il s'agissait d'une glace au chocolat. Écoute-moi bien, fiston : ne fais jamais une chose pareille. Pas à moins qu'il ne s'agisse du cul d'une dame, et qu'elle t'ait invité à le faire. Plutôt mourir que d'accepter ça sous la menace. Si tu fais ça ne serait-ce qu'une seule fois, tu es sûr de garder toute ta vie le goût de sa merde sur la langue.

— C'est toujours mieux que d'être mort, tempéra Marvin.

— Nan, c'est pareil. Laisse-moi te dire un truc : un jour, j'avais un petit chien. Il n'était pas plus haut qu'un chat, mais il avait un cœur gros comme une maison. Moi et lui, on se baladait. Un jour, on se promenait – pas très loin d'ici, en fait – et on a croisé un berger allemand en train de fureter dans les poubelles. Un vieux clebs qu'avait pas l'air commode, et il s'en est pris à mon chien. Ça a été une sacrée bagarre. Mike n'a pas voulu abandonner. Il s'est battu jusqu'à la mort.

— Il a été tué ?

— Nan, c'est le berger allemand qui y est resté.

— Mike a tué un berger allemand ?

— Nan. Bien sûr que nan. Je te charrie. Je l'ai cogné avec une planche qui traînait là. Mais la morale de cette histoire, c'est qu'il faut toujours faire de son mieux, en espérant parfois que quelqu'un armé d'une planche prenne ton parti.

— Vous êtes en train de dire que je suis Mike et que vous êtes le type à la planche ?

— Je suis juste en train de dire que tu te bats comme une femmelette. C'est tout.

— Qu'est-il arrivé à Mike ?

— Il s'est fait renverser par un camion après lequel il courait. Il était résistant et volontaire, mais il avait pas deux sous de jugeote. Un peu comme toi. Sauf que t'es pas résistant. L'autre inconvénient, c'est que t'es pas un chien. Et puis, ça fait deux fois que je te sauve la mise, alors tu m'en dois une.

— Qu'est-ce que vous attendez de moi ?

— Eh ben, tu veux apprendre à te battre, pas vrai ?

Marvin acquiesça.

— Et moi, j'ai besoin d'un partenaire d'entraînement.

Le vieil homme habitait non loin du lieu de la bagarre, dans un grand bâtiment en béton de deux étages. Les fenêtres étaient toutes barrées de planches. Quand ils atteignirent la porte d'entrée, l'homme sortit un trousseau de clés et ouvrit plusieurs serrures.

Tout en s'activant, il déclara :

— Fais le guet, pendant ce temps. Je dois me montrer particulièrement vigilant, parce qu'il y a toujours un connard pour vouloir entrer. J'ai dû en démolir plus d'un. C'est pour ça que je garde un madrier dans ce tonneau.

Marvin se pencha sur ce qui ressemblait à une grosse poubelle. Il y découvrit effectivement un madrier, et rien d'autre.

Le vieil homme acheva de déverrouiller la porte et ils entrèrent. Il actionna plusieurs interrupteurs et la lumière se fit. Puis il s'attela à réengager tous les verrous. Ils empruntèrent un étroit couloir débouchant sur une grande pièce – très grande, même.

Il y avait un lit et des toilettes fixées sur le mur opposé. Contre une autre cloison, quelques chaises étaient rangées sous une longue table en bois. Une plaque électrique reposait dessus. Sur les étagères qui la dominaient, des boîtes de conserve. Il y avait également un réfrigérateur, un de ces vieux machins en forme de balle. Il ronronnait bruyamment, tel un enfant souffrant d'une plaie à la tête. Un évier trônait près de la table, non loin d'une douche qu'un rideau autrefois vert suspendu à une tringle métallique protégeait. Un téléviseur était branché sous des posters épinglés au mur et d'épais fauteuils éventrés avaient été disposés devant.

Un ring de boxe se dressait au milieu de la salle. Il était recouvert d'un épais tapis maintenu en place avec de l'adhésif d'électricien. Les affiches, qui avaient perdu de leur éclat au soleil, montraient des hommes en collants, arc-boutés en position de catcheurs ou de boxeurs. L'un d'eux semblait s'appeler « Danny Bacca, LaCroix ».

Marvin examina l'affiche légèrement écornée et mal encadrée, dont le verre protecteur était maculé de poussière.

— C'est moi, annonça le vieil homme.

Marvin se retourna pour le dévisager, puis il étudia de nouveau le poster.

— C'est moi sans mes rides et sans mes problèmes de genoux.

— Vous étiez catcheur professionnel ?

— Nan, je vendais des godasses. T'es pas très vif, gamin. Heureusement que je suis sorti me promener aujourd'hui, sinon les mouches seraient en train de te déguster pour le déjeuner.

— Pourquoi on vous appelait LaCroix ?

— Parce que si tu montais sur le ring avec moi, on pouvait faire une croix sur ton avenir. Merde, il me semble que c'était ça, mais c'est tellement vieux que j'en suis plus sûr. Et toi, comment tu t'appelles, au fait ?

— Marvin.

— OK, Marvin, monte donc sur ce ring avec moi.

Le vieillard se glissa facilement entre les cordes. Marvin fut surpris de les découvrir si tendues, et il eut plus de mal que prévu à se faufiler. Une fois sur le ring, l'homme annonça :

— Voilà comment ça va se passer : je vais te donner ta première leçon, et tu vas bien m'écouter.

— D'accord.

— Ce que je veux – et je déconne pas – c'est que tu me fonces dessus aussi vite que possible. Essaie de me cogner, de me faire tomber, de m'arracher l'oreille. N'importe quoi.

— Je ne peux pas vous faire de mal.

— Je le sais.

— Je ne dis pas que je ne veux pas, précisa Marvin, seulement, je m'en sais incapable. Vous avez tabassé à deux reprises un type qui me cherchait des noises, ainsi que ses amis, alors que j'étais complètement impuissant ; je sais que je ne peux pas rivaliser.

— Tu marques un point, gamin. Mais je veux que tu essaies. C'est une leçon.

— Vous allez m'apprendre à me défendre ?

— Bien sûr.

Marvin chargea la tête la première, comptant plaquer le vieux aux jambes. Son adversaire s'accroupit, s'assit presque par terre, et décocha un uppercut soudain.

Marvin rêva qu'il volait. Puis tomba. Les lumières de la salle furent subitement tachetées. Quand les taches disparurent, il ne resta que la lumière. Marvin roula sur le tapis et essaya de se relever. Ses yeux lui faisaient un mal de chien.

— Vous m'avez cogné, geignit-il quand il parvint à s'asseoir.

Le vieil homme était appuyé contre les cordes dans un coin du ring.

— N'écoute jamais les conneries du genre « Viens te battre ». C'est débile. Ça risque de te mettre dans une position inconfortable. Joue selon tes règles.

— Mais vous m'avez dit de le faire.

— C'est vrai, gamin. C'était ta première leçon. Pense par toi-même, écoute pas les conseils de n'importe quel crétin. Et, encore une fois, joue selon tes règles.

— Mais je n'y connais rien, répliqua Marvin.

— Je le sais aussi bien que toi, gamin. Mais on peut y remédier.

Marvin se toucha la paupière avec précaution.

— Alors, vous allez vraiment m'apprendre ?

— Ouais, mais voici la deuxième leçon : à partir de maintenant, tu devras m'obéir au doigt et à l'œil.

— Mais vous m'avez dit…

— Je sais ce que je t'ai dit, et voici l'un des corollaires de la deuxième leçon : la vie est pleine de contradictions.

Marvin n'avait aucun mal à se libérer pour se rendre à l'entraînement, mais y aller était plus compliqué. Il devait encore se méfier de ses tortionnaires. Il se levait de bon matin et annonçait à sa mère qu'il allait faire des tours de piste à l'école.

La maison du vieil homme se révéla être un ancien hôpital pour tuberculeux, ce qui expliquait qu'il ait pu l'acquérir à un bon prix, sans doute vers la fin de la période du jurassique, si les estimations de Marvin étaient exactes.

Le vieux lui enseigna l'art de se déplacer, de frapper, de lutter, de jeter. Quand Marvin balançait LaCroix, celui-ci atterrissait lestement et se relevait aussitôt en critiquant sa manière de faire. À la fin de la séance, Marvin prenait sa douche dans la grande salle, derrière le rideau passé, et rentrait chez lui en multipliant les détours pour éviter de croiser la route des sales brutes.

Au bout d'un moment, il commença à se sentir en sécurité, ayant compris que, quel que soit l'emploi du temps des délinquants, il ne semblait pas les occuper en début de matinée ni en début de soirée.

À la reprise des cours, à la fin de l'été suivant, Marvin allait s'entraîner avant et après l'école, expliquant à sa mère qu'il suivait des cours de boxe à l'UCJG. Cela ne lui posait aucun problème. Elle avait l'esprit accaparé par le travail et le peintre en bâtiment. Celui-ci était souvent assis là, quand Marvin rentrait chez lui le soir. Il regardait généralement la télé et ne le saluait même pas à son arrivée, parfois vautré dans le fauteuil rembourré avec sa mère sur les genoux, le bras autour de sa taille, tandis qu'elle gloussait telle une écolière. C'était à vomir.

Tant et si bien que Marvin n'aimait plus du tout être chez lui. Il préférait la maison du vieil homme. Il appréciait ses entraînements. Il décochait des droites et des gauches, des crochets et des uppercuts dans le sac de frappe que tenait l'ancien catcheur. Marvin luttait parfois contre lui et, dès que ce dernier commençait à fatiguer – ce qui, vu son âge, était long à venir –, il étalait pour de bon son élève et allait reprendre son souffle dans les cordes quelques instants.

Un jour, alors qu'ils s'étaient assis sur des chaises près du ring pour récupérer un peu, Marvin avait demandé :

— Alors, en quoi est-ce que je vous aide à vous entraîner ?

— Tu es vivant, pour commencer. Et j'ai un combat à venir bientôt.

— Un combat ?

— Tu te prends pour un écho ? Ouais, un combat. Tous les cinq ans, moi et Jésus la Bombe, on s'affronte. La veille de Noël.

Marvin le considéra muettement. Le vieux finit par reprendre :

— Tu me trouves trop vieux ? Quel âge tu as ?

— Dix-sept ans.

— Est-ce que je peux te foutre une rouste, gamin ?

— Tout le monde peut me foutre une rouste.

— Ouais, tu marques un point, admit le vieux.

— Pourquoi tous les cinq ans ? s'enquit Marvin. Et pourquoi contre ce Jésus ?

— Je te l'expliquerai peut-être plus tard.

Les choses dégénérèrent à la maison.

Marvin détestait le peintre, qui le lui rendait bien. Sa mère aimait son amant et prenait son parti. Tout ce que Marvin entreprenait était critiqué par le peintre. Il ne sortait jamais la poubelle assez vite. Il n'avait pas d'assez bons résultats à l'école, comme si le peintre avait réussi autre chose que sa maternelle. Celui-ci semblait n'être jamais satisfait, et dès que Marvin s'en plaignait à sa mère, elle se rangeait à l'avis de son amant.

Le peintre n'avait rien en commun avec son père, rien du tout, et il le haïssait. Un jour, il annonça à sa mère qu'il en avait assez. C'était le peintre ou lui.

Elle choisit le peintre.

— Eh bien, j'espère que ce fils de pute de barbouilleur te rendra heureuse, cracha-t-il.

— Qui t'a appris un langage pareil ? demanda-t-elle.

Il en tenait l'essentiel du vieil homme, mais il rétorqua :

— Ton peintre.

— Ce n'est pas vrai, affirma sa mère.

— Si, répliqua-t-il.

Marvin fourra ses affaires dans une valise appartenant au peintre et sortit. Il s'attendait à ce que sa mère accoure après lui, mais elle n'en fit rien. Elle lui cria simplement :

— Tu es bien assez grand pour t'en sortir seul.

Il se retrouva chez le vieil homme.

Quand il franchit la porte, valise à la main, le vieux le dévisagea, désigna son bagage d'un geste du menton et demanda :

— Qu'est-ce que tu fous avec cette merde ?

— Je me suis fait virer de chez moi, expliqua Marvin.

Ce n'était pas tout à fait vrai, mais presque.

— Tu comptes t'installer ici ? C'est ce que tu espères ?

— Seulement le temps de me retourner.

— De te retourner ? railla LaCroix. T'as pas de boulot. T'as que dalle. T'es qu'un putain de vagabond.

— Ouais, admit Marvin. Bon, tant pis.

Il tourna les talons, envisageant de rentrer chez lui et de se mettre à genoux en disant au peintre qu'il était quelqu'un de bien, finalement. Le vieux le rappela.

— Bordel, qu'est-ce que tu fous ?

— Je pars. C'est ce que vous vouliez, pas vrai ?

— Est-ce que j'ai dit ça ? Est-ce que j'ai dit un truc approchant ? J'ai dit que t'étais un vagabond. Je t'ai pas demandé de partir. Allez, file-moi cette foutue valoche.

Avant que Marvin puisse réagir, LaCroix la lui prit des mains et enfila le couloir menant à la grande salle. Marvin le regarda s'éloigner : un vieillard au physique maigre et nerveux, aux cheveux blancs et de plus en plus rares, affligé d'un léger boitement dû à ses jambes arquées.

Un soir, alors qu'ils regardaient du catch à la télé, le vieil homme déclara, après avoir siroté son pack de six :

— C'est de la merde. Une bande d'acrobates sous stéroïdes. C'est pas du catch, c'est pas de la boxe, et c'est encore moins un match. C'est comme un film en direct ou un truc dans le genre. Quand on combattait sur les foires, on catchait pour de vrai. Ces gros tocards feraient pas la différence entre une clé de poignet et une branlette. Regarde-moi cette daube. Le type attend que l'autre connard grimpe sur les cordes pour lui sauter dessus. Et c'est quoi, cette frappe ? S'il lui avait filé un vrai coup à la gorge, l'autre serait mort direct. Il lui gifle le haut du torse, voilà tout. Enculés.

— Où est-ce que vous combattiez, à l'époque ? s'enquit Marvin.

Le vieil homme éteignit la télé.

— J'en peux plus de cette chiasse... Où je combattais ? Je prenais les trains clandestinement pendant la Grande Dépression. J'avais dix ans, j'allais de ville en ville pour aller les voir s'affronter dans les foires, et ça me plaisait de plus en plus. Quand j'ai eu quinze ans, j'ai fait croire que j'en avais dix-huit et ils l'ont gobé, malgré ma gueule cassée. Je pense qu'ils avaient jamais vu un gamin aussi moche. Et donc, à la fin de la Dépression, je luttais un peu partout. Voyons, on est en 1992, alors ça fait un paquet de temps. Ils ont pas voulu m'envoyer à la guerre à cause d'une hernie. Je la faisais disparaître sous des lambeaux de draps serrés très fort et j'allais sur le ring. S'ils m'avaient laissé faire, j'aurais pu bouffer du Jap à cette période. Fallait juste que je m'arrête de temps à autre, quand mes glaouis sortaient de leur poche. Je croisais les jambes, prenais une grande inspiration et les repoussai à l'intérieur, puis je me sanglais ces draps et je tenais le coup. J'aurais pu en faire autant à la guerre, mais ils sont trop pointilleux. Ils disaient que ça poserait problème. Du coup, j'ai pas tué un seul Jap. J'aurais pu, pourtant. Des Boches, des Hongrois, des Martiens, j'aurais pu buter n'importe qui. Bien sûr, dans un sens, je suis pas mécontent. C'est jamais une bonne chose de descendre un mec. Mais là, on parle de gros enfoirés qui le cherchaient bien. Enfin, j'ai un doute pour les Hongrois et les Martiens, mais les autres, c'étaient des sacrés salopards.

» J'ai appris à me battre à la dure. De temps en temps, je croisais un gars qui connaissait un truc ou deux, et je les lui piquais. Parfois des fourberies de Jap ou du genre. J'avais de la famille au Mexique. Du coup, quand j'ai eu dans les vingt ans, je suis descendu là-bas et j'ai fait du catch pour gagner ma croûte.

— Ce n'était pas du chiqué ?

Le vieux lui décocha un regard qui lui brûla les entrailles.

— Y avait ceux qui organisaient les spectacles, et pis y avait nous, des mecs comme Jésus et comme moi. Nous, on faisait ça pour de vrai. Les coups de poing et de pied, les clés, les jetés. Mate ça.

Le vieux remonta brusquement la manche de son pull, révélant une cicatrice semblable à une trace de pneu.

— Ça, c'est Jésus qui m'a mordu. J'étais en plein étranglement et il m'a mordu. Enfoiré. Bien sûr, j'aurais fait pareil. Bref, ça lui a permis de se libérer. Il avait une technique spéciale – il appelait ça la Bombe, c'est de là qu'il tient son surnom. Il te serre de toutes ses forces, par-devant ou par-derrière, il te soulève et te plante la tête dans le tapis. Quand il t'a fait ça une fois ou deux, t'as l'impression d'avoir les oreilles autour du trou du cul. C'était quelque chose. Moi, je coinçais le pied de mon adversaire et je m'allongeais sur son dos avant de l'étrangler. C'est toujours mon truc, d'ailleurs.

— Vous l'avez fait à Jésus ?

— Nan. Mais il m'a fait sa Bombe. Et après ça, j'ai cru que j'étais en train de baiser des gorilles en Afrique. Je faisais plus la différence entre ma bite et une mèche de bougie.

— Pourtant, vous l'affrontez encore ?

— Je l'ai encore jamais battu. J'ai essayé toutes les prises du monde, toutes les techniques, toutes les approches psychologiques auxquelles j'ai pu penser, mais rien. C'est cette femme. Felina Valdez. Elle me fait tourner la tête, c'est quasiment du vaudou, de la magie noire, un sifflet à ultrasons pour un chien. Je ne sais pas comment elle se débrouille, mais elle me rend complètement con.

Marvin ne comprenait rien à tout ça, mais il n'en pipa mot. Il sirota son verre de thé glacé pendant que LaCroix s'enfilait une nouvelle bière. Il savait que le sujet finirait par revenir sur le tapis. C'était comme ça que ça marchait.

— Laisse-moi te parler de Felina. C'était une jeune fille aux prunelles noires, avec une peau mate bien douce. Un jour, un prêtre l'a vue marcher dans la rue, et il est rentré chez lui pour se trancher la gorge. La première fois que j'ai posé les yeux sur elle, cette dynamite ambulante était dans une robe bleue si moulante qu'on pouvait compter les poils de son zinzin.

» Elle est dans le public, au premier rang, les jambes croisées, et sa robe remonte peu à peu sur ses cuisses, comme un serpent en traque, si bien que j'ai une vue superbe, tu m'as compris. Je distingue pas encore le lierre du canyon, mais ça se rapproche. Et je suis tellement envoûté par cette nana que je manque de me faire tuer par un catcheur nommé Joey le Yankee, un type du Maine qui me fait un croc-en-jambe, me donne un coup de boule et enchaîne avec une clé de bras. Je parviens tout juste à m'en extirper, je renverse la situation et je lui fais ma prise de soumission. Quand tu subis ça, tu trouves le temps long, c'est moi qui te le dis. T'as l'impression de vivre à la fois le passé et l'avenir, jusqu'à te retrouver devant ta tombe. Il a jeté l'éponge.

» La seconde qui suit, cette poupée en robe bleue se glisse contre moi, me saisit par le bras et, crois-le ou non, gamin, mais depuis cet instant je suis maudit. Elle savait faire plus de trucs avec une queue qu'un magicien avec un jeu de cartes. J'étais persuadé qu'elle allait me tuer, mais d'un autre côté je me disais qu'il y avait pas de meilleure manière de mourir. Tu vois ce que je veux dire ?

— Oui, monsieur, répondit Marvin.

— C'est pas le genre d'histoire qu'on raconte à un gamin, hein ?

— Non, monsieur, admit Marvin.

— On s'en branle. Tu as bientôt dix-huit ans. Il serait temps que tu apprennes ce que c'est que la chatte.

— Je le sais déjà, s'offusqua Marvin.

— Nan, gamin. T'as l'air de savoir où c'est, pas ce que c'est. Moi, j'étais complètement paumé. J'aurais aussi bien pu la laisser mettre mes couilles dans un étau et serrer. Après quoi, elle était de tous mes combats. Et j'ai bien vite remarqué un truc : quand je faisais un match parfait, que je gagnais haut la main, la baise était géniale. Quand le combat était médiocre, c'était pareil au pieu. J'ai vite pigé qu'elle était moins amoureuse de moi que d'une bonne baston et de ma prise de soumission. Elle m'a même demandé de la lui enseigner. Je l'ai laissée me la faire une fois et je te le dis comme je le pense, j'ai aussitôt eu pitié de toutes mes victimes précédentes. J'ai dû lutter pour m'en sortir, comme dans un vrai combat, parce qu'elle me faisait pas de quartier. Mais c'était pas cher payé pour les parties de jambes en l'air qu'elle m'offrait. Et puis, tout s'est effondré.

» Jésus m'a battu. Il a placé sa Bombe. Quand je me suis réveillé, j'étais allongé dans l'herbe derrière la fête foraine à me faire dévorer par des fourmis. Quand j'ai repris mes esprits, Felina était partie. Elle m'avait plaqué pour Jésus et piqué tout mon pognon. J'avais plus rien d'autre que des piqûres de fourmi sur les couilles.

— Elle a l'air de manquer de profondeur.

— Comme une soucoupe, gamin. Mais maintenant qu'elle m'avait flanqué le mauvais œil, je pouvais plus m'en défaire. C'était comme être planté de nuit au milieu d'une voie de chemin de fer, de voir les phares du train approcher et de pas pouvoir bouger. T'as plus qu'à attendre qu'il te percute. Un jour, quand on était ensemble, on se baladait à Mexico, où j'avais quelques combats, et elle a vu un type avec une cage en bois pleine de pigeons. Il devait y en avoir six ou sept. Elle m'a poussé à les acheter tous, comme si on allait pouvoir les ramener au pays. Au lieu de quoi, on les a fait entrer en douce dans la chambre d'hôtel, elle a posé la cage sur une table dans un coin et elle les a regardés. Je leur ai filé du pain, tu vois, parce qu'il fallait bien les nourrir, et j'ai nettoyé leur cage en me disant : cette nana, elle est vraiment folle d'oiseaux. Puis je lui ai dit de commander le dîner le temps que j'aille me laver.

» J'ai pris tout mon temps avant de ressortir. J'ai posé une pêche, je me suis rasé, j'ai pris une bonne douche bien chaude. Quand je suis retourné dans la chambre, elle était installée derrière l'un de ces petits chariots de service d'étage à bouffer du poulet frit. Elle m'avait pas attendu, ni même prévenu. Elle était comme ça. Il fallait que tout tourne autour d'elle. Et puis j'ai appris autre chose : j'ai regardé la cage, et j'ai vu que tous les pigeons étaient crevés. Je lui ai demandé ce qui s'était passé, elle m'a répondu : « Je m'en suis lassée. »

» Je suis allé voir de plus près, et ils avaient le cou tordu.

— Mais pourquoi ? s'étonna Marvin.

Le vieil homme se rencogna sur sa place, but une lampée de bière et prit tout son temps avant de répondre.

— Je sais pas, gamin. En tout cas, j'aurais dû fourrer mes cliques et mes claques dans un sac et foutre le camp de là. Mais je l'ai pas fait. C'est ce que je voulais dire tout à l'heure, quand je parlais d'être coincé sur les rails. Putain, gamin. Tu aurais dû la voir. Personne ne lui arrivait à la cheville, et j'étais infoutu de la laisser filer. C'est comme si tu attrapais le plus beau poisson du monde et que quelqu'un te disait de le renvoyer à la mer alors que tu te l'imagines déjà grillé sur un lit de riz. Sauf que ça n'a rien à voir. C'est impossible à décrire. Et puis, comme je te le disais, elle s'est barrée avec Jésus, et chaque jour que Dieu fait mon cœur bat encore pour elle. J'arrive même pas à en vouloir à Jésus : par quel miracle aurait-il pu ne pas la désirer ? Elle appartenait à celui qui arrivait à clouer l'autre au tapis. Moi et lui, on combat plus personne d'autre, juste l'un contre l'autre. Tous les cinq ans. Si je gagne, je la récupère. Je le sais. Il le sait. Et Felina le sait. S'il gagne, il la garde. Jusqu'à présent, il l'a toujours gardée. C'est mieux comme ça. Je devrais lâcher l'affaire, gamin, mais j'en suis incapable.

— Elle est vraiment si méchante ?

— C'est la meilleure mauvaise fille du monde. Une femme semblable à une grosse pomme bien rouge habitée par un ver.

Depuis qu'elle s'est mise avec Jésus, il a quitté une épouse, il a vu mourir deux de ses enfants – dont un dans un incendie domestique alors qu'il était sorti –, et Felina a donné naissance à deux bébés clamsés en moins d'une semaine. C'est le genre de truc qui arrive. Mort subite du marmot, un truc dans le genre. Et pour couronner le tout, elle a dû baiser tout le monde à part un ou deux eunuques, mais elle est restée avec Jésus et il la garde. Il la garde parce qu'elle a un pouvoir, gamin. Elle te tient aussi fort qu'un cancer du foie. C'est impossible de se défaire de cette salope. Quand elle te lâche, tu as autant envie d'elle qu'un alcoolo d'un verre.

— Quand vous avez parlé de l'incendie et des enfants de Jésus, des deux bébés qui sont… on aurait dit que vous…

— Que je croyais pas que le feu était accidentel, que les gamins étaient morts de mort naturelle ? En effet, gamin. Je pensais à cette cage pleine de pigeons. Je pensais à la façon dont elle me coupait les tifs, à cette petite boîte qu'elle avait toujours dans son sac. Je l'ai vue faire des scoubidous avec mes cheveux. Oh, bon Dieu, tu me prends déjà pour un fou.

Marvin secoua la tête.

— Non. Non, pas du tout.

— Bon, d'accord. Je crois qu'elle m'a réellement jeté un sort. J'ai lu quelque part que quand on savait s'y prendre, il suffisait d'un seul cheveu pour qu'une personne reste attachée à toi indéfiniment. Je l'ai lu.

— Ça ne veut pas dire que c'est vrai, tempéra Marvin.

— Je sais, gamin. Je sais de quoi ça a l'air. Et en pleine journée, je me dis que c'est des grosses conneries. Mais la nuit venue, ou tôt le matin quand le soleil perce à peine, j'y crois. Et j'imagine que j'y ai toujours cru. Je pense qu'elle m'a envoûté. Sinon, je comprends pas pourquoi je voudrais récupérer cette salope infidèle, intrigante, tueuse de pigeons, incendiaire et infanticide. Ça n'a pas de sens, si ?

— Non, monsieur, convint Marvin.

Puis, après quelques instants de réflexion, il ajouta :

— Elle doit être vieille, à présent, non ?

— Évidemment. Tu crois que le temps s'est arrêté ? Elle est plus la même. Mais moi non plus. Pas plus que Jésus. Mais c'est entre moi et lui, et le vainqueur remporte la fille, et jusqu'à présent ça a toujours été lui. Tout ce que je veux, c'est la récupérer, mourir vite et avoir des funérailles à la grecque. Comme ça, je remporte le gros lot, mais je souffre plus des conséquences.

— C'est quoi, des funérailles à la grecque ?

— C'est ce qu'on réservait aux héros comme Hercule. Quand il est mort, ils l'ont mis sur un tas de bois et ils ont brûlé son corps pour que toute la fumée monte au paradis. C'est mieux que d'être enfoui dans le sol ou cramé dans un four avant qu'on oublie tes cendres dans un sac. Ou que de devoir passer la fin de tes jours avec cette femme, même si c'est exactement ce que j'essaie de faire.

— Est-ce que Jésus et Felina habitent en ville ? se renseigna Marvin.

— Ils habitent nulle part. Ils ont une caravane. Et l'argent de leur retraite. Comme moi. Jésus et moi, on bossait en plus du catch. C'était pas possible de gagner sa vie uniquement sur le ring, surtout sur le circuit parallèle, alors heureusement qu'on a ces aides sociales. Ils vont d'un endroit à l'autre. Il en profite pour s'entraîner, et il revient tous les cinq ans. Chaque fois que je le revois, il a une lueur dans le regard qui semble dire « Bats-moi enfin et débarrasse-moi de cette salope ». Sauf qu'il se défend chaque fois comme un ours et que je peux pas l'emporter.

— Si vous gagnez, vous êtes sûr qu'elle partira avec vous ?

— C'est moi ou lui, point final. Y a plus personne d'autre. Moi ou lui. C'est nous qu'elle a décidé de pomper jusqu'à la moelle et de rendre malheureux.

— Vous ne pouvez pas laisser tomber ? demanda Marvin.

LaCroix éclata de rire. Un rire sombre, comme celui d'un mourant qui viendrait de comprendre une vieille plaisanterie.

— J'aimerais bien, gamin, car si je le pouvais, je le ferais.

Ils s'entraînèrent en vue du combat.

LaCroix disait : « Voilà ce que fait Jésus la Bombe. Il te fonce dessus et, avant que tu aies le temps de dire "ouf", tu te retrouves le cul par terre, parce qu'il te chope comme ça, ou comme ça. Puis il change de prise et te fait ça, ou ça. » Et ainsi de suite.

Marvin faisait ce qu'on lui demandait. Il essayait de reproduire les attaques de Jésus. Et chaque fois qu'il y parvenait, il perdait. Le vieil homme le tordait dans tous les sens, le jetait sur le ring, lui faisait une clé, le cognait (doucement), et même quand Marvin pensait avoir réellement progressé, LaCroix le ridiculisait en s'extirpant d'une prise dans laquelle Marvin était persuadé qu'une loutre ointe d'huile serait restée coincée. À la fin, Marvin était toujours celui qui haletait dans un coin tandis que LaCroix s'épongeait le visage à l'aide d'une serviette.

— C'est vraiment comme ça que fait Jésus ? s'étonna Marvin après avoir tout essayé.

— Ouais, répondit le vieil homme. Sauf qu'il s'y prend mieux.

Cela se poursuivit pendant deux mois. Le jour du combat se rapprochait à grands pas. Marvin s'impliqua tant dans l'entraînement qu'il en oublia ses tyrans.

Ainsi, en sortant un jour de l'épicerie à deux rues de chez le vieil homme, chargé d'un sac plastique contenant du lait et des cookies à la vanille, il tomba sur Gros-Bide. Celui-ci le repéra immédiatement et traversa la rue, sortant les mains de ses poches en souriant.

— Eh bien, eh bien, dit Gros-Bide quand il fut à portée de voix. Je parie que tu m'avais oublié, pas vrai ? Comme si je n'allais jamais me venger. Et cette fois, tu n'as pas ton vieux fossile pour te protéger.

Marvin posa son sac sur le trottoir.

— Je ne cherche pas d'ennuis.

— Ça ne veut pas dire que tu ne vas pas en trouver, rétorqua Gros-Bide, qui se planta juste devant Marvin.

Ce dernier n'avait rien prévu de spécial – du moins pas consciemment –, mais quand Gros-Bide se rapprocha encore, son direct du gauche jaillit vers le nez de son adversaire. Gros-Bide tomba brusquement, comme s'il avait reçu un coup de batte de base-ball. Marvin n'en croyait pas ses yeux, il n'imaginait pas avoir un poing si puissant, il ne pensait pas être si doué. Il comprit aussitôt qu'il ne lui arriverait plus rien avec Gros-Bide, car il n'avait plus peur. Il ramassa son sac et retourna chez le vieil homme, laissant Gros-Bide roupiller sur le sol.

Une nuit, durant les vacances de Thanksgiving, Marvin se réveilla. Il dormait sur le ring, une couverture jetée sur lui, et remarqua une lumière près du lit du vieil homme. Celui-ci était assis sur le bord de son matelas, plié en deux, et sortait des boîtes cachées sous le sommier. Il plongea la main dans l'une d'elles et en tira un magazine, puis un second. Il les ouvrit sur sa couverture et les feuilleta.

Marvin se leva, descendit du lit et alla le rejoindre. Le vieux dressa la tête.

— Merde, gamin, je t'ai réveillé ?

— Non, je me suis réveillé tout seul. Qu'est-ce que vous faites ?

— Je regarde ces vieux magazines. Des fanzines de combat underground. Il fallait les commander par courrier, impossible de les trouver en kiosque.

Marvin y jeta un coup d'œil. Ils contenaient des tas de photos. Il en reconnut plusieurs de LaCroix, d'après les posters épinglés au mur.

— Vous êtes célèbre, constata Marvin.

— D'une certaine façon, oui, sans doute, admit le catcheur. Quand je vois ça, je déteste vieillir. J'étais certes pas beau, mais j'étais fort à l'époque, bien plus plaisant qu'aujourd'hui. Il me reste plus grand-chose de cette jeunesse.

— Est-ce que Jésus est sur l'une d'elles ?

LaCroix tourna une page et lui montra la photo d'un homme accroupi, avec une sacrée tignasse brune. Son torse était presque aussi velu. Ses jambes étaient semblables à des troncs.

LaCroix sourit.

— Je sais ce que tu penses. Deux sales gueules comme moi ou Jésus devaient pas vraiment attirer les filles. Peut-être que Felina est pas aussi belle que je le prétends.

Le vieux se dirigea vers la tête du lit et récupéra un petit carton glissé dessous. Il l'installa entre eux, sur le matelas, et en retira le couvercle avant d'en extirper une pile de photos jaunies. Il en sélectionna une. Bien que ternie par les années, elle restait assez nette. La femme posant dessus devait avoir environ vingt-cinq ans. Elle était immortalisée en pied. C'était effectivement une vraie beauté. Cheveux noirs, pommettes hautes, lèvres pleines et aussi noires que les prunelles insondables qui jaillirent du cliché pour venir se poser quelque part à l'arrière du crâne du garçon.

Il y avait d'autres photos d'elle, et le vieux les lui montra toutes. Il y avait des photos de près et des photos de loin, et même des photos discrètes centrées sur son postérieur. Elle était réellement époustouflante.

— Elle est plus comme ça aujourd'hui, mais elle a pas tout perdu. Tu sais quoi, gamin ? Je comptais rassembler toutes ces photos et y mettre le feu avant d'envoyer un mot à Jésus pour lui dire qu'il pouvait oublier le match. Que Felina resterait sienne jusqu'à la fin des temps. J'y pense même régulièrement, pourtant je l'ai jamais fait. Tu sais ce que Jésus m'a dit un jour ? Il m'a dit qu'elle adorait attraper les mouches. Elle les emprisonne sous un verre quelconque, puis elle les transperce à l'aide d'une aiguille et les fait glisser sur un fil. Elle en a des tas. Elle fait un nœud au bout, attache l'autre au mur avec une punaise et les regarde essayer de s'envoler. Écraser une mouche, c'est une chose. Mais ça, gamin, je pige pas. Et sachant cela, je devrais pas la désirer. Malheureusement, ça fonctionne pas comme ça… Allez, retourne te coucher. Je vais en faire autant.

Marvin retourna sur le ring, se glissa sous sa couverture et ajusta la position de son oreiller. Quand il jeta un coup d'œil au vieillard, celui-ci n'avait toujours pas éteint la lumière ni rangé le carton plein de photos. Il fixait l'une d'entre elles, comme si elle détenait la preuve manuscrite du second avènement.

Et Marvin s'endormit en pensant à ces mouches enfilées vivantes.

Le lendemain, le vieil homme ne le réveilla pas pour l'entraînement du matin ; il était presque midi quand Marvin ouvrit enfin les yeux. Son mentor n'était nulle part en vue. Il se leva et alla se servir un verre de lait. Il trouva un mot sur la porte du réfrigérateur.

NE MANGE PAS TROP LOURD, J'APPORTE LE REPAS

Marvin ne voulant pas passer Thanksgiving avec la mère et le peintre, il avait tout simplement oublié cette fête. Dès lors que sa mère l'avait barré de son esprit, il avait simplement cessé d'y penser. Mais à présent que l'on venait involontairement de lui remémorer l'événement, il espérait que le peintre allait s'étouffer sur un os de dinde.

Il emporta son verre de lait sur un fauteuil près du ring et le sirota lentement.

Peu après, le vieil homme revint avec un sac de courses. Marvin se leva et alla le rejoindre.

— Je suis désolé. J'ai loupé l'entraînement.

— T'as rien loupé du tout, c'est un putain de jour férié. Même quelqu'un ayant autant besoin de s'exercer que toi a le droit de faire une pause.

Le vieux sortit ses commissions du sac. Du jambon de dinde, du fromage en tranches et une miche de bon pain, du genre que l'on doit découper au couteau. Et puis une boîte de sauce à la canneberge.

— C'est pas un vrai repas traditionnel, mais ça fera l'affaire, déclara le vieil homme.

Ils se préparèrent des sandwichs et s'installèrent sur les fauteuils face à la télé, déposant leur pitance sur une petite table entre eux. L'homme glissa une cassette dans son magnétoscope vieillot et ils regardèrent un film. Un truc d'époque, en noir et blanc. Marvin aimait bien la couleur, et le vieux était certain qu'il allait détester ça. Cela s'intitulait *Les Forbans de la nuit*. Une histoire de lutte gréco-romaine. Marvin ne détesta pas. Au contraire, il adora. Il mangea son sandwich. Il observa le vieil homme manger sans son dentier. À cet instant, il comprit qu'il l'aimait aussi tendrement que s'il s'était agi de son propre père.

Le lendemain, ils s'entraînèrent dur. Marvin avait tant progressé qu'il faisait désormais figure d'adversaire respectable, mais il n'arrivait toujours pas à gagner.

Le matin du combat contre Jésus, Marvin se leva et se rendit à l'épicerie. LaCroix lui donnait parfois un peu d'argent pour le remercier de lui servir de sparring-partner, et il le dépensa pour acheter quelques bricoles. Parmi elles, une bouteille de liniment, dont il se servit pour masser le catcheur.

Quand il eut fini, le vieil homme s'allongea sur un matelas défoncé jeté à même le sol et s'endormit comme un chaton. Marvin en profita pour emporter le reste de ses emplettes à la salle de bains et poursuivre ses préparatifs. Une fois le sac vide, il le roula en boule et le jeta à la poubelle.

Puis il fit ce que le vieil homme lui avait indiqué : il sortit vingt-cinq chaises pliantes d'un débarras et les disposa face au ring. Il en installa une devant les autres, tout près des cordes.

À 16 h 15, il s'adressa au vieil homme d'une voix douce pour le réveiller.

Le vieux se leva, se doucha et enfila une paire de collants rouges ainsi qu'un tee-shirt avec un portrait de lui plus jeune. Sous la photo était inscrit le nom LaCroix.

C'était la veille de Noël.

Vers 19 heures ce soir-là, ils commencèrent à arriver. Sur des béquilles, dans des fauteuils roulants, se soutenant mutuellement ou, dans un cas ou deux, marchant sans aide. Ils se présentèrent au compte-gouttes, et Marvin les aida à s'asseoir. Le vieil homme avait mis de côté du vin et de la bière bon marché, et il avait même préparé quelques boîtes de biscuits et une meule de fromage d'allure suspecte. Les victuailles étaient disposées sur une longue table à rallonges, à la gauche des chaises. Les vieux spectateurs, essentiellement des hommes, se jetèrent dessus tels des vautours plongeant sur un cadavre frais. Marvin dut prêter main-forte à certains d'entre eux, si rabougris et décrépits qu'ils ne parvenaient pas à tenir une assiette en carton tout en marchant.

Marvin ne repéra personne qui pouvait ressembler à Jésus et Felina. Si cette dernière comptait parmi les quatre femmes, elle avait définitivement perdu tout sex-appeal, et si l'un d'eux était Jésus, l'affaire était pliée d'avance pour LaCroix. Mais naturellement, le couple n'était pas encore là.

Vers 20 heures, on frappa sèchement à la porte. Marvin alla ouvrir et identifia Jésus. Il était vêtu d'un peignoir noir doublé de rouge. Le vêtement bâillait sur l'avant, et le garçon vit que Jésus était torse nu avec de simples collants noirs. Les quelques cheveux restants qu'il lui restait étaient gris, de même que l'épaisse touffe de poils qui ornait sa poitrine tel un nid d'oiseau confectionné avec soin. Il avait le même physique simiesque que sur la photo. La Bombe faisait largement dix ans de moins que son âge ; il se déplaçait facilement et lestement.

Une grande femme l'accompagnait. Elle était facile à reconnaître, même d'après d'anciens clichés. Ses cheveux étaient encore noirs, même s'il s'agissait probablement d'une teinture, et elle était bien conservée, avec son visage ferme et sa peau tendue. Marvin se demanda si elle avait eu recours à la chirurgie. Elle avait l'air d'une star de cinéma quinquagénaire qui prendrait encore soin de son corps. Ses yeux étaient semblables à deux puits sans fond, et Marvin dut prendre garde de ne pas y tomber. Elle portait une longue robe noire, et un manteau assorti reposait sur ses épaules d'une façon très raffinée. Son col en fourrure semblait d'abord en bon état, même si, en y regardant de plus près, on pouvait y déceler quelques signes de fatigue, comme sur un animal endormi atteint de la gale.

— Je suis venu catcher, annonça Jésus.

— Oui, monsieur, répondit Marvin.

La femme sourit à Marvin, dévoila des dents blanches et magnifiques qui lui parurent tout aussi réelles que les siennes. Sans qu'aucune instruction soit donnée, il comprit qu'il devait la débarrasser de son manteau, ce qu'il fit. Il les laissa passer devant et, en observant la démarche chaloupée de Felina, il se rendit compte qu'il était excité. Elle était stupéfiante, surtout pour son âge, ce qui lui évoqua une vieille histoire qu'il avait lue au sujet d'un succube, démon femelle se repaissant des hommes, les épuisant sexuellement avant de s'emparer de leur âme.

Quand Felina pénétra dans la salle et que le vieil homme la vit, il changea d'apparence. Sa figure s'empourpra et il se tint plus droit. Elle le possédait.

En suspendant le manteau de Felina dans un placard, Marvin huma l'odeur douce et terriblement alléchante qui en émanait. Il pensa que c'était en partie dû à son parfum, mais savait que l'essentiel provenait de son corps.

Jésus et LaCroix se serrèrent la main en souriant, mais ce dernier ne parvenait pas à quitter Felina des yeux. Elle les dépassa tous deux comme si elle ne les avait pas vus et s'installa naturellement sur la chaise posée devant toutes les autres.

Le vieil homme appela Marvin et lui présenta Jésus.

— Ce gamin est mon protégé, Jésus. Il est doué. Un peu comme moi à mes débuts, si j'avais eu une jambe cassée.

Ils rirent tous les deux. Marvin se joignit à eux. Il avait fini par comprendre qu'il s'agissait d'humour de catcheur et qu'on venait de lui faire un grand compliment.

— Tu crois que tu vas réussir à me battre, cette année ? demanda Jésus. Parfois, je me demande si tu essaies vraiment.

— Oh que oui, j'essaie, répliqua LaCroix.

Jésus souriait toujours, mais d'un sourire qui semblait désormais figé.

— Si tu gagnes, tu sais qu'elle partira avec toi ?

Le vieil homme acquiesça.

— Pourquoi est-ce qu'on continue à faire ça ? rumina Jésus.

LaCroix secoua la tête.

— Bon, dit Jésus, bonne chance. Je suis sincère. Mais je ne te ferai pas de cadeau.

— Je le sais, répondit LaCroix.

Il était 21 heures quand Jésus et LaCroix retirèrent leurs dents et montèrent sur le ring. Ils commencèrent par s'échauffer. La moitié des chaises était restée vacante, et ceux qui avaient pris place dans l'assistance étaient aussi espacés que des taches de dalmatien. Marvin se tenait à l'extérieur des cordes, dans le coin du vieil homme.

Ce dernier vint s'étirer contre les cordes. L'un des anciens dans le public, vêtu d'un pantalon rouge remonté jusqu'aux aisselles, fit racler sa chaise jusqu'au bord du ring. Il tenait une cloche à vache dans sa main libre. Il s'assit en soufflant bruyamment et posa la cloche sur un genou. Il sortit une grosse montre d'une de ses poches et la posa sur l'autre genou. Il dormait à moitié.

— Si on refait ça dans cinq ans, lança LaCroix à Marvin, ce sera probablement en enfer, et le diable en personne sera notre chronométreur officiel.

— Bien, déclara le chronométreur actuel. Règles de vieux. Deux minutes par round, trois minutes de repos entre chaque. Le combat s'achève au meilleur des cinq rounds ou en cas d'abandon. Tout le monde est prêt ?

Les deux combattants acquiescèrent.

Marvin observa Felina. Elle était assise, les mains dans son giron. Elle avait l'air hautain et sûr d'elle, telle une araignée attendant patiemment l'arrivée d'une mouche.

Le chronométreur appuya du pouce gauche sur sa montre tout en agitant sa cloche de la main droite. LaCroix et Jésus se percutèrent dans un grand claquement, tentant chacun d'attraper les genoux de son adversaire pour le mettre à terre, la tête baissée et dodelinant pour esquiver les coups. Puis LaCroix se redressa subitement et décocha une gauche rapide. Au grand étonnement de Marvin, Jésus la laissa glisser sur son épaule et riposta d'un crochet aux côtes. Une attaque puissante, qui laisserait à l'évidence des traces. LaCroix recula en sautillant, et un vieillard dans la foule le hua.

— Va te faire enculer, beugla LaCroix.

Les deux adversaires se précipitèrent de nouveau l'un sur l'autre. Les mains posées sur les épaules ennemies, chacun tenta de prendre le dessus. Jésus attaqua d'un coup de genou aux couilles, que LaCroix détourna de la cuisse sans dommage. Ils virevoltaient tels deux amoureux furieux en pleine danse de séduction.

Finalement, LaCroix feinta, agrippa Jésus derrière la jambe et chercha à le déséquilibrer, mais Jésus se tortilla, fit passer son pied au-dessus de la tête du vieil homme, entoura son cou de son mollet et roula au sol. Puis il attrapa le bras de

LaCroix et l'étendit de toutes ses forces en le plaquant contre son bassin. Il y eut un bruit de branche cassée, et LaCroix tapa sur le tapis pour mettre fin au round. Celui-ci avait duré moins de quarante-cinq secondes.

LaCroix retourna dans son coin en se dandinant et en se massant légèrement le bras. Il s'appuya aux cordes. Marvin apporta le tabouret.

— Range-moi ça, ordonna le vieux. Je veux pas qu'ils pensent que je suis blessé.

Marvin obtempéra et demanda :

— Et vous l'êtes ?

— Ouais, mais le craquement que t'as entendu, c'était juste des bulles d'air dans mes articulations. Je vais bien. Oh, et puis merde. File-moi ce tabouret.

Marvin le reposa sur le ring. LaCroix s'y installa. À l'autre bout du ring, Jésus était assis sur le sien, la tête basse. Lui et LaCroix semblaient prêts à donner cher pour abréger leurs souffrances.

— Je suis sûr d'une chose, reprit LaCroix. C'est mon dernier combat. Après quoi, j'aurai plus rien à donner. Je sens le peu qu'il me reste me déserter vitesse grand V.

Marvin jeta un coup d'œil à Felina. L'une des lumières au plafond était en train de rendre l'âme. Elle s'éteignit brusquement, puis se ralluma. Durant cet instant de ténèbres, Felina lui avait semblé plus vieille, presque décomposée ; son épaisse chevelure lui avait évoqué un amas de serpents. Mais en y regardant de plus près, ça devait venir de l'éclairage.

La cloche de vache tinta. Ils avaient un peu récupéré. Ils se tournèrent autour, les mains tendues. Ils finirent par entrelacer leurs doigts. LaCroix fit soudain remonter ses paumes pour augmenter le bras de levier et tordre les doigts de son adversaire, qui se laissa tomber à genoux de douleur. Une manœuvre toute bête, qui eut le mérite de placer le visage de la Bombe en face du genou de LaCroix. Le coup fut si violent que du sang éclaboussa le tapis en même temps que le vieil homme.

Sans jamais lâcher les mains de sa victime, LaCroix recula et s'accroupit, se positionnant face à Jésus. Il le libéra alors, et tandis que Jésus essayait de se lever, il lui balança un coup de pied en pleine figure. Un assaut d'une puissance extrême, qui fit tomber l'autre dans l'inconscience.

La cloche sonna encore. Le chronométreur la reposa et s'approcha du ring. Il grimpa entre les cordes et se pencha sur Jésus. Cela lui prit presque autant de temps qu'à un aveugle de retrouver une aiguille dans une botte de foin.

Le chronométreur posa un genou sur le tapis. Jésus s'assit dans un grognement.

Son visage n'était qu'une ruine sanguinolente.

Le chronométreur l'examina.

— Vous voulez reprendre le combat ?

— Putain, oui, rétorqua Jésus.

— Un partout ! s'écria le chronométreur.

Puis il effectua son long pèlerinage dans l'autre sens.

Jésus se releva lentement, regagna péniblement son coin en essayant de garder le nez en l'air. LaCroix avait le souffle court, sur son tabouret.

— J'espère que je lui ai rien cassé, à ce vieil enfoiré.

Il ferma les paupières et se reposa quelques instants. Marvin resta silencieux. Il crut le vieil homme endormi. Trois minutes plus tard, la cloche tinta de nouveau.

Jésus souffla bruyamment, déploya ses membres avec force craquements et se dirigea en chancelant vers le centre du ring. LaCroix alla l'y rejoindre en trottinant.

Ils échangèrent quelques coups de poing, mais aucun ne porta réellement. Curieusement, tous deux semblaient avoir trouvé un second souffle. Ils se bousculaient mutuellement, roulaient par terre, cognaient, feintaient, et ce, jusqu'à la cloche.

Quand LaCroix fut sur son tabouret, il déclara :

— J'ai l'impression que mon cœur s'emballe comme un oiseau dans une tempête.

— Vous devriez jeter l'éponge, conseilla Marvin. Ça ne mérite pas une crise cardiaque.

— Il ne s'emballe pas à cause de l'effort, mais à cause de Felina.

Marvin se tourna vers l'intéressée. Celle-ci dévisageait LaCroix tel un chiot convoitant une friandise.

— Ne tombez pas dans le panneau, le réprimanda Marvin. C'est le diable incarné.

— Alors, tu me crois ?

— Oui. Vous pensez qu'elle a sur elle ces scoubidous avec vos cheveux ?

— Comment veux-tu que je le sache ?

— Peut-être dans son manteau ?

— Encore une fois, qu'est-ce que j'en sais ?

Puis le vieil homme eut une révélation. Il comprit où Marvin voulait en venir.

— Tu veux dire que si tu parvenais à les récupérer…

— Ouais, confirma Marvin.

Il abandonna le catcheur sur son tabouret et fonça droit vers la penderie. Il en ouvrit la porte et fit glisser ses mains çà et là, comme s'il s'affairait à une tâche ordinaire. Il jeta un coup d'œil vers LaCroix, qui s'était retourné sur son tabouret pour l'observer.

La cloche retentit. Les deux vieux messieurs repartirent au combat.

Ils étaient déchaînés. Les coups se succédaient, à la tête, aux côtes ou au foie. Quand ils étaient trop proches pour se servir de leurs poings, c'étaient les genoux qui remontaient dans l'entrejambe. Jésus n'hésita pas à arracher avec les dents le lobe de l'oreille de son adversaire. Il y avait du sang partout. Ce combat aurait pu être grandiose si les deux protagonistes avaient eu la vingtaine et s'étaient trouvés au meilleur de leur forme. À leur âge, c'était phénoménal.

Marvin était désormais dans le coin du vieil homme, à essayer discrètement d'attirer son attention. Il ne voulait pas le déconcentrer, de peur que Jésus ne le soulève par surprise et ne lui enfonce le crâne dans le sol tel un piquet.

Finalement, les deux hommes s'étreignirent et tournèrent longuement ainsi, soufflant tels deux engins à vapeur fatigués. Marvin croisa le regard de LaCroix. Il brandit un scoubidou entremêlé d'une mèche de cheveux bruns. Marvin défit le nœud et les cheveux flottèrent dans l'air jusqu'à toucher terre.

LaCroix soupira longuement, sembla se détendre.

Jésus profita de ce relâchement pour fondre sur lui aussi vite qu'un rapace sur un mulot. En une fraction de seconde, le vieil homme se retrouva prisonnier des deux bras de Jésus et à hauteur des hanches de celui-ci. La Bombe arqua le dos pour le faire basculer par-dessus sa tête et l'enfoncer brutalement dans le tapis.

Mais alors que LaCroix basculait, il enroula le cou sous les fesses de Jésus et saisit l'intérieur des jambes de ce dernier. Jésus acheva son mouvement, mais LaCroix tomba sur le dos, pas sur le crâne. Au contraire, sa tête émergeait entre les cuisses de son rival, et ses gencives édentées étaient refermées sur le collant noir, broyant les noix de Jésus aussi fermement qu'un poing serré. Un cri s'éleva de l'assemblée.

Jésus hurla. Le genre de hurlement qui vous dévalait l'échine jusqu'au coccyx et s'y accrochait. LaCroix maintenait la pression. Jésus se débattait, se tortillait, jouait des pieds et des poings. Malgré les coups reçus au sommet de la tête, le vieil homme tenait bon. Quand Jésus essaya de rouler pour se libérer, son adversaire roula avec lui, les gencives toujours scellées autour des couilles.

Certains vieillards s'étaient levés de leur siège et braillaient d'excitation. Felina n'avait pas bougé, son expression ne s'était pas modulée d'un iota.

Puis cela se produisit.

Jésus abattit les deux mains sur le ring et capitula :

— Stop !

Et ce fut terminé.

Les anciens partirent. Sauf Jésus et Felina.

Le premier passa un long moment à la salle de bains. Il en revint en boitant. L'avant de ses cuisses était gonflé et couvert de sang.

LaCroix était debout, la main sur le dossier d'une chaise, le souffle court.

— Tu as failli m'arracher les couilles, LaCroix, déclara Jésus. J'ai dû te piquer une serviette et me la foutre dans le froc pour arrêter l'hémorragie. Tu as de sacrées mâchoires, LaCroix. Avec des mâchoires pareilles, tu n'as pas besoin de dents.

— À la guerre comme à la guerre, répliqua LaCroix. Et puis, à ton âge, t'en auras plus besoin.

— Je ne te le fais pas dire.

Son comportement avait changé. Il était tel un oiseau dans une cage dont la porte serait restée ouverte. Prêt à s'envoler.

— Elle est tout à toi, reprit Jésus.

Ils se tournèrent tous vers Felina. Elle eut un léger sourire et saisit la main de LaCroix.

Celui-ci plongea le regard dans le sien.

— Je n'en veux pas, répondit-il en lui lâchant la main. J'en ai fini de me laisser gouverner par ma bite.

Felina n'en croyait pas ses oreilles.

— Tu l'as gagnée, insista Jésus. C'est la règle.

— Nan, répliqua LaCroix. Il n'y a pas de règle.

— Ah bon ? s'étonna Jésus, qui voyait sa cage invisible se refermer d'un coup.

— Non, trancha LaCroix en observant Felina. Mon petit gars s'est débarrassé de l'amulette que t'avais faite avec les scoubidous.

— Bordel, mais de quoi tu parles ?

Ils se dévisagèrent ainsi un long moment.

— Sors d'ici, cracha LaCroix. Et Jésus : c'était la dernière fois.

— Tu ne la veux pas ? questionna le malheureux.

— Non. Partez. Emmène cette sorcière. Foutez le camp.

Et ils obtempérèrent. Quand Felina atteignit le bout du couloir, elle se retourna et adressa au vieil homme un regard signifiant : *Tu m'avais, mais tu m'as laissée filer. Tu le regretteras.*

LaCroix se contenta de ricaner.

— Dégage de là, vieille bique.

Quand ils furent partis, le vieil homme s'allongea sur son lit, la respiration haletante. Marvin tira une chaise pour s'installer à son chevet. Le vieillard le considéra et éclata de rire.

— Ces scoubidous n'étaient pas dans son manteau, pas vrai ?

— Comment ça ?

— J'ai vu son expression quand j'ai mis ça sur le tapis. Elle ne savait pas du tout de quoi je voulais parler. Regarde-moi, gamin. Dis-moi la vérité.

Marvin hésita un instant, puis déclara :

— J'ai acheté des fils et du cirage. Je me suis coupé une mèche de cheveux que j'ai noircie, et je m'en suis servi pour confectionner l'amulette.

LaCroix s'esclaffa.

— Foutu petit sournois.

— Je suis désolé, dit Marvin.

— Pas moi.

— Vraiment ?

— Nan. J'ai appris quelque chose d'important : je suis un putain de toxico. Le seul pouvoir qu'elle avait sur moi, c'est moi qui le lui laissais. Elle a dû oublier le coup des scoubidous et des cheveux dès qu'elle a eu fini de les attacher. C'était juste une façon de passer le temps, et j'en ai fait toute une montagne. C'était histoire de me trouver une excuse pour rester amoureux d'une femme pas digne de la corde qu'il faudrait pour la pendre. Tout ce qu'elle aimait, c'était nous contrôler. Jésus finira peut-être par le comprendre, lui aussi. Je pense que moi et lui on a pigé beaucoup de choses, aujourd'hui. C'est pas grave, gamin. Tu as bien fait. Putain, c'est pas comme si je le savais pas au fond de moi ; maintenant, j'ai plus d'excuse, j'en ai fini avec elle. C'est comme si on venait d'arrêter de m'étrangler et que j'arrivais de nouveau à respirer. Toutes ces années, tout ce bordel avec Felina, c'était juste moi et mes propres conneries.

Aux alentours de 7 heures du matin, LaCroix réveilla Marvin.

— Qu'est-ce qu'il y a ? demanda le garçon.

LaCroix le dominait de toute sa hauteur. Il lui adressa un sourire édenté.

— Rien. C'est Noël. Joyeux Noël.

— À vous aussi.

Le vieil homme tenait un tee-shirt, qu'il tendit à deux mains. Il y avait une photo de lui jeune, avec son nom en légende, exactement comme celui qu'il portait.

— Je tiens à t'offrir ça. Je veux que tu deviennes LaCroix.

— Je ne peux pas être LaCroix. Personne ne le peut.

— Je le sais. Mais je veux que tu essaies.

Marvin était assis, désormais. Il accepta le cadeau.

— Enfile-le, insista le vieux.

Marvin retira le tee-shirt qu'il portait et, toujours assis par terre, passa celui de LaCroix. Il lui allait bien. Il se leva.

— Mais je n'ai rien à vous offrir.

— Tu m'as déjà fait mon cadeau. Tu m'as rendu ma liberté.

Marvin acquiesça.

— De quoi j'ai l'air ?

— De LaCroix. Tu sais, si j'avais eu un fils, j'aurais eu un sacré bol qu'il soit comme toi. Putain, si seulement… Bien sûr, ça voudrait dire que j'ai baisé ta mère, et c'est pas des choses qui se font. Bon, je retourne me coucher. Peut-être qu'on ira se chercher un bon dîner de Noël, tout à l'heure.

Plus tard dans la journée, Marvin se leva, prépara du café et deux sandwichs, et alla réveiller LaCroix.

Il ne se réveilla pas. Il était déjà froid. Parti. Des magazines de catch gisaient dans son lit avec lui.

— Merde, dit Marvin en s'asseyant sur la chaise à côté du matelas.

Il prit la main du vieil homme dans la sienne. Il y avait quelque chose à l'intérieur. Une photo toute froissée de Felina. Marvin la jeta par terre et tint pendant longtemps la main du vieillard.

Puis il déchira une page dans l'un des magazines et alla la poser sur la plaque électrique. Elle s'embrasa. Il la rapporta vers le corps, et se servit de sa main libre pour tirer un carton de sous le lit. Il y mit le feu avant de le faire glisser de nouveau sous le sommier. Bientôt, des flammes léchaient les bords du matelas. D'autres boîtes prirent feu. Les draps également. Quelques instants plus tard, ce fut au tour du vieux. Il sentait le porc grillé.

Comme Hercule, songea Marvin. *Il s'élève vers les dieux.*

Marvin, toujours vêtu de son tee-shirt LaCroix, sortit son manteau du placard. La pièce se remplissait de fumée et d'une odeur de chair carbonisée. Il enfila son pardessus et se dirigea vers le couloir. Avant de sortir, il sentit l'incendie lui chauffer le dos.

LAWRENCE BLOCK

Voici une nouvelle épouvantable traitant d'une femme dangereuse ayant en tête un plan machiavélique et les pires intentions. Une femme qui aurait peut-être dû réfléchir davantage à toute cette histoire…

L'auteur best-seller Lawrence Block, l'un des rois du roman à énigmes moderne, a reçu le prix Grand Master de la Mystery Writers of America, quatre prix Edgar Allan Poe et six prix Shamus, en plus du prix Nero et du prix Philip Marlowe. Il s'est également vu décerner un prix de la Private Eye Writers of America et un Cartier Diamond Dagger de la part de la Crime Writers's Association pour l'ensemble de son œuvre. Il a écrit plus de cinquante livres et nombre de nouvelles. Il est peut-être surtout célèbre pour sa série au long cours centrée sur l'ancien flic alcoolique et détective privé Matthew Scudder, héros de romans tels que *Les Péchés des pères*, *Au cœur de la mort*, *Le Coup du hasard* et une quinzaine d'autres, mais il est aussi l'auteur d'une série à succès incarnée par un assassin professionnel, Keller, composée notamment de *L'Amour du métier*, *Le Pouce de l'assassin*, *Le Blues du tueur à gages* et *Keller en cavale*, d'un feuilleton en huit livres tournant autour du voyageur insomniaque Evan Tanner (*Le Voleur insomniaque*, *Annulez le Tchèque !*) ou d'une aventure en onze titres sur le cambrioleur et bouquiniste Bernie Rhodenbarr (*Le Tueur du dessus*, *Le Monte-en-l'air dans le placard*, *Vol et volupté*). Il a bien sûr commis des romans indépendants (*Lendemains de terreur*,

L'Étouffe-serviette et seize autres), et d'autres ouvrages sous les pseudonymes Chip Harrison, Jill Emerson ou Paul Kavanagh. Ses nombreuses nouvelles ont été réunies en recueils : *Des fois, ça mord*, *Like a Lamb to Slaughter**, *Some Days You Get the Bear**, *By the Dawn's Early Light**, *The Collected Mystery Stories**, *Death Wish and Other Stories**, *Enough Rope** et *One Night Stands and Lost Weekends**. Il a de surcroît édité treize anthologies palpitantes, dont *Murder on the Run**, *Blood on Their Hands**, *Speaking of Wrath** et, en collaboration avec Otto Penzler, *Best American Mystery Stories 2001**. Il a également publié sept livres de conseils aux écrivains, dont *Telling Lies For Fun & Profit**. Parmi ses derniers titres, on compte le nouveau Matt Scudder, *Entre deux verres*, le nouveau Bernie Rhodenbarr, *Like A Thief in the Night**, et, sous le nom de plume de Jill Emerson, *Getting Off**. Il habite à New York.

JE SAIS COMMENT LES CHOISIR

Pas de doute, je sais comment les choisir.

Sauf que je ne suis pas sûr de pouvoir me vanter pour celle-là, car on ne peut pas dire que ce soit moi qui l'aie choisie. Elle est entrée dans ce relais routier à la lisière de la ville avec un scénario déjà bien en tête. Il ne lui restait plus qu'à ferrer le poisson.

Le poisson mâle, en l'occurrence. Quant au rôle principal, eh bien, il lui revenait de droit. Cela allait sans dire. Une femme comme elle ne pouvait qu'être la star de ses propres productions.

Bien sûr, il y avait un juke-box. Bien bruyant. Ce serait encore mieux si j'arrivais à me souvenir du morceau qui tournait quand elle a franchi le seuil, mais je ne faisais pas trop gaffe – ni à la musique ni aux nouveaux clients. J'étais assis devant ma bière – oh surprise – et je la contemplais comme si elle s'apprêtait à me révéler un secret.

Ouais, genre. Les bières me disaient généralement toutes la même chose : *Bois-moi, soiffard. Si ça se trouve, je vais tout arranger ; de toute façon, ça ne peut pas être pire.*

Le juke-box ne diffusait que de la country, on s'en doutait rien qu'en voyant le parking, où les pick-up étaient quatre ou cinq fois plus nombreux que les Harley. Et donc, même si je suis incapable de vous dire ce qui passait quand elle est entrée ou quand j'ai levé les yeux de ma blonde, je peux vous assurer qu'il ne s'agissait pas d'« I Only Have Eyes for You[1] ».

---

1. « Je n'ai d'yeux que pour toi », chanson d'amour populaire devenue un standard du jazz. (*N.d.T.*)

Pourtant, ç'aurait été approprié.

Elle était la beauté incarnée. Son visage anguleux aux pommettes saillantes a fait instantanément disparaître la fille seulement jolie à côté d'elle. Elle n'était pourtant pas mignonne à proprement parler, et un coup d'œil superficiel pouvait suggérer qu'elle n'avait pas le moindre charme, mais un regard plus appuyé vous faisait oublier définitivement cette première impression. Certains mannequins ont ce genre de traits. Des actrices également, celles qui décrochaient tous les meilleurs rôles dans les années 1940 et 1950, quand les starlettes commençaient à ressembler à n'importe quelle mère au foyer ou voisine fouineuse.

Et elle n'avait d'yeux que pour moi. De grands yeux bien espacés, d'un marron très riche. Je vous jure que je les ai sentis se poser sur moi avant d'avoir autrement conscience de sa présence. En redressant la tête, je l'ai vue me dévisager, et je ne me suis pas détourné.

Je suppose que j'étais dès lors foutu.

Ses cheveux blonds étaient sculptés de façon à encadrer sa figure tout en la mettant en valeur. Elle était grande, entre un mètre soixante-quinze et un mètre quatre-vingts. Svelte, mais bien roulée. Son chemisier en soie était couvert d'un imprimé géométrique osé. Il était boutonné trop haut pour dévoiler un décolleté conséquent, mais il la moulait tant qu'il ne laissait guère de place à l'imagination.

La coupe de son jean justifiait à elle seule le prix payé par les amateurs de marques.

Il était encore trop tôt pour que le bar soit bondé, mais il y avait plusieurs personnes entre elle et moi. Elle s'est faufilée entre elles et elles se sont dissipées. La barmaid, une vieille fille sévère aux tatouages de serpents, s'est approchée d'elle pour prendre sa commande.

La blonde a dû y réfléchir.

— Je ne sais pas, m'a-t-elle dit. Qu'est-ce que vous me conseillez ?

— Ce que vous voulez.

Elle m'a attrapé le bras. Je portais une chemise à manches longues, de sorte que nos peaux n'ont pas été en contact direct, mais c'était tout comme.

— Choisissez pour moi.

J'ai observé sa main sur mon avant-bras. Ses ongles étaient de taille intermédiaire, vernis d'un rouge vif sanglant.

Que je choisisse pour elle ? Les premières idées qui me sont venues en tête étaient trop sophistiquées pour cet endroit. D'un autre côté, il aurait été insultant de lui commander un whisky et une bière. Il lui fallait un cocktail, mais un que la femme aux serpents saurait préparer.

— Servez une Margarita à la dame.

Ses doigts étant posés sur mon bras droit, je me suis servi de ma main gauche pour pousser la monnaie que j'avais laissée sur le comptoir, indiquant ainsi que c'était moi qui invitais.

— Pour vous aussi ? Ou une autre blonde ?

J'ai secoué la tête.

— Mettez-moi une tequila double pour lui tenir compagnie.

— Merci, m'a dit ma blonde humaine tandis que la barmaid s'affairait. C'est un excellent choix.

Nos boissons sont arrivées, la sienne dans un verre givré au sel, la mienne dans un gros shooter. Elle m'a lâché le bras pour porter un toast silencieux. J'ai délaissé ma tequila pour trinquer avec ma bière.

Elle n'a pas fait cul sec comme un marin, mais ne s'est pas non plus contentée d'une petite gorgée. Puis elle a reposé son verre sur le comptoir et sa main sur mon bras.

Super.

Pas d'alliance. Je l'avais remarqué d'emblée, tout en constatant qu'il y avait eu une bague à son annulaire jusqu'à récemment, comme en témoignait l'absence de bronzage à cet endroit ainsi que le léger creux laissé sur la peau. Ce doigt racontait beaucoup de choses. Elle était donc mariée, mais en avait volontairement retiré la preuve avant d'entrer dans le bar.

Hé, j'ai raison ou pas ? Je sais comment les choisir.

Mais n'ai-je pas dit aussi que c'était elle qui m'avait choisi ?

Et qui avait choisi ce relais routier miteux pour la même raison. Si elle cherchait un type dans mon genre, elle ne le trouverait pas ailleurs qu'ici.

Mon genre : disons, costaud. Bâti comme un arrière, voire comme un ailier. Un mètre quatre-vingt-seize, cent cinq kilos, large d'épaules, la taille fine. Plus de muscles qu'il n'en faut, sauf quand il s'agit de sortir une voiture d'une ornière.

Ce qui ne m'arrive pas très souvent. Je ne suis déjà pas très doué pour me sortir tout seul d'une ornière, alors une bagnole…

Rasé de près, quand je me rase. Je comptais le faire le lendemain quand elle est entrée et a posé sa main sur mon bras. Mais pas de barbe ni de moustache. Des cheveux raides et bruns, que je n'ai pas encore commencé à perdre. Mais je n'ai pas atteint quarante ans, alors qui dit que je les garderai à vie ?

Mon genre : gros balourd de plein air, réfléchissant plus avec ses bras qu'avec son cerveau, plus dégourdi qu'intellectuel. Du style qui ne remarquera probablement pas que vous portiez une alliance encore quelques minutes auparavant.

Ou, dans le cas contraire, qui s'en fichera.

— Vous voulez danser, ma petite dame ?

Je l'avais repéré du coin de l'œil, un peu plus tôt. Une espèce de cow-boy un peu plus grand que moi, mais moins lourd. Long et fin, taillé pour réceptionner les ballons de mon ailier.

Et non, je n'ai jamais joué au football américain. Il m'arrive seulement de regarder des matchs quand ils sont diffusés dans une pièce où je me trouve. Je ne me suis jamais trop intéressé au sport, même quand j'étais gamin. J'avais pourtant le physique, la vitesse. J'en ai vite eu marre d'entendre dire que je devrais rejoindre telle ou telle équipe.

Ce n'était qu'un jeu. Pourquoi perdre mon temps sur un jeu ? Et voilà que ce receveur éloigné faisait du gringue à cette femme qui s'était offerte à moi. Elle a raffermi sa prise sur mon bras, et j'ai cru comprendre qu'elle appréciait beaucoup la tournure des événements. Deux étalons allant régler leurs comptes dans l'arrière-cour, tentant de s'entretuer. Et elle ferait office d'arbitre, le sang pulsant dans ses veines, jusqu'à ce qu'il y ait un vainqueur et qu'elle reparte avec lui.

Il était manifestement prêt à jouer. Il m'avait déjà jaugé du regard une demi-heure plus tôt, avant même qu'elle arrive dans le tableau. C'est typique de ce genre de mec : il entre dans une pièce, repère ses adversaires potentiels et envisage l'issue des combats. J'en avais peut-être bien fait autant avec lui, le jugeant de loin, imaginant quels mouvements il ferait, quelles attaques fonctionneraient contre lui.

Je pouvais encore me désister. Leur tourner le dos à tous les deux, sortir du bar et reprendre la route. Ce n'est pas très compliqué de trouver un endroit où se siffler une bière et une tequila.

Sauf que, vous comprenez, je ne suis pas de ceux qui se défilent. Le fait que je puisse le faire ne signifie pas que j'en sois capable.

— Oh, c'est très gentil, a-t-elle répondu. Mais on s'apprêtait à partir. Peut-être une prochaine fois.

Elle s'est levée en disant cela, sur un ton si éloquent que son sérieux ne faisait aucun doute. Elle n'avait pas répliqué froidement pour le casser, mais pas assez chaleureusement pour encourager cet enfoiré.

Elle avait trouvé le bon équilibre, vraiment.

J'ai laissé ma bière là où elle se trouvait, avec quelques pièces pour lui tenir compagnie. Elle s'est emparée de mon bras pour m'entraîner vers la sortie. Certains nous regardaient, mais j'imagine que nous y étions tous deux habitués.

Une fois sur le parking, je m'attendais encore à avoir des comptes à régler. Cela n'arriverait pas, mais mon cerveau ne semblait pas se faire à cette idée.

J'ai toujours trouvé ça marrant.

On a envie de gagner ce genre de combat ; tout ce qu'on souhaite, c'est décocher le premier coup de poing. Sans qu'il le voie venir. On commence par bombarder Pearl Harbor avant de déclarer la guerre.

Qu'il pense qu'on se replie. *Hé, je n'ai aucune envie de me battre avec toi !* Et quand il a peur qu'on se débine, on lui balance sa plus belle droite. Dans le bon timing, et avec l'effet de surprise, un seul direct peut suffire.

Je ne me serais pas amusé à ça avec cette espèce de Lash LaRue, cela dit. Oh, pas parce que ça n'aurait pas suffi. Ça aurait marché aussi bien qu'avec n'importe qui, ça l'aurait étalé dans le gravier, avec son jean, sa chemise à cordons, sa banane ridicule et tout le tintouin.

Mais ça l'aurait privée du combat qu'elle espérait.

Et donc, s'il était sorti après nous alors qu'on était sur le point de partir, je me serais contenté d'écarter les mains d'une manière de dire « On ne peut pas régler ça autrement ? », en attendant que ce soit lui qui m'attaque par surprise. Mais je m'y serais attendu, malgré les apparences, et j'aurais esquivé son coup. Les types comme lui visent toujours la tête, je me serais donc plié en deux presque avant qu'il arme sa frappe, et je lui aurais enfoncé mon poing entre le nombril et les bijoux de famille.

Je lui aurais réglé son compte en le cognant au corps. Pourquoi se briser les mains sur la mâchoire ? Grand comme il était, il y avait bien assez de buste à atteindre, et j'aurais su en tirer profit. De toute façon, mon premier coup lui aurait passé l'envie de se battre, ou lui aurait au moins enlevé toute puissance, si par miracle il était parvenu à attaquer une deuxième fois.

Je lui aurais décoché plusieurs gauches au foie. C'est à droite, presque au niveau de la ceinture. Un coup autorisé sur un ring, donc encore plus dans un parking. Si on trouve le bon endroit, ça suffit à remporter la mise. Je ne l'ai jamais fait, ni même jamais vu faire, mais je suis convaincu qu'on peut tuer en frappant au foie.

Cependant, j'anticipais le déroulement d'un combat qui n'aurait jamais lieu, car ma blonde avait déjà écrit son propre scénario, et celui-ci ne comportait pas de bagarre. C'était un peu dommage, quelque part, car j'aurais retiré une certaine satisfaction à démolir ce cow-boy, mais son foie allait pouvoir passer la nuit. Les seuls dégâts qu'il recevrait ne seraient pas liés à mes poings, mais à l'alcool ingéré par son propriétaire.

De toute façon, ç'aurait été trop facile de provoquer une baston entre deux durs à cuire. Elle avait en tête une idée bien plus tordue.

— J'espère que je n'ai pas exagéré, a-t-elle dit. En nous faisant sortir de là. Mais j'ai eu peur.

Elle n'avait franchement pas paru inquiète.

— Que vous lui fassiez du mal, a-t-elle précisé. Que vous le tuiez.

Elle roulait en Ford, un modèle que toutes les agences de location pouvaient vous procurer. Elle était garée entre deux pick-up rouillés aux ailes cabossées. Elle a déverrouillé ses portières d'une pression sur sa télécommande, et ses phares ont clignoté.

Tel un gentleman, je l'ai accompagnée pour lui ouvrir. Après un instant d'hésitation, elle s'est tournée vers moi. Le signal était on ne peut plus explicite.

Je l'ai saisie par les épaules pour l'embrasser.

Et oui, elle était là, cette électricité, cette alchimie ou je ne sais quoi. Elle m'a rendu mon baiser et a commencé à avancer les hanches avant de s'interrompre. Puis elle n'a plus réussi à se retenir, j'ai senti sa chaleur à travers nos jeans et j'ai pensé à l'allonger sur le gravier pour la sauter ici, sur le parking, à l'abri des regards grâce aux pick-up voisins. À tirer un petit coup rapide avant de me relever en la laissant toute tremblante, puis à dégager sans qu'elle ait eu le temps de reprendre ses esprits.

Au revoir, ma petite dame, maintenant qu'on a fait ce qu'on était venus faire, je ne vois plus de raison de vous écouter.

Je l'ai lâchée. Elle s'est glissée derrière le volant, et j'ai fait le tour de la voiture pour monter à côté. Elle a mis le moteur en route mais a attendu un instant avant de passer une vitesse.

— Je m'appelle Claudia.

C'était peut-être vrai. Ou pas.

— Gary, ai-je répondu.

— Je ne suis pas du coin.

Moi non plus. Je n'étais de nulle part, en vérité. Ou, vu sous un autre angle, j'étais de partout à la fois.

— Mon motel est un peu plus loin sur la route. À moins d'un kilomètre.

Elle attendait que je réponde un truc. Quoi ? *Est-ce que les draps sont propres ? Est-ce qu'ils ont HBO ?*

Je n'ai rien répondu.

— Vous voulez qu'on achète quelque chose à boire ? Parce qu'il n'y a rien dans la chambre.

J'ai dit que ça allait. Elle a acquiescé et a attendu de pouvoir s'introduire dans la circulation.

J'étais concentré sur le paysage, pour être sûr de retrouver le chemin. Moins d'un demi-kilomètre plus loin, elle a lâché le volant de la main droite pour la poser sur mon entrejambe.

Ses yeux n'ont jamais quitté la chaussée. Quatre ou cinq cents mètres plus tard, elle a remis sa main sur le volant.

Je me suis demandé pourquoi elle avait fait ça. Pour s'assurer que j'avais quelque chose dans le calbut ? Pour que je ne m'avise pas d'oublier ce qu'on allait faire dans ce motel ?

Peut-être pour essayer de me prouver qu'elle était une vraie dame.

J'imagine que je n'obtiens toujours que ce que je mérite.

Parce que, soyons honnête : on ne ramasse pas Mme BCBG dans un rade mal famé avec un parking rempli de pick-up et de bécanes. Quand on entre dans une salle où on entend une artiste country chanter que ce n'est pas Dieu qui a créé les femmes infidèles, il ne faut pas s'étonner de tomber soi-même sur une femme infidèle.

Quand on cherche une épouse dévouée qui restera à la maison et s'occupera du jardin, ce n'est pas dans un bouge pareil qu'il faut se mettre en chasse.

Et je ne me pointais pas aux rencontres organisées par l'Église méthodiste, ni aux rendez-vous de parents célibataires, ni même à des ateliers de poésie proposés dans le cadre d'un programme de formation continue. Comme le disait une autre chanson, je cherchais l'amour aux mauvais endroits, alors pourquoi reprocher au destin de m'avoir envoyé une personne comme Claudia ?

Quel que soit son véritable nom.

Le motel était un établissement indépendant et relativement présentable, mais il ne correspondait clairement pas au lieu qu'une femme comme elle choisirait si elle avait simplement besoin d'un lit pour dormir. Elle aurait jeté son dévolu sur un Ramada ou un Hampton Inn. En l'occurrence, il s'agissait à l'évidence d'un complexe où l'on souhaitait séjourner en toute discrétion. Assez propre et raisonnablement bien entretenu, un peu à l'écart de la route pour davantage d'intimité. Sa porte donnait sur l'arrière, où sa Ford resterait invisible depuis la nationale. Si elle ne l'avait pas louée, si elle lui appartenait, aucun conducteur passant par là ne pourrait relever sa plaque.

Comme si cela avait la moindre importance.

À l'intérieur, quand la porte a été fermée et le verrou poussé, elle s'est tournée vers moi avec une pointe d'incertitude – la première depuis notre rencontre. Comme si elle cherchait quoi dire, ou attendait que je prenne la parole.

Eh bien, tant pis pour elle. Elle m'avait déjà palpé le paquet dans la bagnole, ça aurait dû suffire à briser la glace. J'ai posé une main sur son cul et l'ai attirée vers moi pour l'embrasser.

J'aurais pu la dépouiller de son jean, lui arracher son joli chemisier en soie. J'en ai eu l'envie.

Surtout, j'avais envie de lui faire mal, de l'attendrir d'un coup de poing à l'estomac, de voir l'effet qu'aurait sur elle un crochet au foie.

C'est un fait : il m'arrive de penser à ces choses-là. Quand l'idée me traverse l'esprit, je vois immanquablement le visage de ma mère. Une apparition aussi fugace que le rayon vert qu'on aperçoit parfois en regardant le soleil se coucher sur la mer. Disparue aussi vite qu'elle est venue, si bien qu'on n'est jamais sûr de l'avoir vraiment vue.

Comme là.

J'ai été tendre avec elle. Du moins, à peu près. Elle ne m'avait pas choisi parmi la foule dans l'espoir de me soutirer des mots d'amour et des baisers papillons. Je lui ai donné ce qu'elle voulait, sans aller plus loin qu'elle le souhaitait. Ça n'a pas été très difficile de trouver son rythme, de faire monter le plaisir en elle, de temporiser avant l'explosion, de l'accompagner tout du long jusqu'à arracher un ultime frisson à la machinerie délicate qu'était son corps.

Rien de bien sorcier, vraiment. J'avais appris jeune. Je savais quoi faire et comment m'y prendre.

— J'étais sûre que ce serait super.

J'étais allongé là, les paupières closes. Je ne sais plus à quoi je pensais. Parfois, mon esprit vagabonde, s'en va tout seul vers des territoires lointains, réfléchit à ses propres problématiques, jusqu'à ce qu'une voiture ait un raté ou que quelque chose vienne changer l'ambiance de la pièce, et je regagne mon corps, incapable de me souvenir de mes rêveries.

J'imagine que ça arrive à tout le monde. Je ne dois pas être le seul à avoir les pensées qui dérivent.

Cette fois-ci, c'est sa voix qui m'a ramené au présent aussi sèchement qu'un coup de tonnerre. J'ai roulé sur le dos et l'ai vue à moitié assise sur le lit près de moi. Elle avait ôté l'oreiller installé sous ses fesses pour le caler derrière sa tête et ses épaules.

Elle avait l'allure d'une femme fumant une cigarette, sauf qu'elle était non-fumeuse et qu'il n'y avait pas de cigarettes dans la chambre. Mais c'était ainsi, la fameuse clope après l'amour, qu'il y en ait ou non à disposition.

— Tout ce que je voulais, m'a-t-elle expliqué, c'était me réfugier ici, fermer la porte derrière moi en laissant le reste du monde dehors, puis m'efforcer de tout oublier.

— Est-ce que ça a marché ?

— Comme sur des roulettes. Tu n'as pas joui.

— Non.

— Est-ce que j'ai fait quelque chose…

— Parfois, je me retiens.

— Oh.

— Comme ça, la deuxième fois est meilleure. Plus intense.

— J'imagine, en effet. Mais il doit falloir une sacrée maîtrise de soi, non ?

Je n'avais pas cherché à me retenir, j'avais juste essayé de la baiser d'une manière qu'elle n'était pas près d'oublier, voilà tout. Toutefois, je ne jugeais pas utile de l'en informer.

— On va pouvoir remettre le couvert, pas vrai ? Tu ne dois pas partir tout de suite ?

— Je vais passer la nuit ici, a-t-elle répondu. On pourrait même partager le petit déj, si tu veux.

— Je craignais que tu ne veuilles rentrer rejoindre ton mari.

Ses mains s'agitèrent, et les doigts de la droite se refermèrent à la base de son annulaire gauche, comme pour s'assurer qu'il n'y avait pas de bague.

— Ce n'est pas ton alliance, lui ai-je expliqué. C'est la marque de ton alliance. Le léger creux qu'elle a laissé sur ta peau quand tu l'as retirée, sans doute juste avant d'entrer dans le relais routier. Et le bronzage délicat.

— Sherlock Holmes.

Elle m'a laissé le temps de répondre, mais pourquoi aller dans son sens ? Comme je restais muet, elle a repris :

— Tu n'es pas marié.

— Non.

— Tu l'as déjà été ?

— Même réponse.

Elle a tendu la main, paume en avant, comme pour examiner sa bague. Elle devait étudier la trace sur son doigt.

— J'ai toujours cru que je me marierais dès ma sortie du lycée, a-t-elle déclaré. Là où j'ai grandi, c'est ce qui arrive à toutes les filles mignonnes. Ou aux moches, quand quelqu'un les met enceintes malgré tout.

— Tu étais mignonne.

Elle a acquiescé. Pourquoi aurait-elle joué la fausse modeste ?

— Mais je n'étais pas enceinte, et une de mes copines m'a dit : « Et si on quittait la ville, si on allait à Chicago pour voir ce qu'il s'y passe ? » Et comme ça, sur un coup de tête, j'ai fait mon sac et on est parties. Au bout de trois semaines, elle a eu le mal du pays et elle a décidé de rentrer.

— Mais pas toi.

— Non, je me plaisais à Chicago. Enfin, je le croyais. Ce qui me plaisait le plus, c'était la personne que j'étais devenue à Chicago, pas parce que c'était Chicago, mais parce que ce n'était plus chez moi.

— Et tu y es restée.

— Jusqu'à partir ailleurs. Dans une autre ville. J'ai accumulé les petits boulots et les petits copains, j'ai passé le temps entre deux aventures, et ça m'allait très bien. Et puis je me disais, certaines femmes ont un mari et des enfants, d'autres non, et j'ai l'impression que je vais faire partie de cette deuxième catégorie.

Je l'ai laissée parler sans l'écouter très attentivement. Elle avait fini par rencontrer un homme qui voulait l'épouser et, pensant que c'était sa dernière chance, mais sachant que c'était une erreur, elle avait accepté. Telle était son histoire, qui n'avait somme toute rien d'original. Je l'avais déjà entendue bon nombre de fois.

Je suppose que c'est parfois la vérité. Peut-être que ça l'était dans le cas présent.

Peut-être pas.

Quand j'en ai eu marre de ses jacasseries, j'ai posé la main sur son ventre et j'ai entrepris de la caresser. Son inspiration soudaine m'a indiqué qu'elle ne s'y attendait pas. Quand j'ai commencé à descendre, elle a écarté les jambes pour me faciliter la tâche et je l'ai doigtée. Comme ça, je suis resté allongé à côté d'elle et je lui ai donné du plaisir avec mes doigts. Elle a clos les paupières et j'ai observé son visage tout en m'activant en elle.

— Oh ! Oh ! *Oh !*

Ça m'a excité, mais je n'ai pas ressenti le besoin d'aller plus loin. Après qu'elle a joui, je suis resté couché où j'étais. J'ai fermé les yeux et j'ai débandé en écoutant le silence de la pièce.

Mon père a quitté la maison alors que je portais encore des couches-culottes. Du moins, c'est ce qu'on m'a dit. Je n'ai aucun souvenir de lui, et je ne suis pas convaincu qu'il ait été là un jour. Quelqu'un l'a foutue en cloque, ce n'était pas l'Immaculée Conception, mais est-ce qu'il l'a su ? Connaissait-elle seulement son nom ?

J'ai donc été élevé par une mère célibataire, même si je ne me souviens pas d'avoir jamais entendu le terme à l'époque. Quand j'étais petit, elle ramenait des hommes, puis elle a cessé de le faire. Il lui arrivait de rentrer avec des odeurs suspectes qui trahissaient ses activités, mais elle revenait seule.

Puis elle a également cessé de le faire pour consacrer ses soirées à regarder la télé.

Un soir, je ne me rappelle pas devant quel programme on était, elle m'a dit :

— Ça y est, tu n'es plus un gamin. Je suppose que tu te tripotes ?

J'ai très bien compris de quoi elle parlait, je ne savais simplement pas comment répondre.

Elle a insisté :

— Tu n'as pas à avoir honte, tout le monde le fait en grandissant. Montre-le-moi. (Puis, comme j'étais paralysé par la gêne :) Enlève ton bas de pyjama et fais-moi voir ta bite.

Je n'en avais pas envie. Et j'en avais envie. J'étais à la fois embarrassé, excité et…

— Elle est de plus en plus grosse, a repris ma mère. Tu seras bientôt un homme. Montre-moi comment tu te caresses. Regarde comme elle grandit ! C'est quand même mieux que la télé. À quoi tu penses, quand tu te touches ?

Ai-je répondu quelque chose ? Je ne crois pas.

— Nénés ? (Elle a ouvert son peignoir.) Tu les tétais quand tu étais bébé. Tu t'en souviens ?

Je voulais me détourner. Je voulais arrêter de me palper.

— Je vais te dire un secret. Te toucher la bite, c'est super chouette, mais ça l'est encore plus quand quelqu'un le fait pour toi. Tu vois. Tu peux me peloter les nénés pendant que je le fais. C'est agréable, non ?

J'ai éjaculé dans sa main. J'ai cru qu'elle allait se mettre en colère. Puis elle s'est léché les doigts pour les nettoyer. En me souriant.

— Je ne sais pas, a-t-elle dit.

Claudia, ma blonde. Je me demandais sans grande curiosité à quel point cette blondeur était naturelle. La question demeurait en suspens, car elle n'avait pas d'autres poils que sur sa tête.

Forcément, je me suis interrogé sur ce que ma mère en aurait pensé. Se raser les jambes était la seule concession qu'elle accordait à sa féminité. Et encore, elle le faisait à contrecœur.

À tel point qu'elle me chargeait de le faire. Elle sortait de son bain, la peau encore toute chaude, et il m'incombait d'étaler la mousse et de manier le rasoir mécanique. Elle me disait que j'aurais bientôt la moustache. Autant que je m'entraîne un peu, étant donné que je passerais le restant de mes jours à subir ça.

J'ai demandé à Claudia ce qu'elle ne savait pas.

— J'avais juste envie d'une aventure, a-t-elle répondu.

— D'oublier le reste du monde, de l'abandonner derrière cette porte.

— Mais tu as un pouvoir, a-t-elle ajouté. Le même que celui qui m'a attirée vers toi, qui m'a fait traverser toute la salle du bar pour venir te rejoindre. Ça me fait peur.

— Et pourquoi ?

Elle a fermé les paupières, choisissant ses mots avec soin.

— Ce qui se passe ici reste ici. C'est bien comme ça que ça marche ?

— Comme à Las Vegas ?

Elle a rouvert les yeux pour les plonger dans les miens.

— J'ai déjà fait ça avant.

— Je suis choqué.

— Pas aussi souvent que tu pourrais le croire, mais ça m'est arrivé.

— À la pleine lune ?

— Et puis, je suis repartie comme je suis venue. Comme après un massage ou un soin au spa.

— Pour retourner auprès de ton mari.

— Quel mal ça peut faire ? Il ne s'est jamais douté de rien. Et le fait d'avoir un exutoire fait chaque fois de moi une meilleure épouse.

Elle prenait son temps pour en venir au fait. J'avais l'impression d'observer un joueur de base-ball faire des moulinets avant de lancer sa balle. C'est assez intéressant à étudier quand on sait déjà à quel effet s'attendre.

— Mais cette fois, c'est différent, c'est bien ça ?

Elle m'a gratifié d'un long regard indiquant qu'elle voulait dire oui mais ne pouvait s'y résoudre.

Oh, elle était douée.

— Tu as pensé à le quitter.

— Bien sûr. Mais j'ai… oh, comment formuler ça ? Il m'offre une petite vie bien confortable.

— Ça veut dire qu'il a de l'argent.

— Ses parents étaient riches, a-t-elle répondu, et il est fils unique. Quand ils sont morts, il a hérité de tout.

— Je suppose que la Ford est une loc ?

— La Ford ? Oh, la voiture que je conduis. Oui, je l'ai louée à l'aéroport. Qu'est-ce qui te… oh, tu dois te dire que j'ai une bagnole bien plus belle que celle-là, c'est ça ?

— Un truc dans le genre.

— On en a plusieurs. Le plus souvent, je roule en Lexus, mais il m'a aussi offert une sportive d'époque. Une Aston Martin.

— Très jolie.

— Sans doute. Au début, j'aimais bien la conduire : la puissance, la reprise. Aujourd'hui, je ne la sors presque plus du garage. C'est un jouet hors de prix. Comme moi.

— Son jouet. Est-ce qu'il joue beaucoup avec toi ?

Elle est restée muette.

J'ai posé ma main sur sa toison manquante. Pas pour la caresser, juste pour la mettre là. Marquer mon territoire.

J'ai dit :

— Si tu divorçais…

— J'ai signé un de ces machins.

— Un contrat de mariage.

— Oui.

— Tu aurais sans doute le droit de garder les jouets.

— Peut-être.

— Mais adieu le luxe.

Un acquiescement.

— J'imagine qu'il est beaucoup plus vieux que toi.

— Quelques années seulement. Il semble plus âgé – il fait partie de ces hommes qui aiment paraître plus mûrs –, mais il ne l'est pas tant que ça.

— Il est en bonne santé ?

— Oui. Il ne fait pas de sport, il est en surpoids considérable, mais il obtient toujours d'excellents résultats à son test d'efforts annuel.

— Pourtant, n'importe qui peut faire une attaque d'apoplexie ou une crise cardiaque. Ou se faire rentrer dedans par un chauffard ivre qui grillerait un feu rouge.

— Je préfère ne pas en parler.

— Parce que ça reviendrait presque à le souhaiter.

— Oui.

— Pourtant, ai-je conclu, ça tomberait bien, n'est-ce pas ?

Ça ne s'était pas passé comme ça, avec ma mère. Il n'y avait pas eu d'apoplexie, de crise cardiaque, ni de chauffard. Disparue du jour au lendemain.

Ça ne s'était pas passé comme ça du tout.

Deux, trois ans après qu'elle m'avait montré à quel point il était plus agréable de se faire toucher par quelqu'un d'autre.

Deux, trois années durant lesquelles je quittais la maison pour l'école le matin et rentrais directement l'après-midi pour m'isoler du monde extérieur.

Elle me montrait tout ce qu'elle savait. Ainsi que des choses qu'elle avait lues ou dont elle avait entendu parler sans jamais les mettre en pratique.

Elle m'a expliqué comment me comporter avec les filles. « C'est comme s'il s'agissait d'un sport et que j'étais ton entraîneuse. » Que dire, que faire, comment les convaincre de faire des choses ou de me laisser faire ?

J'allais m'exercer, puis je revenais lui raconter. Au lit, en rejouant la scène, en faisant des bêtises.

Deux, trois ans. Puis elle a commencé à perdre du poids, à avoir le teint gris. J'aurais dû le remarquer, mais, au quotidien, je n'en ai jamais vraiment eu conscience. Et puis, un jour après les cours, elle n'était pas là. Elle avait toutefois laissé un mot, expliquant qu'elle reviendrait bientôt. Une heure plus tard, elle était effectivement arrivée, et j'avais compris qu'il y avait quelque chose en découvrant son visage, mais je n'ai su ce que c'était que quand elle me l'a révélé.

Un cancer des ovaires, qui s'était généralisé. Ils ne pouvaient plus rien faire. Rien d'efficace.

Elle s'est demandé s'il s'agissait d'une sorte de châtiment, à cause de l'endroit où il avait commencé. À cause de nos agissements.

— Sauf que c'est des conneries, je sais que c'est des conneries. J'ai été élevée dans la foi de Dieu, mais j'en suis sortie et je ne t'ai pas éduqué comme ça. Et même si Dieu existait, il ne me punirait pas comme ça. Et puis, qu'est-ce qu'on a fait de mal ? Ça n'a fait de tort à personne.

Un peu plus tard :

— Ils pourraient me faire une chimio, mais je souffrirais le martyre tout ça pour perdre mes cheveux et éventuellement gagner quelques mois d'espérance de vie. Mon petit chéri d'amour, je ne veux pas que tu te souviennes d'une vieille femme aigrie mourant à petit feu et rendue folle par la douleur. Je ne tiens pas à m'attarder si longtemps, et il faut que tu m'aides à en finir.

L'école. Je ne faisais pas de sport, n'étais membre d'aucune association, n'avais pas d'amis. Mais je savais qui dealait. Tout le monde le savait. On pouvait toper tout ce qu'on désirait, et moi je ne cherchais que de la codéine. Fastoche.

Elle voulait tout avaler après mon départ pour le bahut, afin que je ne sois pas à côté d'elle quand elle franchirait le pas, mais je l'en ai dissuadée. Elle les a donc gobés un soir, et je me suis allongé à côté d'elle en lui tenant la main le temps que le sommeil l'emporte. Et même si je comptais attendre avec elle son dernier souffle, je n'ai pas réussi à rester éveillé, et quand j'ai émergé à l'aube, elle était partie.

J'ai rangé la maison, puis je suis allé défaire mon lit pour faire croire que j'y avais dormi. Je suis allé à l'école en m'efforçant de ne penser à rien. En rentrant chez moi cet après-midi-là, j'ai eu une sorte de flash en tournant ma clé dans la serrure, et je m'attendais presque à la trouver devant moi quand j'ouvrirais la porte.

C'est cela, oui. Elle était là où je l'avais laissée, alors j'ai appelé le docteur et je lui ai expliqué que j'étais parti au matin sans la réveiller. Il a compris que c'était lié aux pilules, j'ai compris qu'il l'avait compris, mais il a voulu m'épargner en m'affirmant que c'était son cœur qui avait lâché, que ça arrivait souvent chez des personnes comme elle.

Si elle était toujours vivante, si elle n'était jamais tombée malade, j'habiterais toujours là-bas. Elle et moi, enfermés dans cette maison, bien à l'abri du monde extérieur.

Elle a dit :

— Je ne peux pas faire comme si je n'y avais jamais pensé. Mais je ne l'ai jamais souhaité. Ce n'est pas un mauvais bougre. Il a été bon avec moi.

— Il prend bien soin de toi.

— Il nettoie ses clubs de golf après chaque parcours. Il se sert d'un morceau de flanelle pour lustrer ses fers. Il conduit les voitures au garage. Et oui, il me traite bien.

— Peut-être que c'est tout ce que tu cherches.

— J'étais prête à m'en accommoder, a-t-elle affirmé.

— Plus maintenant ?

— Je ne sais pas, a-t-elle répondu en posant la main sur moi.

Pendant un instant, c'était une autre main, ferme mais délicate, et j'étais redevenu un petit garçon. Juste un instant, puis cet instant est passé.

Et elle a continué à me tenir sans rien dire ; pourtant, je l'ai entendue parler dans mon esprit aussi clairement que si elle s'était exprimée à voix haute. *Prête à m'en accommoder ? Plus maintenant, mon chéri, car notre rencontre a chamboulé ma vie à jamais. Si seulement il pouvait lui arriver quelque chose, nous pourrions partager le reste de notre existence. Si seulement…*

— Tu veux que je le tue, ai-je repris.

— Mon Dieu, non !

— N'est-ce pas là que tu voulais en venir ?

Elle n'a pas répondu, se contentant d'inspirer et d'expirer bruyamment à plusieurs reprises. Puis, elle a dit :

— N'as-tu jamais…

— Le gouvernement te met un uniforme, te confie un fusil et t'envoie à l'autre bout du monde. Dans cette situation, un homme finit par faire des tas de choses qu'il n'aurait jamais faites en d'autres circonstances.

C'était sans doute vrai, mais rien de tout cela ne me concernait. Je n'avais jamais fait l'armée.

J'étais pourtant allé m'inscrire, une fois. On traîne un peu, on voit différentes choses qui pourraient nous plaire. Le psy militaire m'a posé une palanquée de questions et il a dû entendre un truc qui ne lui convenait pas parmi mes réponses, parce qu'il m'a remercié pour mon temps et renvoyé chez moi.

Je dois dire qu'il était doué pour son job. Ça ne m'aurait pas plu, et ils ne m'auraient pas aimé non plus.

Elle a trouvé un autre sujet de conversation, une histoire sans queue ni tête qui tournait autour de ses voisins. Je suis resté allongé à observer ses lèvres bouger sans écouter un traître mot.

Pourquoi me serais-je donné cette peine ? C'était ce qu'elle ne disait pas qui m'intéressait le plus.

J'ai fini par comprendre qu'elle était très fière d'elle, car elle avait réussi à me faire savoir le fond de sa pensée sans la verbaliser directement. Elle avait joué si finement que je le lui avais servi sur un plateau d'argent.

Mais tu sais, ma petite, j'ai deux coups d'avance sur toi. Je savais parfaitement où tu voulais en venir, je t'ai vue prendre des chemins détournés et j'ai juste voulu nous faire gagner du temps.

C'était encore mieux à présent que je la contemplais sans l'écouter. D'ailleurs, je n'étais pas sûr de pouvoir l'entendre, tant j'étais focalisé sur sa voix dans ma tête, me révélant ce que je savais qu'elle pensait. Comment nous pourrions finir notre vie ensemble, comment j'incarnais tout ce dont elle avait toujours rêvé, comment nous connaîtrions une existence de luxe, de sensualité et de voyages. Sa voix dans ma tête, évoquant sa représentation de ma représentation du paradis.

Des voix.

Elle a bougé, s'allongeant sur le côté. Elle a cessé de parler, et j'ai cessé d'entendre cette autre voix. Puis elle a laissé glisser sa main sur mon corps. Elle m'a embrassé le visage et le cou, avant de descendre plus bas.

Ouais, genre. Pour me donner une idée des plaisirs fous auxquels j'aurais droit régulièrement dès que son mari serait mort et enterré. Après tout, tous les hommes aiment ça, pas vrai ?

Sauf que, pas moi. Pas depuis qu'une autre femme a gobé les cachets que je lui avais rapportés et ne s'est jamais réveillée.

Une fois, j'ai eu un rencard avec une fille de ma classe. Et elle me coachait.

Tu peux la convaincre de te sucer. Elle restera vierge, elle ne risquera pas de tomber enceinte et elle te rendra heureux. Et puis, au fond, elle en meurt d'envie. Mais si tu veux l'aider, dis-lui quand elle fait quelque chose de mal. Comme si, cette fois, c'était toi l'entraîneur.

Puis elle est partie, et désormais je n'aime plus qu'on me fasse ça.

Ce psy de l'armée ? Il connaissait vraiment son job.

Néanmoins, elle a réussi à me faire bander.

Il n'y a pas de règle, pas vrai ? Le sang afflue ou pas, et on ne peut pas le forcer ou l'empêcher. Ça ne veut pas dire que ça me plaisait, ni que je voulais qu'elle continue. Plus elle insistait, moins j'aimais ça.

Je lui ai pris la tête pour l'écarter.

— Qu'est-ce qui ne va pas ?

— À mon tour, ai-je répondu en l'étendant sur le lit.

Après avoir calé un oreiller sous ses fesses, j'ai introduit un doigt en elle pour m'assurer qu'elle était mouillée. Puis je lui ai mis le doigt dans la bouche afin qu'elle puisse se goûter.

Je l'ai ensuite chevauchée puissamment et longuement, puissamment et longuement. Elle a eu un de ces orgasmes qui semblent ne jamais devoir s'achever, tel un cadeau qui ne cesse d'être offert.

Je ne sais pas trop à quoi je pensais pendant ce temps. J'étais ailleurs, pas de doute là-dessus. Je regardais HBO pendant qu'elle se faisait tringler sur Showtime.

Quand elle a eu fini, je suis resté là où j'étais, sur elle et en elle. J'ai pris le temps de détailler son visage, ses mâchoires lâches, ses paupières closes, et j'ai découvert ce qui m'avait échappé jusqu'alors.

Elle ressemblait à un cochon. Ses traits avaient réellement des aspects porcins. Je n'avais encore jamais vu ça.

Marrant.

Elle a rouvert les yeux. Et elle s'est remise à jacasser, m'assurant qu'elle n'avait jamais ressenti ça auparavant.

— Est-ce que tu…

— Non.

— Mon Dieu, tu bandes toujours ! Est-ce qu'il y a…

— Non, je ne suis pas encore prêt, ai-je expliqué. J'ai d'abord une question à te poser. Quand tu es entrée dans ce bar…

— Il y a une éternité, m'a-t-elle interrompu.

Puis elle s'est détendue, s'attendant à ce que je relate lentement notre aventure. Que je lui rappelle comment nous nous étions rencontrés avant de tomber amoureux sans avoir échangé une parole.

— Ce que je voudrais savoir, c'est comment tu as su ?

— Comment j'ai su…

— Comment tu as su que j'étais le seul homme dans ce boui-boui qui serait prêt à tuer ton mari ?

Elle est restée bouche bée, les yeux écarquillés.

— Qu'est-ce que tu as vu ? Qu'est-ce que tu as cru voir ?

Puis j'ai remué lentement le bassin, lui donnant de petits coups de boutoir.

— Tu avais tout prévu, ai-je repris.

J'ai posé les coudes sur ses épaules de façon à la clouer au lit. Puis mes mains ont trouvé son cou et ont commencé à l'entourer.

— Tu comptais quitter la ville, peut-être te dégotter un autre petit chanceux pour t'assurer un alibi. Tu aurais pris ton pied avec lui, car tu m'aurais imaginé en train de tuer ton mari. Tu te serais demandé comment je m'y prenais exactement : avec un flingue, un couteau, une batte ? Ou peut-être à mains nues, et c'est ça qui t'aurait vraiment fait planer, je me trompe ? Je me trompe ?

Elle disait quelque chose que je ne pouvais pas entendre. Je n'aurais pas davantage pu entendre un grondement de tonnerre, ni même la fin du monde.

— Tu m'as bourré le mou avec le magnifique avenir qui nous attendait, mais dès qu'il aurait passé l'arme à gauche, tu n'aurais plus eu besoin de moi, hein ? Tu aurais peut-être profité d'un autre tocard pour me sortir du jeu.

Je la pilonnais plus fort, à présent. Et mes doigts se resserraient autour de sa gorge. Je pouvais presque goûter la terreur dans ses prunelles.

Puis elles se sont éteintes, à l'instant où elle est partie.

Encore trois ou quatre va-et-vient, et j'ai fini mon affaire. Le plus drôle, c'est que je n'ai pratiquement rien senti. La machinerie a fonctionné et je me suis vidé en elle, mais il n'y a rien eu de sensationnel, tout simplement parce qu'il n'y avait pas beaucoup de sensations. Il y a eu une libération, et ça m'a fait du bien, comme ça fait du bien de pisser un coup quand on s'est longtemps baladé la vessie pleine.

À vrai dire, c'est plus souvent comme ça que l'inverse. Le psy de l'armée aurait probablement pu l'expliquer, mais je ne voudrais pas l'ériger en génie. Tout ce qu'il savait, c'est que l'armée se porterait mieux sans moi.

Comme à peu près n'importe qui.

Surtout Claudia. Qui gisait là, la trachée broyée et les yeux vitreux. Dès l'instant où j'ai posé le regard sur elle, j'ai saisi le scénario qu'elle avait élaboré.

Comment aurait-elle pu se douter ? Comment m'avait-elle choisi ?

Si je le savais depuis le début, si j'avais vu clair dans son jeu et envisagé une autre fin à son histoire, pourquoi lui avais-je offert à boire ? Tout compte fait, avais-je réellement eu le choix, dès lors qu'elle était venue poser la main sur mon bras ?

Il est temps de quitter cette ville, désormais, mais qui crois-je duper ? Je trouverai la même chose dans le bled voisin, ou dans le suivant. Un autre relais routier, où je devrai me battre ou pas, mais dont je sortirai avec une femme. Elle ne sera pas forcément aussi belle que celle-ci, et elle aura peut-être plus de poils, mais elle couvera les mêmes projets pour moi.

Et si je décidais d'éviter les bars ? Et si je participais aux rencontres organisées par quelque église, ou à une soirée réservée aux parents célibataires, ou à un machin dans le genre ?

Ça pourrait marcher, mais je ne compterais pas trop là-dessus. Avec ma chance, j'aboutirais sans doute exactement au même endroit.

Comme je le disais, je sais vraiment comment les choisir.

BRANDON SANDERSON

Encore une étoile montante de la fantasy, dans la lignée des Joe Abercrombie, Patrick Rothfuss, Scott Lynch, Lev Grossman ou K.J. Parker. Brandon Sanderson, auteur best-seller du *New York Times*, a été choisi pour achever la fameuse *Roue du temps* de Robert Jordan à la mort de celui-ci, tâche dont il s'est brillamment acquitté avec des ouvrages tels que *The Gathering Storm**, *Towers of Midnight** et *A Memory of Light**. Il est également célèbre pour un autre cycle de fantasy, *Fils-des-Brumes*, composé de *L'Empire ultime*, *Le Puits de l'ascension*, *Le Héros des siècles* et *L'Alliage de la justice*, ainsi que la série *Alcatraz* (*Alcatraz contre les infâmes bibliothécaires*, *Alcatraz contre les ossements du scribe*, *Alcatraz contre les traîtres de Nalhalla* et *Alcatraz contre l'ordre du verre brisé*), destinée aux jeunes adultes. Parmi ses autres titres, on recense *Elantris**, *Warbreaker** ou « Firstborn* », ainsi que *La Voie des rois*, premier tome des *Archives de Roshar*. Il habite à American Fork, dans l'Utah, et tient un site Internet : www.brandonsanderson.com.

Dans la nouvelle qui suit, il nous emmène dans le silence sinistre des Forêts pour nous conter la légende d'une femme dangereuse et désespérée, prête à tout pour sauver sa famille, même dans un lieu où les fantômes affamés se terrent derrière chaque arbre et où le moindre faux pas est synonyme d'une mort assurée…

DES OMBRES POUR SILENCE DANS LES FORÊTS DE L'ENFER

— Celui dont vous devez le plus vous méfier, c'est le Renard Blanc, déclara Daggon en sirotant sa bière. On raconte qu'il a serré la main au Démon en personne, qu'il s'est rendu dans le Monde déchu et qu'il en est revenu avec des pouvoirs étranges. Qu'il peut allumer un feu même par les nuits les plus sombres, et qu'aucune ombre n'ose s'attaquer à son âme. Oui, le Renard Blanc. La pire ordure du territoire, ça ne fait aucun doute. Priez pour qu'il ne pose pas les yeux sur vous, mon ami. Car s'il le fait, vous êtes mort.

Le compagnon de beuverie de Daggon avait un cou semblable à un culot de bouteille et une tête telle une patate plantée de guingois en son sommet. Il grinçait plus qu'il ne parlait avec son accent de Portultime, et sa voix résonnait sous le plafond bas de la salle commune.

— Pourquoi… pourquoi poserait-il les yeux sur moi ?

— Cela dépend, mon ami, répondit Daggon en regardant autour de lui tandis que quelques marchands trop bien vêtus entraient nonchalamment.

Ils portaient des manteaux noirs à jabot de dentelle et les chapeaux à larges bords des gens du fort. Ils ne tiendraient pas quinze jours là, dans les Forêts.

— Cela dépend ? répéta celui qui partageait la table de Daggon. Cela dépend de quoi ?

— De nombreuses choses, mon ami. Le Renard Blanc est un chasseur de primes, voyez-vous. Quels crimes avez-vous commis ? Qu'avez-vous fait ?

— Rien.

Ce grincement évoqua le couinement d'une roue rouillée.

— Rien ? Personne ne vient dans les Forêts pour ne « rien » faire, mon ami.

Son commensal lança des coups d'œil à la ronde. Il avait prétendu s'appeler Fervent. D'un autre côté, Daggon s'était présenté sous le nom d'Amitié. Les patronymes n'avaient guère d'importance dans les Forêts. Ou peut-être que si. Les vrais, du moins.

Fervent se rencogna sur son siège, rentrant son cou télescopique comme s'il cherchait à disparaître dans sa bière. Il avait mordu à l'hameçon. Tout le monde aimait qu'on lui parle du Renard Blanc, et Daggon se considérait comme un expert en la matière. Suffisamment expert pour pousser des grincheux tels que ce Fervent à lui offrir ses consommations pour l'entendre raconter ses histoires.

Je vais le laisser mijoter un peu, songea Daggon en souriant. *Qu'il rumine.* Fervent le supplierait bientôt de lui livrer de plus amples informations.

Daggon s'adossa confortablement et patienta en examinant la salle. Les marchands dérangeaient les autres clients en réclamant leur nourriture, arguant qu'ils devaient être repartis d'ici à une heure. Cela seul *prouvait* qu'ils étaient des imbéciles. Voyager de nuit dans les Forêts ? Un négociant local n'aurait jamais fait une chose pareille. Des gens de leur sorte… il ne devait pas leur falloir plus d'une heure pour enfreindre l'une des Règles simples et s'attirer les ombres. Daggon chassa ces fous de son esprit.

Ce gaillard, dans le coin, en revanche… vêtu tout en marron, qui avait gardé son chapeau sur la tête alors qu'il était à l'intérieur. Ce gaillard lui paraissait réellement dangereux. *Je me demande si c'est lui*, s'interrogea Daggon. D'après ce qu'il savait, nul n'avait jamais réchappé à une rencontre avec le Renard Blanc. En dix ans, celui-ci avait glané plus d'une centaine de primes. Quelqu'un devait bien connaître son identité. Après tout, les autorités des divers forts lui réglaient bien son dû.

La propriétaire de l'auberge, Mme Silence, vint lâcher lourdement le repas de Daggon sur la table. La mine renfrognée, elle posa brutalement la bière de son client, lui renversant un peu de mousse sur la main, puis s'éloigna en clopinant. C'était une femme robuste. Coriace. Comme tout le monde dans les Forêts. Tous ceux qui y survivaient, du moins.

Il avait appris qu'un regard mauvais de Silence équivalait à un bonjour. Elle lui avait servi une double dose de chevreuil. Comme souvent. Il aimait à croire qu'elle éprouvait une certaine tendresse à son égard. Peut-être qu'un jour…

Ne sois pas sot, se rabroua-t-il en entamant son plat baignant dans la sauce. Mieux valait épouser une pierre que Silence Montane. La première était plus affectueuse. Si la seconde le gâtait de la sorte, c'était pour l'encourager à revenir dépenser son argent. De moins en moins de gens passaient par là, depuis quelque temps. Trop d'ombres. Et puis, il y avait Chesterton. Une sale affaire.

— Et donc… ce Renard est un chasseur de primes ?

L'homme qui prétendait s'appeler Fervent semblait transpirer.

Daggon sourit. Il l'avait bien ferré, celui-là.

— Ce n'est pas un simple chasseur de primes. C'est *le* chasseur de primes. Même s'il ne s'attaque pas au petit gibier – et, ne le prenez pas mal, mon ami, mais vous m'avez tout l'air d'être du petit gibier.

Son camarade apparaissait de plus en plus nerveux. Qu'avait-il donc fait ?

— Mais, balbutia-t-il, il ne viendrait pas après moi – en admettant que j'aie fait quelque chose, naturellement –, il ne viendrait pas jusqu'ici, si ? Enfin, l'auberge de Mme Silence est protégée, non ? Tout le monde le sait. L'ombre de son mari mort rôde ici. L'un de mes cousins l'a même vue.

— Le Renard Blanc ne craint pas les ombres, affirma Daggon en se penchant en avant. Cela dit, je ne pense pas qu'il s'aventurerait ici – mais pas à cause des ombres. Comme chacun sait, nous sommes en territoire neutre. Il faut bien qu'on ait quelques refuges, même au cœur des Forêts. Mais…

Daggon sourit quand Silence repassa devant lui, en direction de la cuisine. Cette fois, elle le dévisagea sans animosité. Plus de doute possible, elle l'avait à la bonne.

— Mais ? grinça Fervent.

— Eh bien… reprit Daggon. Je pourrais vous expliquer comment le Renard Blanc emporte les hommes, mais voyez-vous, ma bière est presque vide. C'est fort dommage. Je parie que vous aimeriez beaucoup savoir comment il a attrapé Pacifieur Hapshire. C'est une histoire épatante.

Fervent couina pour que Silence apporte une autre bière, même si elle avait déjà disparu dans la cuisine et ne pouvait pas l'entendre. Daggon fronça les sourcils, mais Fervent posa une pièce sur le bord de la table, afin d'indiquer à la propriétaire ou à sa fille qu'il souhaitait une nouvelle tournée. Cela irait. Daggon sourit pour lui-même et se lança dans son récit.

Silence Montane ferma la porte de la salle commune et s'y adossa. Elle essaya de ralentir son rythme cardiaque en inspirant et expirant posément. S'était-elle trahie ? Savaient-ils qu'elle les avait reconnus ?

William Ann passa devant elle, s'essuyant les mains sur un torchon.

— Mère ? s'inquiéta la jeune femme en marquant une pause. Mère, êtes-vous… ?

— Va chercher le livre. Dépêche-toi, mon enfant !

William Ann blêmit puis se précipita dans le garde-manger. Silence empoigna son tablier pour apaiser ses nerfs et alla rejoindre sa fille, qui ressortait de l'office avec une épaisse besace en cuir. De la farine blanche issue de sa cachette en maculait la couverture et le dos.

Silence s'en saisit et l'ouvrit sur le haut plan de travail, dévoilant une liasse de feuilles volantes. Un portrait était tracé sur la plupart d'entre elles. William Ann alla se placer devant l'œilleton de la porte donnant sur la salle commune tandis que sa mère compulsait furieusement ses documents.

Pendant quelques instants, le seul son accompagnant les battements de cœur de Silence fut le bruissement des pages.

— C'est l'homme au long cou, c'est ça ? s'enquit William Ann. Je me souviens de l'avoir vu sur l'un des avis de recherche.

— Ce n'est que Lamentation Nuvin, un petit voleur de chevaux. Il vaut à peine deux mesures d'argent.

— Qui, alors ? Celui au fond de la salle ? Celui avec le chapeau ?

Silence secoua la tête en atteignant un ensemble de feuilles au bas de sa pile. Elle examina les dessins. *Dieu de l'Au-Delà*, songea-t-elle. *Je n'arrive pas à savoir si j'ai envie d'y croire ou pas.* Au moins, ses mains avaient cessé de trembler.

William Ann approcha à pas rapides et tendit le cou au-dessus de l'épaule de Silence. Du haut de ses quatorze ans, elle était déjà plus grande que sa mère. Dur à accepter, d'être dépassée par sa propre progéniture. Même si William Ann se plaignait d'être gauche et dégingandée, sa silhouette élancée laissait présager une vraie beauté en devenir. Elle tenait de son père.

— Oh, Dieu de l'Au-Delà, fit William Ann en écho, une main plaquée devant sa bouche. Est-ce que…

— Chesterton Disperse, confirma Silence.

La forme du menton, le regard… étaient parfaitement identiques.

— Il est venu se jeter dans nos bras, avec quatre de ses sbires, reprit-elle.

La récompense pour eux cinq lui assurerait un voire deux ans de provisions.

Elle parcourut la typographie grasse et vigoureuse faisant office de légende. **Extrêmement dangereux. Recherchés pour meurtre, viol, extorsion.** Et puis, bien sûr, la cerise sur le gâteau. **Et assassinat.**

Silence s'était toujours demandé si Chesterton et ses hommes avaient prévu de tuer le gouverneur de la ville la plus puissante du continent, ou s'il s'était agi d'un accident. Un malheureux braquage ayant dérapé. Dans un cas comme dans l'autre, Chesterton comprenait ce qu'il avait fait. Avant cet incident, il était un simple – bien qu'expérimenté – bandit de grand chemin.

Désormais, il était devenu un criminel d'une autre trempe, quelqu'un d'infiniment plus redoutable. Chesterton savait qu'en cas de capture, il ne pourrait espérer ni merci ni pitié. Portultime l'avait décrit comme un anarchiste, une menace, un psychopathe.

Chesterton n'avait plus aucune raison de se retenir. Il s'en donnait donc à cœur joie.

Oh, Dieu de l'Au-Delà, songea encore Silence en examinant le reste des chefs d'accusation sur la page suivante.

William Ann chuchota, comme pour elle-même.

— Il est juste là ? Mais où ça ?

— Les marchands, répondit Silence.

— *Quoi ?*

Elle se précipita de nouveau vers l'œilleton. Le bois du panneau – de toute la cuisine, à vrai dire – avait été récuré si fort qu'il avait blanchi. Sebruki avait une fois de plus fait le ménage.

— Je ne le vois pas, déclara William Ann.

— Regarde mieux.

Silence ne l'avait d'abord pas remarqué elle non plus, alors qu'elle allait se coucher chaque soir avec son recueil pour mémoriser les visages.

Quelques instants plus tard, sa fille émit un hoquet de surprise et se plaqua la paume sur la bouche.

— Ça semble tellement *idiot* de sa part. Pourquoi prendre le risque de sortir en public ? Même avec ce déguisement.

— Tout le monde se souviendra d'un énième groupe de marchands inconscients persuadés de pouvoir braver les Forêts. C'est en réalité un déguisement fort bien trouvé. Quand ils auront disparu sur les chemins d'ici à quelques jours, on supposera – si toutefois quelqu'un s'en inquiète – que les ombres les ont emportés. En outre, cela lui permet de voyager rapidement et sans se cacher, tout en faisant halte dans les auberges pour glaner les dernières informations.

Était-ce ainsi que Chesterton décidait des prochaines cibles à frapper ? Lui et sa bande s'étaient-ils déjà arrêtés chez Silence ? Cette simple pensée lui retourna l'estomac. Elle avait souvent accueilli des criminels, certains desquels étant même des clients réguliers. D'ailleurs, chaque homme des Forêts en était probablement un, au moins pour déroger à l'impôt décrété par les gens du fort.

Chesterton et sa troupe étaient d'un autre bois. Elle n'avait nul besoin de parcourir la liste de leurs méfaits pour savoir de quoi ils étaient capables.

— Où est Sebruki ? demanda Silence.

William Ann s'ébroua, comme pour sortir de sa torpeur.

— Elle nourrit les cochons. Ténèbres ! Vous ne pensez pas qu'ils l'ont reconnue, si ?

— Non, répliqua Silence. Mais je crains qu'elle ne les reconnaisse.

Sebruki n'avait peut-être que huit ans, mais elle était une observatrice si fine que c'en était presque inquiétant.

Silence referma son livre d'avis de recherche. Elle fit courir ses doigts sur la reliure en cuir.

— Nous allons les tuer, c'est ça ? s'enquit William Ann.

— Oui.

— Combien valent-ils ?

— Parfois, mon enfant, il ne s'agit pas de la valeur d'un homme.

Silence entendit la marque du mensonge dans sa voix. Les temps étaient de plus en plus durs, avec l'augmentation du prix de l'argent, tant au Bastion qu'à Portultime.

Parfois, il ne s'agissait pas de la valeur d'un homme. Mais en l'occurrence, si.

— Je vais chercher le poison.

William Ann abandonna son point d'observation et traversa la pièce.

— Quelque chose de léger, mon enfant, lui conseilla Silence. Ces hommes sont dangereux. Si quoi que ce soit sort de l'ordinaire, ils le remarqueront aussitôt.

— Je ne suis pas idiote, mère, rétorqua William Ann flegmatiquement. Je pensais à de l'herbe des marais. Ils ne la sentiront pas dans leur bière.

— Une demi-dose. Je ne veux pas les voir s'effondrer sur leur table.

William Ann opina et se rendit dans le vieux cagibi, dont elle ferma la porte avant de soulever des planches pour sortir ses produits. L'herbe des marais ferait tourner la tête des marchands et leur embrumerait l'esprit sans pour autant les tuer.

Silence n'osait pas utiliser un ingrédient plus mortel. Si le moindre soupçon venait à se porter sur son établissement, sa carrière – et très probablement sa vie – serait finie. Elle devait impérativement rester, dans l'esprit des voyageurs, cette femme grognonne mais honnête qui ne posait pas beaucoup de questions. Sa taverne était perçue comme un lieu sûr, même par les criminels les plus aguerris. Elle s'endormait chaque soir avec la crainte qu'un quidam ne constate un jour qu'un nombre important des proies du Renard Blanc avait séjourné dans son auberge dans les jours précédant leur fin.

Silence retourna dans le garde-manger pour remettre le livre à sa place. Là aussi, les murs avaient été récurés, les étagères poncées et époussetées. Quelle enfant étonnante. Combien d'autres gamines préféraient laver à jouer ? Naturellement, avec ce que Sebruki avait vécu…

Silence ne put s'empêcher de passer la main sur le rayon du haut pour s'assurer que son arbalète y reposait bien. Des carreaux en argent. Elle les réservait aux ombres, ne s'en étant encore jamais servie contre un homme. Faire couler le sang était bien trop risqué dans les Forêts. Néanmoins, cela la réconfortait de savoir l'arme disponible en cas d'urgence.

Une fois son livre rangé, elle partit à la recherche de Sebruki. La petite s'occupait effectivement des cochons. Silence aimait conserver un cheptel en bonne santé, même si ça n'était pas pour remplir les assiettes. Les porcs étaient censés repousser les ombres. Tous les moyens étaient bons pour faire paraître sa gargote aussi sûre que possible.

Sebruki était agenouillée dans l'enclos. Elle était mate de peau et avait de longs cheveux bruns. Nul ne l'aurait prise pour la fille de Silence, même sans avoir eu vent de sa malheureuse histoire. L'enfant fredonnait en récurant le mur d'enceinte.

— Petite ? l'appela Silence.

Sebruki se retourna et lui sourit. Quelle différence une année pouvait faire ! À une époque, Silence aurait juré que cette fille ne sourirait jamais plus. Sebruki avait passé ses trois premiers mois à l'auberge à fixer les parois du regard. Où que Silence la laissât, elle se dirigeait vers la cloison la plus proche, s'asseyait devant et ne la quittait plus des yeux jusqu'au soir. Sans jamais émettre un son. Avec ses prunelles aussi mortes que celles d'une ombre…

— Tante Silence ? répondit Sebruki. Est-ce que tout va bien ?

— Oui, petite. Je suis juste hantée par les souvenirs. Tu… nettoies l'enclos des cochons, à présent ?

— Les murs avaient besoin d'un bon coup de neuf, se justifia l'enfant. Les cochons aiment tellement quand tout est propre. Au moins Jarom et Ezekiel. Je crois que les autres s'en fichent.

— Tu n'as pas besoin de frotter si fort, petite.

— Mais ça me plaît, expliqua Sebruki. Ça me détend. C'est ma façon d'aider.

Eh bien, mieux valait racler les murs que les contempler toute la journée. Et tant que la fillette trouvait à s'occuper... Surtout ce jour-là. Tant qu'elle n'entrait pas dans la salle commune, tout irait bien.

— Je crois effectivement que ça plaira aux cochons, reprit Silence. Tu n'as qu'à continuer un moment, d'accord ?

Sebruki la dévisagea.

— Qu'est-ce qui ne va pas ?

Ténèbres. Elle était tellement observatrice.

— Il y a des hommes très grossiers dans la salle commune. Je ne voudrais pas que tu les entendes jurer.

— Je ne suis plus une enfant, tante Silence.

— Bien sûr que si, rétorqua-t-elle sèchement. Et tu vas m'obéir. Tu n'es pas à l'abri de quelques coups de cravache.

Sebruki roula les yeux mais se remit à la tâche. Elle recommença aussitôt à fredonner. Silence s'inspirait de la façon d'être de sa grand-mère quand elle s'adressait à Sebruki. Cette dernière réagissait bien à la fermeté. Elle semblait même la solliciter, comme si cela la rassurait de savoir que quelqu'un contrôlait la situation.

Silence aurait aimé la contrôler effectivement. Malheureusement, elle était une Éclaireur – le patronyme adopté par ses grands-parents et tous ceux qui avaient quitté le Pays les premiers pour venir explorer ce continent. Oui, elle était une Éclaireur, et jamais elle n'avouerait à quel point elle se sentait foncièrement impuissante la plupart du temps.

Silence traversa la cour à l'arrière de la vaste auberge et avisa William Ann, à l'intérieur de la cuisine, qui s'affairait à préparer une pâte à dissoudre dans la bière. Silence ne s'arrêta pas et alla jeter un coup d'œil dans l'écurie. Comme elle pouvait s'y attendre, Chesterton avait annoncé que ses compères et lui partiraient directement après le repas. Si nombre de voyageurs préféraient profiter de la sécurité de l'établissement pour passer la nuit, Chesterton et les siens devaient avoir l'habitude de dormir dans les Forêts. Malgré les ombres qui rôdaient, ils se sentaient probablement plus à l'aise au sein de leur campement de fortune que dans un lit à l'intérieur.

Dob, le vieux palefrenier, venait d'étriller les chevaux. Il ne les avait en revanche sans doute pas abreuvés : Silence exigeait que cela ne soit fait qu'au dernier moment.

— Beau travail, Dob, déclara-t-elle. Et si vous faisiez une pause, à présent ?

Il acquiesça.

— Merci, m'dame, marmonna-t-il.

Il irait fumer sa pipe sous le porche de devant, comme toujours. Dob n'avait pas inventé l'eau tiède, et il ne se doutait pas le moins du monde de ce qu'elle tramait réellement dans son auberge, mais il la servait déjà avant la mort de William. Elle n'avait jamais rencontré quelqu'un d'aussi fidèle.

Silence ferma la porte derrière lui, puis alla récupérer des bourses rangées dans le placard verrouillé au fond de l'écurie. Elle les examina toutes à la faible lueur, puis les déposa sur la table de pansage avant de seller la première monture.

Elle avait presque terminé de les équiper toutes quand elle entendit la porte s'ouvrir. Elle se figea, songeant instantanément aux sacoches en évidence. Pourquoi ne les avait-elle pas fourrées dans son tablier ? Andouille !

— Silence Éclaireur, lança une voix douce depuis l'entrée.

Elle réprima un grognement et se tourna vers son interlocuteur.

— Theopolis, dit-elle. Il n'est pas poli de fureter dans la propriété d'une dame. Je devrais vous faire expulser pour être entré sans permission.

— Allons, allons. Ne serait-ce pas... mordre la main qui vous nourrit, hum ?

Theopolis appuya sa grande carcasse au chambranle et croisa les bras. Il portait des vêtements simples, rien qui trahissait son statut. Un percepteur du fort préférait généralement que les citoyens qu'il rencontrait ignorent sa profession. Rasé de frais, son visage affichait en permanence le même sourire condescendant. Sa tenue était trop propre, trop neuve pour appartenir à un habitant des Forêts. Sans être un dandy, il n'était pas non plus idiot. Theopolis était dangereux, mais d'une autre façon que ses congénères.

— Que faites-vous ici, Theopolis ? s'enquit-elle en achevant de sangler la dernière selle sur le dos d'un hongre rouan qui renâclait.

— Pourquoi reviens-je toujours vous voir, Silence ? Sans doute pas pour votre gaieté communicative, hum ?

— Je suis à jour dans mes taxes.

— C'est parce que vous êtes presque exemptée de tout impôt, répliqua Theopolis. Mais vous ne m'avez pas réglé la livraison d'argent du mois écoulé.

— Les affaires ne tournent pas très fort, ces temps-ci. Ça arrive.

— Et les carreaux de votre arbalète ? suggéra Theopolis. C'est à se demander si vous n'essaieriez pas d'en oublier le prix, hum ? Et *quid* des sections de rechange pour vos cerceaux de protection ?

Son accent geignard la fit grimacer. Theopolis... Ténèbres, quelle journée !

— Bon sang, s'exclama le visiteur en se dirigeant vers la table de pansage. (Il se saisit de l'une des bourses.) On dirait de la sève de poireau des marais. Il paraît que cela luit la nuit, pour peu qu'on l'éclaire avec la bonne lumière. Serait-ce l'un des mystérieux secrets du Renard Blanc ?

Elle lui arracha la sacoche des mains.

— Ne prononcez pas ce nom, siffla-t-elle.

Il sourit de toutes ses dents.

— Vous avez une proie ! Merveilleux. Je me suis toujours demandé comment vous les pistiez. Vous la percez d'une épingle avant de l'attacher sous la selle, et vous n'avez plus qu'à suivre la trace, hum ? De quoi les filer sur une longue distance pour les assassiner loin d'ici. Histoire d'éloigner les soupçons de votre petite auberge ?

Oui, Theopolis était dangereux, mais il lui fallait bien quelqu'un pour aller réclamer ses primes. Theopolis était un rat, et comme tous les rats, il connaissait les meilleurs trous, les raccourcis les plus efficaces, les moindres fissures. Il avait des contacts à Portultime et il parvenait à lui rapporter son argent au nom du Renard Blanc sans jamais dévoiler son secret.

— J'ai été tenté de vous dénoncer, récemment, savez-vous ? reprit Theopolis. Il y a nombre de paris en cours sur l'identité du tristement célèbre Renard. Je pourrais être riche, en raflant la mise, hum ?

— Vous êtes déjà riche, aboya-t-elle en retour. Et malgré tous vos défauts, vous n'êtes pas un imbécile. Cela fonctionne à merveille depuis une décennie. Ne me dites pas que vous seriez prêt à troquer la fortune contre une petite notoriété ?

Il sourit, mais ne la contredit pas. Il gardait pour lui cinquante pour cent de ses gains. C'était un arrangement confortable pour Theopolis. Il ne courait aucun risque. Lui-même était fonctionnaire, pas chasseur de primes. La seule fois qu'elle l'avait vu tuer, son adversaire n'était pas en position de se défendre.

— Vous me connaissez trop bien, Silence, ricana Theopolis. Beaucoup trop bien. Ah, là, là. Une proie ! Je me demande de qui il s'agit ! Je vais aller voir ça dans la salle commune.

— Vous ne ferez rien de la sorte ! Ténèbres ! Vous pensez que la vue d'un percepteur ne les échaudera pas ? N'allez donc pas tout gâcher.

— Calmez-vous, Silence, reprit-il sans se départir de son sourire. Je respecte vos conditions. Je ne me montre pas ici souvent et je n'attire pas l'attention sur vous. De toute façon, je ne pourrais pas rester ce soir : je suis simplement venu vous faire une offre. Sauf que, à présent, vous n'en avez probablement plus besoin ! Ah, quel dommage. Après tout le mal que je me suis donné pour vous, hum ?

Un frisson glacé la parcourut.

— Quel genre d'aide pourriez-vous m'apporter ?

Il sortit une feuille de sa besace et la déplia de ses doigts trop longs. Il s'apprêtait à la brandir devant lui, mais elle la lui arracha des mains.

— Qu'est-ce que c'est ?

— Une façon de vous soulager de votre dette, Silence ! Une manière de n'avoir plus jamais à vous soucier de rien.

Il s'agissait d'une assignation autorisant les créditeurs de Silence – en l'espèce, Theopolis – à s'emparer de ses biens en guise de paiement. Les forts considéraient que les routes tombaient sous leur juridiction, de même que les terres de part et d'autre de celles-ci. Et ils envoyaient effectivement des soldats y patrouiller. Parfois.

— Je retire ce que j'ai dit, Theopolis, cracha-t-elle. Vous êtes bel et bien un imbécile. Vous seriez prêt à tout abandonner pour vous approprier ma propriété ?

— Bien sûr que non, Silence. Je n'abandonnerais rien du tout. Bon sang, que je me sens mal de vous savoir encore endettée envers moi. Ne serait-il pas plus efficace que je m'occupe directement des finances de l'auberge ? Vous continueriez à travailler ici, à chasser les primes, comme vous l'avez toujours fait. Sauf que vous n'auriez plus à vous soucier de votre emprunt, hum ?

Elle froissa la feuille dans sa main.

— Moi et les miens deviendrions vos esclaves, Theopolis.

— Oh, n'exagérez donc pas. Les gens de Portultime commencent à se demander comment une auberge aussi importante peut appartenir à un élément inconnu. Vous attirez l'attention, Silence. À mon avis, c'est là la dernière chose que vous souhaitez.

Silence serra un peu plus le poing. Les chevaux s'agitaient dans leur stalle. Theopolis souriait.

— Enfin, reprit-il, cela ne sera pas forcément nécessaire. Ce doit être une belle prime, après laquelle vous courez, hum ? Un indice à me donner, afin que je ne passe pas la journée à m'interroger ?

— Sortez, chuchota-t-elle.

— Ma chère Silence, dit-il. Du vrai sang d'Éclaireur, obstinée jusqu'au dernier souffle. Il paraît que vos grands-parents étaient les premiers des premiers. Les premiers à venir explorer ce continent, les premiers à s'installer dans les Forêts… les premiers à revendiquer un bout de cet enfer.

— Je vous défends de nommer les Forêts ainsi. C'est ma maison.

— Mais c'est ainsi que les hommes percevaient cet endroit, avant le Démon. Cela ne vous intrigue donc pas ? L'Enfer, la terre des damnés, où les ombres des morts ont établi leur demeure. Je ne cesse de me poser la question : l'ombre de votre défunt époux surveille-t-elle réellement cette auberge, ou n'est-ce là que l'une de ces histoires que vous servez à vos clients ? Pour qu'ils se sentent en sécurité, hum ? Vous dépensez une fortune en argent. Voilà qui offre une véritable protection, et je n'ai jamais pu trouver la moindre trace de votre mariage. Bien sûr, s'il n'y en avait pas eu, cela ferait de William Ann une…

— *Partez.*

Il sourit, mais porta la main à son chapeau pour la saluer et sortit. Elle l'entendit monter en selle et s'éloigner. La nuit ne tarderait plus à tomber. C'était sans doute trop demander de voir Theopolis emporté par les ombres. Elle soupçonnait depuis longtemps qu'il ait une tanière dans le coin, une caverne doublée d'argent.

Elle tâcha de respirer lentement pour recouvrer ses nerfs. Theopolis était agaçant au possible, mais il ne savait pas tout. Elle se reconcentra sur les chevaux et alla chercher un seau d'eau. Elle y vida le contenu des sacoches, puis en offrit une bonne quantité aux montures, qui s'abreuvèrent copieusement.

Des bourses fuyant peu à peu, ainsi que Theopolis l'avait supposé, seraient trop faciles à remarquer. Qu'adviendrait-il quand ses proies ôteraient leur selle le soir et découvriraient l'artifice ? Elles comprendraient que quelqu'un était à leurs trousses. Non, il lui fallait une approche moins évidente.

— Comment vais-je m'en sortir ? murmura-t-elle tandis qu'un cheval buvait dans son seau. Ténèbres. Ils me tombent dessus de tous côtés.

Tuer Theopolis. Voilà ce que Grand-mère aurait sans doute fait. Elle l'envisagea un instant.

Non, se dit-elle. *Je m'y refuse. Je refuse de devenir comme elle.* Theopolis était un bandit et un vaurien, mais il n'avait transgressé aucune loi ni fait de mal à qui que ce soit de sa connaissance. Il fallait respecter certaines règles, même dans ces contrées. Il fallait s'imposer des limites. Peut-être que, en ce sens, elle n'était pas si différente des gens du fort.

Elle trouverait un autre moyen. Theopolis n'avait qu'une assignation, et il avait la charge de la lui montrer. Ce qui signifiait qu'il lui restait un ou deux jours pour réunir l'argent. C'était aussi simple que ça. Dans les villes de la Forteresse, ils se targuaient d'être civilisés. Leurs lois lui offraient une chance.

En sortant de l'écurie, elle jeta un coup d'œil par la fenêtre de la salle commune et vit William Ann apporter leurs boissons aux « marchands » de la bande de Chesterton. Silence s'arrêta pour observer plus attentivement.

Derrière elle, les Forêts murmuraient dans le vent.

Silence tendit l'oreille, puis se tourna face aux arbres. On reconnaissait aisément les gens du fort, car ils refusaient de faire face aux bois. Ils s'en détournaient pour n'avoir jamais à en scruter les profondeurs. Ces arbres solennels couvraient presque chaque parcelle du continent, leurs feuilles obscurcissant le sol. Immobilité. Silence. Des animaux vivaient là, mais les topographes des forts avaient décrété qu'il n'y avait pas de prédateurs. Les ombres les avaient remplacés depuis longtemps, attirées par l'odeur du sang.

Défier les forêts du regard semblait les faire… battre en retraite. Les ténèbres de leurs profondeurs se retiraient, le calme apparent cédait le pas au bruit des rongeurs fouinant parmi les feuilles mortes. Un Éclaireur savait qu'il fallait affronter les Forêts sans peur. Un Éclaireur savait que les topographes avaient tort. Il y avait bien un prédateur là dehors. Les Forêts elles-mêmes en étaient un.

Silence tourna les talons et se dirigea vers la cuisine. Sa principale priorité était de conserver l'auberge, elle allait donc devoir récupérer au plus vite la prime promise pour Chesterton. Si elle ne parvenait pas à rembourser Theopolis, elle doutait fort que rien ne change. Il l'aurait à sa botte, car elle ne pouvait pas quitter les lieux. Elle n'avait aucune citoyenneté, et les temps étaient trop durs pour que les Colons locaux l'hébergent. Non, elle serait contrainte de rester travailler pour Theopolis, et celui-ci la saignerait à blanc, s'octroyant des parts de butin de plus en plus conséquentes.

Elle ouvrit la porte de la cuisine. Il…

Sebruki était assise à table, l'arbalète sur ses genoux.

— Dieu de l'Au-Delà ! hoqueta Silence en refermant la porte derrière elle. Petite, qu'est-ce que tu…

Sebruki leva les yeux vers elle. Ses prunelles noires étaient hantées, dépourvues de vie et d'émotions. Le regard d'une ombre.

— On a de la visite, tante Silence, répondit la fillette d'un timbre monocorde.

La manivelle de l'arbalète reposait près d'elle. Elle était parvenue à la charger et à l'armer seule.

— J'ai couvert la pointe du carreau de sang noir. J'ai bien fait, n'est-ce pas ? Ainsi, le poison le tuera à coup sûr.

— Petite…

Silence fit un pas en avant.

Le doigt sur la détente, Sebruki fit pivoter l'arme vers Silence.

Sebruki fixait le vide d'un air absent.

— Ça ne marchera pas, petite, déclara sévèrement Silence. Même si tu trimballais cette chose jusqu'à la salle commune, tu n'arriverais pas à le toucher – et dans tous les cas, ses hommes nous abattraient aussitôt après.

— Peu importe, répliqua doucement l'enfant. Tant que je le tue d'abord.

— On ne compte donc pas pour toi ? s'exclama Silence. Je t'ai accueillie ici, je t'ai offert un foyer, et voilà comment tu me remercies ? En me volant mon arme ? En me *menaçant* ?

Sebruki cilla.

— Qu'est-ce qui cloche, chez toi ? reprit Silence. Tu ferais couler le sang dans ce refuge ? Tu attirerais les ombres sur nous, à l'assaut de nos protections ? Si elles réussissaient à les franchir, elles massacreraient tout le monde sous mon toit ! Des gens à qui j'ai promis la sécurité. Comment oses-tu ?

Sebruki secoua la tête, comme si elle venait de se réveiller. Son masque se brisa et elle laissa tomber l'arbalète. Silence entendit un claquement et sentit le carreau lui frôler la joue avant d'aller fracasser la vitre derrière elle.

Ténèbres ! Avait-elle été éraflée ? Sebruki avait-elle fait *couler le sang* ? Silence porta une main tremblante à son visage, mais ne perçut miraculeusement aucune trace d'humidité. Le trait ne l'avait pas touchée.

Un instant plus tard, Sebruki sanglotait tout contre elle. Silence s'agenouilla pour l'embrasser.

— Calme-toi, ma petite. Tout va bien. Tout va bien.

— J'ai tout entendu, chuchota Sebruki. Mère n'a jamais crié. Elle savait que j'étais là. Elle était forte, tante Silence. Voilà pourquoi je l'ai été aussi, même quand le sang m'a inondé les cheveux. J'ai tout entendu. Tout.

Silence ferma les paupières et étreignit Sebruki de plus belle. Elle-même avait été la seule à accepter d'aller fouiller la maison encore fumante. Le père de Sebruki était un client occasionnel de l'auberge. Un homme bon. Un des meilleurs de ceux qui restaient depuis que le Démon s'était emparé du Pays.

À l'intérieur des ruines chaudes, Silence avait découvert une dizaine de cadavres. Tous les membres de la famille avaient été exécutés par Chesterton et sa clique, y compris les enfants. Seule la plus jeune, Sebruki, avait survécu, en se réfugiant sous le plancher de la chambre.

Elle était restée allongée là, dans le sang de sa mère, complètement muette même quand Silence l'avait repérée. Elle ne l'avait d'ailleurs vue que parce que Chesterton avait pris soin de répandre de la poussière d'argent tout autour de la pièce pour empêcher les ombres d'entrer tandis qu'il perpétrait son massacre. En voulant ramasser quelques grains tombés entre les lattes, Silence avait remarqué ces deux yeux qui l'observaient par l'interstice.

Chesterton avait incendié treize propriétés différentes au cours de l'année écoulée. Plus de cinquante morts. Sebruki était l'unique rescapée.

La fillette tremblait, secouée de sanglots.

— Pourquoi… Pourquoi ?

— Il n'y a aucune explication. Je suis désolée.

Qu'aurait-elle pu faire d'autre ? Lui servir quelque platitude ou lui parler du Dieu de l'Au-delà ? Elles étaient au cœur des Forêts. On n'y survivait pas à l'aide de platitudes.

Silence ne lâcha pas l'enfant avant que ses pleurs se tarissent. William Ann entra alors et vint se poster près de la table, un plateau couvert de tasses dans les mains. Elle avisa l'arbalète au sol, puis les débris de verre.

— Vous allez le tuer ? murmura Sebruki. Vous allez le traîner en justice ?

— La justice est morte au Pays, répliqua Silence. Mais oui, je compte bien le tuer. Je te le promets, petite.

S'approchant timidement, William Ann ramassa l'arbalète et la fit tourner entre ses mains, en examina l'arc désormais brisé. Silence soupira. Elle n'aurait jamais dû la laisser là où Sebruki pouvait l'attraper.

— Occupe-toi des clients, William Ann, ordonna Silence. Je vais emmener Sebruki à l'étage.

William Ann acquiesça et jeta un coup d'œil à la fenêtre cassée.

— Il n'y a pas eu de sang versé, la rassura Silence. Tout ira bien. Mais si tu as un instant, essaie de retrouver le carreau. La pointe est en argent…

La période ne se prêtait pas au gaspillage.

William Ann alla ranger l'arme dans le garde-manger, tandis que Silence asseyait précautionneusement Sebruki sur un tabouret. La fillette s'accrochait à elle, refusant de la lâcher. Silence lui permit de l'enlacer quelques secondes encore.

William Ann prit de grandes respirations pour recouvrer son calme, puis elle retourna dans la salle commune distribuer des boissons.

Sebruki finit par libérer Silence le temps que celle-ci lui prépare une potion. Elle l'emmena dans la pièce aménagée juste au-dessus de la salle commune, où elles avaient toutes les trois établi leurs quartiers. Dob passait ses nuits à l'écurie, et les invités avaient droit aux meilleures chambres, situées au deuxième étage.

— Vous allez me faire dormir, comprit la fillette en observant la coupe de ses yeux rougis.

— Le monde te paraîtra plus beau au réveil, répondit Silence. *Et au moins, tu n'essaieras pas de me suivre cette nuit.*

La petite avala son breuvage à contrecœur.

— Je suis désolée. Pour l'arbalète.

— On trouvera le moyen de te faire rembourser les réparations.

Cela sembla réconforter Sebruki. Elle était fille de Colons, une enfant des Forêts.

— Vous me chantiez des chansons, le soir, dit doucement Sebruki en fermant les yeux et en s'allongeant. Quand vous m'avez ramenée ici. Après… après…

Elle déglutit.

— Je ne savais pas si tu en avais conscience, répondit Silence.

En vérité, elle était même alors persuadée que Sebruki ne remarquait rien du tout, à cette époque.

— Si.

Silence s'installa sur le tabouret près du petit lit. N'étant pas d'humeur à chanter, elle se contenta de fredonner l'air de la berceuse qu'elle réservait à William Ann, durant les temps difficiles qui avaient fait suite à sa naissance.

Bientôt, les mots sortirent malgré elle.

— Repose-toi, ma chérie… n'aie pas peur. La nuit est tombée, mais le jour percera. Dors maintenant, ma chérie… sèche tes larmes. Les ténèbres nous entourent, mais un jour, nous nous réveillerons…

Elle tint la main de Sebruki dans la sienne jusqu'à ce que la fillette s'assoupisse. La fenêtre près du lit donnait sur la cour, Silence put donc voir Dob sortir les chevaux de Chesterton. Les cinq hommes dans leurs habits de riches marchands descendirent du perron et montèrent en selle.

Ils s'éloignèrent en file sur la route. Puis les Forêts les enveloppèrent.

Une heure après la tombée de la nuit, Silence prépara son sac à la lueur de l'âtre.

Sa grand-mère avait allumé ce foyer pour la première fois, et il ne s'était depuis jamais éteint. Elle avait failli perdre la vie à faire partir ce feu, mais elle refusait de payer quelque marchand de flammes. Silence secoua la tête. Grand-mère avait toujours rejeté les conventions. Mais était-elle bien placée pour la juger ?

Ne démarre pas de feu, ne fais pas couler le sang, ne cours pas de nuit. Ces choses attirent les ombres. Les Règles simples, que respectait chaque Colon. Elle les avait transgressées toutes trois à plus d'une occasion. C'était un miracle si elle n'était pas elle-même devenue une ombre depuis tout ce temps.

La chaleur du brasier lui paraissait lointaine, alors qu'elle se préparait à tuer. Silence jeta un coup d'œil vers le vieil autel caché dans un placard qu'elle tenait verrouillé. Les flammes lui rappelaient son aïeule. Parfois, elle considérait même le feu comme sa grand-mère. Se méfiant autant des ombres que des forts, jusqu'à son dernier souffle. Elle avait débarrassé l'auberge de toutes les autres reliques, en dehors de l'autel destiné au Dieu de l'Au-Delà. Celui-ci était bien à l'abri derrière une porte fermée à clé à côté du garde-manger, et près de laquelle la dague d'argent – symbole de l'ancienne religion – de sa grand-mère avait été suspendue.

Des signes divins étaient gravés à l'eau-forte sur ce poignard en guise de protection. Silence le portait sur elle non pas à cause des dessins, mais du matériau. On n'avait jamais trop d'argent sur soi, dans les Forêts.

Elle prépara son havresac avec soin, commençant par y mettre sa trousse de secours, puis une bourse replète de poussière d'argent pour guérir le dépérissement. Elle ajouta à cela une dizaine de sacs vides en toile épaisse, goudronnés à l'intérieur pour les étanchéifier. Elle glissa enfin une lampe à huile sur le dessus. Dans la mesure du possible, elle éviterait de l'utiliser.

Pour ne pas attirer les ombres. Cependant, elle lui avait rendu service par le passé, elle préférait donc l'emporter. Elle ne l'allumerait que si elle croisait la route de quelqu'un ayant déjà démarré un feu.

Quand elle eut terminé, elle hésita un instant puis se dirigea vers le vieux cagibi. Elle retira quelques planches et sortit le minuscule tonnelet reposant à côté des poisons.

De la poudre à canon.

— Mère ?

La voix de William Ann la fit sursauter. Elle ne l'avait pas entendue entrer dans la cuisine.

Silence manqua lâcher son fût de stupeur, et son cœur sauta un battement. Elle se réprimanda intérieurement et raffermit sa prise en fourrant le baril sous son bras. Il n'exploserait pas sans flammes, elle en avait conscience.

— Mère ! répéta William Ann en regardant ce que Silence tenait.

— Je n'en aurai sûrement pas l'usage.

— Mais…

— Je sais. Chut.

Elle alla mettre le tonnelet dans son sac. Attaché au baril, un morceau de tissu coincé entre ses deux tiges métalliques, se trouvait l'allume-feu de sa grand-mère. Embraser de la poudre avait le même effet qu'allumer un feu, au moins du point de vue des ombres. Cela les attirait presque aussi rapidement que le sang, de jour comme de nuit. Les premiers réfugiés venus du Pays l'avaient bien vite appris à leurs dépens.

Dans un sens, il était plus facile d'éviter de faire couler le sang. Les ombres ne remarquaient pas un simple saignement de nez ou les menstrues. Il fallait impérativement que ce soit le sang d'un autre, versé par votre faute – et elles s'en prenaient alors à celui qui avait fait couler le sang le premier. Naturellement, dès que celui-ci était mort, elles faisaient peu de cas de l'identité de leur victime suivante. Une fois en fureur, elles représentaient un danger pour tous ceux qui avaient le malheur de se trouver dans le périmètre.

Silence ne constata que lorsqu'elle eut fermé son sac que William Ann avait enfilé un pantalon et des bottes de marche. Elle s'était en outre équipée d'un havresac similaire à celui de sa mère.

— Où est-ce que tu comptes aller, William Ann ? s'enquit Silence.

— Vous entendez tuer à vous seule cinq hommes n'ayant absorbé qu'une demi-dose d'herbe des marais ?

— Je l'ai déjà fait. Je sais me débrouiller.

— Seulement parce que vous n'avez jamais eu personne pour vous prêter main-forte. (William Ann passa les bretelles de son sac sur ses épaules.) Ce n'est plus le cas.

— Tu es trop jeune. Va plutôt te coucher. Occupe-toi de l'auberge jusqu'à mon retour.

William Ann ne bougea pas.

— Ma fille, je t'ai dit…

— Mère, répliqua William Ann en saisissant fermement le bras de Silence, vous n'êtes plus si jeune ! Vous croyez que je n'ai pas remarqué que votre claudication avait empiré ? Vous ne pouvez plus tout faire toute seule ! Il va bien falloir vous résoudre à me laisser vous aider, nom d'un chien !

Silence considéra sa fille. D'où tenait-elle cette ardeur ? Elle avait tendance à oublier que William Ann était elle aussi une Éclaireur. Grand-mère aurait été répugnée de la voir ainsi, et cela rendait Silence fière. William Ann avait eu la chance d'avoir une enfance. Elle n'était pas faible, elle était seulement… normale. Une femme pouvait être forte sans avoir autant d'émotions qu'une pierre.

— Ne hausse pas le ton sur ta mère, la rabroua finalement Silence.

William Ann arqua un sourcil.

— Tu peux venir, reprit Silence en libérant son bras d'une secousse. Mais tu as intérêt à m'obéir.

William Ann souffla longuement avant de hocher la tête avec enthousiasme.

— Je vais dire à Dob qu'on s'en va.

Elle sortit, adoptant le pas lent des Colons pénétrant dans les ténèbres. Même si elle restait sous la protection des cercles d'argent de l'auberge, elle se conformait aux Règles simples. Les oublier quand on ne risquait rien pouvait donner de mauvaises habitudes.

Silence attrapa deux bols et prépara deux mixtures lumineuses différentes. Quand elle eut terminé, elle les versa dans des bocaux distincts, qu'elle glissa dans son sac.

Elle sortit dans la nuit. L'air était vif, piquant. Les Forêts s'étaient tues.

Naturellement, les ombres étaient en éveil.

Quelques-unes d'entre elles traversaient la zone herbeuse, seulement visibles par leur terne éclat. Éthérées, translucides, les plus proches étaient fort vieilles ; elles n'avaient plus qu'à peine forme humaine. Les têtes ondulaient, les visages se modulaient tels des anneaux de fumée. Elles traînaient dans leur sillage des vagues blanchâtres longues comme un bras. Silence avait toujours imaginé qu'il s'agissait des vestiges loqueteux de leurs habits.

Aucune femme, pas même une Éclaireur, ne pouvait observer les ombres sans éprouver une sensation glaciale. Les ombres se promenaient aussi en journée, bien sûr ; simplement, on ne pouvait pas les voir. Mais si vous allumiez un feu ou faisiez couler le sang, elles se ruaient sur vous même en pleine lumière. La nuit, toutefois, elles étaient différentes. Plus promptes à réagir aux infractions. Quand le soleil était couché, elles étaient en outre attirées par les mouvements brusques.

Silence sortit l'une de ses préparations phosphorescentes, nimbant le périmètre autour d'elle d'un halo vert pâle. L'éclat était faible, mais stable et constant, contrairement à celui d'un flambeau. De toute façon, les torches n'étaient pas fiables, étant donné qu'on ne pouvait pas les rallumer lorsqu'elles s'éteignaient.

William Ann l'attendait à l'avant avec les perches à lanterne.

— Nous allons devoir progresser rapidement, expliqua Silence en arrimant les bocaux au bout des bâtons. Tu peux parler, mais seulement à voix basse. J'ai dit que tu devrais m'obéir. C'est valable pour toute chose, et sans discussion. Les hommes que nous pourchassons… ils te tueront, ou pire, sans une seconde d'hésitation.

William Ann acquiesça.

— Tu n'as pas assez peur, reprit Silence en enroulant une couverture noire autour du bocal le plus brillant.

Cela les plongea dans l'obscurité, mais la Ceinture étoilée était haut dans le ciel cette nuit-là, et une partie de sa lumière filtrait à travers les feuilles, surtout le long de la route.

— Je… commença William Ann.

— Tu te rappelles quand le limier d'Harold est devenu dingue, au printemps dernier ? l'interrompit sa mère. Tu te souviens de son regard ? Il ne reconnaissait personne, semblait assoiffé de sang ? Eh bien, ces hommes sont pareils, William Ann. Enragés. Il faut les abattre, comme ce pauvre chien. Ils ne te considéreront pas comme une personne. Ils te percevront comme un morceau de viande. Tu comprends ?

William Ann opina. Silence voyait bien qu'elle était plus excitée qu'effrayée, mais elle ne pouvait rien y faire. Silence tendit à William Ann la perche soutenant le bocal le plus sombre. Il diffusait une lumière légèrement bleutée qui n'éclairait guère. Silence posa la deuxième gaule sur son épaule, passa son bras libre dans la bretelle du havresac, puis désigna la route d'un geste du menton. Non loin de là, une ombre glissa jusqu'à la frontière de l'auberge. Quand elle toucha la fine barrière d'argent déposée au sol, celle-ci produisit de petites étincelles qui éconduisirent la chose avec une secousse. L'ombre repartit dans l'autre sens.

Chacun de ces contacts coûtait de l'argent à Silence. Dès qu'une ombre effleurait la barrière, il fallait en reconstruire un segment. Voilà ce pour quoi ses clients payaient : une nuit dans une auberge n'ayant jamais été infestée en plus d'une centaine d'années et qui avait la réputation de ne renfermer aucune ombre malvenue. Un havre de paix, en quelque sorte. Le meilleur de toutes les Forêts.

William Ann traversa la frontière, marquée par la courbure de larges cerceaux argentés sortant du sol. Ils étaient fixés dans du béton, de sorte qu'on ne pouvait pas les arracher. Remplacer l'une des sections de l'un des cercles – elle en avait érigé trois concentriques autour de son établissement – nécessitait de creuser et de desceller la portion concernée. Un dur labeur, que Silence ne connaissait que trop bien. Pas une semaine ne s'écoulait sans qu'elle ait à faire pivoter ou à substituer un segment ou un autre.

L'ombre la plus proche s'éloigna sans les importuner. Silence ignorait si les gens normaux leur étaient invisibles tant qu'ils n'enfreignaient pas les règles, ou s'ils ne devenaient dignes de leur attention qu'à ce moment-là.

William Ann et elle empruntèrent la route sombre et quelque peu envahie par l'herbe. Aucun chemin dans les Forêts n'était parfaitement entretenu. Peut-être que si les forts tenaient enfin leurs promesses, cela finirait par changer. Cela n'empêchait pas le passage. Celui des Colons allant d'un fort à l'autre pour vendre de la nourriture. Les céréales poussant dans les clairières étaient plus riches et plus goûteuses que celles des montagnes. Les dindes ou les lapins attrapés au collet ou élevés en clapier pouvaient être troqués contre du bon argent.

Pas les porcs. Rares étaient ceux aux forts à être assez grossiers pour manger du cochon.

En tous les cas, le commerce existait, ce qui maintenait les routes en état de façon naturelle, même si les arbres alentour avaient tendance à étendre leurs rameaux – tels des bras avides – pour essayer de reconquérir le sentier. De regagner leur territoire. Les Forêts n'appréciaient pas que l'homme les ait infestées.

Les deux femmes avançaient prudemment, mais d'un pas décidé. Sans gestes brusques. À cette faible allure, il leur fallut une éternité avant que quelque chose se dessine sur la piste devant eux.

— Là ! chuchota William Ann.

Silence relâcha la tension dans un souffle. Une lueur bleue apparaissait sur le bord de la route à l'éclairage de la mixture lumineuse. Theopolis était sur la bonne voie quant à la manière dont Silence traquait ses proies, mais il lui manquait certains détails. Effectivement, l'éclat de la pâte connue sous le nom de Feu d'Abraham faisait briller la sève des poireaux des marais. Par une étrange coïncidence, le poireau des marais agissait aussi comme diurétique chez les chevaux.

Silence inspecta la trace d'urine au sol. Elle craignait que Chesterton et ses hommes ne bifurquent dans les profondeurs des Forêts sitôt après avoir quitté l'auberge. Ce n'était guère probable, mais elle le redoutait.

À présent, elle était sûre d'être sur leurs talons. Si Chesterton choisissait de couper à travers bois, il ne le ferait que plusieurs heures après son départ, afin de ne pas trahir sa couverture. Elle ferma les yeux et poussa un soupir de soulagement, avant de se surprendre à envoyer machinalement une prière de remerciement. Elle hésita. D'où cela lui était-il venu ? Il y avait si longtemps…

Elle secoua la tête, se releva et se remit en route. On avait abreuvé les cinq chevaux : elle disposait d'une succession de traces presque continue.

Les Forêts semblaient… particulièrement sombres, cette nuit-là. La lumière de la Ceinture étoilée ne filtrait pas aussi efficacement qu'elle l'aurait dû. Et les ombres paraissaient plus nombreuses qu'à l'accoutumée, sinuant entre les troncs, à peine visibles.

William Ann s'accrochait à sa perche. Il lui était bien sûr déjà arrivé de sortir de nuit. Aucun Colon n'aimait ça, mais aucun ne répugnait à le faire non plus. On ne pouvait passer son existence terré à l'intérieur, tétanisé par sa peur du noir. Ceux qui vivaient ainsi ne… eh bien, ils n'avaient pas la vie plus belle que les gens des forts. La vie dans les Forêts était difficile, souvent fatale. Mais il s'agissait d'une vie de liberté.

— Mère, chuchota William Ann sans s'arrêter de marcher. Pourquoi ne croyez-vous plus en Dieu ?

— Est-ce vraiment le bon moment pour parler de ça, ma fille ?

William Ann baissa les yeux sur une nouvelle trace d'urine bleutée sur le chemin.

— Vous dites toujours la même chose.

— Et je m'efforce généralement d'esquiver la question chaque fois que tu la poses, confirma Silence. En revanche, cela arrive rarement alors que nous nous aventurons de nuit dans les Forêts.

— C'est juste que cela me semble subitement important. Vous vous trompez quand vous dites que je n'ai pas assez peur. J'ai du mal à respirer, mais j'ai conscience de la panade dans laquelle se trouve l'auberge. Vous êtes toujours si furieuse après les visites de Maître Theopolis. Vous ne changez plus nos barrières d'argent aussi souvent qu'avant. Un jour sur deux, vous ne mangez rien d'autre que du pain.

— Et quel rapport crois-tu que cela ait avec Dieu ?

William Ann ne releva pas le menton.

Oh, ténèbres, pensa Silence. *Elle pense qu'il s'agit d'un châtiment.* L'imbécile. Aussi bête que son géniteur.

Elles traversèrent les lames branlantes du Vieux Pont. Quand la lumière était meilleure, on distinguait encore les vestiges du Nouveau Pont au fond du gouffre, incarnant à la perfection les promesses des forts et leurs dons, magnifiques en apparence mais vite hors d'usage. Le père de Sebruki avait contribué à retaper le Vieux Pont.

— Je crois au Dieu de l'Au-Delà, répondit Silence quand elles furent de l'autre côté.

— Mais…

— Je ne le vénère pas, compléta sa mère, ce qui ne signifie pas que je ne crois pas en lui. Les écritures anciennes nommaient cette terre le pays des damnés. Je doute que vénérer qui que ce soit puisse aider quand on est déjà condamné, voilà tout.

William Ann ne répondit rien.

Elles marchèrent deux bonnes heures de plus. Silence envisagea de prendre un raccourci, mais le risque de perdre la piste de son gibier et d'avoir à rebrousser chemin était trop grand. Et puis… ces traces, luisant d'un blanc bleuâtre dans la lumière tamisée de la mixture… au moins étaient-elles réelles. Une ligne d'éclairage dans les ténèbres avoisinantes. Ce genre de ligne représentait la sécurité pour elle et ses enfants.

Comptant toutes deux les instants séparant une marque de la prochaine, elles ne manquèrent pas le virage de beaucoup. Après quelques minutes passées sans rien apercevoir, elles firent demi-tour sans un mot pour scruter les bas-côtés. Silence avait peur qu'il ne s'agisse de la partie la plus difficile de leur traque, mais elles trouvèrent sans mal l'endroit où les hommes s'étaient enfoncés dans les Forêts. Une empreinte de sabot luisante leur suffit. L'une des montures avait marché dans l'urine d'une autre, montrant la voie à suivre.

Silence posa son havresac et l'ouvrit pour en sortir sa cordelette. Puis elle porta un doigt à ses lèvres et fit signe à sa fille de l'attendre près de la route. William Ann acquiesça. Silence discernait péniblement ses traits dans la pénombre, mais elle percevait son souffle désormais plus rapide. Être une Colon et avoir l'habitude de se promener de nuit est une chose. Se retrouver seule dans les Forêts…

Silence se saisit du bocal bleu et le couvrit de son mouchoir. Puis elle retira ses chaussures et ses bas avant de s'avancer dans le noir. Chaque fois qu'elle était amenée à faire ça, elle avait l'impression de retomber en enfance, quand elle s'aventurait dans les Forêts avec son grand-père. Les orteils dans la terre, évitant les feuilles ou les brindilles susceptibles de craquer et de trahir sa position.

Elle l'entendait presque l'abreuver d'instructions, lui expliquer comment prendre la mesure du vent et se servir du bruissement des branches pour camoufler sa progression quand elle franchissait les passages les plus bruyants. Il avait adoré les Forêts jusqu'au jour où elles l'avaient enlevé. *Ne dis jamais de cet endroit qu'il s'agit d'un enfer*, lui enseignait-il. *Respecte la terre autant qu'une bête dangereuse, mais ne la déteste pas.*

Les ombres se glissaient entre les arbres voisins, presque invisibles tant qu'il n'y avait rien pour les illuminer. Même si elle s'efforçait de garder ses distances, elle voyait parfois l'une de ces choses flotter devant elle. Rentrer dans une ombre pouvait se révéler mortel, mais ce genre d'accident était rarissime. À moins d'être énervées, les ombres avaient tendance à s'écarter des humains quand ils se rapprochaient trop, comme soufflées par une brise délicate. Tant qu'on se mouvait lentement – et mieux valait s'y contraindre –, on ne risquait rien.

Elle maintint son mouchoir autour du bocal, sauf quand elle voulait observer spécifiquement les marques environnantes. Sa mixture faisait apparaître les ombres, et des ombres trop brillantes pouvaient trahir son arrivée.

Un grognement se fit entendre non loin. Silence se figea, le cœur sur le point de jaillir de sa poitrine. Les ombres ne produisaient aucun son : il devait s'agir d'un homme. Tendue, silencieuse, elle scruta la pénombre jusqu'à l'apercevoir, parfaitement dissimulé dans le creux d'un arbre. Il remua en se massant les tempes. La migraine née du poison de William Ann l'avait saisi.

Silence réfléchit un instant, puis contourna le tronc le plus discrètement du monde. Elle s'accroupit et attendit qu'il bouge pendant cinq interminables minutes. Il se redressa enfin, faisant bruisser les feuilles.

Silence bondit en avant et lui enroula la cordelette autour du cou avant de serrer. Étrangler quelqu'un n'était pas le meilleur moyen de l'occire dans les Forêts : c'était trop lent.

Le garde commença à secouer les bras et les jambes, tentant du bout des doigts de se libérer du garrot. Les ombres voisines s'immobilisèrent.

Silence tira plus fort. Le garde, amoindri par le poison, essaya de la repousser en ruant. Elle recula d'un pas, sans faiblir, observant ces ombres. Elles évoquaient des animaux flairant l'air. Quelques-unes s'assombrirent, leur luminescence propre s'estompant, leur silhouette passant du blanc au noir.

Jamais bon signe. Silence sentait son cœur battre la chamade. *Meurs, maudit !*

L'homme cessa peu à peu de s'agiter, ses mouvements se faisant de plus en plus léthargiques. Après un dernier soubresaut, Silence tint bon tout en retenant son souffle pendant une durée douloureusement interminable. Finalement, les ombres recouvrèrent leur teinte initiale et s'éloignèrent dans toutes les directions.

Elle dénoua sa cordelette et expira longuement. Le temps de reprendre ses esprits, elle s'en retourna trouver William Ann.

Elle fut fière de sa fille : celle-ci s'était si bien cachée qu'elle ne la vit pas avant de l'entendre murmurer :

— Mère ?

— Oui, dit Silence.

— Remerciez le Dieu de l'Au-Delà, conseilla William Ann en sortant du trou où elle s'était couverte de feuilles mortes. Elle saisit le bras de sa mère d'une main tremblante.

— Les avez-vous repérés ?

— J'ai tué celui qui était de garde, répliqua Silence avec un hochement de tête. Les quatre autres doivent dormir. C'est maintenant que je vais avoir besoin de toi.

— Je suis prête.

— Viens.

Elles empruntèrent le chemin que Silence avait suivi. Elles dépassèrent le cadavre de la sentinelle, que William Ann examina sans compassion.

— C'est l'un des leurs, chuchota-t-elle. Je le reconnais.

— Évidemment, que c'est l'un des leurs.

— Je voulais juste m'en assurer, puisque… vous savez.

Peu après le poste de garde, elles trouvèrent le campement. Quatre hommes sur des tapis de couchage somnolaient parmi les ombres, comme seuls de véritables Forestiers l'oseraient. Ils avaient déposé un petit bocal de substance luminescente au milieu de leurs lits de fortune et au fond d'un trou afin qu'elle ne brille pas trop fort et ne trahisse pas leur position. Cela suffisait néanmoins à éclairer les chevaux attachés à quelques pas de là. La lueur verdâtre dévoilait également le visage de William Ann, et Silence fut surprise d'y découvrir non pas de la peur, mais une intense colère. Sa fille n'avait pas mis longtemps à se comporter comme une grande sœur protectrice avec Sebruki. Elle était bel et bien prête à tuer, en définitive.

Silence lui désigna l'homme le plus à droite, et William Ann acquiesça. C'était une épreuve périlleuse : n'ayant ingéré qu'une demi-dose de poison, chacun de ces malfrats pouvait encore se réveiller en entendant les râles d'agonie de ses camarades.

Silence sortit l'un des sacs de toile qu'elle avait emportés et le tendit à sa fille, avant de récupérer son marteau. Ce n'était pas l'une de ces armes de guerre dont lui parlait son grand-père, simplement un outil destiné à enfoncer des clous. Ou autre chose.

Silence alla se poster au-dessus de leur prochaine victime. Observer sa figure endormie lui donna le frisson. Quelque instinct primaire s'attendait nerveusement à voir les yeux s'ouvrir.

Elle montra trois doigts à sa fille, puis les abaissa un par un. Quand le troisième disparut, William Ann enfouit la tête de l'homme dans le sac. Alors qu'il sursautait, Silence lui assena un puissant coup de marteau à la tempe. Le crâne craqua et s'enfonça légèrement. Le bandit se convulsa brièvement, puis ne bougea plus.

Silence releva le front pour surveiller les dormeurs le temps que William Ann ferme bien le sac. Les ombres alentour marquèrent une courte pause, mais cela n'attira pas autant leur attention que l'étranglement. Tant que la couche imperméable du sac empêchait le sang de couler, elles ne seraient pas en danger de ce côté-là. Silence cogna sa victime à deux autres reprises avant de chercher son pouls. Elle ne le trouva pas.

Elles s'attaquèrent ensuite au voisin du défunt. C'était une tâche brutale, comme d'abattre un animal. Il était plus facile de les imaginer enragés, ainsi qu'elle l'avait suggéré à sa fille plus tôt. Cela n'aurait en revanche pas aidé d'imaginer ce qu'ils avaient fait subir à Sebruki. Cela risquait de la mettre en colère, et elle ne pouvait pas se le permettre. Elle devait se montrer froide, calme et efficace.

Le deuxième homme nécessita davantage de coups à la tête, mais il se réveilla plus lentement que son ami. L'herbe des marais les avait assommés. C'était la drogue idéale pour ce qu'elle avait à faire. Il fallait qu'ils soient endormis, un peu désorientés. Et…

La cible suivante se redressa sur son tapis.

— Qu'est-ce… ? demanda le brigand d'une voix enrouée.

Silence lui sauta dessus, l'attrapant par les épaules pour le plaquer au sol. Les ombres qui rôdaient là se tournèrent toutes en même temps, comme intriguées par le bruit. Silence sortit sa cordelette alors que l'homme essayait de la repousser. William Ann hoqueta de surprise.

Silence roula de côté et agrippa le cou de son adversaire. Elle serra de toutes ses forces en tirant vers elle tandis qu'il remuait comme un beau diable, excitant les ombres. Elle en était presque venue à bout quand le dernier se leva d'un bond. Dans son état d'alerte et d'hébétude, il préféra s'enfuir.

Ténèbres ! Celui-ci n'était autre que Chesterton en personne. S'il attirait les ombres sur lui…

Silence laissa sa proie reprendre son souffle et, faisant fi de toute prudence, s'élança après Chesterton. Si les ombres le réduisaient en poussière, elle n'aurait rien. Pas de corps à rapporter pour réclamer sa prime.

Les ombres autour du camp s'estompaient quand Silence rattrapa le fuyard, qui s'apprêtait à monter à cheval. Elle le plaqua aux jambes, l'envoyant rouler au sol.

— Espèce de salope, grommela-t-il d'une voix pâteuse en lui décochant un coup de pied. Vous êtes l'aubergiste. Vous m'avez empoisonné, espèce de *salope* !

Dans les bois, les ombres étaient devenues complètement noires. Des yeux verts s'illuminèrent quand elles ouvrirent leur vision terrestre. Ces prunelles traînaient derrière elle une lueur brumeuse.

Silence écarta violemment les bras de sa proie, qui se débattait.

— Je vous paierai, dit Chesterton en tentant de l'agripper. Je vous paierai…

Silence lui balança un coup de marteau sur le coude, lui arrachant un cri de douleur. Puis elle abattit son arme sur son visage, provoquant un grand craquement. Elle se dépouilla de son haut alors qu'il gigotait encore, et parvint tant bien que mal à l'entourer autour de la tête et de l'outil sanguinolents.

— William Ann ! appela-t-elle. J'ai besoin d'un sac. Un sac, ma fille ! Donne-moi…

William Ann s'agenouilla près d'elle et passa un sac sur la tête de Chesterton, dont le sang perçait à travers le tissu du haut de sa mère. Silence chercha une pierre à tâtons et l'écrasa sur la toile. Les couches successives étouffèrent les hurlements du faux marchand, mais également les impacts du caillou. Elle dut le cogner, encore et encore.

Il finit par s'immobiliser. William Ann plaqua l'ouverture contre son cou pour empêcher le sang de ruisseler. Sa respiration était erratique.

— Oh, Dieu de l'Au-Delà. Oh, *Dieu*…

Silence osa redresser le chef. Des dizaines d'yeux verts flottaient dans les bois, tels de petits brasiers repoussant les ténèbres. William Ann serra les paupières et murmura une prière, des larmes plein les joues.

Silence tira la dague d'argent pendant à son côté. Elle se souvenait d'une autre nuit, d'une autre mer d'yeux verts luisants. La dernière soirée de sa grand-mère. *Cours, fillette ! COURS !*

Cette fois-là, la fuite avait été une possibilité. Elles n'étaient pas très loin d'une zone sûre. Et malgré ça, Grand-mère n'avait pas survécu. Elle aurait pu, mais ça ne s'était pas passé comme ça.

Cette nuit-là horrifiait Silence. Ce que Grand-mère avait fait. Ce que Silence avait fait… Ce soir, en tout cas, elle n'avait qu'un espoir. Fuir n'était pas une option. L'auberge était bien trop loin.

Lentement, fort heureusement, les yeux commencèrent à disparaître. Silence s'assit et laissa tomber sa lame au sol.

William Ann rouvrit les paupières.

— Oh, Dieu de l'Au-Delà ! s'exclama-t-elle quand les ombres reprirent leur teinte blanche. C'est un miracle !

— Pas un miracle, la corrigea Silence, seulement de la chance. On l'a achevé juste à temps. Une seconde plus tard, et elles auraient été enragées.

William Ann enroula ses bras autour de son corps.

— Oh, ténèbres. Oh, ténèbres. Je nous ai crues mortes. Oh, ténèbres.

Soudain, Silence se rappela un élément. Le troisième homme. Elle n'avait pas terminé de le suffoquer avant que Chesterton se mette à courir. Elle se releva tant bien que mal et fit volte-face.

Il gisait là, immobile.

— J'ai fini le travail, expliqua William Ann. J'ai dû l'étrangler de mes mains. De mes mains…

Silence la dévisagea longuement.

— Tu as bien fait, ma fille. Tu nous as sans doute sauvé la vie. Si tu n'avais pas été là, je n'aurais jamais pu abattre Chesterton sans enrager les ombres.

William Ann observait toujours fixement les bois, où flottaient les créatures placides.

— Qu'est-ce qu'il vous faudrait ? s'étonna-t-elle. Pour que vous y voyiez un miracle plutôt qu'une coïncidence ?

— Un miracle, justement, répondit Silence. Au lieu d'une simple coïncidence. Allez, aide-moi à enfiler un deuxième sac sur la tête de ces vauriens.

William Ann s'exécuta avec léthargie. Deux sacs par tête de pipe, juste au cas où. Le sang était le plus dangereux. Courir attirait les ombres, mais lentement. Le feu les enrageait immédiatement, mais il les aveuglait et les troublait quelques instants. Le sang, en revanche… du sang versé par colère, exposé à l'air libre… une unique goutte pouvait pousser ces monstres à vous massacrer, puis à exterminer tout être vivant alentour.

Silence s'assura par précaution qu'aucun homme ne respirait plus. Elles sellèrent les chevaux et y hissèrent les corps, y compris celui de l'éclaireur, avant de les ligoter fermement. Elles récupérèrent également les tapis de couchage et le reste de leurs affaires. Avec de la chance, ils avaient un peu d'argent sur eux. La loi autorisait Silence à conserver tout ce qu'elle trouvait sur ses proies, à moins qu'il ne soit explicitement fait mention d'un bien dérobé sur l'avis de recherche. Dans le cas présent, les forts ne souhaitaient qu'une chose : la mort de Chesterton. Tout le monde était d'accord là-dessus.

Silence acheva d'attacher une corde, puis s'immobilisa.

— Mère ! l'appela William Ann en remarquant la même chose qu'elle.

Elles avaient déposé leur bocal de mixture verte à côté de celui des bandits, de sorte que leur campement était parfaitement illuminé quand un groupe de huit hommes et femmes à cheval apparut dans les Forêts.

Ils arrivaient des forts. Leurs beaux habits, leur façon d'observer continuellement les ombres… Des gens de la ville, à n'en pas douter. Silence fit un pas en avant, regrettant de ne pas tenir au moins son marteau afin d'avoir l'air un tant soit peu menaçant. Malheureusement, son arme était restée nouée dans le sac autour de la tête de Chesterton. Comme il y avait du sang dessus, elle ne pourrait pas l'en sortir avant qu'il ait séché, à moins de le faire dans un lieu très, très sûr.

— Eh bien, voyez-vous ça, dit l'homme ouvrant la marche aux nouveaux venus. Je n'y croyais pas quand Tobias m'a dit ce qu'il avait repéré, mais ça semble vrai. Les cinq membres du clan de Chesterton, tous éliminés par deux Colons des Forêts ?

— Qui êtes-vous ? s'enquit Silence.

— Red Young, répondit l'homme en portant la main à son chapeau en guise de salut. Je piste ces malfrats depuis quatre mois maintenant. Je ne vous remercierai jamais assez de vous en être occupées pour moi.

Il fit signe à certains de ses acolytes, qui descendirent de selle.

— Mère ! siffla William Ann.

Silence observa attentivement les prunelles de Red. Il était armé d'un gourdin, et l'une des femmes qui l'accompagnaient était équipée de l'une de ces arbalètes dernier cri aux carreaux émoussés. Ils partaient vite, frappaient fort, mais ne faisaient pas couler le sang.

— Écarte-toi des chevaux, ma fille, ordonna Silence.

— Mais…

— Écarte-toi.

Silence lâcha la bride de la monture qu'elle guidait. Trois personnes du fort vinrent s'emparer des rênes ; l'un d'eux lança un regard concupiscent à William Ann.

— Vous êtes maligne, déclara Red en se penchant pour examiner Silence.

L'une des femmes passa devant lui, menant d'une main l'étalon de Chesterton avec le cadavre de son propriétaire allongé en travers.

Silence approcha jusqu'à toucher la selle. La femme s'immobilisa et se tourna vers son chef. Silence tira sa dague de son étui.

— Vous allez nous donner quelque chose, déclara Silence à Red, tout en dissimulant la main qui tenait l'arme. En échange de notre travail. Un quart de la somme, et je ne dirai rien.

— Bien entendu, répondit-il en inclinant son chapeau. (Il arborait un sourire faux, de ceux que l'on trouve sur les tableaux.) Va pour un quart.

Silence opina. Elle fit glisser sa lame sur l'une des cordelettes qui retenait Chesterton en selle. Cela trancha net quand la femme repartit avec le cheval. Silence recula d'un pas et referma les doigts sur l'épaule de sa fille tout en remettant discrètement son couteau dans son fourreau.

Red les salua de nouveau. En quelques instants, les chasseurs de prime avaient disparu dans les bois en direction de la route.

— Un quart ? pesta William Ann. Et vous pensez qu'il va payer ?

— Ça m'étonnerait, répliqua Silence en ramassant son paquetage. On a déjà de la chance qu'il ne nous ait pas tuées. Viens.

Elle retourna dans les Forêts. William Ann l'accompagna à pas prudents.

— Je crois qu'il est temps que tu rentres à l'auberge, William Ann, lui dit sa mère.

— Et vous, qu'allez-vous faire ?

— Récupérer notre dû.

C'était une Éclaireur, quand même. Elle n'allait pas se laisser dépouiller par un petit gars guindé de la ville.

— Vous comptez les intercepter à la travée blanche, j'imagine ? Mais qu'allez-vous faire ? Vous ne pourrez pas en vaincre autant, mère.

— Je trouverai un moyen.

Ce cadavre signifiait la liberté – la *vie* – pour ses filles. Elle ne le laisserait pas lui filer entre les doigts. Elles s'enfoncèrent dans les ténèbres, dépassant des ombres qui, peu auparavant, avaient été sur le point de les détruire. À présent, les esprits voletaient paisiblement, complètement insoucieux des êtres de chair et de sang qui marchaient parmi eux.

Réfléchis, Silence. Il y a quelque chose qui cloche dans tout ça. Comment ces hommes avaient-ils fait pour repérer le campement ? Grâce à la lumière ? À moins qu'ils ne l'aient entendue discuter avec sa fille ? Ils prétendaient traquer Chesterton depuis des mois. N'en aurait-elle pas eu vent avant cela ? Ces hommes et ces femmes semblaient trop propres, trop inexpérimentés pour avoir passé des semaines dans les Forêts à pister des tueurs.

Ce qui la mena à une conclusion qu'elle refusait d'accepter. Quelqu'un savait qu'elle allait partir en chasse et l'avait vue exécuter ses préparatifs. Et ce quelqu'un avait de bonnes raisons de la voir dépouillée de son butin.

Theopolis, j'espère me tromper, songea-t-elle. *Car si vous êtes effectivement derrière tout ça…*

Silence et William Ann progressaient péniblement au cœur des bois, un endroit où l'avide canopée absorbait toute la lumière, privant le sol de toute végétation. Des ombres patrouillaient dans ces couloirs naturels telles des sentinelles aveugles. Red et ses chasseurs de primes arrivaient des forts. Ils s'en tiendraient à la route. C'était là son seul avantage.

Les Forêts n'étaient pas les amies des Colons : une chute dans un gouffre bien connu ne la rend pas moins dangereuse. Cependant, Silence était comme un marin voguant sur ces flots sombres. Elle en maîtrisait les courants mieux que n'importe quel citadin. L'heure était peut-être venue de provoquer une tempête.

Ce que les Colons surnommaient la « travée blanche » était une section de chemin bordée de champs de champignons. Elle était située à une heure de marche environ, et Silence payait déjà le prix d'une nuit sans sommeil en l'atteignant. Faisant fi de la fatigue, elle traversa la travée en tendant devant elle son bocal de lumière verte, qui projetait un éclat sinistre sur les arbres et les sillons du terrain.

La route faisait un détour dans les Forêts avant de retourner par ici. Si les hommes se rendaient à Portultime ou l'un des autres forts du coin, ils passeraient forcément par là.

— Continue, dit Silence à William Ann. Il n'y a plus qu'une heure de marche jusqu'à l'auberge. Va voir si tout est en ordre là-bas.

— Je ne vous laisserai pas seule, Mère.

— Tu as promis de m'obéir. Reviendrais-tu sur ta parole ?

— Et vous m'avez promis de me laisser vous aider. Reviendriez-vous sur la vôtre ?

— Je n'ai plus besoin de ton aide, affirma Silence. Et ça risque d'être dangereux.

— Qu'allez-vous faire ?

Silence s'arrêta près de la route, puis s'agenouilla pour fouiller dans son sac. Elle en retira le tonnelet de poudre. William Ann devint aussi pâle que les champignons.

— Mère !

Silence dénoua l'allume-feu de sa grand-mère. Elle n'était pas certaine qu'il fonctionne encore. Elle n'avait jamais osé frotter l'un contre l'autre les deux bras métalliques ressemblant à une pince qu'un ressort maintenait ouverte. Les coller l'un à l'autre et effectuer de petits va-et-vient suffisait à produire des étincelles.

Silence leva les yeux vers sa fille, puis tint l'allume-feu près de sa tête. William Ann recula et lança des regards apeurés aux ombres alentour.

— Les choses vont-elles vraiment si mal ? chuchota la fille. Pour nous, je veux dire.

Silence acquiesça.

— Dans ce cas, je reste.

Imbécile. Bon, Silence n'allait pas la renvoyer de force. En vérité, elle aurait même probablement besoin de son aide. Elle comptait bien récupérer ce corps. Les cadavres étaient difficiles à transporter, et elle n'arriverait jamais à lui trancher seulement la tête. Pas en pleines Forêts, avec des ombres rôdant partout.

Elle farfouilla de nouveau dans son sac et en exhuma sa trousse de secours. Elle était calée entre deux petites planches destinées à servir d'attelle. Silence n'eut aucun mal à adjoindre chacune d'entre elles à l'un des bras de l'allume-feu. Puis elle utilisa son déplantoir pour creuser un trou superficiel, de la taille du tonnelet de poudre, dans la terre meuble du chemin.

Elle retira alors le bouchon du fût et positionna celui-ci dans le sol. Elle imbiba son mouchoir d'huile de lampe, en fourra une extrémité dans le tonnelet et l'autre près des grattoirs de l'allume-feu. Elle recouvrit son piège rudimentaire de feuilles mortes. Si quiconque venait à marcher sur la planche supérieure, cela provoquerait des étincelles qui embraseraient le tissu. C'était du moins ce qu'elle espérait.

Elle ne pouvait se permettre d'allumer elle-même la mèche. Les ombres s'en prendraient en premier lieu au responsable de l'incendie.

— Que se passera-t-il si personne ne s'aventure dessus ? s'enquit William Ann.

— Dans ce cas, on réessaiera un peu plus loin, affirma Silence.

— Cela pourrait faire couler le sang, vous en avez conscience ?

Silence resta muette. Si un pied imprudent donnait naissance aux flammes, les ombres ne la tiendraient pas pour responsable. Elles se rueraient sur le propriétaire du pied. Mais si la moindre goutte de sang coulait, elles enrageraient. Et alors, le responsable n'importerait plus. Tout le monde serait en danger.

— Il nous reste quelques heures de nuit, déclara enfin Silence. Couvre ton bocal.

William Ann s'empressa de l'entourer d'une couverture. Silence inspecta son piège une fois encore, puis elle entraîna sa fille par l'épaule. Le sous-bois était ici plus dense, car la route avait tendance à suivre les trouées dans la canopée. Les hommes préféraient les endroits des Forêts d'où ils pouvaient voir le ciel.

Les voleurs de primes finirent par arriver. Silencieusement, tout juste éclairés par un globe lumineux chacun. Les gens du fort ne parlaient pas de nuit. Ils atteignirent la section la plus étroite du passage, où Silence avait placé son piège. Elle retint son souffle en regardant les chevaux défiler, évitant pas après pas la petite bosse indiquant la planche. William Ann, accroupie, se bouchait les oreilles.

Un sabot toucha enfin le dispositif. Rien ne se produisit. Que ferait-elle si l'allume-feu était cassé ? Y avait-il un autre moyen de…

La déflagration la surprit, l'onde de choc la faisant trembler sur ses jambes. Les ombres disparurent en un instant, et des yeux verts s'illuminèrent. Les canassons se cabrèrent en hennissant, les voyageurs hurlèrent.

Silence s'ébroua pour s'éclaircir l'esprit et tira sa fille hors de sa cachette. Son piège avait fonctionné mieux qu'elle ne l'avait anticipé : le tissu avait laissé le cheval responsable de l'explosion effectuer quelques pas avant que la flamme atteigne la poudre. Il n'y avait ainsi pas eu une goutte de sang, seulement des montures paniquées et des hommes perplexes. Le petit tonnelet n'avait pas causé autant de dégâts qu'elle l'avait imaginé – les légendes courant sur le pouvoir supposé de cette poudre étaient bien souvent aussi fantasques que celles concernant le Pays –, mais la détonation avait été incroyable.

Silence avait les oreilles qui sifflaient quand elle s'élança contre l'ennemi déboussolé. Elle trouva ce qu'elle avait espéré : le corps de Chesterton gisant au sol, tombé de selle à cause d'une ruade et d'une cordelette sabotée. Elle le saisit sous les aisselles tandis que William Ann l'attrapait aux chevilles. Elles se déplacèrent latéralement vers les profondeurs des Forêts.

— Incapables ! beugla Red, en pleine confusion. Arrêtez-la ! Elle…

Il s'interrompit quand les ombres envahirent la route, fondant sur les voyageurs. Red avait réussi à conserver la maîtrise de son étalon, qu'il s'efforçait à présent de faire sinuer entre les esprits. Enragés, ceux-ci étaient désormais d'un noir insondable, bien que l'explosion les ait manifestement sonnés. Ils flottaient de-ci de-là, telles des phalènes attirées par une flamme. Leurs yeux étaient verts. Une petite bénédiction. Si toutefois ils viraient au rouge…

L'un des chasseurs de primes, qui tournait en rond au milieu de la route, fut frappé le premier. Son dos s'arqua, des veines sombres vinrent s'entrelacer sur tout son corps. Il s'écroula à genoux, criant sa douleur tandis que la peau de son visage se ratatinait sur son crâne.

Silence se détourna. William Ann observa le malheureux avec un air horrifié.

— Doucement, ma fille, déclara Silence d'une voix qu'elle espérait réconfortante. (Elle n'était pourtant pas d'humeur à réconforter qui que ce soit.) Prudemment. On peut s'éloigner discrètement. William Ann. Regarde-moi.

Sa fille pivota vers elle.

— Ne me quitte pas des yeux. Avance. C'est bien. N'oublie pas que les ombres s'intéresseront d'abord à l'origine du feu. Elles sont encore surprises, sonnées. Elles ne sentent pas les flammes aussi bien que le sang, elles iront donc voir en priorité les sources de mouvements brusques alentour. Lentement, et sûrement. Laisse les hommes de la ville les distraire.

Elles progressèrent dans les Forêts avec une absence de vitesse insoutenable. En présence d'un tel chaos, d'un tel danger, leur rythme était presque une provocation. Red organisa la résistance. Les ombres excitées par le feu pouvaient être combattues, détruites à l'aide d'armes en argent. Il en arriverait de plus en plus, mais si les citadins se montraient intelligents et veinards, ils parviendraient à éliminer les plus proches avant de s'éloigner de l'origine de l'incendie. Ils pourraient se cacher et survivre. Peut-être.

Sauf si l'un d'entre eux faisait accidentellement couler le sang.

Silence et William Ann entreprirent la traversée d'un champ de champignons qui brillaient comme des crânes de rat et se brisaient sous leurs pas. La chance n'était pas complètement de leur côté car, alors que les ombres recouvraient leurs sens après l'explosion, deux d'entre elles se tournèrent vers les femmes et se précipitèrent sur elles.

William Ann hoqueta. Silence reposa très doucement les épaules de Chesterton et dégaina sa dague.

— Continue à avancer, chuchota-t-elle. Emmène-le. Lentement, ma fille. *Très* lentement.

— Je refuse de vous laisser !

— Je te rattraperai, promit Silence. Tu n'es pas prête pour ça.

Elle ne s'attarda pas pour voir si William Ann lui obéissait, car les ombres – des silhouettes d'un noir de jais filant au-dessus du sol blanc et globuleux – étaient déjà sur elle. La force ne servait à rien contre ces choses. Elles n'avaient pas de réelle consistance. Seuls deux éléments importaient : se déplacer rapidement et ne pas succomber à la peur.

Les ombres étaient effectivement dangereuses, mais tant qu'on avait de l'argent, on pouvait les affronter. De nombreux hommes étaient morts parce qu'ils s'étaient enfuis, s'attirant ainsi plus d'adversaires, au lieu de rester immobiles.

Silence donna un coup de taille vers les ombres quand elles furent à sa portée. *Vous voulez ma fille, créatures infernales ?* pensa-t-elle avec rage. *Vous auriez plutôt dû vous attaquer aux citadins.*

Elle fit décrire un arc de cercle à sa lame pour essayer d'atteindre le premier monstre, ainsi que sa grand-mère le lui avait appris. *Ne recule jamais et ne tremble pas devant les ombres. Tu es de sang Éclaireur. Les Forêts t'appartiennent. Tu es leur descendante, toi aussi. Tout comme moi...*

Son couteau traversa l'ombre avec une légère résistance, provoquant une averse d'étincelles qui giclèrent dans la nuit. L'ombre se replia, ses vrilles noires se convulsant les unes par-dessus les autres.

Silence s'en prit à son deuxième adversaire. Dans cette absence de lumière, elle ne distinguait que les yeux d'un vert horrible de l'esprit qui fondait sur elle. Elle fit un brusque mouvement en avant.

Lorsque les mains spectrales se refermèrent sur elle, elle en sentit la morsure froide au-dessus du coude. Elle la sentit physiquement. Les doigts des ombres étaient tangibles ; ils pouvaient vous saisir, vous retenir. Seul l'argent pouvait les tenir éloignés. Seul l'argent permettait de lutter.

Elle enfonça son bras plus avant. Des étincelles jaillirent du dos de la chose, telle l'eau d'un seau que l'on jette. Silence serra les dents pour endurer sans bruit cette douleur glaciale. Elle ne sentait plus sa main. Sa dague lui échappa. Dans un ultime effort, elle se propulsa vers l'avant et tomba à genoux alors que la deuxième ombre basculait en arrière et se mettait à tournoyer en une spirale démente. La première soubresautait au sol comme un poisson en train de mourir, tâchant vainement de se relever.

Le froid dans son bras était si *cassant.* Elle examina son membre meurtri, voyant la chair de sa main se flétrir et se ratatiner autour de l'os.

Elle entendit des sanglots.

Reste là, Silence. La voix de sa grand-mère. Une réminiscence de la première ombre qu'elle avait tuée. *Fais ce que je te dis. Pas de larmes ! Les Éclaireurs ne pleurent pas. Les Éclaireurs NE PLEURENT PAS.*

Elle avait commencé à la détester ce jour-là. À dix ans, armée de son petit couteau, tremblant de tous ses membres et se morfondant dans la nuit alors que sa grand-mère l'avait enfermée, en compagnie d'une ombre, dans un cercle de poussière d'argent.

Grand-mère avait couru autour du périmètre, afin que son mouvement excite la créature. Pendant que Silence était prisonnière. En tête à tête avec la mort.

Le seul moyen d'apprendre, c'est de faire, Silence. Et tu vas apprendre, d'une manière ou d'une autre !

— Mère ! s'écria William Ann.

Silence cilla, sortant de son souvenir lorsque sa fille fit couler de la poussière d'argent sur son bras vulnérable. Le flétrissement se tarit quand William Ann, réprimant d'épais sanglots, vida toute la sacoche d'argent de secours sur la main. Le métal inversa l'effet de l'ombre et la peau recouvra son aspect rosé, la noirceur fondant sous les étincelles de blancheur.

C'est trop, pensa Silence. William Ann avait utilisé toute leur réserve de poussière d'argent en versant une quantité bien plus grande que nécessaire. Elle eut toutefois du mal à éprouver de la colère alors que le sang recommençait à circuler normalement et que le froid glacial qui avait envahi ses doigts se retirait.

— Mère ? Je suis partie, comme vous me l'avez demandé. Mais il est si lourd que je ne suis pas allée bien loin. Je suis revenue vous chercher. Je suis désolée. Je suis revenue vous chercher !

— Merci, répondit Silence avant d'inspirer longuement. Tu as bien fait.

Elle saisit sa fille par l'épaule, puis tâtonna l'herbe de sa main naguère flétrie à la recherche de la dague de sa grand-mère. Quand elle la ramassa, la lame était noircie en plusieurs endroits, mais toujours utilisable.

Sur la route, les citadins s'étaient repliés en un cercle et repoussaient les ombres à l'aide de lances à pointe d'argent. Les chevaux avaient soit fui, soit été consumés. Silence récupéra au sol une petite poignée de poudre. Tout le reste avait servi à sa guérison. C'était beaucoup trop.

Ce n'est pas le moment de s'en inquiéter, se morigéna-t-elle en laissant couler dans sa poche le précieux métal.

— Viens, dit-elle en se remettant debout. Je suis désolée de ne t'avoir jamais appris à les affronter.

— Si, vous l'avez fait, répondit William Ann en séchant ses larmes. Vous m'avez tout expliqué.

Expliqué. Pas montré. *Les ombres, Grand-mère. Au risque de vous décevoir, je refuse de lui infliger ça. J'en suis incapable. Ça ne fait pas de moi une mauvaise mère. Je protégerai mes filles.*

Les deux femmes quittèrent le champ de champignons, récupérèrent leur sinistre proie et reprirent leur marche à travers les Forêts. Elles croisèrent d'autres ombres obscurcies, qui flottaient en direction du combat. Toutes ces étincelles devaient les attirer. Les citadins étaient comme morts. Trop d'attention, trop d'adversaires. Mille ombres leur seraient tombées dessus en moins d'une heure.

Silence et William Ann cheminaient lentement. Même si le froid avait presque entièrement déserté la main de la mère, il y subsistait toujours… quelque chose. Un tremblement profond. Un membre touché par les ombres mettait plusieurs mois à s'en remettre.

Cela aurait toutefois pu être infiniment pire. Sans la réaction rapide de William Ann, Silence aurait pu rester estropiée. Une fois le flétrissement achevé – cela pouvait prendre un peu de temps, même si c'était variable –, les dégâts étaient irréversibles.

Il y eut un bruissement dans les bois. Silence se figea, et William Ann s'arrêta à son tour pour observer.

— Mère ? murmura-t-elle.

Silence fronça les sourcils. La nuit était si noire, et elles avaient été contraintes d'abandonner leurs lumières. *Il y a quelque chose par ici*, comprit-elle en essayant de percer les ténèbres. *Qu'est-ce que tu es ?* Puisse le Dieu de l'Au-Delà les protéger si, dans leur bagarre, elles avaient attiré l'un des Plus Profonds.

Il n'y eut pas d'autre bruit. Silence reprit sa progression à contrecœur. Elles marchèrent pendant une bonne heure dans la pénombre, si bien qu'elle ne se rendit compte qu'elles s'étaient rapprochées de la route que lorsqu'elle posa le pied dessus.

Silence laissa échapper un soupir, se délesta de son fardeau et fit jouer ses articulations endolories. Là, la Ceinture étoilée parvenait en partie à franchir la canopée, illuminant une sorte de grosse mâchoire sur leur gauche. Le Vieux Pont. Elles étaient presque arrivées. Les ombres d'ici n'étaient pas même agitées. Elles se traînaient de leur démarche paresseuse évoquant celle d'un papillon.

Elle avait tellement mal aux bras. Le cadavre semblait s'alourdir à chaque seconde qui passait. On n'a pas toujours conscience de la véritable masse d'un poids mort. Silence s'assit. Elles se reposeraient quelques instants avant de repartir.

— William Ann, te reste-t-il de l'eau dans ta gourde ?

La jeune fille gémit.

Silence sursauta et se remit péniblement debout. Sa fille était debout près du pont. Une silhouette sombre se tenait derrière elle. Un halo verdâtre éclaira soudain la nuit quand la forme sortit une petite fiole de mixture lumineuse. Silence reconnut Red aussitôt.

Son couteau était plaqué sur la gorge de William Ann. Le citadin n'avait pas eu beaucoup de réussite au combat. L'un de ses yeux était désormais d'un blanc laiteux, la moitié de sa figure était noire et ses lèvres étaient retroussées sur ses dents. Une ombre l'avait frappé au visage. Il avait de la chance d'être encore en vie.

— J'étais sûr que vous repasseriez par ici, déclara-t-il.

Sa voix était déformée par ses lèvres racornies. De la bave lui dégoulinait sur le menton.

— L'argent, reprit-il. Donnez-moi votre argent.

Sa lame… c'était de l'acier banal.

— *Tout de suite !* gronda-t-il en enfonçant le fil sur la peau de William Ann.

S'il lui infligeait la moindre coupure, les ombres leur tomberaient dessus en quelques fractions de seconde.

— Je n'ai que mon couteau, mentit Silence, avant de le sortir pour le jeter à ses pieds. On ne peut plus rien pour votre visage, Red. Le flétrissement est achevé.

— Peu m'importe, siffla-t-il. Maintenant, le corps. Écartez-vous de lui, femme. Dégagez !

Silence fit un pas de côté. Pouvait-elle l'atteindre avant qu'il fasse du mal à William Ann ? Il allait devoir se pencher pour ramasser cette dague. Si elle bondissait pile au bon moment…

— Vous avez tué mes hommes, grogna Red. Ils sont tous morts, jusqu'au dernier. Bon Dieu, si je n'avais pas roulé dans ce fossé… J'ai dû tout écouter, les écouter se faire massacrer !

— Ils n'étaient pas aussi malins que vous, Red, dit-elle. Vous n'auriez rien pu faire pour les sauver.

— Salope ! Vous les avez tués !

— Ils se sont tués tout seuls, chuchota-t-elle. Vous venez dans mes Forêts, prendre ce qui m'appartient ? C'étaient vos hommes ou ma fille, Red.

— Eh bien, si vous voulez que votre fille survive à cela, vous avez intérêt à ne pas bouger d'un pouce. Petite, ramasse-moi ce couteau.

William Ann s'agenouilla en gémissant. Red l'imita, restant juste derrière elle, sans jamais quitter Silence des yeux ni abaisser sa lame. William Ann ramassa l'arme de sa mère de ses mains tremblantes.

Red lui arracha la dague et la tint de sa main libre. Son couteau en acier était toujours sur sa gorge.

— Maintenant, la fille va porter le cadavre et vous resterez ici. Je ne veux pas vous voir vous approcher.

— Évidemment, répondit Silence en prévoyant son prochain mouvement.

Elle ne pouvait pas se permettre de frapper pour l'instant. Il était trop prudent. Elle les suivrait de loin à travers les Forêts, le long de la route, en attendant un instant de faiblesse. Alors, elle attaquerait.

Red cracha sur le côté.

Un carreau émoussé fendit subitement l'air et le percuta à l'épaule, le déséquilibrant. Sa lame glissa sur le cou de William Ann et un filet de sang s'écoula de la blessure. La fille écarquilla les yeux de terreur, même s'il ne s'agissait que d'une égratignure. Ce n'était pas la plaie qui l'inquiétait ainsi. C'était le sang.

Red tituba en arrière, le souffle court, la main sur son épaule. Quelques gouttes d'hémoglobine luisaient sur son couteau. Les ombres des Forêts s'éteignirent. Leurs yeux verts s'illuminèrent, puis virèrent à l'écarlate.

Des yeux rouges dans la nuit. Du sang dans l'air.

— Oh, malédiction ! s'écria Red.

Les prunelles furibondes essaimaient autour de lui. Il n'y avait pas d'hésitation, pas de confusion possible. Elles foncèrent sur celui qui avait fait couler le sang.

Silence tendit la main vers William Ann tandis que les ombres fondaient sur lui. Red empoigna la fille avant que sa mère puisse l'atteindre et la projeta à travers une ombre dans l'espoir de l'arrêter. Il fit volte-face et frappa dans l'autre direction.

William Ann transperça l'ombre. Son visage blêmit, sa peau se tendit au niveau du menton et autour des yeux. Elle tomba de l'autre côté et s'effondra dans les bras de Silence.

Celle-ci fut immédiatement submergée par la panique.

— Non ! Ma fille, non. Non. *Non...*

William Ann ouvrit la bouche, produisant un son étranglé. Ses lèvres se retroussèrent sur ses dents, ses yeux s'écarquillèrent quand la peau de ses paupières se ratatina.

De l'argent. Il me faut de l'argent. Je peux encore la sauver. Silence redressa subitement la tête, étreignant son enfant. Red s'enfuyait à toutes jambes sur la route, balançant des coups de dague en tous sens, projetant des gerbes d'étincelles. Les ombres le cernaient. Elles étaient des centaines, tels des freux regagnant leur colonie.

Pas par là. Les ombres auraient bientôt fini leur festin et chercheraient une autre source de nourriture – quelle qu'elle soit. William Ann avait toujours du sang sur le cou. Ils s'attaqueraient à elle par la suite. Et pour couronner le tout, sa fille se flétrissait rapidement.

La dague ne suffirait pas à la sauver. Silence avait besoin de poussière, de poussière d'argent, à étaler sur la plaie. Elle farfouilla dans sa poche et en sortit le peu qui s'y trouvait.

Trop peu. Elle savait que ça ne suffirait pas. L'entraînement dispensé par sa grand-mère l'aida à recouvrer son calme, et tout fut soudain limpide.

L'auberge était proche. Elle avait des réserves là-bas.

— M… Mère…

Silence prit sa fille dans ses bras. Elle était trop légère, avec sa peau déjà presque sèche. Elle s'élança alors et mit toutes ses forces dans la traversée du pont.

Ses bras lui piquaient, endoloris d'avoir transporté le cadavre si longtemps. Le cadavre… elle ne pouvait pas se permettre de le laisser !

Non. Il était trop tard. Le corps était encore tiède, les ombres s'en repaîtraient dès après que Red aurait disparu. Elle ne toucherait pas sa prime. Elle n'avait plus qu'à se concentrer sur William Ann.

Les larmes de Silence lui paraissaient glaciales, tant le vent lui cinglait les joues. Sa fille tremblait entre ses bras, se convulsant en attendant la mort. Elle deviendrait une ombre si elle périssait de la sorte.

— Je ne te perdrai pas ! s'écria Silence dans la nuit. Pitié. Je ne veux pas te perdre…

Derrière elle, Red poussa un long hurlement d'agonie qui s'acheva quand les ombres entamèrent leur bombance. Près d'elle, d'autres ombres s'étaient arrêtées, leurs prunelles adoptant une teinte rougeâtre.

Du sang dans l'air. Des yeux d'écarlate.

— Je vous hais, murmura Silence en courant.

Chaque pas était une torture. Elle vieillissait, vraiment.

— Je vous hais ! Pour ce que vous m'avez fait. Ce que vous *nous* avez fait.

Elle ne savait pas si elle s'adressait à Grand-mère ou au Dieu de l'Au-Delà. Bien souvent, ils ne faisaient qu'un dans sa tête. S'en était-elle déjà rendu compte auparavant ?

Les branches la fouettaient tandis qu'elle progressait. Était-ce de la lumière, qu'elle apercevait ? Celle de l'auberge ?

Des centaines et des centaines de globes vermillon s'ouvraient devant elle. Elle s'effondra, éreintée, portant William Ann tel un encombrant fagot de bois. Sa fille tremblait, les yeux révulsés.

Silence possédait encore un peu de cette poudre d'argent qu'elle avait ramassée plus tôt. Elle rêvait de pouvoir en verser sur William Ann pour lui épargner quelque douleur, mais elle savait avec certitude que ce serait du gâchis. Elle baissa la tête, en pleurs, puis se servit de la poudre pour tracer un petit cercle autour d'elles. Qu'aurait-elle pu faire d'autre ?

William Ann fut prise de secousses. Elle respirait péniblement et s'accrochait de toutes ses maigres forces aux bras de Silence. Les ombres arrivaient par dizaines, s'amoncelant autour d'elles, percevant l'odeur du sang. De la chair fraîche.

Silence étreignit sa fille. Elle aurait dû partir à la poursuite de son couteau, finalement. Elle n'aurait pas pu sauver William Ann, mais elle aurait au moins eu une chance de se défendre.

Sans arme, sans rien, elle avait échoué. Grand-mère avait eu raison depuis le début.

— Repose-toi, ma chérie… chuchota Silence en serrant les paupières. N'aie pas peur.

Les ombres se heurtèrent à sa frêle barrière, faisant jaillir des étincelles, poussant Silence à rouvrir les yeux. Elles se replièrent, mais d'autres les remplacèrent, se frottant à l'argent, leurs prunelles noires illuminant des formes sombres se tortillant.

— La nuit est tombée, mais le jour percera, reprit Silence, étranglée par les sanglots.

William Ann arqua le dos, puis s'immobilisa.

— Dors maintenant, ma… ma chérie… sèche tes larmes. Les ténèbres nous entourent, mais un jour, nous nous réveillerons…

Si fatiguée. *Je n'aurais pas dû la laisser m'accompagner.*

Mais alors, Chesterton se serait enfui, et elle aurait succombé aux ombres. William Ann et Sebruki seraient devenues les esclaves de Theopolis, ou pire.

Pas d'alternative, pas d'issue possible.

— Pourquoi nous avez-vous envoyées ici ? hurla-t-elle en observant les centaines d'yeux rougeoyants. Dans quel but ?

Elle n'obtint aucune réponse. Elle n'en obtenait jamais.

Oui, il y avait effectivement de la lumière un peu plus loin ; elle la distinguait clairement entre les branches basses devant elle. Elle n'était qu'à quelques mètres de l'auberge. Comme Grand-mère avant elle, elle allait mourir à deux pas de chez elle.

Elle cligna les paupières, berçant William Ann tandis que la minuscule barrière d'argent cédait.

Cette… cette branche, juste devant elle. Elle avait une forme tellement étrange. Longue, fine, dépourvue de feuilles. Elle n'avait rien d'une branche. En réalité, elle ressemblait à…

À un carreau d'arbalète.

Il s'était logé dans l'arbre après avoir été tiré depuis l'auberge, plus tôt dans la journée. Elle se rappelait avoir fait face à ce trait, en avoir observé la pointe réfléchissante.

De l'argent.

Silence Montane ouvrit à la volée la porte de derrière de l'auberge, traînant à sa suite une carcasse desséchée. Elle tituba dans la cuisine, tenant difficilement sur ses jambes, et lâcha le carreau d'argent qu'elle serrait dans sa main flétrie.

Sa peau continuait de se tendre, à mesure que son corps se ratatinait. Elle n'avait pu éviter d'être touchée, pas en affrontant tant d'ombres. Le carreau d'arbalète lui avait tout juste permis de se frayer un passage, d'atteindre son but dans une ultime charge désespérée.

Elle y voyait à peine. Les larmes dégoulinaient de ses prunelles embrumées. Malgré tout, elle avait l'impression d'avoir les yeux aussi secs que si elle s'était tenue debout face au vent pendant une heure en s'empêchant de ciller. Ses paupières ne voulaient plus cligner, et elle était incapable de bouger les lèvres.

Elle avait… de la poudre. Non ?

Croyais. Pensais. Quoi ?

Elle se déplaça sans réfléchir. Le bocal sur le rebord de fenêtre. En cas de cercle brisé. Elle en dévissa le couvercle de ses doigts raides comme des bâtons. Les voir dans cet état horrifia une partie lointaine de son esprit.

Mourir. Suis en train de mourir.

Elle plongea le bocal de poudre dans la citerne d'eau et le ressortit, puis elle traîna les pieds jusqu'à William Ann. Elle se laissa tomber à genoux à côté de sa fille, renversant une bonne quantité de liquide. Le bras tremblant, elle fit couler ce qu'il restait sur le visage de la malheureuse.

Pitié. Pitié.

Ténèbres.

— Nous avons été envoyés ici pour être forts, déclara Grand-mère, debout au bord de la falaise dominant les eaux.

Ses cheveux blancs ondulaient dans le vent, se tordant comme les vrilles d'une ombre.

Elle se retourna vers Silence, sa figure tannée couverte d'embruns.

— Le Dieu de l'Au-Delà nous a envoyés. Ça fait partie du plan.

— C'est tellement facile pour vous de dire ça, cracha Silence. N'importe quoi peut trouver sa place dans votre fameux plan nébuleux. Y compris la fin du monde.

— Je ne te laisserai pas blasphémer en ma présence, petite.

Sa voix était semblable à un bruit de bottes foulant le gravier. Elle s'approcha de Silence.

— Tu peux te répandre en injures contre le Dieu de l'Au-Delà, cela ne changera rien. William était un crétin doublé d'un idiot. Tu es mieux sans lui. Nous sommes des *Éclaireurs*. Nous *survivons*. Et un jour, nous serons ceux qui vaincront le Démon.

Elle dépassa sa petite-fille.

Silence n'avait jamais vu sa grand-mère sourire, pas depuis la mort de son mari. Sourire était une perte d'énergie. Et l'amour… l'amour était réservé à ceux qui étaient restés au pays. À ceux qui étaient morts entre les griffes du Démon.

— Je suis enceinte, déclara Silence.

Grand-mère s'immobilisa.

— De William ?

— Qui d'autre ?

Grand-mère reprit son chemin.

— Pas de reproches ? s'étonna Silence en croisant les bras.

— Ce qui est fait est fait, répliqua Grand-mère. Nous sommes des Éclaireurs. Si c'est là l'avenir qui nous est promis, alors ainsi soit-il. Je suis surtout inquiète pour l'auberge, à cause des taxes que nous devons régler à ces maudits forts.

J'ai une idée à ce propos, songea Silence en pensant à la liste d'avis de recherche qu'elle avait accumulés. *Un plan que tu n'oserais pas toi-même mener à bien. Quelque chose de dangereux. Quelque chose d'inimaginable.*

Grand-mère atteignit les bois et se tourna vers Silence. Elle fit la moue, puis mit son chapeau et s'enfonça entre les arbres.

— Je ne te laisserai pas te mêler de l'éducation de mon enfant, cria Silence à son intention. Je l'élèverai comme bon me semblera !

Grand-mère disparut dans les ténèbres.

Pitié. Pitié.

— *Je suis sérieuse !*

Je ne veux pas te perdre, je ne peux pas...

Silence se réveilla dans un hoquet, les doigts recroquevillés sur le plancher, les yeux rivés au plafond.

Vivante. Elle était vivante !

Dob le palefrenier était accroupi à son côté. Il tenait le bocal de poudre d'argent. Elle toussa, porta ses mains – replètes, la chair ayant repris sa place – à son cou. Celui-ci était robuste, bien qu'irrité par les copeaux d'argent qu'elle avait été contrainte d'ingérer. Son épiderme était couvert de petites particules d'argent fichu.

— William Ann ! s'exclama-t-elle en se tournant.

Sa fille était allongée par terre, près de la porte. Son flanc gauche, celui qui avait percuté l'ombre en premier, était noirci. Sa figure n'était pas trop vilaine, mais sa main n'était plus que squelette. On allait devoir la lui amputer. Sa jambe paraissait en mauvais état également. Silence n'en saurait pas plus avant d'avoir pu examiner les blessures.

— Oh, mon enfant...

Elle alla s'agenouiller près d'elle.

Mais sa fille respirait. Tout compte fait, c'était là la seule chose qui comptait.

— J'ai essayé, se justifia Dob. Mais vous aviez déjà fait tout ce qui était faisable.

— Merci, répondit Silence.

Elle observa le vieil homme, avec son grand front et son regard terne.

— Vous l'avez eue ? s'enquit-il.

— Quoi donc ?

— Votre proie.

— Euh… oui, je l'ai eue. Mais j'ai dû l'abandonner.

— Vous en trouverez d'autres, affirma-t-il d'un timbre monocorde en se remettant sur ses pieds. Le Renard en trouve toujours.

— Depuis combien de temps savez-vous ?

— Je suis un idiot, m'dame. Pas un imbécile.

Il la salua puis quitta la pièce, aussi voûté que jamais.

Silence se releva, puis gémit en soulevant sa fille. Elle la porta jusqu'aux chambres à l'étage pour veiller sur elle.

La jambe n'était pas en si mauvais état que Silence l'avait craint. William Ann allait perdre plusieurs orteils, mais le pied en lui-même tiendrait. Toute la moitié gauche du corps de la petite était noircie, comme calcinée. Avec le temps, cela virerait au gris.

Tous ceux qui la verraient sauraient exactement ce qui s'était passé. Nombreux seraient les hommes qui n'oseraient pas la toucher, de peur d'être contaminés. Cela risquait de la condamner à finir sa vie toute seule.

Je sais à quoi ressemble ce genre d'existence, pensa Silence en plongeant un tissu dans le seau d'eau avant de nettoyer la figure de William Ann. Sa jeunesse se tarirait vite. Elle était passée très près de la mort, de se muer elle-même en ombre. Le corps mettait longtemps à surmonter un tel traumatisme.

Évidemment, Silence en avait elle aussi réchappé de peu. Toutefois, elle était déjà passée par là. Encore un des entraînements de Grand-mère. Dieu qu'elle détestait cette femme. Silence était pourtant devenue celle qu'elle était grâce aux leçons de cette dernière. Comment pouvait-elle lui en être reconnaissante et la haïr tout à la fois ?

Silence acheva la toilette de sa fille, puis l'habilla d'une chemise de nuit légère et la laissa dans son lit. Sebruki dormait toujours à cause de la potion qu'elle avait bue.

Silence descendit donc à la cuisine pour s'adonner à de sinistres pensées. Elle avait perdu sa prime. Les ombres avaient dû dévorer son corps, sa peau devait n'être que poussière, son crâne miettes noircies. Elle ne disposait d'aucun moyen de prouver qu'elle avait abattu Chesterton.

Elle s'installa à la table et entrelaça les doigts devant elle. Elle aurait aimé se noyer dans le whisky, pour amoindrir les horreurs de la nuit.

Elle réfléchit pendant des heures. Y avait-il une autre façon de rembourser Theopolis ? En empruntant l'argent à quelqu'un d'autre ? Mais qui ? Peut-être en trouvant une autre prime. Mais l'auberge avait si peu de clients, depuis quelque temps. Theopolis lui avait déjà délivré un avertissement avec son assignation. Il n'attendrait qu'un jour ou deux avant de s'emparer de l'établissement en compensation.

Avait-elle subi tant d'épreuves pour tout perdre quand même ?

Le soleil lui chauffait le visage ; une brise infiltrée par le carreau brisé lui chatouilla la joue, la tirant de sa somnolence. Elle cligna les paupières et s'étira, en dépit des protestations de ses membres. Puis elle soupira et se dirigea vers le plan de travail. Elle avait tout laissé sorti après ses préparatifs de la veille. Ses bols en terre cuite luisaient encore de la mixture phosphorescente qui en tapissait les parois. Le carreau d'argent reposait toujours près de la porte de derrière. Elle allait devoir tout nettoyer et confectionner le petit déjeuner de ses rares clients. Puis, il lui faudrait trouver une manière de…

La porte de derrière s'ouvrit, et quelqu'un entra.

… régler le problème Theopolis. Elle souffla doucement et l'étudia avec sa tenue immaculée et son sourire condescendant. Il laissait derrière lui des traces de pas boueuses.

— Silence Montane. Quelle belle journée, hum ?

Ténèbres, songea-t-elle. *Je n'ai pas la force de l'affronter maintenant.*

Il alla fermer les volets.

— Qu'est-ce que vous faites ? s'étonna-t-elle.

— Hum ? Ne m'avez-vous pas déjà dit que vous détestiez que l'on vous voie avec moi ? Que vous redoutiez que les gens comprennent que vous me faisiez récupérer vos primes ? Je cherche simplement à vous protéger. S'est-il passé quelque chose ? Vous avez une mine affreuse, hum ?

— Je sais ce que vous avez fait.

— Vraiment ? Mais, voyez-vous, je fais des tonnes de choses. À quoi faites-vous référence ?

Oh, comme elle aurait aimé lui arracher ce rictus et lui trancher la gorge, mettre un terme à cet insupportable accent portultimien. Elle ne le pouvait pas. Il était tellement bon comédien. Elle avait des hypothèses, sans doute exactes. Mais aucune preuve.

Grand-mère l'aurait occis sur-le-champ. Avait-elle à ce point envie de lui donner tort qu'elle était prête à tout perdre ?

— Vous étiez dans les Forêts, devina Silence. Quand Red m'a surprise au niveau du pont, j'ai cru que c'était lui que j'avais entendu – ce bruissement dans les ténèbres. Je me suis trompée. Il a glissé dans la conversation qu'il nous attendait là. Ce bruit dans les ténèbres, c'était vous. Et c'est aussi vous qui lui avez tiré dessus avec le carreau émoussé pour le forcer à faire couler le sang. Pourquoi, Theopolis ?

— Du sang ? En pleine nuit ? Et vous avez *survécu* ? Vous êtes drôlement chanceuse, semble-t-il. C'est remarquable. Qu'est-il arrivé d'autre ?

Elle ne répondit rien.

— Je suis venu exiger le remboursement de ma dette, reprit alors Theopolis. Vous n'avez donc pas de prime à me remettre, hum ? Peut-être que nous aurons besoin de mon document, finalement. J'ai rudement bien fait d'en apporter un autre exemplaire. Cela sera merveilleux pour nous deux. N'êtes-vous point d'accord ?

— Vos pieds luisent.

Theopolis hésita un instant, puis baissa les yeux. La boue dans laquelle il avait marché rayonnait d'un bleu léger à la lumière des restes de mixture phosphorescente.

— Vous m'avez suivie, déclara-t-elle. Vous étiez bel et bien là cette nuit.

Il la considéra avec un air dédaigneux.

— Et ?

Il avança d'un pas.

Silence recula jusqu'à ce que ses talons viennent heurter le mur derrière elle. Elle déverrouilla à tâtons la porte dans son dos. Theopolis lui attrapa le bras et l'écarta sèchement alors qu'elle faisait pivoter le battant.

— Vous allez chercher l'une de vos armes dissimulées ? s'enquit-il en ricanant. L'arbalète que vous gardiez planquée sur l'étagère du garde-manger ? Oui, je suis au courant. Je suis déçu, Silence. Ne pouvons-nous pas nous comporter en personnes civilisées ?

— Je ne signerai jamais votre papier, Theopolis, rétorqua-t-elle avant de cracher à ses pieds. Plutôt mourir, plutôt me faire expulser de chez moi. Vous pouvez me prendre l'auberge de force, mais *jamais* je ne vous servirai. Soyez maudit, salopard. Vous…

Il la gifla violemment. Un geste brusque mais dépourvu d'émotion.

— Oh, fermez-la.

Elle chancela.

— Il faut toujours que vous en fassiez des tonnes, Silence. Je ne suis sans doute pas le seul à regretter que vous ne méritiez pas mieux votre nom, hum ?

Elle s'humecta la lèvre, sentant encore la piqûre de sa claque. Elle porta la main à son visage. Une unique goutte de sang lui maculait le doigt quand elle la retira.

— Vous espérez me faire peur ? demanda Theopolis. Je sais que nous ne risquons rien, ici.

— Imbécile de citadin, murmura-t-elle avant de lui jeter la goutte dessus. (Elle l'atteignit à la joue.) Il faut toujours respecter les Règles simples. Même quand on se croit à l'abri. Et je n'ai pas ouvert le garde-manger, contrairement à ce que vous pensez.

Theopolis fronça les sourcils, puis observa la porte qu'elle avait entrebâillée. Celle qui donnait sur le vieil autel. L'autel dont se servait sa grand-mère pour rendre hommage au Dieu de l'Au-Delà.

Le bas de la porte était doublé d'argent.

Des yeux rouges s'ouvrirent juste derrière Theopolis, et une silhouette d'un noir de jais se matérialisa dans la pièce enténébrée. Theopolis hésita un instant avant de se retourner.

Il n'eut pas l'occasion de crier avant que l'ombre lui prenne la tête entre ses mains et absorbe son essence vitale. Il s'agissait d'une ombre relativement récente, dont la forme restait assez clairement définie malgré la noirceur ratatinée de sa tenue. Une femme grande aux traits sévères et aux cheveux ondulés. Theopolis ouvrit la bouche, puis son visage se flétrit, ses globes oculaires s'enfoncèrent dans leurs orbites.

— Vous auriez dû fuir, Theopolis, clama Silence.

Il s'effondra au sol, le crâne déjà en miettes.

— Cache-toi quand tu vois des yeux verts, fuis quand ils sont rouges, récita Silence. C'étaient vos règles, Grand-mère.

L'ombre pivota vers elle. Silence frissonna en plongeant le regard dans les prunelles mortes et vitreuses de cette matriarche qu'elle haïssait et aimait tant.

— Je vous déteste, dit Silence. Merci de m'avoir poussée à vous détester.

Elle récupéra le carreau à pointe d'argent et le tendit devant elle, mais l'ombre n'attaqua pas. Silence la contourna, tout en la forçant à battre en retraite. L'ombre s'éloigna en flottant et retourna se terrer derrière la porte doublée d'argent, où Silence l'avait emprisonnée des années plus tôt.

Le cœur battant la chamade, l'aubergiste claqua la porte, refermant ainsi la barrière, et la verrouilla. Quoi qu'il se soit passé, cette ombre l'avait laissée tranquille. Elle s'imaginait presque qu'elle se souvenait d'elle. Et elle se sentait presque coupable d'avoir piégé cette âme dans un si petit placard pendant toutes ces années.

Silence trouva la caverne de Theopolis après six heures de recherches.

Elle était là où elle s'y était attendue, dans les collines non loin du Vieux Pont. Elle était protégée d'une barrière d'argent. Elle pourrait la récupérer. Elle avait une grande valeur.

À l'intérieur de la petite grotte, elle découvrit le corps de Chesterton, que Theopolis avait caché là pendant que les ombres éliminaient Red avant de s'en prendre à Silence. *Pour une fois, je suis tellement contente que vous ayez été un homme si avide, Theopolis.*

Elle allait devoir recruter quelqu'un d'autre pour toucher les primes en son nom. Cela s'avérerait sans doute difficile, surtout à si court terme. Elle tira la dépouille et la jeta sur le dos de la monture de Theopolis. Elle rejoignit bien vite la route, où elle marqua une pause. Puis elle repéra le cadavre de Red, réduit à de simples vêtements recouvrant son squelette.

Elle en exhuma la dague de sa grand-mère, éraflée et noircie par le combat. Elle la glissa dans le fourreau à sa ceinture. Elle retourna péniblement jusqu'à l'auberge, où elle dissimula le corps de Chesterton dans le cellier derrière l'écurie, à côté des restes de Theopolis. Puis elle s'empressa de regagner la cuisine. Près de la porte de l'autel, là où la dague de sa grand-mère avait été suspendue, se trouvait désormais le carreau d'arbalète que Sebruki lui avait malencontreusement décoché.

Que diraient les autorités du fort quand elle leur révélerait la mort de Theopolis ? Peut-être avait-elle intérêt à prétendre l'avoir retrouvé dans cet état…

Elle se reposa quelques instants et sourit.

— On dirait que c'est votre jour de chance, mon ami, s'exclama Daggon en sirotant sa bière. Le Renard Blanc ne viendra pas vous chercher de sitôt.

Son interlocuteur grêle, qui insistait toujours pour se faire appeler Fervent, se rencogna un peu plus profondément sur son siège.

— Comment se fait-il que vous soyez encore là ? lui demanda Daggon. Je suis allé jusqu'à Portultime. Je ne m'attendais certainement pas à vous retrouver ici sur le chemin du retour.

— J'ai été embauché dans une colonie voisine, expliqua l'homme au cou gracieux. Un bon boulot, hein. Un truc honnête.

— Et vous payez chaque soir pour dormir ici ?

— Cette auberge me plaît bien. Elle semble paisible. Les colonies n'ont pas d'aussi bonnes protections d'argent. Elles… laissent les ombres aller et venir. Même à l'intérieur.

Il frissonna.

Daggon haussa les épaules et leva son verre quand Silence Montane passa près de lui en clopinant. Oui, cette femme semblait en bonne forme. Il devrait se décider à la courtiser pour de bon, un de ces jours. Elle se rembrunit en voyant son sourire et lâcha son assiette devant lui.

— Je pense que je vais l'avoir à l'usure, affirma Daggon, surtout pour lui-même, quand elle fut partie.

— Vous allez devoir mettre les bouchées doubles, répliqua Fervent. Sept hommes lui ont fait leur déclaration au cours du dernier mois.

— Quoi ?

— La prime ! s'exclama l'autre. Pour avoir abattu Chesterton et ses hommes. C'est une sacrée veinarde, cette Silence Montane, d'avoir découvert la tanière du Renard Blanc.

Daggon joua avec sa nourriture. Il n'appréciait guère la tournure prise par les événements. Se pouvait-il que Theopolis, ce dandy, ait été le Renard Blanc depuis le début ? Pauvre Silence. Qu'avait-elle pu ressentir en débarquant dans sa caverne pour le trouver à l'intérieur, complètement décati ?

— Il paraît que ce Theopolis a usé ses ultimes forces pour éliminer Chesterton et le traîner dans ce trou, relata Fervent. Mais il s'est ratatiné avant d'avoir pu atteindre sa poudre d'argent. Ça ressemble bien au Renard Blanc, toujours résolu à mettre la main sur sa prime, quoi qu'il advienne. On n'est pas près de retrouver un chasseur de sa trempe.

— Je suppose que non, admit Daggon, même s'il aurait largement préféré que l'autre reste en vie.

De qui allait-il pouvoir conter les histoires, à présent ? Il détestait devoir payer lui-même ses consommations.

Non loin de là, un homme au visage luisant de graisse sortit par la porte principale, l'air à moitié ivre même s'il n'était que midi.

Ah, ces gens. Daggon secoua la tête.

— Au Renard Blanc, déclara-t-il en levant son verre.

Fervent fit claquer sa chope contre celle de son compagnon.

— Au Renard Blanc, le pire salopard que les Forêts aient jamais connu.

— Que son âme repose en paix, ajouta Daggon, et que le Dieu de l'Au-Delà soit béni de ne l'avoir jamais envoyé après nous.

— Amen, conclut Fervent.

— Bon, évidemment, il reste encore Kent le Sanglant. Lui, c'est un vrai enfoiré. J'espère pour vous qu'il ne vous a pas dans sa ligne de mire, mon ami. Et gardez pour vous cet air innocent. On est dans les Forêts. Tout le monde ici a un jour ou l'autre fait quelque chose qu'il préférerait tenir secret...

LEV GROSSMAN

Romancier et journaliste, Lev Grossman est critique littéraire au *Time* et co-auteur du blog TechLand hébergé par TIME.com. Son étonnant texte de fantasy, *Les Magiciens*, a immédiatement fait sensation dans le monde entier, atterrissant sur les listes de best-sellers du *New York Times* en plus d'être nommé par le quotidien parmi les meilleurs livres de 2009. Sa suite, *Le Roi magicien*, publiée en 2011, a reçu un accueil similaire. Son œuvre est également composé de *Warp** et *Codex, le manuscrit oublié*. Il habite à Brooklyn et dispose d'un site Internet : levgrossman.com.

Il nous entraîne ici dans une ancienne et vénérable académie de sorcellerie, hantée par des traditions millénaires et des esprits d'une autre espèce, et nous prouve que même les farces les plus innocentes peuvent avoir des conséquences fâcheuses, voire fatales.

LA FILLE DU MIROIR

D'aucuns diraient sans doute que tout a commencé comme une farce innocente, mais ça ne serait pas tout à fait vrai. Ça n'était pas si innocent que ça. Simplement, Wharton avait un comportement négatif, et de l'avis de la Ligue, il méritait d'être châtié pour ça. Ainsi arrêterait-il peut-être, ou du moins se conduirait-il moins mal ; dans le pire des cas, la Ligue aurait au moins la satisfaction de l'avoir fait souffrir, et ça ne serait pas rien. Ce serait même beaucoup.

On ne pouvait certes pas prétendre que c'était innocent. Cependant, force était de reconnaître que c'était largement compréhensible. De toute façon, existe-t-il réellement des farces innocentes ?

Prune était la présidente de la Ligue – autoproclamée, mais incontestée – en plus d'être sa fondatrice. En recrutant les autres, elle la leur avait présentée comme étant l'une des vieilles traditions glorieuses de Brakebills. C'était sans doute faux, mais, l'université ayant environ quatre cents ans, Prune estimait fort probable qu'elle ait accueilli, dans un passé plus ou moins lointain, une autre espèce de Ligue à peu près similaire que l'on pourrait considérer comme un précédent. Ce n'était pas à exclure. Même si, à la vérité, elle en avait eu l'idée en lisant une histoire de Pelham Grenville Wodehouse.

Elles se retrouvaient après le couvre-feu dans un étrange salon trapézoïdal de la tour ouest, qui, selon toute apparence, échappait au périmètre de sécurité magique de la faculté ; elles pouvaient donc s'y rejoindre sans risque. Prune était étalée par terre de tout son long, position qu'elle adoptait généralement pour diriger les affaires de la Ligue. Les autres filles étaient avachies mollement sur des fauteuils ou un canapé, tels des vestiges de confettis lancés au cours d'une fête réussie mais particulièrement éprouvante qui aurait heureusement pris fin.

Prune fit le silence dans la pièce – à l'aide d'un petit sort qui dévorait les sons dans un rayon de dix mètres environ – et obtint aussitôt l'attention de chacune. Dès que Prune réalisait l'un de ses tours, tout le monde le remarquait.

— Passons au vote, déclara-t-elle solennellement. Celles qui sont pour se venger de Wharton, dites oui.

Des oui vertueusement zélés, cyniquement indifférents ou vaguement endormis se firent entendre. Force était de reconnaître qu'intriguer clandestinement en plein cœur de la nuit empiétait fatalement sur les heures de sommeil. C'était assez injuste pour les autres, car Prune était bonne élève et se débarrassait de ses devoirs en deux temps, trois mouvements, alors que toutes ses camarades n'avaient pas l'existence aussi facile. De son point d'observation à ras du sol, avec ses paupières fermées et ses longs cheveux châtains étalés en éventail sur le tapis – autrefois doux et laineux, désormais réduit à l'état de carpette grisâtre et luisante –, le vote lui parut plus ou moins unanime.

En tout cas, la majorité relative semblait évidente. Elle se dispensa de demander qui était contre.

— C'est exaspérant, déclara Emma dans le silence qui s'ensuivit, comme pour enfoncer le clou. Absolument exaspérant.

C'était une exagération que son auditoire ne releva pas. Ce n'était pas comme si le crime de Wharton menaçait la vie de qui que ce soit. Il fallait néanmoins y mettre un terme. La Ligue s'y était engagée.

Darcy était installée sur le sofa, en face du long miroir au cadre blanc éraflé qui reposait contre un mur. Elle jouait avec son reflet, préparant de ses deux mains fines et élégantes un sort qui l'étendait puis l'écrabouillait, l'étendait puis l'écrabouillait. Prune n'en saisissait pas les tenants et les aboutissants, mais la magie du miroir était la spécialité de Darcy. C'était un peu prétentieux de sa part, mais comment lui en vouloir ? La pauvre n'avait pas tellement d'occasions de s'exercer.

Les éléments de l'affaire Wharton étaient les suivants. À Brakebills, la plupart des corvées de service au dîner étaient assurées par les première année, qui mangeaient plus tard, séparément. Mais, par tradition, un quatrième année privilégié était élu à chaque nouvelle promotion en tant que sommelier, chargé de sélectionner les vins, de remplir les verres et ainsi de suite. Wharton s'était vu accorder cet honneur, et pas sans raison. Il s'y connaissait en vin ou, du moins, il semblait capable de se souvenir du nom d'un tas de régions, d'appellations et d'autres détails. (En réalité, une autre quatrième année, portant le nom involontairement hilarant de Claire Hett, avait été suggérée pour le titre de sommelière, mais Wharton l'avait décrédibilisée froidement et publiquement en distinguant un gigondas d'un vacqueyras lors d'une dégustation à l'aveugle.)

Mais, aux yeux de la Ligue, Wharton avait souillé l'honneur de son rang et péché lourdement en remplissant systématiquement trop peu les verres, en particulier ceux des cinquième année, qui avaient droit à deux par repas. Franchement, il ne servait que trois quarts environ de la dose normale. Tout le monde était d'accord là-dessus. Un tel crime ne méritait aucune merci.

— À votre avis, qu'est-ce qu'il fait de tout ce qu'il reste ? s'enquit Emma.

— Ce qu'il reste de quoi ?

— De vin, pardi. Il doit le mettre de côté. Je parie qu'il termine chaque soirée avec une bouteille en rab.

La Ligue était constituée de huit filles, dont six étaient présentes. Emma était la plus jeune, et la seule deuxième année, mais ses aînées ne l'impressionnaient pas. De l'avis de Prune, elle prenait trop au sérieux la Ligue et son rôle en son sein. Elle pourrait au moins faire l'effort de paraître parfois un peu intimidée. Enfin bon, Prune disait ça comme ça.

— Je ne sais pas, répondit Prune. J'imagine qu'il doit le boire.

— Il ne tiendrait pas une bouteille par nuit, estima Darcy.

Elle était dotée d'une grosse coupe afro très *seventies*, dont émergeait un vrai peigne afro.

— Avec son petit ami, peut-être. Comment il s'appelle, déjà ? Un truc grec.

— Epifanio, s'écrièrent en chœur Darcy et Chelsea.

Cette dernière était allongée sur le canapé à l'opposé de Darcy, ses cheveux de miel recouvrant l'accoudoir, les genoux remontés. Elle tentait paresseusement d'empêcher son amie de réaliser ses tours de magie du miroir. Les pouvoirs de celle-ci étaient de véritables merveilles de complexité et de précision, mais il était plus simple de faire foirer le tour d'un autre que d'en réussir un soi-même. C'était là l'une des nombreuses petites injustices de leur art.

Darcy fronça les sourcils et se rencogna contre le dossier en se concentrant davantage. L'interférence provoquait un ronronnement audible et, à cause du stress, le reflet de Darcy se déformait et s'entortillait d'étrange manière.

— Arrête, se plaignit-elle. Tu vas le casser.

— Si ça se trouve, il a un sort actif en permanence, qui nécessite une dose quotidienne de vin pour fonctionner, suggéra Emma. Genre un truc de virilité.

— Comment se fait-il que ce soit la première chose à laquelle tu penses ? la railla Prune.

— Eh bien, reprit Emma en virant à l'écarlate (dans le mille !), tu vois le style. Il est quand même beau gosse.

Chelsea saisit sa chance et fit se ratatiner lamentablement le reflet de Darcy, comme s'il était subitement aspiré dans les profondeurs d'un trou noir. Elle avait brusquement disparu de la glace, où l'on ne voyait désormais plus qu'une extrémité vide du canapé aux coussins légèrement enfoncés.

— Ha ! jubila Chelsea.

— Beau gosse ne veut pas dire viril.

Cette réflexion était signée Lucy, une cinquième année extrêmement sérieuse et philosophe. Son ton trahissait une pointe d'amertume sans doute liée à quelque expérience personnelle. Grassouillette, pâle et coréenne, Lucy flottait en tailleur dans l'un des coins supérieurs de la pièce. Ses cheveux bruns et raides étaient si longs qu'ils lui tombaient largement sous les fesses.

— Je parie qu'il le donne au fantôme, poursuivit-elle.

— Il n'y a pas de fantôme, rétorqua Darcy.

Il y avait toujours quelqu'un pour prétendre qu'un spectre hantait Brakebills. C'était la même chose qu'avec Prune et la Ligue : on ne pouvait de toute façon pas prouver le contraire.

— Mais d'ailleurs, reprit Chelsea, qui avait parachevé sa victoire contre Darcy en posant ses pieds sur les genoux de son amie, ça veut dire quoi, « viril » ?

— Ça veut dire qu'il en a dans le caleçon, répliqua Darcy.

— Les filles, s'il vous plaît, intervint Prune pour tenter de remettre tout le monde sur le droit chemin. Ce n'est ni le caleçon de Wharton ni ce qui se trouve à l'intérieur qui nous importe pour le moment. La question est de savoir ce qu'il fait du vin en trop. Qui a un plan ?

— Toi, répondirent Darcy et Chelsea, une nouvelle fois à l'unisson.

On aurait pu croire à des sœurs siamoises.

— J'en ai un, effectivement.

— *Prune a un plan*, entonna gaiement la minuscule Holly depuis l'un des fauteuils confortables.

Prune avait toujours un plan, c'était plus fort qu'elle. Son cerveau semblait les sécréter naturellement. Cette fois, elle comptait tirer parti de ce qu'elle considérait être le talon d'Achille de

Wharton, à savoir ses crayons. Il n'utilisait pas ceux qui étaient fournis par l'école et que Prune trouvait pourtant parfaitement fonctionnels et suffisants. Des stylos d'un bleu de Brakebills sombre, avec le nom de l'académie inscrit en doré sur le côté. Pourtant, Wharton ne les aimait pas : il les estimait trop gros, ne les tenait « pas bien en main » et en trouvait la mine trop mollassonne. Il préférait venir directement avec les siens.

En vérité, les crayons de Wharton étaient remarquables : d'une couleur vert olive, ils étaient fabriqués dans un bois gras et aromatique qui exhalait des effluves cireux rappelant les lointaines forêts tropicales. Dieu sait où il se les procurait. La gomme au bout était sertie dans des anneaux ternes d'acier brossé de qualité industrielle à haute teneur en carbone, trop qualitatifs pour être conçus uniquement dans le but de maintenir ladite gomme, qui se trouvait être d'un noir profond au lieu de l'habituel rose cochon. Wharton les conservait dans un étui plat argenté, qui contenait également (dans son propre écrin doublé de velours) un petit couteau bien affûté, dont il se servait pour en tailler la pointe.

En outre, quelle que soit la vie que Wharton avait vécue avant d'entrer en formation à Brakebills, il devait participer à des concours d'orthographe, de culture générale ou de débats, car il maîtrisait tout un arsenal de techniques de rotation de crayon dont on se servait généralement pour intimider un adversaire. Il en jouait en permanence, sans même s'en rendre compte, presque malgré lui. C'était peut-être encore plus agaçant que l'histoire du vin.

Prune prévoyait de lui dérober ses crayons et d'exiger, en guise de rançon, qu'il explique ce qu'il pouvait bien faire du vin restant et qu'il jure de ne plus jamais recommencer. Vers 23 h 30 cette nuit-là, les membres de la Ligue bâillaient ; Darcy et Chelsea avaient fait revenir le reflet de la première afin de recommencer à jouer avec. Le plan de Prune avait finalement été expliqué, modelé, accepté, amélioré, puis rendu inutilement complexe. De cruels petits barbillons y avaient été adjoints, et les rôles avaient été distribués.

C'était une punition sévère, mais il fallait bien que quelqu'un fasse régner l'ordre à Brakebills, et si l'administration s'y refusait, les nombreuses mains de la Ligue devaient prendre leurs responsabilités. Le corps enseignant pouvait fermer les yeux, les regards de la Ligue étaient acérés et imperturbables.

Le reflet de Darcy trembla et se troubla.

— Arrête ! s'exclama sa propriétaire, désormais sérieusement agacée. Je t'ai déjà dit…

Elle le lui avait en effet déjà dit, et cela se produisit : le miroir se brisa. Il y eut un claquement sonore, et un éclat blanc se forma dans l'angle inférieur droit de la glace. De fines zébrures en partaient, comme si un projectile minuscule était venu le percuter violemment. Prune songea à Tennyson : *Le miroir se fêla de part en part…*

— Oh, merde ! jura Chelsea. (Elle se couvrit la bouche des mains.) J'espère qu'il ne coûte pas, genre, hyper cher.

À l'instant où cela se produisit, la surface du miroir s'assombrit et cessa de réfléchir quoi que ce soit. Il ne devait pas s'agir d'une véritable glace, mais d'un appareil magique prévu pour fonctionner comme tel. Prune crut d'abord qu'il était devenu complètement noir, puis elle y aperçut quelques délicates formes ombragées : un canapé et plusieurs fauteuils. Le miroir, quelle que soit la nature véritable de cet objet, leur montrait la pièce où elles se trouvaient, mais vide, et plongée dans les ténèbres. S'agissait-il du passé ? de l'avenir ? Cela avait en tout cas quelque chose d'étrange, comme si une personne s'était trouvée là un instant plus tôt et venait de partir en éteignant la lumière en sortant.

Prune se leva à 8 heures le matin suivant, plus tard qu'à son habitude ; toutefois, au lieu de lui ragaillardir le cerveau, cet excès de sommeil semblait l'avoir ramolli. Elle s'attendait à se trouver toute pétillante d'excitation à la perspective de la farce à venir, mais elle traîna les pieds jusqu'à la douche, en sortit sans enthousiasme et descendit paresseusement jusqu'à sa salle de classe. Elle avait souvent constaté que son esprit était telle une lentille, tour à tour d'une précision redoutable ou d'un flou amorphe, sans qu'elle ait apparemment son mot à dire sur la question. Son esprit avait son propre esprit. Ce matin-là, il avait choisi de se brancher en mode flou amorphe.

En tant que cinquième année ayant achevé tout le cursus nécessaire, Prune avait décidé de suivre chacun des séminaires du semestre, et son premier cours était un petit colloque sur une période de la magie, plus précisément l'Allemagne du XVe siècle – des tas de trucs rudimentaires, d'étranges techniques divinatoires et Johannes Hartlieb. La petite Holly était assise en face d'elle, et Prune était dans un tel état de trouble que son amie avait dû toucher son petit nez affûté à deux reprises avant qu'elle se souvienne que cela signifiait que les étapes une et deux de leur plan avaient été correctement menées à bien. Sa lentille interne bascula aussitôt sur « précision redoutable ».

Première étape : « Simple mais efficace. » Quelques heures plus tôt, le petit ami de Chelsea avait dû la faire pénétrer subrepticement dans la tour des garçons sous prétexte d'un pelotage matinal, ce qui leur correspondait plutôt. La nature ayant suivi son cours, Chelsea avait dû s'arracher aux bras de son amoureux pour aller s'adosser à la porte de Wharton, repousser d'un geste mécanique les mèches blondes tombées sur son front, révulser ses yeux et pénétrer dans sa chambre sous sa forme astrale et argentée. Là, elle avait dû trouver l'étui à crayons et l'attraper entre ses deux mains à peine tangibles. Elle n'avait pas dû pouvoir le faire sortir de la pièce de cette manière, mais ça n'était pas utile : il lui suffisait de le plaquer contre la fenêtre.

Wharton avait peut-être été témoin de la scène, si toutefois il ne dormait pas sur son lit impeccable, mais cela importait peu. *Qu'il le voie.*

Une fois que Chelsea avait plaqué l'étui au carreau, la très sérieuse Lucy avait dû l'avoir en ligne de mire depuis la fenêtre d'un amphithéâtre vide situé face à la chambre de Wharton, ce qui avait dû lui suffire pour le téléporter à l'extérieur. Elle ne pouvait faire effectuer des déplacements que d'un mètre environ, mais cela suffisait amplement.

L'étui avait ensuite dû chuter sur dix ou quinze mètres, jusqu'à l'endroit où Emma l'attendait, dans les buissons, frémissant dans l'air glacial de cette matinée de février, où elle avait dû le rattraper dans une couverture. Sans recours à la magie.

Efficace ? Indéniablement. Inutilement complexe ? Peut-être. Mais la complexité inutile était la marque de fabrique de la Ligue. Sa façon de fonctionner.

Une fois tout ceci accompli, la deuxième étape avait dû avoir lieu : « Le petit déjeuner des champions. » Wharton avait dû descendre tardivement, ayant passé la matinée à fouiller désespérément sa chambre en quête de ses crayons. À travers une brume d'anxiété, il aurait à peine remarqué que son porridge matinal ne lui avait pas été servi par un première année anonyme, mais par la petite Holly. La première bouchée avait dû lui paraître étrange. Il avait dû cesser de manger pour examiner son bol de plus près.

Il l'aurait trouvé couvert non pas de l'habituelle pincée de sucre brun, mais de copeaux vert olive issus de ses crayons aromatiques. Avec les compliments de la Ligue.

À mesure que la journée avançait, Prune se laissa peu à peu gagner par l'esprit de la farce. Elle savait que cela arriverait. Elle n'était tout simplement pas du matin.

Son emploi du temps défila, avalant les heures tel un anaconda digérant un gnou. Cinétique avancée intensive ; grammaire quantique ; magie mains jointes en tandem ; manipulation des plantes au niveau cellulaire. Du bon amusement à l'américaine. La charge de travail de Prune aurait découragé un candidat au doctorat, voire plusieurs candidats au doctorat, mais Prune était arrivée à Brakebills avec plus de notions théoriques et pratiques de la magie que n'en auraient la plupart de ses camarades en quittant l'école. Elle n'était pas l'un de ces éternels débutants, ces novices sans ambition qui débarquaient la première année de la corne plein les mains et des étoiles dans les yeux. Prune s'était préparée.

Brakebills était un institut extrêmement secret et hautement sélectif – étant la seule académie de magie officielle de toute l'Amérique du Nord, elle recevait chaque année un grand nombre de candidatures parmi lesquelles elle se servait allégrement. Même si, techniquement, nul ne s'y inscrivait directement : Fogg se contentait d'écrémer la liste des bacheliers éligibles, le haut du panier seulement – ceux qui sortaient du lot, les cas extrêmes de génie précoce et de motivation obsessionnelle, ceux qui étaient dotés du cerveau et de la résistance à la douleur nécessaires pour encaisser les exigences intellectuelles et physiques qu'exigeait l'étude de la magie.

Inutile de préciser que le corps estudiantin de Brakebills était de fait une véritable ménagerie de troubles psychologiques. Disposer d'une telle puissance cognitive n'était pas sans conséquence sur la personnalité. De surcroît, pour désirer réellement travailler si dur, il fallait être au moins un peu déglingué.

Prune était un peu déglinguée, mais pas de ces déglingués qui *avaient l'air* déglingués de prime abord. Elle paraissait drôle et sûre d'elle. À son arrivée à Brakebills, elle s'était retroussé les manches, avait fait craquer ses jointures et adopté divers autres signes d'assurance, puis elle avait foncé dans le tas. Avant de la retrouver dans leur classe, nombre de première année la prenaient pour une fille de la haute.

Mais Prune s'était assurée, par exemple, de ne pas réussir assez bien pour être diplômée en avance. Rien ne pressait. Elle se plaisait à Brakebills. Elle adorait l'endroit, sincèrement. Elle en avait besoin, même. Elle s'y sentait en sécurité. Elle n'était pas suffisamment drôle et sûre d'elle pour s'endormir le soir en s'imaginant être Padma Patil (désolée, Hermione, mais vive Serdaigle !). Prune était une romantique refoulée, et Brakebills était un rêve romantique. Car, après tout, qu'étaient les magiciens sinon des romantiques – des rêveurs rêvant si passionnément, intensément et désespérément que la réalité ne pouvait le supporter et se fêlait sous la pression tel un vieux miroir ?

Prune avait débarqué à Brakebills entraînée, résolue, au taquet et prête à en découdre. Quand on lui demandait quel genre d'adolescence elle avait pu avoir pour être aussi entraînée, résolue et prête à en découdre, elle répondait la vérité, à savoir qu'elle avait grandi à Seattle, fille unique d'un couple mixte – une mère magicienne et un père accro à la Nintendo, parfaitement conscient de l'existence de la magie mais lui-même dépourvu de tout talent en la matière. Ils avaient décidé de la scolariser à domicile et avaient façonné son cerveau – et quel cerveau. En gros, elle en connaissait un rayon sur la magie car elle avait commencé tôt, avait montré de grandes dispositions et n'avait pas été bridée par qui que ce soit.

C'était la vérité. Sauf que, lorsqu'elle arrivait à la fin de cette partie, elle débitait des mensonges pour éluder la phase à laquelle elle n'aimait pas faire référence ni même penser. Prune était une femme de mystère, et elle se complaisait dans ce rôle. Elle s'y sentait en sécurité. Nul ne connaîtrait jamais toute la vérité sur Prune. Et de préférence pas elle.

Mais occulter cette vérité nécessitait d'avoir un certain nombre de distractions. D'où la cinétique avancée intensive, la grammaire quantique et les autres cours extrêmement exigeants. Et d'où la Ligue.

Prune passa finalement une agréable journée. En tout cas, bien meilleure que celle de Wharton. Durant sa première heure, il avait retrouvé des copeaux de crayon sur le dossier de sa chaise. En allant déjeuner, il avait eu la surprise de constater que ses poches étaient pleines de particules de gomme noire.

C'était comme dans un film d'horreur : ses précieux crayons mouraient à petit feu, minute par minute, et il ne pouvait rien faire pour les sauver ! Il regretterait amèrement de n'avoir pas servi des verres pleins.

En le croisant par hasard dans la cour, Prune le lorgna avec un petit sourire satisfait. Il avait l'air hagard, n'étant plus que l'ombre de lui-même. Il semblait se dire, en paraphrasant Milton : *Dans quel enfer me trouvé-je ?*

Enfin – et il s'agissait là de la touche de Prune, qu'elle considérait intérieurement comme étant la plus habile –, durant sa quatrième heure, un TP sur l'analyse logique des énergies magiques, Wharton se rendit compte que le crayon de Brakebills qu'il utilisait, en plus de sa mauvaise prise en main et de tout le reste, refusait de dessiner ce qu'il lui demandait. Quel que soit le sort qu'il essayait de tracer, quels que soient les points, les rayons et les vecteurs qu'il tentait de tirer, sa mine écrivait inévitablement la même succession de lettres.

AVEC LES COMPLIMENTS DE LA LIGUE.

Prune n'était pas quelqu'un de mauvais, et elle supposait que, au fond, Wharton ne l'était pas non plus. En vérité, le voir ainsi dans la cour lui avait fait un pincement au cœur. En deuxième année, elle avait même été attirée par le brillant, beau gosse et sans doute viril Wharton, avant qu'il sorte du placard ; d'un point de vue psychanalytique, elle ne pouvait en toute honnêteté pas affirmer que cette farce n'était pas une simple réaction passive-agressive à ce béguin avorté. En tout cas, elle était soulagée que cette ultime étape – la neuvième (était-ce trop ?) – arrive ce soir au dîner, et que cette affaire ne se prolonge pas davantage. Elles n'avaient eu qu'à détruire deux des crayons spéciaux si chers à Wharton. D'ailleurs, le second n'était même pas complètement fichu.

Les dîners à Brakebills jouissaient d'un faste agréable ; quand quelqu'un se retrouvait cerné, lors d'une réunion d'anciens élèves, par des diplômés nostalgiques qui avaient connu leur apogée à l'école, ceux-ci finissaient tôt ou tard par évoquer les soirées dans cette bonne vieille salle à manger. La pièce était longue, obscure et étroite, lambrissée de bois sombre et décorée d'huiles ternes représentant les doyens successifs en tenue d'apparat d'époque (même si Prune estimait que les portraits du milieu du XXe siècle, d'un cubisme puis d'un pop dérangeants, amoindrissaient considérablement la gravité de l'ensemble). La lumière était dispensée par d'atroces candélabres en argent bancals et encombrants disposés tous les trois mètres sur la table. La flamme des bougies se mettait parfois à rougir, à crépiter ou à changer de couleur sous l'influence de quelque sort errant. Chacun était vêtu du même uniforme de Brakebills. Le nom des étudiants était inscrit à la place qui leur était attribuée et qui changeait chaque soir selon, apparemment, les lubies de la table. Les conversations n'étaient qu'un bas murmure. Certains élèves – jamais Prune – se présentaient en retard ; leur chaise était alors retirée et ils se voyaient contraints de dîner debout.

Prune mangea son entrée comme d'habitude, deux cakes au crabe qui ne l'inspiraient guère, puis elle s'excusa pour se rendre aux petits coins. Quand elle passa derrière Darcy, celle-ci lui tendit discrètement l'étui à crayons argenté, que Prune empocha. Évidemment, elle ne se dirigeait pas vers les toilettes. Enfin, si, car elle n'avait pas le choix, mais elle ne reviendrait pas ensuite.

Prune enfila rapidement le couloir menant à la salle des profs, que le corps enseignant se donnait rarement la peine de verrouiller, convaincu qu'aucun n'étudiant n'aurait l'audace d'en franchir le palier. Mais Prune l'avait.

Elle referma discrètement la porte derrière elle. Tout était tel qu'elle l'avait imaginé. La pièce formait un L immense et silencieux, doté de hauts plafonds, bordé de bibliothèques et parsemé de canapés en cuir rouge luisant et de robustes tables de travail en bois semblant avoir été taillées dans la

Vraie Croix. La pièce était déserte, ou presque. La seule autre personne présente était le professeur Coldwater, qui ne comptait pas vraiment.

Elle se doutait qu'il serait là : la plupart des enseignants étaient en train de dîner à l'heure qu'il était, mais selon le tableau de service, c'était au tour de Coldwater de manger tardivement en compagnie des première année. Ça n'était pas très gênant, car il était de notoriété publique que le pauvre homme était, disons, à l'ouest.

Pas exactement à l'ouest, mais clairement préoccupé. Quand il n'enseignait pas, il semblait toujours avoir la tête ailleurs. Il tournait sans cesse en rond en fronçant les sourcils et en passant ses doigts dans son étrange tignasse blanche, exécutant de l'autre main de petits sorts pétillants tout en marmonnant et maugréant pour lui-même comme s'il tentait de résoudre mentalement des problèmes mathématiques, ce qui était sans doute le cas car, le reste du temps, il les griffonnait sur des tableaux noirs ou blancs, voire sur des serviettes en papier, ou même dans l'air devant lui.

Les étudiants n'arrivaient jamais à savoir s'il était du genre mystérieux et romantique ou tout bonnement hilarant malgré lui. Ceux qui suivaient son séminaire de magie physique lui vouaient une sorte de culte, mais le reste du corps enseignant semblait le considérer avec mépris. Il était jeune pour être prof, peut-être une trentaine d'années – même si c'était difficile à dire, à cause de ses cheveux neigeux –, et il était le benjamin de tous les maîtres de conférence. Il héritait donc des tâches dont nul autre ne voulait, comme manger avec les première année. Cela ne semblait pas le perturber. Si ça se trouve, il ne le remarquait même pas.

Pour l'heure, Coldwater était debout au fond de la pièce, le dos tourné à Prune. Grand et maigre, il se tenait droit comme un I et contemplait la bibliothèque devant lui sans avoir l'intention manifeste de choisir un livre. Prune souffla une prière silencieuse à l'intention du saint qui devait veiller sur les enseignants distraits pour s'assurer qu'il ne sortirait pas de sa rêverie. Elle se glissa sans bruit sur les épais tapis orientaux, traversant rapidement l'angle droit du L pour gagner son bras le plus court, où Coldwater ne pourrait plus la voir. Et même s'il la repérait, elle doutait qu'il la dénonce ; dans le pire des cas, il se contenterait de l'expulser de la salle. Et puis, de toute façon, le jeu en valait largement la chandelle.

Car c'était désormais l'heure du grand déballage. Wharton allait ouvrir le placard à vin, une pièce de la taille d'un petit appartement, et il y trouverait Prune, qui s'y serait faufilée sournoisement à travers un passage secret. Elle lui ferait alors part des exigences de la Ligue et découvrirait enfin la vérité.

C'était la partie la plus hasardeuse de leur plan, car l'existence de ce passage secret n'était que pure spéculation. De toute façon, si cela ne fonctionnait pas, elle ferait son entrée d'une manière infiniment moins spectaculaire, en passant par la porte. Cependant, c'était une hypothèse raisonnablement étayée. Prune était presque certaine que ce fameux passage existait. Il reliait – ou avait relié – la salle des profs et le placard à vin, afin que les membres du corps enseignant puissent sélectionner les meilleures bouteilles pour leur consommation personnelle. La vieille Desante, sa conseillère d'antan, lui avait révélé son existence un jour qu'elle avait un coup dans le nez, chose qui lui arrivait régulièrement : Desante aimait boire, et préférait les alcools forts au vin. Prune avait alors mémorisé cette information, justement pour le cas où une occasion pareille se présenterait.

Le professeur Desante avait en outre ajouté que plus personne n'utilisait ce passage, même si Prune peinait à comprendre comment un raccourci si précieux avait pu tomber en désuétude. Elle supposait néanmoins que, même s'il avait été condamné, elle trouverait bien le moyen de le rouvrir. Elle était mandatée par la Ligue, et rien ne pouvait arrêter la Ligue.

Prune jeta un coup d'œil par-dessus son épaule – Coldwater était toujours hors de vue et/ou occupé ailleurs –, puis s'agenouilla près du lambrissage. Le troisième panneau à partir de la gauche. Hum – celui du bout n'étant qu'un demi-panneau, elle ignorait si elle devait le compter ou pas. Bon, elle essaierait les deux possibilités. Elle traça un mot du bout du doigt, l'épelant dans l'alphabet runique – le futhark ancien – tout en ne songeant qu'au goût d'un chardonnay vieilli en fût de chêne accompagné d'une pointe de toast au beurre chaud.

Un jeu d'enfant. Elle sentit le sort de verrouillage se rétracter avant même que le panneau pivote vers l'extérieur sur des gonds jusqu'alors invisibles. Il s'agissait d'une porte de hobbit, un battant tout simple, un tiers plus bas que la norme. Les professeurs qui voulaient l'emprunter devaient tous baisser leur auguste chef. Pareil outrage devait sans doute être amplement compensé par une sélection de bons vins gratuits.

Chose agaçante, le passage avait bel et bien été scellé. À environ un mètre de l'ouverture, des briques bloquaient le chemin. L'agencement de celles-ci évoqua à Prune l'emploi d'un charme de durcissement des plus brutaux – un simple charme, certes, mais d'une puissance impressionnante. Pas n'importe quel sort estudiantin. Un professeur s'était donné beaucoup de mal pour le créer et y avait consacré un temps certain. Prune fit la moue et ricana par le nez.

Elle contempla le motif pendant cinq bonnes minutes, depuis la pénombre de l'étroit passage, disparue aux yeux du monde. Dans son esprit, les briques se libéraient du mur pour venir flotter devant elle. Son univers se ratatina et se focalisa. Elle pénétra mentalement dans ce motif, l'habita, tenta de le bousculer de l'intérieur, scrutant le moindre joint défectueux ou les déséquilibres les plus subtils.

Il devait y avoir quelque chose. *Allez, Prune : il est plus simple de faire foirer le tour d'un autre que d'en réussir un soi-même. Tu le sais. Le chaos est plus facile à obtenir que l'ordre.*

La personne qui avait scellé ce passage était intelligente. Mais qui l'était plus qu'elle ?

Les angles avaient quelque chose d'étrange. L'essence d'un glyphe comme celui-ci ne résidait pas dans ses coins, mais dans sa topologie : on pouvait le déformer considérablement sans amoindrir son pouvoir, tant que les principales propriétés géométriques restaient intactes. Les angles des raccords étaient, dans une certaine mesure, disposés arbitrairement. Mais le plus drôle dans l'angle de ces raccords était justement qu'ils étaient drôles. Plus tranchants que nécessaire. Ça n'avait rien d'arbitraire. Un certain motif les unissait, un motif dans le motif.

17 degrés. 3 degrés. 17 et 3. Deux ici, deux là, les deux seuls angles à apparaître deux fois. Elle ricana de nouveau en le remarquant. Un simple code alphabétique. Un code alphabétique d'une simplicité ridicule. 17 et 3. Q et C. Quentin Coldwater.

Une sorte de signature. En filigrane. Le professeur Coldwater avait créé ce mur. Et après avoir perçu cela, elle perçut tout le reste. C'était peut-être volontaire – peut-être avait-il laissé volontairement un point faible, une clé, au cas où il ait à démolir cette paroi ultérieurement. En tout cas, cette petite prétention de sa part représentait une faille dans son motif. Elle tira le petit couteau de l'étui à crayons de Wharton et s'en servit pour gratter le mortier autour d'une brique en particulier. Elle en dessina tout le contour, puis insista sur le motif – elle ne réussit pas à le décortiquer, mais elle parvint à le pousser, à jouer avec ses ressorts tendus, de façon à l'entendre résonner. Il résonna si fort que la brique vibra jusqu'à se libérer du mur, tombant de l'autre côté. Boum.

Dépourvu d'une brique, et donc de l'intégrité de son motif, le reste du mur s'écroula. Bizarre que ça vienne de lui : tout le monde savait que Coldwater était un sac à vin. Prune baissa la tête, franchit le palier et referma le panneau derrière elle. Le tunnel était sombre et frais, bien plus frais que la confortable salle des profs. Les murs étaient de simples vieilles planches brutes recouvrant la pierre.

À vue de nez, cent mètres environ devaient séparer la salle du fond du placard à vin, mais elle n'en avait parcouru que vingt quand elle atteignit une porte, cette fois déverrouillée. Elle la referma derrière elle. Un autre passage, puis une autre porte. Étrange. On ne savait jamais à quoi s'attendre dans cette école, même quand on y vivait depuis quatre ans et demi. Brakebills était vieille, très vieille. Elle avait été construite et reconstruite des tas de fois, par des tas de gens différents.

Plus de portes, jusqu'à ce que la quatrième ou cinquième s'ouvre en plein air, dans une petite cour carrée qu'elle n'avait encore jamais vue. Essentiellement couverte d'herbe, il y poussait également un arbre, un fruitier quelconque, monté en espalier contre une haute muraille de pierre. Elle avait toujours trouvé les cultures en espalier un peu flippantes. C'était comme si quelqu'un avait crucifié le pauvre végétal.

Et puis, même si ça avait peu d'importance, il n'y aurait pas dû y avoir de lune, pas cette nuit-là. Elle traversa la cour à petites foulées pour gagner la porte d'en face, fermée à clé.

Elle palpa délicatement la poignée pour en percer les secrets. Elle chercha quelque sceau magique, et waouh. Une personne plus intelligente qu'elle et le professeur Coldwater réunis s'était chargée de condamner cette ouverture.

— Ça, ça m'épate, dit-elle.

Son GPS interne lui indiquait qu'elle devait continuer tout droit, mais il y avait une autre porte dans la cour, un lourd battant de bois sur une autre façade. Malgré son poids, elle n'eut aucun mal à l'ouvrir.

Elle s'en doutait déjà, mais elle en eut cette fois confirmation : elle traversait magiquement divers espaces non contigus, car elle se retrouva directement à l'un des étages supérieurs de la bibliothèque. Ce n'était pas impossible – ou plutôt, ça l'était, mais cela faisait partie des impossibles possibles, comme l'aurait formulé Donald Rumsfeld s'il avait secrètement été magicien. (Tu parles ! Il s'agissait là d'un impossible impossible.) C'était grotesque et un peu effrayant, mais pas magiquement impossible.

La bibliothèque de Brakebills était organisée le long des murs intérieurs d'une tour qui s'étrécissait vers son sommet. Il devait s'agir de l'un des plus petits niveaux supérieurs, que Prune n'avait vus que de bien plus bas et que, pour être honnête, elle avait toujours cru n'exister que pour la frime. Elle n'imaginait pas qu'il puisse s'y trouver de véritables livres. Quel genre d'ouvrages pouvaient-ils donc ranger si haut ?

Cela avait l'air minuscule vu d'en bas, et ça l'était – en fait, elle se rendait désormais compte que ces étages avaient dû être construits en trompe-l'œil, afin que la tour paraisse plus grande qu'elle ne l'était réellement, car c'était même si minuscule qu'on aurait dit un simple balcon, de ceux que l'on trouvait sur ces maisons médiévales étranges que les rois fous faisaient bâtir pour leurs nains royaux. Elle dut y progresser à quatre pattes. Cependant, les tomes semblaient réels, leur reliure de cuir s'effritant comme de la pâte, leur embossage doré annonçant une encyclopédie de référence en d'innombrables volumes sur les fantômes.

Et, à l'instar d'un certain nombre de bouquins dans la bibliothèque de Brakebills, ceux-ci n'étaient ni calmes ni inanimés. Ils se tendaient vers elle depuis leurs étagères quand elle rampait devant eux, comme pour l'inviter à les ouvrir et les lire, ou la mettre au défi de le faire, voire la suppliant. Deux d'entre eux allèrent jusqu'à la frapper aux côtes. Elle supposa qu'ils ne devaient pas recevoir beaucoup de visiteurs. C'était peut-être la même chose que pour les chiots que l'on allait voir en refuge, lorsqu'ils sautaient partout pour réclamer des caresses.

Non, merci. Elle préférait que ses livres attendent sagement qu'elle choisisse seule de les lire. Ce fut un soulagement de ramper à travers la porte miniature au bout du balcon – une chatière plus qu'une porte – et de regagner un corridor de dimensions normales. Cela lui prenait beaucoup de temps, mais il n'était pas trop tard. Le plat principal devait être à moitié terminé, mais il restait au moins le dessert, ainsi que du fromage, si sa mémoire était bonne. En se dépêchant un peu, elle pouvait encore y parvenir.

Le couloir était si étroit qu'il aurait pu s'agir d'un vide sanitaire. En réalité, c'était le cas – si ses estimations étaient exactes, elle se trouvait dans l'un des murs de Brakebills. Un mur de la salle à manger : elle entendait le ronron des conversations et le cliquetis des couverts. Elle pouvait même observer la pièce à travers deux des toiles – leurs yeux faisaient office de judas, comme dans des vieux films traitant de maisons hantées. Ils étaient seulement en train de servir le plat, un bel agneau rosé piqué de branches de romarin. Cela lui donna faim. Elle avait l'impression d'être à des millions de kilomètres de là, alors qu'elle était tout à côté. Elle se sentait presque nostalgique, tels ces anciens larmoyants, regrettant l'époque où elle était assise devant ses cakes au crabe insipides. C'était une demi-heure plus tôt, lorsqu'elle savait encore exactement où elle se trouvait.

Et puis il y avait Wharton, qui servait lentement ses misérables verres de vin rouge sans manifester le moindre repentir. Cette vision l'enhardit. Voilà pourquoi elle s'était mise dans ce pétrin. Pour la Ligue.

Même si, bon Dieu, combien de temps cela allait-il prendre ? La porte suivante donnait sur le toit. L'air nocturne la glaça jusqu'à l'os. Elle n'était plus remontée là depuis la fois où le professeur Sunderland les avait transformés en oies, quand ils s'étaient envolés jusqu'en Antarctique. À côté de la salle à manger, cet endroit était particulièrement solitaire et silencieux – particulièrement élevé, aussi, car il dominait la plupart des arbres nus. Elle préféra rester à quatre pattes à cause de l'inclinaison de la toiture et sentir la texture grumeleuse des bardeaux sous ses paumes. Elle percevait l'Hudson, long tortillement argenté coulant dans la nuit. Elle frémit rien qu'à le voir.

Où aller, à présent ? Il n'y avait plus d'itinéraire évident. Elle perdait le fil. Elle décida finalement de forcer le verrou de la lucarne la plus proche pour retourner à l'intérieur.

Elle se retrouva dans une chambre d'étudiant. D'ailleurs, elle aurait parié qu'il s'agissait de celle de Wharton, même si elle ne l'avait à l'évidence jamais vue, son coup de cœur en étant resté au stade théorique. Quelles étaient les chances ? Ces différents lieux n'étaient pas seulement non contigus. Elle commençait à soupçonner que quelqu'un à Brakebills, peut-être Brakebills elle-même, se moquait d'elle.

— Oh, mon Dieu, dit-elle à haute voix. Quelle ironie du sort.

Eh bien, jouons, songea-t-elle. *Rira bien qui rira le dernier.* Elle n'aurait pas été étonnée d'apprendre qu'elle était en réalité prise dans un duel magique avec Wharton en personne, sauf qu'il n'aurait jamais réussi à organiser une chose pareille. À moins qu'il n'ait reçu de l'aide – sauf s'il faisait partie d'une sorte d'anti-Ligue mystérieuse, résolue à contrecarrer les plans de la Ligue ! En réalité, ce serait vraiment chouette.

La chambre était dans un désordre pas possible, ce qui était plutôt une bonne surprise étant donné qu'elle imaginait Wharton comme un grand maniaque. Et cela sentait bon. Elle choisit de ne pas lutter contre l'absence de logique des événements : elle allait jouer le jeu. Prendre le contre-pied. Sortir par la porte aurait rompu le sort chimérique, elle préféra donc ouvrir le placard, convaincue que – et voilà, regardez ça, il y avait un autre vantail au fond.

Elle ne put s'empêcher de remarquer que ce placard était rempli – presque plein à craquer – de boîtes de crayons. Qu'est-ce qui avait bien pu leur faire croire qu'il se mettrait à paniquer pour la perte de deux d'entre eux ? Il devait en avoir au moins cinq mille en réserve. Les effluves d'huile de bois tropical étaient presque étouffants. Elle ouvrit le panneau et s'y engouffra.

De là, son parcours se déroula entièrement sur des rails chimériques. Elle déboucha dans une autre cour, en plein jour. Il n'y avait plus aucune contigüance – contiguïté ? – temporelle, non plus que spatiale. Elle était revenue dans le passé car elle se vit, Prune en personne, traverser l'herbe légèrement givrée et croiser Wharton en lorgnant dans sa direction. C'était une vision étrange. Mais depuis cette dernière demi-heure, sa tolérance à l'étrange avait considérablement crû.

Elle s'observa quitter la cour. C'était un bon résumé de son existence : Prune était plantée là à regarder sa vie partir. Elle se demanda si, pour peu qu'elle se mette à crier en agitant les bras, elle s'entendrait, ou s'il s'agissait plutôt d'une sorte de miroir sans tain. Elle fronça les sourcils. La causalité de tout cela lui paraissait floue. Une seule chose était claire : si c'était à ça que ressemblait son cul vu de derrière, eh bien, ça n'était pas si mal. Elle s'en contenterait.

La porte suivante était encore moins contiguë temporellement, car elle l'emmena dans une tout autre Brakebills, une version étonnamment réduite de l'école. Un établissement à la fois plus petit, plus sombre et plus dense. Les plafonds étaient plus bas, les couloirs plus étroits, et il flottait dans l'air une odeur de feu de bois. En passant devant une chambre ouverte, elle avisa un groupe de filles blotties les unes contre les autres sur un lit gigantesque. Elles portaient de longues chemises de nuit blanches et avaient des cheveux raides et des dents gâtées.

Prune comprit ce qu'elle avait sous les yeux. C'était la Brakebills d'antan. Le fantôme d'une Brakebills du passé. Les filles levèrent brièvement le front, sans curiosité, quand elle passa devant elles. Elle ne leur demanda pas ce qu'elles faisaient.

— Une autre Ligue, se dit-elle simplement. Je savais que ça avait déjà existé !

Au prochain palier, elle déboucha dans une pièce qu'elle croyait connaître – non, elle *savait* qu'elle la connaissait, elle refusait simplement d'y penser. Elle était déjà venue là, bien longtemps auparavant. Pour l'instant, elle était déserte, mais un truc s'en approchait, et dès qu'il serait là, l'enfer allait se déchaîner. C'était la chose : la chose à laquelle elle était incapable de songer. Elle avait vu tout ceci se produire, sans être capable de l'empêcher. À présent, elle savait que la créature était en route et que cela allait se reproduire quoi qu'il advienne.

Il fallait qu'elle sorte, qu'elle déguerpisse immédiatement, avant que l'horreur reprenne.

— Non ! s'écria Prune. Non, non, non, non, *non*.

Elle courut. Elle essaya pour la première fois de rebrousser chemin, mais trouva la porte verrouillée. Elle s'élança donc dans l'autre sens, à l'aveuglette, et ouvrit à la volée la porte suivante. Quand elle rouvrit les yeux, elle se trouvait dans le petit salon trapézoïdal où la Ligue tenait ses réunions.

Oh. Oh, Dieu merci. Le souffle court, elle laissa échapper un unique sanglot. Ça n'était pas réel. Rien de tout ceci n'était réel. Ou ça l'avait été, mais c'était terminé. Peu lui importait : dans un cas comme dans l'autre, elle était tirée d'affaire. Cette foutue visite mystère avait touché à son terme. Elle ne repartirait pas en arrière, elle n'irait plus nulle part. Elle était en sécurité. Elle n'y penserait plus. Nul n'avait besoin de savoir.

Prune se laissa tomber sur le canapé fatigué, sans structure. Il était si défoncé qu'il manqua l'avaler. Elle avait l'impression de pouvoir s'y endormir. Elle se demanda presque si elle avait somnolé quand elle rouvrit les yeux et contempla le reflet dans le long miroir que Darcy et Chelsea avaient fêlé plus tôt. Bien entendu, elle ne s'y trouvait pas : c'était un miroir magique. Tant mieux. Prune était soulagée de ne pas avoir son visage sous les yeux. Son soulagement fut de courte durée.

Une autre fille se tenait dans le miroir, à sa place. Ou du moins, cela avait la forme d'une fille. Une silhouette bleue et nue, dont la peau propageait une espèce de lumière surnaturelle. Même ses dents étaient bleues. Ses prunelles étaient furieuses.

C'était une horreur d'une tout autre espèce. Une nouvelle horreur.

— Toi, chuchota le fantôme à l'adresse de Prune.

C'était elle : le fantôme de Brakebills. Elle existait bel et bien. Bon sang, c'était elle qui la faisait tourner en bourrique. L'araignée au centre de la toile.

Prune se releva, mais après cela, elle ne bougea plus. Tout mouvement était révolu. Si elle remuait d'un cil, elle ne vivrait pas longtemps. Elle avait suffisamment d'expérience avec la magie pour comprendre instinctivement qu'elle se trouvait en présence d'une chose si brute et si puissante qu'elle la moucherait en une fraction de seconde au moindre contact. La fille bleue était telle une ligne à haute tension tombée à terre. Le monde n'était plus du tout isolé, et un courant magique nu et pur crépitait devant elle.

Cela allait au-delà de l'horreur : Prune se sentait calme, détachée. Elle était prise dans un ensemble d'engrenages bien plus grands qu'elle et qui la broieraient sans état d'âme. Ils étaient déjà en branle. Il n'y avait rien qu'elle puisse y faire. Quelque part, elle avait envie d'être écrasée. Elle attendait depuis si longtemps que son sort funeste la rattrape.

Et puis : *boum !* Le bruit émanait du mur de gauche – comme si quelque chose lui était rentré dedans de l'autre côté. De petits morceaux de plâtre tombèrent. Le *boum* fut aussitôt suivi d'une voix d'homme disant un truc comme « Ouf ». Prune se tourna dans cette direction.

Pas la fille du miroir.

— Je sais, murmura cette dernière. J'ai vu.

Le mur explosa, projetant des éclats de plâtre dans toutes les directions, et un homme le traversa, couvert de poussière. C'était le professeur Coldwater. Il s'ébroua tel un chien mouillé pour se nettoyer un peu. De la sorcellerie blanche étincelait autour de ses deux mains telles de chandelles romaines, si lumineuses qu'elle eut des taches pourpres devant les yeux.

Tout en gardant une main braquée sur le fantôme bleu, il s'avança vers Prune et vint se poster entre le miroir et elle.

— Attention, lui lança-t-il d'un ton relativement calme étant donné les circonstances.

Il balança en arrière l'une de ses longues jambes et décocha un coup de pied au miroir. Il lui fallut trois assauts – les deux premiers ne firent que fêler et enfoncer la glace, mais au troisième sa pointe passa au travers. Elle y resta d'ailleurs un peu coincée quand il essaya de l'en retirer.

L'état de choc dans lequel se trouvait Prune ne fait aucun doute quand on sait que sa première réaction fut de penser : *Il faut que je dise à Chelsea qu'elle n'aura pas à le rembourser.*

Fracasser le miroir ne suffit pas à chasser le fantôme : celui-ci les observait toujours, même s'il devait pour cela se pencher par-dessus le bord du trou. Le professeur Coldwater se retourna pour se placer face au mur derrière Prune. Il joignit les mains et déclara :

— Baisse-toi.

L'air chatoya et ondula autour d'eux. Elle dut ensuite s'abriter derrière ses avant-bras. Ses cheveux furent tant chargés d'électricité statique qu'elle en eut mal au cuir chevelu. Le monde entier était envahi de lumière. Elle ne la vit pas, mais elle entendit et sentit la porte derrière elle exploser sur ses gonds.

— Cours, dit le professeur Coldwater. Fonce, je suis juste derrière toi.

Elle s'exécuta. Elle enjamba le canapé telle une championne d'athlétisme et encaissa l'onde de choc quand le professeur Coldwater balança un ultime sort au fantôme. Prune décolla du sol et chancela sans cesser de courir.

Le retour fut plus rapide que l'aller. Elle semblait effectuer de grands bonds, comme si elle avait chaussé les bottes de sept lieues, ce qu'elle mit d'abord sur le compte de l'adrénaline avant de comprendre que c'était purement magique. Une foulée la propulsa à travers la pièce infernale, une autre lui fit traverser la Brakebills coloniale, la suivante la ramena dans la chambre de Wharton, puis sur le toit, dans le vide sanitaire, la bibliothèque, la cour au poirier flippant, le passage secret. Le bruit des portes claquant derrière elle n'était pas sans évoquer celui d'une ribambelle de pétards.

Ils s'arrêtèrent juste devant la salle des profs, hors d'haleine. Il était juste derrière elle, comme promis. Elle se demanda s'il venait de lui sauver la vie. En tout cas, elle s'en voulait réellement de s'être moquée de lui dans son dos. Il rescella le passage derrière eux. Elle l'admira œuvrer, stupéfaite et fascinée : il bougeait en accéléré, agitant les bras à toute vitesse, et ne mit que cinq secondes environ à reconstruire un mur de brique entier selon un motif très particulier.

Elle ne put s'empêcher de constater que, cette fois, il corrigea le motif de résonance dont elle s'était servie pour rompre la barricade.

Puis ils se retrouvèrent seuls dans la salle commune. Elle aurait pu croire à un rêve si Coldwater n'avait pas tant de poussière de plâtre sur les épaules de son blazer.

— Que t'a-t-elle dit ? s'enquit-il.

— Elle ? s'étonna Prune. Oh, le fantôme. Rien. Elle a dit « Toi », et c'est tout.

— « Toi », répéta-t-il.

Il observait un point au-delà de l'étudiante – il était déjà distrait de nouveau. L'un de ses doigts grésillait encore de magie résiduelle. Il le secoua, et le feu blanc s'éteignit.

— Hum. Tu veux toujours te rendre dans le placard à vin ? C'est bien ce que tu cherchais, non ?

Prune éclata de rire malgré elle. Le placard à vin. Elle l'avait complètement oublié. Elle avait toujours dans sa poche l'étui à crayons ridicule de Wharton. Il semblait tellement vain de poursuivre sa mission. Tout était trop triste et trop étrange, à présent.

Pourtant, songea-t-elle, il serait étrangement encore plus triste de ne pas aller au bout.

— Bien sûr, répondit-elle en réussissant presque à adopter un ton enjoué. Pourquoi pas ? Alors, est-ce qu'il existe vraiment un passage secret ?

— Évidemment. Je pique sans arrêt des bouteilles.

Il dessina une rune sur le panneau voisin de celui qu'elle avait ouvert.

— Le demi-panneau ne compte pas, expliqua-t-il.

Ah, ah. La porte s'ouvrit. Elle avait vu juste : c'était du gâteau, plutôt soixante-quinze mètres que cent.

Elle redressa les épaules et s'examina dans une glace de trumeau. Elle avait les cheveux légèrement en bataille, mais ça ne ferait qu'ajouter à son petit effet. Elle était surprise, presque déçue, de voir son propre visage en face d'elle. Elle se demandait de qui le fantôme était le fantôme, comment elle était morte, pourquoi elle était restée là. Sans doute pas pour le plaisir. Il ne s'agissait probablement pas d'une ancienne élève nostalgique venue hanter Brakebills par pur esprit de corps. Elle avait sûrement besoin d'un truc. Avec un peu de chance, tuer Prune ne figurait pas sur sa liste de choses à faire.

Mais, dans le cas contraire, elle en avait eu l'occasion – non ? – et ne l'avait pas saisie. Prune n'était pas un fantôme. Cela n'était pas rien ; maintenant qu'elle en avait vu un pour de vrai – elle n'y croyait pourtant pas, mais on apprend à tout âge –, elle savait faire la différence, sans l'ombre d'un doute. *Je ne suis pas morte alors*, se dit-elle, *et je ne suis pas morte dans cette pièce. J'en ai eu l'impression, j'en ai eu l'envie, mais ça n'est pas arrivé, car si j'étais morte alors, je serais* morte. *Et je ne veux pas devenir un fantôme. Je ne veux pas revenir hanter ma propre existence.*

Elle venait de refermer derrière elle la porte secrète menant au placard à vin – elle était dissimulée derrière des casiers amovibles – quand Wharton fit son apparition, accompagné du brouhaha lié au service du fromage. Elle arrivait à point nommé. Tout à fait dans l'esprit de la Ligue.

Wharton se figea, tenant dans une main une bouteille tout juste rebouchonnée, et deux verres renversés dans l'autre. Prune le considéra avec calme.

— Tu ne remplis jamais complètement les verres des cinquième année, déclara-t-elle.

— C'est vrai, répondit-il. Tu as mes crayons.

Elle l'examina. Une partie du charme de Wharton résidait dans l'asymétrie de ses traits. Il avait dans son enfance été opéré d'un bec-de-lièvre, et la chirurgie s'était si bien passée qu'il ne restait qu'une minuscule cicatrice de dur à cuire, comme s'il avait un jour reçu un direct en pleine figure mais que ça ne l'avait pas arrêté.

En outre, le V que formait sur son front son implantation de cheveux était trop craquant. Certains garçons avaient tout pour eux.

— Ce ne sont pas tant les crayons qui m'ennuient que l'étui, reprit-il. Et le couteau. Ils sont en argent d'époque, des Smith & Sharp véritables, ça ne se trouve plus nulle part.

Elle sortit la trousse de sa poche.

— Pourquoi ne sers-tu pas des rations complètes aux cinquième année ?

— Parce que j'ai besoin du rab de vin.

— D'accord, mais pour faire quoi ? insista Prune. Je te rendrai les crayons et tout le reste si tu me le dis. J'ai juste besoin de savoir.

— À ton avis ? demanda Wharton. C'est une offrande à ce putain de fantôme. Il me fait trop flipper.

— Tu n'es qu'un imbécile, rétorqua Prune. Le fantôme se fout complètement du vin.

Pour une raison ou pour une autre, elle se considérait désormais comme une experte concernant les goûts du fantôme.

— Le fantôme se fout complètement *de toi*, ajouta-t-elle. Et dans le cas contraire, tu ne pourrais rien y faire de toute façon. Et certainement pas l'amadouer en lui refilant du vin.

Elle lui rendit son étui.

— Les crayons sont à l'intérieur. Le couteau aussi.

— Merci.

Il lâcha le tout dans la poche avant de son tablier et disposa les deux verres vides sur une étagère.

— Un peu de vin ? proposa-t-il.

— Merci, répondit Prune. Avec plaisir.

S.M. STIRLING

Quand seule la loi vous préserve encore de l'effondrement total de la civilisation, il vous faut une personne assez coriace pour la faire respecter – quel qu'en soit le coût.

Considéré par beaucoup comme étant l'héritier naturel de Harry Turtledove au titre de roi de l'uchronie, l'étoile montante de la science-fiction S.M. Stirling est l'auteur best-seller de la trilogie *Island in the Sea of Time** (*Island in the Sea of Time, Against the Tide of Years, On the Oceans of Eternity*) – dans laquelle l'île de Nantucket se retrouve projetée dans le passé, en 1250 av. J.-C. – ou de la série *Draka** (*Marching Through Georgia, Under the Yoke, The Stone Dogs* et *Drakon*, ainsi qu'une anthologie de nouvelles dans le même univers écrites par d'autres auteurs et réunis par Stirling dans l'ouvrage *Drakas !*), dans laquelle les tories fuient la révolution américaine pour créer une société militante en Afrique du Sud avant de conquérir l'essentiel de la planète. Il a également publié *Dies the Fire** et ses suites (*The Protector's War**, *A Meeting at Corvallis**), ainsi que la pentalogie *Fifth Millennium**, que l'heptalogie *The General** (avec David Drake) et que des romans indépendants comme *Conquistador** ou *Les Lanciers de Peshawar*. Stirling a en outre écrit en collaboration avec Raymond E. Feist, Jerry Pournelle, Holly Lisle, Shirley Meier, Karen Wehrstein et l'acteur de *Star Trek* James Doohan. Il a de surcroît contribué aux séries *Babylon 5, T2, Brainship, War World* et *Man-Kzin Wars*. Ses nouvelles ont été rassemblées en un recueil intitulé *Ice,*

*Iron and Gold**. Ses derniers cycles sont *Change** (*The Sunrise Lands, The Scourge of God, The Sword of the Lady, The High King of Montival* et *The Tears of the Sun*) et *Lords of Creation** (*The Sky People* et *In the Courts of the Crimson Kings*). Plus récemment, il a aussi débuté une nouvelle série, *Shadowspawn**, jusqu'ici composée de *A Taint in the Blood* et *The Council of Shadows*. Son dernier roman, *Lord of Mountains*, appartient à *Change*. Né en France et élevé en Europe, en Afrique et au Canada, il vit désormais à Santa Fe, au Nouveau-Mexique.

ANNONCER LA SENTENCE

DUN CARSON
(VALLÉE WILLAMETTE DU CENTRE-EST)
DÙTHCHAS DU CLAN MACKENZIE
(ANCIEN OREGON OCCIDENTAL)
5 AOÛT DE L'ANNÉE DU CHANGEMENT 1/1999 APR. J.-C.

Je chevauche pour aller juger un personnage infâme, pensa Juniper Mackenzie. *Cela fait partie du rôle de chef, mais je préférais de très loin être une musicienne de folklore ! Les vieilles légendes étaient moins éprouvantes en chansons que dans la vie réelle.*

— Tu pourras boire bientôt, Riona, annonça-t-elle à son cheval.

La jument remua les oreilles dans sa direction.

L'odeur de sueur de la dizaine de montures qui constituait son détachement était forte, même si elle y était habituée déjà avant le Changement : voyager en chariot hippomobile faisait partie de son personnage, et cela lui plaisait. C'était une journée chaude d'une semaine bien sèche, un temps idéal pour les moissons, ce qui importait plus que leur confort. La norme n'était pas qu'il pleuve là durant l'été, ce qui ne signifiait pas que cela n'arrivait jamais.

Dans l'Ancien Monde, avant l'arrêt des machines, la pluie aurait été considérée comme une gêne. À présent, dans ce nouveau monde où il fallait pouvoir aller chercher la nourriture à pied, ç'aurait été un véritable désastre. Ainsi, la chaleur et le soleil qui menaçaient sa peau tachée de son étaient une bénédiction, malgré la transpiration et la sensation cuisante qu'ils provoquaient. Parmi les conséquences positives, il y avait moins de fumée dans l'air que l'année précédente, la première année du Changement.

Elle pinça légèrement les lèvres à ce souvenir ; tout n'était alors que villes incendiées et forêts ravagées par les flammes, là où le bois d'élagage avait été entassé par des générations d'humains tentant de mettre un terme au cycle des brasiers. Un voile lugubre avait flotté sur la région de Willamette, recouvrant la grande vallée s'étendant des Cascades à la Chaîne côtière jusqu'à ce que les pluies automnales le dissipent.

Elle avait toujours du mal à digérer le goût de ce monde dévoré par le feu et l'horreur. Cela lui rappelait sans cesse ce qui se passait loin de son refuge.

Avec un effort de volonté devenu habituel, elle se força à revenir dans le présent, se concentrant sur le lent claquement des sabots sur l'asphalte, le craquement continuel du cuir entre ses cuisses et le visage de son fils endormi dans la légère nacelle de transport accrochée au pommeau de sa selle. Des bandes d'ombres projetées par les arbres en bordure de route dansaient sur sa figure tel le tremblotement d'une bougie vacillant au rythme des chevaux.

Elle avait dû apprendre à faire cela, pour éviter que les réminiscences ne la fassent plonger dans la folie. Nombreux étaient ceux qui avaient perdu l'esprit après ce qu'ils avaient vu, fait et enduré depuis l'arrêt des machines ; ceux-là subissaient des crises de hurlements, ou sanglotaient en se balançant d'avant en arrière, quand ils ne se laissaient pas abattre par une apathie aussi mortelle qu'un couteau, une corde ou le bacille de la peste logé dans les poumons. Sans quoi, la plupart d'entre eux auraient probablement survécu. Ceux qui n'étaient pas en état de se mouvoir seuls avaient encore peu de chances de s'en tirer, même si la définition d'un esprit sain avait considérablement évolué.

Tout l'excédent devait aller aux enfants ; ils avaient secouru autant d'orphelins que possible. Quand un jeune réapprenait à rire, on se remettait à croire que le monde recommencerait à tourner rond.

Au moins, tu n'auras pas senti la fumée toute l'année. Réjouis-toi. Pense à laisser un monde meilleur aux enfants qui grandissent ; les tiens, et tous les autres. Oublie tout le reste. Et surtout, ne pense pas à l'odeur des charniers des camps de réfugiés autour de Salem, où la Mort noire a frappé. Elle ne s'en était pas approchée de très près, lors de son voyage de reconnaissance. Assez près pourtant pour…

Non.

Les pistes de poussière, les effluves subtils de l'herbe cuite, des arbres et des moissons, la légère odeur de pourriture des tiges fraîchement coupées. Les terres autour de Dun Carson étaient pratiquement toutes récoltées, à présent, des carrés plats de chaume grisâtre s'étendant en alternance avec les pâturages ou des massifs de sapins et de chênes luxuriants, parfois le long de ruisseaux presque à sec et ralentis par l'été.

Une moissonneuse tirée par deux de ces Quarter horses échangés contre de la terre arable à l'est des Cascades achevait son travail à leur passage. La machine rudimentaire avait été reproduite durant l'hiver à partir d'une maquette récupérée dans un musée. Son panier pivotant se frayait un chemin à travers les dernières pousses blondes et la courroie vibrante située derrière la barre de coupe laissait dans son sillage des javelles de céréales. La conductrice leva la tête le temps de les saluer, puis se remit à l'ouvrage.

L'année précédente, ils s'étaient servis de faux trouvées dans des jardineries et décrochées de murs où elles faisaient office de souvenirs, ainsi que de faucilles de fortune, de couteaux à beurre voire des mains nues des réfugiés non qualifiés travaillant jusqu'à épuisement. Ce genre d'agriculture était éprouvant même quand on savait s'y prendre, et la plupart d'entre eux ignoraient comment procéder. Heureusement, ils avaient eu pour les guider et leur enseigner quelques fermiers véritables ou amateurs, ainsi qu'une poignée d'Amish irremplaçables échappés de campements envahis par des vagues de migrants ou les escadrons de rafle de Norman Arminger, le seigneur de guerre du Nord.

On a pratiquement récolté tout ce qu'on a planté l'année passée ; à présent, on va devoir se tourner vers les champs des volontaires.

Nombre – la plupart – des terres dédiées aux céréales avant le Changement étaient restées intouchées jusqu'à ce que les grains commencent à tomber des épis. Tout cela à cause du chaos qui avait fait rage dès lors que les gens avaient fui les villes, devenues instantanément inhabitables quand l'électricité et les moteurs avaient fait défaut, quand les rixes, la maladie et les pillards s'étaient multipliés. Le manque d'outils et de compétences s'était également fait sentir. Un champ laissé ainsi à l'abandon se ressemait de lui-même, donnant une seconde récolte maigre, éparse et envahie de mauvaises herbes, mais infiniment plus précieuse que l'or.

Les rayons du soleil se réfléchissaient sur les lances des lieurs qui suivaient la moissonneuse. Ils levaient leurs armes chaque fois qu'ils avançaient pour nouer une nouvelle brassée de tiges. Les gerbes étaient ensuite rassemblées en un trépied. Elle cilla en voyant le métal affûté refléter la lumière, se souvenant de…

… la petite fille rieuse que les Mangeurs utilisaient comme appeau avant de lui trancher la gorge, et de l'odeur de cochon grillé qui émanait des bâtiments barricadés derrière elle…

— Concentre-toi, conseilla Judy Barstow Mackenzie, qui la flanquait de l'autre côté.

Et on s'aidait mutuellement à… peut-être pas oublier… à mettre ça de côté. Y a-t-il une seule personne parmi nous qui soit parfaitement saine d'esprit ? Quelqu'un qui ne souffre pas de…

troubles post-traumatiques, est-ce le bon terme ? En tout cas, ce sont ceux qui étaient le moins attachés au monde-tel-qu'il-était qui s'en sortent le mieux depuis le Changement. Les autres se cramponnent à nous.

— Merci, répondit Juniper.

— À quoi sert une Vierge, si ce n'est à veiller sur sa Grande Prêtresse ?

Son ton était badin, mais Juniper se pencha vers elle pour lui toucher l'épaule.

— Et une amie, déclara-t-elle. C'est ce que font les amies.

Elles se connaissaient depuis le début de l'adolescence – une décennie et demie plus tôt, quand elles avaient découvert l'Art ensemble. Elles ne se ressemblaient pas du tout : Juniper était petite et menue, avec des prunelles vertes comme une feuille de saule, alors que Judy avait des traits grossiers, une forte carrure, une peau olivâtre et des cheveux noir corbeau.

— Ça aussi, pour sûr ! s'exclama Judy en plaquant un fort accent irlandais sur son habituel parler de New York. (Elle lui fit un clin d'œil.) Ça va de soi.

Juniper grimaça légèrement à la tentative d'imitation. *Elle* savait imiter cet accent à la perfection. Sa mère était une Irlandaise pure souche, qui avait rencontré un jeune aviateur américain en permission dans le pub londonien où elle travaillait. Sur l'île d'Achill, à l'ouest du Comté de Mayo, elle avait grandi en apprenant le gaélique. Ce marmonnement rythmé ne perçait qu'à peine sous l'américain général de Juniper, sauf quand elle le faisait volontairement rejaillir durant ses spectacles – elle était chanteuse avant le Changement, participant aux kermesses de la Renaissance et autres conventions et festivals païens.

Désormais, elle l'employait de plus en plus, surtout en public. Si d'aucuns cherchaient à le faire revivre, elle était bien décidée à leur fournir un meilleur exemple à suivre que le vague souvenir distant des mauvais films de deuxième partie de soirée.

— Ça va être désagréable, mais direct, annonça Judy avec gravité. J'ai étudié l'affaire et ça ne fait aucun doute. Il est coupable et il le mérite.

— Je sais. (Juniper inspira profondément.) J'ignore en revanche pourquoi je me sens si… dépassée, admit-elle. C'est un fait. Comme si…

Elle contempla le ciel, à peine voilé de quelques hauts nuages épars.

— Comme si un orage se préparait, alors que ça n'est pas le cas.

Le cortège de Dun Juniper tourna à une courbe, et elle soupira en avisant les bâches étendues au croisement entre les sapins, les chênes et les peupliers qui bordaient la route. En partie parce qu'elle mourait d'envie de sentir leur ombre, en partie parce que…

Les doigts de sa fille jaillirent. Eilir était sourde de naissance.

Pourquoi ce soupir contrarié, Maman Jolie ? demanda-t-elle. *Ils ont fait ce que vous aviez demandé.*

Juniper lui adressa un coup d'œil agacé. Eilir semblait aussi fatiguée que sa mère, même si elle était très en forme et n'avait que quatorze ans. Elle était grande, déjà plus que Juniper, forte et aussi gracieuse qu'une biche ; son corps magnifique lui venait de son père, ancien athlète et footballeur.

Ainsi qu'un salopard d'égoïste qui a foutu une ado enceinte en la dépucelant à l'arrière de sa bagnole. Heureusement, je crois qu'Eilir a hérité de la jugeote et du cœur Mackenzie !

Juniper emplit une nouvelle fois ses poumons et souffla longuement pour évacuer sa mauvaise humeur, une technique éprouvée depuis des lustres.

Elle reprit en langue des signes : *Tu sens quelque chose ? Il y a de la* colère *dans l'air. Dans le sol, dans le contact des choses, comme une menace invisible.*

Les yeux bleu pâle d'Eilir s'étrécirent puis se firent distants.

Je crois bien que oui, Maman Sinistre, répliqua-t-elle après quelques instants. *Oui, un peu.*

Elles se tournèrent toutes deux vers Judy, qui secoua la tête en haussant les épaules.

— Pas moi. C'est toi, la mystique. Mon rôle était juste de m'assurer qu'on ait des robes propres et suffisamment de cierges pour les Sabbats.

La Terre appartient à la Mère, déclara Eilir en arborant pour une fois un air sévère. *Peut-être que c'est Sa colère qu'on ressent.*

Elles firent halte à la jonction des deux routes. Juniper tendit son fils de neuf mois, Rudi, à Melissa Aylward Mackenzie, elle-même enceinte.

— Je le sens aussi, annonça-t-elle avec sérieux.

Comme tant d'autres, elle venait d'adopter la Nouvelle Religion, sauf qu'elle avait déjà été nommée Grande Prêtresse de Dun Fairfax et était là pour aider à l'organisation du rituel.

— Espérons que nous fassions la bonne chose à Ses yeux, alors, répliqua Juniper. Va préparer les petits, d'accord, Mellie ? Ça ne va pas être facile pour eux.

Melissa acquiesça sobrement, puis sourit légèrement en saisissant Rudi entre ses mains expertes. Juniper s'étira la nuque dans un craquement de selle ; chevaucher lui faisait mal au dos. En son for intérieur, elle constata que les gens avaient déjà repris l'habitude de marcher au milieu de la route, maintenant que voitures et camions n'étaient plus que de l'histoire ancienne.

On a mieux à faire que ça, reprit-elle à l'adresse de sa fille. Ses doigts et ses mains dansaient dans l'air, tant elle s'exprimait aussi couramment qu'à voix haute. *C'est les moissons, et personne n'a de temps à perdre. On a passé l'essentiel de cette nuit et de la journée d'hier à préparer le rituel, et on a eu du mal à en définir les limites, même à dix esprits aguerris. Je déteste avoir à prendre des décisions hâtives, surtout quand elles risquent de créer un précédent... Mais que pourrions-nous faire d'autre ?*

Eilir haussa les épaules. *L'enfermer le temps qu'il faudra, comme on le faisait à l'époque ?*

Juniper ne se donna pas la peine de répondre : ça n'était pas une suggestion sérieuse. Ils ne pouvaient pas non plus se permettre de se délester d'une personne pour surveiller les criminels, même s'ils avaient voulu suivre cette voie. Ce qui n'était pas le cas.

Sam Aylward, son maître d'armes en chef, lui tint son étrier pour l'aider à descendre. Elle s'étira derechef dès que ses bottes touchèrent l'asphalte et rajusta d'un coup sec le plaid épinglé à son épaule. Tous les membres du contingent Dun Juniper portaient le même costume des Highlands ; tout était parti d'une blague, mais la tenue était si confortable que l'habitude s'était répandue. Il s'agissait d'une sorte de tartan – mélangeant un vert clair, un marron terne et un orange – provenant d'une réserve de couvertures récupérée dans un entrepôt, et sans lien quel qu'il soit avec l'Écosse.

Environ un tiers des hommes de Dun Fairfax portaient en plus un kilt, et les habits loqueteux des autres, avec leurs déchirures et leurs pièces, expliquaient à eux seuls pourquoi les vêtements d'avant le Changement s'usaient si vite. Ils n'étaient pas destinés à endurer l'effort quotidien du travail en extérieur auquel presque tout le monde s'attelait désormais. Maintenant que les villes les plus proches avaient été pillées, il était de plus en plus éprouvant et dangereux de s'aventurer dans les zones épargnées par les flammes pour en dégoter d'autres. Seuls de gros groupes bien armés osaient s'y risquer, à cause des bandits ou seigneurs de guerre minuscules qui apparaissaient sans arrêt, et des bandes terrifiantes de Mangeurs qui se tapissaient dans les ruines pour traquer leurs proies et s'en repaître.

Un message surgit du meuble classeur mental qu'elle se trimballait depuis plusieurs jours :

Vérifie la quantité de lin et de laine ainsi que les projets de rouets dès qu'on aura fini la moisson. Inutile pour le moment de coudre nos propres vêtements, mais autant que tout soit prêt et qu'on ait les personnes compétentes pour s'en charger quand le besoin s'en fera sentir.

Elle-même était tisserande à ses heures perdues avant le Changement, et ils allaient organiser des cours d'apprentissage durant l'hiver. Par chance, c'était le genre d'activité que l'on pouvait laisser tomber et reprendre plus tard.

Melissa abandonna son groupe et se dirigea vers la bâche tendue au sud-ouest du croisement, où les mères allaitant les enfants s'installaient. Rudi gazouilla en agitant ses bras potelés, ne quittant pas sa maman des yeux et lui adressant un sourire édenté et béat.

Tu peux remercier le Seigneur et la Dame d'avoir un bébé si tranquille. Eilir était bien plus difficile. Bien sûr, j'avais alors moins d'expérience, et infiniment moins d'aide. Il faut vraiment tout un village pour élever un enfant ; en tout cas, ça simplifie grandement la tâche.

— Ils préparent des drapeaux pour tous les Duns, fit remarquer Juniper à Chuck Barstow. C'est une excellente idée. Le peuple a besoin de symboles.

— Dennie avait raison d'insister pour le drapeau vert, répondit Chuck. Il nous en faut également un pour le Clan tout entier. Où veux-tu le mettre ?

Juniper fit la moue. Elle avait fait une bannière de l'ancien sigil du Coven de la Lune Chantante : des bois de cerf sombres et un croissant argenté sur un fond de soie verte. La broderie était un autre loisir devenu vital. Dans l'air immobile de cette fin d'été, toutes les oriflammes pendaient mollement à leurs mâts, plantés autour des abris en prélart, comme si elles retenaient leur souffle. Par chance, la sienne était accrochée à une barre horizontale, si bien qu'on pouvait en distinguer le symbole.

— À côté de celui de Dun Carson, s'il te plaît.

Le labrys argenté sur fond rouge sang de ce dernier était érigé juste devant l'extrémité nord-ouest du camp, où les routes marquaient peu ou prou les quatre points cardinaux. Chuck planta la hampe du Clan dans la terre et tourna. Brian Carson se tenait tout près de la veuve de son frère, ainsi que de sa nièce et son neveu orphelins, non loin des deux tables qu'elle avait fait installer au centre. Son épouse, Rebekah, était postée avec raideur de son autre côté.

Melissa et ses aides s'occupaient de veiller sur les petits. Le quadrant sud-est accueillait des représentants des Duns situés dans un rayon de vingt kilomètres. Des volontaires vinrent prendre soin des chevaux, les dessellant et les pansant avant de les laisser paître dans un pré.

Comme le Changement nous restreint, pensa Juniper. *Vingt kilomètres représentent de nouveau une grande distance ! Cet événement va être consigné et envoyé au* Cercle du Soleil. *C'est une bonne idée de garder une trace, mais pas d'en faire tout un cirque.*

Il y avait plus de cinquante adultes sous la toile de jugement, ainsi qu'une dizaine ou une quinzaine d'adolescents…

… eòghann, songea Juniper. *On les appelle des* eòghann.

Ce qui signifiait *jeunesse* ou *aide* dans la langue de sa mère.

Il nous faut un nom pour les adolescents prêts à commencer à découvrir les difficultés et les responsabilités des adultes, sans pour autant avoir le droit de vote. Eòghann *fera l'affaire, puisque tout le monde semble résolu à vouloir jouer aux Celtes.*

Juniper s'ébroua légèrement. Le profond silence n'était rompu que par le vagissement occasionnel de l'un des bébés, le claquement des sabots d'un cheval changeant de position ou une quinte de toux. La plainte monocorde des machines ne venait plus polluer l'arrière-plan, et cela la frappait encore ; elle ne s'était jamais attendue à un calme si absolu, sauf peut-être dans le cas d'une randonnée en pleine nature. Même les endroits les plus familiers paraissaient désormais étrangers.

Elle prit place derrière la grande table pliante, où un siège à haute assise l'attendait…

Un tabouret de bar ! C'est drôle à bien plus d'égards que je n'en peux supporter.

La plupart des gens s'étaient installés sur des caisses ou des paniers robustes, formant des rangées bien droites sans commune mesure avec l'habituel laisser-faire du Clan. À l'avant et au centre se trouvait celui qui allait passer en jugement, isolé du reste de la foule par la bâche blanche sous ses pieds et le cercle d'aversion qui s'était formé autour de lui.

Il était flanqué d'hommes du Dun. Ils portaient un couteau à la ceinture, mais c'était l'outil dont chacun était équipé à présent. Cependant, l'un d'eux tenait une pioche à la main, tandis que son compagnon était armé d'une batte de base-ball.

Et on va avoir besoin d'eux, se dit Juniper en observant le détenu avec une grimace. *Avec un type de cette espèce...*

Il était robuste, de taille moyenne mais très musclé, avec des traits taillés à la serpe et des cheveux noirs ondulés et relativement courts. Le genre d'individu qui contemplait le monde en tremblant de colère réprimée et qui considérait comme un affront personnel chaque élément venant contrecarrer sa volonté.

Il n'a pas vraiment peur, estima-t-elle. Elle avait toujours été douée pour lire les émotions. *Ce qui signifie qu'il n'est pas seulement mauvais, mais aussi extrêmement arrogant, ou complètement stupide, voire les deux.*

Alors qu'elle le dévisageait, il lança subitement un coup d'œil par-dessus son épaule, une lueur triomphale sur le visage, qu'il réprima aussitôt en se remettant droit.

— Soldats, mettez le prisonnier en état d'arrestation, déclara-t-elle froidement.

Le visage de l'homme fut brièvement chiffonné par le doute.

Les hommes du Dun s'effacèrent pour laisser passer Sam et Chuck et allèrent s'asseoir avec les autres. À les voir, il était évident qu'ils étaient soulagés de transmettre le flambeau à des autorités en uniforme, et ils n'étaient manifestement pas les seuls.

Outre leur kilt, les soldats portaient le reste de l'uniforme de guerre des Mackenzie, même si on n'avait pas encore eu le temps d'en confectionner à tout le monde : une brigandine constituée de deux couches de cuir vert (récupéré sur des meubles) renforcées de petites plaques d'acier rivetées, un carquois et un arc long en bois d'if passé dans leur dos, une épée courte, une grande dague et un bouclier rond à la ceinture, ainsi qu'un petit couteau *sgian dub* particulièrement affûté glissé dans une botte. Les casques dotés d'une aigrette de plumes de corbeau leur conféraient davantage l'allure de symboles vivants que d'humains.

Chuck Barstow possédait une lance, en plus de tout son attirail. Le prisonnier aurait été moins revêche s'il avait su ce que cela présageait, ou que Chuck était Grand Prêtre du Coven de la Lune Chantante ainsi que commandant en second de leur milice. La hampe de deux mètres de la lance était en *rudha-an*, le même sorbier sacré que celui employé pour les baguettes. Le fer était une section de ressort à lames de trente centimètres récupéré sur une voiture et réduit en une pointe à double tranchant mortelle, chauffée à blanc pour être moulée autour du bois avant d'être plongée dans un bain de saumure, de sang et d'herbes sélectionnées avec soin.

Il était en outre gravé de runes oghamiques, celles qui étaient revenues encore et encore quand elle avait jeté les bâtons de divination sur le tissu du *Bríatharogam*. Deux seulement :

Úath, la terreur.

Dont le kenning était *bánad gnúise*, le blêmissement des visages. Dû à l'horreur et à la peur inspirées par les Chiens d'Anwyn.

Et *gétal*, la mort.

Qui signifiait *tosach n-échto*, le début de la tuerie. Qu'il s'agisse de prendre une vie ou d'un sacrifice.

Juniper inspira longuement et ferma un instant les paupières pour se convaincre qu'elle était réellement là et qu'elle n'était pas en train de rêver. La chaleur légère qu'elle avait ressentie plus tôt revint, démultipliée, comme si le sol sous ses pieds bouillonnait de rage.

— Amenez-le devant moi.

Sa propre voix la surprit, même si, en tant que chanteuse, elle savait faire naturellement porter son timbre soprano. Cette fois, elle lui parut aussi tranchante que le fil d'une lame.

— Tu as entendu Dame Juniper, peigne-cul, lança Sam, tout juste assez fort pour qu'elle le perçoive.

La main qu'il posa sur l'épaule de l'homme pour le forcer à avancer aurait pu paraître amicale, à quelque distance. Cependant, Juniper vit le poignet et l'avant-bras noueux et couverts de cicatrices se ployer ; le prisonnier écarquilla un instant les yeux en ressentant la pression douloureuse. Sam était né et avait grandi dans une petite ferme anglaise. Il avait consacré la moitié de ses quarante-deux années d'existence à une forme particulière d'entraînement militaire, avant que la providence ou les Tisserands l'abandonnent, pris au piège et blessé, dans les bois près de chez elle, juste après le Changement.

Son passe-temps favori consistait à fabriquer et à utiliser les arcs longs de ses ancêtres. Trapu et de taille moyenne, il avait d'épaisses paluches en forme de pelle dont il se servait pour broyer des noix entre le pouce et deux doigts. Et elle savait pertinemment qu'il détestait avec la plus pure ferveur ce genre de type.

Chuck Barstow avait l'air plus sombre. Il était combattant de la Société et jardinier, en plus d'être membre de la Lune Chantante. Il n'avait initialement rien d'un véritable guerrier, même si tout le monde avait affronté la mort sur les champs de bataille au cours des dix-huit mois écoulés. Néanmoins, il s'avança d'un pas tout aussi déterminé pour maintenir le prisonnier sous bonne garde. Et à ses prunelles bleues immobiles et légèrement révulsées, elle comprit qu'il ressentait quelque chose également, en plus de la gravité de l'instant, et que cela ne lui était pas agréable.

Judy Barstow était installée à l'extrême droite de la table, près d'une femme incroyablement crispée ; son visage blême était effrayant et ses yeux semblaient ne se concentrer sur rien.

Notre principale témoin à charge, pensa Juniper. *Même si je viens de nourrir Rudi, mes seins me font mal. Et pourquoi est-ce si difficile de respirer ?*

Eilir était venue s'installer à une table plus petite, formant un L avec la principale. Elle se tourna vers sa mère et agita les mains. *Veux-tu que j'aille te chercher du thé froid ?*

Oui, s'il te plaît.

Elle but avidement la camomille tiède tandis que sa fille tirait un carnet de sa sacoche. De la glace en été était un lointain souvenir, ainsi qu'un rêve d'avoir un jour le temps de reconstruire des glacières, mais on pouvait obtenir un peu de fraîcheur en se servant de porcelaine ordinaire.

Le journal était relié de cuir noir, sur lequel avaient été inscrits avec soin les mots : *Activités judiciaires du Clan Mackenzie, deuxième année du Changement.*

Et, en dessous :

Crimes capitaux.

Eilir l'ouvrit à une page vierge, sortit une bouteille d'encre et un stylo à plume d'acier venu d'un magasin d'antiquités de Sutterdown. Nul ne trouvait étrange qu'une jeune femme de quatorze ans se comporte en greffière. La norme avait évolué.

Les premières pages du carnet contenaient les rituels qu'ils avaient sélectionnés la nuit précédente, après avoir débattu des bien-fondés moraux et légaux pour juger cette affaire. Tout y était consigné de l'écriture nette d'Eilir.

Juniper se tourna vers les témoins de Dun Carson, assis dans le quadrant sud-est. Tout le monde était immobile. Leur concentration intense laissait penser à une performance, bien qu'il fût évident que ça n'était pas le cas.

— J'ai été appelée ici pour écouter le jugement du Dun contre Billy Peers Mackenzie…

— Hé ! s'écria l'homme. Je n'ai jamais prétendu m'appeler Mackenzie. C'est vous qui l'avez inventé. Je suis William Robert Peers.

Juniper hésita un instant avant de tourner la tête.

— Je ne le répéterai pas, monsieur Peers. Fermez-la tant que je ne vous aurai pas donné la parole. Si vous vous prononcez de nouveau sans avoir été sollicité, vos gardes vous bâillonneront. Et les bâillons sont très inconfortables. Je vous conseille de vous taire.

— Mais vous n'avez pas le droit ! C'est illégal !

La main de Sam bougea imperceptiblement, et le prisonnier se tut, restant bouche bée. Sam fouilla dans son escarcelle de peau, en sortit un morceau de tissu et le fourra avec expertise dans la bouche de Peers, s'assurant que la langue de celui-ci restait bien à plat et qu'il pourrait continuer à déglutir. Le chiffon enroulé autour d'un morceau de bois avait été imbibé d'une infusion à base de camomille et de graines de fenouil, avant d'être séché afin de ne pas conserver un goût trop fort. Les sangles passées autour de sa tête maintenaient le tout en place sans lui déchirer la bouche. Il se débattit avec autant de succès qu'un chiot entre des mains d'homme.

— Je vous avais prévenu. Prenez-en tous bonne note : quand j'annonce telle ou telle conséquence, ce ne sont pas des paroles en l'air. Les deuxièmes chances ne valaient qu'avant le Changement, lorsque nous étions suffisamment riches pour perdre du temps à bavasser. Je vous laisse une minute pour vous calmer.

Un coup d'œil à sa montre.

Puis elle observa d'un air neutre l'homme qui essayait désespérément de cracher son bâillon. Elle se mit alors à égrener les secondes à voix haute. Au bout de dix, elle finit par obtenir l'attention de Peers. Au bout de vingt, il cessa de gesticuler.

— C'est mieux. Si vous perturbez de nouveau l'assemblée, vous serez assommé. Je n'ai pas de temps à perdre, pas en pleines moissons.

Peers s'ébroua brusquement, recommençant à lutter, puis remarqua du coin de l'œil la main brandie de Sam. Il tressaillit alors et se figea aussitôt. Juniper attendit un instant avant de se retourner vers la route filant droit au nord. Elle leva les bras, et Judy lui glissa son sceptre dans les mains ; il était orné de la Triple Lune – croissante, pleine et décroissante – surplombant deux têtes de corbeau en argent. La hampe était également en sorbier des montagnes.

— J'ai été appelée ici par l'Óenach de Dun Carson et l'Ollam de Dun Carson ; Sharon Carson, maîtresse de l'Âtre, Cynthia Carson, Prêtresse et première guerrière de Dun Carson, Ray Carson, second guerrier et Seigneur du Troupeau en devenir, et Brian Carson, Seigneur du Troupeau et des Moissons par intérim, et son épouse, Rebekah Carson, la tanneuse.

» Je suis Juniper Mackenzie, chef du Clan Mackenzie. Je suis Ollam Brithem, juge suprême de notre peuple.

Juniper grimaça de s'entendre revendiquer pareil pouvoir. *Mais ils ont besoin de moi en tant que chef, et je me dois de porter ce fardeau. Les trois, tout est dans les trois. Continue, femme, finis-en.*

— J'ai été appelée ici par Óenach, Ollam et les Dieux pour écouter, juger et parler. Si quelqu'un ici réfute mon droit, mon obligation ou ma légitimité, qu'il parle maintenant ou se taise à jamais, car ce lieu et cet instant sont consacrés par notre présence à tous. Tout ce que nous faisons ici est béni – et légal.

Elle se rendit compte que Peers essaya de nouveau de lutter, mais il dut rapidement renoncer en sentant la poigne de Sam sur sa nuque.

Après un long silence, elle leva les yeux vers le soleil, ferma les paupières pour se préserver de sa brûlure et reprit :

— Que les Dieux nous bénissent !

» *Manawyddan* – Mer agitée, déferle sur moi.

Une branche verte l'aspergea d'eau salée. Elle avait le goût de larmes. Quatre Prêtresses arrivèrent avec leur rameau, chacune suivie d'un enfant tenant un bol d'eau salée. Elles s'attelèrent à purifier les membres de l'assistance avant d'en faire autant avec le quart nord-est resté désert.

— *Manawyddan* – Mer agitée ! Lave-moi et purifie-moi ! Je ne suis qu'un vaisseau, là pour écouter et *entendre.*

» *Rhiannon* – Jument blanche, reste près de moi, cours avec moi, porte-moi ! Que le sol et moi ne fassions qu'un, avec toute la sagesse de la Terre.

Elle se pencha pour ramasser une pincée de poussière sur la route, qu'elle laissa s'écouler devant elle. Dans un bruissement, le peuple de Dun Carson l'imita, de même que les témoins.

— *Rhiannon* – Jument blanche, retiens-moi au sol.

» *Arianrhod* – Dame tressée d'étoiles ; danse parmi nos cœurs et nos esprits, et par nos yeux apporte-nous Ta lumière.

Elle se saisit de la torche que lui tendait Eilir et l'alluma ; le bois résineux s'embrasa. Eilir la porta ensuite aux quatre coins du carrefour pour éclairer d'autres flambeaux.

— *Arianrhod* – Dame tressée d'étoiles ; apporte-moi Ta lumière, apporte-nous Ta lumière, apporte Ta lumière au monde entier.

» *Mer, Terre et Ciel, j'en appelle à vous :*
» *Entendez-moi et soyez témoins,*
» *Tout ce que nous disons*
» *Tout ce que nous décidons*
» *Tout ce qu'ensemble nous faisons*
» *Est en l'honneur de nos Dieux ! Qu'ils reçoivent*
» *Nos serments*
» *Nos vérités.*

Puis elle poursuivit cérémonieusement :

— Que tout le monde ici agisse avec honnêteté, honneur et devoir, que la justice, la sécurité et la protection de tous soient assurées par notre Clan, et qu'Ogma de la Langue de Miel nous prête Son éloquence dans notre quête de Vérité.

» L'Óenach de ce Dun a commencé ! Quoi que nous décidions, nous sommes tous liés, corps et âme.

Elle tourna sur place pour regarder toute l'assemblée, puis frappa le sol du pied de son sceptre.

— Je suis ici, nous sommes ici, les Dieux sont ici. Que justice soit faite !

— *Que justice soit faite !* reprit en chœur son auditoire.

Elle fut satisfaite de constater que Rebekah avait prononcé ces paroles. Même s'ils n'étaient pas croyants, elle faisait l'effort de participer au travail du Clan au lieu de se tenir en retrait, en invoquant justement son athéisme. Elle s'approcha de la chaise et y grimpa. Elle perçut la présence de Chuck derrière elle, tenant toujours sa lance à la verticale pour symboliser sa justice.

Le soleil matinal dardait ses rayons sur les bâches, et elle sentait déjà la sueur lui dégouliner dans le dos et entre les seins. Le kilt était confortable pour chevaucher en pleine forêt… mais à présent, la laine lui collait aux cuisses, et ses chaussettes hautes lui grattaient les jambes.

Au moins, je ne suis pas la seule à être si mal à l'aise.

Juniper tapota des doigts sur la table et ramassa le marteau que Sam lui avait fabriqué la veille au soir, pendant qu'ils mettaient la procédure au point. Elle l'abattit une fois sur le bloc de bois et parla d'un ton cérémonieux :

— Nous sommes réunis ici pour prendre une décision concernant l'agression sexuelle qu'a subie hier Debbie Meijer de la part de William Robert Peers, que nous connaissons mieux sous le nom de Billy Peers Mackenzie, qui nie avoir accepté cette identité ou rallié le Clan des Mackenzie.

Elle fronça les sourcils et, d'un geste de la main, empêcha qu'un autre coup soit porté au prisonnier qui se débattait.

— Vous aurez l'occasion de plaider votre cause.

Billy secoua la tête, le regard furieux et désespéré. Elle pinça les lèvres et fit non en désignant sa main suspendue en l'air.

Il l'abaissa à contrecœur, sans se départir de son froncement de sourcils.

— Je tiens auparavant à aborder un problème d'ordre plus général. Quel droit avons-nous de juger, de condamner et d'imposer une peine aux membres de notre communauté et à ceux qui résident sur nos terres ? Depuis plus d'une année, nous allons d'incident en incident, tentant de résoudre les problèmes au fil de l'eau…

Un éclat de rire l'interrompit. C'était un reproche que l'on faisait souvent aux wiccans d'avant le Changement : *Elles mettent au point leur rituel au fil de l'eau.*

— Toute loi juste est fondée sur les besoins, les antécédents et la volonté du peuple. Il ne reste pas grand-chose du système judiciaire qui veillait sur les intérêts d'une société complexe et ultra-urbanisée qui comptait des centaines de millions d'individus et était assez riche pour consacrer du temps à une lecture précise et attentive des chefs d'accusation et des éléments de défense.

» Nous ne vivons plus dans ce vieux monde fait de cités et de bureaucraties. Nous habitons de petits villages fermés sur eux-mêmes, où la notion de culpabilité est bien souvent aisément établie, et nous n'avons en conséquence guère besoin du dispositif médico-légal très élaboré qui existait auparavant et permettait d'établir la culpabilité *au-delà de tout doute raisonnable*, comme il était d'usage alors.

Elle croisa le regard furieux de Billy.

— Voilà comment nous fonctionnons et comment nous continuerons à fonctionner à l'avenir, tant que nous n'éprouverons pas le besoin d'adopter un autre système. Nos méthodes, avec leurs qualités et leurs défauts, ont été discutées et amendées par mes conseillers et moi-même. Nous avons passé en revue les dix-sept derniers mois de travaux et débats dans les Duns, et nous en avons codifié les résultats.

Elle désigna le carnet reposant sous la main d'Eilir.

— Le Clan Mackenzie est un assemblage de hameaux indépendants ayant demandé et obtenu le droit d'y appartenir. Ainsi, nous pouvons nous soutenir et nous défendre mutuellement dans un monde où aucune famille ni aucun individu ne peut survivre seul. C'est le seul moyen que nous avons trouvé pour vivre ensemble, et pour vivre décemment. *Et cela a fonctionné.* Nous sommes vivants, alors que des millions… des centaines de millions… probablement des *milliards* d'hommes et de femmes… ont péri.

Un murmure parcourut l'assemblée tandis qu'elle soutenait le regard de chacun. Voilà pourquoi ils avaient été si nombreux à rejoindre ce groupe qu'elle avait fondé avec quelques amis et membres du coven se retrouvant dans sa tanière à la campagne, si nombreux à en adopter les règles. C'était précisément ce qu'elle avait en tête le premier jour, quand elle leur avait dit…

— *Si nous voulons vivre, ce sera sous forme de Clan, comme à la vieille époque.*

Un vrombissement d'assentiment s'était ensuivi. Ses paroles faisaient déjà partie de la légende. Les ornements allant de pair avec l'idée n'étaient en revanche nullement obligatoires, il s'agissait juste d'une conséquence de l'obsession et de la nostalgie du groupe pour l'avant-Changement… Néanmoins, tout cela *fonctionnait*, et nul n'allait le mettre en doute. Surtout pas elle.

Puis elle reprit :

— *Salus populi suprema lex* : le bien-être du peuple est la loi suprême. Si une personne vit dans un Dun du Clan, elle est membre de ce Dun et sujette aux règles, avantages et obligations du groupe. Nul ne la force à rester, mais si elle décide de le faire, ce sera selon les termes choisis par le groupe. Cela inclut le travail collectif, la défense et le respect des autres. L'Ollam et l'Óenach d'un Dun ont toute autorité pour juger les méfaits commis sur leur territoire, par leur population ou à l'encontre de leur population.

» Qui choisit l'Ollam ? Le peuple du Dun. Le Dun Carson a été dirigé par John et Sharon Carson Mackenzie jusqu'à son combat à mort contre les hommes du Protecteur, quand ils ont essayé d'envahir Sutterdown l'année dernière. Le Dun Carson est à l'heure actuelle dirigé par un Ollam de cinq ans. Ils ont collectivement demandé que le chef Ollam du Clan prononce le sort de cette affaire, et qu'un maximum de témoins sobres et crédibles venus des autres Duns assistent à la décision. Nous sommes ici dans ce but.

Deux autres personnes prenaient des notes en sténo. Juniper ralentit le débit pour faciliter la tâche de sa scribe de fille, contrainte de lire sur ses lèvres.

— Je souhaiterais d'abord recevoir le témoignage de Debbie Meijer, qui réside également dans le Dun Carson, mais n'a pas accepté le nom Mackenzie.

Elle regarda la femme blessée poser les yeux sur elle, comme si elle avait été arrachée à quelque prison intérieure qui lui servait également de forteresse. Tout le monde avait l'air en bonne forme ces temps-ci, en plus d'être tanné, mais il émanait de Debbie une certaine douceur, ainsi qu'une grande souffrance. Elle avait des prunelles bleu-vert, et des cheveux châtains dissimulés sous un foulard. Elle se ratatina pendant une minute, puis se leva à l'ordre silencieux de Judy et s'avança. Juniper la vit déglutir et serrer les dents. Elle fit un petit geste, et la figure de Debbie se contracta. Elle trembla un instant puis se tourna vers les membres du Dun.

— Je m'appelle Debbie Meyer. J'habite avec vous à Dun Carson depuis… depuis que les hommes du Protecteur nous ont enlevés à Lebanon et que je me suis, euh, enfuie. Je n'ai pas adopté le Clan ni son nom ; j'attends le retour de mon mari, Mark. Vous savez tous que les itinérants ont cherché à connaître le sort des autres captifs, mais qu'ils n'ont pas trouvé grand-chose.

» Je… J'ai fait de mon mieux pour m'intégrer et me montrer utile. Ça a été dur. J'ai appris, et appris, et appris encore, pendant plus d'un an. De citoyenne compétente et indépendante, je suis devenue un membre stupide et dépendant d'une communauté de fermiers.

Les Carson remuèrent et Rebekah s'approcha, une branche verte à la main.

Juniper sourit à Debbie et leva doucement la main pour la faire patienter un moment.

— Je laisse la parole à Rebekah Carson.

— Debbie est bonne travailleuse, dure au mal, et se bat avec le chagrin qu'elle éprouve depuis la perte de son mari et de sa famille, qui vivaient tous sur la côte est. Nous l'avons tous appréciée et soutenue.

Juniper hésita, réprimant un accès de colère. Le soutien avait en réalité tristement manqué à plusieurs égards. Elle avait dit qu'ils devaient vivre en Clan, afin de se protéger mutuellement.

Non, il faudra le rappeler, mais plus tard. Pour l'heure, Debbie doit d'abord finir sa déclaration.

Elle releva le front. Peers était avachi, parvenant à conserver son air insolent malgré le bâillon qu'il avait dans la bouche et la main de Sam Aylward qui le tenait par la nuque. Il pivota la tête, croisa le regard de Debbie et remua les lèvres, légèrement mais distinctement.

Juniper tendit le doigt. Sam Aylward veilla à *ne pas* sourire.

Crac.

Sam le gifla violemment, le revers de sa main produisant le bruit du cuir frappant une planche. Un coup plus puissant qu'il n'y paraissait, à cause de la lente désinvolture du mouvement. La tête du prisonnier bascula et il chancela. Du sang jaillit de ses lèvres et de son nez. Ses yeux s'écarquillèrent de surprise.

— Je vous somme de montrer davantage de respect, ordonna platement Juniper. (Puis :) Je vous en prie, Debbie, reprenez. Racontez-nous.

Debbie se mordit la lèvre en examinant Juniper. Sa posture se fit moins défensive, sa voix plus affirmée.

— Ça n'a pas commencé hier. Ça a fini hier. Je suis arrivée ici en août l'année dernière. Billy Bob est là depuis mars ou avril…

— Avril ! précisa quelqu'un dans l'assemblée.

Debbie acquiesça.

— Ça a commencé tout de suite. Il se mettait derrière moi quand on faisait la queue à l'heure du souper, et il se frottait contre moi. Cynthia l'a vu faire et l'a remis à sa place devant tout le monde. Il a répondu qu'il voulait simplement être sympa, que je n'étais qu'une pute frigide et Cynthia une fouteuse de merde.

Juniper se sentit contracter les mâchoires ; elle coula un regard vers la fille Carson. Cynthia opina du chef sans piper mot.

— Après ça, poursuivit Debbie, il veillait à ne pas se faire remarquer. Il me suivait dès qu'il en avait l'occasion, m'attrapait, me tripotait. Ce mouvement de hanches qu'il vient de faire… il faisait le même chaque fois qu'on se retrouvait ensemble. Ray l'a surpris à deux ou trois reprises et lui a demandé d'arrêter, et Brian en a fait autant… mais ça ne le rendait qu'un peu plus prudent, voilà tout.

» Il a essayé de… Il a frappé à ma porte… Ça devait être aux alentours de fin avril, tard dans la soirée. Sans réfléchir au danger, j'ai entrouvert et il a tenté de forcer le passage. J'ai reçu la porte en pleine figure et en pleine poitrine, j'ai crié de douleur et tout le monde est arrivé. Il a essayé de faire croire que je l'avais invité, mais personne n'a gobé ça.

» Après quoi, j'ai toujours verrouillé ma porte. En mai, il a essayé d'entrer par une fenêtre, que je lui ai claquée sur les doigts… Et après ça, mes fenêtres aussi restaient closes, en dépit de la chaleur. Ray et Brian étaient furieux, parce qu'il a prétendu que je lui avais coincé les doigts dans une porte, pas dans une fenêtre, et qu'il n'avait rien fait de mal. Mais Tammy l'avait vu tomber ce jour-là, alors ils m'ont crue. Ils l'ont éloigné de moi en faisant en sorte qu'il travaille toujours loin de la maison, et moi tout près. Sharon et Rebekah m'ont conseillé de ne rien faire qui puisse l'exciter ou le provoquer. Mais je n'ai jamais rien fait. C'était toujours lui, depuis le début.

» Hier, on a moissonné, et je suis montée dans ma chambre après le dîner pour changer de chemisier. J'étais contente d'être en kilt. Un pantalon aurait été insupportable par cette chaleur, et je n'aime pas les shorts. J'avais néanmoins besoin d'un haut plus léger, tant j'étouffais.

» Il était caché derrière ma porte et il m'a frappée dans le dos. J'ai trébuché, je me suis retournée pour hurler, et il m'a balancé un coup de poing dans le ventre, m'a jetée par terre, a arraché ma culotte…

Juniper croisa le regard de Judy et se rapprocha de la jeune femme, désormais toute contractée, la voix neutre, le visage dépourvu d'expression.

— … il m'a violée… J'avais le souffle coupé à cause du coup dans le ventre. Il m'a retournée, m'a à moitié allongée sur le lit et m'a prise par-derrière et par le derrière. Il m'a bâillonnée avec mon chemisier, m'a mordu les seins, m'a balancé de nouveaux coups de poing et m'a abandonnée là. C'est Cynthia qui m'a retrouvée plus tard.

— Pas beaucoup plus tard, intervint l'intéressée. Comme je ne la voyais pas redescendre, je suis montée la chercher. Il avait dû s'écouler dix ou quinze minutes.

Juniper acquiesça et interrogea Brian.

— Comment a-t-il pu échapper à votre vigilance ?

L'homme parut chagriné.

— Eh bien, c'est une telle chiffe molle que je n'y ai simplement plus pensé. J'ai cru qu'il était juste allé faire une sieste. Ray voulait aller le chercher, mais je lui ai dit qu'on était trop occupés. Je n'aurais jamais dû le laisser disparaître.

— Une sieste ! s'écria Debbie, des larmes plein les joues.

Judy l'entraîna à l'écart, un bras protecteur autour des épaules.

Juniper hocha la tête, sentant la colère envahir son visage et consciente que cela terrifiait Brian Carson.

— Judy ? appela-t-elle.

Judy Barstow revint sur le devant : tout le monde savait qu'elle était infirmière agréée et sage-femme avant le Changement, et qu'elle était depuis chargée de la santé du Clan. Elle n'était pas aussi appréciée que Juniper – sa personnalité brutale et pragmatique la rendait un peu plus caustique –, mais personne ne doutait de ses compétences.

— Je l'ai examinée hier au soir. Debbie a été frappée. Elle a un hématome dans le dos, entre les omoplates. Il y a une plaie, sans doute causée par une bague. Elle a également reçu un coup au plexus solaire. La peau tendre du ventre ne marque pas aussi facilement, mais on distingue deux traces semblables à celle de la bague dans son dos. Je crains également qu'il y ait des dégâts internes, notamment à la rate. J'espère qu'elle guérira, mais pour l'instant, elle ne peut plus travailler, et doit rester alitée autant que possible.

» Elle a très clairement été violée, tant par voie anale que vaginale. Il y a des traumatismes considérables sur toute la zone, ainsi que des déchirures et des lacérations dues à des coups d'ongle. J'ai retrouvé du sperme dans les deux orifices.

Juniper opina de nouveau. Elle bouillonnait. *J'aurais préféré qu'Eilir n'entende rien de tout cela ! Pas plus que n'importe quel autre enfant du Clan. Malheureusement, il faut que la vérité soit dite sans ambages.*

— Un dernier élément, avant que je ne m'adresse à Ollam et Brithem. Brian a rassemblé un certain nombre de documents pour estimer le wergeld de Billy Bob et Debbie.

Cette dernière baissa la tête et les observa avec une moue.

— Celui de Billy Bob ne surprendra personne. Il est arrivé à vélo, sans rien d'autre qu'un couteau et une hache, mais le ventre plein, à la fin du mois d'avril de cette année, prétendant venir de Hood River, où l'Association de Protection de Portland, sous le commandement d'un certain Conrad Renfew… qui s'autoproclame désormais *comte*… a pris le pouvoir. Il a été admis au sein du Dun Carson. Il est depuis perçu comme paresseux et fauteur de troubles. Brian estime qu'il n'a pas suffisamment travaillé au quotidien pour payer son gîte et son couvert. Il a de surcroît triché, écourté ou évité ses rondes à deux reprises, avant d'être rayé définitivement de la liste des sentinelles.

» Je vais envoyer une alerte à tous les Duns. Nous disposons désormais de renseignements sur Hood River. Même si l'Association de Protection de Portland s'en est emparée, la population semble pour une fois reconnaissante.

Cela provoqua un nouveau murmure, cette fois de surprise. Le Seigneur Protecteur de l'APP était au bas mot un psychopathe, bien que parfaitement compétent et étonnamment prévoyant. Ses hommes étaient soit de gros durs, soit de véritables voyous. Mais parfois, le peuple était prêt à accepter une poigne de fer si cela lui permettait de vivre en paix de ses semences et de ses récoltes. L'Association se donnait beaucoup de mal pour faire repartir l'agriculture sur ses territoires. Et elle ne tolérait pas les braqueurs hors-la-loi…

Seulement parce qu'ils lui font de l'ombre, songea Juniper avec aigreur avant de reprendre :

— Ils ont eu de sérieux problèmes avec des bandits locaux. Tous les Duns ayant accueilli des gens de Hood River entre début mars et fin avril devront s'en méfier comme de la peste. Ce sont peut-être justement ces bandits, ceux que Renfew n'a pas pendus ni décapités. Je soupçonne que ce soit le cas ici.

» À suivre. Le wergeld de Debbie indique qu'elle est arrivée avec deux titres de propriété, l'un concernant vingt-huit hectares de terrain autour de Lebanon, l'autre relatif à quarante hectares vers Silverton. Elle les a donnés au Clan en novembre, quand les Kyklos ont revendiqué la possession des terres qu'ils s'étaient appropriées en septembre. Nous avons reçu de grandes quantités de marchandises en échange, ainsi que de nombreux titres de propriété. Debbie a à son crédit la proportion correspondante de la livraison. Elle travaille dur, œuvre pour le bien de la communauté et est facile à vivre. Elle a acquis maintes techniques utiles dans notre monde changé, qu'il s'agisse de la traite, de la préparation du beurre ou du fromage, de la couture, de la conservation des aliments ou des tâches quotidiennes.

Juniper croisa les mains sur la liasse de papiers et plongea le regard dans les prunelles noisette et insolentes de l'homme bâillonné devant elle.

— Avant que je me prononce sur l'affaire qui nous occupe, j'ai une déclaration à faire qui sera transmise à tous les territoires du Clan. *Le Dun Carson a échoué à protéger Debbie Meijer.*

Elle marqua une pause pour laisser le temps à Eilir de combler son retard et recouvrer la maîtrise de ses nerfs. Elle croisa le regard de Brian, puis de Rebekah. Ils baissèrent tous les deux la tête en rougissant de honte.

— Harcèlement, brutalités, persécution, provocations incessantes… ce ne sont pas des comportements acceptables dans un monde où les gens doivent pouvoir compter les uns sur les autres et où nul ne peut partir. Les enfants apprennent à force d'exemples et de remontrances, car ils n'ont aucune notion. Les adultes, en revanche, sont censés écouter, comprendre et se conformer. Les problèmes récurrents ne doivent pas perdurer. Nous, membres du Clan, devons être capables de nous faire confiance, car nos vies en dépendent.

Juniper pianota des doigts sur la table et fronça les sourcils à l'encontre du visage moqueur du prisonnier.

— Billy Bob a mis en doute la légalité de notre action. Je vais commencer par ce point.

Elle éprouva une furieuse satisfaction en constatant qu'il détestait l'entendre employer l'un des surnoms qu'il utilisait à son arrivée sur le territoire du Clan Mackenzie.

— Le Clan Mackenzie est un État souverain. Nous ne sommes nullement liés au système judiciaire des anciens États-Unis d'Amérique, parfaitement obsolète dans le monde de l'après et que nous ne suivons donc pas. En conséquence, monsieur Peers, vous ne vous trouvez plus au Kansas, et nous ne vous laisserons pas user de quelque bidouille légale pour nous faire perdre notre temps et essayer de vous tirer d'affaire. Non, nous ne le permettrons pas !

» À présent, je vais vous laisser la parole. Quand je vous dirai de vous taire, vous fermerez la bouche et cesserez de parler. Quand je vous poserai une question, vous y répondrez sans détour. Vous ne parlerez pas d'autre chose jusqu'à ce que je vous donne l'autorisation de vous exprimer librement.

» Avez-vous compris ?

Elle perçut son regard narquois quand il acquiesça, puis elle hocha la tête à son tour.

— Êtes-vous d'accord pour ne répondre qu'aux questions qui vous seront posées et vous taire immédiatement dès que vous en recevrez la consigne ?

À la manière dont il montra les dents, elle comprit qu'elle analysait correctement la situation. Il opina, lentement, comme s'il forçait ses muscles à lutter contre des tendons récalcitrants.

— Nous n'hésiterons pas à faire usage du bâillon si nécessaire. Sachez que toute tentative de rejeter la faute sur votre victime sera aussitôt réprimée. Le viol est un crime commis contre la Déesse en personne ainsi qu'une insulte au Seigneur Cornu, Son époux et amant. C'est une vile parodie du Grand Rituel selon lequel Ils ont créé et entretenu le monde, et laisser ce crime impuni risquerait de provoquer Leur courroux.

» Nous croyons en la liberté de religion, ici. Vous êtes donc puni pour le crime commis contre Debbie Meijer, pas celui contre les Forces qui font et forment le monde, quelles qu'elles soient. Cependant, insulter notre code moral relève du blasphème et est sévèrement pénalisé. Et vous… eh bien, vous *êtes* un violeur.

D'un signe du menton, elle indiqua à Alex de retirer le bâillon. Billy Bob cracha le morceau de tissu et prit une inspiration… avant de se figer en croisant le regard de Juniper. Elle soutint le sien jusqu'à ce qu'il expire en se voûtant légèrement.

— C'est mieux, commenta-t-elle. Avez-vous violé Debbie Meijer ?

Une fois encore, il inspira, croisa son regard… et hésita.

— Vous ne pouvez pas le prouver ! s'exclama-t-il.

— Vraiment ? Êtes-vous sûr que personne ne vous a vu ?

— Évidemment… que personne ne m'a vu. Je n'y étais pas !

Juniper eut une grimace empreinte d'ironie.

Bien rattrapé, songea-t-elle. *Je n'arriverai pas à le faire tomber grâce à une « Perry Mason »*.

Elle hocha la tête.

— Nous n'avons pas besoin de témoins oculaires. Les preuves, comme vous les appelez, ne sont qu'une question de conviction. Tout le monde chez l'Óenach du Dun pense que vous êtes coupable de ce dont on vous accuse, en se basant sur les observations, en tenant compte de vos déplacements et en sachant qui vous êtes et d'où vous venez. Votre culpabilité a été établie à la satisfaction du Dun, et je l'ai acceptée.

» La parole de Debbie et l'état de son corps suffisent à prouver qu'elle a été violée. Votre harcèlement incessant vous a condamné aux yeux de la communauté. Les marques laissées par votre bague en trois endroits de son buste sont très révélatrices. Et n'oubliez pas que l'on ne m'a pas demandé de venir pour décider de votre innocence ou de votre culpabilité. Celle-ci a été établie hier après-midi, alors que vous étiez prisonnier et que Judy Barstow Mackenzie examinait la victime. Vous êtes celui qui l'a violée. Mon rôle est de décider quoi faire de vous.

» Dans le Clan Mackenzie, notre principe dominant est celui du wergeld, de la compensation. Pour avoir endommagé une propriété et n'avoir pas assumé sa part de corvée, on peut écoper de travaux d'intérêt général ou d'une amende pour les dommages causés. Pour outrages répétés, la communauté peut voter le bannissement.

» Concernant les blessures à la personne – qu'elles soient verbales, physiques, ou qu'elles concernent les biens de cette personne –, la seule question qui vaille est celle de la dangerosité de l'auteur. Nous avons une responsabilité. Nous ne pouvons pas laisser un individu dangereux en liberté si nous avons de bonnes raisons d'estimer qu'il risque d'aller blesser quelqu'un d'autre.

» Dans le cas d'un meurtre, les circonstances de la mort doivent être analysées par un légiste désigné par l'Ollam du Dun, et la décision est prise, en fonction de ses découvertes, par le médecin, l'Ollam et l'Óenach.

Elle voyait Billy Bob se détendre. Il haussa les épaules. Après quelques secondes de réflexion, elle lui adressa un signe du menton.

— J'ai pris ma décision. Avez-vous quelque chose à ajouter pour votre défense ?

— Bien sûr ! s'écria-t-il en se redressant. Donnez-moi mon vélo, remplissez-en les sacoches avec assez de nourriture, et j'aurai déguerpi vers le nord avant que cette porte ait fini de s'ouvrir !

Les membres du Dun Carson s'agitèrent, pour la plupart furieux ; quelques-uns poussèrent des cris de rage ou d'opposition. Juniper les laissa se calmer seuls ; Billy Bob chercha à se retourner, mais Sam lui maintenait encore la nuque et il fut incapable de vaincre son étreinte.

— En ce qui concerne le Dun, vous n'avez pas suffisamment travaillé pour mériter le gîte et le couvert au cours des quatre mois que vous avez passés ici. Vous n'êtes arrivé avec rien d'autre qu'un vieux vélo, qui a depuis été démonté en pièces détachées.

— Putain ! beugla Billy Bob. C'était *mon* vélo, vous devez me le rembourser !

— Non, répliqua Juniper. *Vous* devez rembourser au Clan quatre mois de loyer et de nourriture. Une chambre est estimée à une pinte de blé par jour, plus trois pour les repas. Sur un total de cent vingt-six jours. Ce qui nous fait en tout un peu plus de cinquante boisseaux.

— Vous êtes dingue ! lança-t-il en la fusillant du regard. Où voulez-vous que je trouve une telle quantité de blé ?

— Récoltez-la à la sueur de votre front, rétorqua Brian avec colère.

Billy Bob fit volte-face, mais Juniper reprit la parole d'une voix tranchante.

— Ça suffit. Ce ne sont que des broutilles. L'accusation de viol et de blessure à la personne est bien plus importante.

Après un court silence, elle poursuivit :

— Est-ce que quelqu'un de l'Óenach a des raisons de croire que Billy Bob risque de violer une autre femme s'il est banni du Clan ?

L'un des enfants les plus âgés – l'un des *eóghann*, se rappela-t-elle – leva la main.

— Puis-je parler ? s'enquit-il.

Juniper fronça les sourcils quand la mère de l'enfant fit un geste pour le retenir.

— Oui. Tu peux parler, mais pas voter.

— Il… hier – tôt ; et avant, il travaillait à côté de moi. J'ai demandé à changer d'équipier, mais Brian a dit que ce ne serait pas moral et que je devais apprendre à l'ignorer. Mais il bavardait sans arrêt. Il disait toujours des choses ignobles sur le compte de Debbie. Il parlait d'elle à longueur de journée. Parfois, il évoquait d'autres femmes, pas d'ici et pas toutes de Hood River. Il riait alors et gloussait… comme si c'était… aussi hilarant… de me parler de ces choses ou de m'entendre lui hurler de la fermer plutôt que de faire les trucs dégoûtants qu'il racontait.

Juniper ne posa pas le front sur la table ni ne cria. Elle se retint même de danser de rage. Pourtant, ce n'était pas l'envie qui manquait.

— Quelqu'un d'autre a-t-il une expérience similaire à partager ?

Elle grimaça, de même que l'Óenach. Toutes les mains levées appartenaient à des *eóghann* et quelques voix retentirent chez les enfants.

Le visage écarlate de Brian blêmit, et il passa le bras autour des épaules de Rebekah. Leur fillette de treize ans agitait ses doigts en l'air. Juniper compta.

— À cause de votre incapacité à régler cette affaire, vos enfants se sont retrouvés à la merci d'un violeur. Et il a su tirer profit de votre négligence. Neuf *eóghann* et trois enfants ont été molestés, physiquement ou verbalement.

» Avant que je poursuive, Óenach de Dun Carson, votre Ollam vous a fait défaut. Souhaitez-vous élire un nouvel Ollam ?

L'Óenach fulminait de rage. Les membres de l'assistance se retournaient pour discuter entre eux. Cynthia et Ray se tenaient près de leur mère ; tous trois pleuraient. Rebekah et Brian avaient ouvert les bras pour embrasser Sara, qui était allée les rejoindre en courant, les joues trempées de larmes.

— Vous avez dit à Debbie de ne pas faire trop de vagues ni de le provoquer…

Eilir leva son stylo, le visage sombre.

Oh, ma bonne mère, quelle bande d'asticots. Juniper acquiesça. *Je n'arrête pas de me dire que nous avons compris le Changement et la multitude de petits Changements. Mais cela n'arrête pas de nous exploser à la figure.*

Un homme était debout et observait le reste de l'Óenach en tortillant son couvre-chef entre ses mains. Des hochements de tête et des signes d'encouragement le poussèrent à aller plus loin :

— Je m'appelle Josh Heathrow. Je me considérais déjà comme païen avant le Changement. Je n'ai eu aucun mal à accepter la Déesse, mais je n'ai jamais vraiment voulu embrasser la carrière de prêtre. Pourtant, l'Óenach m'a demandé de m'exprimer au nom de tous. Et la vérité, c'est que je ne pense pas que n'importe lequel d'entre nous aurait pu faire mieux. Et ça craint d'éjecter quelqu'un pour le laisser mourir de faim… ou se faire dévorer par les Mangeurs… Pourtant, ça se résumerait à ça. Mais… les temps ont changé. Et nous devons nous y faire, même si ça n'est pas facile.

» Dès le premier débordement, Brian est intervenu, et rapidement. J'imagine qu'on se dit tous que c'est là une leçon à retenir et qu'il ne faudra pas reproduire la même erreur. Pourtant, personne ne semble vouloir remplacer les Carson. Ce sont de bons gars plutôt consciencieux, et cette terre est la leur depuis des générations. Euh, on se dit que les champs n'aimeraient peut-être pas que cela change.

Il lança un regard circulaire puis se laissa retomber sur sa chaise. Juniper avait scrupuleusement scruté leurs visages tandis qu'il parlait.

— Cette opinion est partagée par tous, c'est bien ça ? s'enquit-elle.

— *Oui !*

— Très bien. Brian, Rebekah et vous allez devoir venir dans la Salle. Je suppose que je devrai m'y rendre également. Nous prendrons le temps d'examiner différentes situations et d'envisager diverses stratégies. Sharon, Cynthia et Ray, vous allez faire des heures supplémentaires avec Judy pour discuter de leurs futures responsabilités.

» Ceci étant dit, voici le verdict.

— Hé ! Attendez ! Ma culpabilité n'a pas encore été prouvée ! Ni reconnue !

Les yeux de Peers étaient écarquillés de terreur, à présent que ses dernières illusions venaient de s'envoler.

— Ne vous ai-je pas dit tout à l'heure qu'on ne m'avait pas fait venir pour me prononcer sur votre culpabilité ? Je suis ici pour annoncer votre sentence.

Billy Bob bondit en hurlant des insanités et en niant les faits, si bien que Sam finit par lui refourrer le bâillon dans la bouche. Un simple coup de pied derrière la jambe le fit tomber à genoux, inspirant et expirant bruyamment par le nez. Le garde l'attrapa par les cheveux.

Juniper se leva et brandit de nouveau son sceptre.

— Entendez la parole de l'Ollam Brithem du Clan Mackenzie !

Le silence se fit dans la salle, en dehors des sanglots étouffés du prisonnier et du hennissement lointain d'un cheval.

— Le Dun Carson intégrera deux prêtresses et un prêtre expérimentés au Dun pour aider les victimes de cet homme à panser leurs blessures. Ils ne seront pas membres du Dun, mais ils travailleront, comme nous tous.

» Debbie dispose de six mois pour décider si elle souhaite rester au Dun Carson, rejoindre un autre Dun ou mener un groupe vers le nord pour regagner ses terres près de Lebanon et devenir à son tour chef d'Ollam. Si elle choisissait de partir, le Dun Carson lui fournirait des biens récompensant son dur labeur, comme stipulé par Brian Carson précédemment. Le Dun Juniper la soutiendra en lui donnant ce que la cession de son titre terrien à Silverton a rapporté au Clan. Le Dun Carson ajoutera au wergeld un cinquième de sa valeur pour l'avoir laissée subir du harcèlement sexuel pendant quatre mois et lui présentera des excuses officielles.

Juniper alla récupérer la lance de Chuck. Elle la pointa vers le corps prosterné de Billy Bob. Le fer réfléchit la lumière, faisant scintiller les caractères oghamiques gravés sur le métal.

— Cet homme est un chien enragé. Il s'en prend aux plus jeunes et sabote la réputation de ses victimes en même temps que leur honneur et leur intégrité. Le bannir ne nous protégerait pas de lui. Il pourrait revenir n'importe quand, se terrer et nous attaquer par surprise, d'autant plus qu'il connaît nos défenses. Il pourrait aussi s'en prendre à d'autres gens. Nous devons le retirer du cercle du monde, car nous sommes responsables. Nous l'avons trouvé dans notre nid, sur nos terres, à spolier notre peuple. La nuit dernière, mes conseillers et moi avons discuté des permutations possibles. Nous avons mis au point un rituel qui nous servira à donner la mort. Que les Gardiens du Portail Nord le jugent ; qu'ils le laissent faire amende honorable et apprendre à se connaître dans les Terres d'Été.

» La mort est une chose terrible et nous avons tous été confrontés, au cours de l'année écoulée, à la mort et la peur de la mort. J'ai tué un homme quelques heures après le Changement pour en sauver un autre. Mais nous ne devons pas la laisser nous tétaniser, ni la chasser complètement de notre esprit. Il revient donc au Dun Carson d'appliquer la sentence. Nous ne nous défausserons pas de notre responsabilité, ni ne laisserons quelqu'un d'autre en porter le fardeau.

Billy rua en essayant de se remettre debout. Son hurlement fut étouffé, mais il se débattit tant que ses cheveux s'arrachèrent de son crâne.

Sam lui décocha un coup de talon dans le ventre.

— Je laisserais tomber si j'étais toi, mon pote. Tu t'épargnerais des souffrances.

Chuck leva un vase en l'air.

— Il y a cinquante-trois billes dans cette urne. Six vertes, quatre rouges, une noire et quarante-deux bleues. Chaque adulte va en piocher une. Les six qui tomberont sur une verte se chargeront de creuser la tombe de six pieds de profondeur par six pieds de long et trois de large.

Il désigna le coin nord-est du carrefour, où trois pelles avaient été enfoncées dans le gazon.

— Les quatre billes rouges désigneront les personnes qui l'accompagneront jusqu'au lieu de l'exécution et l'y maintiendront. La noire sera pour le bourreau. Tous les plus de seize ans serviront de témoins. Les parents seront libres de laisser leurs enfants de quatorze à seize ans assister ou non à la mise à mort.

» Les plus jeunes sont sommés de retourner au Dun, afin de ne rien voir ni entendre de ce qui va suivre.

Billy Bob décocha plusieurs ruades. Une odeur nauséabonde emplit l'air quand il perdit connaissance et que ses intestins se relâchèrent. Judy adressa un signe à l'intention des témoins des autres Duns. Ils déshabillèrent l'homme inconscient, l'essuyèrent à l'aide de torchons et lui enfilèrent un vieux peignoir en polyester, grimaçant de dégoût.

Sam Aylward ricana.

— Je la lui aurais fait creuser tout seul, commenta-t-il doucement.

L'urne circula dans l'Óenach. Certains tirèrent leur bille d'un geste vif, d'autres hésitèrent ; certains la brandirent aussitôt devant eux, d'autres l'examinèrent d'abord discrètement dans le creux de leur main. Un ou deux pleurèrent de soulagement en la découvrant bleue. Peu à peu, six personnes se rejoignirent autour des pelles et entreprirent de creuser, entassant la terre sur des toiles goudronnées. Trois hommes et une femme vinrent encadrer le condamné. Puis un bruit éclata dans le pavillon et une femme que Juniper ne connaissait pas s'approcha de Billy Bob et ouvrit la paume. La bille noire tomba sur sa chemise.

— C'est bien tombé, déclara Brian. Elle a plusieurs fois essayé de nous pousser à agir, menaçant même de s'en charger en personne.

Juniper fit la moue.

— Eh bien, à moins qu'elle ne soit une vraie tueuse de sang-froid, elle va apprendre la leçon que j'essaie d'inculquer à tout le Dun et au reste du Clan Mackenzie, sur le crime et le châtiment.

— Madame, dit Brian. Sara n'a que treize ans, mais elle voudrait rester… et Rebekah et moi pensons que sa place est ici.

Juniper retroussait son chemisier et son plaid afin de pouvoir allaiter Rudi. Elle hésita le temps de mettre le bébé au sein. Ce n'était généralement pas si compliqué, mais elle n'avait pas l'habitude de le nourrir sous un châle.

Que fera-t-on quand les soutiens-gorge d'allaitement tomberont en lambeaux ? Il ne nous restera plus qu'à... beurk !

Quand Rudi se mit enfin à téter, elle soutint le regard de Sara.

— Pourquoi ? demanda-t-elle simplement.

La fillette semblait à la fois furieuse et sur le point de fondre en larmes.

— Il... il a menacé de me tuer. Il... il m'a dit qu'il avait buté Lapinou FouFou et qu'il m'aurait de la même manière.

La petite semblait avoir la nausée, et Juniper se força à hausser un sourcil à l'intention de Brian. Celui-ci se contenta de secouer tristement la tête.

— Vous savez, ma Dame, je ne croyais pas à votre religion. Mais il semblerait que vos Dieux me punissent pour ma négligence.

» Ouais, le lapin a été tué. J'ai essayé de lui dire que c'était la faute d'un coyote, mais même moi je n'étais pas convaincue. Pourtant, elle n'a pas discuté. Et on avait vraiment besoin de ce lapin. C'était un angora français, et on espérait se spécialiser dans la laine de qualité avec lui. Sara espérait perpétuer la race, mais sans le mâle...

» Mais je m'égare. Il faut qu'elle voie qu'il est mort pour de bon. Et moi aussi. Je regrette simplement qu'il ne puisse pas mourir plusieurs fois.

Juniper secoua la tête tout en berçant son enfant.

— Il est facile et normal pour vous d'avoir l'impression que vous le punissez. Et j'essaie d'alerter les autres à ce sujet. Mais ça n'est pas aussi simple. Voyez cela comme un abattage au sein du troupeau. C'est une mesure préventive que nous devons exécuter aussi vite que possible.

Elle changea le bébé de sein et considéra la jeune fille.

— Je ne veux pas que tu voies ça. Je comprends pourquoi tu le souhaites, mais je ne trouve pas ça sain.

Elle observa alors tour à tour Brian et Rebekah.

— À moins que vous n'ayez une meilleure raison de la faire regarder ? Sa mort ne fera pas le moindre doute.

Brian secoua une fois de plus la tête et hésita.

— Vous savez, ma Dame, il est dit dans la Bible : *le salaire du péché, c'est la mort.* Mais cela fait bien longtemps que ces mots ne veulent plus rien dire. Nous nous concentrons tous sur le don vivant de Dieu. Combien de gens vont essayer de vivre d'œuvres sacrées, comme vous, les Mackenzie… et qu'est-ce que cela signifiera aux yeux de la justice ?

Chuck était venu les rejoindre et faisait non de la tête.

— Si vous croyez que la justice de l'Ancien Monde était juste, pure et efficace…

— Non, intervint Rebekah. Elle n'était pas parfaite, et les criminels s'en tiraient souvent à bon compte… comme lui a failli s'en tirer à bon compte. Mais ça ne veut pas dire que les anciennes manières étaient meilleures. La loi était dure et cruelle. Était-ce vraiment une nécessité ?

Elle secoua la tête avant de se tourner vers sa fille.

— C'est tout ? Tu as peur qu'on le laisse partir, comme ils ont laissé partir cet instituteur après que Mellie s'était plainte ?

Sara acquiesça, des larmes plein les yeux. Les quatre adultes eurent une moue dépitée. Rebekah fit pivoter Sara vers le groupe d'enfants.

— Va. Il va mourir. Et s'il s'échappe dans ce vieux peignoir tout élimé appartenant à ton oncle, je te promets de te le dire.

Sara résista un instant, puis alla rejoindre le groupe des plus jeunes. Rebekah fronçait les sourcils et sursauta quand Brian lui posa la main sur l'épaule.

— Qu'est-ce qu'il y a, mon amour ?

Elle secoua la tête.

— Quelque chose qui m'a traversé l'esprit. On en parlera plus tard.

Les fossoyeurs sortirent de leur tombe et remontèrent l'échelle à leur suite. Ils étaient en nage. L'un d'eux s'essuya le front et considéra la sueur sur le revers de sa main, comme surpris de constater que c'était la même qu'après n'importe quelle autre tâche. Les autres se rassemblèrent autour du trou, suffisamment en retrait pour ne pas risquer de faire s'écrouler les parois fragiles. Les quatre chargés de l'escorte giflèrent le condamné pour le réveiller et le hissèrent sur ses pieds. Il se débattit, mais ses geôliers l'empoignaient solidement.

Toutefois, il ne se laissa pas conduire dans la fosse terreuse. Juniper alla se placer à l'extrémité nord de la tombe. Quand les quatre billes rouges l'interrogèrent du regard, elle écarta les mains.

— Tel est le fardeau que les Pouvoirs ont choisi pour vous, mes amis, expliqua-t-elle d'une voix calme parvenant cependant à couvrir les grognements étouffés. Il vous incombe de le porter.

Ils le maintinrent près du milieu et se dévisagèrent. L'un indiqua l'échelle posée à l'extrémité. La femme et un homme le lâchèrent et descendirent. Avec une soudaineté surprenante, les deux autres saisirent Peers par les bras et les jambes, le firent basculer par-dessus la fosse et le lâchèrent. Il tomba, et les deux autres le rattrapèrent et le plaquèrent au sol. La terre brun-gris était humide ; un ver s'échappait d'une motte. Une odeur riche s'élevait de l'humus. Il y avait dans tout ceci un sentiment de justice immanente.

À l'aide de cordes et de pieux, ils l'entravèrent au fond de la fosse.

— Madame ? Est-ce qu'on lui retire son bâillon ? demanda l'un d'entre eux alors que Judy approchait avec les vêtements souillés et les chiffons qui avaient servi à la toilette.

— Posez-lui la question. Posez-*vous* la question. Voulez-vous qu'il soit réduit au silence en entrant dans la mort, ou préférez-vous entendre ses derniers hurlements ? Avec quoi vivrez-vous le mieux ?

Trois d'entre eux sortirent de la fosse.

— Alors ? s'enquit le dernier.

Juniper était debout, les bras gourds de supporter le poids du bébé de neuf mois. Elle refusait pourtant de le rendre à Melissa. Les Óenach murmurèrent en s'agitant, chuchotèrent en remuant.

Josh Heathrow sortit alors du groupe et se pencha par-dessus le rebord.

— Qu'est-ce que tu préfères ? Mourir avec ou sans bâillon ?

Juniper entendit un bruit sourd. L'homme sur l'échelle poussa un cri d'impatience et bondit au fond du trou.

— Il veut le retirer, mais ça ne va pas être joli, avertit-il.

— Aucune classe, commenta Chuck à mi-voix. Rien à voir avec la belle tradition des voleurs de grand chemin anglais qui déclamaient fièrement leurs prouesses au gibet.

Juniper soupira et lui décocha un léger coup de pied dans le tibia. Josh consultait de nouveau l'Óenach et l'Ollam.

Ils finirent par prendre une décision.

— Pas besoin d'entendre ses imprécations, et nous préférons ne pas lui laisser l'occasion de causer plus de mal. Nous avons déjà largement de quoi faire des cauchemars. Laissez le bâillon.

Judy laissa tomber le ballot de vêtements souillés au pied de la tombe.

Brian s'approcha, pâle et tremblant, en compagnie de Ray. Il avala une grande goulée d'air quand son oncle prit la parole.

— L'Óenach et l'Ollam ont jugé que cet homme avait effectivement (il jeta un coup d'œil à Juniper) profané le Grand Rituel et les mystères précieux de l'amour en violant hier une femme du Dun. S'il a offensé les Pouvoirs, il est de notre droit de le juger pour le crime commis contre notre sœur. Nous avons de plus appris qu'il avait aussi tenté de dépraver plusieurs de nos enfants. Les chiens enragés doivent être abattus. Aucun remède ne justifierait le prix à payer.

» Mairead, tu es prête ?

La femme qui avait tiré la bille noire s'avança. Comme beaucoup, elle blêmit en se rendant compte de ce qu'elle s'apprêtait à faire.

Nous ne sommes pas en plein combat, où l'on cogne aveuglément, emportés par la fureur et la peur, se dit Juniper. *Il ne s'agit pas du sang chaud versé pendant une rixe. C'est un acte commis volontairement et selon un protocole. Nous avons nos doutes, mais nous les dissimulons. Nous en appelons aux Pouvoirs ; nous évoquons la Loi ; nous disons, nous le Peuple ; nous disons, nous l'État. Mais ce que nous faisons, nous le faisons malgré tout en notre âme et conscience.*

La Chef s'avança ; Chuck et elle se saisirent de la lance pour la confier à l'élue. Juniper hoqueta et sentit la main du Grand Prêtre se raidir à côté de la sienne sur le sorbier. Eilir pivota à son tour la tête, ainsi que plusieurs des témoins de la scène. La décharge qu'elle avait ressentie était brûlante et furieuse, mais ce n'était qu'un coup de semonce avant la foudre. Et elle renfermait autre chose, un appel…

— Cet homme a été un enfant, déclara-t-elle comme si les mots jaillissaient directement du fond de son esprit. Sa mère l'a mis au monde, et elle l'a aimé. Il a reçu des dons importants : un corps fort et en bonne santé, un esprit vif, une langue agile, une grande volonté de vivre, sans quoi il n'aurait pas survécu si longtemps. Quelqu'un lui a donné la vie, et il l'a sabotée, la sienne et celle des autres.

Tous la dévisageaient, tendus et concentrés. Sa voix gagna en intensité :

— Ne ressentez-vous pas la colère des Pouvoirs à cause de ses actes, de tout ce qu'il a profané ? L'affront fait au Mystère qu'Ils nous offrent, pour notre plus grande joie, avec la perspective de Les rejoindre dans une autre vie ?

Un bruissement semblable à celui du vent dans les branches passa quand tout le monde acquiesça.

— Et maintenant, nous allons l'aider à expier. Et nous allons Les apaiser en Leur offrant ce sacrifice. Mais malgré la colère de la Mère Sombre, l'amour subsiste. La Gardienne des Lois est sévère, mais juste. Au-delà du Portail, dans les Terres d'Été, la Vérité se tient nue et il La découvrira bientôt. Il décidera alors comment se compléter et il renaîtra par le chaudron de la Mère-de-Tous dans la vie qu'il aura choisie. Ainsi soit-il.

— *Ainsi soit-il !*

Mairead tremblait quand la Grande Prêtresse et le Grand Prêtre lui tendirent solennellement la lance.

— Cette lance a été conçue dans ce seul but, expliqua Juniper. Elle a été bénie et consacrée exprès.

La hampe chancela dangereusement, et Sam se précipita à la rescousse.

— Attendez, mademoiselle, dit-il. Laissez-moi la retourner. À présent, faites-la passer par-dessus le rebord. Danny, tu vas la mettre où je te dirai. Là. Maintenant, les deux mains sur la hampe… voyez, j'ai enroulé une peau de biche autour pour éviter que ça glisse. Un seul coup puissant. Le faites pas souffrir. Là, c'est le bon angle. Le fer va s'enfoncer dans le cœur comme dans du beurre. *Maintenant.*

Juniper s'efforça de rester stoïque. *En ai-je demandé trop ? Devrais-je rétablir une tradition de bourreaux cagoulés ? Non ! Ceci est notre justice, et nous devons nous l'approprier.*

Mairead tremblait quand Brian vint la flanquer sur la gauche et Josh sur la droite. Ils saisirent eux aussi la lance, au-dessus et en dessous d'elle.

— Allez, dit Josh. Tu dois le faire. Mais nous joindrons nos forces aux tiennes. Ça sera rapide.

Alors que Mairead déglutissait et raffermissait sa prise, Sharon et Rebekah vinrent poser les mains sur ses épaules. Juniper la regarda fermer les yeux… non pas pour ne pas voir la suite, mais pour mieux sentir la position de la hampe. Puis elle poussa, vite et fort.

Le fer affilé comme un rasoir pénétra la poitrine de Billy Bob et lui pourfendit le cœur. Son corps se convulsa une unique fois avant de s'immobiliser. L'homme resté au fond de la tombe aida Sam et Brian à enfoncer l'arme un peu plus profondément pour bien l'arrimer dans le sol.

Quelque chose claqua alors. La colère brûlante qui s'élevait depuis ses pieds avait disparu dans une éphémère brise de chagrin. Puis la journée redevint une journée comme les autres, avec des tâches à accomplir.

Juniper colla Rudi dans les bras d'Eilir et se retourna pour saisir une pelle et commencer à remplir la fosse.

— Je vous bannis, déclara-t-elle intelligiblement en versant une première pelletée sur le corps.

Le dernier homme sortit du trou, aidé par ses compagnons. Des mains volontaires empoignèrent les pelles et firent pleuvoir la terre dans la cavité.

— Je vous bannis.

» Je protège les enfants.

» Je rejette votre blasphème.

» Je me protège.

Juniper prit un peu de recul. Mairead tremblait toujours. Des gens venaient l'étreindre pour la réconforter, mais l'humeur restait sombre. Juniper récupéra son fils en hochant la tête pour elle-même. Elle fit des petits signes des mains, les gestes restreints par le bébé.

Oui. Voilà comment nous nous approprions notre vie.

La fosse se remplit rapidement, la pointe de la hampe dépassant malgré tout toujours du sol. Des rubans noirs et rouges y furent noués, et Juniper se tourna de nouveau vers le nord. Le puissant soleil de l'après-midi lui cuisait désormais le flanc gauche. Eilir tendit les bras pour reprendre Rudi, et Juniper la laissa faire.

Sharon vint se poster à sa gauche et, à sa grande surprise, ce ne fut pas Cynthia mais Rebekah qui vint à sa droite.

Elle leva les bras.

— *Manawyddan* – Mer agitée, lave-nous et purifie-nous ! Nous avons agi pour protéger notre peuple. Certains actes ne peuvent pas être pris à la légère. Mer agitée, purifie-nous !

» *Rhiannon* – Jument blanche, maintiens-le profondément enfoui pour qu'il ait le temps d'apprendre et de renaître pour recommencer.

» *Arianrhod* – Dame tressée d'étoiles ; apporte-nous Ta lumière, la lumière de la raison. Protège-nous des terreurs nocturnes. Prête-nous les yeux pour voir et protéger ceux que nous aimons avant que la souffrance s'abatte sur eux.

» *Ce rassemblement du Dun pour la justice touche à sa fin. Nous nous sommes réunis dans le chagrin, nous avons débattu dans la douleur, et nous repartons avec détermination. Ainsi soit-il !*

— Ainsi soit-il ! répondit l'Óenach en écho.

On ramassa les caisses et les paniers, on démonta les bâches et on offrit l'hospitalité aux voisins.

Juniper eut un signe de tête approbateur quand les témoins firent tous *namasté* et refusèrent les mots de soutien et les propositions d'aide avant de s'en retourner chez eux à un labeur qui ne pouvait pas attendre.

— Madame, que devons-nous faire, à présent ? s'enquit Cynthia Carson.

— Organiser une veillée mortuaire, je dirais, répondit Juniper. Vous allez devoir vous fier à votre instinct. Mais je pense que, pendant un jour ou deux, il vaudrait mieux que vous vous occupiez de choses sans trop d'importance. Vous êtes tous contrariés, vous risquez de commettre des erreurs.

Brian, Ray et Sharon acquiescèrent. Ils rassemblèrent les tas de bâches que les autres avaient repliées et retournèrent au Dun d'un pas traînant.

Juniper soupira.

— Nous allons rentrer, nous aussi. Si tout va bien, nous y serons avant la nuit.

Elle se frotta le front d'un geste agacé.

— J'aurais préféré que notre premier crime capital ne soit pas une affaire aussi grotesque.

Sam haussa les épaules, serrant Melissa contre lui.

— Si ça n'avait pas été ça, ça aurait été autre chose, madame, commenta-t-il avec philosophie. Dans tous les cas, nous aurions trouvé cela atroce.

Juniper soupira une fois encore et haussa les épaules. *J'aimerais tant être chez moi auprès de ceux que j'aime. Je pense que nous allons nous aussi veiller toute la nuit.*

SAM SYKES

Parfois, il vaut mieux *tendre l'oreille*, aussi loin que possible, si l'on veut survivre…

Sam Sykes est encore un auteur relativement jeune. À ce jour, il a écrit *Le Livre des Abysses*, *La Couronne du Chaos* et *L'Ombre de l'Abîme* qui, à eux trois, composent la trilogie *La Porte des Éons*. Né à Phoenix, en Arizona, il habite aujourd'hui à Flagstaff, dans le même État.

NOMMER LA BÊTE

Quand les feux de camp furent éteints et les corbeaux nichés dans les rameux de la forêt, elle put entendre tout ce que son mari disait.

« Et l'enfant ? » lui avait demandé Rokuda alors que l'eau s'abattait sur la flamme. Ses mots s'étaient envolés avec la vapeur, aussi vides et aériens qu'elle.

Ils ne parlaient que de nuit. Ils ne parlaient que lorsque les feux étaient éteints.

« Elle dort », avait répliqué Kalindris. Ses paroles étaient plus lourdes, dans l'obscurité.

« Tant mieux. Il faut qu'elle se repose. » L'obscurité n'était jamais suffisante pour ternir l'éclat de ses prunelles vertes. *« Tu devrais en faire autant. Je veux te voir alerte et attentive. »*

Elle n'avait pas levé les yeux de la lame qu'elle était en train d'affûter. Et elle avait décidé de ne pas le poignarder pour lui avoir parlé de la sorte. *C'est mieux comme ça*, s'était-elle raisonnée. Elle avait fait glisser son doigt sur le fil pour en éprouver le tranchant. Elle l'avait alors rengainée dans son étui avant de tendre les mains vers ses bottes, restées là où elle les laissait toujours.

« Elle peut se reposer. Elle peut rester ici à se reposer. Je partirai avant l'aube. Je reviendrai avant le crépuscule. Elle n'aura pas à le savoir. »

« Non. »

Faute de poils d'échine à hérisser, elle avait dressé les oreilles, aussi affûtées et pointues que ses couteaux. Elles s'étaient aplaties contre sa tête. Rokuda ne l'avait pas remarqué. Mais même dans le cas contraire, il s'en serait sans doute fichu. Il était comme ça.

« *Ce n'était pas une question* », avait-elle répliqué.

« *Dans ce cas, qu'est-ce que je suis censé lui dire ?* » s'était étonné Rokuda.

« *Ce que tu veux. Que je suis partie sans elle. Que la bête était trop proche. Que la tribu était en danger. Que je ne pouvais pas l'attendre.* » Elle avait enfilé ses bottes. « *Je n'ai pas besoin de tes paroles. Tu peux les lui réserver.* »

« *Non.* »

« *Ne me dis pas ce mot.* »

« *Il faut qu'elle apprenne. Il faut qu'elle apprenne à chasser la bête, à haïr la bête, à la tuer.* »

« *Pourquoi ?* »

« *Parce que nous sommes des shicts. Nos tribus arrivent de la Forêt Sombre. Nous étions dans ce monde avant les humains et les tulwars, avant n'importe quel singe ayant appris à se mouvoir sur deux pattes. Et nous serons encore là bien longtemps après eux. Car pour protéger cette terre, tous devront mourir.* »

Ses discours ne l'enflammaient plus. Au contraire, ils la glaçaient jusqu'à l'os.

« *Elle doit apprendre à vivre telle une shict*, avait conclu Rokuda. *Elle doit s'approprier notre héritage.* »

« Ton *héritage.* »

Dans la pénombre, Kalindris l'avait senti s'accroupir près d'elle. Elle avait senti sa main avant même qu'il la touche. Sa peau s'était couverte de chair de poule tandis qu'une pierre gelée semblait s'être logée au creux de son ventre. Elle s'était figée, contractée, en attendant le coup délicat. Elle avait senti chacune de ses phalanges quand il avait appuyé son poing contre la peau de son flanc.

Comme s'il s'y trouvait à sa place.

« *Sois raisonnable…* »

Sa voix était telle une coulure de miel sur de l'écorce.

« Ne me touche pas. »

« Les autres hommes de la tribu ne la regarderont même pas. Ils ne l'écouteront pas. En la voyant, ils se demanderont de quel genre de créatures elle peut être issue. Quelle sorte de parents peuvent l'avoir élevée. Tu dois l'emmener dans la forêt. Montre-lui comment cela fonctionne. »

« Je ne dois rien du tout. Et tu ne peux pas transformer tout ce qui ne te plaît pas. »

« Si, au contraire. »

Sa voix était telles des bandes d'écorce arrachées. Il avait serré les doigts. Elle avait senti chacun de ses poils se dresser. Elle avait senti le poignard à son côté. Elle l'avait entendu glisser dans son fourreau. Elle avait entendu le son de sa propre voix.

De la vapeur dans les ténèbres. Vide. Aérienne.

« Ne me touche pas. »

Entre deux rayons de soleil filtrant à travers la canopée, elle parvenait à entendre la forêt.

Le sabot d'un cerf raclant la mousse d'un tronc effondré. Une branche tremblant au moment où l'oiseau perché dessus prenait son envol. Une colonne de fourmis si dense qu'on en oubliait qu'il s'agissait d'une masse d'individus courant sur une racine morte.

Des bruits de vie. Trop lointains. Elle dressa les oreilles. Kalindris écouta plus fort.

Un papillon s'efforçait de rester immobile tandis qu'un blaireau reniflait autour de la brindille sur laquelle il s'était posé. Un arbre grognait en attendant que la pourriture qui lui mangeait l'écorce atteigne ses racines. Le craquement des feuilles mortes sous le poids d'un sanglier, au groin encombré de microbes et de mucosités, qui s'affala pour rendre son dernier souffle.

Plus près. Elle inspira, emplissant ses poumons d'oxygène, puis expira.

De l'air fuyant des bouches sèches. Des gouttes de sel tombant sur la terre dure. Un gémissement, une complainte bruyante et sans paroles.

Puis elle l'entendit.

Le Hurlement indiqua à Kalindris qui devait mourir.

— C'est interminable.

Elle abaissa les oreilles. Fronça les sourcils. Les fronça plus fort.

L'enfant.

Une conversation.

Encore.

— Tu as *trouvé* les empreintes, gémissait l'enfant. Il y a *deux heures*. On aurait déjà dû repérer la bête. Au lieu de quoi, j'ai passé une demi-heure à attendre, une autre à chercher d'autres traces, une troisième à tirer des flèches entre les branches et encore une à me demander comment m'abattre avec mon arc pour priver l'ennui du plaisir de me tuer.

Le Hurlement repartit aussi vite et aisément qu'il était venu. Les shicts ne demandaient rien à leur déesse, Riffid. Solliciter son attention revenait à provoquer son courroux. Elle ne leur avait rien offert d'autre que la vie et le Hurlement avant de se replier dans la Forêt Sombre. Ils avaient affiné ce don pendant des générations, ce sens dominant tous les autres, la voix de la vie et de la mort.

Et, d'une façon ou d'une autre, les plaintes de l'enfant pouvaient le dissiper en un instant.

— Quand allons-nous commencer la *traque* ?

Peu importait. Le Hurlement en avait déjà bien assez montré à Kalindris. Les autres bruits de vie ou de mort ne comptaient pas. Elle ne se raccrochait qu'au dernier, qui oscillait entre les deux. Le son de l'incertitude. Ce son qui attendait qu'elle fasse pencher la balance en faveur des ténèbres.

Kalindris se leva. Les feuilles tombèrent de ses cuirs de chasse quand elle passa son arc et son carquois par-dessus son épaule.

La sangle de ce dernier se logea dans le creux familier de son cou, tout contre sa peau nue, la seule autre présence qu'elle tolérait si proche de sa gorge. La seule autre qu'elle tolérerait jamais, songea-t-elle en massant la cicatrice qui lui barrait la clavicule. Elle les sentait encore sous sa main. Chaque phalange de chaque doigt, enfoncée dans sa chair.

Sans un regard en arrière, Kalindris sauta par-dessus le rocher et s'élança en direction du bruit. La forêt s'élevait autour d'elle en piliers espacés ; rien à voir avec la proximité rassurante des bois intérieurs qui ne laissaient aucune place à la lumière. Il y en avait en revanche bien trop à la frontière de cette mer d'arbres ; trop de vision, pas assez d'écoute. Le Hurlement ne s'exprimait pas clairement à cet endroit. Elle allait devoir garder les oreilles tendues et ouvertes.

Ils s'élevaient telles des lances et elle écoutait. Le bruissement des feuilles, un cri d'outrage, une respiration précipitée.

L'enfant.

Poursuite.

Immobile.

— *Hé !* Ne me prends pas pour une imbécile ! protesta la petite en se précipitant à sa suite. Si tu cherches à m'abandonner, essaie au moins d'être un peu plus discrète. Ça me permettrait de te pister et d'accomplir quelque chose aujourd'hui.

L'abandon exigeait plus qu'elle n'était prête à donner. Il imposait malice et colère, et elle ne pouvait user ni de l'une ni de l'autre contre l'enfant. Elle les réservait à quelqu'un d'autre, de même que ses flèches, son poignard et cette journée.

— Pourquoi tu ne me parles pas ? demanda l'enfant. J'ai tout fait comme il faut. J'ai suivi les empreintes, comme tu me l'as appris. J'ai respecté toutes tes consignes. Qu'est-ce que j'ai fait de mal ?

L'enfant parlait trop. Voilà pourquoi Kalindris ne disait rien : la petite utilisait tous les mots. Voilà ce qu'elle faisait de mal. Elle ne devrait pas parler autant. Elle ne devrait pas parler *du tout*. Le Hurlement était la langue des shicts, qui en étaient dotés dès la naissance, en même temps que du souffle et du braillement.

Et l'enfant ne pouvait l'entendre. L'enfant ne pouvait l'employer. Elle ne savait que respirer. Elle ne savait que brailler.

Elle lui cassait les oreilles.

— Est-ce qu'on va dans la bonne direction, au moins ? s'inquiéta la petite. Je ne peux pas y retourner avant que la bête soit morte. Sinon, je n'obtiendrai pas mes plumes. Je ne serai jamais acceptée. (Elle baissa la voix.) C'est Père qui me l'a dit.

Kalindris s'arrêta et se crispa.

C'était ce que Rokuda lui avait dit. Rokuda disait des tas de choses. Rokuda assenait des mots telles des vérités, comme si seule sa parole comptait. Quiconque signifiait son désaccord voyait s'écarquiller ces grands yeux verts, s'étendre ce large sourire féroce, et entendait son miel quand il affirmait que ses détracteurs avaient tort.

Soudain, Kalindris eut mal au dos. Sa colonne vertébrale fut brusquement aussi rigide qu'une lance, saillant sous sa peau. Elle se retourna, les oreilles plaquées contre son crâne, les babines retroussées.

L'enfant était plantée là. Ses cheveux étaient trop lumineux, semblables à un massif doré, et les plumes dans ses mèches partaient dans toutes les directions. L'arc autour de ses maigres épaules était mal cordé, et ses bras frêles étaient trop petits pour le bander correctement. L'une de ses oreilles était dressée, l'autre basse ; toutes deux étaient longues et lisses, dépourvues d'entailles. Elles cherchaient toujours à entendre l'inaudible.

Ses prunelles étaient bien trop vertes.

— Ton père n'a pas toujours raison, rétorqua-t-elle.

— Si c'était le cas, tout le monde ne l'écouterait pas de la sorte, protesta l'enfant. (Elle se gonflait d'une sorte d'orgueil, qu'elle savait devoir éprouver sans le ressentir vraiment.) Quand

Père prend la parole, les autres l'écoutent. Quand il leur dit de faire quelque chose, ils le font.

Des mots. Des mots lourds de sens clamés par l'enfant. Comme si elle y croyait.

Kalindris dut rassembler toute sa concentration pour parvenir à desserrer les poings. Elle dut se détourner, arracher son regard et son ouïe à la petite. Elle souleva son carquois et continua à suivre le bruit à travers les arbres.

— On n'aurait pas dû venir ici. On aurait dû l'écouter.

— On n'a pas eu le choix. Continue d'avancer. *Continue.*

Mère et Père se disputaient encore.

— Elle a eu Eadne. Ça a eu mon Eadne. Et on l'a abandonnée. On a fui. Notre propre terre !

— Grands dieux, veux-tu bien la fermer et me laisser réfléchir ?

Mère et Père n'avaient pas peur parce qu'ils se disputaient. Et donc, Senny non plus.

Chaque fois qu'elle était effrayée, elle regardait Mère et Père. Mère observait Père et se mettait en rage. Père considérait Mère et commençait à hurler. Et ils se disputaient bien trop fort pour avoir peur. Elle étreignait alors le petit couteau passé à sa ceinture, prête au combat, ce qui lui permettait de ne pas avoir peur non plus.

Qu'importe à quelle allure ils couraient. Qu'importe que Mère lui tire le bras à le lui déboîter.

— Ça l'a tuée. Ça l'a laissée dans un arbre et ça a couvert l'écorce de son sang. On aurait dû rester. On aurait dû l'enterrer. On n'aurait pas dû fuir.

— On n'a pas eu le choix, crétine. Elle s'en serait prise à nous juste après. Elle est en train de nous traquer. Pense à la petite.

Senny savait à qui ils faisaient référence. Père disait que c'étaient des monstres. Ils étaient venus dans leur petite maison pour lui dire de partir. Ils avaient affirmé que la forêt était leur. Il avait répliqué qu'il refusait. Ils avaient donc pris Eadne.

Leur nom ressemblait à un mot furieux.

Père se pencha pour agripper l'autre main de Senny. Il se mit à tirer dessus, lui aussi. Peut-être pour montrer à Mère qu'il pouvait tirer plus fort qu'elle, et donc qu'il avait moins peur. Senny se libéra pour dégainer son petit couteau et prouver à Père qu'elle n'avait pas peur non plus.

Mais il ne se rendit compte de rien.

Il regardait droit devant. Mère regardait derrière. Ils prétendaient qu'Eadne était là-bas, qu'elle ne les accompagnait pas. Ils ne parlaient pas d'Eadne. Peut-être qu'ils ne voulaient pas qu'elle ait peur. Mais elle savait déjà. Elle avait vu Eadne dans l'arbre, vu le vent agiter les branches et les feuilles en même temps que ses jambes.

Mère voulait y retourner, pourtant elle continuait d'avancer avec Père. Entre les arbres, en direction de leur maisonnette près du ruisseau.

C'était un bon endroit. Elle le savait, même si Père ne l'avait pas précisé quand il avait annoncé à Mère qu'ils allaient s'y installer. Des buissons regorgeant de baies à dévorer. Ils pouvaient y disposer des collets pour attraper des lapins, et Mère lui avait appris à concocter un ragoût. La forêt était effrayante, mais Père lui avait donné ce petit couteau. Ils lui ressassaient de ne jamais s'y aventurer.

Elle observa les arbres, par-delà le bras de Mère. Quand ils étaient venus habiter là, les troncs lui avaient paru sombres et menaçants. Mais elle avait son petit couteau. Elle savait qu'il y avait des endroits où se cacher de la bête, de cette *chose* qui avait eu Eadne.

— Père, dit-elle.

— Avance, répondit Père.

— Mais, Père, la forêt…

— Je sais, je sais, je sais.

Senny brandit son petit couteau.

— Il y a des cachettes, et des baies, et on pourrait y aller, et je n'ai pas…

— Par les dieux, pas maintenant, petite merde !

Il n'employait pas souvent ce terme en sa présence. Parce qu'il pensait qu'elle n'en connaissait pas le sens. Mais il l'avait déjà dit, quand il leur avait annoncé qu'ils allaient dans la forêt, où il avait construit cette maison, quand les gens avec les plumes dans les cheveux étaient venus lui dire de déguerpir. Voilà comment il les appelait. Voilà à quoi on pouvait les comparer.

— Peu m'importe que cette merde soit furieuse, parce qu'on est bien plus dans la merde qu'on ne devrait l'être, tout ça parce que tu refuses de fermer ta bouche de merde et que tu continues à parler de toute cette *merde* !

Mère ne parlait plus.

Peut-être qu'elle avait peur, elle aussi.

Elle se raccrocha à son petit couteau. Et elle se raccrocha à la main de Mère.

Quand la lune avait commencé à couler par-delà la mer d'arbres et quand les chouettes affamées étaient retournées dans leur trou, elle avait essayé de ne pas l'entendre.

« Encore une chose. »

Rokuda ne lui parlait que dans les ténèbres. Que lorsqu'il ne la voyait pas le mépriser, lorsqu'elle ne pouvait pas prétendre s'adonner à quelque autre tâche et faire comme si elle ne lui appartenait pas, ne serait-ce qu'un instant. Seulement quand il ne pouvait pas la voir faire courir ses doigts sur la cicatrice lui barrant la clavicule.

« Je veux que tu me rapportes la preuve », lui avait-il dit.

« La preuve », avait-elle répété.

« Un trophée. Quelque chose qui prouve à la tribu qu'elle l'a fait. Je veux que tu t'assures qu'elle ait du sang sur les mains. »

« Tu veux que je rapporte la carcasse. »

« Oui. Ramasse-la et fourre-la-lui dans les mains, si tu dois en arriver là. Dis-lui que ça me rendra fier. Elle acceptera. »

« Elle ne sait pas tirer », lui avait rappelé Kalindris. *« Elle ne peut pas suffisamment bander l'arc, et elle est incapable de traquer une proie. Elle est trop bruyante. Comme toi. »* Kalindris avait continué de lacer ses bottes. *« Elle n'y arrivera pas. »*

« Il le faut. »

Kalindris s'était figée quand Rokuda s'était laissé tomber près d'elle, sur les fourrures. Ces fourrures qui étaient restées froides pendant des années. Elle n'y dormait jamais, sauf quand l'hiver était trop rigoureux. Quand elle s'allongeait près de lui, elle n'en sentait plus la morsure glaciale. Mais elle était moite de sueur froide. Nauséeuse.

Comme à cet instant.

« Ils la traiteront comme une paria. Je ne le tolérerai pas. Elle doit donc apprendre ce que c'est que d'être une shict. »

Il prononçait ce nom trop facilement. Comme s'il s'agissait d'un simple mot. *Shict* allait bien au-delà de ça. Il ne fallait pas le proférer dans la pénombre, s'était dit Kalindris.

« Elle devrait déjà le savoir », avait-elle rétorqué, achevant de nouer ses lacets.

« Nul ne lui a enseigné. » Rokuda s'était rapproché d'elle.

« Ça ne devrait pas être nécessaire. Nous naissons en sachant qui nous sommes. Le Hurlement nous en informe. »

« Pas elle. Il faut que tu lui montres. »

Kalindris s'était levée sans un mot et avait ramassé son arc. Celui-ci n'était jamais loin d'elle, sauf quand il le déplaçait. Quand il faisait sombre, elle préférait le garder à proximité.

Mais dès qu'elle s'était mise debout, il avait tendu le bras pour lui saisir le poignet, et elle s'était sentie gelée. Sa main s'était refroidie, devenant aussi glaciale que leur couche.

« Tu dois le lui montrer », avait-il insisté.

« Je ne suis obligée de rien », avait-elle essayé de répliquer. Mais ses mots avaient été éteints par les ténèbres.

Il avait raffermi sa prise, et le froid s'était propagé en elle. Elle sentait tous les endroits où il l'avait un jour touchée, une goutte de sueur froide se formant partout où ses empreintes digitales étaient ancrées sur sa peau. Elle était restée paralysée et silencieuse. Et quand il avait repris la parole, son timbre était aussi cassant qu'un glaçon un jour d'hiver.

« Tu le feras. »

Elle observa la clairière et parla doucement, comme pour ne pas agiter les feuilles devant elle.

— Tu sais pourquoi ?

La propre voix de Kalindris.

Elle trouvait à la fois étrange et désagréable de l'entendre sortir de sa bouche.

Mais l'enfant la regardait. Elle avait son arc entre les mains, et y avait encoché une flèche.

Kalindris désigna le rondin. Le cerf en gratta la mousse d'un sabot, arrachant des copeaux verts au bois avant de les laper au sol. L'animal produisait de nombreux sons en mangeant : il grinçait des dents, poussait des grognements de satisfaction, déglutissait goulûment. Il ne pouvait pas l'entendre chuchoter à l'oreille de l'enfant dans le sous-bois.

— Pourquoi doit-il mourir ? réitéra Kalindris.

Elle considérait le cerf en plissant les paupières. Elle entendait presque les pensées de la petite, imaginait un méli-mélo chaotique et sonore. Le Hurlement n'était pas là pour leur conférer concentration et clarté.

— Pour manger ? demanda l'enfant.

— Non.

— Alors, je ne sais pas. Pour la compétition ? Tuer ou être tué ?

— Par un cerf ?

— Il a des bois ! protesta l'enfant.

Le cerf dressa la tête à ce soudain éclat de voix. Kalindris et l'enfant s'immobilisèrent et retinrent leur souffle. L'animal était trop affamé pour partir. Il recommença à ronger et à faire du bruit.

— Pourquoi faut-il qu'il meure ? insista Kalindris.

L'enfant réfléchit longuement. Elle grimaça en comprenant.

— Parce qu'on ne peut savoir qui on est qu'en connaissant les autres. On ne peut savoir ce que cela signifie d'être nous qu'en sachant que nous ne sommes pas les autres. Et en les tuant, on apprend qui nous sommes, pourquoi nous sommes là et pourquoi Riffid nous a fait don de la vie et de rien d'autre. On tue. Et parce que nous sommes ceux qui tuent, nous sommes qui nous sommes.

Elle sentit ses oreilles s'aplatir contre sa tête. Les paroles de son père. Les paroles adressées à un millier de personnes qui ne s'opposeraient jamais à lui, qui ne lui diraient jamais non. Elle ne lui avait pas dit non non plus. Pas quand elle l'avait entendu pour la première fois. Pas avant qu'il soit trop tard.

— Non, dit-elle.

— Mais Père affirme…

— Non, répéta-t-elle avec plus de fermeté. Regarde-le. Pourquoi doit-il mourir ?

Et l'enfant contempla le cerf. Puis elle se tourna vers Kalindris.

— Doit-il vraiment mourir ? s'enquit-elle.

Le bruit d'oreilles se dressant. Le bruit de paupières s'ouvrant en grand. Le bruit d'une respiration ralentie. La prise de conscience. La compréhension. La résignation. Le chagrin.

L'enfant.

Écoutant.

Muette.

— Pourquoi faut-il qu'il meure ? demanda-t-elle encore.

— Parce que, répondit l'enfant, je dois le tuer.

Kalindris acquiesça. Sans sourire. Sans un mot d'approbation. Sans produire le moindre son.

L'enfant leva son arc, tendit sa corde et visa. Elle ne se fiait qu'à sa vue. Elle s'assura de l'angle une fois, deux fois, trois fois. À la quatrième, alors que ses mains commençaient à trembler sous l'effort, elle tira.

La flèche frappa le cerf dans la partie tendre entre la jambe et le bas-ventre. Elle vibra là quelques instants, ayant sectionné un organe vital à l'animal. Celui-ci laissa échapper un râle, son souffle se condensa. Il chancela sur ses sabots, fit volte-face pour s'enfuir. Mais ses jambes ne répondaient plus comme avant. Il se traîna, dégoulinant de sang, en direction de la forêt.

L'enfant encocha une nouvelle flèche et récidiva. Elle ne se fiait désormais plus qu'à son cœur. Le trait manqua largement la cible. Elle poussa un hurlement paniqué et tira une troisième fois. Des paroles vinrent souiller l'air et la pointe se ficha dans le sol, lestée par sa peur.

Le cerf effectua un nouveau pas avant de s'effondrer. Un second projectile s'était logé dans son cou, et la bête gisait sur le flanc, le souffle rare, dégouttant d'écume et de sang.

Kalindris s'en approcha, l'enfant sur ses talons. Elle tendit la main derrière elle pour la saisir et la forcer à passer devant. La petite planta son regard dans les yeux de sa victime et vit son reflet dans ce grand miroir marron.

L'enfant se tourna vers Kalindris.

Cette dernière dégaina le couteau qu'elle portait à la ceinture. Elle le tendit à la fillette, qui le considéra comme un objet dont la place n'était pas ici, avec elles, mais suspendu à la toile de tente de son père.

Kalindris mit le manche entre les doigts de l'enfant.

— Pourquoi ? demanda l'aînée à son apprentie.

L'enfant la dévisagea. Avec de grands yeux implorants. Pleins de ressentiment. Remplis de colère, de haine et d'un sentiment de trahison.

Sans aucune parole.

L'enfant s'agenouilla près du cerf. Elle plaqua sur sa gorge le fil de sa lame. En grimaçant, elle trancha dans la fourrure et le cuir pour atteindre le tendon et la base du cou de l'animal. Elle l'ouvrit en deux et son contenu se déversa sur elle. Gicla sur ses mains et ses bras. Mais l'enfant continua à le déchirer silencieusement.

Alors que le ruisseau gargouillait à leur côté, elle s'évertuait à suivre la cadence de ses parents.

— Est-ce que tu as peur, ma chérie ?

Senny n'avait pas peur. Elle faisait en tout cas de son mieux pour ne pas avoir peur. Elle secoua la tête et montra son petit couteau. Son père ne sembla pas le voir.

— Il n'y a pas de quoi avoir peur, déclara-t-il. Pas en ma présence. On va s'en sortir, d'accord ?

Elle hocha la tête. Elle n'avait pas peur.

— Je suis navré pour ce que je t'ai dit tout à l'heure, ma chérie. J'étais énervé. Ta mère criait tellement fort.

Mère ne paraissait pas remarquer que l'on parlait d'elle. Elle tenait la main de Senny et continuait de la traîner vers la maisonnette. Le ruisseau bouillonnait tout près. Des buissons chargés de baies mûres à point et luisant au soleil poussaient partout.

Ils pourraient s'enfoncer dans la forêt pour éviter la bête. Ils pourraient s'y enfuir et y vivre ensemble. La chaumière était agréable et elle lui manquerait, tout comme Eadne lui manquerait, et elle s'efforçait de ne pas penser à elle car chaque fois qu'elle y songeait elle avait envie de vomir et Mère se mettait à pleurer.

— Ma chérie, tout ira bien, dit Père, sans toutefois lui adresser le moindre coup d'œil. Tout ira bien, ne t'en fais pas.

— Je ne suis pas inquiète, Père. Je n'ai pas peur. J'ai encore le couteau que tu m'as donné. Regarde.

— Ça va aller, ma chérie.

— Père, on pourrait s'enfoncer dans la forêt, le temps d'échapper à la bête. Puis on reviendrait quand elle serait partie. J'y suis déjà allée, Père. Ce n'est pas aussi sombre qu'il y paraît. Il y a des baies et de la nourriture, on y serait mieux que dans la maison.

— Oui, ma chérie. La forêt.

— Père, Mère est effrayée. Elle me broie la main. Père ?

Père répéta la même phrase. Encore, et encore. Une quantité innombrable de « ma chérie », de « mmm, mmm » et de « bien, bien, très bien ». Bientôt, elle cessa de parler. Père ne l'écoutait pas. Car s'il l'avait écoutée, il aurait entendu que sa voix se modulait bizarrement, comme chaque fois qu'elle avait envie de pleurer.

Et alors, il aurait eu peur à son tour. Et Mère aurait été encore plus effrayée.

Il devait répéter les mêmes paroles pour éviter de l'entendre. Et elle devait rester silencieuse. Et Mère devait lui broyer la main. Et elle devait éviter de vomir, de pleurer ou de faire toutes ces choses que font les enfants terrifiés.

Peut-être que, si Eadne était avec eux, elle pourrait faire tout ça.

Eadne était morte.

Alors que le soleil commençait à poindre au-dessus de leur tente et que les premiers loups se mettaient en chasse, elle s'était détestée autant qu'elle le détestait.

« *J'ai quelque chose à te demander* », avait dit Rokuda.

« *Non* », avait répliqué Kalindris.

Un son que Rokuda n'entendait que de sa part. Il ignorait ce que cela pouvait signifier.

« *Pourquoi rien de tout ceci ne t'ennuie ?* » l'avait-il interrogée malgré tout.

« *Qu'est-ce que tu entends par "tout ceci" ?* »

« La façon dont ils la perçoivent, le fait qu'ils pensent qu'elle n'est pas l'une des nôtres. Pas une shict. » Il avait craché les paroles suivantes, difficiles à articuler. *« Pas à moi. »*

« Je ne prête aucune attention à ce qu'elle fait. »

« Pourquoi ? Ne vois-tu pas ce qu'ils pensent d'elle ? Comme ils la regardent ? »

« Non. »

« Ils la regardent… comme si elle était… comme si elle n'était pas… »

Les mots avaient fini par lui manquer et il s'était mis à grogner. Il détestait que le langage le fuie, car, quand cela se produisait, le Hurlement le fuyait également. Et quand il était incapable de parler, il se mettait à gronder, car les autres pouvaient ne pas être de son avis. Ils pouvaient lui dire « non ».

C'était dans ces instants qu'il se mettait à provoquer des cicatrices.

« Elle tend la main pour essayer de saisir la tienne quand elle a peur. Elle… elle leur pose des questions, au lieu de savoir *ce que le Hurlement lui dicte. »*

Elle avait entendu ses ongles racler la fourrure, sans que cela suffise à apaiser sa fureur. Elle l'avait entendu s'arracher les cheveux de rage.

« Elle pleure quand elle a mal. Elle grogne quand elle est en colère. »

« Tous les enfants font ça. »

« Pas mon héritière. »

« Ton héritière est une enfant. »

« Pas l'une de nos *enfants. Pas l'une de notre peuple. Chez nous, on ne… fait pas ça. »*

« Mais elle, si. »

« Et tu t'en moques complètement ! Tu ne la regardes même pas. Ne sais-tu pas ce qu'ils racontent sur nous ? Comme ils nous considèrent ? »

« Je m'en fiche. »

« Ça n'a pas toujours été le cas. »

« Les temps ont changé. »

Et elle l'avait entendu également. Le calme avant la tempête. Des grains de terre tombant après qu'une goutte de pluie les eût fait sauter. La plainte du vent sur les coteaux. La fraction de seconde précédant son inspiration, précédant l'instant où il allait reprendre la parole avec la ferme intention de se faire entendre.

« Autrefois, tu te tenais à mon côté en face d'eux, tu t'en souviens ? Toi et tes arcs, chasseuse fière, forte et courageuse. Ils nous admiraient quand je parlais. Ils m'écoutaient, et tout ce qui m'importait était que tu m'entendes aussi. »

Du miel fermentant dans un écheveau. Des pissenlits s'envolant dans la brise. La fumée du feu tout juste éteint. Les mots qui l'avaient poussée à écouter, ces mots qui le rendaient si puissant, ceux qu'il prononçait quand il était Rokuda et elle Kalindris, et qu'ils n'avaient pas besoin de parler.

« Autrefois, tu écoutais mes paroles, et tu acquiesçais en même temps qu'eux et acclamais en même temps qu'eux. Et quand j'avais terminé, je les observais tous en souriant. Je tournais alors la tête vers toi, et ton sourire était toujours le plus grand et le plus beau des sourires. »

Ces mots qu'il prononçait quand elle pensait qu'elle n'aurait jamais besoin d'autre chose.

« Tu connaissais bien des mots », avait répondu Kalindris.

« Je les connais encore. Tous autant qu'ils sont. Il me reste tout, sauf cette fière chasseuse qui se dressait près de moi. Où est-elle partie ? »

Kalindris avait attendu près du rabat de la tente. Quand elle l'avait écarté pour embrasser la froide lumière de l'aube, le monde était parfaitement silencieux. D'un regard par-dessus son épaule, elle avait vu ses prunelles, immenses et vertes. Et, du coin de l'œil, elle ne l'avait aperçue que fugacement. Mais la cicatrice qui lui barrait la clavicule, celle qu'il lui avait faite, était toujours présente.

« Elle est tombée amoureuse d'une personne douce et silencieuse. Elles se sont enfuies et sont mortes loin d'ici dans les bois, nous abandonnant toi et moi. »

Elle avait parlé laconiquement. Puis elle était partie.

— Tu ne fais pas les choses comme il faut. Tu fais tout de travers. (Des dents émergeant d'une gueule de louveteau.) Tu es censée me parler. Tu es censée pouvoir le faire. (Des griffes fouillant la terre en quête de quelque chose qui n'y était plus.) Arrête. *Arrête.* Arrête, et recommence.

Une patte dans un piège, en train d'être rongée.

L'enfant.

Parlant à la terre.

Immobile.

Elle regardait, impassible, les bras croisés, la petite ramper sur la berge, suivant une trace irrégulière dans la boue. Elle en remonta la piste jusqu'autour des arbres pour en retrouver la source. L'enfant pesta, exigea des choses, gémit et finit par cracher des injures à l'intention des empreintes, du sol, d'elle-même.

Les mains de la petite étaient couvertes de boue, son ventre en était maculé, son visage taché depuis qu'elle s'était arraché les cheveux de frustration. Et elle continuait de progresser à quatre pattes, comme si elle pouvait contraindre la glaise de lui donner des explications à force de l'étrangler.

La terre refusait de lui répondre.

L'enfant voulait tout à la fois. Elle voulait que les pistes lui parlent sans qu'elle ait besoin de les écouter. Elle voulait que le terrain lui cède parce qu'elle le désirait si ardemment. Elle voulait. L'enfant parla. L'enfant geignit et réclama sans jamais écouter.

Comme son père.

Kalindris se surprit à serrer les poings.

— Il disait que ce serait facile, pleurnichait la fillette. C'est censé être facile. Pourquoi n'a-t-il…

Elle se frappa le front de la paume, y apposant une marque boueuse.

— *Non, non.* C'est toi, pas lui. C'est toi qui fais les choses de travers. C'est toi, c'est toi la *ratée*, voilà pourquoi ils te détestent.

Son héritière. Dans la boue. Se cognant la tête.

En son for intérieur, Kalindris essayait muettement de se convaincre que l'enfant méritait son sort. Cette enfant incapable d'écouter, cette enfant qui parlait sans cesse, l'enfant de Rokuda était à sa place dans la fange.

Kalindris fut étonnée d'entendre le son de sa propre voix.

— C'est une métaphore. La terre ne te parle pas vraiment. (L'enfant persistait à la palper et à l'implorer.) Regarde. Tu as effacé les empreintes. On pourrait commencer…

— Tais-toi !

L'enfant.

Montrant les dents.

Grognant.

— Je ne veux plus l'entendre, plus t'entendre, plus rien entendre. Je veux simplement trouver la bête, la tuer et la rapporter pour la lui montrer. Alors il me parlera, et je n'aurai plus besoin que toi ou qui que ce soit d'autre le fasse à ma place. Si Père me parle, je n'aurai plus jamais à te revoir !

L'enfant était liquide. Des mouchetures de bave blanche s'amoncelaient aux commissures de ses lèvres. Des larmes luisaient aux coins de ses yeux. Des mucosités visqueuses dégoulinaient de ses narines. L'enfant fondait, tremblant dangereusement. L'enfant braqua de nouveau le regard sur la terre silencieuse.

— Je ne dormais pas.

Et Kalindris ne sut plus quoi dire à l'enfant. L'enfant qui venait de lui parler comme si c'était sa faute si les oreilles de l'enfant ne pouvaient rien entendre. L'enfant qui envisageait de la congédier. L'enfant qui agissait comme si Kalindris était responsable de tous ses maux, comme si c'était *son* problème et *son* imperfection qui avaient provoqué cet instant de boue, de pleurs et de morve.

Comme son père. Son portrait craché.

À son grand étonnement, des larmes lui montèrent aux yeux.

Elle se détourna à son tour. À elle, la terre parlait. Elle lui disait où la bête était partie. Elle lui expliquait comment renier cette enfant, et pourquoi il était logique qu'elle éprouve de la colère et du ressentiment à l'égard d'une fillette.

De l'enfant.

Pleurant.

Elle ferma alors ses oreilles et s'éloigna.

Mère était effrayée. Père l'était aussi.

Senny le savait parce que plus personne ne hurlait.

Mère avait refermé ses deux mains autour de ses épaules et l'étreignait dans un coin de la maisonnette. Père guettait par la fenêtre, hachette en main. Mère avait Senny, Père avait sa hachette. Malgré tout, ils restaient apeurés.

Pas elle, cependant. Elle avait son petit couteau. Père le lui avait donné pour qu'elle n'ait pas peur. Elle ne pouvait pas avoir peur avec ce petit couteau, même si Père tremblait.

Elle envisagea de le lui rendre, pour voir si ça l'aiderait. Mais elle le serra contre elle quand elle entendit une voix, même s'il s'agissait de celle de Père.

— Je vais sortir.

— Quoi ? Pourquoi ferais-tu une folie pareille ?

— Pour chercher cette chose. Si ça se trouve, elle n'est même pas là. On ne l'a pas vue quand on a trouvé…

— Non. N'y va pas, plaida Mère. Elle a déjà eu Eadne. Tu ne peux pas la laisser s'en prendre à ta fille et à moi, tu dois rester ici, tu le dois, tu le *dois.*

— Mon rôle est de vous protéger, répliqua Père. De vous mettre en sécurité. On ne peut pas vivre comme ça. On ne peut pas laisser cette bête nous chasser d'ici. On ne doit…

… pas avoir peur, voulut compléter Senny. *On doit être courageux.*

— J'y vais, décida Père. Pas loin. Pas longtemps. Restez ici. Je reviens très vite.

Senny hocha la tête. Elle tenait fermement son petit couteau. Mère la tenait fermement. Si fermement qu'elle lui faisait mal. Elle se laissait faire, cependant, laissait Mère l'étreindre, car Mère n'avait pas de petit couteau.

Père ouvrit la porte. Dehors, les oiseaux chantaient. Le soleil avait cette teinte orange qu'il adoptait quand il s'apprêtait à disparaître derrière les arbres. Le ruisseau gargouillait, parlant bruyamment en se demandant où était cette fillette qui lui répondait habituellement. Père s'éloigna de deux pas et observa alentour, la hachette à la main.

Les oiseaux continuaient de chanter. Le ruisseau continuait de bavarder. Le soleil continuait de briller.

Et Père était mort.

Elle le savait. Elle voyait la flèche dans son épaule, qui le clouait à la porte de la chaumière. Une autre vint l'atteindre au poignet, lui faisant lâcher sa hachette. Mère cria. Père cria. Père saignait partout sur la porte. Et Senny s'accrochait à son petit couteau.

La bête apparut. La bête était une dame. Ses cheveux étaient longs et détachés, ses vêtements crasseux. Ses oreilles étaient immenses, et elle avait de longues dents et une cicatrice au niveau du cou. Son poignard était gigantesque. Son poignard était brillant. Et elle l'appliqua contre la gorge de Père et la trancha, faisant gicler son sang sur elle.

Et les oiseaux continuaient de chanter, même si Père était mort.

Alors que les oiseaux continuaient de chanter et que la femme n'arrêtait pas de pleurer, elle considéra la Bête.

Il existait de nombreux termes pour les décrire : intrus, humains, singes, *kou'ru*. C'était Rokuda qui avait commencé à les nommer les Bêtes, pour en faire une menace plutôt qu'un peuple, un concept plutôt que des êtres capables d'enfanter. La tribu avait alors signifié son approbation et chuchoté sur la nature bestiale de ces créatures qui venaient menacer les terres shicts.

Elle en avait déjà abattu une, laissant son corps se balancer à une branche d'arbre pour prévenir ces deux autres. Mais elle savait, même à l'époque, qu'elle devrait les éliminer à leur tour. Elle en avait tué beaucoup.

Avant même que Rokuda leur attribue leur nouveau nom, elle les avait tuées. Elles étaient l'ennemi, la maladie. Tuer définissait un shict. Et ces meurtres étaient pour l'enfant. Le sang que Kalindris avait sur les mains aurait dû être sur celles de la fillette. Elle était censée retourner à la tribu, les paumes écarlates, les yeux fermés, et la tribu aurait su qu'elle était l'une des leurs, et son père aurait été fier de son héritière.

La proie de l'enfant. La gloire de Rokuda. Kalindris avait empêché l'une en se chargeant de l'autre.

La petite humaine était debout devant sa mère recroquevillée. Elle brandissait un petit couteau, comme si elle escomptait s'en servir pour repousser la large lame rouge que Kalindris tenait. En affrontant son ennemie, elle faisait de son mieux pour ne pas laisser paraître sa peur. Kalindris l'examina de toute sa hauteur, réfléchissant au meilleur moyen de mettre un terme rapide à cette situation. Un coup net pour pourfendre l'une et l'autre en plein cœur.

Propre et expéditif.

Dès que l'enfant cesserait de la dévisager.

Comme si elle exigeait une explication.

— Sais-tu pourquoi ?

Des paroles lourdes, étranglées, faibles. Les mots de Kalindris.

La petite humaine ne répondit rien. Sa mère l'enveloppa de ses bras, semblant la retenir. L'enfant refusait d'abaisser son couteau.

— Pourquoi dois-je vous tuer ? demanda encore Kalindris.

L'enfant resta muette. Kalindris ouvrit la bouche pour le lui expliquer. Aucun mot n'en sortit.

— Ton couteau est trop petit, finit-elle par articuler. (Elle lui montra son poignard, large et saturé de sang.) Tu ne peux rien faire avec ça. Il n'est pas fait pour toi. Pose-le.

L'humaine n'obtempéra pas. Kalindris leva son arme, avança d'un pas, cherchant à contourner l'enfant. Celle-ci se positionna face à elle et donna un petit coup d'estoc. Comme si elle pouvait la blesser. Comme si elle savait s'en servir. Comme si elle n'avait pas peur.

Kalindris hésita. Elle jeta un coup d'œil par-dessus son épaule, s'attendant presque à ce que l'enfant – son enfant – l'ait rejointe.

— Tu n'es pas obligée de mourir ici, déclara-t-elle sans regarder l'enfant – l'enfant humaine. Ton… ton père n'est pas toi. Ta mère n'est pas toi. Je vais prendre leur vie. Toi, tu peux t'enfuir.

Elle étudia de nouveau la petite et son couteau ridicule.

— Vas-y. Cours.

L'enfant ne s'élança pas. L'enfant ne bougea pas.

— Pourquoi ne fuis-tu pas ?

— Je ne peux pas, répliqua la fillette d'une voix terrifiée.

— Pourquoi pas ?

— Parce que c'est ma mère.

Les pages d'un livre tournant en tombant d'une étagère. Les cendres d'un âtre éteint depuis longtemps se tapissant sous des bûches carbonisées. Une mère éplorée. Le chant des oiseaux. Du sang dégouttant sur le sol depuis un petit trou dans une gorge délicate.

Des bruits lents.

Des bruits discrets.

Remplis de rien.

Kalindris entendit le chuchotement du cuir quand elle remit la lame dans son fourreau. Kalindris entendit le son de ses bottes sur le sol quand elle fit volte-face et sortit de la cabane. Kalindris entendit l'enfant humaine tomber à genoux et se mettre à pleurer.

Elle l'entendit jusqu'à avoir regagné la forêt.

Et son enfant.

Le courant d'une rivière. Du vent soufflant dans les feuilles. Un loup hurlant.

Et le chant des oiseaux.

Elle avait beau multiplier les efforts, incliner les oreilles dans tous les sens, tenter d'entendre autre chose, quelque chose qui ait du sens, elle ne percevait que ça. Ces bruits, banals et inutiles, ces sons que n'importe quelle créature hideuse pouvait entendre.

Le Hurlement ne lui parlait pas.

— Où étais-tu ?

L'enfant.

Interrogative.

Inquiète.

Elle pénétra dans la clairière avec son arc sur le dos et son couteau à la ceinture. L'enfant, assise sur ses talons, la regarda passer.

— Tu t'es lavée, commenta la petite en remarquant ses mains propres et dépourvues de traces de sang. Quand ? Qu'as-tu fait ?

Elle ne se retourna pas vers l'enfant en s'asseyant près d'elle. Elle laissa pendre ses jambes par-dessus un petit rebord, dominant un ruisseau presque à sec dont les gargouillis se résumaient à présent au murmure poétique d'un simple ruisselet. Elle regarda sur sa droite et vit les bottes de l'enfant, couvertes de boue, maculées du sang du cerf mort.

Seulement quelques gouttelettes écarlates. Le reste s'était mêlé à la boue. Le simple fait de le voir était presque insupportable.

— Pourquoi tuons-nous, mon enfant ? demanda-t-elle d'un air distant.

— Tu m'as déjà posé cette question.

— Je sais. Redis-le-moi.

L'enfant battit brièvement des jambes. Quelques particules de boue se décollèrent. Le sang resta.

— Je crois que je n'en sais rien, avoua l'enfant.

Elle ne dit rien.

Elles contemplèrent, ensemble, la forêt. Leurs oreilles se dressaient pour en capter les sons. Les oiseaux chantaient encore, encore une journée rythmée par leurs bavardages incessants. Le vent soufflait toujours, par habitude. Quelque part, au loin, un autre cerf poussa un long brame guttural.

— As-tu tué la bête ? l'interrogea l'enfant. (Elle resta muette.) J'étais censée m'en occuper.

— Je ne l'ai pas fait.

L'enfant la dévisagea.

— Je ne suis pas une imbécile.

— Non.

Elle passa un bras autour des épaules de la petite et l'attira contre elle. Un cœur qui bat ; excité. Une inspiration brutale ; vacillante. Un frisson dans tout le corps ; terrifié. Elle étreignit l'enfant plus fort.

— Mais faisons comme si tu en étais une pendant un moment.

Plus un bruit. Plus un son. Plus de cris lointains, plus de Hurlement proche. Seulement des mots. Seulement la voix de l'enfant.

— J'étais censée la tuer. C'est ce que Père a dit.

— Ton père n'a pas toujours raison.

— Et toi ?

— Non plus.

— Alors pourquoi devrais-je te croire ?

— Parce que.

— Ce n'est pas une réponse.

Elle examina l'enfant et sourit.

— J'en trouverai une meilleure plus tard, d'accord ?

La petite la dévisagea en retour. Son sourire apparut plus lentement, plus nerveusement, comme si elle craignait que Kalindris ne le lui fasse disparaître d'une gifle. Kalindris s'en voulut de la peur qu'elle inspirait, de ces mots qui venaient si difficilement. Elle apprendrait à mieux les employer.

Elle aurait le temps de le faire. Lors de nuits moins froides et moins sanglantes. Sans penser autant à Rokuda et à ses paroles. Elle apprendrait seule. Elle les dirait à l'enfant.

Son enfant.

Sa fille.

Souriante.

Elle aurait le temps d'observer sa fille dans les yeux, dans un avenir lointain, et de comprendre ce que cela signifiait de ne pas avoir besoin de mots. Elle aurait le temps de plonger son regard dans celui de sa fille et de savoir, tout simplement.

Pour l'heure, elle n'avait que le son du sourire de sa fille. Et cela pour l'éternité.

GEORGE R.R. MARTIN

Vainqueur des prix Hugo, Nebula et World Fantasy, George R.R. Martin est l'auteur de la série de fantasy à succès *Le Trône de fer*. Il est parfois surnommé le « Tolkien américain ».

Né à Bayonne, dans le New Jersey, George R.R. Martin a réalisé sa première vente en 1971 et est bien vite devenu l'un des écrivains de SF les plus appréciés des années 1970. Il a rapidement fait partie des piliers d'*Analog* édité par Ben Bova, avec des nouvelles comme « Au matin tombe la brume », « Sept fois, sept fois l'homme, jamais ! », « Il y a solitude et solitude », « Tempête » (en collaboration avec Lisa Tuttle, puis sous la forme du roman *Windhaven**), « Pour une poignée de volutoines » et bien d'autres, dont certaines publiées dans d'autres magazines tels *Amazing*, *Fantastic*, *Galaxy*, *Orbit*, etc. L'une de ses histoires publiées dans *Analog*, la saisissante nouvelle « Une chanson pour Lya », lui a valu son premier prix Hugo, en 1974.

À la fin de la décennie, il atteint le pic de son influence en tant qu'auteur de science-fiction et fournit ses meilleures œuvres dans ce genre avec sa plus célèbre nouvelle longue, « Le Roi des sables » – qui lui permet de remporter le prix Nebula et le prix Hugo en 1980 (il obtiendra un second prix Nebula en 1985 pour « Portrait de famille ») –, « Par la croix et le dragon » (qui a fait de Martin le premier auteur à recevoir deux prix Hugo pour une œuvre de fiction la même année), « Âprevères », « La Cité de pierre », « La Dame des étoiles » et d'autres. Ces nouvelles seront plus tard rassemblées dans le recueil *Les Rois des sables*, l'un des plus réputés de l'époque. Il a alors presque cessé de publier chez *Analog*, même si un feuilleton relatant les drôles d'aventures interstellaires de Haviland Tuf (plus tard rassemblées en un roman, *Le Voyage de Haviland Tuf*) paraîtra durant les années 1980 dans le journal désormais dirigé par Stanley Schmidt, ainsi que d'autres nouvelles indépendantes comme « Le Volcryn ». Toutefois, l'essentiel de son travail de la fin des années 1970 au début des années 1980 sera disponible dans *Omni*. C'est aussi à cette période qu'il publiera son mémorable *L'Agonie de la lumière*, son seul roman de SF indépendant, tandis que ses nouvelles étaient réunies en recueils : *Chanson pour Lya*, *Les Rois des sables*, *Des astres et des ombres*, *Songs the Dead Men Sing**, *Le Volcryn* et *Portrait de famille*. Au début des années 1980, il s'éloigne de la SF pour se consacrer à l'horreur, publiant un grand roman, *Riverdream*, et remportant le prix Bram Stoker pour sa nouvelle horrifique « L'Homme en forme de poire » et le prix World Fantasy pour une histoire de loup-garou : *Skin Trade*. Cependant, la fin de cette décennie verra l'effondrement de ce genre littéraire, et l'échec commercial de son ambitieux *Armaggedon Rag* l'a éloigné du monde de l'édition pour le rapprocher de celui de la télévision, où il œuvre pendant plus de dix ans en tant que scénariste ou producteur pour des fictions comme *La Cinquième Dimension* ou *La Belle et la Bête*.

En 1996, Martin revient en fanfare dans la littérature avec la parution du premier tome d'un immense succès de la fantasy mondiale : *Le Trône de fer*. Une longue nouvelle indépendante située dans cet univers, « Blood of the Dragon* », lui a permis de remporter un nouveau prix Hugo en 1997. Le cycle est devenu l'un des plus populaires, encensés et vendus de la fantasy moderne. Cette série a récemment été adaptée à la télévision par HBO et a reçu un accueil phénoménal, faisant de Martin une célébrité bien au-delà du simple monde des lettres, allant jusqu'à inspirer un sketch parodique aux auteurs du *Saturday Night Live*. Parmi les dernières publications de Martin, on compte la suite du *Trône de fer*, un imposant recueil de nouvelles écrites au fil des décennies que compte sa carrière (*GRRM: A RRetrospective*), un recueil de nouvelles longues (*La Dame des étoiles* et *Vifs amis*) et un roman coécrit avec Gardner Dozois et Daniel Abraham (*Le Chasseur et son ombre*). En tant qu'éditeur, il a également dirigé plusieurs anthologies en compagnie de Gardner Dozois, dont *Warriors**, *Songs of the Dying Earth** et *Down These Strange Streets**, ainsi que plusieurs tomes de sa série d'anthologies *Wild Cards*, dont *Suicide Kings** et *Fort Freak**. En 2012, la World Fantasy Convention a décerné à Martin un prix récompensant l'ensemble de son œuvre.

Dans les pages suivantes, il nous renvoie dans les terres tumultueuses de Westeros, celles de son *Trône de fer*, pour nous conter l'affrontement sanglant entre deux femmes extrêmement dangereuses, dont la rivalité et l'amertume plongent l'ensemble du continent dans une guerre désastreuse.

LA PRINCESSE ET LA REINE,
ou
Les Noirs et les Verts

La Chronique des Causes, Origines, Batailles et Trahisons du tragique bain de sang plus connu sous le nom de Danse des Dragons, retracée par l'archimestre Gyldayn de la Citadelle de Villevieille.

(Retranscrite ci-dessous par GEORGE R.R. MARTIN)

La Danse des Dragons est le terme fleuri pour désigner les violentes luttes intestines menées par deux branches rivales de la maison Targaryen pour s'emparer du Trône de fer de Westeros, entre 129 et 131. Définir comme une « danse » les agissements sombres, tumultueux et sanglants de cette période nous semble ridiculement déplacé. Nul doute que cette expression a initialement été créée par quelque troubadour. « L'Agonie des Dragons » serait infiniment plus approprié, mais le temps et la tradition ont peu à peu intégré la poésie aux pages de notre Histoire, nous nous devons donc de danser à l'avenant.

À la mort du roi Viserys I Targaryen, il y avait deux principaux candidats à sa succession : sa fille Rhaenyra, seule enfant encore en vie de son premier mariage, et Aegon, fils de sa seconde épouse. D'autres postulants potentiels allaient tenter de tirer profit du chaos et des carnages provoqués par leur rivalité, se pavanant tels des histrions sur une scène pendant une quinzaine de jours ou une lune entière, avant de disparaître aussi rapidement qu'ils étaient apparus.

La Danse divisa les Sept Couronnes en deux, car seigneurs, chevaliers et petites gens jurèrent tous fidélité à l'un ou l'autre camp et prirent les armes les uns contre les autres. La maison Targaryen elle-même fut déchirée quand les amis, parents et enfants de chacun des prétendants se laissèrent entraîner dans la querelle. Après deux années de disputes, le nombre des victimes parmi les grands seigneurs de Westeros était terrible, sans compter leurs bannerets, chevaliers ou simples serfs. Si la dynastie survécut, le pouvoir des Targaryen avait considérablement décru à la fin des événements, et le nombre de dragons vivants s'était effondré.

La Danse fut une guerre incomparable aux autres conflagrations ayant jalonné la longue histoire des Sept Couronnes. Même si des armées s'affrontèrent lors de batailles sanglantes, l'essentiel du massacre prit place sur l'eau et… essentiellement… dans l'air, où les dragons se défiaient à coups de dents, de serres et de flammes. Cette tragédie fit en outre la part belle à la ruse, au meurtre et à la trahison, une guerre menée dans les ombres ou les cages d'escalier, dans les salles de conseil ou les cours de château, à grand renfort de dagues, de mensonges et de poison.

Longtemps latent, le conflit finit par éclater pour de bon au troisième jour de la troisième lune de l'année 129, quand le roi grabataire Viserys I Targaryen ferma les yeux pour sa sieste dans le Donjon Rouge de Port-Réal et ne les rouvrit jamais. Son corps fut découvert par un domestique à l'heure de la chauve-souris, à laquelle le souverain avait pour habitude de boire une tasse d'hypocras. Le serviteur s'empressa d'aller prévenir la reine Alicent, dont les appartements étaient situés à l'étage du dessous.

Il annonça la sinistre nouvelle directement à la dame, et à elle seule, sans sonner l'alerte générale. La mort du roi étant prévisible depuis un temps certain, la reine Alicent et les siens, les soi-disant « Verts[1] », s'étaient chargés d'indiquer à tous les gardes et serviteurs de Viserys la marche à suivre le jour du trépas.

La reine Alicent se rendit aussitôt dans la chambre du roi en compagnie de ser Criston Cole, lord Commandant de la Garde Royale. Dès qu'ils eurent confirmation de la mort de Viserys, Sa Grâce ordonna que la pièce fût scellée et placée sous bonne garde. Le domestique ayant découvert la dépouille fut mis à l'isolement afin qu'il ne pût pas répandre la nouvelle. Ser Criston retourna à la tour de la Blanche Épée pour charger ses frères de la Garde de réunir les membres du Conseil Restreint. Il était l'heure du hibou.

À l'époque, comme aujourd'hui, la confrérie de la Garde Royale était composée de sept chevaliers ayant prouvé leur fidélité et leurs aptitudes et prêté le serment solennel de dédier leur vie à protéger le roi et sa famille. Seuls cinq des manteaux blancs étaient présents à Port-Réal le soir de la mort de Viserys : ser Criston, ser Arryk Cargyll, ser Rickard Thorne, ser Steffon Sombrelyn et ser Willis Fell. Ser Erryk Cargyll (jumeau de ser Arryk) et ser Lorent Marpheux, ayant escorté la princesse Rhaenyra à Peyredragon, n'avaient aucun moyen de savoir que leurs frères d'armes s'affairaient au creux de la nuit pour tirer de leur couche les membres du Conseil Restreint.

Vinrent donc se réunir dans les quartiers de la reine, alors que le corps de son défunt mari refroidissait dans son propre

1. En l'an 111, un grand tournoi fut organisé à Port-Réal pour célébrer le cinquième anniversaire de mariage du couple royal. Lors de la cérémonie d'ouverture, la reine Alicent portait une robe verte, tandis que la princesse Rhaenyra arborait une remarquable tenue rouge et noir, couleurs de la maison Targaryen. Le message était limpide et, depuis lors, il devint de coutume de parler des « Verts » et des « Noirs » pour faire respectivement référence aux partisans de la reine ou à ceux de la princesse. Au cours du tournoi, les Noirs eurent largement l'avantage grâce à ser Criston Cole, à qui Rhaenyra avait accordé sa faveur et qui désarçonna tous les champions de la reine, y compris deux de ses cousins et son plus jeune frère, ser Gwayne Hightower.

lit : Alicent elle-même ; son père, ser Otto Hightower, Main du Roi ; ser Criston Cole, lord Commandant de la Garde Royale ; le Grand Mestre Orwyle ; lord Lyman des Essaims, Grand Argentier octogénaire ; ser Tyland Lannister, maître des navires, frère du seigneur de Castral Roc ; Larys Fort, surnommé Larys Pied-Bot, seigneur d'Harrenhal et maître des chuchoteurs ; ainsi que lord Jasper Wylde, dit la Férule, maître des lois.

Le Grand Mestre Orwyle ouvrit les débats en dressant la liste des tâches à effectuer et des procédures à suivre en cas de mort du souverain.

— Le septon Eustace devra pratiquer les derniers rituels et prononcer les prières de rigueur pour accompagner l'âme du roi, déclara-t-il. Un corbeau doit être envoyé dès à présent à Peyredragon pour informer la princesse Rhaenyra du décès de son père. Sa Majesté la reine acceptera peut-être de rédiger le message afin d'enrober la nouvelle de ses condoléances ? L'on sonne toujours le glas pour annoncer la mort d'un roi, et quelqu'un devra y veiller. Et, naturellement, nous devons d'ores nous atteler aux préparatifs nécessaires au couronnement de la reine Rhaenyra…

Ser Otto Hightower l'interrompit.

— Tout ceci devra attendre que la question de la succession soit réglée, décida-t-il.

En tant que Main du Roi, il avait le pouvoir de s'exprimer au nom du monarque, et même de s'asseoir sur le Trône de Fer en son absence. Viserys lui avait accordé l'autorité de régner sur les Sept Couronnes et « tant que notre nouveau roi ne sera pas couronné », cette décision s'appliquerait.

— Tant que notre nouvelle *reine* ne sera pas couronnée, le corrigea lord Lyman des Essaims d'un ton piquant.

— *Roi*, insista la reine Alicent. Le Trône de fer revient de droit au plus âgé des fils légitimes de Sa Majesté.

La discussion qui s'ensuivit dura presque jusqu'à l'aube. Lord Lyman prit parti pour la princesse Rhaenyra. Le Grand

Argentier, qui avait servi le roi Viserys durant tout son règne et son grand-père Jaehaerys le Vieux Roi avant lui, rappela au conseil que Rhaenyra était plus âgée que ses frères et qu'un sang Targaryen plus pur coulait dans ses veines, ajoutant que feu le roi l'avait désignée comme héritière et qu'il avait à plusieurs reprises refusé de revenir sur sa décision en dépit des plaidoiries de la reine Alicent et de ses Verts. Il précisa qu'en outre des centaines de seigneurs et de chevaliers fieffés avaient fait vœu d'allégeance à la princesse dès l'an 105 et avaient juré solennellement de défendre ses droits.

Néanmoins, ses paroles se heurtèrent à des murs. Ser Tyland souligna que nombre des seigneurs qui avaient affirmé soutenir la princesse étaient morts depuis longtemps.

— Cela fait vingt-quatre ans, poursuivit-il. Je n'ai moi-même jamais prêté pareil serment. Je n'étais encore qu'un enfant, à l'époque.

La Férule, le maître des lois, évoqua le Grand Conseil de 101, puis le fait que le Vieux Roi avait choisi Baelon plutôt que Rhaenys en 92. Il discourut ensuite longuement sur Aegon le Conquérant et ses sœurs, avant de rappeler que selon la tradition andale, les droits d'un fils légitime prévalaient toujours sur ceux d'une simple fille. Ser Otto leur rememora que le mari de Rhaenyra n'était autre que le prince Daemon, et qu'on ne portait « pas un tel prénom par hasard ».

— Ne nous berçons pas d'illusions : nous savons tous pertinemment que si Rhaenyra devait un jour s'asseoir sur le Trône, nous serions en réalité gouvernés par Daemon, un roi consort aussi cruel et impitoyable que pouvait l'être Maegor. Ma tête sera la première à tomber, je n'en doute pas, mais celle de votre reine, ma fille, suivra peu après.

La reine Alicent renchérit.

— Ils n'épargneront pas non plus mes enfants. Aegon et ses frères sont les fils légitimes du roi et méritent davantage le trône que sa nichée de bâtards. Daemon trouvera n'importe quel prétexte pour les éliminer tous. Même Helaena et ses petits. N'oubliez jamais que l'un de ces Fort a arraché l'œil d'Aemond. Certes, il n'était alors qu'un enfant, mais le garçon est le père de l'homme, et les bâtards sont monstrueux par nature.

Ser Criston Cole prit alors la parole. Si la princesse venait à régner, crut-il bon de préciser, Jacaerys Velaryon lui succéderait.

— Que les Sept viennent en aide au royaume si un bâtard s'installe un jour sur le Trône de fer.

Il parla ensuite des mœurs légères de Rhaenyra et de l'infamie de son mari.

— Ils feront du Donjon Rouge un bordel. Plus aucune fille ne sera en sécurité, plus aucune épouse. Même les garçons… vous savez comme moi où allait la préférence de Laenor.

Il n'est nulle part fait mention d'une prise de parole de lord Larys Fort durant ce débat, mais ça n'était pas rare. Même s'il avait la langue agile quand le besoin s'en faisait sentir, le maître des chuchoteurs pesait ses mots tel un avare sa bourse, préférant l'écoute attentive au verbe haut.

— Si nous persistons dans cette voie, avertit le Grand Mestre Orwyle, nous irons à la guerre. La princesse ne se laissera pas docilement évincer, et elle a des dragons.

— Ainsi que des amis, ajouta lord Lyman. Des hommes d'honneur, qui n'oublieront pas les promesses faites à elle et son père. J'ai beau être un vieil homme, je ne le suis pas encore assez pour rester là sans rien faire tandis que vous tous complotez pour lui voler sa couronne.

Sur ces mots, il se leva pour quitter la pièce.

Ser Criston Cole le força alors à se rasseoir et lui trancha la gorge de sa dague.

Ainsi donc, le premier sang versé au cours de la Danse des Dragons fut celui de lord Lyman des Essaims, Grand Argentier et lord trésorier des Sept Couronnes.

On n'entendit plus le moindre dissentiment après la mort de lord Lyman. Le Conseil Restreint passa la fin de la nuit à élaborer des plans pour le couronnement du nouveau roi (qui, à l'unanimité, devrait se produire au plus tôt) et à dresser des listes d'alliés possibles et d'ennemis potentiels, au cas où la princesse Rhaenyra refuserait d'accepter l'avènement d'Aegon. Cependant, cette dernière étant confinée à Peyredragon jusqu'à son accouchement, les Verts de la reine Alicent jouissaient d'un avantage certain ; plus la princesse resterait dans l'ignorance, plus il lui serait difficile de réagir.

— Avec un peu de chance, cette catin mourra en couches, espéra Alicent.

Aucun corbeau ne s'envola cette nuit-là. Nulle cloche ne fut sonnée. Les domestiques informés du trépas de leur souverain furent mis au cachot. Ser Criston Cole se vit attribuer la tâche de placer en détention les « Noirs » restant à la cour, ces seigneurs et chevaliers soupçonnés de soutenir Rhaenyra.

— Ne leur faites aucun mal, ordonna ser Otto Hightower. À moins qu'ils ne tentent de résister. Ceux qui accepteront de ployer le genou et de jurer fidélité au roi Aegon ne souffriront pas entre nos mains.

— Et ceux qui s'y opposeront ? s'enquit le Grand Mestre.

— Sont des traîtres, compléta la Férule. Et ils mourront comme tels.

Lord Larys Fort, maître des chuchoteurs, ouvrit alors la bouche pour la seule et unique fois.

— Soyons les premiers à prêter allégeance, déclara-t-il. À moins qu'il n'y ait des traîtres parmi nous ? (Le Pied-Bot dégaina sa dague et s'entama la paume.) Faisons un pacte de sang, qui nous liera tous jusqu'à la mort.

Ainsi, chacun des conspirateurs s'entailla la peau, puis tous se serrèrent la main. Seule la reine en fut dispensée, en sa qualité de femme.

L'aube poignait quand Alicent ordonna à la Garde Royale de ramener ses fils devant le Conseil. Le prince Daeron, le plus doux de ses enfants, pleura la mort de son père. Le prince Aemond, borgne de dix-neuf ans, fut trouvé à l'armurerie, où il revêtait plates et mailles pour son entraînement matinal dans la cour du château.

— Est-ce qu'Aegon est le nouveau roi, demanda-t-il à ser Willis Fell, ou va-t-on devoir embrasser la chatte de la vieille putain ?

La princesse Helaena déjeunait avec ses propres enfants quand la Garde Royale arriva… mais quand on l'interrogea sur l'endroit où se trouvait le prince Aegon, son frère et mari, elle se contenta de répondre :

— Pas dans mon lit, vous pouvez en être sûrs. Vous pouvez retourner les couvertures, si vous voulez.

Le prince était avec sa maîtresse. Il refusa tout d'abord de prendre part aux machinations de sa mère.

— C'est ma sœur l'héritière, pas moi. Quel frère serais-je si j'acceptais de la priver de son droit d'aînesse ?

Ser Criston parvint à le convaincre que la princesse allait sans doute le faire exécuter, ainsi que ses frères, si elle devait ceindre un jour la couronne qu'Aegon refusait.

— Tant qu'un véritable Targaryen vivra encore, aucun Fort ne pourra caresser l'espoir de s'asseoir sur le Trône de fer, ajouta Cole. Rhaenyra n'aura d'autre choix que de vous décapiter si elle veut voir ses bâtards régner à sa suite.

Cet argument fut le seul à pouvoir persuader Aegon d'accepter la couronne que le Conseil Restreint lui offrait.

Ser Tyland Lannister fut nommé Grand Argentier en lieu et place du regretté lord des Essaims. Sa première mesure fut de s'emparer immédiatement du trésor royal. L'or de la couronne fut partagé en quatre parts égales. L'une fut confiée à la Banque de Fer de Braavos pour y être préservée, une deuxième expédiée sous bonne garde à Castral Roc, une troisième à

Villevieille. Le reste de la fortune servirait à distribuer cadeaux et pots-de-vin, ainsi qu'à recruter autant de mercenaires que nécessaire. Pour dénicher le successeur de ser Tyland en tant que maître des navires, ser Otto se tourna vers les îles de Fer. Il envoya un corbeau à Dalton Greyjoy, le Kraken Rouge, hardi et sanguinaire suzerain de seize ans, pour lui proposer l'amirauté et un siège au Conseil en échange de son ralliement.

Un jour s'écoula, puis un second. Ni septons ni sœurs du Silence ne furent convoqués dans la chambre à coucher où gisait le roi Viserys, dont le corps boursouflé était entré en putréfaction. Le glas ne retentit toujours pas. Des corbeaux s'envolèrent, mais pas en direction de Peyredragon. Ils se dirigeaient plutôt vers Villevieille, Castral Roc, Vivesaigues, Hautjardin et nombre d'autres seigneuries et fiefs que la reine Alicent avait des raisons de croire bien disposés envers son fils.

Les annales du Grand Conseil de 101 furent ressorties et examinées, et l'on identifia les participants s'étant prononcés en faveur de Viserys ou Rhaenys, Laena ou Laenor. Les lords assemblés avaient voté pour le postulant mâle à vingt contre un, mais il y avait eu des dissidents, et ces mêmes maisons étaient susceptibles de se joindre à Rhaenyra si une guerre devait éclater. La princesse aurait le Serpent de Mer et sa flotte à sa disposition, estimait ser Otto, et très probablement les seigneurs des autres maisons des côtes orientales : Bar Emmon, Massey, Celtigar et Crabbe, voire l'Étoile-du-Soir de la maison Torth.

Aucune d'elles n'était vraiment puissante, en dehors des Velaryon. Les Nordiens les inquiétaient davantage : Winterfell s'était déjà prononcé en faveur de Rhaenys à Harrenhal, de même que les vassaux de lord Stark, les Dustin de Tertrebourg et les Manderly de Blancport. La maison Arryn n'était pas fiable non plus, car les Eyrié étaient à cette époque dirigés par une femme, lady Jeyne, la Jouvencelle du Val, dont la propre légitimité pourrait être remise en question si la princesse Rhaenyra se voyait écarter de la succession.

Le plus grand danger viendrait fatalement d'Accalmie, car la maison Baratheon avait toujours ardemment soutenu les revendications de la princesse Rhaenys et de ses enfants. Même si le vieux lord Boremund avait rendu l'âme, son fils Borros était encore plus belliqueux que lui, et les vassaux de la région suivraient à n'en pas douter sa décision.

— Dans ce cas, nous devrons veiller à ce qu'il défende notre roi, déclara la reine Alicent.

Après quoi, elle envoya quérir son deuxième fils.

Ainsi, ce ne fut pas un corbeau qui prit la route d'Accalmie ce jour-là, mais Vhagar, le plus vieux et le plus gros dragon de Westeros. Il était chevauché par le prince Aemond Targaryen, dont l'orbite vide avait été comblée par un saphir.

— Ton but sera de gagner la main de l'une des quatre filles de lord Baratheon, l'avait informé son aïeul ser Otto. N'importe laquelle. Courtise-la et épouse-la, et lord Borros livrera les terres de l'Orage à ton frère. Si tu échoues…

— Je n'échouerai pas, avait plastronné Aemond. Aegon aura Accalmie, et je convolerai avec l'une de ces filles.

Lorsque le prince Aemond avait décollé enfin, la puanteur émanant de la chambre du roi s'était répandue dans toute la Citadelle de Maegor, et nombre de rumeurs couraient déjà au château. Les cachots situés sous le Donjon Rouge avaient avalé tant d'hommes suspectés de déloyauté que même le Grand Septon commençait à se poser des questions et avait écrit depuis le septuaire de Villevieille pour s'enquérir des disparus. Ser Otto Hightower, l'une des Mains les plus méthodiques qui fût, réclamait plus de temps pour les préparatifs, mais la reine Alicent rétorquait qu'ils ne pouvaient pas repousser l'échéance plus longtemps. Le prince Aegon se lassait de toutes ces cachotteries.

— Suis-je le roi, ou ne le suis-je pas ? demandait-il régulièrement à sa mère. Si je le suis, alors couronnez-moi.

Les cloches se mirent à sonner au dixième jour de la troisième lune de l'année 129, annonçant la fin d'un règne. Le

Grand Mestre Orwyle reçut enfin l'autorisation d'expédier ses corbeaux, qui prirent leur envol par centaines pour annoncer l'avènement d'Aegon jusqu'aux recoins les plus reculés du royaume. Les sœurs du Silence furent chargées de préparer la dépouille pour la crémation et des cavaliers parcoururent Port-Réal en hurlant : « Le roi Viserys est mort, longue vie au roi Aegon ! » En entendant cette annonce, certains se mirent à pleurer, d'autres les acclamèrent. Néanmoins, la plupart des petites gens se dévisagèrent silencieusement, surpris et inquiets. Çà et là, d'aucuns s'écriaient : « Longue vie à la reine ! »

Cependant, le sacre était préparé à la hâte. Il aurait lieu à Fossedragon. Les bancs de pierre disposés sous son dôme majestueux pouvaient accueillir jusqu'à quatre-vingt mille personnes, et les épaisses murailles de la bâtisse ainsi que son toit robuste et ses imposantes portes en bronze, en feraient un lieu facile à défendre si des traîtres tentaient de perturber la cérémonie.

Le jour venu, ser Criston Cole plaça la couronne en acier sertie de rubis sur le front du fils aîné du roi Viserys et de la reine Alicent, le proclamant Aegon de la maison Targaryen, deuxième du nom, roi des Andals, des Rhoynars et des Premiers Hommes, Seigneur des Sept Couronnes et Protecteur du Royaume. Sa mère, la reine Alicent, adorée par son peuple, posa son propre diadème sur la tête de sa fille Helaena, épouse et sœur d'Aegon. Après l'avoir embrassée sur les deux joues, elle inclina la tête et déclara :

— Ma reine.

Le Grand Septon de Villevieille étant trop âgé et trop frêle pour entreprendre le voyage, il revint au septon Eustace d'oindre le front du roi Aegon des huiles sacrées et de le bénir au nom des Sept. Certains dans la foule, au regard plus affûté que les autres, remarquèrent peut-être qu'il n'y avait que quatre manteaux blancs dans l'assistance, et non plus cinq comme au cours des dernières semaines. Aegon II avait subi sa première désertion la nuit précédente, quand ser Steffon Sombrelyn de la Garde Royale s'était éclipsé de la ville en compagnie de son écuyer, de deux serviteurs et de quatre gardes. Profitant de l'obscurité, ils s'étaient faufilés par une poterne devant laquelle les attendait la yole d'un pêcheur, qui les mena à Peyredragon. Ils avaient emporté une couronne volée : un bandeau d'or jaune orné de sept pierres de différentes couleurs. Celui qu'avaient porté le roi Viserys et le Vieux Roi Jaehaerys avant lui. Quand le prince Aegon avait décidé de ceindre le ruban d'acier et de rubis ayant appartenu à son homonyme le Conquérant, la reine Alicent avait ordonné que l'on enferme l'autre, mais les domestiques qui avaient été chargés de cette tâche avaient préféré prendre la poudre d'escampette avec.

Après le sacre, les membres restants de la Garde Royale escortèrent Aegon jusqu'à sa monture, une splendide créature aux écailles dorées rutilantes et aux ailes dotées de membranes rose clair. Ce dragon de l'aube s'appelait Feux-du-Soleyl. Munkun raconte que le roi fit trois fois le tour de la ville avant d'atterrir dans l'enceinte du Donjon Rouge. Ser Arryk Cargyll mena alors Sa Majesté dans la salle du trône illuminée par des flambeaux, et Aegon II gravit les marches du Trône de fer sous le regard d'un millier de seigneurs et chevaliers. Des cris de joie retentissaient dans la vaste pièce.

À Peyredragon, en revanche, il n'y eut nulle acclamation. Au lieu de quoi, des hurlements éclatèrent dans les couloirs et les cages d'escalier de la tour Mervouivre, en dessous des appartements de la reine où Rhaenyra Targaryen frissonnait d'épuisement après trois jours de travail. L'enfant ne devait pourtant pas naître avant la prochaine marée, mais les nouvelles venues de Port-Réal avaient plongé la princesse dans une rage noire, rage qui avait semblé précipiter les choses, comme si le bébé était lui aussi furieux et luttait pour sortir. Rhaenyra multipliait les imprécations, invoquant l'ire des dieux sur ses demi-frères et leur mère la reine et énumérant les tortures qu'elle leur infligerait avant de leur accorder la mort. Elle maudissait également le petit être en son sein.

— *Sors de là !* hurlait-elle en griffant son ventre gonflé, sous le regard impuissant du mestre et de la sage-femme, qui ne parvenaient pas à la calmer. *Monstre, monstre, sors de là, sors, SORS !*

Quand la petite naquit enfin, elle s'avéra effectivement être un monstre : mort-née, difforme, elle était affublée d'un trou dans la poitrine à l'endroit où son cœur aurait dû se trouver et d'une queue courtaude et écaillée. Le lendemain, quand le lait de pavot eut un peu estompé sa douleur, la princesse Rhaenyra annonça l'avoir baptisée Visenya.

— Elle était ma fille unique, et ils l'ont tuée. Ils ont usurpé ma couronne et assassiné mon enfant, et ils répondront de leurs actes.

Ainsi donc, la Danse commença. La princesse organisa son propre conseil, le « conseil noir », par opposition au « conseil vert » de Port-Réal. Rhaenyra le présida en personne, secondée par son oncle et mari le prince Daemon. Ses trois fils étaient également présents, même si aucun n'avait encore atteint la majorité (Jace avait quinze ans, Luc quatorze et Joffrey douze). Deux membres de la Garde Royale leur étaient restés fidèles : ser Erryk Cargyll, le jumeau de ser Arryk, et l'Ouestrien ser Lorent Marpheux. Trente chevaliers, une centaine d'arbalétriers et trois cents gens d'armes composaient le reste de la garnison de Peyredragon. Cela avait toujours été jugé suffisant pour une forteresse aussi robuste.

— En tant qu'instrument de conquête, en revanche, notre armée laisse quelque peu à désirer, commenta avec aigreur le prince Daemon.

Une dizaine de seigneurs, bannerets et vassaux de moindre importance siégeaient aussi au conseil noir, parmi lesquels Celtigar de Pince-Isle, Staunton de Repos-des-Freux, Massey de Danse-des-Pierres, Bar Emmon de Pointe-Vive et Sombrelyn de Sombreval. Néanmoins, le plus grand lord à s'être rallié à la princesse était sans conteste Corlys Velaryon de Lamarck. Même si le Serpent de Mer avait vieilli, il aimait à dire qu'il s'accrochait à la vie « comme un marin en perdition s'agrippant aux débris d'un bateau coulé. Peut-être que les Sept m'ont préservé pour cette ultime bataille ». Son épouse, la princesse Rhaenys, entra avec lui. Âgée de cinquante-cinq ans, elle avait le visage fin et ridé, et ses cheveux argentés blanchissaient par mèches. Pourtant, cette femme que les petites gens surnommaient parfois « la Reine qui ne le Fut Jamais » était aussi féroce et intrépide qu'à vingt-deux ans.

Les membres du conseil noir s'estimaient loyalistes, tout en sachant pertinemment que le roi Aegon II les considérerait comme traîtres. Chacun avait déjà reçu une injonction de Port-Réal exigeant d'eux qu'ils se présentent au Donjon Rouge pour jurer fidélité au nouveau souverain. À eux tous, ils ne parviendraient pas à rassembler une force de frappe équivalente à celle que les Hightower seuls pouvaient réunir. Les Verts d'Aegon disposaient en outre d'autres atouts : Villevieille, Port-Réal et Port-Lannis étaient les cités les plus grandes et les plus fortunées du royaume, et toutes étaient entre leurs mains. Aegon possédait de surcroît tous les symboles visibles de légitimité. Il était installé sur le Trône de fer. Il vivait au Donjon Rouge. Il ceignait la couronne du Conquérant, était armé de son épée et avait été consacré par un septon de la Foi devant des dizaines de milliers de témoins. Le Grand Mestre Orwyle assistait à ses conseils et le lord Commandant de la Garde Royale avait placé le diadème sur sa tête princière. Enfin, il était de sexe masculin, ce qui, pour beaucoup, faisait de lui le souverain naturel, et de sa demi-sœur une usurpatrice.

En comparaison, les avantages de Rhaenyra paraissaient bien maigres. De vieux lords se souviendraient peut-être du serment qu'ils avaient prêté jadis, quand elle était devenue princesse de Peyredragon et que son père avait fait d'elle son héritière. À une époque, elle était adorée des bien-nés comme du peuple et avait été surnommée « la Joie du Royaume ». Nombre de jeunes seigneurs et de nobles chevaliers avaient alors cherché sa faveur… À présent qu'elle était une femme mariée, que son corps vieilli avait été déformé par six accouchements, nul ne pouvait savoir combien d'entre eux seraient encore prêts à la soutenir. Bien que son demi-frère eût fait main basse sur le trésor de leur père, la princesse disposait encore de la fortune de la maison Velaryon, et la flotte du Serpent de Mer lui conférait l'avantage dans le domaine maritime. Et puis, son consort le prince Daemon, qui s'était aguerri aux Degrés de Pierre, avait plus d'expérience militaire que tous leurs adversaires réunis. Enfin, et surtout, Rhaenyra avait ses dragons.

— Tout comme Aegon, fit remarquer lord Staunton.

— Nous en avons plus, insista la princesse Rhaenys, la Reine qui ne le Fut Jamais, qui montait des dragons depuis bien plus longtemps qu'eux tous. Et les nôtres sont plus grands et vigoureux, sauf peut-être que Vhagar. Les dragons s'épanouissent mieux ici, à Peyredragon.

Elle dressa la liste de ceux de leurs ennemis devant le conseil. Le roi Aegon possédait Feux-du-Soleyl, une bête splendide mais encore jeune. Aemond Un-Œil chevauchait Vhagar, et le péril incarné par l'ancienne monture de la reine Visenya était indéniable. Celle de la reine Helaena s'appelait Songefeu, la femelle qui avait un jour emmené Rhaena, la sœur du Vieux Roi, par-delà les nuages. Tessarion, le dragon femelle du prince Daeron, avait les ailes sombres comme du cobalt et la crête, les griffes et les écailles du ventre aussi lumineuses que du cuivre martelé.

— Soit quatre dragons aptes au combat, conclut Rhaenys.

Les jumeaux de la reine Helaena avaient également leurs propres dragons, mais ils avaient à peine éclos. Quant au plus jeune fils de l'usurpateur, Maelor, il ne possédait qu'un œuf.

De leur côté, Daemon montait Caraxes et la princesse Syrax, deux créatures énormes et redoutables. Caraxes était particulièrement effrayant et ne manquait pas d'expérience depuis qu'il avait craché le feu et fait couler le sang aux Degrés de Pierre. Les trois fils que Laenor Velaryon avait donnés à Rhaenyra avaient chacun le leur ; Vermax, Arrax et Tyraxes étaient en plein développement, grossissant à vue d'œil. Aegon le Jeune, l'aîné des deux fils de la princesse et du prince Daemon, commandait Nuée-d'Orage, un dragonneau qu'il n'avait pas encore eu l'occasion d'essayer. Son petit frère Viserys ne se promenait jamais sans son œuf. La propre femelle de Rhaenys, Meleys la Reine Rouge, était devenue paresseuse, mais restait redoutable quand elle était éveillée. Les jumelles que Daemon avait eues avec Laena Velaryon allaient peut-être monter à leur tour : le dragon femelle de Baela, le vert pâle Danselune, serait bientôt assez fort pour supporter le poids de la fille… et même si l'œuf de Rhaena avait donné naissance à une pauvre bête déformée morte quelques heures à peine après avoir émergé de sa coquille, Syrax avait récemment produit une nouvelle couvée. L'un des œufs avait été offert à Rhaena, et l'on disait qu'elle dormait avec chaque nuit en priant pour qu'en sorte un dragon capable de rivaliser avec celui de sa sœur.

Sans oublier que six autres dragons avaient établi leur tanière dans les cavernes enfumées du Montdragon, au-dessus du château. Il y avait Aile-d'Argent, que la Bonne Reine Alysanne montait autrefois, Fumée-des-Mers, la créature gris pâle qui avait fait la fierté et la passion de ser Laenor Velaryon, et Vermithor, vieux et blanchi, qui n'avait plus accueilli personne sur son dos depuis la mort du roi Jaehaerys. Enfin, à l'arrière de la montagne demeuraient trois dragons sauvages qu'aucun homme, vivant ou mort, n'avait jamais chevauchés. Les gens du peuple les avaient nommés Voleur-de-Moutons, Gris-Spectre et Le Cannibale.

— Trouvez des hommes capables de maîtriser Aile-d'Argent, Vermithor et Fumée-des-Mers, et nous en aurons neuf pour lutter contre les quatre d'Aegon. Et si nous domptons leurs trois congénères, leur nombre s'élèvera à douze, sans même compter Nuée-d'Orage, acheva la princesse Rhaenys. Voilà comment nous remporterons cette guerre.

Lord Celtigar et lord Staunton acquiescèrent. Aegon le Conquérant et ses sœurs avaient prouvé que des armées de chevaliers ne faisaient pas le poids contre le feu des dragons. Celtigar encouragea même sa souveraine à s'envoler sur-le-champ pour Port-Réal, afin de réduire la cité en cendres et en os.

— En quoi cela nous servirait-il, messire ? s'enquit le Serpent de Mer. Nous voulons diriger la ville, pas la rayer de la carte.

— Nous n'en arriverons pas là, tempéra Celtigar. L'usurpateur n'aura d'autre choix que de nous opposer ses propres dragons. Les neuf nôtres devraient parvenir à en venir à bout.

— Mais à quel prix ? s'interrogea Rhaenyra. Je vous rappelle que mes fils monteraient trois d'entre eux. Et ce ne serait pas du neuf contre quatre : je ne serai pas prête à voler avant un certain temps. Et qui comptez-vous mettre sur le dos d'Aile-d'Argent, de Vermithor et de Fumée-des-Mers ? Vous, messire ? J'en doute. Ce serait du cinq contre quatre, et parmi ces quatre se trouverait Vhagar. Je ne suis pas convaincue que nous ayons l'avantage.

Étonnamment, le prince Daemon était de l'avis de son épouse.

— Aux Degrés de Pierre, mes ennemis ont appris à se terrer en apercevant les ailes de Caraxes ou en entendant son grondement… mais ils n'avaient pas de dragons. Il n'est pas facile pour un homme d'éliminer l'une de ces bêtes, mais les dragons peuvent s'entretuer, ils l'ont déjà fait. N'importe quel mestre ayant étudié l'histoire de Valyria pourra vous le confirmer. Je ne lancerai nos dragons contre l'usurpateur qu'en dernier recours. Il existe d'autres manières de le vaincre, plus efficaces.

Le prince exposa alors sa stratégie au conseil noir. Rhaenyra devrait être couronnée à son tour, en réponse au sacre d'Aegon. Des corbeaux seraient alors dépêchés aux seigneurs des Sept Couronnes, leur enjoignant de faire acte d'allégeance envers leur reine véritable.

— Nous devons mener cette guerre avec des mots avant de prendre les armes, déclara le prince.

Les seigneurs des grandes maisons détenaient les clefs de la victoire, insista Daemon ; leurs vassaux et bannerets les suivraient tête baissée. Aegon l'Usurpateur avait déjà obtenu la parole des Lannister de Castral Roc, et lord Tyrell de Hautjardin était un bambin braillard pas encore sorti de ses langes dont la mère, qui faisait office de régente, alignerait probablement le Bief sur ses puissants bannerets, les Hightower… mais les autres grands seigneurs du royaume ne s'étaient pas encore prononcés.

— Accalmie sera de notre côté, affirma la princesse Rhaenys.

Sa propre mère était issue de ce sang, et le regretté lord Boremund avait toujours été le plus fidèle des amis.

Le prince Daemon avait de bonnes raisons d'espérer que la Jouvencelle du Val rallierait les Eyrié à leur cause. Selon lui, Aegon convoiterait sans doute le soutien de Pyk ; seules les îles de Fer pourraient lui permettre d'espérer rivaliser en mer avec la puissance de la maison Velaryon. Cependant, les Fers-nés étaient notoirement inconstants et Dalton Greyjoy adorait le goût des combats et du sang. Il serait aisé de le convaincre de soutenir la princesse.

Le Nord était trop éloigné pour véritablement peser dans la bataille, jugea le conseil. Le temps que les Stark rassemblassent leurs bannerets et se missent en branle vers le sud, la guerre serait finie. Ne restait donc que le Conflans, une région traditionnellement belliqueuse dirigée, au moins officiellement, par la maison Tully de Vivesaigues.

— Nous avons des alliés dans le Trident, estima le prince, même si tous n'osent pas encore s'afficher comme tels. Nous devons leur fournir un endroit où se réunir, un pied-à-terre sur le continent suffisamment vaste pour accueillir de nombreux hôtes, et assez robuste pour résister contre les forces que l'usurpateur risque de nous envoyer. (Il déroula une carte.) Ici. Harrenhal.

La décision fut donc prise. Le prince Daemon mènerait l'assaut contre Harrenhal, monté sur Caraxes. La princesse Rhaenyra resterait à Peyredragon le temps de recouvrer ses forces. La flotte des Velaryon irait occuper le Gosier, faisant voile depuis Peyredragon et Lamarck afin de bloquer l'accès à la baie de la Néra.

— Nous ne sommes pas assez puissants pour prendre Port-Réal d'assaut, poursuivit le prince Daemon, pas plus que nos ennemis ne pourront s'emparer de Peyredragon. Mais Aegon est encore vert, et les jeunes hommes inexpérimentés sont faciles à provoquer. Avec un peu de chance, nous parviendrons à le pousser à attaquer aveuglément.

Le Serpent de Mer prendrait la tête de la flotte, tandis que la princesse Rhaenys survolerait les lieux pour empêcher leurs adversaires de viser les navires avec leurs dragons. Entre-temps, des corbeaux s'envoleraient en direction de Vivesaigues, des Eyrié, de Pyk et d'Accalmie pour rallier de nouveaux seigneurs.

Jacaerys, le fils aîné de la reine, prit alors la parole.

— Nous devrions porter ces messages en personne. Les seigneurs se laisseront plus vite convaincre par des dragons que par des corbeaux.

Son frère Lucerys était du même avis.

— Notre oncle nous appelle Fort et nous affirme bâtards, mais quand les seigneurs nous verront à dos de dragons, ils sauront que ce ne sont que mensonges. Seuls les Targaryen savent monter.

Même le jeune Joffrey suivit le mouvement, proposant de grimper sur son Tyraxes pour accompagner ses frères.

La princesse Rhaenyra l'interdit. Joff n'avait que douze ans. Mais Jacaerys en avait quinze et Lucerys quatorze ; tous deux étaient de jeunes hommes forts et bien bâtis, qui savaient se servir d'armes et avaient longtemps œuvré comme écuyers.

— Si vous y allez, ce sera en messagers, pas en chevaliers, les informa-t-elle. Vous ne devez pas prendre part au combat.

Et tant que les deux garçons n'auraient pas prêté serment solennel sur un exemplaire de *L'Étoile à sept branches*, Sa Grâce ne consentirait pas à les employer comme émissaires. Il fut décidé que Jace, le plus âgé des deux, se chargerait de la mission la plus longue et la plus difficile : s'envoler d'abord pour les Eyrié pour négocier avec la Jouvencelle du Val, puis pour Blancport, où il tenterait de convaincre lord Manderly, et enfin pour Winterfell, où il rencontrerait lord Stark. La mission de Luc serait plus brève et plus sûre : il se rendrait à Accalmie, où Borros Baratheon l'accueillerait chaleureusement.

Le lendemain, l'on procéda à un couronnement hâtif. L'arrivée de ser Steffon Sombrelyn donna lieu à moult réjouissances à Peyredragon, surtout lorsque l'on apprit que lui et ses fidèles loyalistes (que ser Otto nommerait « tourne-casaques » et pour la capture desquels il offrirait une récompense) avaient apporté la couronne volée du roi Jaehaerys le Conciliateur. Trois cents paires d'yeux observèrent le prince Daemon Targaryen déposer le symbole du pouvoir du Vieux Roi sur la tête de sa femme, la proclamant Rhaenyra de la maison Targaryen, première du nom, reine des Andals, des Rhoynars et des Premiers Hommes. Le prince s'octroya le titre de Protecteur du Royaume, et Rhaenyra nomma son fils aîné, Jacaerys, prince de Peyredragon et héritier du Trône de fer.

Sa première décision de souveraine consista à déclarer ser Otto Hightower et la reine Alicent traîtres à la couronne et rebelles.

— Quant à mes demi-frères et à ma douce sœur Helaena, annonça-t-elle, ils ont été dévoyés par des hommes malveillants. Qu'ils viennent ployer le genou à Peyredragon et réclamer miséricorde, je les épargnerai volontiers et leur réserverai dans mon cœur la place qu'ils occupaient, car nous sommes du même sang et que nul en ce monde n'est plus maudit qu'un fratricide.

La nouvelle du sacre de Rhaenyra atteignit le Donjon Rouge le lendemain, au grand mécontentement d'Aegon II.

— Ma demi-sœur et mon oncle se sont rendus coupables de haute trahison, déclara le jeune roi. Je veux les voir condamnés, les voir arrêtés, les voir morts.

Au sein du conseil vert, d'autres voix plus calmes souhaitaient parlementer.

— Il faut faire comprendre à la princesse que sa cause est désespérée, suggéra le Grand Mestre Orwyle. Un frère ne devrait pas déclarer la guerre à sa sœur. Envoyez-moi la voir, que nous puissions trouver un compromis.

Aegon refusa d'en entendre parler. Le septon Eustace nous explique que Sa Grâce accusa le Grand Mestre de déloyauté et menaça de l'enfermer dans un cachot noir « avec vos amis noirs ». Mais lorsque les deux reines – sa mère, Alicent, et son épouse, Helaena – soutinrent la proposition d'Orwyle, le roi céda à contrecœur. Ainsi donc, le Grand Mestre Orwyle fut dépêché de l'autre côté de la baie de la Néra avec un drapeau blanc, accompagné d'une escorte composée de ser Arryk Cargyll de la Garde Royale et de ser Gwayne Hightower des manteaux d'or, ainsi que de nombre de scribes et de septons.

La proposition du roi était généreuse. Si la princesse acceptait de reconnaître sa légitimité et de jurer obéissance au Trône de fer, Aegon II la laisserait gouverner Peyredragon et transmettre île et château à son fils Jacaerys à sa mort. Son cadet, Lucerys, serait reconnu comme l'héritier légitime de Lamarck et des terres et possessions de la maison Velaryon. Ses garçons issus du prince Daemon, Aegon le Jeune et Viserys, se verraient offrir une place d'honneur à la cour, le premier en tant qu'écuyer du roi, le second en tant que son échanson. Les seigneurs et chevaliers s'étant ralliés à elle dans sa conspiration contre le roi véritable seraient absous.

Rhaenyra écouta ces termes dans un silence glacial, puis elle demanda à Orwyle s'il se souvenait de son père, le roi Viserys.

— Bien entendu, Votre Grâce, répondit le mestre.

— Vous pourriez peut-être nous rappeler qui il a nommé comme héritier et successeur ? l'interrogea la reine coiffée de sa couronne.

— Vous, Votre Grâce, répliqua Orwyle.

Rhaenyra acquiesça alors et reprit :

— Vous admettez donc vous-même que je suis la reine légitime. Dans ce cas, pourquoi servez-vous mon demi-frère, le prétendant ? Dites-lui qu'il me rendra mon trône, ou que je prendrai sa tête.

Puis elle congédia les émissaires.

Aegon II avait vingt-deux ans. Il s'emportait facilement et peinait à pardonner. Le refus de Rhaenyra d'accepter son règne le mit hors de lui.

— Je lui ai offert une paix honorable, et cette putain m'a craché au visage, déclara-t-il. Elle sera l'unique responsable des événements à venir.

Et alors même qu'il achevait sa phrase, la Danse commençait. À Lamarck, la flotte du Serpent de Mer mettait les voiles depuis Carène et Port-d'Épice pour occuper le Gosier, étranglant les échanges depuis et vers Port-Réal. Peu après, Jacaerys Velaryon s'envolait vers le nord sur le dos de son dragon, Vermax, tandis que son frère Lucerys partait vers le sud sur Arrax, cependant que le prince Daemon filait vers le Trident à califourchon sur Caraxes.

Harrenhal s'était déjà révélée vulnérable par le ciel, lorsque Aegon Sire-Dragon la renversa. Son châtelain d'un âge respectable, ser Simon Fort, fut prompt à baisser pavillon dès que Caraxes illumina le sommet de la tour du Bûcher-du-Roi. En plus de la forteresse, le prince Daemon venait de rafler la fortune non négligeable de la maison Fort et de capturer une dizaine d'otages de valeur, dont ser Simon et ses petits-fils.

De son côté, le prince Jacaerys parcourait le Nord à dos de dragon, sollicitant la dame Arryn du Val, le seigneur Manderly de Blancport, lord Borrell et lord Sunderland de Sortonne, ainsi que Cregan Stark de Winterfell. Le prince fut si charmant, et sa monture si effrayante, que chacune des personnes à qui il rendit visite jura fidélité à sa mère.

Si la mission « plus brève et plus sûre » de son cadet s'était bien déroulée, il y aurait eu beaucoup moins de sang versé et de chagrin causé.

Toutes les sources concordent pour dire que la tragédie qui s'abattit sur Lucerys Velaryon à Accalmie ne fut pas préméditée par qui que ce soit. Les premières batailles de la Danse des Dragons avaient été menées à coups de plumes et de corbeaux, de menaces et de promesses, de décrets et de flatteries. Le meurtre du seigneur des Essaims au conseil vert ne s'était encore guère ébruité. La plupart des gens pensaient que Sa Seigneurie se morfondait au fond d'un cachot. Si certains visages familiers n'apparaissaient plus à la cour, aucune tête n'avait été plantée au bout d'une pique sur les remparts du château, et la majorité espérait que la question de la succession pût être réglée pacifiquement.

L'Étranger avait d'autres plans. Car ce fut sûrement Son sinistre dessein de réunir les deux principicules à Accalmie. Si le dragon Arrax fila comme le vent pour mettre Lucerys Velaryon à l'abri dans la cour du château avant que n'éclatât un orage menaçant, le jeune homme fut surpris de découvrir qu'Aemond Targaryen l'y avait précédé.

Le formidable Vhagar de ce dernier sentit son arrivée avant tout le monde. Les gardes arpentant le chemin de ronde de l'imposante forteresse s'accrochèrent à leur lance, terrifiés, quand la créature poussa un grondement qui fit trembler la citadelle jusqu'à ses fondations. Même Arrax aurait frémi en entendant ce bruit, et Luc aurait joué du fouet pour se faire déposer.

Des éclairs zébraient le ciel à l'est et une lourde pluie s'abattait quand le jeune prince sauta à bas de sa monture, le message de sa mère serré à l'intérieur de son poing. Il se doutait sans doute de ce que signifiait la présence de Vhagar et ne dut pas être surpris qu'Aemond Targaryen vînt le défier dans la Chambre Ronde, en présence de lord Borros, de ses quatre filles, d'un septon, d'un mestre et d'une quarantaine de chevaliers, gardes et domestiques.

— Regardez-moi cette triste créature, messire, s'exclama le prince Aemond. Le petit Luc Fort, le bâtard. (Puis il ajouta, à l'intention du nouveau venu :) Tu es trempé, bâtard. Pleuvrait-il, ou te serais-tu pissé dessus de terreur ?

Lucerys Velaryon ne s'adressa qu'au seigneur Baratheon.

— Lord Borros, je vous apporte un message de ma mère, la reine.

— Il parle de la putain de Peyredragon.

Aemond s'avança à grands pas pour arracher la missive des mains de Lucerys, mais lord Borros beugla un ordre et ses chevaliers intervinrent, séparant les deux princes. Un homme en armes récupéra la lettre et retourna sur l'estrade où se trouvait le trône qui accueillait depuis toujours les rois de l'Orage.

Nul ne saura jamais ce que ressentait précisément Borros Baratheon à cet instant. Les témoignages diffèrent grandement d'une personne à l'autre. D'aucuns prétendent que Sa Seigneurie était rouge de honte et de confusion, tel un homme surpris par son épouse aux bras de sa maîtresse. D'autres affirment que Borros paraissait goûter la situation, car cela flattait sa vanité qu'un roi et une reine sollicitent son soutien.

Cependant, tout le monde s'accorde sur ce que le seigneur Borros a dit et fait ensuite. N'ayant jamais été un homme de lettres, il confia le message de la reine à son mestre, qui en brisa le sceau et en chuchota le contenu à l'oreille de son seigneur. Ce dernier plissa légèrement le front. Il se frotta la barbe, jeta un regard mauvais à Lucerys Velaryon et lança :

— Si j'accède à la demande de votre mère, laquelle de mes filles choisiriez-vous, mon garçon ? (Il désigna ses quatre enfants.) Choisissez-en une.

Le prince Lucerys ne put que s'empourprer.

— Messire, je ne puis en épouser aucune, répliqua-t-il. Je suis déjà promis à ma cousine Rhaena.

— C'est bien ce que je pensais, dit lord Borros. Rentrez chez vous, jeune freluquet, et dites à votre pute de mère que le seigneur d'Accalmie n'est pas un chien que l'on peut siffler ou envoyer combattre à la demande.

Sur ce, le prince Lucerys tourna les talons pour prendre congé. Ce fut alors que le prince Aemond dégaina son épée et le rappela :

— Un instant, Fort !

Lucerys se rappela la promesse faite à sa mère.

— Je ne vous combattrai pas. Je suis venu ici en émissaire, pas en chevalier.

— Tu es venu ici en pleutre et en traître, rétorqua Aemond. Tu n'en réchapperas pas, Fort.

Lord Borros fut soudain mal à l'aise.

— Pas ici, grommela-t-il. Il est ici en messager. Je ne veux pas voir le sang couler sous mon toit.

Ses gardes s'interposèrent une fois encore entre les deux principicules et escortèrent Lucerys à l'extérieur, où son dragon Arrax était voûté sous la pluie, attendant son retour.

Aemond Targaryen eut une moue furieuse et se tourna vers lord Borros pour demander sa permission. Le seigneur d'Accalmie haussa les épaules et répondit :

— Il ne m'appartient pas de vous dire quoi faire quand vous n'êtes pas sous mon toit.

Ses chevaliers s'écartèrent et le prince se rua vers les portes.

Dehors, la tempête faisait rage. Le tonnerre grondait tout autour du château, la pluie tombait en rideaux aveuglants et, régulièrement, de fulgurantes zébrures blanc-bleu illuminaient le ciel comme en plein jour. Le temps ne se prêtait pas au vol, même pour un dragon, et Arrax peinait à s'élever lorsque le prince Aemond grimpa sur Vhagar et s'élança à sa poursuite. Si les conditions avaient été plus clémentes, Lucerys serait peut-être parvenu à semer son ennemi, car Arrax était plus jeune et plus vif que son congénère. Toutefois, le ciel était noir et les deux créatures finirent par se rejoindre au-dessus de la baie des Naufrageurs. Les sentinelles sur les remparts du château aperçurent de lointains jets de flammes et entendirent un hurlement couvrir le tonnerre. Puis les deux bêtes se retrouvèrent entremêlées au milieu des éclairs. Vhagar était cinq fois plus grosse que son adversaire et avait survécu à une centaine de batailles. L'affrontement ne durerait pas.

Et en effet, Arrax tomba, brisé, et fut avalé par les eaux tumultueuses de la baie. Sa tête et son cou furent rejetés trois jours plus tard sous les falaises en contrebas d'Accalmie, faisant le festin des crabes et des mouettes. La dépouille du prince Lucerys reparut également.

Sa mort sonna la fin de la guerre des corbeaux, émissaires et promesses de mariage ; celle du feu et du sang ne faisait que commencer.

À Peyredragon, la reine Rhaenyra s'effondra en apprenant le trépas de Luc. Le jeune frère de celui-ci, Joffrey (Jace était encore en mission dans le Nord) fit le terrible serment de se venger du prince Aemond et de lord Borros. Seule l'intervention conjuguée du Serpent de Mer et de la princesse Rhaenys l'empêcha de chevaucher sur-le-champ son propre dragon. Alors que le conseil noir se réunissait pour élaborer une stratégie de représailles, un corbeau arriva d'Harrenhal. « Œil pour œil, fils pour fils, écrivait le prince Daemon. Lucerys sera vengé. »

Durant sa jeunesse, le visage et le rire de Daemon Targaryen étaient connus de tous les voleurs, de toutes les prostituées et de tous les parieurs de Culpucier. Le prince conservait des amitiés dans les lieux les plus glauques de Port-Réal et des partisans parmi les manteaux d'or. À l'insu du roi Aegon, de la Main ou de la reine douairière, il disposait également d'alliés à la cour, notamment au conseil vert… ainsi que d'un autre intermédiaire, un ami très cher à qui il faisait une confiance aveugle et qui connaissait, aussi bien que lui à sa folle époque, les pires bouges et les pires trous à rats qui florissaient à l'ombre du Donjon Rouge. Il savait en outre sinuer sans mal dans les venelles enténébrées de la ville. Ce fut vers ce pâle étranger qu'il se tourna alors, par des moyens secrets, pour organiser sa terrible vengeance.

L'intermédiaire du prince en trouva les instruments adéquats parmi les soudards de Culpucier. L'un d'eux avait été sergent du Guet. Colossal et brutal, il avait perdu son manteau d'or après avoir battu une putain à mort dans un accès de rage éthylique. Le second était chasseur de rats au château. L'histoire a oublié leurs véritables noms, mais s'en souvient sous les identités de Sang et Fromage.

Les portes dérobées et tunnels secrets que Maegor le Cruel avait fait bâtir étaient aussi familiers au chasseur de rats que les bêtes qu'il traquait. Empruntant un couloir oublié de tous, il conduisit Sang au cœur du château sans jamais être vu d'aucun garde. D'aucuns affirment que leur proie était le roi lui-même, mais Aegon était accompagné en permanence de la Garde Royale, et même Fromage ne connaissait pas d'autre moyen d'accéder à la Citadelle de Maegor qu'en traversant le pont-levis se déployant par-dessus les douves sèches hérissées de formidables pieux de fer.

La Tour de la Main était moins inaccessible. Les deux hommes se faufilèrent à travers les murs, évitant les lanciers postés aux portes. Les appartements de ser Otto ne les intéressaient nullement. Ils s'introduisirent plutôt dans ceux de sa fille, un étage plus bas. La reine Alicent y avait élu résidence après la mort du roi Viserys, quand son fils Aegon avait emménagé dans la Citadelle de Maegor avec sa propre reine. Une fois à l'intérieur, Fromage ligota et bâillonna la douairière tandis que Sang étranglait sa femme de chambre. Puis ils se postèrent pour attendre, sachant que la reine Helaena avait pour habitude d'emmener ses enfants voir leur grand-mère avant de les coucher.

Inconsciente du danger, Helaena se présenta avec sa progéniture alors que le crépuscule plongeait le château dans la pénombre. Jaehaerys et Jaehaera avaient six ans, Maelor en avait deux. La nouvelle reine pénétra dans les appartements d'Alicent en appelant son nom. Le sang du garde personnel de la douairière maculait la porte. Fromage jaillit alors et arracha Maelor à la main de sa mère.

— Criez, et vous y pass'rez tous, annonça Sang à Sa Grâce.

On raconte que la reine Helaena parvint à conserver son calme.

— Qui êtes-vous ? s'enquit-elle simplement.

— Des agents d'recouvrement, répliqua Fromage. Œil pour œil, fils pour fils. On en veut qu'un, pour égaliser les choses. On f'ra pas d'mal à vos aut' têt' blondes, touchera pas un ch'veu. Lequel vous v'lez perdre, Vot' Grâce ?

Quand elle comprit ce qu'il voulait dire, la reine Helaena les supplia de la tuer plutôt.

— Une épouse, c'est pas un fils, rétorqua Sang. Faut qu'ce soit un p'tit gars.

Fromage conseilla à la reine de se décider rapidement, avant que Sang ne perdît patience et ne décidât de violer la fillette.

— Choisissez, insista-t-il, ou on les tue tous les trois.

À genoux, des sanglots plein la gorge, elle parvint à articuler le nom de son benjamin, Maelor. Elle pensait peut-être le garçon trop jeune pour comprendre, à moins qu'elle n'estimât que l'aîné, Jaehaerys, était le premier-né et héritier du roi Aegon, et donc le prochain à devoir accéder au Trône de fer.

— T'as entendu, p'tit gars ? chuchota Fromage à Maelor. Ta maman veut ta mort.

Il adressa alors un sourire malveillant à Sang, et le bretteur massif décapita le prince Jaehaerys d'un unique coup d'épée. Helaena se mit à beugler.

Étonnamment, le chasseur de rats et le boucher tinrent parole. Ils ne firent pas davantage de mal à la reine ni à ses enfants survivants, mais s'enfuirent avec la tête du jeune prince.

Même si Sang et Fromage l'épargnèrent, Helaena ne survécut pas réellement à ce sinistre crépuscule. Elle cessa dès lors de s'alimenter, ne se lavait plus, refusait de quitter ses appartements et ne supportait plus de poser les yeux sur son fils Maelor, sachant qu'elle l'avait initialement condamné. Le roi n'eut d'autre choix que de lui prendre le garçon et de le confier à sa mère, la reine douairière Alicent, qui l'élèverait comme son propre fils. Aegon et son épouse ne partagèrent plus la même couche et la reine Helaena sombra plus profondément dans la folie, tandis que le roi enrageait, buvait et enrageait de plus belle.

Le sang n'avait pas fini de couler.

La chute d'Harrenhal au profit du prince Daemon fut un grand choc pour Sa Majesté. Jusqu'alors, Aegon II pensait la cause de sa demi-sœur perdue d'avance. À présent, il se sentait vulnérable pour la première fois. Les rapides défaites qui s'ensuivirent à Moulin Brûlé et La Haye-Pierre l'affaiblirent un peu plus et le roi comprit alors que sa situation était plus périlleuse qu'il ne l'avait imaginé. Ses craintes s'accrurent quand des corbeaux revinrent du Bief, où les Verts s'étaient crus supérieurs. La maison Hightower de Villevieille soutenait férocement le roi Aegon, qui possédait également La Treille… mais ailleurs dans le sud, d'autres seigneurs se ralliaient à Rhaenyra, notamment lord Costayne des Trois Tours, lord Mullendore de Hautesterres, lord Tarly de Corcolline, lord Rowan de Boisdoré et lord Grimm de Bouclier Gris.

D'autres défaites succédèrent à celles-là : au Val, à Blancport, à Winterfell... Les Nerbosc et les autres seigneurs du Conflans se rassemblèrent à Harrenhal, sous la bannière du prince Daemon. La flotte du Serpent de Mer se rapprochait de la baie de la Néra et, chaque matin, le roi Aegon subissait les complaintes des marchands. À part en s'enfilant une nouvelle rasade de vin puissant, il ignorait comment leur répondre.

— Faites quelque chose, exigea-t-il de ser Otto.

La Main lui assura qu'il était justement en train d'agir, qu'il avait ourdi un plan visant à briser le blocus. L'un des principaux piliers du camp de Rhaenyra était son consort, pourtant le prince Daemon représentait également sa principale faiblesse. Il s'était fait plus d'ennemis que quiconque au cours de ses aventures. Ser Otto Hightower, qui comptait parmi ses premiers adversaires, se rapprochait d'un autre antagoniste du prince : le souverain du Royaume des Trois Filles, de l'autre côté du bras de mer, qu'il espérait convaincre d'attaquer la flotte de Corlys Velaryon.

Ce report ne seyait guère au jeune roi. Aegon II était excédé par les faux-fuyants de son grand-père. Même si sa mère, la reine douairière Alicent, prenait la défense de ser Otto, Sa Grâce fit la sourde oreille à ses suppliques. Convoquant l'intéressé dans la salle du trône, il arracha la chaîne qu'il portait autour du cou et la lança à ser Criston Cole.

— Ma nouvelle Main a une poigne de fer, se vanta-t-il. Nous en avons terminé avec les lettres.

Ser Criston ne tarda pas à prouver sa fougue.

— Ce n'est pas à vous de supplier vos seigneurs de se rallier à vous, tel un mendiant réclamant l'aumône, dit-il à Aegon. Vous êtes le roi légitime de Westeros, et ceux qui refusent de l'admettre sont des traîtres. Il est plus que temps de leur enseigner le prix de la trahison.

Le maître des chuchoteurs du roi Aegon, Larys Fort le Pied-Bot, avait dressé la liste de tous les seigneurs s'étant réunis à Peyredragon pour assister au couronnement de la reine Rhaenyra et siéger à son conseil noir. Le fief de lord Celtigar et de lord Velaryon se trouvant sur des îles, et Aegon II ne disposant d'aucune puissance maritime, ils restaient hors de portée de son courroux. Les seigneurs « Noirs » qui avaient leurs terres sur le continent n'eurent cependant pas cette chance.

Sombreval tomba aisément, surprise par les forces du roi ; la ville fut mise à sac, les navires du port brûlés et lord Sombrelyn décapité. Repos-des-Freux était le prochain objectif de ser Criston. Prévenu de son arrivée, lord Staunton ferma les portes de la cité et défia ses agresseurs. Derrière ses remparts, il assista, impuissant, à l'incendie qui ravagea ses champs, ses bois et les villages alentour, ainsi qu'à l'exécution de son bétail et de ses gens. Lorsque les provisions commencèrent à manquer au château, il envoya un corbeau à Peyredragon pour quémander de l'aide.

Neuf jours plus tard, le claquement d'ailes de cuir retentit au large et le dragon Meleys apparut au-dessus de Repos-des-Freux. On la surnommait la Reine Rouge, à cause des écailles écarlates qui la recouvraient. Les membranes de ses ailes étaient roses, sa corne, sa crête et ses griffes cuivrées. Sur son dos, dans son armure d'acier et d'étain rutilant au soleil, était montée Rhaenys Targaryen, la Reine qui ne le Fut Jamais.

Ser Criston Cole n'en fut nullement décontenancé. La Main d'Aegon s'y attendait, comptait dessus, même. Au son des tambours, archers et arbalétriers s'avancèrent et firent voler flèches et carreaux. Des scorpions furent braqués vers le ciel pour y propulser des traits métalliques semblables à ceux qui avaient eu raison de Meraxes à Dorne. Meleys endura nombre de blessures, ce qui eut le don de la mettre en colère. Elle plongea vers le sol, crachant du feu de tous côtés. Des chevaliers furent carbonisés sur leur selle tandis que les poils, la chair et le harnais de leur monture s'embrasaient. Les lanciers lâchèrent leurs armes et s'éparpillèrent. Certains tentèrent de s'abriter derrière leur bouclier, mais ni le chêne ni le fer ne pouvaient résister au souffle d'un dragon. Ser Criston, juché sur son étalon blanc au milieu de la fumée et des flammes, hurla :

— Visez la dragonnière !

Meleys rugit, crachant deux jets de vapeur par les nasaux, et un cheval lui décocha une ruade à la mâchoire quand des langues de feu l'engloutirent.

Un autre grondement s'éleva en écho. Deux créatures ailées se matérialisèrent alors : le roi montait Feux-du-Soleyl et son frère, Aemond, Vhagar. Le piège que Criston Cole avait tendu venait de se refermer sur Rhaenys, désormais cernée.

La princesse ne chercha pas à s'échapper. Elle poussa un cri d'encouragement et, d'un coup de fouet, orienta Meleys vers l'ennemi. Contre Vhagar seul, elle aurait pu avoir une chance, car la Reine Rouge était vieille et rusée, aguerrie. En revanche, face à Vhagar et Feux-du-Soleyl, son sort était couru. Les dragons s'affrontèrent violemment mille pieds au-dessus du champ de bataille, et les boules de feu aveuglantes se multiplièrent tant que les combattants jureraient plus tard que le ciel était plein de soleils. Les mâchoires écarlates de Meleys se refermèrent un instant autour du cou doré de Feux-du-Soleyl, mais Vhagar plongea alors vers eux. Les trois créatures tombèrent en tourbillonnant. Elles atterrirent si violemment que des pierres dégringolèrent des remparts de Repos-des-Freux sur une demi-lieue.

Les témoins les plus proches ne survécurent pas à la scène. Les plus lointains ne virent rien, à cause des flammes et de la fumée. Il s'écoula des heures avant que le feu s'éteigne. Seul Vhagar se releva indemne des cendres. Meleys était morte, tuée par la chute puis réduite en morceaux au sol. Quant à Feux-du-Soleyl, cette magnifique bête dorée, il avait perdu une demi-aile dans le combat, tandis que son royal dragonnier souffrait de côtes brisées, d'une hanche cassée et de brûlures sévères sur la moitié du corps. Son bras gauche était dans un état inquiétant. La chaleur avait été si intense que le métal de son armure avait fondu à même sa chair.

On retrouva plus tard un cadavre près de la carcasse de Meleys ; on supposa qu'il appartenait à Rhaenys Targaryen, mais il était si carbonisé qu'il en était méconnaissable. La fille chérie de lady Jocelyn Baratheon et du prince Aemon Targaryen, loyale épouse de lord Corlys Velaryon, mère et grand-mère, la Reine qui ne le Fut Jamais, avait vécu hardiment et était morte dans le sang et le feu. Elle avait cinquante-cinq ans.

Huit cents chevaliers, écuyers et gens du commun perdirent aussi la vie ce jour-là. Une centaine de plus moururent peu après, quand le prince Aemond et ser Criston Cole s'emparèrent de Repos-des-Freux et exécutèrent sa garnison. La tête de lord Staunton fut rapportée à Port-Réal et plantée au-dessus de la Vieille Porte… mais ce fut celle de Meleys, traînée par un chariot dans toute la cité, qui emplit de respect et de crainte la foule de petites gens. Ils furent des milliers à fuir Port-Réal par la suite, jusqu'à ce que la douairière Alicent ordonnât que l'on fît barrer les portes de la ville.

Le roi Aegon II ne mourut pas, mais ses brûlures le faisaient tant souffrir que certains affirment qu'il pria pour y succomber. Transportée à Port-Réal dans une litière fermée pour dissimuler l'étendue des blessures, Sa Grâce resta alitée pour le reste de l'année. Des septons prièrent pour son salut, des mestres lui fournirent potions et lait de pavot, mais Aegon continuait de dormir neuf heures sur dix, se réveillant brièvement pour se sustenter péniblement avant de ressombrer aussitôt. Nul n'était autorisé à troubler son repos, en dehors de sa mère la douairière et de la Main, ser Criston Cole. Son épouse ne tenta même pas de l'approcher, tant elle était perdue dans les affres de la folie et du chagrin.

Le dragon du roi, Feux-du-Soleyl, trop lourd et imposant pour être déplacé et incapable de voler à cause de son aile mutilée, resta dans les champs cernant Repos-des-Freux, rampant dans la cendre tel un gigantesque wyrm doré. Les premiers temps, il se nourrit des victimes du carnage. Quand il n'y en eut plus, les hommes que ser Criston avait chargés de veiller sur lui lui apportèrent veaux et brebis.

— Vous devrez gouverner le royaume provisoirement, jusqu'à ce que votre frère soit de nouveau en mesure de le faire, dit la Main au prince Aemond.

Ser Criston n'eut pas à se répéter. Ainsi donc, Aemond Un-Œil, le Parricide, chaussa la couronne d'acier et de rubis d'Aegon le Conquérant.

— Elle me sied mieux qu'à lui, déclara le prince.

Toutefois, Aemond n'assuma pas le titre de roi, se contentant de Protecteur du Royaume et Prince Régent. Ser Criston Cole demeura Main du Roi.

Pendant ce temps, les graines que Jacaerys Velaryon avait plantées lors de sa mission au Nord commençaient à germer, et des hommes se rassemblaient à Blancport, Winterfell, Tertre-bourg, Sortonne, Goëville et aux Portes de la Lune. S'ils unissaient leurs forces avec celles des seigneurs riverains ayant rejoint le prince Daemon à Harrenhal, même les robustes murailles de Port-Réal ne leur résisteraient pas, et ser Criston en avisa le nouveau Prince Régent.

Suprêmement confiant en ses aptitudes de guerrier et en la puissance de son dragon Vhagar, Aemond avait hâte d'engager le combat.

— La putain de Peyredragon n'est pas la principale menace, affirma-t-il. Pas plus que la maison Rowan ou ces traîtres du Bief. Le vrai danger vient de mon oncle. Dès que Daemon sera mort, tous ces imbéciles s'étant ralliés à la cause de ma sœur s'en retourneront dans leur château et ne nous importuneront plus.

À l'est de la baie de la Néra, la reine Rhaenyra ne se portait pas bien. La mort de son fils Lucerys avait assené un coup dévastateur à une femme déjà brisée par la grossesse, le travail et la délivrance d'un enfant mort-né. Quand on apprit à Peyredragon la chute de la princesse Rhaenys, des paroles furieuses furent échangées entre la reine et lord Velaryon, qui lui reprochait le trépas de son épouse.

— Ça aurait dû être vous, cracha le Serpent de Mer à Sa Majesté. Staunton avait réclamé votre aide, mais vous lui avez envoyé ma femme en interdisant à vos fils de se joindre à elle !

Car tout le château le savait : les princes Jace et Joff étaient prêts à l'accompagner à Repos-des-Freux sur leurs propres dragons.

En cette année 129 après la conquête, Jace se retrouva alors en première ligne. Il commença par ramener le sire des Marées au bercail en le nommant Main de la Reine. Jace et lord Corlys échafaudèrent ensemble un plan d'assaut sur Port-Réal.

N'ayant pas oublié la promesse faite à la Jouvencelle du Val, Jace ordonna au prince Joffrey de voler sur Tyraxes jusqu'à Goëville. Munkun suppose que la décision de Jace fut avant tout motivée par sa volonté de tenir son frère à l'écart des combats. Cela ne seyait d'ailleurs guère à Joffrey, résolu à prouver sa valeur sur le champ de bataille. Il n'accepta à contrecœur qu'en apprenant qu'il était censé défendre le Val des dragons du roi Aegon. Rhaena, la fille de treize ans du prince Daemon et de Laena Velaryon, fut envoyée avec lui. Plus connue sous le nom de Rhaena de Pentos, sa ville natale, elle ne chevauchait pas de dragon, son embryon étant mort plusieurs années plus tôt. Elle apporta néanmoins trois œufs au Val, où elle pria toutes les nuits pour les voir éclore. Le prince de Peyredragon veillait aussi sur la sécurité de ses demi-frères, Aegon le Jeune et Viserys, âgés de neuf et sept ans. Leur père le prince Daemon s'étant fait de nombreux amis dans la cité libre de Pentos au cours de ses visites sur place, Jacaerys décida naturellement de se rapprocher du prince local, qui accepta de les prendre en placement en attendant que Rhaenyra ait définitivement conquis le Trône de fer. À la fin de l'année 129, les jeunes princes embarquèrent sur une cogue, l'*Abandon Joyeux* – Aegon avec Nuée-d'Orage, Viserys serrant son œuf contre lui –, et firent voile vers Essos. Le Serpent de Mer leur adjoignit une escorte de sept vaisseaux de guerre, afin de s'assurer qu'ils arrivassent à bon port.

Feux-du-Soleyl étant blessé et incapable de voler près de Repos-des-Freux, Tessarion se trouvant à Villevieille avec le prince Daeron, seuls deux dragons adultes restaient pour défendre Port-Réal… et la dragonnière de Songefeu, la reine Helaena, qui passait ses journées à pleurer dans la pénombre, pouvait difficilement être considérée comme une menace. Ne restait donc que Vhagar. Aucun dragon vivant ne pouvait rivaliser avec elle en matière de taille ou de férocité, mais Jace estimait que si Vermax, Syrax et Caraxes devaient fondre tous ensemble sur Port-Réal, même « cette vieille putain décrépite » ne parviendrait pas à leur résister. Toutefois, la réputation de Vhagar était si grande qu'il réfléchissait au moyen d'ajouter d'autres dragons à son assaut.

La maison Targaryen régnait sur Peyredragon depuis plus de deux cents ans, quand lord Aenar Targaryen était arrivé de Valyria avec ses créatures. Même si la tradition voulait qu'un frère épousât sa sœur, ou un cousin sa cousine, les jeunes avaient le sang chaud et les hommes de la maison avaient l'habitude d'assouvir leurs besoins avec les filles (voire les femmes) de leurs sujets, les habitants des villages dominés par le Montdragon, qu'ils fussent pêcheurs ou laboureurs. En réalité, jusqu'à l'avènement du roi Jaehaerys et de la Bonne Reine Alysanne, l'ancienne loi de la première nuit prévalait à Peyredragon, comme dans tout Westeros, et un seigneur avait alors le droit de déflorer les jeunes vierges de son domaine le soir de leur nuit de noces.

Même si cette coutume déplaisait fortement dans les Sept Couronnes, essentiellement à des hommes jaloux ne mesurant pas l'honneur qui leur était fait, de tels sentiments étaient passés sous silence à Peyredragon, où les Targaryen étaient à juste titre considérés plus proches des dieux que les humains normaux. Là, les jeunes mariées bénies durant leur nuit de noces étaient enviées, et les enfants de telles unions étaient plus estimés que les autres, car les seigneurs de Peyredragon célébraient souvent leur naissance avec maints cadeaux en or ou en soie, auxquels venaient s'ajouter des terres pour la mère. Ces heureux bâtards étaient « nés de la semence de dragon » et souvent surnommés simplement les « semences ». Même après l'expiration du droit de la première nuit, certains Targaryen continuèrent de badiner avec les filles d'aubergistes et les femmes de pêcheurs, si bien que les semences et les fils de semences étaient nombreux à Peyredragon.

Le prince Jacaerys avait besoin de plus de dragonniers, et de plus de dragons, et ce fut vers les semences qu'il se tourna, promettant que tout homme se révélant capable de dompter un dragon se verrait attribuer des terres et des richesses, en plus d'être adoubé. Ses fils seraient anoblis, ses filles mariées à des seigneurs, et lui-même aurait l'insigne honneur de se battre au côté du prince de Peyredragon contre le prétendant Aegon II Targaryen et ses traîtres de partisans.

Tous ceux qui répondirent à l'appel du prince n'étaient pas des semences, ni même des fils ou petits-fils de semences. Nombre des chevaliers de la reine se proposèrent pour devenir dragonniers, parmi lesquels le lord Commandant de sa Garde Régine, ser Steffon Sombrelyn, accompagné d'un grand nombre d'écuyers, de laquais, de marins, d'hommes en armes, de mimes et de deux servantes.

Les dragons ne sont pas des chevaux. Ils n'acceptent pas volontiers que l'on grimpe sur leur dos et, quand ils sont agacés ou se sentent menacés, ils attaquent. Seize hommes perdirent la vie en tentant de devenir dragonniers. Trois fois plus furent brûlés ou estropiés. Steffon Sombrelyn périt sous les flammes en essayant de chevaucher Fumée-des-Mers. Lord Gormon Massey subit le même sort quand il approcha Vermithor. Un homme nommé Denys l'Argenté, dont les cheveux et les yeux donnaient du crédit à son assertion selon laquelle il était le bâtard du roi Maegor le Cruel, eut le bras arraché par Voleur-de-Moutons. Alors que ses fils s'affairaient à arrêter l'hémorragie, Le Cannibale leur avait foncé dessus, avait chassé Voleur-de-Moutons et dévoré toute la famille.

Toutefois, Fumée-des-Mers, Vermithor et Aile-d'Argent étaient accoutumés aux humains et toléraient leur présence. Ayant déjà été montés, ils acceptaient plus facilement de nouveaux passagers. Vermithor, le dragon du Vieux Roi, baissa le cou devant le bâtard d'un forgeron, un homme imposant nommé Hugh le Marteau ou Hugh le Dur, tandis qu'un fantassin aux cheveux clairs répondant aux sobriquets de Ulf le Blanc (rapport à ses cheveux) ou Ulf le Licheur (rapport à son appétence pour la boisson) monta Aile-d'Argent, la créature chérie de la Bonne Reine Alysanne.

Quant à Fumée-des-Mers, qui avait autrefois porté Laenor Velaryon, il fit une place à un garçon de quinze ans qu'on appelait Addam de Carène, dont les origines sont encore aujourd'hui sujettes à controverse parmi les historiens. Peu après qu'Addam se fut révélé en volant sur le dragon, lord Corlys alla jusqu'à prier la reine Rhaenyra de les légitimer, lui et son frère. Lorsque le prince Jacaerys soutint cette requête, la reine s'exécuta. Addam de Carène, semence de dragon et bâtard, devint alors Addam Velaryon, héritier de Lamarck.

Les trois dragons sauvages de Peyredragon furent plus difficiles à amadouer que leurs congénères, ce qui n'empêcha pas les gens d'essayer. Voleur-de-Moutons, hideux dragon brun sale ayant éclos dans la jeunesse du Vieux Roi, adorait la viande d'agneau et fondait sur les troupeaux de Lamarck et autour de la Wend. Il n'avait que rarement blessé des bergers, et seulement quand ils tentaient de s'interposer, mais n'hésitait pas à avaler leurs chiens. Gris-Spectre demeurait dans une caverne enfumée sur la façade est du Montdragon, préférait le poisson et était plus souvent aperçu à planer au-dessus du bras de mer où il piochait ses proies. Une pâle créature timide, du gris-blanc de la brume matinale, connue pour se tenir à l'écart des hommes et de leurs constructions et rester invisible pendant des années.

Le plus grand et le plus vieux des dragons sauvages était Le Cannibale, ainsi baptisé car il avait la réputation de se repaître des carcasses de ses congénères et de foncer sur les couvoirs de Peyredragon pour se gaver d'œufs ou d'embryons. Des dragonniers en herbe avaient maintes fois voulu l'apprivoiser ; sa tanière était désormais jonchée de leurs ossements.

Aucune des semences de dragon n'eut la sottise d'aller déranger Le Cannibale (ou elles ne revinrent jamais pour narrer leurs exploits). Certaines essayèrent avec Gris-Spectre, mais ne parvinrent pas à le débusquer tant il était insaisissable. Voleur-de-Moutons se révéla plus aisé à approcher, mais il avait mauvais caractère et élimina plus de semences que les trois « dragons de château » réunis. Parmi ceux qui voulurent le dompter se trouvait Alyn de Carène, qui avait échoué à mettre la main sur Gris-Spectre. Voleur-de-Moutons ne voulait pas de lui. Quand il tituba hors de son repaire, le manteau en feu, seule la prompte réaction de son frère permit de lui sauver la vie. Fumée-des-Mers repoussa le dragon sauvage tandis qu'Addam se servit de sa propre cape pour étouffer les flammes. Alyn Velaryon conserverait les stigmates de cette aventure sur son dos et ses jambes tout le reste de sa longue existence. Cependant, il s'estima heureux, car il survécut. La plupart des autres semences ou prétendants ayant voulu grimper sur le dos de Voleur-de-Moutons aboutirent plutôt dans son ventre.

Finalement, le dragon brun fut dompté par la ruse et l'obstination d'une « petite fille mate » de seize ans nommée Orties, qui lui apporta chaque matin un mouton fraîchement abattu, jusqu'à ce que la bête en vînt à l'accepter et même à l'attendre. Brune de cheveux et de peau, les yeux marron, maigrelette, grossière, crasseuse et intrépide… elle fut la première et la dernière à pouvoir monter Voleur-de-Moutons.

Ainsi le prince Jacaerys atteignit-il le but qu'il s'était fixé. Malgré toutes les morts et les souffrances causées, les veuves abandonnées, les hommes carbonisés qui conserveraient leurs cicatrices jusqu'à leur mort, quatre nouveaux dragonniers avaient été trouvés. Alors que l'année 129 touchait à sa fin, le prince se préparait à voler sur Port-Réal. Il choisit d'attaquer à la première pleine lune de la nouvelle année.

Toutefois, les projets des hommes ne sont que les jouets des dieux. Car alors même que Jace élaborait son plan, une nouvelle menace se rapprochait par l'est. Les machinations d'Otto Hightower avaient porté leurs fruits : lors d'une rencontre à Tyrosh, le Grand Conseil de la Triarchie avait accepté sa proposition d'alliance. Quatre-vingt-dix vaisseaux de guerre firent voile des Degrés de Pierre sous pavillon des Trois Filles, donnant de la rame pour gagner le Gosier. Et comme les dieux sont joueurs, une cogue pentoshie, et les deux princes Targaryen à son bord, leur fonça droit dessus. Les navires de l'escorte qui l'accompagnait furent coulés ou saisis, l'*Abandon Joyeux* capturé.

Cette histoire parvint à Peyredragon en même temps que le prince Aegon arrivait, s'accrochant désespérément au cou de son dragon, Nuée-d'Orage. Le garçon était livide de terreur, tremblait comme une feuille et puait la pisse. Âgé de neuf ans à peine, il n'avait encore jamais volé… et ne revolerait plus jamais, car Nuée-d'Orage avait été grièvement blessé durant sa fuite. Son ventre était en effet hérissé de nombre de traits, et un carreau de scorpion lui avait transpercé la gorge. Il mourut dans l'heure, sifflant de douleur tandis que son sang chaud jaillissait en grands flots noirs dans des nuages de fumée. Le jeune frère d'Aegon, le prince Viserys, n'avait eu aucun moyen de fuir la cogue. Étant en revanche particulièrement malin, il avait eu la présence d'esprit de dissimuler son œuf et d'enfiler des guenilles maculées de sel pour se faire passer pour un simple moussaillon. Malheureusement, un jeune membre de l'équipage le trahit et il fut immédiatement fait prisonnier. Ce fut un capitaine tyroshi qui comprit le premier qui il détenait, mais l'amiral de la flotte, Sharako Lohar de Lys, le soulagea bientôt de sa prise.

Quand le prince Jacaerys et Vermax fondirent sur une colonne de galères lysiennes, un mur de lances et de flèches s'éleva à leur rencontre. Les marins de la Triarchie avaient déjà eu affaire à des dragons, quand ils avaient guerroyé contre le prince Daemon aux Degrés de Pierre. Nul ne pouvait mettre en doute leur courage ; ils étaient prêts à affronter les flammes de la créature avec les armes dont ils disposaient. « Tuez le dragonnier et la bête partira », leur avaient annoncé les capitaines et commandants. Un navire s'embrasa, puis un deuxième. Pourtant, les habitants des cités libres continuèrent à se battre… jusqu'à ce qu'un cri retentît. Ils levèrent alors la tête comme un seul homme et avisèrent d'autres silhouettes ailées contourner le Montdragon et foncer sur eux.

C'est une chose de se mesurer à un dragon, c'en est une autre d'en avoir cinq en face de soi. Alors qu'Aile-d'Argent, Voleur-de-Moutons, Fumée-des-Mers et Vermithor plongeaient sur eux, les braves de la Triarchie sentirent leur courage les déserter. La colonne de galères vola en éclats dès que le premier navire se détourna et que d'autres l'imitèrent. Les dragons multipliaient les boules de feu bleu et orange, rouge et or, chacune plus lumineuse que la précédente. Les vaisseaux explosaient ou s'embrasaient un à un. Les équipages se jetaient à l'eau en hurlant, consumés par les flammes. De longues volutes de fumée noire s'élevaient jusqu'au ciel. Tout semblait perdu… tout *était* perdu…

… jusqu'à ce que Vermax volât soudain trop bas et s'abîmât dans la mer.

Diverses versions entreraient plus tard en concurrence pour expliquer comment et pourquoi le dragon était tombé. D'aucuns affirmeraient qu'un arbalétrier lui avait fiché un carreau dans l'œil, mais cela ressemble tant à la façon dont Meraxes trouva autrefois la mort à Dorne que c'en est suspect. Une autre source expliquerait que la vigie d'une galère myrienne avait lancé un grappin au passage de la créature, que l'un des crochets s'était miraculeusement enfoncé entre deux écailles et que la vitesse formidable du dragon avait suffi à l'y enfouir davantage. Le marin aurait alors enroulé le bout de sa chaîne autour du mât, et le poids du navire conjugué à la force considérable des ailes de Vermax auraient causé une longue plaie béante sur le ventre de ce dernier. Quoi qu'il en fût, le vagissement de rage de celui-ci se répercuta jusqu'à Port-d'Épice, malgré la clameur des combats. Son vol s'acheva subitement et Vermax sombra en fumant et hurlant, griffant l'eau de ses serres. D'après les survivants, il lutta pour redécoller, mais percuta tête la première une galère en feu. Des éclats de bois jaillirent de tous côtés, le mât s'écroula et le dragon, à force de se débattre, finit par se retrouver empêtré dans le gréement. Quand le vaisseau s'inclina et sombra, Vermax coula avec lui.

On raconte que Jacaerys Velaryon parvint à remonter à la surface pour s'agripper quelques instants à un morceau de débris fumant, mais qu'un arbalétrier d'une galère voisine fit pleuvoir ses carreaux sur lui. Le prince fut touché à plusieurs reprises. De plus en plus de Myriens étaient armés d'arbalètes. Finalement, un trait lui traversa le cou, et Jace fut avalé par les flots.

La bataille du Gosier fit rage la nuit durant au nord et au sud de Peyredragon, et reste à ce jour l'une des batailles navales

les plus sanglantes de l'Histoire. Sharako Lohar, l'amiral de la Triarchie, avait pris la tête d'une flotte composée de quatre-vingt-dix vaisseaux myriens, lysiens et tyrochis au départ des Degrés de Pierre ; seuls vingt-huit d'entre eux purent rentrer tant bien que mal.

Même si les assaillants contournèrent Peyredragon, jugeant probablement inexpugnable l'ancienne citadelle targaryenne, ils causèrent de gros dégâts à Lamarck. Port-d'Épice fut brutalement mise à sac, et les cadavres d'hommes, de femmes et d'enfants mutilés et laissés en pâture aux mouettes, aux rats et aux corneilles noires en jonchaient les rues, cernés de bâtiments en flammes. La ville ne serait jamais reconstruite. Marée Haute fut également mise à feu et à sang. Tous les trésors que le Serpent de Mer avait rapportés de l'Est furent consumés par les flammes et ses servants taillés en pièces quand ils cherchèrent à fuir l'incendie. La flotte de la maison Velaryon perdit près du tiers de sa puissance. Il y eut des milliers de morts. Pourtant, aucune de ces pertes ne fut ressentie aussi puissamment que celle de Jacaerys Velaryon, prince de Peyredragon et héritier du Trône de fer.

Quinze jours plus tard, au Bief, Ormund Hightower se retrouva coincé entre deux armées. Thaddeus Rowan, seigneur de Boisdoré, et Tom Flowers, bâtard de Pont-l'Amer, fondaient sur lui depuis le nord-est en compagnie d'une foule de chevaliers, tandis que ser Alan des Essaims, lord Alan Tarly et lord Owen Costayne avaient uni leurs forces pour lui couper toute retraite vers Villevieille. Quand les troupes se refermèrent autour de lui sur les berges de l'Hydromel, l'attaquant simultanément de front et de dos, lord Hightower vit ses lignes de défense s'effondrer. La défaite semblait imminente… jusqu'à ce qu'une ombre balaie le champ de bataille et qu'un rugissement formidable retentisse dans le ciel, fendant l'air tel le bruit de l'acier contre l'acier. Un dragon était venu.

Il s'agissait de Tessarion, la Reine Bleue, la femelle cobalt et cuivre. Elle était montée par le plus jeune des trois fils de la reine Alicent, Daeron Targaryen, quinze ans et écuyer de lord Ormund.

L'arrivée du prince Daeron et de sa bête renversa le cours des événements. À présent, c'étaient les hommes de lord Ormund qui attaquaient en insultant leurs ennemis, et les troupes de la reine qui détalaient. À la fin de la journée, lord Rowan battait en retraite vers le nord avec le reste de ses cavaliers, la dépouille de Tom Flowers brûlait parmi les roseaux, les deux Alan avaient été faits prisonniers et lord Costayne se mourait lentement d'une blessure infligée par Faiseuse d'Orphelin, la lame noire de Jon Roxton le Hardi. Tandis que les loups et les corbeaux se repaissaient des cadavres, lord Hightower gratifia son sauveur de viande d'aurochs et de vin puissant, l'adoubant chevalier du bout de Vigilance, l'épée longue en acier valyrien de sa maison, faisant de lui « ser Daeron le Hardi ». Le prince répliqua modestement d'un : « C'est fort aimable de votre part, messire, mais la victoire appartient à Tessarion. »

À Peyredragon, une vague de découragement et d'abattement submergea la cour noire quand le désastre de l'Hydromel leur parvint aux oreilles. Lord Bar Emmon alla jusqu'à suggérer que le temps était peut-être venu de ployer le genou devant Aegon II. La reine s'y opposa formellement. Seuls les dieux connaissent véritablement le cœur des hommes, et celui des femmes est particulièrement étrange. Brisée par la perte d'un fils, Rhaenyra Targaryen sembla recouvrer des forces après qu'un autre fut tombé. Le trépas de Jace l'endurcit, consuma ses peurs pour ne la laisser qu'avec sa colère et sa haine. Toujours en possession de plus de dragons que son demi-frère, Sa Grâce se résolut alors à s'en servir, quelles qu'en soient les conséquences. Elle ferait pleuvoir le feu et la mort sur Aegon et ses partisans, annonça-t-elle au conseil noir, et l'arracherait au trône ou mourrait en essayant.

Une résolution similaire s'était enracinée de l'autre côté de la baie, chez Aemond Targaryen, qui régnait au nom de son frère tandis qu'Aegon demeurait alité. Plein de mépris pour sa demi-sœur Rhaenyra, Aemond Un-Œil percevait une plus grande menace chez l'époux de celle-ci, le prince Daemon, surtout avec l'armée qu'il s'était constituée à Harrenhal. Après avoir convoqué ses bannerets et son conseil, le prince annonça son intention d'attaquer son oncle et de châtier les rebelles du Conflans.

Tous les membres du conseil vert n'étaient pas favorables à la décision audacieuse du prince. Aemond reçut le soutien de ser Criston Cole, la Main, et de ser Tyland Lannister, mais le Grand Mestre Orwyle l'encouragea à envoyer un corbeau à Accalmie pour s'adjoindre la puissance de la maison Baratheon avant de passer à l'acte. Quant à la Férule, lord Jasper Wylde, il déclara qu'il devrait faire mander depuis le Sud lord Hightower et le prince Daeron, arguant que « deux dragons valent mieux qu'un ». La reine douairière était elle aussi favorable à la prudence et conseilla à son fils d'attendre que son frère le roi et son dragon Feux-du-Soleyl soient guéris, afin qu'ils puissent contribuer à l'offensive.

Le prince Aemond ne goûta pas pareilles hésitations. Il n'avait nullement besoin de ses frères ou de leurs dragons, déclara-t-il. Aegon était trop grièvement blessé, Daeron trop jeune. Certes, Caraxes était une créature terrifiante, sauvage, retorse et aguerrie… mais Vhagar était plus âgée, plus féroce et deux fois plus grosse. Le septon Eustace nous rapporte que le Parricide était déterminé à remporter lui-même cette victoire, ne souhaitant pas partager les lauriers avec ses frères ni quiconque.

Il était en outre impossible de le contredire, car tant qu'Aegon II ne se relèverait pas du lit et ne reprendrait pas l'épée, la régence et le pouvoir appartenaient à Aemond. Fidèle à sa décision, le prince s'élança depuis la porte des Dieux dans la quinzaine qui s'ensuivit, à la tête d'une armée de quatre mille hommes.

Daemon Targaryen était trop vieux et chevronné pour rester à lambiner, même à l'abri de murailles aussi imposantes que celles d'Harrenhal. Le prince comptait toujours quelques amis à Port-Réal et il eut vent des projets de son neveu avant même qu'Aemond se mette en branle. Quand il eut confirmation que le régent et ser Criston Cole avaient quitté la ville, on raconte que le prince Daemon éclata de rire et déclara « Il était plus que temps », car il attendait ce moment avec beaucoup d'impatience. Une flopée de corbeaux décolla des tours déformées de la forteresse.

Ailleurs dans le royaume, lord Walys Mouton quitta Viergétang à la tête d'une troupe d'une centaine de chevaliers afin de rejoindre les semi-sauvageons des maisons Crabbe et Brune de Claquepince et les Celtigar de Pince-Isle. À travers les pinèdes et les collines enveloppées de brume, ils se hâtèrent de gagner Repos-des-Freux, où leur apparition subite prit la garnison par surprise. Après avoir regagné le château, lord Mouton mena ses hommes les plus courageux au champ de cendres à l'ouest de la forteresse afin d'achever Feux-du-Soleyl.

Les chasseurs de dragons amateurs repoussèrent sans mal le cordon de gardes restés pour le nourrir, le servir et le protéger, mais la bête elle-même se révéla plus coriace que prévu. Les dragons cloués au sol font des créatures étranges, et son aile déchirée lui donnait des allures de wyrm doré et gigantesque incapable de s'élever dans les airs. Les assaillants s'attendaient à le trouver à l'article de la mort. Au lieu de quoi, ils le découvrirent endormi, mais le fracas des épées et des sabots eut tôt fait de le réveiller, et la première lance qui le frappa provoqua sa fureur. Gluant de boue, se tortillant parmi les ossements d'innombrables moutons, Feux-du-Soleyl ondula et s'enroula tel un serpent, donna des coups de queue et balança des jets de flammes tout en essayant de s'envoler. Il s'éleva trois fois, mais retomba trois fois au sol. Les troupes de Mouton multiplièrent les coups d'épée, de lance et de hache, lui infligeant nombre de blessures très graves… pourtant, chaque nouvelle plaie semblait décupler son ire. Le nombre de morts atteignit les trois vingtaines avant que les survivants se décidassent à s'enfuir.

Walys Mouton, lord de Viergétang, comptait parmi les victimes. Quand son frère Manfryd découvrit son cadavre quinze jours plus tard, il ne restait rien d'autre qu'un peu de chair carbonisée dans une armure fondue grouillant d'asticots. Toutefois, nulle part sur ce lit de cendres jonché des dépouilles d'hommes courageux et des carcasses de centaines de chevaux ne trouva-t-il le dragon du roi Aegon. Feux-du-Soleyl avait disparu. Il n'y avait pas même la moindre trace, alors qu'il en aurait probablement laissé s'il s'était traîné plus loin. Feux-du-Soleyl le Doré semblait avoir repris son envol… mais pour aller où ? Nul ne le savait.

Pendant ce temps, le prince Daemon Targaryen en personne volait vers le sud sur le dos de Caraxes. En passant au large de la rive occidentale de l'Œildieu, loin de la route de ser Criston, il évita l'armée ennemie et put franchir la Néra. Il bifurqua alors vers l'est et remonta le fleuve jusqu'à Port-Réal. À Peyredragon, Rhaenyra Targaryen revêtait un ensemble en écailles noires luisantes et s'envola sur Syrax alors qu'une pluie torrentielle s'abattait sur la baie. Loin au-dessus de la ville, la reine et son prince consort se réunirent et tournèrent ensemble à l'aplomb de la colline d'Aegon.

Ce spectacle inspira la terreur dans les rues en dessous, car les habitants eurent tôt fait de comprendre que l'attaque qu'ils redoutaient tant était désormais proche. Le prince Aemond et ser Criston avaient dépouillé Port-Réal de ses défenseurs en allant reprendre Harrenhal… et le Parricide était parti avec Vhagar, cette créature terrifiante, ne laissant que le seul Songefeu et une poignée de dragonneaux à peine sortis de l'œuf. Les plus jeunes n'avaient jamais été montés et la dragonnière de Songefeu, la reine Helaena, était une femme brisée. La ville aurait aussi bien pu ne compter d'autre créature ailée que les corbeaux et la volaille.

Des milliers de petites gens se précipitèrent hors les portes de la ville, emmenant leurs enfants, emportant leurs maigres possessions, escomptant trouver refuge dans la campagne environnante. D'autres creusèrent des fosses ou des tunnels sous leur masure, des trous froids et humides dans lesquels ils espéraient se terrer tandis que la ville brûlerait. Des émeutes éclatèrent à Culpucier. Quand les voiles de la flotte du Serpent de Mer apparurent à l'est sur la baie, se dirigeant vers la Néra, les cloches de chaque septuaire se mirent à sonner, et la populace déferla dans les rues, pillant tout sur son passage. Il y eut des dizaines de morts avant que les manteaux d'or parvinssent à restaurer le calme. Le Lord Protecteur et la Main du Roi étant tous deux absents, et le roi lui-même étant toujours alité, sérieusement brûlé et perdu dans les rêves initiés par le lait de pavot, il incombait à sa mère, la reine douairière, d'organiser la défense de la cité. Alicent releva le défi, fit fermer les portes du château et de la ville, envoya les manteaux d'or sur les remparts et des cavaliers quérir le prince Aemond pour le ramener.

Elle ordonna aussi au Grand Mestre Orwyle de dépêcher des corbeaux à « tous nos fidèles seigneurs » pour leur enjoindre de venir défendre leur roi légitime. Quand Orwyle regagna en hâte ses quartiers, il y trouva quatre manteaux d'or qui l'attendaient. L'un d'eux étouffa ses cris tandis que les autres le battaient et le ligotaient. Un sac sur la tête, il fut ensuite escorté aux oubliettes.

Les cavaliers de la reine ne franchirent même pas les portes de la ville, où d'autres manteaux d'or les mirent aux fers. Sans que Sa Grâce le sût, les sept capitaines qui gardaient les entrées, dévoués au roi Aegon, avaient été emprisonnés ou assassinés dès que Caraxes était apparu au-dessus du Donjon Rouge… car les simples soldats du Guet étaient encore tout dévoués à Daemon Targaryen, qui les avait longtemps dirigés.

Le frère de la reine, ser Gwayne Hightower, commandant en second des manteaux d'or, se précipita aux écuries pour donner l'alarme. Il y fut immobilisé, désarmé, puis traîné devant son commandant, ser Luthor Largent. Quand Hightower l'accusa d'être un tourne-casaque, Largent éclata de rire.

— C'est Daemon qui nous a confié ces casaques, déclara-t-il, et elles sont d'or à l'endroit comme à l'envers.

Puis il pourfendit ser Gwayne de son épée et ordonna que l'on ouvrît les portes de la cité pour y laisser entrer les hommes débarquant des vaisseaux du Serpent de Mer.

Malgré l'épaisseur de ses murailles, Port-Réal tomba dans la journée. Une bataille sanglante et acharnée se déroula à la porte de la Gadoue, où treize chevaliers Hightower et une centaine d'hommes en armes repoussèrent les manteaux d'or et résistèrent près de huit heures aux assauts donnés depuis l'intérieur et l'extérieur de la ville. Leur héroïsme fut toutefois vain, car les soldats de Rhaenyra déferlèrent sans encombre par les six autres portes. La simple vue des dragons dans le ciel avait démotivé l'opposition, et les ultimes partisans du roi Aegon se tapirent, s'enfuirent ou ployèrent le genou.

L'un après l'autre, les dragons effectuèrent leur descente. Voleur-de-Moutons se posa au sommet de la colline de Visenya, Aile-d'Argent et Vermithor en firent autant sur celle de Rhaenys, à l'extérieur de Fossedragon. Le prince Daemon tourna autour du Donjon Rouge avant de faire atterrir Caraxes dans la cour extérieure. Quand il fut certain que les défenseurs ne leur feraient pas de mal, il fit signe à sa femme la reine de le rejoindre. Addam Velaryon continua à survoler les remparts sur Fumée-des-Mers ; le battement des ailes de cuir de ce dernier suffisait à rappeler aux vaincus que la moindre rébellion serait étouffée par les flammes.

Comprenant que toute résistance serait vaine, la reine douairière sortit de la Citadelle de Maegor en compagnie de son père ser Otto Hightower, de ser Tyland Lannister et de lord

Jasper Wylde dit la Férule. (Lord Larys Fort n'était pas avec eux. Le maître des chuchoteurs avait d'une manière ou d'une autre trouvé le moyen de disparaître.) La reine Alicent tenta de négocier avec sa belle-fille.

— Convoquons ensemble un grand conseil, comme le Vieux Roi l'a fait autrefois, proposa la douairière. Confions aux seigneurs du royaume le soin de trancher la question de la succession.

La reine Rhaenyra refusa la suggestion avec dédain.

— Nous savons l'une comme l'autre dans quel sens ils trancheraient.

Elle laissa alors le choix à sa belle-mère : renoncer, ou brûler.

Baissant la tête, vaincue, la reine Alicent livra à Rhaenyra les clefs du château et ordonna à ses chevaliers et à ses gens d'armes de poser l'épée.

— La ville est à vous, princesse, aurait-elle dit alors. Mais vous ne la conserverez pas longtemps. Les souris dansent tant que le chat n'est pas là, mais mon fils Aemond ne tardera pas à revenir faire couler le sang.

Cependant, le triomphe de Rhaenyra fut loin d'être complet. Ses hommes trouvèrent l'épouse de son rival, la reine folle Helaena, enfermée dans sa chambre à coucher… mais quand ils forcèrent la porte du roi, ils ne découvrirent que « sa couche vide et son pot de chambre rempli ». Le roi Aegon II s'était enfui, de même que ses enfants – la princesse Jaehaera, six ans, et le prince Maelor, deux ans – et les chevaliers Willis Fell et Rickard Thorne de la Garde Royale. Même la douairière en personne ne semblait pas savoir où ils étaient partis, et Luthor Largent jura que nul n'avait franchi les portes de la ville.

Il était en revanche impossible d'escamoter le Trône de fer. Et la reine Rhaenyra ne trouverait pas le sommeil avant d'avoir récupéré le siège de son père. On alluma donc les flambeaux de la salle du trône et la reine gravit les marches de fer pour succéder au roi Viserys, et au Vieux Roi, et à Maegor, Aenys et Aegon Sire-Dragon du temps jadis. La mine sévère, toujours vêtue de son armure, elle trôna là tandis que chaque homme et chaque femme du Donjon Rouge furent appelés devant elle pour ployer le genou, implorer son pardon et jurer sur leur vie, leur épée et leur honneur de lui rester fidèles.

La cérémonie se poursuivit toute la nuit. L'aube était largement consommée quand Rhaenyra Targaryen se leva et descendit du trône. « Et alors que son mari le prince Daemon l'accompagnait hors de la salle, on avisa des entailles sur les jambes et la paume gauche de Sa Grâce. Du sang dégouttait au sol et les sages se dévisagèrent, même si aucun d'entre eux n'osa exprimer la vérité à voix haute : le Trône de fer l'avait rejetée et son règne serait bref. »

Tout ceci se déroula tandis que le prince Aemond et ser Criston Cole progressaient dans le Conflans. Au dix-neuvième jour de chevauchée, ils atteignirent Harrenhal… et en trouvèrent les portes ouvertes. Le prince Daemon et sa suite avaient déserté.

Le prince Aemond avait tenu à ce que Vhagar restât proche de la colonne principale pendant leur avancée, craignant que son oncle les attaquât sur Caraxes. Il atteignit Harrenhal une journée après Cole, et ils célébrèrent ce soir-là une grande victoire : Daemon et ses « rebuts des rivières » avaient préféré fuir à affronter son courroux, claironna Aemond. Rien d'étonnant donc à ce que, lorsqu'il apprit la chute de Port-Réal, il se sentît trois fois ridicule. Sa fureur faisait peur à voir.

À l'ouest d'Harrenhal, les combats se poursuivaient dans le Conflans, et les troupes Lannister progressaient pas après pas. L'âge et l'infirmité de leur chef, lord Lefford, ralentissaient leur marche, mais tandis qu'ils approchaient de la rive occidentale de l'Œildieu, ils croisèrent le chemin d'une armée gigantesque.

Roddy la Ruine et ses Loups de l'Hiver s'étaient alliés avec Forrest Frey, seigneur des Jumeaux, et Robb Rivers le Rouge, l'Archer de Corneilla. Les Nordiens étaient deux mille, Frey dirigeait deux cents cavaliers et trois fois plus de fantassins, et

Rivers avait adjoint trois cents archers à la mêlée. Lord Lefford avait à peine fait halte pour affronter ces nouveaux adversaires que d'autres ennemis apparurent au sud, où Longfeuille le Tueur de Lion et une bande de survivants en guenilles avaient été rejoints par les seigneurs Bigglestone, Chambers et Perryn.

Pris entre deux feux, Lefford hésita à en attaquer un, redoutant que l'autre le prît à revers. Il choisit finalement de se retrancher dos au lac et envoya des corbeaux au prince Aemond à Harrenhal pour implorer son aide. Si une dizaine d'oiseaux prirent leur envol, aucun n'arriva au prince : Robb Rivers le Rouge, supposément le meilleur archer de tout Westeros, les abattit un à un.

D'autres hommes du Conflans se présentèrent le lendemain, menés par ser Garibald Gris, lord Jon Charlton et le tout jeune seigneur de Corneilla, lord Benjicot Nerbosc, onze ans. Ainsi renforcées par ces nouvelles recrues, les troupes de la reine décidèrent de donner l'assaut.

— Mieux vaut éliminer ces lions avant l'arrivée des dragons, déclara Roddy la Ruine.

La plus sanglante bataille terrestre de la Danse des Dragons débuta le lendemain, au lever du soleil. Entrée dans les annales de la Citadelle sous le nom de bataille de la Berge du Lac, elle a toujours été nommée par les protagonistes y ayant survécu la Curée des Poissons.

Pris entre trois fronts, les Ouestriens furent peu à peu repoussés dans les eaux de l'Œildieu. Des centaines de soldats y moururent, étripés dans les roseaux. Des centaines d'autres périrent noyés en essayant de s'enfuir. À la tombée de la nuit, on recensait déjà deux mille morts, dont nombre de personnalités comme lord Frey, lord Leford, lord Bigglestone, lord Charlton, lord Swyft, lord Reyne, ser Clarent Crakehall et ser Tyler Hill, le Bâtard de Port-Lannis. L'armée Lannister était brisée, massacrée, à tel point que Ben Nerbosc, le jeune seigneur de Corneilla, pleura en découvrant les piles de cadavres. Les pires pertes avaient été infligées aux Nordiens, car les Loups de l'Hiver avaient mendié l'honneur de mener l'assaut et avaient chargé à cinq reprises les rangées de lanciers Lannister. Plus des deux tiers des hommes ayant chevauché vers le sud en compagnie de lord Dustin étaient morts ou blessés.

À Harrenhal, Aemond Targaryen et Criston Cole tentaient de déterminer la meilleure réponse à apporter aux offensives de la reine. Même si la forteresse d'Harren le Noir était trop solide pour être emportée par la tempête, et si les seigneurs du Conflans n'osaient pas en faire le siège par peur de Vhagar, les hommes du roi manquaient de nourriture et de fourrage, et humains comme animaux succombaient déjà à la faim et à la maladie. Depuis les imposants remparts, tout n'était que champs brûlés et villages calcinés à perte de vue, et les quelques groupes d'éclaireurs partis en reconnaissance n'étaient jamais revenus. Ser Criston encourageait un repli vers le sud, où Aegon comptait le plus fort soutien, mais le prince refusait, affirmant que « Seuls les lâches fuient devant les traîtres ». La perte de Port-Réal et du Trône de fer l'avait mis hors de lui, et lorsqu'il apprit pour la Curée des Poissons, le Lord Protecteur manqua étrangler l'écuyer qui lui avait porté la nouvelle. Seule l'intervention de sa maîtresse, Alys Rivers, permit de sauver la vie du garçon. Le prince Aemond envisageait des représailles immédiates contre Port-Réal, arguant qu'aucun des dragons de la reine ne pouvait rivaliser avec Vhagar.

Ser Criston estimait que c'était pure folie.

— Se battre à un contre six relève de l'inconscience, mon prince, déclara-t-il.

Qu'ils partissent pour le sud, insista-t-il, et qu'ils joignissent leurs forces à celles de lord Hightower. Le prince Aemond pourrait se réunir avec son frère Daeron et son dragon. Le roi Aegon avait échappé à Rhaenyra, ils le savaient de source sûre, il y avait donc de bonnes chances pour qu'il remontât sur Feux-du-Soleyl et vînt retrouver ses frères. Et peut-être que leurs soutiens en ville parviendraient à faire libérer la reine Helaena, qui pourrait alors mener Songefeu au combat. Quatre dragons dont Vhagar pourraient se mesurer à six autres.

Le prince Aemond refusa même d'envisager cette « solution de pleutre ».

Ser Criston et le prince Aemond décidèrent alors qu'il valait mieux que leurs routes se séparassent. Cole prendrait la tête de leur armée et irait au sud, vers Ormund Hightower et le prince Daeron, mais le Prince Régent ne l'accompagnerait pas. Ce dernier comptait mener sa propre guerre, faire pleuvoir le feu sur les traîtres. Tôt ou tard, la « reine putain » enverrait un ou deux dragons après lui, et Vhagar se chargerait d'eux.

— Elle n'osera jamais les envoyer *tous*, affirma Aemond. Elle aurait trop peur de dépouiller Port-Réal de ses défenses. Elle ne mettra pas non plus Syrax en péril, ni son très cher dernier-né. Rhaenyra a beau se prétendre reine, elle n'en reste qu'une femme au cœur fragile et aux peurs de mère.

Ainsi donc, le Faiseur-de-rois et le Parricide allèrent suivre chacun son propre destin, pendant qu'au Donjon Rouge la reine Rhaenyra Targaryen s'attelait à rétribuer ses proches et à infliger d'atroces châtiments à ceux qui avaient servi son demi-frère.

D'énormes récompenses furent promises à qui fournirait des informations permettant la capture de « l'usurpateur se faisant appeler Aegon II », de sa fille Jaehaera, de son fils Maelor, des « faux chevaliers » Willis Fell et Rickard Thorne, et de Larys Fort, le Pied-Bot. Faute de résultats, Sa Grâce organisa des troupes de « chevaliers inquisiteurs » qu'elle lança à la poursuite des « traîtres et scélérats » qui lui avaient échappé, avec ordre de châtier tous ceux qui auraient pu leur prêter assistance.

La reine Alicent était entravée à la cheville et au poignet par des chaînes en or, même si sa belle-fille l'épargna « par égard pour notre père, qui vous a aimée autrefois ». Son propre père n'eut pas cette chance. Ser Otto Hightower, qui avait servi trois rois en tant que Main, fut le premier à être décapité. La Férule le suivit sur le billot, continuant malgré tout de clamer que le fils d'un roi doit passer avant sa sœur. Ser Tyland Lannister fut pour sa part torturé, dans l'espoir de récupérer une partie du trésor de la couronne.

Ni Aegon ni son frère Aemond n'avaient jamais été trop aimés par les citadins, et nombre de détracteurs avaient accueilli favorablement le retour de la reine… Mais l'amour et la haine sont les deux faces d'une même pièce, et lorsque de nouvelles têtes fleurirent au sommet de piques au-dessus des portes de la ville et que de lourds tributs furent réclamés, la pièce se retourna. La fille qu'ils avaient autrefois acclamée comme étant la Joie du Royaume était devenue une femme avide et vindicative, une reine au moins aussi cruelle que les rois l'ayant précédée. Un esprit railleur l'avait surnommée « le roi Maegor avec des loches », et pendant le siècle qui s'ensuivit, « les Loches de Maegor » devint l'une des imprécations favorites des opposants à la couronne.

La ville, le château et le trône étant en sa possession, et protégés par non moins de six dragons, Rhaenyra se sentait suffisamment en sécurité pour envoyer quérir ses fils. Une dizaine de navires firent voile depuis Peyredragon, ramenant les dames de la reine et Aegon le Jeune. Rhaenyra fit de son fils son échanson, afin qu'il ne fût plus jamais loin d'elle. Une autre flotte quitta Goëville avec le prince Joffrey – le dernier des trois fils de la reine et Laenor Velaryon – accompagné de son dragon Tyraxes. Sa Grâce lança aussitôt les plans d'une célébration gigantesque pour installer officiellement Joffrey en tant que prince de Peyredragon et prochain héritier du Trône de fer.

Sa victoire avait été si écrasante que Rhaenyra Targaryen n'imaginait même pas qu'il lui restait si peu de temps à régner. Pourtant, chaque fois qu'elle s'asseyait sur le trône, les lames cruelles de celui-ci faisaient couler le sang de ses mains, de ses bras et de ses jambes, un signe qui ne trompait personne.

Par-delà les murs de la ville, les combats continuaient de faire rage dans toutes les Sept Couronnes. Dans le Conflans, ser Criston Cole abandonna Harrenhal et fonça au sud en suivant la berge occidentale de l'Œildieu ; trois mille six cents hommes l'accompagnaient, la mort, la maladie et la désertion ayant clairsemé les rangs de ceux qui s'étaient élancés de Port-Réal. Le prince Aemond avait pris les devants sur le dos de Vhagar. N'étant plus rattaché à quelque château, le prince borgne était libre de s'envoler où bon lui semblait. Ils étaient en guerre, comme Aegon le Conquérant et ses sœurs autrefois, une guerre menée à coups de flammes de dragon quand Vhagar plongeait depuis le ciel automnal pour ravager les terres, les villages et les citadelles du Conflans. La maison Darry fut la première à subir le courroux d'Aemond. Les hommes participant aux moissons brûlèrent ou s'enfuirent tandis que les céréales prenaient feu, et Darry-le-Château fut consumé en un éclair. Lady Darry et ses plus jeunes enfants survécurent en s'abritant dans les caves sous le donjon, mais le seigneur son mari et son héritier moururent sur les remparts, en même temps qu'une quarantaine d'archers ou d'épées liges. Trois jours plus tard, le siège de la maison Herpievoie subit le même sort. Le Moulin du Seigneur, Nerboucle, Boucle, Mare-argile, Guéporc et Boiraignée… La fureur de Vhagar s'abattit sur chacun de ces endroits, si bien que la moitié du Conflans semblait en proie aux flammes.

Ser Criston Cole dut lui aussi affronter des incendies. Tandis qu'il guidait ses hommes à travers le Trident, des colonnes de fumée s'élevaient devant et derrière lui. Chaque village qu'il traversait était désert et réduit en cendres. Sa troupe s'enfonça dans une forêt d'arbres morts venue supplanter les bois bien vivants qui s'y trouvaient quelques jours plus tôt, avant que les seigneurs locaux les embrasent à son arrivée. Chaque ruisseau, chaque mare, chaque puits accueillaient des cadavres de chevaux, des carcasses de vaches ou des corps humains gonflés et puants, souillant les eaux de leur putréfaction. Ailleurs, ses éclaireurs lui rapportèrent de sinistres tableaux, pastiches grotesques de festins où des chevaliers en armure étaient assis sous des arbres vêtus de hardes pourrissantes. Les convives étaient tous tombés au combat, et leur crâne semblait sourire sous leur casque rouillé, tandis que leur chair verdâtre et gâtée s'arrachait à leurs os.

Quatre jours après leur départ d'Harrenhal, les attaques commencèrent. Des archers cachés parmi les troncs s'en prenaient aux traînards ou aux cavaliers grâce à leurs arcs longs. Des hommes moururent. Des hommes tombèrent à l'arrière-garde sans qu'on les revît jamais. Des hommes s'enfuirent, abandonnant lances et boucliers dans le sous-bois. Des hommes changèrent de camp. Dans le village d'Ormes-croisés, une autre mise en scène morbide les attendait. Désormais habitués à de telles visions, les éclaireurs grimacèrent et poursuivirent leur chemin, ne tenant aucun compte des morts en putréfaction… jusqu'à ce que ceux-ci se relèvent et leur tombent dessus. Une douzaine de soldats périrent avant de comprendre qu'ils avaient été piégés.

Tout ceci n'était qu'une mise en bouche, car les seigneurs du Trident avaient uni leurs forces. Quand ser Criston s'éloigna du lac et se dirigea vers la Néra par voie de terre, il les rencontra au sommet d'une crête rocheuse : trois cents chevaliers en armure, autant d'archers à arc long, dix fois plus d'archers normaux, trois mille lanciers déguenillés, des centaines de Nordiens brandissant leur hache, leur marteau ou leur masse d'armes, leur épée en acier ancestral… Tous étaient rassemblés sous la bannière de la reine Rhaenyra.

La bataille qui éclata fut plus déséquilibrée que n'importe quelle autre au cours de la Danse. Lord Roderick Dustin porta un cor à ses lèvres pour donner l'assaut. À son signal, les hommes de la reine dévalèrent la pente en hurlant, menés par les Loups de l'Hiver, montés sur leurs chevaux à longs poils, et les chevaliers sur leurs destriers caparaçonnés. Quand ser Criston tomba raide mort, ceux qui le suivaient depuis Harrenhal perdirent courage. Ils rompirent les rangs et désertèrent, se dépouillant de leur bouclier au passage. Leurs ennemis leur donnèrent la chasse et les éliminèrent par centaines.

Le Jour de la Jouvencelle de l'année 130 après la conquête, la citadelle de Villevieille envoya trois cents corbeaux blancs pour annoncer l'arrivée de l'hiver, mais la reine Rhaenyra Targaryen paradait comme en été. Malgré la désaffection de son peuple, la ville et la couronne lui appartenaient encore. De l'autre côté du bras de mer, la Triarchie s'entredéchirait. Les flots étaient la propriété de la maison Velaryon. Même si la neige avait bouché les défilés des Montagnes de la Lune, la Jouvencelle du Val avait tenu parole et envoyé par la mer ses hommes rejoindre ceux de la reine. D'autres navires amenaient des guerriers de Blancport, à la tête desquels se trouvaient les propres fils de lord Manderly, Medrick et Torrhen. À tout niveau le pouvoir de la reine croissait alors que celui du roi Aegon diminuait.

Toutefois, aucune guerre n'est jamais gagnée tant que les troupes ennemies ne sont pas écrasées. Le Faiseur-de-rois, ser Criston Cole, avait été éliminé, mais quelque part dans le royaume, Aegon II, le roi qu'il avait façonné, restait libre et bien vivant. La fille de ce dernier, Jaehaera, était également portée disparue. Larys Fort le Pied-Bot, l'homme le plus rusé et le plus énigmatique du conseil vert, s'était volatilisé. Accalmie était toujours aux mains de lord Borros Baratheon, qui ne comptait pas parmi les amis de la reine. Les Lannister garnissaient eux aussi les rangs des ennemis de Rhaenyra, bien qu'il régnât la plus grande confusion à Castral Roc, maintenant que lord Jason était mort et la plus grande partie de la chevalerie ouestrienne massacrée ou divisée.

Le prince Aemond était devenu la terreur du Trident, depuis qu'il faisait pleuvoir les flammes et la mort sur le Conflans avant de disparaître dans le ciel pour frapper de nouveau cinquante lieues plus loin. Le feu de Vhagar réduisit en poussière Vieux-Saule et Saule-Blanc, avant de noircir la pierre de Cochonneraie. Au Vallon de Joyeuse-Chute, trente hommes et trois cents brebis périrent des mêmes causes. Le Parricide retourna alors subitement à Harrenhal, où il carbonisa chaque structure de bois de la forteresse. Six chevaliers et une quarantaine d'hommes en armes moururent en essayant d'occire le dragon. Quand la nouvelle de ces assauts se propagea, d'autres seigneurs se mirent à scruter les cieux avec angoisse, se demandant qui seraient les prochains. Lord Mouton de Viergétang, lady Sombrelyn de Sombreval et lord Nerbosc de Corneilla expédièrent en toute urgence des messages à la reine, la suppliant de leur envoyer ses dragons pour protéger leurs citadelles.

Néanmoins, la plus grande menace envers le règne de Rhaenyra n'était pas Aemond Un-Œil mais son jeune frère, le prince Daeron le Hardi, et la grande armée du Sud menée par lord Ormund Hightower.

L'ost d'Hightower avait franchi la Mander et marchait lentement sur Port-Réal, écrasant les partisans de la reine partout où ils cherchaient à le retarder et forçant chaque seigneur ployant le genou devant lui à le rallier. Survolant l'avant de la principale colonne sur Tessarion, le prince Daeron s'était révélé être un éclaireur inestimable, qui ne manquait pas d'alerter lord Ormund de la moindre manœuvre de l'ennemi. La plupart du temps, les hommes de la reine disparaissaient en apercevant le premier éclat des ailes de la Reine Bleue, renâclant à goûter de ses flammes au combat.

Dès qu'il prit connaissance de toutes ces menaces, le vieux lord Corlys Velaryon, la Main de Rhaenyra, suggéra à sa souveraine d'entamer les négociations. Il l'encouragea à gracier les seigneurs Baratheon, Hightower et Lannister si ceux-ci acceptaient de capituler, de lui jurer fidélité et d'offrir des otages au Trône de fer. Le Serpent de Mer suggéra de laisser la Foi s'occuper des reines Alicent et Helaena, afin qu'elles pussent consacrer le restant de leurs jours à la prière et la méditation. Il prendrait personnellement Jaehaera, la fille d'Helaena, comme pupille, et la marierait à terme au prince Aegon le Jeune, réunissant enfin et comme il se devait les deux moitiés de la maison Targaryen.

— Quel sort réserverons-nous à mes demi-frères ? s'enquit Rhaenyra quand le Serpent de Mer lui révéla son plan. Et qu'adviendra-t-il de cet usurpateur d'Aegon ou du Parricide Aemond ? Voudriez-vous que je les absolve également, eux qui ont volé mon trône et massacré mes enfants ?

— Épargnez-les, et envoyez-les sur le Mur, répliqua lord Corlys. Qu'ils prennent le noir et finissent leur vie dans la Garde de Nuit, contraints par leurs vœux sacrés.

— Que sont des vœux pour ces briseurs de serments ? rétorqua Rhaenyra. Leurs engagements ne les ont pas retenus quand ils m'ont pris mon trône.

Le prince Daemon abonda dans le sens de la reine. Pardonner aux rebelles et aux traîtres ne ferait que semer les graines de nouvelles révoltes.

— La guerre s'achèvera lorsque tous ces renégats auront leur tête au bout d'une pique devant la porte du Roi, et pas avant.

Aegon II serait probablement retrouvé « planqué sous un rocher », mais en attendant, ils pouvaient toujours livrer bataille contre Aemond et Daeron. Il fallait en outre détruire les Lannister et les Baratheon afin de pouvoir distribuer leurs terres et châteaux à ceux qui les méritaient davantage. Accorder Accalmie à Ulf le Blanc et Castral Roc à Hugh Marteau le Dur, proposa le prince… à la grande horreur du Serpent de Mer.

— La moitié des seigneurs de Westeros se retourneront contre nous si nous poussons la cruauté jusqu'à éradiquer deux maisons aussi nobles et anciennes, argumenta lord Corlys.

Il incomba à la reine en personne de trancher entre son consort et sa Main. Rhaenyra décida d'un juste milieu : elle enverrait des émissaires à Accalmie et Castral Roc, proposant des « conditions raisonnables » et le pardon… *après* avoir éliminé les frères de l'usurpateur qui ferraillaient contre elle.

— Lorsqu'ils seront morts, les autres capituleront. Exécutez leurs dragons, que leurs têtes viennent orner les murs de ma salle de trône. Que chacun les voie dans les années à venir, afin que personne n'ignore le prix de la trahison.

Naturellement, Port-Réal ne resterait pas sans surveillance. La reine Rhaenyra continuerait d'y séjourner en compagnie de Syrax et de ses fils Aegon et Joffrey, dont la vie ne pouvait être mise en danger. Le second, qui n'avait pas encore treize ans, avait hâte de prouver ses capacités de guerrier, mais quand on l'informa qu'il fallait que Tyraxes aide sa mère à préserver le Donjon Rouge dans l'éventualité d'une attaque, il jura solennellement d'obéir. Addam Velaryon, l'héritier du Serpent de Mer, resterait également en ville, avec Fumée-des-Mers. Trois dragons devraient suffire à protéger la capitale ; les autres se joindraient à la bataille.

Le prince Daemon mènerait personnellement Caraxes au Trident, avec la jeune Orties et Voleur-de-Moutons, pour y débusquer le prince Aemond et Vhagar et les éliminer. Ulf le Blanc et Hugh Marteau le Dur iraient à Chutebourg, sise à quelque cinquante lieues au sud-ouest de Port-Réal, ultime bastion allié séparant lord Hightower de la ville, afin d'aider à défendre le château et de détruire le prince Daeron et son Tessarion.

Le prince Daemon Targaryen et la petite fille brune de peau nommée Orties traquèrent longuement en vain Aemond Un-Œil. Ils avaient établi leur camp de base à Viergétang, sur l'invitation de lord Manfryd Mouton, terrifié à l'idée de voir Vhagar fondre sur sa ville. Au lieu de quoi, le prince Aemond frappa Têtedure, sur les contreforts des Montagnes de la Lune,

Doussaule, sur la Verfurque, et Forlane, sur la Ruffurque. Il réduisit aussi en cendres Pont-de-la-Trajectoire, carbonisa Traversier et Moulin-la-Vieille, et détruisit le septuaire de la Mère à Bechester, disparaissant chaque fois dans le ciel avant l'arrivée des chasseurs. Vhagar ne s'attardait jamais nulle part, et les rares survivants n'étaient jamais d'accord sur la direction empruntée par le dragon.

Tous les matins, dès l'aube, Caraxes et Voleur-de-Moutons décollaient de Viergétang, s'élevaient bien au-dessus du Trident et décrivaient de larges cercles dans l'espoir d'apercevoir Vhagar quelque part… avant de rentrer bredouilles au crépuscule. Lord Mouton eut l'outrecuidance de suggérer que les dragons se séparassent afin de couvrir davantage de terrain, mais le prince Daemon s'y opposa. Vhagar était le dernier des trois dragons venus à Westeros en même temps qu'Aegon le Conquérant et ses sœurs, rappela-t-il au seigneur des lieux. Bien que moins rapide qu'elle ne l'avait été un siècle plus tôt, elle était devenue aussi grosse que Balerion, la Terreur noire d'antan. Son souffle pouvait faire fondre la pierre, et ni Caraxes ni Voleur-de-Moutons ne pouvaient rivaliser avec elle. À moins peut-être de l'affronter ensemble. Ainsi donc, il veillait à ce qu'Orties ne le quittât jamais, de jour comme de nuit, dans le ciel comme au château.

Pendant ce temps, au sud, la bataille faisait rage à Chutebourg, un bourg florissant sur la Mander. Le château qui dominait la ville était robuste mais petit, et il n'y avait guère qu'une quarantaine d'hommes en garnison. Cependant, des milliers d'autres étaient arrivés de Pont-l'Amer, Longuetable ou d'autres cités plus en aval encore. La venue d'une armée conséquente de seigneurs riverains gonfla notablement les effectifs et raffermit la détermination des soldats. En tout, les hommes rassemblés à Chutebourg sous la bannière de la reine Rhaenyra étaient près de neuf mille. Ceux de lord Hightower étaient nettement plus nombreux. Ainsi, les dragons Vermithor et Aile-d'Argent et leurs cavaliers furent plus que bienvenus pour les défenseurs de la ville. Ils ne pouvaient pas se douter des horreurs qui les attendaient.

Les détails de ce qu'on appelle aujourd'hui les Trahisons de Chutebourg restent sujets à débats houleux, et la vérité pleine et entière ne sera probablement jamais connue. Il apparaît néanmoins que certains des hommes qui se déversèrent dans la ville, fuyant devant l'armée de lord Hightower, faisaient en réalité partie de cette armée et avaient été envoyés pour infiltrer les défenses. Toutefois, leur traîtrise n'aurait eu que peu d'impact si ser Ulf le Blanc et ser Hugh le Marteau n'avaient pas choisi ce moment pour changer d'allégeance.

Malheureusement, ni l'un ni l'autre n'ayant su lire ou écrire, nous ne découvrirons jamais ce qui a pu pousser les Deux Traîtres (ainsi que les renommerait l'Histoire) à commettre pareil acte. Nous en savons en revanche bien davantage sur la bataille de Chutebourg. Six mille des hommes de la reine se mirent en formation pour affronter lord Hightower sur le champ de bataille et combattirent bravement pendant un temps. Puis les archers de lord Ormund firent pleuvoir sur eux un torrent de flèches qui éclaircit considérablement leurs rangs. Une charge tonitruante de sa cavalerie acheva le travail, poussant les rescapés à se réfugier par-delà les murs de la cité. Lorsque la plupart des survivants furent en sécurité derrière les portes, Roddy la Ruine et ses Loups de l'Hiver sortirent férocement par une poterne en poussant leurs terrifiants cris de guerre nordiens et contournèrent le flanc gauche des assaillants. Dans le chaos qui s'ensuivit, ils parvinrent à éliminer dix fois leur nombre en adversaires pour atteindre lord Ormund Hightower, juché sur son destrier à l'aplomb de l'étendard au dragon doré du roi Aegon et des bannières de Villevieille et des Hightower. D'après les chansons parvenues jusqu'à nous, lord Roderick était ensanglanté de la tête aux pieds à son arrivée ; son bouclier était fendu en éclats et son heaume tout fissuré, mais il était si enivré par les combats qu'il ne semblait même pas souffrir de ses blessures. Ser Bryndon Hightower, le cousin de lord Ormund, s'interposa entre les Nordiens et son suzerain, tranchant d'un phénoménal coup de hache le bras faible de Ruine… Malgré tout, le féroce seigneur de Tertrebourg continua de se battre, éliminant ser Bryndon et lord Ormund avant de succomber. Les bannières des Hightower basculèrent sous les vivats des citadins, qui pensaient que la roue avait tourné. Même l'apparition de Tessarion au-dessus du champ de bataille ne les consterna pas, car ils savaient qu'ils disposaient de deux dragons pour les protéger… sauf que, lorsque Vermithor et Aile-d'Argent prirent leur envol et crachèrent leurs flammes sur Chutebourg, les acclamations se muèrent en hurlements.

La ville s'embrasa rapidement : échoppes, maisons, septuaires et habitants… Des hommes tombèrent en brûlant des corps de garde et des remparts, ou titubèrent en braillant dans les rues telles des torches humaines. Les Deux Traîtres châtièrent la cité de leurs langues de feu. Le pillage qui s'ensuivit fut l'un des plus brutaux de l'histoire de Westeros. Ce bourg prospère ne fut bientôt plus que cendres et que braises. Il ne serait jamais rebâti. Des milliers périrent brûlés, et autant moururent en se noyant en tentant de s'enfuir par le fleuve. D'aucuns affirmeraient plus tard que ceux-là furent chanceux, car nulle merci ne fut accordée aux survivants. Les hommes de lord Piète jetèrent leur épée au sol et se rendirent, mais se retrouvèrent ligotés et décapités. Les femmes ayant échappé aux flammes furent violées à maintes reprises, de même que des fillettes n'ayant que huit ou dix ans. Les vieillards et les garçons furent exécutés, tandis que les dragons se repaissaient des corps déformés et encore fumants de leurs victimes.

Entre-temps, une cogue toute délabrée baptisée *Nessaria* gagna tant bien que mal le port sous Peyredragon pour procéder à quelques réparations et embarquer des provisions. L'esquif en provenance de Pentos tentait de regagner l'Antique Volantis quand il avait été dérouté par un orage. Mais à cette classique histoire sur les dangers de la mer, l'équipage ajouta une note étrange. Alors que la *Nessaria* voguait vers l'ouest et que l'immense Montdragon se dressait devant eux, menaçant dans le coucher du soleil… les marins avaient vu deux dragons se battre si violemment que leurs mugissements se répercutaient contre les falaises noires du flanc est du volcan. Dans chaque taverne, auberge ou bordel du bord de mer, on conta et raconta cet événement si souvent, en le brodant un peu plus chaque fois, que tous les habitants de Peyredragon en eurent bientôt entendu parler.

Les dragons étaient source d'émerveillement pour les hommes de l'Antique Volantis, et l'équipage de la *Nessaria* n'était pas près d'oublier l'affrontement dont il avait été témoin. Ceux qui étaient nés et avaient grandi à Peyredragon avaient poussé non loin de ces créatures… pourtant le récit des marins suscita énormément d'intérêt. Le lendemain suivant, quelques pêcheurs locaux allèrent tourner autour du Montdragon et revinrent en affirmant avoir vu les restes brisés d'un dragon mort à la base du volcan. À la couleur de ses ailes et de ses écailles, il devait s'agir de Gris-Spectre. Il gisait en deux morceaux, déchiré par l'ennemi et partiellement dévoré.

En apprenant la nouvelle, ser Robert Quince, le chevalier affable et notoirement obèse que la reine avait nommé châtelain de Peyredragon à son départ, ne tarda pas à déclarer Le Cannibale coupable de cette tuerie. La majorité lui donna raison, car Le Cannibale avait déjà attaqué de plus petits dragons par le passé, bien que rarement si sauvagement. Les pêcheurs, craignant que le monstre ne s'en prît ensuite à eux, supplièrent Quince de dépêcher des chevaliers à la tanière de la bête pour l'éliminer, chose que le châtelain refusa.

— Si nous ne le dérangeons pas, Le Cannibale ne nous causera point d'ennuis, déclara-t-il.

Pour s'en assurer, il interdit la pêche sous la façade orientale de la montagne fumante, où pourrissait la carcasse de Gris-Spectre.

Cependant, sur la rive ouest de la baie de la Néra, l'annonce de la bataille et de la trahison de Chutebourg avait atteint Port-Réal. On raconte que la douairière Alicent éclata de rire en entendant les circonstances.

— Qui sème le vent récolte la tempête, annonça-t-elle.

Sur le Trône de fer, la reine Rhaenyra blêmit et manqua s'évanouir avant d'ordonner que l'on fermât et que l'on barrât les portes de la ville. Dorénavant, nul n'était autorisé à entrer ou à sortir de Port-Réal.

— Je ne laisserai pas des tourne-casaques s'introduire en ville pour ouvrir mes portes aux rebelles, clama-t-elle.

L'ost de lord Ormund pourrait arriver aux remparts dès le lendemain ou le jour suivant ; les traîtres à dos de dragons seraient peut-être là plus tôt.

Cette perspective emplissait le prince Joffrey d'impatience.

— Qu'il vienne, fanfaronna le garçon. Je leur présenterai Tyraxes.

Un tel discours ne put qu'alarmer sa mère.

— Tu n'en feras rien, déclara-t-elle. Tu es trop jeune pour te battre.

Malgré tout, elle l'autorisa à rester pendant que le conseil noir discutait de la meilleure stratégie à adopter pour terrasser l'ennemi.

Six dragons demeuraient à Port-Réal, mais un seul dans l'enceinte du Donjon Rouge : le dragon femelle de la reine, Syrax. Une écurie de la cour extérieure avait été vidée de ses chevaux pour l'accueillir. De lourdes chaînes la clouaient au sol. Même si ces entraves étaient suffisamment longues pour la laisser aller de la cour à l'étable, elles l'empêchaient de décoller seule. Syrax était habituée depuis longtemps à être ainsi retenue prisonnière ; excessivement bien nourrie, elle n'avait plus chassé depuis des années.

Les autres dragons étaient tous détenus à Fossedragon, le bâtiment colossal que le roi Maegor le Cruel avait fait construire uniquement dans ce but. Sous son dôme gigantesque, quarante caveaux formant un vaste cercle avaient été creusés dans les profondeurs de la colline de Rhaenys. D'épaisses portes en acier obstruaient des deux côtés ces cavernes artificielles ; les portes intérieures donnaient sur le sable de la fosse, les autres débouchaient à flanc de colline. Caraxes, Vermithor, Aile-d'Argent et Voleur-de-Moutons en avaient fait leur tanière avant de s'envoler pour les combats. Cinq dragons restaient là : Tyraxes, celui du prince Joffrey ; Fumée-des-Mers, la créature gris pâle d'Addam Velaryon ; les jeunes Morghul et Shraïkos, promis à la princesse Jaehaera (en fuite) et à son jumeau, le prince Jaehaerys (mort) ; et Songefeu, la bête bien-aimée de la reine Helaena. La tradition voulait depuis longtemps qu'un dragonnier au moins résidât à la fosse, afin de pouvoir voler à la défense de la ville si le besoin s'en faisait sentir. La reine Rhaenyra tenant à garder ses fils à ses côtés, cette mission incombait à Addam Velaryon.

À présent, des voix s'élevaient au conseil noir pour mettre en doute la loyauté de ser Addam. Les semences de dragon Ulf le Blanc et Hugh le Marteau étaient passées à l'ennemi… mais étaient-ils les seuls traîtres ? Que penser d'Addam de Carène ou de la jeune Orties ? Eux aussi étaient nés bâtards. Pouvait-on leur faire confiance ?

Lord Bartimos Celtigar ne le pensait pas.

— Les bâtards sont traîtres par nature, affirma-t-il. C'est dans leur sang. La trahison leur est aussi normale que la loyauté l'est à un enfant légitime.

Il encouragea Sa Grâce à faire emprisonner sur-le-champ les deux dragonniers suspects, avant qu'ils pussent à leur tour rallier l'ennemi. D'autres partageaient cet avis, dont ser Luthor Largent, commandant des forces du Guet, et ser Lorent Marpheux, lord Commandant de la Garde Régine. Même les deux hommes de Blancport, le redoutable chevalier ser Medrick Manderly et son frère, l'imposant ser Torrhen, enjoignirent à la reine de se méfier.

— Mieux vaut ne courir aucun risque, suggéra le second. Si l'ennemi s'empare de deux autres dragons, nous sommes perdus.

Seul lord Corlys prit le parti des semences, déclarant que ser Addam et son frère Alyn étaient « de vrais Velaryon », dignes héritiers de Lamarck. Quant à la fille, bien que crasseuse et pas gâtée par la nature, elle s'était vaillamment battue lors de la bataille du Gosier.

— Tout comme les deux traîtres, contra lord Celtigar.

Les protestations passionnées de la Main restèrent vaines. Les peurs et les soupçons de la reine étaient trop grands. Elle avait été si souvent trahie, par tant de gens différents, qu'elle avait désormais tôt fait d'imaginer le pire en chacun. Nulle duperie ne pourrait plus l'étonner. Elle en était venue à s'y attendre, même de la part de ceux qu'elle aimait le plus.

La reine Rhaenyra ordonna à ser Luthor Largent d'emmener vingt manteaux d'or à Fossedragon pour y arrêter ser Addam Velaryon. Ainsi, la trahison engendra d'autres trahisons, ce qui causa la perte de la reine. Alors que ser Luthor Largent et ses hommes gravissaient la colline de Rhaenys munis du mandat royal, les portes de Fossedragon s'ouvrirent au-dessus d'eux et Fumée-des-Mers déploya ses pâles ailes grises pour s'envoler, de la fumée lui sortant des nasaux. Ser Addam Velaryon avait été alerté à temps pour s'enfuir. Bredouille et furieux, ser Luthor retourna aussitôt au Donjon Rouge, où il entra en rage dans la Tour de la Main et saisit au collet le vieux lord Corlys, l'accusant de déloyauté. Le vieillard ne nia pas. Ligoté, battu, il resta néanmoins silencieux et fut mené aux oubliettes et jeté dans un cachot sombre où il attendrait son jugement et son exécution.

Dans le même temps, le récit du massacre de Chutebourg se propagea dans toute la ville… provoquant la terreur. Port-

Réal serait la prochaine cible, murmurait-on. Les dragons affronteraient les dragons et, cette fois, la ville s'embraserait sans doute. Redoutant l'ennemi approchant, des centaines d'habitants tentèrent de prendre la fuite, mais furent refoulés aux portes par le Guet. Piégés à l'intérieur des murs, certains cherchèrent refuge dans les caves les plus profondes pour échapper au déluge de flammes qu'ils redoutaient ; d'autres se tournèrent vers la prière, la boisson ou les plaisirs trouvés entre les cuisses d'une femme. À la nuit tombée, les tavernes, bordels et septuaires débordaient de citadins venus trouver abri ou réconfort et qui ne manquaient pas d'échanger des légendes d'horreur.

Un tout autre chaos régnait à Chutebourg, soixante lieues plus au sud-ouest. Si Port-Réal tremblait de peur, l'ennemi tant redouté ne marchait pas encore vers la capitale : faute de chef, les partisans du roi Aegon étaient en proie aux divisions, aux querelles et aux doutes. Ormund Hightower gisait mort au côté de son cousin ser Bryndon, le plus éminent chevalier de Villevieille. Ses fils étaient restés sur leurs terres, à mille lieues de là, et étaient encore jeunes. Et si lord Ormund avait surnommé Daeron Targaryen « Daeron le Hardi » et loué son courage au combat, le prince demeurait un garçon. Le plus jeune fils du roi Aegon avait grandi dans l'ombre de ses aînés et était plus habitué à obéir aux ordres qu'à les donner. Le plus aguerri des Hightower encore dans l'ost était ser Hobert, un autre des cousins de lord Ormund, jusqu'ici chargé uniquement de veiller sur le train des équipages. « Aussi corpulent qu'il était lent », Hobert Hightower avait vécu soixante ans sans se distinguer ; pourtant, il ambitionnait désormais de prendre le commandement de l'armée, en vertu de sa parenté avec la reine Alicent.

Rarement dans l'histoire des Sept Couronnes une ville avait-elle subi un sac aussi long et cruel que celui de Chutebourg après les Trahisons. Le prince Daeron, estomaqué par ce qu'il vit, ordonna à ser Hobert Hightower d'y mettre un terme, mais tous les efforts du gros chevalier se révélèrent aussi inefficaces que l'homme lui-même.

Les pires exactions avaient été commises par les Deux Traîtres, les semences de dragon et dragonniers Hugh le Marteau et Ulf le Blanc. Ser Ulf s'adonna tout entier à l'ivresse, se noyant dans le vin et la chair. Celles qui échouaient à le satisfaire étaient données en pâture à son dragon. Le titre de chevalier que lui avait accordé la reine Rhaenyra ne le satisfaisait pas. Non plus que celui de Seigneur de Pont-l'Amer que lui conféra le prince Daemon. Le Blanc visait plus haut : il ne désirait rien de moins que Hautjardin, arguant que les Tyrell n'avaient tenu aucun rôle dans la Danse et devaient en conséquence être considérés comme traîtres.

Les ambitions de ser Ulf étaient toutefois modestes, comparativement à celles de l'autre tourne-casaque, Hugh le Marteau. Ce fils de simple forgeron était un homme massif, aux battoirs si puissants qu'on le disait capable de rouler des barres d'acier en torques. Bien que dépourvu d'expérience sur le champ de bataille, sa taille et sa force faisaient de lui un adversaire redoutable. Son arme favorite était le marteau de guerre, avec lequel il assenait des coups terribles souvent fatals. Au combat, il chevauchait Vermithor, l'ancienne monture du Vieux Roi en personne. De tous les dragons de Westeros, seule Vhagar était plus âgée ou plus grosse. Pour toutes ces raisons, le Seigneur Marteau (ainsi qu'il se plaisait désormais à se qualifier) commençait à rêver de couronne.

— Pourquoi rester seigneur quand on peut être roi ? demandait-il à ceux qui se ralliaient peu à peu à lui.

Aucun des Deux Traîtres ne semblait prompt à aider le prince Daeron à donner l'assaut contre Port-Réal. Leur armée était grande et comptait trois dragons, mais la reine en avait autant (à ce qu'ils en savaient) et en aurait même cinq dès que le prince Daemon reviendrait avec Orties. Lord Peake souhaitait repousser l'attaque jusqu'à ce que lord Baratheon eût rassemblé ses forces à Accalmie et les rejoignît ; pour sa part, ser Hobert préférait retourner au Bief pour se réapprovisionner, leurs réserves se tarissant rapidement. Nul ne s'inquiétait de voir l'armée se dissiper telle la rosée du matin, à mesure que de plus en plus de déserteurs s'en retournaient chez eux après avoir dérobé tout ce qu'ils pouvaient transporter.

Bien des lieues au nord, dans un château dominant la baie des Crabes, un autre seigneur glissait inexorablement vers les combats. Un corbeau venu de Port-Réal arriva avec un message de la reine adressé à Manfryd Mouton, seigneur de Viergétang : il devait lui livrer la tête d'Orties la bâtarde, soupçonnée d'être devenue la maîtresse du prince Daemon et que Rhaenyra jugeait donc coupable de haute trahison. « Aucun mal ne devra être fait à mon consort, le prince Daemon de la maison Targaryen », précisait Sa Grâce. « Renvoyez-le-moi dès votre mission accomplie, car nous avons besoin de lui en urgence. »

Mestre Norren, responsable des *Chroniques de Viergétang*, écrivit que lorsque son seigneur découvrit la missive de la reine, il en fut si secoué qu'il en perdit la voix pour ne la recouvrer qu'après trois coupes de vin. Suite à quoi, lord Mouton envoya mander son frère, son capitaine de la garde et son champion, ser Florian Gris Acier. Il enjoignit à son mestre de rester également. Quand tous furent réunis, il leur lut la lettre et leur demanda conseil.

— Une mission très simple, affirma le capitaine de la garde. Le prince dort à son côté, mais il a vieilli. Trois hommes devraient suffire à l'empêcher d'intervenir, mais j'en choisirai six pour être certain. Monseigneur souhaite-t-il que nous agissions cette nuit ?

— Six hommes ou soixante, il reste Daemon Targaryen, intervint le frère de lord Mouton. Un somnifère versé dans son vin du soir me paraît être la solution la plus sage. Qu'il la trouve morte à son réveil.

— La fille n'est encore qu'une enfant, quelles que soient les trahisons dont elle s'est rendue coupable, ronchonna ser Florian, le chevalier grisonnant à l'allure sévère. Le Vieux Roi n'aurait jamais exigé une chose pareille de la part d'un homme d'honneur.

— Les temps sont atroces, confirma lord Mouton, et c'est un choix atroce que cette reine m'impose. Cette fille est invitée sous mon toit. Si je m'exécute, Viergétang sera maudite à jamais. Si je désobéis, nous serons déshonorés et détruits.

Ce à quoi son frère répondit :

— Il se peut que nous soyons détruits dans tous les cas. Le prince est plus qu'épris de cette enfant brune et son dragon n'est pas loin. Un seigneur avisé les éliminerait tous deux, de peur de le voir carboniser Viergétang de colère.

— La reine m'a interdit de lui faire le moindre mal, rappela lord Mouton. Et assassiner deux hôtes dans leur lit est deux fois plus immonde que n'en tuer qu'un seul. Je serais doublement maudit. (Il soupira alors et déclara :) J'aimerais n'avoir jamais lu cette lettre.

Mestre Norrin prit alors la parole :

— Peut-être ne l'avez-vous jamais reçue ?

La suite des débats ne filtra jamais. Nous savons simplement que le mestre, un jeune homme de vingt-deux ans, alla trouver le prince Daemon et la fille Orties lors du souper ce soir-là et leur montra la missive. Après en avoir pris connaissance, Daemon déclara :

— Les mots d'une reine, l'œuvre d'une putain.

Il tira alors son épée et demanda si les hommes de lord Mouton attendaient derrière la porte pour les faire prisonniers. En apprenant que le mestre était venu seul et dans le plus grand secret, le prince rengaina son arme et dit :

— Vous êtes un mauvais mestre, mais un homme bon.

Puis il lui commanda de partir en lui ordonnant de « n'en piper mot au seigneur ni à quiconque avant le matin ».

Nul ne sait comment le prince et sa bâtarde passèrent leur dernière nuit sous le toit de lord Mouton, mais ils apparurent ensemble dès l'aube dans la cour, et le prince Daemon aida Orties à seller Voleur-de-Moutons une dernière fois. Elle avait pour habitude de le nourrir chaque jour avant de décoller, les dragons se pliant plus volontiers aux désirs de leur cavalier quand ils avaient le ventre plein. Elle lui fit avaler un bélier noir, le plus gros de Viergétang, après l'avoir elle-même égorgé. Selon les notes de mestre Norren, ses grègues de cuir étaient souillées de sang quand elle monta sur le dos de la créature, « et ses joues rutilaient de larmes ». Aucune parole ne fut échangée entre l'homme et la fille, mais alors que Voleur-de-Moutons prenait son envol en battant de ses grandes ailes marron, Caraxes leva la tête et poussa un hurlement qui brisa tous les carreaux de la tour de Jonquil. Déjà haut dans les cieux, Orties fit pivoter son dragon en direction de la baie des Crabes et disparut dans la brume matinale pour ne plus jamais reparaître à la cour ou au château.

Daemon Targaryen retourna à l'intérieur juste le temps de déjeuner en compagnie de Lord Mouton.

— Vous ne me reverrez plus, annonça-t-il au seigneur de céans. Je vous remercie pour votre hospitalité. Que tout le monde sache, sur vos terres, que je pars pour Harrenhal. Si mon neveu Aemond ose m'affronter, il me trouvera là-bas, seul.

Ainsi donc le prince Daemon quitta Viergétang pour la dernière fois. Quand il fut parti, mestre Norren alla dire à son maître :

— Liez-moi les mains avec la chaîne qui pend à mon cou. Vous devez me livrer à la reine. En alertant un traître et en l'autorisant à s'échapper, j'en suis devenu un à mon tour.

Lord Mouton s'y opposa.

— Conservez votre chaîne, répliqua-t-il. Nous sommes tous des traîtres.

Ce soir-là, les bannières de la reine Rhaenyra flottant au-dessus des portes de Viergétang furent abaissées et remplacées par les dragons dorés du roi Aegon II.

Aucun étendard n'ondoyait au-dessus des tours noircies et des donjons détruits d'Harrenhal quand le prince Daemon descendit s'emparer du château. Quelques occupants inopportuns avaient trouvé refuge dans les profonds celliers de la forteresse, mais le claquement des ailes de Caraxes les en chassa. Quand le dernier d'entre eux fut parti, Daemon Targaryen arpenta les couloirs caverneux du bastion d'Harren sans autre compagnon que son dragon. Tous les soirs, au crépuscule, il allait faire une encoche dans l'arbre-cœur du bois sacré pour noter le passage des jours. Treize marques sont encore aujourd'hui visibles dans le barral ; de vieilles blessures, sombres et profondes, que tous les seigneurs ayant régné sur Harrenhal depuis ont affirmé voir saigner chaque printemps.

Au quatorzième jour, une ombre apparut au-dessus du château, plus profonde que celle projetée par le passage d'un nuage. Tous les oiseaux du bois sacré s'envolèrent d'effroi et un vent chaud balaya les feuilles mortes jonchant le jardin. Vhagar avait fini par venir, montée par le prince borgne Aemond Targaryen, vêtu d'une armure noire comme la nuit et ciselée d'or.

Il n'était pas seul. Alys Rivers l'accompagnait, manifestement enceinte, ses longs cheveux bruns ruisselant derrière elle. Le prince Aemond décrivit deux voltes au-dessus des tours d'Harrenhal puis vint se poser dans la cour extérieure, à une centaine de mètres de Caraxes. Les dragons se dévisagèrent d'un œil torve et Caraxes déploya ses ailes et siffla, faisant danser des flammes sur ses dents.

Le prince aida sa dame à descendre de Vhagar, puis se tourna vers son oncle.

— Mon oncle, j'ai entendu dire que vous nous cherchiez.

— Seulement toi, rétorqua Daemon. Qui t'a dit où me trouver ?

— Ma dame, répondit Aemond. Elle vous a vu dans un nuage d'orage, dans un étang de montagne au crépuscule, dans le feu que nous avions allumé pour préparer notre dîner. Elle voit bien des choses, mon Alys. Vous avez eu tort de venir seul.

— Si je n'étais pas seul, tu ne m'aurais pas rejoint, répliqua Daemon.

— Mais vous l'êtes, et me voici. Vous avez vécu trop longtemps, mon oncle.

— Nous sommes bien d'accord, admit Daemon.

Puis le vieux prince fit ployer le cou à Caraxes et monta avec raideur sur son dos ; le jeune prince, pour sa part, embrassa sa belle et sauta lestement sur Vhagar, veillant à bien attacher les quatre courtes chaînes reliant sa ceinture à la selle. Daemon laissa les siennes pendiller. Caraxes siffla derechef, emplissant l'air de flammes, et Vhagar lui répondit d'un rugissement. Les deux dragons s'envolèrent alors dans un même élan.

Le prince Daemon fit rapidement prendre de l'altitude à Caraxes, donnant de son fouet au bout d'acier jusqu'à disparaître dans un banc de nuages. Vhagar, plus âgée et bien plus grosse, était également plus lente, plus lourde, et s'élevait plus graduellement, en des cercles de plus en plus larges qui l'emmenèrent au-dessus des eaux de l'Œildieu. Il était tard, le soleil était sur le point de se coucher et le lac était calme, sa surface miroitant telle une feuille de cuivre martelé. Elle prenait de plus en plus d'altitude, cherchant Caraxes tandis qu'Alys Rivers observait la scène depuis le sommet de la tour du Bûcher-du-Roi.

L'attaque fut aussi subite qu'un coup de foudre. Caraxes plongea sur Vhagar avec un hurlement déchirant qui se répercuta quatre lieues à la ronde, se plaçant entre le soleil et l'ennemi pour surgir inaperçu. La créature rouge sang frappa son aînée avec une puissance formidable. Leurs mugissements joints se prolongèrent tandis qu'elles se griffaient et se mordaient, taches noires contre le ciel écarlate. Leurs flammes étaient si vives que les pêcheurs en dessous craignaient qu'elles n'embrasassent les nuages. Sans jamais se lâcher, les dragons tombèrent en tournoyant vers le lac. Caraxes referma les mâchoires sur le cou de Vhagar, enfonçant profondément ses dents noires dans la chair de sa congénère. Et alors que Vhagar lui labourait le ventre de ses serres et lui arrachait une aile de ses dents, Caraxes mordit plus fort, aggravant la blessure tandis que l'eau se rapprochait à une vitesse vertigineuse.

C'est alors, selon la légende, que le prince Daemon Targaryen fit passer une jambe par-dessus sa selle et bondit d'un dragon à l'autre. Il tenait dans une main Noire Sœur, l'épée de la reine Visenya. Comme Aemond Un-Œil redressa la tête de terreur, se débattant avec les chaînes qui l'entravaient à sa monture, Daemon pourfendit le heaume de son neveu et enfonça sa lame dans l'œil aveugle de celui-ci, jusqu'à ce qu'elle ressortît à l'arrière de la gorge du jeune prince. Dans l'instant qui suivit, les dragons tombèrent dans le lac, projetant une gerbe d'eau si haute qu'on prétend qu'elle atteignit le sommet de la tour du Bûcher-du-Roi.

Les pêcheurs témoins de l'affrontement affirmèrent qu'aucun homme ni aucune créature n'auraient pu survivre à pareil impact. Ils n'y survécurent d'ailleurs pas. Caraxes eut tout juste la force de ramper jusqu'à la rive. Éventré, une aile arrachée, les eaux du lac fumant autour de lui, le Wyrm de Sang trouva la force de se hisser sur la berge et rendit son dernier souffle sous la muraille d'Harrenhal. La carcasse de Vhagar coula au fond du lac, et le sang chaud se déversant de sa plaie fit bouillonner l'eau au-dessus de sa dernière demeure. Quand elle fut retrouvée des années plus tard, après que la Danse des Dragons se fut achevée, le squelette en armure du prince Aemond restait enchaîné à la selle ; Noire Sœur était toujours enfoncée jusqu'à la garde dans une orbite.

Il ne fait aucun doute que le prince Daemon mourut également. Sa dépouille ne reparut jamais, mais des courants étranges balaient le fond du lac peuplé de poissons affamés. Les ménestrels assurent que le vieux prince survécut à la chute et trouva le moyen de rejoindre la jeune Orties pour passer ses derniers jours en sa compagnie. Cette légende sied parfaitement aux chansons de charme, mais manque cruellement de crédibilité.

Les dragons dansèrent et moururent au-dessus de l'Œildieu au vingt-deuxième jour de la cinquième lune de l'année 130 après la Conquête. Daemon Targaryen avait alors quarante-neuf ans ; le prince Aemond venait de passer la vingtaine. Vhagar, le plus formidable des dragons targaryens depuis le décès de Balerion la Terreur noire, avait passé cent quatre-vingt-un ans sur cette terre. Ainsi trépassa la dernière créature ayant connu la Conquête d'Aegon, alors que le crépuscule et les ténèbres engloutissaient la forteresse maudite d'Harren le Noir. Pourtant, il y eut si peu de gens pour en témoigner qu'il faudrait un temps certain avant que l'ultime bataille du prince Daemon soit connue de tous.

Dans le même temps, à Port-Réal, la reine Rhaenyra se trouvait un peu plus isolée à chaque nouvelle trahison. Le tourne-casaque présumé Addam Velaryon s'était enfui avant même qu'il pût être interrogé. En ordonnant son arrestation, la reine n'avait pas seulement perdu un dragon et son dragonnier, mais sa Main elle-même… et plus de la moitié de l'armée venue de Peyredragon pour s'emparer du Trône de fer avait juré fidélité à la maison Velaryon. Lorsque l'on apprit que lord Corlys croupissait dans un cachot sous le Donjon Rouge, les désertions se comptèrent par centaines. Certains renégats allèrent rejoindre la foule rassemblée sur la place Crépin, d'autres s'éclipsèrent par une poterne ou en escaladant les remparts dans le but de regagner Lamarck. Et ceux qui restèrent n'étaient pas forcément plus fiables.

Ce même jour, peu après le coucher du soleil, une autre horreur ébranla la cour : Helaena Targaryen, sœur, femme et reine du roi Aegon II, mère de ses enfants, se jeta par une fenêtre de la Citadelle de Maegor et mourut empalée sur l'un des pieux de fer qui hérissaient les douves sèches en contrebas. Elle n'avait que vingt et un ans.

À la nuit tombée, les rumeurs les plus noires circulaient parmi les rues et les ruelles de Port-Réal, dans les tavernes, les bordels et les débits de boissons, et jusque dans les saints septuaires. On chuchotait que la reine Helaena avait été assassinée, comme ses fils avant elle. Le prince Daeron et ses dragons seraient bientôt aux portes de la capitale, sonnant le glas du règne de Rhaenyra. La vieille reine refusait que sa jeune demi-sœur puisse se délecter de sa chute et avait donc envoyé ser Luthor Largent s'occuper de son cas en la balançant depuis sa chambre.

Le « meurtre » d'Helaena fut bientôt sur toutes les lèvres. Le fait que cette histoire eût été admise si vite montre à quel point la population s'était déjà retournée contre cette reine naguère tant aimée. Rhaenyra était détestée ; Helaena avait été adorée. En outre, nul en ville n'avait oublié l'assassinat cruel du prince Jaehaerys par les tristement célèbres Sang et Fromage. Le décès d'Helaena fut miséricordieusement rapide : l'un des pieux lui transperça la gorge et elle mourut sans un son. Quand elle exhala pour la dernière fois, son dragon Songefeu s'éleva soudainement avec un rugissement qui fit trembler Fossedragon, brisant net deux des chaînes qui l'entravaient. Lorsque la reine Alicent fut informée du trépas de sa fille, elle arracha ses vêtements de détresse et jeta l'anathème sur sa rivale.

Cette nuit-là, Port-Réal fut déchirée d'émeutes sanglantes.

Le soulèvement commença dans les allées et les venelles de Culpucier, quand des hommes et des femmes sortirent par centaines des débits de boissons, des gargotes et des bouis-bouis mal famés, furieux, ivres et effrayés. De là, ils se dispersèrent dans toute la ville, réclamant justice pour les princes morts et leur mère assassinée. Des tombereaux et des chariots furent renversés, des échoppes pillées, des maisons mises à sac et incendiées. Les manteaux d'or tentant de ramener le calme furent pris pour cibles et roués de coups. Nul ne fut épargné, quelle que fût sa condition. Les seigneurs furent bombardés de détritus, les chevaliers arrachés à leur selle. Lady Darla Desdaings vit son frère Davos se faire poignarder dans l'œil quand il essaya de la protéger des trois valets d'écurie ivres qui voulaient la violer. Des marins incapables de regagner leur navire attaquèrent la porte de la Gadoue et se lancèrent dans une véritable bataille rangée avec les membres du Guet. Il fallut l'intervention de ser Luthor Largent et de quatre cents lanciers pour les disperser. La porte était déjà à moitié démolie et une centaine de morts ou de mourants gisaient devant, un quart d'entre eux étant des manteaux d'or.

Depuis la place Crépin, on entendait le fracas des émeutes venir de chaque quartier. Le Guet était arrivé en force, cinq cents hommes vêtus d'une broigne noire, d'un casque en acier et d'un long manteau doré, armés d'épées courtes, de lances ou de gourdins. Ils se mirent en formation du côté sud de la place, à l'abri derrière une muraille de boucliers et de lances. Ser Luthor Largent chevauchait à leur tête sur un destrier caparaçonné, une épée longue à la main. À sa vue, des centaines de citadins s'enfuirent dans les allées et les ruelles. Des centaines d'autres se défilèrent quand Largent ordonna aux manteaux d'or d'avancer.

Dix mille d'entre eux restèrent néanmoins. La foule était si compacte que ceux qui auraient aimé partir aussi se retrouvèrent incapables de bouger de leur propre gré, bousculés de droite et de gauche, parfois piétinés. D'autres joignirent les bras pour faire front et se mirent à insulter et conspuer les lanciers qui progressaient lentement au rythme du tambour.

— Faites place, bande d'imbéciles ! rugit ser Luthor. Rentrez chez vous. Il ne vous sera fait aucun mal. Rentrez !

D'aucuns assurent que le premier à mourir fut un boulanger qui grogna de surprise quand un fer transperça son abdomen et que son tablier se couvrit d'écarlate. D'autres affirment qu'il s'agissait d'une fillette, écrasée par les sabots du cheval. Une pierre vola depuis la foule et vint frapper un lancier au front. Cris et imprécations se multiplièrent, bûches, cailloux et pots de chambre se mirent à pleuvoir des toits ; un archer à l'autre bout de la place décocha quelques flèches. Une torche fut jetée sur un soldat du Guet, dont la cape s'embrasa aussitôt.

Les manteaux d'or étaient des hommes robustes, jeunes, forts, disciplinés, bien armés et bien protégés. Durant vingt mètres environ, leur muraille tint bon et contint la plupart des assauts. Ils se taillèrent un chemin sanglant parmi la foule, laissant dans leur sillage un tapis de victimes. Mais ils n'étaient que cinq cents contre dix mille. Un homme du Guet tomba, puis un second. La plèbe en profita pour s'engouffrer parmi les lignes, attaquant à coups de couteau, de pierres ou même de dents, submergeant bientôt la garde, l'assaillant par les flancs, la prenant à revers, la bombardant de tuiles depuis les lucarnes et balcons.

La rixe tourna à l'émeute, l'émeute au carnage. Cernés de toute part, les manteaux d'or furent bientôt balayés, manquant de place pour se servir de leurs armes. Nombreux furent ceux qui moururent sur la pointe de leur propre épée. D'autres furent taillés en pièces, tabassés à mort, foulés au pied, démembrés à coups de houe ou de hachoir de boucher. Même le redoutable Luthor Largent ne put échapper au massacre. Dépouillé de son épée, il fut jeté à bas de sa selle, poignardé dans le ventre et matraqué à l'aide d'un pavé jusqu'à ce que son heaume et sa tête soient si enfoncés qu'on ne le reconnut que grâce à sa taille, quand des chariots vinrent emporter les morts le lendemain.

Au cours de cette longue nuit, le chaos régna dans plus de la moitié de la ville, tandis que d'étranges seigneurs et rois du désordre se disputaient le reste. Un chevalier errant nommé ser Perkin la Puce couronna Trystan, son propre écuyer, un gringalet de seize ans, le déclarant fils naturel de feu le roi Viserys. N'importe quel chevalier pouvait en adouber un autre, et quand ser Perkin se mit à armer tous les mercenaires, voleurs et garçons bouchers acceptant de se rallier à la bannière de Trystan, des centaines d'hommes de tous âges vinrent rejoindre sa cause.

À l'aube, de multiples feux brûlaient un peu partout, la place Crépin était jonchée de cadavres et des bandes de hors-la-loi parcouraient Culpucier, entrant de force dans les maisons et les échoppes, malmenant tous les gens honnêtes sur leur chemin. Les manteaux d'or encore en vie s'étaient retranchés dans leurs baraquements, tandis que les chevaliers de caniveau, les rois fantoches et les prophètes fous dirigeaient la rue. Tels les cancrelats auxquels ils ressemblaient, les pires de cette engeance fuyaient la lumière, se terraient dans leur planque ou leur cave pour cuver leur vin, partager leur butin et laver le sang qu'ils avaient sur les mains. Les manteaux d'or à la Vieille Porte ou à la porte du Dragon sortirent sur ordre de leurs chefs, ser Balon Boulleau et ser Garth Bec-de-Lièvre, et parvinrent en milieu de journée à rétablir un semblant d'ordre dans les rues sur les flancs nord et est de la colline de Rhaenys. Ser Medrick Manderly, à la tête d'une centaine d'hommes de Blancport, en fit autant dans la zone nord-est de la colline d'Aegon, et jusqu'à la porte de Fer.

Le reste de la capitale restait plongé dans le chaos. Quand ser Torrhen Manderly et ses Nordiens descendirent la rue Croche, ils découvrirent que la place Poissarde et la promenade de la Rivière grouillaient des chevaliers de caniveau de ser Perkin. À la porte de la Gadoue, la bannière miteuse du « roi » Trystan flottait au-dessus des remparts, tandis que les cadavres du capitaine et de trois de ses sergents pendaient du corps de garde. Le reste de la garnison des « Crottés » s'était rallié à ser Perkin. Ser Torrhen perdit un quart de son effectif en se taillant un chemin jusqu'au Donjon Rouge… mais s'en tira plutôt bien comparativement à ser Lorent Marpheux, qui mena une centaine de chevaliers et de gens d'armes dans Culpucier. Seize en réchappèrent. Ser Lorent, lord Commandant de la Garde Régine, n'était pas de ceux-ci.

À la tombée du jour, Rhaenyra Targaryen se retrouva assaillie de toute part. Son règne était en ruine. La reine enragea en apprenant que Viergétang était passée à l'ennemi, que la jeune Orties s'était échappée, que son consort adoré l'avait trahie ; elle tremblait de tous ses membres quand lady Mysaria l'avertit que la nuit risquait d'être pire que la précédente. À l'aube, une centaine d'hommes étaient présents dans la salle du trône, mais tous s'étaient depuis éclipsés.

Sa Grâce oscillait entre la rage et le désespoir, s'agrippant si désespérément au Trône de fer que ses deux mains étaient couvertes de sang au coucher du soleil. Elle confia le commandement des manteaux d'or à ser Balon Boulleau, capitaine à la porte de Fer, fit partir des corbeaux pour Winterfell et les Eyrié pour réclamer de l'aide, ordonna qu'un décret de confiscation de biens et de mort civile fût rédigé à l'endroit des Moutons de Viergétang, et nomma le jeune ser Glendon Lebon lord Commandant de la Garde Régine. (Bien qu'âgé de vingt ans seulement, et même s'il n'était membre de la Blanche Épée que depuis moins d'une lune, Lebon s'était distingué au combat à Culpucier plus tôt dans la journée. C'était lui qui avait rapporté le cadavre de ser Lorent pour éviter que les émeutiers le dépouillassent.)

Aegon le Jeune resta toujours au côté de sa mère, même s'il ne parla guère. Le prince Joffrey, treize ans, avait revêtu une armure d'écuyer et supplié la reine de le laisser courir à Fossedragon pour monter Tyraxes.

— Je veux me battre pour vous, mère, comme mes frères l'ont fait. Laissez-moi vous prouver que je suis aussi courageux qu'eux.

Ses mots ne firent qu'affermir la détermination de Rhaenyra.

— Courageux ils étaient, et morts ils sont, tous les deux. Mes pauvres garçons.

Et, une fois encore, Sa Grâce interdit au prince de quitter le château.

Au soleil couchant, la vermine de Port-Réal ressortit de ses trous à rats, de ses planques et de ses caves, en plus grand nombre encore que la veille.

À la porte de la Gadoue, ser Perkin nourrit ses chevaliers de caniveau de provisions volées, avant de les mener au port pour y piller les quais, les entrepôts et les quelques navires n'ayant pas mis les voiles. Bien que Port-Réal se targuât de ses hautes murailles et de ses tours imposantes, celles-ci avaient été conçues pour repousser des attaques extérieures, pas une révolte intestine. La garnison à la porte des Dieux était particulièrement affaiblie, car son capitaine et un tiers de ses troupes avaient péri avec ser Luthor Largent sur la place Crépin. Les survivants, parmi lesquels de nombreux blessés, furent facilement vaincus par la horde de ser Perkin.

En moins d'une heure, la porte du Roi et la porte du Lion tombèrent à leur tour. Les manteaux d'or de la première s'étaient enfuis, tandis que les « lions » de la seconde s'étaient joints à la meute. Trois des sept portes de Port-Réal étaient désormais ouvertes aux ennemis de Rhaenyra.

La pire menace pour le règne de la reine venait toutefois de l'intérieur. Dès la tombée de la nuit, la foule s'était de nouveau rassemblée sur la place Crépin, deux fois plus nombreuse et trois fois plus terrifiante que la veille. À l'instar de cette reine qu'ils détestaient tant, tous scrutaient le ciel, craignant que les dragons du roi Aegon n'arrivassent avant le jour à la tête d'une armée. Ils ne pensaient plus Rhaenyra capable de les protéger.

Quand un prophète manchot et illuminé nommé le Berger commença à fulminer contre les dragons, pas uniquement ceux qui allaient les attaquer, mais tous les dragons de par le monde, la foule, elle-même à moitié folle, l'écouta.

— Quand les dragons viendront, hurla-t-il, votre chair va cuire, cloquer puis tomber en cendres. Vos épouses danseront dans des robes de feu, vagissant en brûlant, obscènes et nues sous les flammes. Et vous verrez vos enfants pleurer, pleurer à s'en faire fondre les yeux qui leur dégoulineront sur le visage telle la gelée, jusqu'à ce que leur peau rosie se ratatine et se crevasse sur leurs os. L'Étranger arrive, *il arrive, il arrive*, il vient nous châtier pour nos péchés. Les prières n'adouciront pas son courroux, pas plus que les larmes n'éteindront les flammes des dragons. Seul le sang y parviendra. Votre sang, mon sang, *leur* sang.

Il leva alors le moignon qu'il avait au bout du bras droit et désigna la colline de Rhaenys, et Fossedragon qui se dessinait contre les étoiles.

— C'est ici que les démons résident, *là-haut*. Ceci est leur ville. Si vous souhaitez la faire vôtre, vous devrez d'abord les détruire ! Si vous voulez vous purifier du péché, commencez par vous baigner dans du sang de dragon ! Car seul le sang aura raison des flammes de l'enfer !

Un cri spontané s'éleva de dix mille gorges.

— *Tuons-les ! Tuons-les !*

Et comme une immense bête à vingt mille pattes, les agneaux du Berger se mirent en branle, se bousculant mutuellement, agitant leurs torches, brandissant épées, couteaux et autres armes plus rudimentaires, et enfilèrent au pas de course les rues et les allées menant à Fossedragon. Certains se ravisèrent et en profitèrent pour rentrer chez eux, mais pour chaque déserteur trois nouvelles recrues semblaient apparaître. Lorsqu'ils atteignirent la colline de Rhaenys, leur nombre avait doublé.

À l'autre bout de la ville, au sommet de la colline d'Aegon, la reine observa l'assaut se dérouler depuis le toit de la Citadelle de Maegor, en compagnie de ses enfants et des membres de sa cour. Le ciel était noir et couvert, les torches si nombreuses qu'on eût dit que les étoiles en étaient tombées pour ravager Fossedragon. Dès qu'elle avait été informée que la plèbe enragée s'était mise en route, Rhaenyra avait envoyé des cavaliers à la Vieille Porte et à la porte du Dragon, afin qu'ils commandassent à ser Balon et ser Garth de disperser la foule et de protéger les dragons royaux… mais avec le chaos ambiant, rien n'assurait que les messagers fussent arrivés à bon port. Et même dans le cas contraire, les quelques manteaux d'or subsistant étaient trop peu nombreux pour espérer quoi que ce fût. Lorsque le prince Joffrey supplia sa mère de le laisser partir avec leurs propres chevaliers et ceux de Blancport, la reine s'y opposa.

— S'ils prennent la colline, la nôtre sera la suivante, argua-t-elle. Nous aurons besoin de toutes les épées disponibles pour défendre le château.

— Mais ils vont tuer les *dragons*, plaida le prince au supplice.

— Ou les dragons les tueront, répliqua sa mère, imperturbable. Qu'ils brûlent. Ils ne manqueront nullement au royaume.

— Mais mère, et s'ils tuaient *Tyraxes* ? insista Joffrey.

La reine n'y croyait pas.

— Ce n'est que de la vermine. Des ivrognes, des imbéciles et des rats de caniveau. Dès qu'ils auront goûté à la flamme de dragon, ils prendront leurs jambes à leur cou.

Champignon, le bouffon de la cour, prit alors la parole.

— Des ivrognes sans doute, mais un ivrogne ne connaît pas la peur. Des imbéciles sûrement, mais un imbécile est capable de tuer un roi. Des rats également, mais un millier de rats peut avoir raison d'un ours. C'est déjà arrivé sous mes yeux, juste là, à Culpucier.

Sa Grâce se retourna vers le garde-fou.

Ce ne fut que lorsque les curieux qui observaient depuis le toit entendirent le grondement de Syrax que l'on remarquât que le prince s'était éclipsé furtivement.

— Non, entendit-on dire la reine. Je le lui ai interdit, *interdit*.

Elle n'avait pas fini sa phrase que son dragon décolla de la cour, se percha une fraction de seconde sur les remparts du château, puis s'élança dans la nuit avec le fils de la reine sur le dos, l'épée au clair.

— Après lui ! s'écria Rhaenyra. Tous autant que vous êtes, chaque homme, chaque garçon : à cheval, *à cheval*, élancez-vous à sa suite. Ramenez-le-moi, ramenez-le-moi, il est si naïf. Mon fils, mon adorable enfant…

Mais il était trop tard.

Nous n'aurons pas la prétention de comprendre le lien particulier qui unit un dragon et son dragonnier ; certaines têtes plus savantes se sont interrogées sur ce mystère pendant des siècles. Nous savons néanmoins que les dragons ne sont pas comme les chevaux, qui acceptent peu ou prou de se laisser monter par quiconque leur mettra la selle sur le dos. Syrax était le dragon de la reine et n'avait jamais accueilli d'autre passager. Comme elle connaissait le prince Joffrey pour l'avoir souvent vu et senti, sa présence familière venue jouer avec ses chaînes ne l'avait pas particulièrement effarouchée ; en revanche, cette fabuleuse créature jaune refusait catégoriquement de le sentir à califourchon sur elle. Dans sa volonté d'agir avant que l'on pût l'en empêcher, le prince avait bondi sur Syrax sans s'équiper d'une selle ni d'un fouet. Son but était sans doute de la lancer dans la bataille ou, plus probablement, de lui faire traverser la ville pour gagner au plus tôt Fossedragon, où l'attendait Tyraxes. Peut-être même avait-il eu l'intention de libérer les autres dragons de la fosse.

Joffrey n'atteignit jamais la colline de Rhaenys. Une fois dans les airs, Syrax se tortilla pour se défaire de ce visiteur importun. Et, depuis le sol, les pierres, les lances et les flèches qui s'élevaient vers elle l'énervèrent davantage. Deux cents pieds au-dessus de Culpucier, le prince Joffrey glissa du dos de la bête.

Non loin d'un carrefour à cinq voies, la chute du prince s'acheva dans un impact sanglant. Il percuta d'abord un toit particulièrement raide, puis roula jusqu'au bord et tomba de quarante pieds encore dans une pluie de tuiles brisées. On raconte qu'il eut le dos brisé, que des éclats d'ardoise affûtés comme des poignards dégringolèrent autour de lui, que sa propre épée lui échappa et qu'il s'empala dessus. À Culpucier, on prétend encore aujourd'hui qu'une fille de cirier nommée Robin recueillit le garçon dans ses bras et lui susurra des mots doux jusqu'à ce qu'il s'éteignît, mais ce récit relève davantage de la légende que de l'Histoire.

— Mère, pardonnez-moi, aurait-il dit en rendant son dernier souffle…

Même si nul ne sait s'il aurait adressé ces paroles à sa mère la reine ou en prière à la Mère d'En-Haut.

Ainsi périt Joffrey Velaryon, prince de Peyredragon et héritier du Trône de fer, le dernier fils de la reine Rhaenyra et de Laenor Velaryon… ou le dernier des bâtards que lui donna ser Harwin Fort, selon la vérité que chacun préférera retenir.

Et alors que son sang coulait dans les allées de Culpucier, une autre bataille faisait rage autour de Fossedragon, au sommet de la colline de Rhaenys.

Champignon n'avait pas tort : des vagues de rats affamés peuvent en effet abattre des taureaux, des ours et des lions, pour peu qu'ils soient assez nombreux. Peu importe la quantité que le taureau ou l'ours peuvent tuer, il en vient toujours d'autres pour leur mordre les pattes, s'accrocher à leur ventre, leur courir sur le dos. Ce fut précisément ce qui se passa cette nuit-là. Ces rats humains étaient équipés de lances, de haches de guerre, de gourdins hérissés de pointes et de cinquante autres armes, dont des arcs longs et des arbalètes.

Sur ordre de la reine, les manteaux d'or de la porte du Dragon sortirent de leurs quartiers pour monter à la défense de la colline, mais ils ne parvinrent pas à franchir les rangs de la foule et furent contraints de faire demi-tour ; le messager envoyé à la Vieille Porte n'arriva, lui, jamais. Fossedragon disposait de son propre contingent de gardes, mais ils étaient fort peu nombreux et furent submergés et massacrés dès que la plèbe enfonça les portes (les hautes portes principales, doublées de bronze et de fer, étaient trop résistantes pour être prises d'assaut, mais le bâtiment disposait d'innombrables entrées secondaires) et se déversa par les fenêtres.

Les assaillants escomptaient peut-être surprendre les dragons dans leur sommeil, mais le vacarme de l'attaque rendit cet espoir vain. Ceux qui survécurent à cette soirée évoqueraient plus tard les cris et les hurlements, l'odeur du sang dans l'air, les portes de chêne et de fer volant en éclats sous les offensives répétées de béliers de fortune et les innombrables coups de hache. « Rarement a-t-on vu tant d'hommes se précipiter avec tant d'enthousiasme vers leur bûcher funéraire, écrivit le Grand Mestre Munkun, mais la folie s'était emparée d'eux. » Quatre dragons demeuraient dans Fossedragon. Lorsque les premiers insurgés foulèrent le sable à l'intérieur, tous quatre étaient réveillés et furieux.

Tous les comptes rendus diffèrent quant au nombre de victimes qu'il y eut ce soir-là sous le grand dôme : deux cents ou deux mille, peu importe. Et pour chaque mort, il y eut dix fois plus de brûlés qui survécurent. Piégés à l'intérieur de la fosse, les dragons ne pouvaient pas s'envoler ni se servir de leurs ailes pour esquiver les attaques ou balayer leurs ennemis. Ils se contentèrent donc de distribuer des coups de cornes, de griffes et de dents, se tournant de gauche et de droite tels les taureaux dans une arène de Culpucier… sauf que ces taureaux pouvaient cracher du feu. Fossedragon fut bientôt transformée en un brasier infernal où des hommes en flammes titubaient en hurlant dans la fumée, la chair arrachée à leurs os carbonisés ; mais chaque fois qu'un humain mourait, il en arrivait dix autres qui proclamaient que les dragons devaient mourir. Et l'un après l'autre, les dragons moururent.

Shraïkos fut la première à succomber, abattue par un forestier nommé Hobb le Trancheur, qui lui sauta sur le cou et lui enfonça sa hache dans le crâne tandis que la bête se débattait en rugissant, tentant de le jeter à terre. S'accrochant des deux jambes à la jeune créature, le bûcheron lui assena sept coups de lame, accompagnant chacun du nom de l'un des Sept. Ce fut le dernier, celui de l'Étranger, qui acheva le dragon en lui enfonçant des fragments d'os et d'écailles dans le cerveau.

Morghul, d'après les écrits, fut terrassé par le Chevalier Ardent, une brute épaisse qui fonça tête baissée dans le feu du dragon. Il enfonça à plusieurs reprises la pointe de sa lance dans l'œil de la créature, tandis que les flammes de celle-ci faisaient fondre l'armure en plates d'acier censée le protéger mais qui lui rongea les chairs.

Le Tyraxes du prince Joffrey se serait alors replié dans son antre, faisant rôtir au passage tous les tueurs de dragons potentiels jusqu'à ce que le conduit menant à son repaire fût pratiquement bouché par les cadavres. Il convient toutefois de rappeler que toutes ces cavernes artificielles comportaient deux entrées, l'une donnant sur le sable de la fosse, l'autre débouchant à flanc de colline ; les émeutiers eurent tôt fait d'emprunter « la porte de derrière » et d'affronter la fumée l'arme brandie. Quand Tyraxes se retourna, ses chaînes s'emmêlèrent, l'emprisonnant dans une toile d'acier qui limitait considérablement ses mouvements. Une demi-douzaine d'hommes (et une femme) prétendraient ensuite avoir porté le coup fatal à la bête.

Le dernier des quatre dragons de la fosse leur donna plus de fil à retordre. Selon la légende, Songefeu se serait libérée de deux de ses chaînes à la mort de la reine Helaena. Elle arracha alors les deux entraves restantes, brisant les montants sertis dans la paroi lorsque la foule se précipita sur elle. Elle leur plongea dessus, toutes dents et griffes dehors, lacérant les hommes et leur sectionnant des membres tout en crachant ses flammes redoutables. Tandis que la meute se refermait autour d'elle, elle prit son envol et tournoya dans l'intérieur creusé du bâtiment, plongeant de temps à autre pour carboniser les humains qui l'assaillaient. Tyraxes, Shraïkos et Morghul avaient fait des dizaines de victimes, cela ne fait pas l'ombre d'un doute, mais Songefeu en massacra plus que ses trois congénères combinés.

Des centaines de fuyards tentèrent d'échapper à son feu… mais des centaines d'autres, ivres, fous ou imprégnés du courage du Guerrier, persistèrent à attaquer. Même au sommet du dôme, le dragon restait largement à portée des archers et arbalétriers ; flèches et carreaux tirés à bout portant assaillirent sans cesse Songefeu, parvenant même parfois à percer ses écailles. Chaque fois qu'elle soufflait son haleine embrasée, des hommes se ruaient à l'assaut et la repoussaient dans les airs. Le dragon vola à deux reprises dans les grandes portes de bronze, mais elles étaient fermées, barrées et protégées par plusieurs rangées de lances.

Incapable de s'échapper, Songefeu retourna férocement au combat, massacrant ses tortionnaires jusqu'à ce que l'arène de Fossedragon se retrouvât jonchée de corps carbonisés et que l'air fût saturé de fumée et de l'odeur de chair brûlée. Pourtant, les projectiles divers continuaient de pleuvoir. La lutte acharnée se poursuivit jusqu'à ce qu'un carreau d'arbalète vînt se ficher dans l'un des yeux de la créature. À moitié aveugle, enragée par une douzaine de blessures moindres, Songefeu déploya ses ailes et fonça droit vers le plafond dans une tentative désespérée de gagner le ciel. Déjà fragilisé par les jets de flammes, le dôme craqua sous l'impact avant de s'écrouler un instant plus tard, enfouissant le dragon et ses bourreaux sous des tonnes de gravats.

Le sac de Fossedragon était achevé. Quatre des dragons targaryens gisaient, morts, au prix d'innombrables vies humaines. Pourtant, celui de la reine restait libre et vivant… et alors que les survivants brûlés et ensanglantés de la fosse sortaient des ruines en titubant, Syrax fondit sur eux depuis les cieux.

Un millier de cris et de hurlements retentirent dans toute la ville, se mêlant au rugissement de la créature. Au sommet de la colline de Rhaenys, Fossedragon semblait porter une couronne de flammes jaunes si vives qu'on eût dit que le soleil se levait. Même la reine ne put s'empêcher de frémir à ce spectacle, les joues ruisselant de larmes. Nombre de ceux qui avaient observé avec elle depuis le toit s'étaient repliés, craignant que le feu n'engloutît bientôt toute la ville, y compris le Donjon Rouge au sommet de la colline d'Aegon. D'autres se rendirent au septuaire de la citadelle pour prier. Rhaenyra enveloppa de ses bras Aegon le Jeune, son dernier fils vivant, l'écrasant férocement contre son sein. Elle était déterminée à ne relâcher son étreinte pour rien au monde… jusqu'à ce terrible instant où Syrax tomba.

Détachée et dépourvue de passager, elle aurait très facilement pu fuir toute cette folie. Le ciel lui appartenait. Elle aurait pu retourner au Donjon Rouge ou quitter la ville, regagner Peyredragon. Étaient-ce le bruit et le feu qui l'attirèrent vers la colline de Rhaenys, les mugissements et gémissements de ses congénères à l'agonie, l'odeur de chair brûlée ? Nul ne le sait. Nous ignorons également ce qui la poussa à plonger sur la foule, à déchirer les humains de ses dents et de ses griffes, à les dévorer par dizaines, alors qu'elle aurait pu se contenter de faire pleuvoir des flammes depuis le ciel, là où aucun tir n'aurait pu l'atteindre. Nous ne pouvons que relater les faits.

Nombre de versions se contredisent au sujet de la mort du dragon de la reine. Certains la mettent au crédit d'Hobb le Trancheur et de sa hache, mais cette théorie est très certainement erronée : un même homme aurait-il réellement pu occire deux dragons le même soir et de la même manière ? D'autres évoquent un lancier anonyme, « un géant imbibé de sang » qui aurait jailli du dôme écroulé pour bondir sur le dos du dragon. D'autres encore affirment qu'un chevalier nommé ser Warrick Wheaton aurait tranché l'une des ailes de Syrax à l'aide d'une épée en acier valyrien. Un arbalétrier nommé Fève prétendit être l'auteur du tir fatal et s'en vanta de façon outrancière dans nombre de tavernes et débits de boissons, jusqu'à ce que l'un des partisans de la reine se lassât de sa langue trop bien pendue et la lui tranchât. Nul ne connaîtra sans doute jamais la vérité sur cette affaire – sauf que Syrax est bel et bien morte cette nuit-là.

La perte de son dragon et de son fils laissa Rhaenyra Targaryen inconsolable. Elle s'enferma dans ses appartements tandis que ses conseillers débattaient. Tous étaient d'accord pour dire que Port-Réal était perdue : ils allaient devoir abandonner la ville. À contrecœur, la reine se laissa convaincre de partir le lendemain dès l'aube. La porte de la Gadoue étant aux mains de l'ennemi, tous les navires sur le fleuve ayant brûlé ou coulé, la reine et un petit groupe de fidèles s'esquivèrent par la porte du Dragon, escomptant remonter la côte jusqu'à Sombreval. Les frères Manderly chevauchaient à ses côtés, ainsi que quatre membres rescapés de la Garde Régine, ser Balon Boulleau et vingt manteaux d'or, quatre demoiselles de compagnie et son dernier fils encore en vie, Aegon le Jeune.

Bien d'autres choses se déroulèrent également à Chutebourg, vers laquelle nous devons nous tourner désormais. Lorsque les nouvelles des émeutes de Port-Réal parvinrent à l'ost du prince Daeron, nombre de jeunes seigneurs s'annoncèrent favorables à marcher au plus tôt sur la capitale. Parmi les plus impatients comptaient ser Jon Roxton, ser Roger Corne et lord Unwin Peake… mais ser Hobert Hightower conseillait la prudence, et les Deux Traîtres refusaient de prendre part à l'assaut tant que leurs exigences n'auraient pas été satisfaites. Ulf le Blanc, rappelons-le, souhaitait se voir accorder le majestueux château d'Hautjardin, avec toutes les terres attenantes et les revenus générés, tandis que Hugh Marteau le Dur ne désirait rien de moins qu'une couronne.

Ces conflits s'amplifièrent quand Chutebourg apprit tardivement la mort d'Aemond Targaryen à Harrenhal. Nul n'avait plus eu de nouvelles du roi Aegon II depuis que sa demi-sœur Rhaenyra s'était emparée de Port-Réal, et beaucoup craignaient que la reine lui eût secrètement donné la mort avant de dissimuler sa dépouille pour ne pas être accusée de fratricide. Son frère Aemond s'étant éteint lui aussi, les Verts se trouvaient dépourvus de roi et même de chef. Le prince Daeron était le suivant dans la lignée. Lord Peake déclara que le garçon devait être nommé prince de Peyredragon sur-le-champ ; d'autres, pensant Aegon II mort, souhaitaient carrément le couronner.

Les Deux Traîtres éprouvaient eux aussi la nécessité d'avoir un roi… mais Daeron Targaryen n'avait pas le profil espéré.

— Il nous faut un meneur fort, pas un gamin, déclara Hugh Marteau le Dur. Le trône devrait me revenir.

Quand Jon Roxton le Hardi exigea de savoir de quel droit il réclamait ce titre, lord Marteau rétorqua :

— Du même droit que le Conquérant en son temps. J'ai un dragon.

Et effectivement, Vhagar étant enfin morte, le plus vieux et le plus colossal des dragons vivants dans tout Westeros était Vermithor, autrefois la monture du Vieux Roi, désormais celle du bâtard Hugh le Dur. Vermithor faisait trois fois la taille de la Tessarion du prince Daeron. Quiconque les eût vus ensemble aurait aussitôt compris que le premier était infiniment plus redoutable que la seconde.

Bien que l'ambition du Marteau fût inconvenante pour une personne de si basse extraction, le bâtard possédait indéniablement du sang targaryen et s'était montré féroce au combat et généreux envers ses partisans, faisant étalage du genre de largesses qui attire les hommes vers leur chef aussi sûrement qu'un cadavre attire les mouches. Ces gens étaient de la pire espèce, c'était certain : des mercenaires, des chevaliers voleurs, des hommes mal nés avec du sang sur les mains, qui aimaient guerroyer par plaisir et vivaient de rapines et de pillage.

Les seigneurs et les chevaliers de Villevieille et du Bief furent outrés par l'arrogance du Traître, mais pas autant que le prince Daeron Targaryen lui-même, si courroucé qu'il balança une coupe de vin au visage du prétendant. Si lord Blanc considéra simplement que c'était gâcher un bon cru, le Marteau déclara :

— Les petits garçons devraient mieux se tenir quand les hommes discutent. Je dirais que votre père ne vous a pas battu assez. Prenez garde à ce que je ne le remplace pas.

Les Deux Traîtres prirent congé en même temps et commencèrent à préparer le sacre du Marteau. Dès le lendemain, Hugh le Dur portait une couronne d'acier noir, à la grande fureur du prince Daeron et des seigneurs et chevaliers véritables.

L'un d'eux, ser Roger Corne, eut la hardiesse de dégager le front du Marteau d'un revers de main.

— Une couronne ne suffit pas à faire d'un homme un roi, lança-t-il. Vous devriez vous ceindre le crâne d'un fer à cheval, forgeron.

C'était un acte stupide que lord Hugh ne goûta guère. À son commandement, ses hommes plaquèrent ser Roger au sol et le bâtard de forgeron lui cloua sur le crâne non pas un, mais trois fers. Lorsque les amis de Corne tentèrent d'intervenir, des dagues furent tirées et des épées dégainées, pour un bilan de trois morts et d'une dizaine de blessés.

C'en était plus que les soutiens du prince Daeron n'en pouvaient supporter. Lord Unwin Peake et un Hobert Hightower hésitant convoquèrent onze autres seigneurs et chevaliers fieffés à un conseil secret organisé dans la cave d'une auberge de Chutebourg, afin de discuter de la marche à suivre pour refréner l'arrogance de ces arrivistes de dragonniers. Les conspirateurs estimèrent qu'il serait aisé de se débarrasser du Blanc, qui était ivre la plupart du temps et n'avait jamais vraiment réalisé d'exploit les armes à la main. Le Marteau représentait un danger plus considérable, car il était désormais entouré, de jour comme de nuit, de lèche-bottes, de sympathisants et de mercenaires bien disposés en sa faveur. Lord Peake fit remarquer qu'il ne servirait à rien d'éliminer le Blanc si le Marteau restait en vie ; Hugh le Dur devait donc mourir en premier. La discussion se poursuivit longtemps aux *Chausse-trapes Sanglantes*, le temps pour les seigneurs d'échafauder le plan le plus efficace qui fût.

— N'importe quel homme peut être tué, commenta ser Hobert Hightower, mais qu'en est-il des dragons ?

Étant donné l'agitation régnant à Port-Réal, ser Tyler Norcroix estimait que Tessarion suffirait à elle seule à regagner le Trône de fer. Lord Peake répliqua que la victoire serait d'autant plus certaine avec Vermithor et Aile-d'Argent. Marq Ambrose suggéra qu'ils reprissent d'abord la capitale avant de se défaire des Deux Traîtres, mais Richard Rodden estimait qu'un tel stratagème serait déshonorant.

— Nous ne pouvons pas demander à ces hommes de faire couler le sang avec nous et les tuer ensuite.

Jon Roxton le Hardi trancha :

— Tuons ces bâtards tout de suite. Et que les plus courageux d'entre nous s'approprient leur dragon pour les mener à la bataille.

Personne dans cette cave ne doutait que Roxton parlât de lui.

Bien que le prince Daeron ne fût pas présent à ce conseil, les Chausse-trapes (surnom selon lequel on les désignerait) répugnaient à agir sans son assentiment et sa bénédiction. Owen Fossovoie, seigneur du Cidre, fut chargé sous couvert des ténèbres d'aller réveiller le prince et de le ramener céans, afin que les conjurés pussent l'informer de leur plan. Ce prince naguère modéré n'hésita pas un instant quand lord Unwin Peake lui présenta les mandats ordonnant l'exécution de Hugh le Marteau et Ulf le Blanc, et y apposa volontiers son sceau.

Ces hommes pouvaient bien ourdir, tramer et manigancer, ils avaient aussi intérêt à prier, car aucun plan n'aboutissait jamais si les dieux d'En-Haut en décidaient autrement. Le surlendemain, précisément le jour où les Chausse-trapes comptaient passer à l'acte, Chutebourg fut ébranlée au creux de la nuit par des cris et des imprécations. Par-delà les murs de la ville, les campements brûlaient. Des colonnes de chevaliers en armure arrivaient du nord et de l'ouest, détruisant tout sur leur passage ; les nuages pleuvaient des flèches et un dragon féroce et formidable descendait en piqué sur eux.

Ainsi débuta la seconde bataille de Chutebourg.

Le dragon était Fumée-des-Mers, son passager ser Addam Velaryon, déterminé à prouver que tous les bâtards n'étaient pas des tourne-casaques. Et quelle meilleure démonstration que de reprendre Chutebourg aux Deux Traîtres, dont la félonie l'avait souillé par ricochet ? Si l'on écoute les ménestrels, ser Addam avait volé de Port-Réal jusqu'à l'Œildieu, où il avait atterri sur l'Île-aux-Faces et pour prendre conseil auprès des hommes verts. L'érudit se doit de s'en tenir aux faits, et tout ce que nous savons est que ser Addam vola vite et loin, faisant halte dans les châteaux grands et petits dont les seigneurs étaient partisans de la reine, afin de constituer une armée.

Nombre de batailles et d'escarmouches avaient déjà été disputées dans les terres arrosées par le Trident, et rares étaient les bourgs ou villages à n'avoir pas versé leur tribut en sang... mais Addam Velaryon était implacable, déterminé et beau parleur, et les seigneurs riverains savaient presque tout des horreurs qui avaient affligé Chutebourg. Quand ser Addam lança véritablement sa contre-offensive, il était épaulé par près de quatre mille hommes.

Le grand ost installé non loin des murailles surpassait en nombre les assaillants, mais les soldats étaient restés trop longtemps inactifs. Leur discipline s'était relâchée et la maladie s'était installée ; la mort de lord Ormund Hightower les avait privés de chef, et les seigneurs souhaitant récupérer le commandement étaient en délicatesse les uns avec les autres. Ils étaient si absorbés par leurs querelles et leurs rivalités intestines qu'ils en avaient oublié leurs véritables adversaires. L'attaque nocturne de ser Addam les prit complètement au dépourvu. Avant même que les hommes du prince Daeron comprissent qu'il leur fallait reprendre les armes, l'ennemi était déjà dans leurs rangs et les abattait au sortir de leur tente, ou alors qu'ils se débattaient avec leur armure, leur cheval ou leur ceinturon.

Ce fut le dragon qui causa le plus de dégâts. Fumée-des-Mers plongea encore, et encore, crachant son souffle brûlant. Bien vite, une centaine de tentes étaient en flammes, dont les magnifiques pavillons de ser Hobart Hightower, de lord Unwin Peake et du prince Daeron en personne. Chutebourg ne fut pas non plus épargnée. Les échoppes, maisons et septuaires ayant échappé à l'incendie la première fois ne connurent pas la même fortune.

Daeron Targaryen dormait dans sa tente au moment de l'attaque. Ulf le Blanc était en train de cuver en ville, dans une auberge nommée le *Blaireau Paillard*, où il avait quasiment élu domicile. Hugh le Dur était lui aussi dans l'enceinte du bourg, à réconforter la veuve d'un cavalier tué lors de la première bataille. Les trois dragons se trouvaient par-delà les remparts, dans des champs situés de l'autre côté du campement.

Bien que des tentatives fussent faites de réveiller Ulf le Blanc de son sommeil éthylique, elles restèrent vaines. Il resta même tristement célèbre pour avoir roulé sous la table et ronflé tout au long de la bataille. Hugh le Dur fut plus prompt à réagir. Il dévala les marches menant à la cour à moitié habillé, réclama son marteau, son armure et un cheval, afin de galoper jusqu'à Vermithor. Ses hommes s'empressèrent de lui obéir, même alors que Fumée-des-Mers embrasait les écuries. Mais lord Jon Roxton se trouvait déjà là.

Quand il avisa la tenue d'Hugh le Dur, il vit sa chance et déclara :

— Seigneur Marteau, mes condoléances.

L'autre se retourna, l'air mauvais.

— Pour quelle raison ? s'enquit-il.

— Vous êtes mort au combat, répliqua Jon le Hardi en dégainant Faiseuse d'Orphelin pour l'enfoncer dans l'abdomen de son ennemi, avant de l'éventrer de l'aine jusqu'à la gorge.

Une dizaine des partisans du Marteau déboulèrent à temps pour le voir mourir. Même une lame en acier valyrien telle que Faiseuse d'Orphelin ne protège pas un homme à un contre dix. Jon Roxton le Hardi élimina trois adversaires de plus avant d'être tué à son tour. On raconte qu'il est mort en glissant sur les entrailles enroulées d'Hugh le Marteau, mais l'ironie de ce détail est peut-être trop belle pour être vraie.

Il existe trois versions contradictoires relatant la fin du prince Daeron Targaryen. Selon la plus célèbre d'entre toutes, le prince serait sorti de son pavillon dans ses vêtements de nuit embrasés et aurait aussitôt été occis par le mercenaire myrien Trombo le Noir, qui lui aurait écrasé la tête d'un coup violent de sa masse d'armes. Cette version avait naturellement les faveurs de Trombo le Noir, qui ne manquait pas une occasion de la raconter. Une autre théorie est plus ou moins semblable, sauf que le prince aurait été tué par une épée et que son assassin serait en réalité un inconnu qui ne savait probablement pas à qui il avait affaire. Dans la troisième variante, Daeron le Hardi ne serait même pas parvenu à sortir et aurait simplement péri quand sa tente en flammes se serait effondrée sur lui.

Depuis le ciel, Addam Velaryon voyait l'assaut tourner au massacre. Deux des trois dragonniers ennemis étaient morts, même s'il n'avait aucun moyen de le savoir. En revanche, il distinguait très clairement les dragons adverses. Délivrés de leurs chaînes, ils étaient libres de s'envoler et d'aller chasser à leur guise ; Aile-d'Argent et Vermithor se lovaient souvent l'un contre l'autre dans les champs au sud de Chutebourg, tandis que Tessarion dormait et se nourrissait au camp du prince Daeron, à l'ouest de la ville et à moins de trois cents pieds de son pavillon.

Les dragons sont des créatures de feu et de sang, et tous trois furent réveillés par le vacarme de la bataille. On prétend qu'un arbalétrier aurait décoché un carreau en direction d'Aile-d'Argent ; quarante chevaliers armés d'épées, de lances et de haches fondirent sur Vermithor, espérant tuer la bête tant qu'elle était encore à moitié assoupie. Ils le payèrent de leur vie. Plus loin dans le champ, Tessarion s'envola en hurlant et en crachant des flammes ; Addam Velaryon fit pivoter Fumée-des-Mers pour aller la défier.

Les écailles des dragons sont essentiellement (mais pas entièrement) imperméables au feu, protégeant ainsi la chair et la musculature, plus vulnérables. Avec l'âge, les écailles s'épaississent et durcissent, formant une carapace encore plus résistante, alors même que les flammes sont plus vives et plus chaudes (si un dragonneau peut embraser de la paille, Balerion ou Vhagar pouvaient, à pleine puissance, faire fondre l'acier et la pierre). Lorsque deux dragons s'affrontent dans un combat à mort, ils préfèrent donc souvent employer d'autres armes que leur souffle : des serres noires comme le fer, longues comme des épées et affûtées comme des rasoirs ; des mâchoires si puissantes qu'elles peuvent écraser les plates d'acier d'une armure ; une queue dont les coups formidables peuvent réduire un chariot en miettes, briser l'échine des destriers les plus robustes ou faire décoller un homme de quinze mètres.

Le duel entre Tessarion et Fumée-des-Mers fut bien différent.

L'histoire a nommé Danse des Dragons la guerre de succession entre le roi Aegon II et sa sœur Rhaenyra, mais les dragons ne dansèrent vraiment qu'à Chutebourg. Tessarion et Fumée-des-Mers étaient encore très jeunes, moins agiles dans l'air que leurs illustres aînés. Ils se ruèrent l'un sur l'autre à plusieurs reprises, mais chaque fois l'un des deux esquiva au dernier moment. Montant en flèche tels des aigles, plongeant tels des faucons, ils tournoyaient en grondant et en faisant claquer leur queue, crachaient du feu mais ne se rapprochaient jamais vraiment. Une fois, la Reine Bleue disparut dans un banc de nuages et reparut quelques secondes plus tard, fondant sur Fumée-des-Mers par-derrière pour lui roussir la queue d'une flamme cobalt. Pour sa part, Fumée-des-Mers roulait, pivotait, formait des boucles aériennes. Il pouvait se trouver sous son adversaire et, en une volte subite, se placer brusquement juste derrière elle. Les dragons prirent de plus en plus d'altitude, sous les regards médusés des habitants du bourg grimpés sur les toits pour l'occasion. L'un des témoins raconta plus tard que les acrobaties de Tessarion et Fumée-des-Mers évoquaient davantage une parade nuptiale qu'un combat. C'était peut-être le cas. La danse s'acheva quand Vermithor décolla en grondant.

Âgée de presque cent ans et aussi grosse que les deux jeunes dragons réunis, la Furie d'airain aux vastes ailes brun clair était enragée ; du sang ruisselait de la dizaine de blessures qu'elle avait subies. Sans dragonnier, elle était incapable de distinguer ses amis de ses ennemis, elle déversa donc son ire sans distinction, crachant ses flammes de droite et de gauche, s'élançant férocement contre tout homme osant brandir une lance dans sa direction. Un chevalier essaya de s'enfuir devant Vermithor, qui le cueillit entre ses crocs sans que sa monture ralentisse. Les seigneurs Piper et Desdaings, assis ensemble au sommet d'une petite colline, brûlèrent en même temps que leurs écuyers, leurs domestiques et leurs boucliers liges. Un instant plus tard, Fumée-des-Mers fondit sur Vermithor.

Il était le seul des quatre dragons présents cette nuit-là à avoir quelqu'un sur le dos. Ser Addam Velaryon était venu prouver sa loyauté en détruisant les Deux Traîtres et leur monture, et il s'en trouvait justement une d'elles en dessous de lui, qui s'en prenait aux hommes s'étant joints à lui pour l'assaut. Il dut juger qu'il était de son devoir de s'interposer, tout en sachant que Fumée-des-Mers ne pourrait pas rivaliser avec son aîné.

Il n'y eut cette fois point de danse, mais bel et bien un combat à mort. Vermithor ne volait guère qu'à une vingtaine de pieds au-dessus du champ de bataille quand Fumée-des-Mers se jeta littéralement sur lui, le plongeant dans la boue. Les humains détalèrent, terrifiés, ou furent écrasés par les roulés-boulés des deux créatures qui se lacéraient mutuellement. Leurs queues claquaient, leurs ailes fouettaient l'air, mais les bêtes étaient si entremêlées qu'aucune ne parvenait à se détacher. Benjicot Nerbosc observa la lutte depuis son cheval, à cent cinquante pieds de distance. Fumée-des-Mers ne pouvait pas rivaliser avec la taille et le poids de son adversaire, témoignerait-il des années plus tard, et le dragon gris argenté aurait sans doute été taillé en pièces… si Tessarion n'était pas alors tombé du ciel pour se joindre à la mêlée.

Qui sait ce qui se passe dans le cœur d'un dragon ? Était-ce seulement la soif de sang qui poussa la Reine Bleue à passer à l'attaque ? Venait-elle dans le but d'aider l'un des deux protagonistes ? Si oui, lequel ? D'aucuns prétendent que le lien unissant un dragon et son dragonnier est si profond que la bête partage les sentiments de son maître. Mais qui était l'allié dans cette circonstance, qui était l'ennemi ? Un dragon sans cavalier sait-il faire la différence ?

Nous n'obtiendrons jamais les réponses à ces questions. Tout ce que l'Histoire nous apprend, c'est que trois dragons se battirent dans un mélange de boue, de sang et de fumée lors de la seconde bataille de Chutebourg. Fumée-des-Mers mourut en premier, quand Vermithor enfouit ses crocs dans son cou et lui arracha la tête. La créature d'airain tenta alors de s'envoler, son trophée dans la gueule, mais ses ailes abîmées ne pouvaient plus soutenir son poids. Bientôt, elle s'effondra et périt à son tour. Tessarion, la Reine Bleue, survécut jusqu'au coucher du soleil. Trois fois elle essaya de s'envoler, mais trois fois elle échoua. Lord Nerbosc manda donc son meilleur archer, un certain Billy Burley, qui prit position à cent pas de là (au-delà du jet de flammes du dragon agonisant) et lui décocha trois traits dans l'œil tandis qu'elle gisait au sol, impuissante.

Au crépuscule, les combats étaient terminés. Même si les seigneurs riverains perdirent moins de cent hommes, tout en en faisant tomber plus d'un millier parmi ceux de Villevieille ou du Bief, la seconde bataille de Chutebourg ne fut pas une véritable victoire pour les assaillants, qui avaient échoué à prendre la ville. Les murs du bourg étaient intacts, et dès que les hommes du roi s'y furent repliés et eurent fermé les portes, les forces de la reine se retrouvèrent penaudes, n'ayant pas de quoi y faire une brèche, n'ayant plus de dragon et étant venus sans armes de siège. Malgré tout, ils avaient perpétré un véritable massacre sur l'ennemi perdu et désorganisé, incendiant ses tentes, brûlant ou capturant l'essentiel de ses chariots, de son fourrage et de ses provisions, partant avec les trois quarts de ses destriers. Ils avaient en outre éliminé leur prince et abattu deux des dragons du roi.

Le matin suivant la bataille, les conquérants de Chutebourg constatèrent avec surprise que leurs ennemis avaient levé le camp. Des morts étaient éparpillés tout autour de la ville ; les carcasses de trois dragons étaient au nombre des cadavres. Il en restait un : Aile-d'Argent, l'ancienne monture de la Bonne Reine Alysanne, s'était envolée dès le début du carnage et avait tourné au-dessus du champ de bataille pendant des heures, profitant des courants chauds des feux brûlant au sol. Elle ne redescendit qu'après la nuit tombée et atterrit près de ses défunts cousins. Plus tard, les ménestrels raconteraient comment elle tenta, à trois reprises, de soulever du museau l'aile de Vermithor, comme pour le faire redécoller, mais il s'agit probablement d'une légende. Au lever du jour, elle survolait les champs avec apathie, se nourrissant des restes carbonisés de chevaux, d'hommes ou de bœufs.

Huit des treize Chausse-trapes étaient mortes, dont lord Owen Fossovoie, Marq Ambrose et Jon Roxton le Hardi. Richard Rodden avait pris une flèche dans le cou et mourrait le lendemain. Quatre des conjurés étaient encore en vie, dont ser Hobert Hightower et lord Unwin Peake. Et même si Hugh Marteau s'était éteint, et ses rêves de grandeur avec lui, le second Traître en avait réchappé. Quand il se réveilla de son coma, Ulf le Blanc était le dernier dragonnier et possédait le dernier dragon.

— Le Marteau est mort, et votre garçon aussi, aurait-il déclaré à lord Peake. Il ne vous reste plus que moi.

Et quand lord Peake lui avait demandé de lui faire part de ses intentions, l'autre avait répliqué :

— On marche sur Port-Réal, comme vous le vouliez. Vous vous emparez de la ville, et moi du trône sanglant. Qu'en pensez-vous ?

Le matin suivant, ser Hobert Hightower lui rendit visite pour lui exposer les détails de l'assaut sur Port-Réal. Il était également venu lui offrir deux fûts de vin : un rouge dornien et un moelleux de La Treille. Bien qu'Ulf le Licheur n'eût jamais goûté de vin qui lui eût déplu, son penchant pour les vendanges tardives était connu de tous. Ser Hobert escomptait sans doute siroter le rouge un peu aigre en laissant à son hôte le blanc liquoreux. Pourtant, quelque chose dans l'attitude de son visiteur – il suait, bredouillait et se montrait plus chaleureux qu'à l'habitude, comme en attesterait plus tard l'écuyer qui les servit – éveilla les soupçons du dragonnier. Prudent, il demanda que le rouge fût rangé pour l'instant et insista pour que ser Hobert Hightower bût un peu de blanc avec lui.

L'histoire n'a pas retenu grand-chose de positif de ser Hobert Hightower, mais nul ne peut remettre en cause la manière dont il est mort. Au lieu de trahir les autres conspirateurs, il laissa l'écuyer le servir, vida sa coupe d'un trait et demanda à être resservi. En le voyant boire, Ulf le Licheur fit honneur à son surnom et vida trois godets avant de se mettre à bâiller. Le poison dilué dans le vin était discret. Lorsque ser Ulf sombra dans un sommeil dont il ne se réveillerait pas, ser Hobert bondit sur ses pieds et essaya de se faire vomir, mais trop tard. Son cœur cessa de battre dans l'heure.

Après quoi, lord Unwin Peake proposa mille dragons d'or au premier chevalier de naissance noble qui parviendrait à monter Aile-d'Argent. Trois hommes se présentèrent. Lorsque le premier eut le bras arraché et que le second périt par les flammes, le troisième se ravisa. Cependant, l'armée de Peake, ce qu'il restait du grand ost que le prince Daeron et lord Ormund Hightower avaient mené depuis Villevieille, se délitait, tandis que les déserteurs continuaient de fuir Chutebourg en emportant tout ce qu'ils pouvaient transporter. Reconnaissant alors sa défaite, lord Unwin convoqua ses seigneurs et sergents pour leur ordonner de battre en retraite. Le tourne-casaque présumé Addam Velaryon, né Addam de Carène, venait de sauver Port-Réal des ennemis de la reine… et l'avait payé de sa vie.

Toutefois, la reine ignorait tout de sa bravoure. La fuite depuis la capitale fut jalonnée de difficultés. À Rosby, Rhaenyra découvrit que les portes du château avaient été barrées à son approche. Plus loin, le jeune châtelain de Castelfoyer lui accorda l'hospitalité, mais pour une nuit seulement. La moitié de ses manteaux d'or désertèrent en route et, une nuit, son campement fut attaqué par des hommes en rupture de ban. Même si ses troupes réussirent à les repousser, ser Balon Boulleau fut abattu d'une flèche et ser Lyonel Bentley, un jeune membre de la Garde Régine, encaissa un coup à la tête qui lui fendit le heaume. Il mourut en divaguant le lendemain. La reine poursuivit sa route vers Sombreval.

La maison Sombrelyn avait compté parmi les plus fervents partisans de Rhaenyra, mais ils en avaient payé le prix fort. Seule l'intercession de ser Harrold Sombre permit de convaincre lady Meredyth d'autoriser la reine à entrer (les Sombre étaient de lointains parents des Sombrelyn, et ser Harrold avait autrefois servi comme écuyer auprès du regretté ser Steffon), à la condition expresse qu'elle ne s'attardât pas.

La reine Rhaenyra n'avait ni or ni navires. En envoyant lord Corlys au cachot, elle avait perdu sa flotte ; puis, craignant pour sa vie, elle avait fui Port-Réal sans un sou en poche. Au désespoir et paniquée, Sa Grâce était plus blafarde et hagarde que jamais. Elle ne trouvait pas le sommeil et refusait de s'alimenter. Elle ne pouvait non plus souffrir d'être séparée du prince Aegon, son dernier fils vivant ; de jour comme de nuit, le garçon restait à son côté, « telle une petite ombre pâle ».

Rhaenyra fut contrainte de vendre sa couronne pour s'offrir le voyage à bord d'un navire marchand de Braavos, la *Violande*. Ser Harrold Sombre l'encouragea à aller trouver refuge au Val d'Arryn, alors que ser Medrick Manderly essaya de la convaincre de les accompagner, lui et son frère Torrhen, à Blancport, mais Sa Grâce refusa les deux propositions. Elle tenait coûte que coûte à regagner Peyredragon. Là, elle trouverait des œufs de dragon, expliqua-t-elle à ses fidèles ; il lui fallait un nouveau dragon, ou tout serait perdu.

Des vents puissants contraignirent la *Violande* à longer les berges de Lamarck de plus près que la reine ne l'aurait souhaité, et ils passèrent à trois reprises à portée de voix des bâtiments de guerre du Serpent de Mer ; chaque fois, Rhaenyra veilla à rester cachée. Finalement, le soir venu, l'équipage braavien mouilla au port dominé par le Montdragon. La reine avait fait partir un corbeau pour annoncer son arrivée et une escorte attendait là pour accompagner ce qu'il restait de sa suite : son fils Aegon, ses demoiselles de compagnie et trois chevaliers de la Garde Régine.

Il pleuvait lorsqu'ils débarquèrent, et il semblait n'y avoir personne au port. Même les bordels en face des quais paraissaient sombres et déserts, mais Sa Grâce le remarqua à peine.

Éprouvée tant physiquement que mentalement, brisée par les trahisons, Rhaenyra Targaryen n'aspirait qu'à regagner sa cité, où elle s'imaginait que son fils et elle seraient en sécurité. Elle ne se doutait pas qu'elle s'apprêtait à subir une ultime traîtrise, la plus douloureuse d'entre toutes.

L'escorte d'une quarantaine d'hommes était commandée par ser Alfred Balaie, l'un des laissés-pour-compte de l'assaut sur Port-Réal. Balaie était le plus âgé des chevaliers de Peyredragon, puisqu'il avait rejoint la garnison sous le règne du Vieux Roi. En cette qualité, il avait espéré être fait châtelain lorsque Rhaenyra était partie s'emparer du Trône de fer… mais son allure maussade et ses manières revêches n'inspiraient ni l'affection ni la confiance, la reine avait donc décidé de le déposséder au profit de ser Robert Quince, considérablement plus affable.

Quand Rhaenyra s'était étonnée que ser Robert ne fût pas venu l'accueillir en personne, ser Alfred avait répliqué que la reine trouverait « notre gros ami » au château. Elle l'y trouva effectivement… sauf que la dépouille carbonisée de Quince, parfaitement méconnaissable, pendait des remparts du corps de garde, en compagnie de celles de l'intendant, du maître d'armes et du capitaine de la garde de Peyredragon. Seule sa corpulence confirmait son identité, car ser Robert était véritablement obèse.

On raconte que le sang déserta les joues de la reine lorsqu'elle avisa les cadavres, mais que le jeune prince Aegon fut le premier à comprendre ce que cela signifiait réellement.

— Fuyez, mère ! s'écria-t-il trop tard.

Les hommes de ser Alfred tombèrent sur les protecteurs de la reine. Une hache fendit le crâne de ser Harrold Sombre avant qu'il eût eu le temps de dégainer son épée, et ser Adrian Rougefort reçut un coup de lance dans le dos. Ser Loreth Lansdale fut le seul à réagir assez vite pour porter un coup en défense de sa reine, éliminant ses deux premiers adversaires avant de succomber aux assauts du troisième. Avec lui mourut le dernier membre de la Garde Régine. Quand le prince

Aegon ramassa prestement l'épée de ser Harrold, ser Alfred la refit choir avec mépris.

Le garçon, la reine et ses demoiselles de compagnie furent menés jusqu'au château à la pointe de la lance. Ils se retrouvèrent alors face à face avec un homme censément mort et un dragon agonisant.

Les écailles de Feux-du-Soleyl rutilaient tel de l'or martelé en pleine lumière, mais ainsi gisant sur la noire pierre valyrienne, il était évident que cette créature qui avait été la plus magnifique à parcourir les cieux de Westeros n'était plus qu'une pauvre chose brisée. L'aile que Meleys lui avait pratiquement sectionnée formait un angle étrange avec son corps, tandis que les récentes cicatrices sur son dos recommençaient à saigner et à fumer dès qu'il bougeait. Feux-du-Soleyl était roulé en boule quand la reine et sa suite le remarquèrent. Quand il remua et dressa la tête, d'énormes blessures étaient visibles sur son cou, là où un autre dragon lui avait arraché de gros lambeaux de chair. Sur son ventre, des croûtes avaient remplacé ses écailles, et son orbite droite n'était remplie que d'un sang noir coagulé.

On peut se demander, ce que ne manqua pas de faire Rhaenyra, comme cela était advenu.

Nous en savons désormais beaucoup plus que la reine à l'époque. C'était lord Larys Fort, le Pied-Bot, qui avait fait s'évaporer le roi et ses enfants quand les dragons de la reine étaient apparus au-dessus de Port-Réal. Pour ne pas avoir à franchir les portes de la ville, où ils se seraient fait remarquer, lord Larys les avait menés à l'un des passages secrets destinés à Maegor le Cruel et dont lui seul avait encore connaissance.

Ce fut également lord Larys qui décida que les fugitifs devaient se séparer, afin que tous ne se fissent pas capturer en même temps. Ser Rickard Thorne reçut l'ordre de livrer à lord Hightower le prince Maelor, âgé de deux ans seulement. La princesse Jaehaera, une adorable fillette de six ans, fut confiée à ser Willis Fell, qui jura de la mettre en sécurité à Accalmie. Nul ne savait où l'autre allait, si bien qu'aucun n'aurait pu être trahi, même sous la torture.

Et Larys était le seul à savoir que le roi, dépouillé de ses atours et vêtu de la grande cape maculée d'embruns d'un pêcheur, avait été caché dans un chargement de morues, sur l'esquif d'un chevalier bâtard ayant de la famille à Peyredragon. Dès qu'elle apprendrait que le roi avait disparu, avait estimé le Pied-Bot, Rhaenyra ne manquerait pas d'envoyer des hommes à sa poursuite… mais un bateau ne laisse nulle empreinte sur les vagues, et aucun traqueur n'aurait songé à chercher Aegon sur l'île de sa sœur, à l'abri de la forteresse de celle-ci.

Aegon aurait pu rester là, caché mais sauf, à boire pour apaiser sa douleur tout en cachant ses cicatrices sous un épais manteau, si Feux-du-Soleyl n'avait pas réussi à rallier Peyredragon. Bien des gens ont depuis souhaité savoir ce qui avait bien pu l'attirer là. Le dragon blessé, avec son aile à moitié soignée, avait-il été poussé par quelque instinct primitif à regagner son lieu de naissance, la montagne fumante où il était sorti de son œuf ? Ou avait-il d'une manière ou d'une autre perçu la présence du roi Aegon sur cette île, malgré la distance et les eaux tumultueuses, et décidé d'y voler pour rejoindre son maître ? Certains sont même allés jusqu'à suggérer que Feux-du-Soleyl avait senti le *besoin* du roi. Mais qui sait ce qui se passe dans le cœur d'un dragon ?

Après que l'attaque malheureuse de lord Walys Mouton l'eut chassé du champ de cendres et d'ossements autour de Repos-des-Freux, l'histoire a perdu la trace de Feux-du-Soleyl pendant plus d'une demi-année. (Certains récits contés chez les Crabbe ou les Brune supposent que le dragon aurait pu trouver refuge dans les pinèdes et les grottes de la presqu'île de Claquepince.) Même si son aile abîmée s'était suffisamment ressoudée pour l'autoriser à voler, elle formait désormais un angle étrange et restait faiblarde. Feux-du-Soleyl ne pouvait plus monter en flèche ni rester trop longtemps en vol, et devait fournir de gros efforts pour parcourir même de petites distances. Pourtant, d'une manière ou d'une autre, il était parvenu à franchir la baie de la Néra... car c'était Feux-du-Soleyl que les marins de la *Nessaria* avaient vu attaquer Gris-Spectre. Ser Robert Quince avait accusé Le Cannibale... mais Tom Languemêlée, un bègue qui savait tendre l'oreille, avait fait boire les Volantains et avait constaté qu'ils faisaient souvent référence aux écailles dorées de l'assaillant. Celles du Cannibale, il le savait bien, étaient aussi noires que du charbon. Ainsi, les Deux Tom et leurs « cousins » (une semi-vérité, car seul ser Marston partageait leur sang, étant le fils illégitime de la sœur de Tom Barbemêlée et du chevalier qui lui avait pris sa virginité) avaient hissé la voile de leur petit bateau pour se mettre en quête du tueur de Gris-Spectre.

Le roi brûlé et le dragon mutilé trouvèrent en chacun une nouvelle raison d'être. Depuis la tanière cachée sur le versant oriental désolé du Montdragon, Aegon s'aventurait chaque jour à l'aube pour recommencer à parler au ciel pour la première fois depuis Repos-des-Freux, tandis que les Deux Tom et leur cousin Marston Waters retournèrent de l'autre côté de l'île pour recruter des hommes prêts à les aider à reprendre le château. Même à Peyredragon, pourtant le bastion de longue date de Rhaenyra, ils trouvèrent nombre de volontaires ayant des raisons, bonnes ou mauvaises, d'en vouloir à la reine. Certains pleuraient les frères, les fils ou les pères tués durant l'Ensemencement ou au cours de la bataille du Gosier ; d'autres espéraient simplement une récompense ou un peu d'avancement ; d'autres encore estimaient qu'un fils devait avoir priorité sur une fille, trouvant ainsi Aegon plus légitime.

La reine avait emmené ses meilleurs hommes à Port-Réal. Juchée sur son île, protégée par ses hautes murailles valyriennes et les navires du Serpent de Mer, Peyredragon paraissait inexpugnable ; les soldats de Sa Grâce ne laissèrent donc qu'un petit nombre d'hommes en garnison, dont ils ne savaient pour la plupart pas quoi faire : des vieillards ou des gamins, les estropiés, les lents d'esprit et les boiteux, les convalescents, ceux dont la loyauté était douteuse, les pleutres potentiels. Rhaenyra avait en outre confié à ser Robert Quince, un chevalier devenu vieux et gras, la charge de les diriger tous.

Tout le monde s'accorde à dire que Quince était un fervent sympathisant de la reine, mais certains de ses hommes étaient moins loyaux et nourrissaient quelque ressentiment ou rancœur pour d'anciens faits réels ou imaginaires. L'un des meilleurs exemples de ceux-ci était à n'en pas douter ser Alfred Balaie, qui se révéla plus que prompt à trahir sa reine en échange du titre, des terres et de l'or qu'Aegon II lui accorderait s'il récupérait le trône. Ses longues années de service lui permirent d'aviser les hommes du roi des forces et des faiblesses de Peyredragon, ainsi que de leur indiquer qui pouvait être acheté ou convaincu, qui devait être tué ou fait prisonnier.

Le moment venu, la prise de Peyredragon dura moins d'une heure. Des hommes sélectionnés par Balaie ouvrirent une poterne à l'heure des fantômes pour laisser secrètement pénétrer ser Marston Waters, Tom Languemêlée et leurs sbires. Tandis qu'un groupe s'emparait de l'armurerie et qu'un autre mettait au cachot le maître d'armes et les gardiens fidèles, ser Marston captura mestre Hunnimore dans sa roukerie, afin que la nouvelle de l'attaque ne s'ébruitât pas. Ser Alfred mena en personne les hommes qui firent irruption dans les appartements du châtelain pour y surprendre ser Robert Quince. Alors que celui-ci essayait péniblement de s'extirper du lit, Balaie enfonça une lance dans son immense bedaine blanche ; le coup fut porté avec une puissance telle que le fer transperça l'obèse, le lit de plumes et le matelas de paille pour venir se ficher dans le sol.

Le plan ne se déroula cependant pas tout à fait sans accroc. Alors que Tom Languemêlée et ses brutes enfonçaient la porte de lady Baela pour la faire prisonnière, la fille s'échappa par la fenêtre de sa chambre, courut le long des toits et se laissa glisser de mur en mur pour aboutir dans la cour. Les hommes du roi avaient pris soin de sécuriser l'écurie où les dragons du château étaient enfermés, mais Baela avait grandi à Peyredragon et en connaissait des tas d'issues dérobées. Le temps que ses poursuivants la rattrapassent, elle put libérer Danselune de ses entraves et la seller.

Tout ceci se passa alors que le roi Aegon II faisait voler Feux-du-Soleyl au-dessus du sommet fumant du Montdragon et s'apprêtait à descendre pour faire une entrée triomphale au château, où les partisans de la reine devaient déjà être capturés ou éliminés. Au lieu de quoi, il vit venir à sa rencontre Baela Targaryen, fille du prince Daemon et de lady Laena, aussi intrépide que son père.

Danselune était un jeune dragon femelle vert pâle, dont les cornes, la crête et les métacarpiens étaient nacrés. Sans compter ses larges ailes, elle n'était pas plus grosse qu'un cheval de bataille, et bien plus légère. Elle était en revanche très vive, et Feux-du-Soleyl, bien que plus massif, se débattait toujours avec son aile difforme et avait été de nouveau blessé récemment par Gris-Spectre.

Ils se croisèrent dans la pénombre qui précède l'aube, deux ombres dans le ciel qui illuminèrent la nuit de leurs flammes. Danselune esquiva le feu et les dents de Feux-du-Soleyl, échappa à ses griffes et laboura le dos de son aîné, formant un long sillon fumant sur son échine et déchirant son aile faible. Les témoins de la scène affirmèrent que Feux-du-Soleyl vacilla alors tel un ivrogne, peinant à rester stable, tandis que Danselune faisait volte-face et revenait à la charge en crachant ses flammes. Feux-du-Soleyl répondit d'une fournaise dorée si puissante qu'elle illumina la cour comme un deuxième soleil ; Danselune la reçut en plein dans les yeux. Le jeune dragon, probablement aveuglé, continua de voler et percuta Feux-du-Soleyl dans un enchevêtrement d'ailes et de griffes. Durant leur chute, Danselune croqua à plusieurs reprises dans le cou de son adversaire, lui arrachant des lambeaux de chair, pendant que le dragon du roi lui scarifiait le bas du ventre. Nimbée de feu et de fumée, aveugle et ensanglantée, Danselune battit désespérément des ailes pour essayer de se libérer ; malgré tous ses efforts, elle ne parvint qu'à ralentir leur chute.

Dans la cour, tout le monde se mit à l'abri quand les dragons s'écrasèrent sur la pierre sans cesser de se battre. Au sol, la vivacité de Danselune se révéla inutile face à la taille et à la masse de Feux-du-Soleyl. Bientôt, le dragon vert ne bougea plus. Le dragon doré poussa un rugissement victorieux et tenta de reprendre son envol, mais s'effondra aussitôt, un sang chaud dégoulinant de chacune de ses plaies.

Le roi Aegon avait sauté de sa selle alors que sa monture était encore à vingt pieds du sol et s'était fracturé les deux jambes. Lady Baela resta sur Danselune jusqu'à la fin. Brûlée et meurtrie, elle trouva néanmoins la force de défaire les chaînes de sa selle pour s'éloigner en rampant tandis que son dragon agonisait. Lorsque Alfred Balaie dégaina son épée pour l'achever, Marston Waters lui arracha la lame de la main. Tom Languemêlée traîna la fille jusqu'au mestre.

Ainsi le roi Aegon II avait-il gagné le siège ancestral de la maison Targaryen, mais il en avait payé le prix. Feux-du-Soleyl ne volerait jamais plus. Il resta d'ailleurs dans la cour où il était tombé, se nourrissant sur la carcasse de Danselune, puis sur les moutons qu'égorgèrent pour lui les soldats. Aegon II finit ses jours dans d'atroces souffrances… mais à son grand honneur, Sa Majesté refusa cette fois-ci le lait de pavot.

— Je ne suivrai plus jamais cette voie, déclara-t-il.

Peu après, alors que le roi était allongé dans la grande salle de la tour Tambour, les jambes immobilisées par des attelles, les premiers corbeaux de la reine Rhaenyra arrivèrent de Sombreval. Quand Aegon apprit que sa demi-sœur reviendrait à bord de la *Violande*, il ordonna à ser Alfred Balaie de lui réserver un « accueil approprié ».

Nous sommes sûrs de tout cela aujourd'hui. En revanche, la reine n'en savait rien quand elle mit pied à terre et tomba dans le piège tendu par son frère.

Rhaenyra rit en découvrant la forme brisée de Feux-du-Soleyl le Doré.

— Qui devons-nous remercier pour cette merveille ?

— Ma sœur, appela le roi depuis un parapet.

Incapable de marcher, ou même de se tenir debout, il y avait été transporté sur une chaise. La hanche qu'il avait eue brisée à Repos-des-Freux le laissait bossu et tordu, ses traits autrefois beaux et réguliers étaient gonflés par le lait de pavot, et des cicatrices de brûlures lui couvraient la moitié du corps. Malgré tout, Rhaenyra le reconnut aussitôt et dit :

— Mon cher frère, je vous espérais mort.

— Après vous, répliqua Aegon. Vous êtes l'aînée.

— Ravie de constater que vous vous en souvenez. Il semblerait que nous soyons vos prisonniers… mais n'allez pas vous imaginer que cela durera. Mes seigneurs liges me retrouveront.

— S'ils vous cherchent aux sept enfers, peut-être, rétorqua le roi tandis que ses hommes arrachaient Rhaenyra des bras de son fils.

Certains affirment que ce fut ser Alfred Balaie qui lui maintint les bras, d'autres évoquent les deux Tom, le père Barbemêlée et le fils Languemêlée. Ser Marston Waters fut également témoin de la scène, emmitouflé dans un manteau blanc, car le roi Aegon l'avait intégré à la Garde Royale en récompense de sa bravoure.

Toutefois, ni Waters ni aucun autre chevalier ou seigneur présents ne protestèrent lorsque Aegon II livra sa demi-sœur en pâture à son dragon. Manifestement, Feux-du-Soleyl ne fut initialement guère intéressé par le présent, jusqu'à ce que Balaie piquât le sein de la reine du bout de sa dague. L'odeur du sang réveilla le dragon, qui huma Sa Grâce avant de la rôtir d'un jet de flammes, si soudainement que la cape de ser Alfred s'embrasa. Rhaenyra Targaryen eut le temps de lever la tête vers le ciel et de maudire une dernière fois son demi-frère avant que les mâchoires de la créature se refermassent sur elle, lui arrachant le bras depuis l'épaule.

Le dragon doré dévora la reine en six bouchées, ne laissant que le bas de sa jambe gauche « pour l'Étranger ». Le fils de la reine assista au festin, pétrifié d'horreur. Rhaenyra Targaryen, la Joie du Royaume et la Reine d'une Demi-Année, acheva sa triste existence au vingt-deuxième jour de la dixième lune de l'année 130 après la Conquête. Elle avait trente-trois ans.

Ser Alfred Balaie se prononça pour l'exécution du prince Aegon également, mais le roi Aegon II l'interdit. Bien qu'âgé de dix ans seulement, le garçon pourrait selon lui se révéler être un otage de valeur. Même si sa demi-sœur était morte, elle conservait des partisans dont il faudrait s'occuper avant que Sa Grâce pût s'installer de nouveau sur le Trône de fer. Le prince Aegon fut donc entravé au cou, au poignet et à la cheville, puis mené aux cachots sous Peyredragon. Les demoiselles d'honneur de feu la reine, toutes de naissance noble, furent enfermées dans des cellules dans la tour Mervouivre, en attendant le versement d'une rançon.

— Nous nous sommes assez cachés, décréta le roi Aegon II. Que l'on fasse partir des corbeaux dans tout le royaume pour annoncer que la prétendante est morte et que le roi légitime rentre reconquérir le trône de son père.

Cependant, même pour les rois légitimes certaines choses sont plus faciles à dire qu'à faire.

Dans les jours qui suivirent la mort de sa demi-sœur, le roi se raccrocha à l'espoir que Feux-du-Soleyl recouvrerait assez de forces pour reprendre son envol. Mais le dragon semblait au contraire s'affaiblir de plus en plus, et les blessures sur son dos commençaient à empester. Même la fumée qu'il exhalait avait une odeur rance ; vers la fin, il refusait même de s'alimenter. Au neuvième jour de la douzième lune de l'année 130, le formidable dragon doré qui avait fait la gloire du roi Aegon mourut dans la cour de Peyredragon, à l'endroit où il était tombé. Sa Grâce en pleura.

Une fois son chagrin consumé, le roi Aegon II convoqua ses hommes et prépara son retour à Port-Réal, sa reconquête du Trône de fer et ses retrouvailles avec sa mère, la reine douairière, qui avait enfin triomphé de sa grande rivale, ne fût-ce qu'en lui survivant.

— Rhaenyra n'a jamais été reine, déclara le roi en insistant pour que, dorénavant, dans les chroniques ou les archives de la cour, elle ne fût désignée que par le titre de « princesse », celui de reine étant dévolu à sa mère Alicent et à sa défunte sœur et épouse Helaena, les « reines véritables ».

Ainsi fut fait.

Pourtant, le triomphe d'Aegon se révélerait aussi éphémère qu'il fut amer. Rhaenyra était morte, mais sa cause ne s'était pas éteinte avec elle, et de nouvelles armées « noires » étaient déjà en marche alors que le roi retournait au Donjon Rouge. Aegon II se réinstallerait effectivement sur le Trône de fer, mais il ne guérirait jamais vraiment de ses blessures et ne connaîtrait ni joie ni repos. Sa restauration ne dura qu'une demi-année.

Nonobstant, la chute d'Aegon le Second et l'avènement d'Aegon le Troisième feront l'objet d'une autre chronique. La guerre pour le trône se poursuivrait, mais la rivalité née lors d'une cérémonie entre une princesse vêtue de noir et une reine drapée de vert venait de connaître sa fin écarlate, mettant un terme à cette tranche de notre Histoire.

TABLE

Composition
NORD COMPO

Achevé d'imprimer en Espagne
Par BLACKPRINT CPI
le 2 mai 2016.

Dépôt légal mai 2016.
EAN 9782290105917
OTP L21EDDN000718N001

ÉDITIONS J'AI LU
87, quai Panhard-et-Levassor, 75013 Paris
Diffusion France et étranger : Flammarion